BARBARA PIAZZA

Die Tränen der Götter

Buch

Die in Idar-Oberstein ansässige Familie Assmann, die einen internationalen Edelstahlhandel betreibt, steht kurz vor ihrem hundertjährigen Firmenjubiläum. Symbol und Glücksbringer des Clans ist der N'guru u Kuru, die »Träne der Götter«. Der afrikanische Diamant wurde Anfang des 20. Jahrhunderts auf dem Gebiet der späteren Assmann-Mine gefunden. Als der Stein gestohlen wird und Ludwig, der jüngste Sohn der Assmanns, spurlos verschwindet, befürchtet Familienoberhaupt Heinrich Assmann, dass die Prophezeiung, die mit dem Diamanten verbunden ist, in Erfüllung gehen könnte. Tatsächlich bricht unmittelbar nach dem Diebstahl die bisher untadelige Fassade der Assmanns zusammen. Aber ist wirklich die Prophezeiung an allem Schuld, fragt sich Zita Assmann, Heinrichs Ehefrau, oder sind es die Fehler, die Gier und die Leidenschaften der Assmanns selbst?

Autorin

Barbara Piazza ist eine der erfolgreichsten deutschen Drehbuchautorinnen: Sie hat das *Forsthaus Falkenau* und zusammen mit Hans W. Geißendörfer *Die Lindenstraße* entwickelt. Sie hat ebenfalls ein Tatort-Drehbuch geschrieben und *Alle meine Töchter* in die Fernsehwelt gesetzt. Berühmten Schauspielern (Jutta Speidel, Horst Tappert, Gaby Dohm, Christian Wolff u.v.m.) hat sie Rollen auf den Leib geschneidert. Mit ihrem Debütroman *Die Frauen der Pasqualinis* hat sie auch ihre Stärke als Autorin großangelegter Familiensagas unter Beweis gestellt.

Von der Autorin ebenfalls bei Blanvalet erschienen:
Die Frauen der Pasqualinis (37361)

BARBARA PIAZZA

Die Tränen der Götter

Roman

blanvalet

MIX
Papier aus verantwortungsvollen Quellen
FSC® C014496

Verlagsgruppe Random House FSC-DEU-0100
Das FSC®-zertifizierte Papier *Holmen Book Cream*
für dieses Buch liefert Holmen Paper, Hallstavik, Schweden

1. Auflage
Taschenbuchausgabe Mai 2012 bei Blanvalet, einem Unternehmen
der Verlagsgruppe Random House GmbH, München.

Dieses Werk wurde vermittelt durch die Literarische Agentur
Thomas Schlück, Garbsen.
Umschlaggestaltung: bürosüd, München
Umschlagmotiv: Umschlagmotiv: Trevillion Images / Susan Fox
ED · Herstellung: sam
Druck und Einband: GGP Media GmbH, Pößneck
Printed in Germany
ISBN: 978-3-442-37811-1

www.blanvalet.de

Für Tante Zita

PROLOG

IM SÜDLICHEN AFRIKA, 2011

Der Schein des Halbmonds war von einem scharfen Weiß und verwandelte die Sandhügel, die an wenigen Stellen mit stacheligen Büschen bewachsen waren, in eine utopisch wirkende Szenerie. Wind kam jetzt auf und fegte die oberste Schicht des Sands beiseite. Wie Nebel erhob sich der Staub, fast einen Meter über den Boden. Ein sonderbarer Ton lag in der Luft, einem Stöhnen gleich, dem sich das Seufzen vieler Gequälter anzuschließen schien.

»Die Götter und Ahnen sprechen zu uns«, sagten die Schwarzen des Kobrastamms, die von dem Geheule erwachten. Sie lauschten, um zu begreifen, was ihnen die Helfer hinter dem Horizont mitzuteilen versuchten, in der kurzen Frist, bevor der Mond sich verhüllen und der Sandsturm zu toben beginnen würde.

Der alte Schamane verstand ihre Botschaft, und er seufzte mit ihnen.

Dann aber verstummten sie plötzlich, und der Wind verlor seine Kraft. Etwas wie Hoffnung zog in das Herz des Alten, auch wenn er in seinem langen Leben gelernt hatte, dass Hoffnung die gefährlichste aller Drogen ist.

IDAR-OBERSTEIN
FRÜHSOMMER 2011

I

Zita Assmann erwachte durch ihren eigenen Schrei.

Sie fuhr hoch und kam nur langsam zu sich. Ihr Blick glitt über die Kleidungsstücke auf dem Stuhl neben dem Bett, und sie atmete erleichtert auf. Es war nur wieder dieser Traum gewesen. Sie befand sich im Hier und Jetzt und nicht in jenem verhängnisvollen Sommer in Sambia.

Sie stand auf, ging ein paar Schritte und öffnete die Balkontür. Die frische Morgenluft drang so rasch in den Raum, als ob sie nur darauf gewartet hätte. Zita sog sie gierig ein, und die Gespenster der Nacht verließen sie vollends.

Wieder einmal pries sie ihren vor Jahren gefassten Entschluss, aus dem gemeinsamen Schlafzimmer auszuziehen. Ihre nächtlichen Unruhen, die Heinrich nicht verstehen konnte, hatten immer wieder zu Auseinandersetzungen geführt.

Sie wandte sich um und betrachtete sich im Spiegel des Kleiderschranks. Der Schein der Morgenröte zauberte die wenigen Falten von ihrem Gesicht und ließ sie so schön erscheinen, wie sie es in ihren besten Jahren gewesen war. Die schulterlangen Haare hatten das gleiche matt glänzende Blond wie eh und je, auch wenn dies, seit einigen Jahren schon, der Kunst ihres Friseurs zu verdanken war, und der dünne Pyjama bewies ihre untadelige Figur. Sie hatte stets darauf geachtet, Sport zu treiben und mit Überlegung zu essen. Man hätte sie ohne Weiteres für zehn Jahre jünger halten können, doch es war eine Tatsache, dass sie im April ihren dreiundfünfzigsten Geburtstag gefeiert hatte.

Zita hatte eine ganze Anzahl von Problemen, das ihres Alters war ihr geringstes. Das größte von allen war am Tag und in der Nacht gegenwärtig. Es schwebte, stilisiert und kunstvoll beleuchtet, über dem benachbarten Firmengebäude und ließ keinen in ihrer Familie vergessen, wovon sie lebten.

Adamas adamantes.

Der Unbezwingbare, der Diamant.

Der Stein, der nach einer indischen Überlieferung die göttliche Vollkommenheit in ihrer höchsten Form darstellt. Die Buddhisten verehrten ihn als Glücksstein und waren der Auffassung, dass er nur dort vorkomme, wo Buddha seinen Fuß auf die Erde gesetzt hatte, während die Araber glaubten, er mache unbesiegbar.

Zita lächelte.

Ihr Ehemann Heinrich glaubte dasselbe und Victor ebenfalls, obwohl beide derartige Behauptungen natürlich bestritten hätten.

Adamas adamantes – der Stein, der ihr Schicksal war. Der ihr gesamtes Leben beherrschte.

Ich bin dreiundfünfzig, dachte sie trotzig und schaute dabei in den Spiegel. Es musste noch ein Leben jenseits dieses Steins geben, und sie war gewillt, ein solches zu entdecken.

Nach dem Jubiläum, dachte sie. Danach werde ich es angehen.

Das Telefon auf dem Nachttisch läutete, und Zita war

sicher, dass es wieder einmal ihr Sohn Ludwig sein würde, der mit ihr über den Fortschritt seiner Musicalkomposition sprechen wollte. Ludwig war – außer ihr – der einzige Frühaufsteher in der Familie, und so zeitig am Morgen war er sich der Aufmerksamkeit seiner Mutter am sichersten.

Zita hob den Hörer ab. »Assmann«, sagte sie und überlegte dabei, ob sie Ludwig zu einem kleinen Lunch einladen sollte, nachdem Heinrich heute auswärtige Termine wahrnehmen musste und über Mittag nicht anwesend sein würde.

Es war allerdings nicht Ludwig, der sie an diesem frühen Morgen anrief.

Es war der Atmer.

»Hallo«, sagte Zita und danach noch einmal, drängend: »Bitte, melden Sie sich endlich, und sagen Sie mir, weshalb Sie mich ständig belästigen!«

Doch wie immer in den letzten zwei Monaten, in denen es mehrere solcher Anrufe gegeben hatte – allerdings noch nie zu so früher Morgenstunde –, reagierte der oder die Unbekannte nicht. Zita konzentrierte sich darauf, dem Atmen etwas entnehmen zu können, das ihr vielleicht bekannt vorkäme, doch es gelang ihr auch dieses Mal nicht. Schließlich legte sie wieder auf.

Sie starrte auf den hellgrauen Telefonapparat, und dann kam die Angst wieder, die sich seit dem ersten dieser anonymen Anrufe ständig gesteigert hatte. Zita spürte sie körperlich, sie konnte sie beinahe greifen, diese dunkle Wolke, die sich ihr und ihrer Familie näherte und Unglück über sie bringen würde, das spürte sie mit jeder Faser ihres intuitiv begabten Wesens, das sie wohl von ihrer brasilianischen Mutter geerbt hatte.

Sie hockte sich auf die Bettkante und versuchte, sich wieder zu beruhigen, sagte sich, diese Bedrückungen seien vermutlich Erscheinungen der Wechseljahre. Doch nein: Die Anrufe waren schließlich real und keine Einbildung, und wer so viel Zeit auf etwas verwendete, verfolgte irgendeine, wie auch immer geartete Absicht. Feine Schweißperlen bildeten sich auf ihrer Stirn, und sie beschloss, demnächst einmal mit Georg darüber zu sprechen. Georg war der Vernünftigste in der Familie und würde sie ihrer Ängste wegen nicht verspotten, sondern etwas unternehmen.

Nach dem Jubiläum, dachte Zita Assmann ein zweites Mal an diesem Morgen, und allein die gefasste Absicht hob ihre Stimmung wieder an.

2

Petra Eiler saß, ein hellgrünes Gummibärchen zwischen die Zähne geklemmt, vor ihrem Laptop und schrieb den Satz zu Ende, den Jakob Feldmann beim Interview eigentlich nicht hatte sagen wollen. Der Inhalt dieses Satzes war aufschlussreich und warf ein besonderes Licht auf seine Person, beleuchtete die Denkstrukturen dieses Geldmenschen auf ganz spezielle Weise.

Der Artikel würde Aufsehen erregen. Er würde auch ihre eigene Position als begabte Interviewerin festigen, würde ihr Respekt einbringen und sie ein paar Treppenstufen weiter nach oben befördern. Ihr Ziel war es, baldmöglichst zu dem großen Nachrichtenmagazin zu wechseln, das ebenfalls zur Familie des Verlags gehörte, der auch *Lady* herausbrachte.

Petra erlaubte sich eine kleine Pause und lutschte das Gummibärchen zu Ende.

Ihr Konsum dieser klebrigen Süßigkeiten war gewaltig gestiegen, seitdem sie sich vor einem Jahr um Mitternacht, zu Beginn ihres dreißigsten Lebensjahrs, das Rauchen abgewöhnt hatte.

Anfangs war es nur Ersatz und Ablenkung gewesen, inzwischen hatte sich der Verzehr zu einer regelrechten Manie entwickelt. Ein Tick, der ihr sogar ihren Spitznamen in der Redaktion eingetragen hatte.

Bärchen.

Er war nett und bewies die Sympathie, die ihr die Kollegen entgegenbrachten, allerdings war er total unangemessen. Nichts an ihr war knuddelig, rund oder plüschig. Und gegen Verkleinerungsformen war Petra ausgesprochen allergisch. Die nämlich trafen ins Herz. Mit ihren 1,63 Meter und ihrer zierlichen Figur wurde sie nicht selten als »Frauchen« betrachtet – und auch so behandelt.

Nicht nur von Männern, sondern leider auch von Kolleginnen wie Liane Dierolf, ihrer Chefredakteurin. Einer Frau, die gut zwanzig Zentimeter größer war als sie selbst, niemals ohne High Heels erschien und zudem ihren doppelten Doktortitel vorführte wie die Damen in Ascot die Hüte.

Nicht etwa, dass Petra neidisch war.

Liane hatte einfach andere Voraussetzungen gehabt: Ihr Vater war im diplomatischen Dienst gewesen, und Liane war von Sprachen befallen worden wie andere Kinder von Masern, Scharlach oder Windpocken. Ihre Schulfreunde in den internationalen Schulen verschiedener Länder – insgesamt elf an der Zahl, wie sie bei einer Redaktionsfeier einmal berichtet hatte – waren die Kinder der globalen Elite. Das Netzwerk dieser Leute hatte ihr rasch die Führungsposition der Frauenzeitschrift eingebracht, für die Petra arbeitete, doch die Wahrheit war, dass Liane tüchtig war und dies absolut verdiente.

Die Wahrheit war aber auch, dass Lianes Führungsstil erheblich zu wünschen übrig ließ, und dies lag weder an der Körpergröße noch an ihren unbestreitbaren Fähigkeiten, sondern an einem miesen Charakter. Wenn sie gut gelaunt war, versäumte sie nie, die Kollegen darauf hinzuweisen, dass Petra ein »Nudelabitur« an einem hauswirtschaftlichen Gymnasium gemacht, leider nur die Journalistenschule besucht und kein Vollstudium absolviert hatte. Weshalb es ihr am »philosophischen Hintergrund« fehle.

Einmal war Petra die Häme dann doch zu weit gegangen, und sie hatte sich erlaubt anzumerken, dass sie ihre Ausbildung und ihren Job ganz und gar sich selbst zu verdanken habe. Sie habe ihr eigenes Geld verdient, seitdem sie vierzehn Jahre alt gewesen sei, indem sie Zeitungen ausgetragen, Rasen gemäht, in Seniorenheimen ausgeholfen und später gekellnert hatte. Und sie halte dies für einen alternativen, aber wertvollen »philosophischen Hintergrund«. Außerdem sei sie nie, niemals von jemandem protegiert worden.

Die Tatsache, dass sie bei einer Großtante aufgewachsen war, weil ihre Eltern bei der Explosion einer defekten Gasleitung umgekommen waren, erwähnte sie nicht. Wer spricht schon von so etwas?

Die Kollegen hatten ihr reichlich Beifall gespendet, und Liane war ein einziges Mal in den zwei Jahren, seitdem Petra

Redaktionsmitglied war, bei einer Konferenz länger als zwei Minuten still gewesen. Natürlich war klar, dass sich eine solche Szene nicht wiederholen durfte. Liane war nicht direkt nachtragend, aber allzu sehr reizen durfte sie niemand.

Petra seufzte, und in diesem Moment klingelte das Telefon auf ihrem Schreibtisch.

Wenn man an den Teufel denkt, ging es ihr durch den Sinn, als sie die helle, schneidende Stimme ihrer Chefin hörte. Was auch immer sie sagte, es klang stets nach Abmahnung.

»Mach mal Tempo mit Feldmann«, verlangte sie dieses Mal. »Ich hab was Neues für dich – und es eilt!«

Es eilte immer, wenn Liane ein Telefon zur Hand nahm.

»Und worum handelt es sich?«, fragte Petra und versuchte, ihren Unwillen nicht durchklingen zu lassen. Immerhin hatte sie Feldmanns Geldturm gerade mal vor zwei Stunden verlassen.

»Die Assmanns haben hundertjähriges Jubiläum. Ich denke, es ist eine gute Idee, wenn wir dazu ein Interview mit dem Firmenchef bringen. Schließlich sind wir eine Frauenzeitschrift und: ›*Diamonds are a girls best friends*‹, you know!«

Petra war in Wiesbaden aufgewachsen, und es war unmöglich, in Wiesbaden zu wohnen und noch nie von den Assmanns gehört zu haben. ASSMANN stand für Edelsteine wie Maggi oder Knorr für Suppen und Müller für Milch und Joghurt.

Petra war Heinrich Assmann, dem Firmenchef, schon mehrmals begegnet. Er war ein Mann wie ein Baum, mit dem Körper eines Ringers, gute 1,90 Meter groß, um die siebzig, mit einem fotogenen schneeweißen Schopf, und soweit sie wusste, hatte er noch nie einen Reporter empfangen.

Eine ganze Anzahl von Anekdoten rankten sich allerdings um sein cholerisches Temperament. Besonders bekannt war die Episode, als er einen allzu nervigen Steuerprüfer geohrfeigt hatte. Es war nach einer förmlichen Entschuldigung Assmanns bei dem Beamten sowie einer Spende für den Personalrat der Behörde zu keiner Anzeige gekommen, aber es hielt sich hartnäckig das Gerücht, dass die Frau des Prüfers bald danach mit einer beeindruckenden Brillantbrosche geschmückt war. Ein Geburtstagsgeschenk ihres Vaters und ganz legal erworben, wie die Dame gerne und eifrig erzählte, was allerdings auch nichts half.

Auf jeden Fall war dieses neue Interview reizvoll und würde bestimmt etwas hergeben. Und anders als der Großbanker wäre der Edelsteinkönig wohl rasch aus seiner Reserve zu locken.

Liane hatte inzwischen ununterbrochen weitergeredet, aber im Filter von Petras Kopf war nichts hängen geblieben, was merkenswert schien.

»Alles klar, Liane«, sagte sie deshalb, als ihre Chefin zwischendurch einmal Luft holte. »Ich bin praktisch schon dort!«

Dort war in Idar-Oberstein, wo sich die deutsche Niederlassung des Assmann-Konzerns befand. Etwa eine Autostunde von Frankfurt entfernt.

»Du beabsichtigst doch nicht etwa, auf gut Glück dorthin zu fahren?«, erkundigte sich Liane ätzend.

»Natürlich mach ich das«, erwiderte Petra zuckersüß. »Heinrich Assmann ist mein Patenonkel. Der schließt mich mit Freuden in die Arme, wann immer ich auftauche, mit oder ohne Termin!«

Einen Moment lang war es still am anderen Ende der Leitung.

Petra grinste und sagte dann rasch: »Du, entschuldige, Liane, aber ich sehe gerade, dass Feldmann mich auf dem Handy anruft!«

»Dann nimm ab, verdammt noch mal«, zischte Liane und legte auf.

Die denkt jetzt den restlichen Tag darüber nach, ob das mit dem Paten Spaß war oder nicht, dachte Petra genüsslich. Denn genau das war die Schwäche der toughen Liane: einen Scherz nicht sofort als solchen erkennen zu können, gepaart mit mangelnder Schlagfertigkeit. Da halfen auch vier flüssig gesprochene Fremdsprachen und zwei Doktortitel nichts. Immerhin war die Frau sich ihrer Mängel bewusst, weshalb sie es bisher beharrlich abgelehnt hatte, in Talkshows aufzutreten – oder gar eine solche als Moderatorin zu übernehmen. Und Angebote dafür hatte es durchaus gegeben, wie Petra wusste.

Egal. Sie schob Liane auf ihre innere Warteschleife und griff erneut nach dem Telefonhörer, um Assmanns Diamanthandel und -schleiferei in Idar-Oberstein anzurufen.

3

»Ein Interview? Für die *Lady*?? Warum blockst du so was nicht ab, Victor?«, fragte Georg verwundert.

»Was heißt, warum blockst du das nicht ab? Ich habe es angeleiert, Bruderherz! Das kann doch nur nützlich sein. Und es kostet nichts, im Gegensatz zu einer Anzeige!«, sagte Victor im Ton eines Oberlehrers, was Georg innerlich sofort in Rage brachte, weshalb seine Erwiderung harscher ausfiel, als er es eigentlich wollte.

»Das haben wir doch überhaupt nicht nötig! Wir verkaufen unsere Diamanten und Edelsteine auch ohne solche Werbung. Außerdem war der Stil unseres Hauses stets Understatement: Nie mehr preisgeben, als unbedingt erforderlich ist!«

»Understatement ist absolut old fashioned«, konterte Victor und maß den älteren Bruder mit einem belustigten Lächeln.

Dass er nicht gleich dazu sagt, *ich sei es auch*, dachte Georg und ärgerte sich noch mehr.

»Papa ist übrigens derselben Meinung«, setzte Victor jetzt nach. »Deswegen hat er sich auch entschlossen, das Jubiläum so groß zu feiern, wie es angemessen ist, für einhundert Jahre Assmann. Und ich denke, ein Interview im Vorfeld ist genau das richtige Präludium dafür.«

Du aufgeblasener Angeber, dachte Georg, jetzt wirklich wütend, während sich Victor weiter verbreitete.

»Die *Lady* ist die auflagenstärkste Frauenzeitschrift der Republik und ihre Leserschaft identisch mit unseren potenziellen Kundinnen: gehobene Mittel- bis Oberschicht, gute Ausbildung, gute Positionen, guter Verdienst und zu einem gewissen Prozentsatz zusätzlich noch Partner, die all das ebenso – oder sogar noch ein bisschen mehr davon – vorweisen können. Damen jedenfalls, die nicht nur an Edelsteinen *interessiert* sind, sondern sie sich auch leisten können!«

»Danke für die Belehrung«, sagte Georg nur mühsam beherrscht. »Dann schlag ich doch vor, *du* machst das mit dem

Interview. Wird ohnehin besser sein. Diplomatischer als ich oder gar Papa bist du ganz zweifellos!«

»Wenn du das sagst, Georg, dann klingt es wie eine Beleidigung«, erwiderte Victor und lächelte selbstbewusst und provozierend ironisch. »Aber, keine Sorge, ich übernehme das natürlich gern!«

Georg zuckte mit den Schultern und gab es auf. Offenbar hatte Victor die ganze Sache bereits mit dem Vater abgesprochen, hinter seinem Rücken wieder einmal. Er würde das endlich klären müssen, so konnte es nicht länger weitergehen.

Während er noch überlegte, ob er die Sache gleich oder erst nach dem Jubiläum erledigen sollte, raffte Victor seine Unterlagen zusammen, stopfte sie in seine Aktentasche und hatte es plötzlich sehr eilig: »Ich muss Gas geben«, verkündete er, »sonst verpass ich den Flieger nach Kapstadt.«

Und schon war er draußen.

Irene Wuttke, die Assistentin des Chefs, atmete erleichtert auf.

Irene liebte nichts mehr als den Frieden. Der jedoch war nicht immer gewährleistet, wenn Georg und Victor Assmann aufeinandertrafen. Noch weniger allerdings, wenn der Chef mit dabei war.

Heinrich Assmann und sein ältester Sohn Georg waren kein harmonisches Duo. Georg neigte für den Geschmack seines Vaters zu sehr dazu, seine Meinung zu vertreten, was nicht selten zu den berüchtigten Wutausbrüchen des Alten führte, während Georg sich danach verschloss wie eine Auster.

Victor, der mittlere der Assmann-Söhne, war wesentlich geschickter darin, mit dem Vater klarzukommen. Victor hörte dem Alten zu, pflichtete ihm bei und handelte danach nach eigenem Gutdünken, was der Chef in der Regel nicht mitbekam, weil bereits andere Dinge seine Aufmerksamkeit in Anspruch nahmen. Und wenn es doch einmal geschah, dass er Victor auf die Schliche kam, fand dieser stets plausible Erklärungen für sein Verhalten.

Da war zum Beispiel die Sache mit dem Jubiläum.

Irene Wuttke wusste genau, wessen Idee es gewesen war, das Firmenjubiläum in großem Rahmen zu planen, ganz gegen die Gepflogenheiten des Hauses, wie Georg zutreffend erwähnt hatte. Sie hatte es ja selbst beobachtet, wie geschickt Victor seinem Vater diesen Floh ins Ohr gesetzt hatte: Hier eine kleine Bemerkung über angebliche Erwartungen der Kunden, dort eine Anmerkung, dass die Mitglieder von WOD, der »World of Diamonds« in Antwerpen, dem Dachverband und Standesgericht der internationalen Diamantenhändler, selbstverständlich mit einer Einladung rechneten, und so weiter.

Am Ende hatte der Chef sich eingebildet, die Mammutveranstaltung sei seine eigene Idee gewesen, und so war es wohl auch mit diesem angeblich vom Alten abgenickten Interview.

Irene Wuttke kannte sich aus.

Sie war so etwas wie das Faktotum des Hauses, obwohl sie gerade mal achtundvierzig Jahre alt war. Mit vierzehn hatte sie eine kaufmännische Lehre in der Firma begonnen und war über die Jahre hinweg erst Chefbuchhalterin, danach Leiterin des Personalwesens und schließlich Chefsekretärin und Assistentin des Alten geworden.

Sie hatte noch Heinrichs Großeltern gekannt, seine Eltern, und hatte an ihren angeblich freien Abenden jeden der Söhne gewickelt, gesittet, ihnen die Nase geputzt, die Schularbeiten überwacht und die Entschuldigungen für heimliches Schwänzen geschrieben.

O ja, sie kannte die Assmanns.

Der Alte war ein Haudegen mit einem Näschen fürs Geschäft, Georg ein feiner Kerl und begabter Gentleman-Manager, Victor ein geniales Universalschlitzohr.

Und Ludwig, mein Gott, Ludwig!

Ludwig war der einzige Assmann, der sich weder für Edelsteine interessierte noch für das internationale Firmenkonsortium seines Vaters, und alle Versuche, dies zu verändern, waren gescheitert.

Total aus der Reihe geschlagen, pflegte Heinrich diesen dritten Sohn zu umschreiben.

Ludwigs Entscheidung für ein Musikstudium hatte beim Alten den ersten *Anfall* ausgelöst, und weitere drohten; jedes Mal dann, wenn der seltene Fall eintrat, dass der Chef und sein Jüngster sich darauf einließen, eine Unterhaltung miteinander führen zu wollen.

Ludwig war, und auch dies war ein Zitat Heinrichs, das *schwächste Glied der Kette*. Gleich nach seiner Frau, dachte Irene aufsässig, denn sie war kein Fan von Zita Assmann. Seit diesem Sommer in Afrika hatte sich die Chefin verändert, kaum spürbar für weniger aufmerksame Beobachter, aber in der Tiefe ihres Wesens hatte es Umschichtungen gegeben. Für Außenstehende war Zita Assmann schön, klug, tüchtig, gepflegt und beherrscht, doch all das war die Fassade. Was sich dahinter abspielte, war weder zu erkennen noch zu erahnen.

Irgendetwas war vorgefallen in diesem Sommer, den Zita in Sambia verbracht hatte, das war Irene klar, nur hatte all die

Zeit, die inzwischen vergangen war, nicht ausgereicht zu erkennen, *was eigentlich*.

Zita war und blieb das einzige Assmann-Rätsel für Irene. Alles Übrige, was es über die Firma oder die Chef-Familie zu wissen gab, und auch das, was verborgen werden sollte, war ihr bekannt. Darauf hätte sie mehrere Eide abgeleistet.

Eigentlich müsste *ich* dieses Interview geben, überlegte sie, und ein schmales Grinsen schlich sich auf ihr längliches Pferdegesicht. Fast gleichzeitig aber schüttelte sie den sorgfältig frisierten Kopf. Viel zu loyal, dachte sie selbstironisch. Von ihr würde diese Journalistin vermutlich rein gar nichts erfahren.

4

Am späten Nachmittag des nächsten Tages kam der Alte von Antwerpen zurück. Er trat durch die hintere Tür in sein Büro und schien sofort den ganzen Raum auszufüllen, einschließlich Irenes Vorzimmer. »Was Neues, Wuttke?«, rief er durch die offen stehende Tür.

»Nichts von Belang«, erwiderte Irene Wuttke und blickte trotzdem noch einmal auf ihren Vormerkblock. »Das heißt, ich muss diese Frau Eiler zurückrufen, wegen des Interviews.«

»Welches Interview?«, erkundigte sich Heinrich Assmann erstaunt und kam näher.

»Mit dieser Journalistin von der *Lady*. Wann könntest du das denn noch einschieben? Dein Kalender ist ziemlich voll, Chef!«

»Ich weiß überhaupt nicht, wovon du sprichst, Wuttke! Du kennst mich doch – und mein Temperament. Der Teufel soll mich holen, wenn ich mir so etwas antun würde. Diese verdammten Journalisten sollen ihre Nase doch anderswo reinstecken, auf gar keinen Fall aber in meine Firma oder gar in meine Familie!«

Ah ja. Das war also das Übereinkommen mit dem Vater.

»Victor hat mir gesagt, er habe das mit dir bereits abgesprochen«, sagte sie dennoch. Niemand sollte ihr hinterher vorwerfen können, sie habe die Informationen nicht richtig weitergegeben.

»Hat er das?«, fragte der Alte und wurde nachdenklich. Er kannte sich, und er wusste genau, dass er oftmals nicht richtig zuhörte, dass seine Gedanken sich verselbstständigten und zu irgendwelchen anderen, ihm wichtiger erscheinenden Sachverhalten wanderten, wenn ihn das Thema einer Unterhaltung nicht wirklich interessierte.

»Ja. Hat er«, bestätigte Irene Wuttke. »Er findet, so was sei das richtige …« Sie versuchte, sich an das Wort zu erinnern, das Victor benutzt hatte. Schließlich fiel es ihr wieder ein. »Das richtige *Präludium,* für das Jubiläum! Obwohl, ehrlich gesagt, ich finde es auch nicht besonders klug, so frontal an die Öffentlichkeit zu gehen. So was erzeugt nur unerwünschte Aufmerksamkeit und Neidgefühle!«

Diesmal hatte der Alte aufmerksam zugehört. »Aha«, sagte er gedehnt. »Und wer ist der *auch*, auf den du dich beziehst?«

»Ja, Georg«, erklärte Irene Wuttke, um es sogleich zu bedauern. Es war der versehentliche Stich ins Wespennest gewesen, und er war, sie ahnte es sofort, absolut kontraproduktiv.

»Georg hat gar nichts zu sagen. Noch bin *ich* hier der

Chef!«, tönte der Alte sofort. »Und wenn ich das mit Victor so abgesprochen habe, dann bleibt es dabei. Basta. Außerdem pfeif ich auf Neidgefühle und all solchen Quatsch. Einmal in hundert Jahren dürfen wir ruhig zeigen, was wir erreicht haben und wer wir sind!«

Er stand jetzt direkt neben der Sicherheitsglasvitrine, in der sich das Glanzstück des Hauses befand, der *N'guru u Kuru*, der *Assmann-Jupiter*, ein ungeschliffener Diamant von 161,21 Karat.

Heinrich Assmann öffnete das Schloss der Vitrine und legte den riesigen Diamanten auf den rechten Handteller. Er hielt den Stein so behutsam wie eine Mutter ihr neugeborenes Baby, und als er ihn mit der Linken behutsam streichelte, machte er ein Gesicht dazu wie ein Bräutigam in der Hochzeitsnacht.

Das ist es: Er ist verliebt in das Ding. Vielleicht ist es ja seine einzige wirkliche Liebe, dachte Irene, denn alle andere Liebe, die sie in den vielen Jahren hatte beobachten können, war nicht so umfassend und uneingeschränkt wie die zu diesem Stein.

Dann besann sie sich wieder auf ihre Notizen und schlug vor: »Dann könnte ja Victor das Interview geben, oder willst du das selbst machen, Chef?!«

»Ich bin doch nicht verrückt«, erwiderte Heinrich Assmann. »Ich mag sein, wie ich will, aber ich kenne mich, Wuttke. Wenn jemand mich reizt, dann werde ich präzise, und ich hab keine Lust, die Pampigkeiten, die ich dann von mir gebe, ein paar Tage später auf Hochglanzpapier gedruckt lesen zu müssen!«

»Dann also Victor?«, fragte sie und dachte dabei, dass der Kerl dann ja wieder mal sein Ziel erreicht hatte.

»Ja. Natürlich Victor. Der macht das am besten«, erklärte der Alte, und damit war das Thema für ihn vom Tisch.

Irene Wuttke aber nahm den Telefonhörer von der Gabel und rief die Journalistin an, um ihr einen Termin vorzuschlagen.

5

Victor Assmann stand auf dem Balkon des Table Bay Hotels in Kapstadt und betrachtete den Tafelberg. Ohne dass auch nur ein winziges Wölkchen seinen Anblick trübte, was selten war, thronte die gewaltige Erhebung über der Stadt; darüber wölbte sich ein tiefblauer Himmel. Wie Goldstaub lag der Abendsonnenschein auf den Dächern und Fassaden der Häuser. Direkt unter ihm, im Hafenbecken, zog ein Schoner mit ochsenblutroten Segeln seine Bahn, gefolgt von einer Gruppe Seelöwen, die mit ihren verspielten Sprüngen das Wasser aufwühlten.

Victor reckte sich wohlig. Er liebte Afrika, und er liebte diese Stadt. Eines Tages, wenn die politischen und wirtschaftlichen Verhältnisse sich vollends stabilisiert hätten, würde er in der Kapregion eines der weißen Häuser im Kolonialstil besitzen. Ein Anwesen mit viel Platz, umgeben von sattgrünem Rasen und Weinreben, mit freier, offener Sicht. Er dachte an den liebevoll gepflegten, aber kleinen Garten seiner Mutter in Idar-Oberstein, an die Villa, die schon des grauen Tuffsteins wegen etwas Düsteres hatte, an das tief eingeschnittene Tal, in dem die Sonnenstunden geringer waren als im höher gelegenen Umland, und er beschloss, das Jahr aufzuteilen, wenn er erst einmal in der Lage war, ohne Rückfragen und Erlaubnisse zu handeln. Ein halbes Afrikajahr im europäischen Herbst und Winter, und ein halbes deutsches Jahr im Frühling und Sommer. Ein Leben in ständigem Sonnenschein, von kleinen Ausreißern einmal abgesehen. Und ein Leben in Freiheit, mit der Möglichkeit, Reichtum einzusetzen, um Reichtum zu vermehren.

Victor lächelte. Es war ihm bewusst, dass es Wünsche und Visionen waren, doch er glaubte daran, dass aus Wünschen und Visionen die Fundamente späterer realer Gebäude wurden.

Oder späterer Paläste.

Es war ein Fehler, fand er, Wünsche oder Visionen durch Bescheidenheit einzuengen. *Bescheidenheit ist grundsätzlich ein Fehler*, sagte er sich als Resümee vieler Überlegungen, die ihm in letzter Zeit durch den Kopf gegangen waren. Die Lehren, die die meisten Leute aus der jüngsten Weltwirtschaftskrise gezogen hatten, waren die falschen, und er würde es ihnen beweisen.

Sein Vater war siebzig Jahre, er aber war vierunddreißig und hatte es satt, länger zu warten. Es war an der Zeit, dass sich etwas veränderte.

»Was machst du so lange da draußen?«, ertönte in diesem Moment eine weibliche Stimme.

Victor wandte sich um.

Sally war nur einen halben Schritt auf den Balkon getreten, doch ihr Sexappeal war so ungeheuer, dass er ihn sofort ansprang, obwohl sie gute fünf Meter von ihm entfernt war.

Sally war die schönste Frau, der Victor jemals begegnet war. Der knallenge Overall, den sie trug, war mit einem schwarz-weißen Schlangenmuster bedruckt. Er betonte nicht nur ihre schlanke Figur, die dennoch an den richtigen Stellen Rundungen zeigte, er unterstrich auch bewusst Sallys Selbstverständnis: Sie war eine Angehörige des Kobrastamms, und sie kokettierte mit der Verehrung dieses Tieres – optisch wie auch in jeder ihrer Bewegungen. Victor wusste, dass Letzteres kein Zufall war, sondern Ergebnis von Training, Tänzen und Unterweisungen durch einen Stammesschamanen und seine Frau.

Aber, wie auch immer: Es war aufregend und aufreizend. Victor liebte das süße Gift ihrer Umschlingungen, und Idar-Oberstein war Tausende von Kilometern entfernt.

»Ich komme schon«, sagte er.

Er ging zu ihr und legte seine Hand auf den kühlen, glatten Stoff des Overalls. Sally wand sich wohlig unter dieser Berührung. Das Schlangenmuster verzog sich dabei ein wenig, und ihre wohlgeformten, festen Brüste bewegten sich darunter beinahe wie eigenständige Lebewesen. Victor packte sie, hob sie hoch und trug sie ins Zimmer. Sie war nun schon drei Jahre seine Geliebte, doch sein sexueller Appetit auf sie hatte nicht nachgelassen, sondern sich ständig gesteigert.

6

Heinrich Assmann lauschte den Ausführungen seines Ältesten vermeintlich aufmerksam, doch seine Gedanken wanderten wieder einmal von den Zahlen und Fakten hinweg, die Georg ihm vortrug.

Er musterte diesen ernsthaften, pflichtbewussten, zurückhaltenden Sohn, der ihm so unähnlich war. Nicht nur im Wesen, auch körperlich gab es keinerlei Übereinstimmungen.

Georg war zwar ebenfalls groß, größer noch als er selbst, aber er war schlank, nahezu hager. Sein Gesicht war schmal und kantig, seine Haare dunkel und stark gelockt, was der Junge durch einen beinahe militärischen Kurzhaarschnitt zu kaschieren versuchte, und seine Glieder waren lang und sehnig. Er wirkte durchtrainiert, obwohl er, soweit es Heinrich bekannt war, keinen anderen Sport betrieb, als gelegentlich zu schwimmen – im Gegensatz zu Victor, der seit seiner Bundeswehrzeit diversen Kampfsportarten huldigte und mehr Zeit dafür einsetzte, als vernünftig erschien.

Und Ludwig … Aber, lassen wir Ludwig, dachte Heinrich, eine Formulierung, die er stereotyp parat hatte, wenn sein Jüngster ihm einfiel.

Stattdessen sagte er mitten in Georgs überaus vernünftige Analyse ihrer Geschäfte in Thailand: »Übrigens, bevor ich es vergesse, Georg: Das mit dem Interview wirst du übernehmen müssen. Ich habe Victor heute Morgen gesagt, er muss noch mal zur afrikanischen Mine fliegen. Es gibt da irgendwelche Personalunstimmigkeiten, die in einen Streik auszuarten drohen, und wenn er ohnehin noch in Kapstadt ist, dann ist es am besten, er klärt das, bevor die Sache ganz aus dem Ruder läuft.«

»Also hör mal, Papa: Wie komm ausgerechnet ich dazu, das Interview zu übernehmen, wo ich doch von Anfang an …?«

»Du übernimmst es, weil ich das so will«, fiel ihm der Alte ins Wort.

Georg seufzte und dachte: Ja, ja, vermutlich ist es wirklich besser, ich übernehme das, bevor es zu einem Eklat kommt.

Der Alte hatte inzwischen darüber nachgedacht, was er gerne in dieser Edelgazette lesen würde. Unvermittelt verspürte er eine Art Heiterkeit darüber, dass sich jetzt ausgerechnet Georg mit dieser Journalistin auseinandersetzen musste. Sollte er doch sehen, wie er zurechtkam, wo er doch sonst alles so gut zu erklären wusste. Immerhin, ein paar Ratschläge konnte er ihm ja geben. »Die *Zukunft*, das ist das Thema, auf das du diese Journalistin hinführen solltest, Junge. Nur nicht zu viel von Vergangenheit und Tradition reden. Das kennt man doch, wie diese Zeitungsschreiber so etwas interpretieren. Sprich von geplanten Entwicklungen, vom Erhalt der Arbeitsplätze und wie bestrebt wir sind, neue zu schaffen. Weltweit, versteht sich. Das sollten deine Stichworte sein!«

»Verbindlichen Dank für die Anregungen, Papa«, sagte Georg, aber er fügte die ein, zwei ironischen Anmerkungen, die ihm danach noch auf der Zunge lagen, nicht mehr hinzu. Zweifellos war die Entscheidung des Alten, sich keiner öffentlichen Erörterung zu stellen, die beste für den Konzern. Damit wandte er sich Irene Wuttke zu, die am anderen Ende des Besprechungstischs saß und Protokoll führte: »Wie war der Name der Journalistin?«

Die Assistentin des Chefs blätterte einige Seiten zurück

und hatte ihre Notiz bald wieder gefunden. »Eiler«, erwiderte sie. »Petra Eiler.«

»Dann werd ich die mal googeln. Besser, man weiß, mit wem man es zu tun hat. Danke, Irene.«

Das war auch eine dieser Besonderheiten der Assmanns, überlegte Irene Wuttke: ihre Leutseligkeit und selbstverständliche Einbindung in die Organe und Gepflogenheiten der kleinen Kommune. Sie gebärdeten sich, und dies ausnahmsweise alle, derart bürgerlich-normal, dass die Idar-Obersteiner es völlig vergaßen, dass die Assmanns Multimillionäre oder vermutlich sogar Milliardäre waren, was nicht einmal sie so genau wusste. Vermutlich war diese Art und Weise zu leben mehr Schutzmaßnahme als die natürlich vorhandenen und vor der Öffentlichkeit verborgenen strengen Sicherheitsvorkehrungen in Firma und Familienvilla.

Heinrich Assmann zum Beispiel engagierte sich seit vielen Jahren im Sportverein der kleinen Stadt als Vorsitzender. Bei einer Weihnachtsfeier, bei der sehr viel Alkohol geflossen war, hatte Heinrich der neu gewählten Kassiererin Irene Wuttke das im Vereinsleben übliche Du angeboten und war auch während der Arbeitszeit dabei geblieben, wobei er sie nie mit dem Vornamen anredete und sie selbst grundsätzlich Chef zu ihm sagte.

Alle drei Assmann-Söhne dagegen sprachen Irene mit Sie an, benutzten aber ihren Vornamen. Eine Ausnahme machte nur Zita Assmann. Sie hatte sich seit ihrem Einzug in Firma und Haus nie dazu veranlasst gesehen, die steife Höflichkeitsform abzulegen. Für Zita war sie Frau Wuttke.

»Was wolltest du eigentlich?«, erinnerte sich Heinrich in diesem Moment, denn der Thailand-Vortrag war inzwischen beendet, aber sein ältester Sohn machte noch keine Anstalten, in sein eigenes Büro zurückzugehen, das am anderen Ende des Flurs lag.

»Ich wollte noch über die Fördermengen der afrikanischen Mine mit dir sprechen.«

Heinrich Assmann verzog das Gesicht, als ob er auf eine Zitrone gebissen hätte. Jetzt kam auch noch Georg mit dieser Geschichte! Victor hatte ihn deswegen schon mehrmals aufgesucht und bedrängt.

»Ich habe ein geologisches Gutachten erstellen lassen«, sagte Georg und legte den Ordner, den er mitgebracht hatte, auf den Besprechungstisch. »Du solltest dir das einmal ansehen, Papa!«

Unwillig wuchtete Heinrich sich hoch. Und Unwille lag auch in seiner Stimme, als er anmerkte: »Wenn du so etwas vorhattest, dann wäre es der richtige Weg gewesen, mich vorher zu fragen.«

»Victor hat mir gesagt, du würdest es befürworten«, sagte Georg, und das Erstaunen in seiner Stimme klang echt.

Dreimal verdammter Victor, dachte Heinrich, aber er musste innerlich schmunzeln. Denn natürlich hatte auch Victor nicht vorher mit ihm gesprochen. Der Kerl war unmöglich, aber das Gutachten war nun erstellt, und hätte der eine oder der andere der Herren Söhne ihn tatsächlich vorher um sein Placet gebeten, er hätte vermutlich die Kosten gescheut. Was ein grober Fehler gewesen wäre, wie er sich eingestehen musste, als er das Papier zu Ende gelesen hatte.

Georg sprach das Fazit aus, zu dem der Gutachter gekommen war: »In weniger als zwei Jahren wird das bisherige Minengelände nichts Nennenswertes mehr hergeben. Wir müssen das Fördergebiet erweitern …«

»… oder die Mine dort aufgeben!«

Georg schüttelte verständnislos den Kopf. Manchmal konnte er den Gedankengängen des Alten wirklich nicht folgen. »Aber warum denn, Papa? Schau dir das an: Das Gelände nördlich der bisherigen Mine wurde noch nie bearbeitet. Und die Schürfrechte dafür gehören uns, ganz zweifelsfrei, ich habe Irene die alten Verträge und Lagepläne aus dem Tresor holen lassen und alles gründlich studiert.«

»Du hast *was*?«, fragte sein Vater mit so ungewöhnlich leiser Stimme, dass Georg zusammenzuckte. Ein Effekt, der schon lange Jahre nicht mehr gelungen war.

»Ich wollte ganz sicher sein, dass die Rechtsverhältnisse klar sind, bevor ich dir vorschlage, dort zu investieren«, versuchte er, sein Vorgehen zu erläutern.

Heinrich lief blaurot an, bevor er losbrüllte: »Mein Tresor ist *mein* Tresor, hast du mich verstanden?«

Er ging zur Tür des Vorzimmers, die Irene hinter sich geschlossen hatte, riss sie auf und schrie mit überkippender Stimme: »Und wenn die Wuttke sich noch ein einziges Mal erlaubt, die alten Akten ohne meine ausdrückliche Zustimmung herauszugeben, dann werf ich sie raus!«

Er stieß die Tür mit dem Fuß vollends auf, sodass sie in Irenes Zimmer gegen das Aktenregal knallte, starrte seiner langjährigen Vertrauten ins Gesicht und schrie: »Von jetzt auf nachher werf ich dich raus, Wuttke, hast du verstanden?«

»Du sagst es ja laut genug, Chef«, erwiderte Irene ungerührt, obwohl sie sich schon darüber wunderte, wie heftig er reagierte. Noch nie hatte jemand die alten Firmenakten verlangt, noch nicht einmal Heinrich Assmann selbst. Sie hatten noch genau so im unteren Fach gelegen, wie sie der Vater des Chefs vor ihren eignen Augen verstaut hatte, damals, als man vom Oberstock der alten Schleiferei in das neue Verwaltungsgebäude umgezogen war. Natürlich gab es geheime Abteilungen im Tresor, die niemand anderem zugänglich waren als dem Firmenchef selbst, doch die Aktenfächer waren keine erklärten Tabuzonen.

»Entschuldige, Chef«, sagte Irene rasch, denn die momentane Gesichtsfärbung hatte sie nur sehr selten an Heinrich gesehen – und jedes einzelne Mal war eine unangenehme Erinnerung.

Georg betrachtete seinen Vater, dem der Zorn die Schweißperlen auf die Stirn getrieben hatte, hörte seinen wutpfeifenden Atem und sah das Glitzern in den grauen, von starken, vorstehenden Büscheln weißer Brauenhaare umwölbten Augen. Eine Aufführung von Shakespeares *König Lear* kam ihm in den Sinn. Der Darsteller hatte seinem Vater nicht nur optisch geähnelt, im Moment führte er sich auch auf wie Lear kurz vor der Sturmszene.

Erschrocken über seinen eigenen Vergleich senkte Georg den Blick. Auch der König in diesem englischen Schauspiel hatte drei Kinder gehabt; Töchter in diesem Fall. Er war ebenso ein egozentrischer, despotischer Vater, dem Liebes- oder eigentlich Unterwerfungsbeweise erbracht werden sollten. Und auch ein *Nachfolgeproblem* gab es hier wie dort, das irgendwann geregelt werden musste, und zwar *vor* dem Tod des noch amtierenden Herrschers, wenn das Reich nicht an der Schwäche des alternden Königs zerbrechen sollte …

Georg schaute zu der mit Panzerglas versehenen Hochsicherheitsvitrine hinüber, in dem der bedeutendste aller aufgefundenen Assmann-Diamanten aufbewahrt wurde, der *N'guru u Kuru*, die *Träne der Götter*, wie die afrikanischen Arbeiter ihn bezeichnet hatten. Sein Urgroßvater hatte ihn, dessen ungeachtet, den *Assmann-Jupiter* genannt. Er war auf ebenjenem Land gefunden worden, das nun bald ausgebeutet und keine weiteren Göttertränen mehr zu spenden bereit war.

Es gab auch eine Prophezeiung, die sich um diesen Stein rankte, fiel Georg jetzt ein, doch auch diese gehörte zu den Dingen, die sein Vater den Söhnen so wenig zu offenbaren bereit war wie die Inhalte der alten, staubigen Akten.

Es war an der Zeit, dass sich etwas veränderte, begriff Georg genau in dem Moment, als sich der Alte breitbeinig und bullig, wie er nun einmal war, vor die Vitrine stellte, als ob er gezwungen sei, das Assmann-Imperium mit Körpereinsatz zu verteidigen.

Ich werde nach dem Jubiläum mit Mutter sprechen, dachte Georg. Die Sache mit der afrikanischen Mine war der absolute Beweis dafür, dass Heinrichs geschäftlichen Entscheidungen nicht mehr betriebswirtschaftliche Überlegungen zugrunde lagen, sondern Willkür und Unvernunft. Wie nur konnte sein Vater erwägen, das riesige Gebiet im Norden der bisherigen Mine ungenutzt brachliegen zu lassen und die Mine zu schließen? Es gab einige Dispositionen in den vergangenen Jahren, die Georg unangebracht oder gar riskant erschienen waren, diese aber war ganz einfach verrückt, wenn man bedachte, wie viel Gerät vom alten Standort übernommen und in den Norden geschafft werden konnte, während es im Fall einer Schließung nutzlos verrottete. Vermutlich favorisierte sein Vater an einem anderen Platz der Erde ein bisher geheim gehaltenes Vorhaben, in das er Geld stecken wollte, egal, was an Vorhandenem darunter leiden würde. Womöglich war es sogar etwas, das politisch oder ethisch brisant war, was seine Eilfertigkeit, ihm das Jubiläums-Interview aufzubrummen, erklären würde. Schließlich konnte *er* nicht preisgeben, was er nicht wusste.

Georg wandte sich um und ließ seinen Vater einfach stehen, erfahrungsgemäß die beste Taktik, wenn der Alte wieder einmal durchgedreht war.

Als er den langen Flur zu seinem Zimmer entlangging, fiel ihm ein, wie Victor ihn mit dem Gutachten hatte ins Messer laufen lassen. Wie stark der Ärger über die Unaufrichtigkeit seines Bruders ihn dieses Mal beschäftigte, wurde ihm erst bewusst, als er den warmen Blutstropfen spürte, der ihm übers Kinn rann, und er begriff, dass er sich in die Unterlippe gebissen hatte.

7

Georg hatte sich den Verlauf des Interviews sorgfältig überlegt. Er kannte die Macht der Massenmedien und wusste, dass dieses Interview andere, in wichtigen Tageszeitungen oder Magazinen, nach sich ziehen könnte. Vielleicht würde sich sogar ein Fernsehsender melden. Immerhin handelten die Assmanns seit einhundert Jahren mit dem Stoff, aus dem die Träume waren. Die weiblichen zumindest.

Er entschied sich dafür, die Sache vom Ende her aufzuziehen.

»Ich möchte Sie zuallererst durch unsere Ausstellungsräume führen«, sagte er zu der zierlichen jungen Frau, die sich als Petra Eiler vorstellte.

Obwohl sie die dichten braunen Haare zu einer frechen Banane hochgesteckt hatte, erreichte die Dame gerade mal die Höhe seiner Schultern. Sie musterte ihn mit lebhaften dunklen Augen, und ihre Blicke registrierten zugleich jeden Gegenstand in seinem Büro, sagten ihm aber auch, dass er sie nicht unterschätzen durfte. Außerdem hatte er das Interview mit Jakob Feldmann gelesen und sich ein Schmunzeln dabei nicht verkneifen können. Er hätte seinen Kopf verwettet, dass der Banker einen ganz speziellen Satz gerne zurückgenommen hätte. Das war das Tückische an diesen Journalisten und der kostenlosen »Reklame«, für die sie sorgten: Man wusste erst hinterher, ob es tatsächlich eine solche war.

Er pries ein weiteres Mal den Instinkt seines Vaters, sich herauszuhalten, und beschloss, so vorsichtig wie möglich zu sein. Petra Eiler schien eine besondere Fertigkeit darin zu haben, Fettnäpfchen bereitzustellen und Fallstricke zu spannen, und er hatte keine Lust darauf, dass Wirtschaftswelt und Society sich bei der Lektüre dessen, was Georg Assmann von sich gab, ebenso amüsierten, wie sie es über Feldmanns Ausrutscher getan hatten.

Höflich ließ er der Journalistin den Vortritt, als er den Code eingegeben hatte und die sechzehn Zentimeter dicke Stahltür ihnen den Weg in die Ausstellungsräume freigab.

Er drückte auf den Lichtschalter, und all die Spezialleuchten, Lampen und Punktstrahler flammten auf.

»Aber hallo«, sagte Petra, wider Willen beeindruckt. Was sie sah, war unglaublich. Es glitzerte, blitzte und schimmerte so ungemein, dass dem Betrachter die Augen übergingen. In Glasvitrinen verteilt lagerten Diamanten und Edelsteine aller Farbschattierungen, ungeschliffene und geschliffene, zu Schmuckstücken verarbeitete und ungefasste Solitärsteine. Es gab Ringe, Ohrringe, Ketten, Colliers, einige Diademe sogar, Broschen, Armbänder, Tafelaufsätze, die mit Edelsteinen bestückt waren, edelsteingeschmückte Gürtel, Schuhe, Gewänder, Becher, Gläser und unzählige andere Pretiosen. Der Schatz im Silbersee war ein Vergleich, der nicht einmal entfernt diese Ansammlung umschreiben konnte.

»Fotografieren ist hier unten leider verboten. Das Sicherheitsrisiko wäre zu groß.«

Petra erwiderte nichts darauf, ihr Blick klebte an einem perfekt geschliffenen Diamanten, der so groß wie ein Taubenei war und ganz allein eine Vitrine für sich beanspruchte.

»Ist er das?«, fragte sie und war ärgerlich darüber, dass ihre Stimme die Faszination verriet, die der Anblick in ihr erzeugte.

Georg begriff sofort, was sie meinte, erkannte aber auch, wie gut sie sich auf dieses Gespräch vorbereitet hatte. Er lachte. »Nein, nein. Das ist er nicht. Sie meinen doch den *Assmann-Jupiter*, oder irr ich mich da?«

»Sie irren nicht. Genau den hab ich gemeint. *N'guru u Kuru: Die Träne der Götter*, wie die Afrikaner ihn getauft haben. 161,21 Karat.«

»Sie sind gut unterrichtet.«

»Das ist mein Geschäft. Kann ich ihn sehen?«

»Ich fürchte nein!«

»Und … weshalb nicht?«

»Er befindet sich … in einem … *Spezialbehältnis.*«

»Und was ist *das hier*?«, fragte Petra, ein wenig maliziös. Sie befanden sich in nichts anderem als in einem begehbaren Tresor, der bestimmt sicherer war als das berühmte Fort Knox.

Georg erriet ihre Gedanken und lächelte ein wenig.

»Das hier ist Ware, und nicht nur unsere eigene. Im Hinblick auf unser Jubiläum haben zahlreiche Kunden aus aller Welt uns bereits verkaufte Werkstücke aus den Assmann-Schmuckateliers ausgeliehen. Für eine einmalige Jubiläumsausstellung, die einem ausgewählten Personenkreis zugänglich gemacht werden soll.«

Er hatte erwartet, dass sie hier einhaken würde, um den *ausgewählten Personenkreis* in Erfahrung zu bringen, aber sie nickte nur und wiederholte sachlich seinen eigenen Satz: »Des Sicherheitsrisikos wegen.«

»So ist es.«

»Wenn das hier … *Ware* … ist, wie würden Sie dann den *N'guru u Kuru* bezeichnen?«

Georg tat ihr den Gefallen: »Als … *Familienmitglied*«, sagte er mit seinem charmantesten Lächeln. »Vermutlich das wichtigste, in den Augen meines Vaters«, fügte er scherzend hinzu. »Deswegen wird er auch in … *eher privaten* … Räumen aufbewahrt.« Es war klar, dass er ihr jetzt Futter gereicht hatte, das schmecken würde.

»Erzählen Sie mir doch bitte die Geschichte, wie der Stein gefunden wurde«, verlangte sie prompt.

Georg wusste, dass diese Story, im Gegensatz zu den Fakten, die sie bereits kannte, noch nie veröffentlicht worden war.

»Wenn Sie unbedingt Wert darauf legen«, erwiderte er und versuchte, nicht allzu bereitwillig zu klingen.

»Absolut«, bekräftigte sie ihren Wunsch. »Wobei ich dazu schon die Tasse Kaffee nehmen würde, die Sie mir vermutlich anbieten möchten.«

»Aber gerne«, sagte er und komplimentierte sie wieder hinaus.

Sie verließ das metallene Raritätenkabinett ohne einen bedauernden Blick über die Schulter, was nach Georgs Erfahrungen Frauen nur selten schafften, auch wenn es weniger zu sehen gab als kurz vor der Jubiläumsausstellung.

Sie fuhren mit dem Aufzug, der ebenfalls nichts anderes als ein beweglicher Tresor war, hinauf in die zweite Etage des Gebäudes.

Das Interview dauerte zwei Stunden, doch Georg war auf der Hut.

Er erzählte ihr von den berühmten vier »Cs«, die die Qualität und damit den Preis der Diamanten bestimmten: Carat für das Gewicht, Color für Farbe, Clarity für Reinheit und Cut für die Güte des Schliffs. Er berichtete über die ergiebigsten Fundstellen und die größten und schönsten der Diamanten, über die berühmtesten ihrer Trägerinnen und die Stellen in Literatur und Kinofilmen, in denen diese Sehnsuchtsgegenstände der Damen ihren Niederschlag fanden.

Natürlich war ihm klar, dass sie sich mindestens ebenso sehr fürs Private interessierte wie für die Story des *Assmann-Jupiters* und die Firmenstruktur und -geschichte, doch er hatte den Eindruck, dass es ihm ganz gut gelang, sie zu verkaufen: *Der Firmenchef, ein stark beschäftigter, aber treu sorgender Patriarch, bodenständig und global orientiert zugleich. Ambi-*

tionierter Jäger, da ist sie richtig informiert. Nein, nein. Das mit der Bärenjagd in Rumänien ist nur ein Gerücht. Obwohl es in den Karpaten ein Jagdhaus gibt, das ist wahr.

O ja, die schöne Mutter, stammt ebenfalls aus Idar-Oberstein. Ob sie als »Morgengabe« die Opalvorkommen ihrer Familie in Brasilien eingebracht hat? Ja, das entspricht den Tatsachen. Sie sind aber wirklich gut unterrichtet, Frau Eiler! Nein, ist leider total öffentlichkeitsscheu, die Frau Mama, und er hat die Auflage, nicht mal ihr Hobby preiszugeben, aber er tut es dennoch: Es ist die Kunst. Präzise gesagt, die Malerei. Stimmt, für eine gute Ausstellung jettet sie schon mal um die Welt.

Er selbst? Ja, der älteste Sohn. Betriebswirtschaft, Bergwerkswesen und ein paar Semester Maschinenbau studiert, Mitglied der Geschäftsführung. Nein, Kronprinz würde ich das nicht nennen. Unverheiratet; verwitwet, präzise gesagt. Darüber möchte ich mich nicht unterhalten.

Bruder Victor dagegen verehelicht, mit Alice, geborene Tussier, Champagnerdynastie, richtig. Nein, auch der Bruder ist kinderlos und derzeit geschäftlich in Afrika. Ja, ist ebenfalls in der Geschäftsführung.

Konflikte wegen der »Dreierspitze«? Ich bitte Sie! Es gibt Absprachen und Regeln, die alle beachten. Nein, Alleingänge kommen nicht vor, und schon gar keine Intrigen. Wir sind zivilisierte und disziplinierte Menschen und wissen, dass wir alle auf demselben Ast sitzen. Auf dem Mammutbaum des Reichtums??? Sie sind ja echt witzig!

Alice? Alice hält sich ganz heraus aus dem Geschäft. Spielt Tennis und züchtet Orchideen. Eigenes Gewächshaus, erstaunlich, was Sie alles wissen, Frau Eiler. Geschenk der Eltern von Alice, zur Hochzeit. Sie beschäftigt sich schon seit der Kindheit mit seltenen Blumen.

Ja, der Jüngste ist Musiker, auch da sind Sie richtig informiert. Klavier und etliche Dirigentenkurse, im Moment versucht er sich im Komponieren. Nein, keine Familie. Ist auch erst dreißig, der kleine Bruder.

Familienfotos und Homestory? Tut mir leid, aber das geht uns zu weit.

Doch, doch. Mich dürfen Sie ablichten. Irgendwer muss das Gesicht ja schließlich herhalten, und angeblich bin ich am fotogensten – kleiner Scherz, muss ja auch sein!

Fotogen war er tatsächlich, und charmant ebenso, allerdings verdammt clever. Was er preisgab, hatte nirgendwo Ecken und Kanten, an denen sie ein *ungewöhnliches* Interview hätte aufhängen können.

In der Regel begleitete Petra zu solchen Interviews ein Profifotograf. Doch Tenno Ritter, den man ihr dieses Mal zugeteilt hatte, war am vorigen Abend wohl wieder einmal versumpft, jedenfalls war er nicht am vereinbarten Treffpunkt erschienen.

»Dann mach das eben selbst, du kannst das doch und bist auch früher schon mal in die Bresche gesprungen«, hatte Liane Dierolf von ihr verlangt, denn der Chefredakteurin war ebenso klar wie Petra, dass es einen zweiten Termin bei den Assmanns vor dem Jubiläum bestimmt nicht mehr geben würde.

Nach gut einem Dutzend Aufnahmen in verschiedenen Posen steckte Petra ihre kleine, aber feine Kamera wieder zurück in die Handtasche. »Dann danke ich Ihnen sehr«, sagte sie und lehnte eine weitere Tasse Kaffee entschieden ab. Sie stand bereits, als das Telefon klingelte.

»Das geht jetzt nicht«, sagte Georg Assmann und wirkte

unvermittelt genervt. »Ich bitte dich, Ludwig, das kannst du nicht bringen! Wenn du das wirklich machst, wird Papa …«

Doch dann schaute er auf und verschluckte den Rest seines Satzes. Er versuchte ganz offensichtlich, die erregte Stimme am Telefon abzuwürgen, die bis zu Petra herüberdrang, ohne dass sie etwas verstehen konnte.

Der kleine Bruder klang ziemlich aufgeregt. Der würde sich nicht so rasch abwimmeln lassen. Petra steckte den Block in ihre Handtasche und beschloss, die Chance zu nutzen, sich allein noch etwas umsehen zu können: »Lassen Sie sich nicht stören, Herr Assmann. Ich finde selbst wieder hinaus. Nochmals vielen Dank für das Interview!«

Und schon war sie draußen.

Aufmerksam ging sie den Flur entlang. Alles war gediegen, eher ein wenig bieder als weltläufig: Der braunschwarz gesprenkelte, bestimmt pflegeleichte Teppichboden, die Türstöcke aus dunklem Eichenholz und die popelige Ansammlung von Grünpflanzen in einem ebenfalls eichenummantelten Blumenfenster.

Kurz bevor sie den Aufzug erreicht hatte, stoppte sie, als sie bemerkte, dass eine der Türen nur angelehnt war. Mit der Spitze ihres Schuhs stieß sie sie vorsichtig auf. Es war ein ganz normales Büro, doch durch die geöffnete Tür zum angrenzenden Raum sah sie einen großen altdeutschen Schreibtisch. Ein bronzener Hirsch mit erhobenem Kopf stand auf dem Möbel, und von der Wand dahinter fletschte ein präparierter Braunbärenkopf die Zähne.

Ohne nachzudenken, durchquerte Petra das Vorzimmer und linste durch die Tür in den geräumigen Raum, der aussah wie ein etwas verquast eingerichtetes bürgerliches Wohnzimmer. Dann erst entdeckte sie die Vitrine mit dem *Assmann-Jupiter*, die wie eine gläserne Säule mitten im Raum stand.

Aha. Die *eher privaten Räume*. Nett ausgedrückt, Assmann junior.

Rasch trat sie näher und zückte die Kamera. Hinter dem riesigen Diamanten, der ungeschliffen war und deswegen viel weniger eindrucksvoll aussah als der in der Schatzkammer im Untergeschoss, stand eine vergilbte Fotografie. Sie zeigte einen blonden, lächelnden Mann und einen graubärtigen und grauhaarigen Schwarzen, dessen Lenden mit Schlangenhäuten umwickelt waren. Sie streckten jeweils eine weiße und eine schwarze Hand in Richtung des Fotografen. In der Mitte dieser beiden Hände lag – und selbst in der Verkleinerung der Fotografie war dies noch zu erkennen – der *N'guru u Kuru*, die *Träne der Götter*; der spätere *Assmann-Jupiter*.

Petra knipste die Vitrinensäule aus allen Perspektiven, sie zoomte die Fotografie nahe heran, und sie versäumte auch nicht, den röhrenden Hirsch und den fletschenden Bären abzulichten.

Sie war so vertieft in ihre Arbeit, dass sie beinahe die Kamera fallen gelassen hätte, als eine volle Bassstimme hinter ihr tönte: »Was machen Sie hier?«

»Eine kleine Foto-Session«, erwiderte Petra und setzte ihr unschuldigstes Lächeln auf.

Das Gesicht des Mannes, der aussah wie Bubi Scholz in seinen besten Zeiten und offenbar durch eine andere Tür eingetreten war als sie selbst, verfärbte sich lilarot. Die Wut schien ihn noch größer und breiter aufzublasen, als er ohnehin schon war. »Raus!«, brüllte er. »Sofort raus hier, oder ich werde Ihnen Beine machen!«

Einen Moment lang überlegte Petra, ob sie sich an weiteren Erklärungen versuchen sollte, doch dann machte sich alles von selbst. Sie hob die Kamera und fotografierte den zornigen Mann. Danach drehte sie sich um und verschwand, so rasch sie konnte, durch die Tür, durch die sie gekommen war. Die Schimpfkanonade hinter ihr hörte sie nur noch verschwommen. Auf der Treppe, über die sie nach unten flüchtete, prallte sie beinahe gegen eine ältliche Brünette mit einem Pferdegesicht und perfekt ondoliertem Haar, die ihr misstrauisch nachschaute.

Heinrich schnaufte noch immer heftig, als Irene Wuttke mit Georg im Schlepptau ins Chefbüro kam.

»Du musst juristische Schritte gegen diese Person einleiten, Georg«, verlangte Heinrich sofort.

»Das wäre mehr als dumm«, erwiderte Georg. »Immerhin haben wir sie freundlich eingeladen, und das auch noch schriftlich!«

»Sie hat sich hier reingeschlichen. Und ohne Erlaubnis fotografiert!«

»Das wird schwer zu beweisen sein«, sagte die Assistentin sachlich. »Es war schließlich keiner da, außer dir und ihr.«

Heinrichs blaurote Gesichtsfärbung kehrte zurück. »Es ist meine Firma und mein Büro. Und wenn ich nicht will …«

»Jetzt beruhig dich doch, Vater«, versuchte ihn Georg zu besänftigen.

»Was kann sie schon aufgenommen haben, was dich kompromittieren könnte? Den Hirsch und den Bären, okay. Du hast noch nie verheimlicht, dass du Jäger bist, und wenn du den rumänischen Blattschuss jetzt doch zugeben musst, dann geschieht es dir recht. Was hängst du dir den Petz auch großkotzig ins Zimmer, wenn du nicht dazu stehen willst, ihn umgelegt zu haben!« Seine Stimme wurde ganz sanft, wie in einem guten Verkaufsgespräch, deren er schon Tausende bestritten und erfolgreich abgeschlossen hatte. »Sie wird dich als Dinosaurier verkaufen, einen vom alten Schlag, kantig, dynamisch, ein bisschen skurril, aber super erfolgreich. Das kann dich doch nicht wirklich stören?!«

Die überschüssige Luft wich langsam aus Heinrichs Lungen. Sogar ein kleines, verstohlenes Grinsen erschien auf seinem Gesicht.

»Da hast du eigentlich recht«, sagte er schließlich.

»Und geohrfeigt hast du sie ja nicht, Chef, oder?«, ließ sich Irene Wuttke vernehmen. Manchmal hatte sie einen kleinen Hang zur Bosheit.

»Halt den Mund, Wuttke«, knurrte Heinrich. Bevor er aber dazu kam, seine Vertraute noch weiter zu rügen, klingelte im Vorzimmer das Telefon.

Irene eilte nach draußen und nahm den Hörer ab. Georg hoffte, dass es nicht wieder Ludwig sein würde.

»Hallo, Victor«, sagte Heinrich jedoch und hörte eine kleine Weile zu. Er bedeutete Georg mit einer Handbewegung zu bleiben, als dieser das Zimmer verlassen wollte.

Georg setzte sich in den Besuchersessel und wartete ab.

»Ja. Georg hat mir das Gutachten gezeigt«, sagte sein Vater jetzt. Seine Stimme war wieder so normal wie die Gesichtsfarbe. »Ich hab mir das überlegt. Es ist richtig, was ihr sagt … Du kannst van Reemen ausrichten, er kann schon damit beginnen, einen Teil der Maschinen in den Norden zu schaffen.«

»Na, bravo«, stimmte Georg zu, als sein Vater das Gespräch beendet hatte. »Das war ein Akt der Vernunft.«

»Ich seh es ja ein«, sagte der Alte. »Es wäre verrückt gewesen … nur wegen ein paar Einbildungen und Sentimentalitäten …«

Er brach ab und schaute geistesabwesend in Richtung Vitrine.

Georg betrachtete ihn irritiert. »Welche Einbildungen … und was bezeichnest du als Sentimentalitäten?«

»Das geht dich nichts an, Junge«, erwiderte Heinrich, aber es klang ausgesprochen friedlich. Es war ihm nämlich eingefallen, dass er den Verleger der *Lady* kannte. Der saß mit ihm zusammen im Aufsichtsrat einer Großbank.

8

Liane Dierolf betrachtete die Titelseite der neuesten *Lady* und lächelte zufrieden. »Als Aufmacher einer Frauenzeitschrift taugt dieser gut aussehende Kerl doch perfekt. Auf so etwas fahren die Leserinnen ab!«

»Der Diamantenprinz« stand in großen goldenen Lettern auf Höhe von Georg Assmanns Krawattenknoten. Und irgendwo im Text, dass dieser Mann noch zu haben war. »Das hast du wirklich sehr hübsch gemacht«, sagte sie gnädig zu Petra Eiler, die vor ihrem Schreibtisch stand.

Petra presste die Lippen zusammen und erwiderte nichts.

Es war ein Ersatzartikel, und es waren zwei Päckchen Gummibärchen nötig gewesen, bis sie sich selbst überredet hatte, ihn so zu schreiben.

Das erste Interview, das sie vorgelegt hatte, war verworfen worden. Das Foto, das ihr dazu passend erschien, hatte Heinrich Assmann direkt unter dem fletschenden Bären gezeigt, und es war eine offene Frage, wer von beiden bedrohlicher wirkte. Die Überschrift hatte gelautet: »Steinreich«, und es war nicht die glatte Story von der sympathischen hessischen Unternehmerfamilie gewesen, bodenständig und global orientiert zugleich, die jetzt in der aktuellen Ausgabe der *Lady* abgedruckt war. Es war eine Schilderung der gierigen Suche von gierigen Menschen gewesen, die sich möglichst allen Kohlenstoff der Welt greifen wollten, den die Jahrtausende mit gewaltigem Druck in Diamanten verwandelt hatten. Eine Geschichte, in der Begriffe wie Blut und Gewalt vorgekommen waren. In der vom Fatalismus berichtet wurde, mit dem die Frauen aller Zeiten, auch die heutigen, angeblich so aufgeklärten, die oftmals brutalen Herkunftsgeschichten ihrer Schmuckedelsteine verdrängten.

»Spitzenklasse«, hatte Liane diesen ersten Artikel bejubelt. »Ehrlich und investigativ!« Und wie sie das Bild von Heinrich mit dem Bären erheitert hatte …

Irgendetwas aber war danach geschehen, etwas, von dem Petra nichts wusste. Jedenfalls war sie kurz danach erneut ins Büro der Chefredakteurin gerufen worden, wo Liane ihr mitteilte, dass der Assmann-Artikel »… nicht ins Profil der *Lady*« passe. Sie hatte den Chip erbeten, um »das übrige Fotomaterial sichten zu können«, hatte das Prinz-Georg-Bild ausgewählt und den Chip danach »irgendwie verlegt«.

Für Petra klang das verdächtig nach Gefälligkeitskorrektur, vermutlich hatte der alte Assmann seine Verbindungen, jedenfalls war es der Moment, in dem Petra beschloss, ihren

Wechsel in das Nachrichtenmagazin nicht nur zu erträumen, sondern aktiv anzugehen. Liane hatte einfach kein Rückgrat.

Dennoch musste auch eine kritische Journalistin ihr Geld verdienen, und offene Revolution würde den Wechsel nicht leichter machen. Liane, dessen war sie sicher, würde sich durch ein entsprechendes Zeugnis rächen, und das wiederum wäre fatal.

Ganz aufzugeben war allerdings nicht Petras Sache. Wenigstens diesem »Diamantenprinzen« gegenüber würde sie klarstellen, was ihre Absicht gewesen war. Und natürlich war sie clever genug gewesen, die Bilder zuerst auf einem privaten USB-Stick zu sichern, ehe sie damit zu Liane gegangen war.

Sie druckte die von Heinrich Assmann aus, steckte sie in einen Umschlag und schob auch den konfiszierten Artikel hinein. Dann adressierte sie das Ganze an Herrn Georg Assmann, persönlich und vertraulich.

Der Brief erreichte Georg bereits am nächsten Tag, nach dem Anruf einer wildfremden Dame, die sich ihm – ziemlich unverhüllt – als künftige Ehefrau angeboten hatte.

Seit dem Erscheinungstermin der *Lady* hatte es zahlreiche Briefe und mindestens zwei Dutzend solcher Anrufe gegeben, wenn auch die meisten in Irene Wuttkes Filter hängen geblieben waren und nur die Listigsten es schafften, ihm ihre Botschaften persönlich ins Ohr zu säuseln. Er hatte fast alles bedacht, was es im Hinblick auf dieses Interview zu bedenken gab, diesen Effekt aber hatte er nicht erwartet. Sein Vater hatte recht gehabt: Diese Journalistin war wirklich ein Biest. Ihren Artikel indirekt an seinem Familienstand aufzuhängen war ausgesprochen infam! Und vermutlich schickte ihm diese Frau Eiler jetzt, als Gipfel von allem, ein Freiexemplar der *Lady.*

Georg schlitzte das Kuvert auf und kippte den Inhalt auf seine Schreibtischplatte. Als Erstes sah er das Bild seines Vaters mit dem Bären und konnte nicht anders, als schallend zu lachen. Er sah sich die anderen Fotografien an und lachte noch einmal. Der röhrende Hirsch im Vordergrund, im Hintergrund der Alte, der die Hände rang. Dann betrachtete er das stark vergrößerte Bild aus der Jupiter-Vitrine, das eine schwarze und eine weiße Hand zeigte, auf denen die *Träne der Götter* lag, und wurde nachdenklich.

Als er den beigefügten Artikel gelesen hatte, war er beeindruckt. Diese Frau war beachtlich, auch wenn sie offenbar zurückgepfiffen worden war. Sie hatte sowohl Intellekt als auch Humor und verstand beides geschickt zu verbinden.

Er las den Artikel ein zweites Mal, danach griff er nach einem seiner persönlichen Briefbogen und einem Füller.

»Sehr geehrte Frau Eiler«, schrieb er. »Vielen Dank für Ihre freundliche Post. Ich habe alles betrachtet und gelesen und muss gestehen, dass mein bisher schlummerndes Interesse am Journalismus dadurch geweckt wurde. Darf ich Sie deshalb um ein *privates* Interview bitten? Ich schlage Ihnen folgende Termine vor…«

Er begann in seinem Kalender zu blättern und notierte drei mögliche Daten.

Nach kurzem Zögern rief er in der Schleiferei an, in der Stefan Kendler, ein pfiffiger junger Mann, als Auszubildender arbeitete. Er reichte dem Jungen ein paar Scheine, die ausreichend waren fürs Benzin nach Frankfurt und einen Blumenstrauß. »Der Rest ist Schweigegeld«, sagte er unmissverständlich.

Der Junge nickte. »Stets zu Diensten, Herr Diamantenprinz.« Georg lachte und zeigte ihm scherzhaft die Faust, worauf Stefan grinsend das Weite suchte.

9

Heinrich Assmann griff nach der Karaffe und goss sich mit der gebotenen Vorsicht ein Glas Sherry ein. Der Stoff war fünfzig Jahre alt, das Geschenk eines Geschäftsfreunds, und sicher sündhaft teuer gewesen. Er trank einen Schluck davon, und während das Getränk die verwöhnten Geschmacksnerven seiner Zunge umschmeichelte, betrachtete er den Garten.

Zita hatte ein Faible für Rosen jeder Art, doch die dicht gefüllten altenglischen, die derzeit blühten, hatten es ihr am meisten angetan. Als zartrosafarbene duftende Ballen schwebten sie über den nahezu schwarz glänzenden Blättern und hüllten die Terrasse in ihren betörenden Duft. Heinrich dachte an die Farm in Sambia, von der diese Rosen stammten. Sie waren, außer der Erinnerung, das Einzige, was davon geblieben war.

Seine Frau unterbrach ihr Bemühen, den Tisch zu decken, und drehte sich zu ihm. »Wie wunderbar diese Rosen doch duften«, sagte sie und lächelte.

Die Rosen waren nicht das Wesentliche gewesen, doch Heinrich tat ihr den Gefallen und nickte. »Wer kommt denn noch zum Essen?«, fragte er danach rasch, denn er hatte keine Lust, Nostalgie oder gar Wehmut aufkommen zu lassen. Die

Farm in Sambia war verloren, doch er war kein Mann, der viele Gedanken an Verluste verschwendete. Außerdem war die Farm eine persönliche Marotte seiner Frau gewesen.

Er, Heinrich Assmann, war gegen solche Fehlspekulationen gefeit, denn er war im Besitz des Glückspfands der Assmanns, des *N'guru u Kuru*, des *Assmann-Jupiters*, weshalb er in den siebzig Jahren seines bisherigen Lebens stets das gewesen war, was der Stein nach der Prophezeiung des Schamanen versprach: Ein Sieger, glücklich und erfolgreich.

»Und so wird es auch bleiben«, sagte Heinrich bestimmt, so als ob er diese Behauptung jemandem beweisen oder sie gegen Widerstimmen verteidigen müsse.

»Was wird so bleiben?«, fragte seine Frau ein wenig amüsiert. Vermutlich ahnte sie, was sich hinter der Bemerkung verbarg, denn sie vermochte auf sonderbare Weise seine Gedankengänge zu erraten.

»Alles«, erwiderte Heinrich deswegen mit Nachdruck und machte eine Handbewegung, die dies umfasste: Zita, die Familie, die Villa, den Garten, die benachbarte Firma und natürlich den darüberschwebenden Diamanten, der das Schicksal der Assmanns seit einhundert Jahren bestimmte. Es gab kein Leben jenseits dieses glitzernden Steins; nicht für jemanden, der den Namen Assmann trug.

Er genehmigte sich noch ein zweites Glas Sherry und beschloss, dazu die Wochenendzeitung fertig zu lesen.

»Du hast meine Frage nicht beantwortet«, reklamierte er, als Zita wenig später das Windlicht im Glasbehälter anzündete; ein sicheres Zeichen dafür, dass sie gleich damit beginnen würde, das Essen aufzutragen. »Wen erwartest du heute Abend?«

»Mich«, antwortete der Gast, der inzwischen auf die Terrasse getreten war.

»Alice!«, rief Heinrich erfreut und ging der Schwiegertochter entgegen. Er umarmte sie und drückte sie überschwänglich an seine Brust.

Sie ist eine Frau ganz nach seinem Geschmack, dachte Zita Assmann amüsiert. Alice war mittelgroß und so hellhäutig, dass ihr Teint an Alabaster erinnerte. Sie war weißblond und hübsch, gebildet, aus gutem Hause, wohlerzogen, und sie hatte genügend Geld mit in die Ehe gebracht, um ein Faktor im Assmann-Konsortium zu werden. Dennoch war sie weit davon entfernt, die Macht auszuüben, die ihr zugestanden hätte. Sie war desinteressiert an den Geschäften, ausgesprochen liebenswürdig und nicht mit dem Geist des Widerspruchs beseelt, im Gegenteil: Alice hatte eine geradezu geniale Gabe, sich den Gegebenheiten anzupassen. Eine ideale Partie also, in der Betrachtung ihres Schwiegervaters.

Heinrich deutete auf den Barwagen und fragte galant: »Auch einen Sherry, Alice – oder lieber ein Gläschen Champagner?«

»Nein, danke, Papa«, sagte Alice und errötete dabei. »Mach dir meinetwegen keine Umstände.« Sie deutete auf den Glaskrug: »Mir reicht ein Glas Wasser!«

Während Heinrich das Wasser eingoss, fragte sich Zita, warum die Schwiegertochter trotz ihrer siebenunddreißig Jahre, ihrer Schweizer Internatsausbildung, ihres Studiums der Kunstgeschichte, ihrer Attraktivität und, verdammt noch mal, trotz ihrer finanziellen Unabhängigkeit noch immer nicht die mädchenhafte Schüchternheit ihrer Teenagerzeit überwunden hatte. Warum sie nie und nirgendwo den Mut fand zu sagen, was sie wollte. Und Champagner mochte sie ausgesprochen gerne, wie Zita wusste. Es war ganz offensichtlich wieder einmal so, dass Alice niemandem »Mühe« machen wollte. Vermutlich war die ständige Zurückhaltung eine Folge der langjährigen Verbindung mit Victor, denn die beiden hatten sich bereits kennengelernt, als Alice zwanzig und Victor siebzehn gewesen war. Victor aber war ein Macho, gelinde gesagt, und vermutlich hatte er Alices Selbstwertgefühl bereits niedergetrampelt, als es noch in der Knospe gestanden hatte. Zita Assmann neigte nicht dazu, sich über den Charakter ihrer Söhne falsche Vorstellungen zu machen.

Alice hatte das Mienenspiel ihrer Schwiegermutter betrachtet und kam zu dem richtigen Schluss. »Es ist nicht so, wie du denkst, Mama«, sagte sie und wirkte dabei weniger schüchtern als all die Jahre, seitdem Zita sie kannte. »Ich bin schwanger. *Deswegen* das Wasser.«

Beschämt vergaß Zita ihre aufrührerischen Gedanken und schloss die junge Frau in die Arme. »Ich freu mich so sehr für euch«, sagte sie und konnte nicht verhindern, dass ihr die Tränen in die Augen stiegen.

»Ich freu mich auch, Mama«, erwiderte Alice. »Und ich kann es kaum glauben, nach all dem vergeblichen Hoffen und Warten. Aber ich bin schon im vierten Monat, und der Arzt hat mir versichert, dass alles in Ordnung ist!«

Heinrich hatte sich inzwischen einen weiteren Sherry genehmigt. Er hielt das Glas zwischen Daumen und Zeigefinger. »Mein erster Enkel«, sagte er nicht ohne Pathos. »Das ist das beste Geschenk für das kommende Firmenjubiläum.«

Zita nickte und schaute zu, wie ihr Mann das Glas in einem Zug leerte.

Vielleicht wird es ihm beim Ablösungsprozess helfen, wenn sich eine neue Generation anmeldet, dachte sie, obwohl es, genau betrachtet, ein Enkel des »falschen« Sohns war. Denn *Georg* war ihr Ältester, und unabhängig davon war er der Geeignetste, das Firmenkonsortium zu übernehmen, auch wenn ihr Mann diese Einschätzung nicht unbedingt teilte.

»Was sagt denn Victor dazu?«, erkundigte sich Zita, während sie den Deckel vom Suppentopf nahm.

»Er weiß es noch nicht«, bekannte Alice. »Ich wollte erst ganz sicher sein, bevor ich es ihm sage.«

IO

Die raumhohen Fensterflügel der eleganten Hotelsuite waren weit geöffnet. Vom Hafen her drangen die ersten Laute morgendlicher Geschäftigkeit, die auch an einem Sonntag nicht ausblieben. Sally räkelte sich noch ein wenig in der Wärme des Betts, während Victor bereits aus dem Bad kam und sich anzukleiden begann. Sally beobachtete ihn dabei. Es war beinahe lächerlich, wie sehr dieser Mann seinem Vater ähnlich sah: Beide waren sie Riesen mit einem athletischen Körperbau. Während aber die Haarpracht des Seniorchefs bereits weiß geworden war, hingen Victors dichte blonde Haare wie ein Vorhang weit in die Stirn. Seine blauen Augen und vor allem sein schön geschnittener Mund, den er wohl von der Mutter geerbt hatte, vermittelten den Eindruck, er sei ein musischer, ein romantischer Mensch. Auch Sally war diesem

Irrtum erlegen, doch inzwischen wusste sie es besser. Victor hatte viele erwähnenswerte Eigenschaften, Romantik aber war seinem Wesen vollkommen fremd.

Er fühlte ihren Blick und missdeutete ihn. »Du warst natürlich in deinem Dorf«, sagte er in genau dem Ton, der seiner wahren Natur entsprach: befehlend, apodiktisch, arrogant.

Sally setzte sich auf. »Natürlich. Wie immer. Mach dir keine Gedanken«, erwiderte sie und konnte die Süffisanz in ihrer Stimme nicht unterdrücken.

Victor verzog das Gesicht und murmelte: »Manchmal schon …«

»Aber nicht allzu lange«, spöttelte Sally. »Auf dem halben Weg zu deiner Frau sind sie verschwunden.«

Victor hob die Brauen. »Nimm dich in Acht, Sally«, warnte er. Er ging zu ihr, fuhr mit den Fingern ohne jede Zärtlichkeit in ihr fülliges, schulterlanges Haar und drückte ihren Kopf nach hinten. »Und vergiss nicht, dass ich dein Chef bin!«

Sally war nicht sehr beeindruckt. Sie sah das Glitzern in seinen Augen, als sie den Rücken durchdrückte, sodass ihre Brüste sich ihm entgegenreckten, und war sich der Macht bewusst, die sie über ihn hatte. »Der Chef ist dein Vater«, sagte sie deshalb provozierend. »Und auch das erst wieder morgen. Heute ist Sonntag. Da kann ich tun, was ich will!«

»Und wonach steht dir der Sinn?«, fragte Victor und hörte selbst das Verlangen in seiner Stimme.

Sally lächelte und ließ sich zurück in die Kissen sinken. Es bedurfte keiner weiteren Aufforderung. Victor stöhnte über seine Schwäche, aber wenn er sich das Frühstück sparte, konnte er die Zehn-Uhr-Verabredung dennoch schaffen.

»Wann geht dein Flieger?«, fragte er, als sie später erschöpft nebeneinanderlagen.

»Um achtzehn Uhr«, murmelte Sally träge.

»Okay. Dann zieh dich jetzt an und mach dir noch einen netten Tag in Kapstadt. Ich werde gleich auschecken, wenn ich zu meiner Verabredung gehe.«

Der Zorn fuhr in Sally hoch wie eine aufflammende Fackel. »Na klar«, sagte sie laut und böse. »Frau Mohr hat ausgedient. Frau Mohr kann gehen!«

»Sei nicht albern, Sally. Ich fliege am frühen Nachmittag. Wie soll ich da der Buchhaltung klarmachen, dass ich die Suite noch bis zum Abend benötigt habe?«

»Wir könnten dasselbe Flugzeug nehmen«, schlug Sally vor, obwohl sie wusste, was er darauf erwidern würde.

»Wir waren uns darüber einig, dass wir nie gemeinsam zur Mine fliegen«, erwiderte Victor prompt.

Sally beschloss, ihn nicht weiter zu reizen. Sie stand auf, ging zu ihm und umschlang ihn, nackt, wie sie immer noch war. »Du bist ein wundervoller Liebhaber«, flüsterte sie, und wieder zeigte ihre Taktik die erwünschte Wirkung. Er küsste sie direkt unter dem linken Ohr, dort, wo sie es am liebsten hatte. Dann drückte er seine Lippen auf ihre Fingerknöchel – sein Abschiedsritual, wie Sally wusste. Dabei fiel sein Blick noch einmal auf den Ring mit der großen Tahitiperle, den er ihr am Abend zuvor geschenkt hatte.

Sally lächelte. Die Perle war wunderbar, vom gleichen Schokoladenton wie ihre Haut. Sie war in Gelb- und Rotgold gefasst und an einem schweren Band aus Platin befestigt, in dessen Mitte sich die beiden Goldkordeln fortsetzten. Das Wesentliche an diesem aparten Arrangement aber war, dass kein einziger Diamant darin verarbeitet war, und Sally wusste natürlich weswegen. Einen Ring, der auch nur den kleinsten Diamantsplitter aufwies, hätte sie vielleicht ins Minendorf hinein-, auf gar keinen Fall aber wieder herausgebracht. Es war kein Schmuggel mehr möglich, seitdem man die Röntgenschleuse installiert hatte.

II

Georg Assmann hatte Petra Eiler in ein kleines italienisches Restaurant im Taunus eingeladen, das eine exzellente Küche besaß.

Es war eine beliebte, weil zuverlässige Adresse für geheime Liebschaften oder heikle Geschäftsgespräche. Das Lokal erschien weder in der Auflistung der Gastronomie, noch gab es eine Nummer im Telefonbuch.

Man *wusste* von der Existenz des Piccolo Paradiso und hatte gute Referenzen – oder man kam nie über die Türschwelle.

Georg war noch nie dort gewesen, doch sein Bruder Victor hatte ihm, vor Monaten schon, einmal Anschrift und Telefonnummer notiert sowie die notwendigen Verhaltensweisen erläutert. »Falls dir dein Witwerstand doch irgendwann zu einsam sein sollte«, hatte er dabei mit süffisantem Grinsen erklärt.

Georg hatte sich damals geärgert, wieder einmal, dieses Mal nicht über geschäftliche Rücksichtslosigkeiten Victors, sondern über dessen mangelndes Taktgefühl.

Natürlich hatte es seit Klaras Tod Kontakte und Begegnungen mit Frauen gegeben, einmal sogar eine kurze Affäre mit einer holländischen Dolmetscherin. Sie war attraktiv, unkompliziert und witzig gewesen, doch nach einigen Treffen und einem verlängerten Wochenende war Georg klar geworden, dass er einfach noch nicht bereit war für eine wirkliche Beziehung. Und ein Mann für flüchtige Abenteuer war er noch nie gewesen.

»Wie hübsch«, sagte Petra mit unüberhörbarem Spott, als sie das verschwiegene kleine Refugium betraten. Niemand außer dem Padrone war anwesend; sie waren die einzigen Gäste.

»Haben Sie auch gleich den Oberstock mitgebucht, Herr Assmann?«, erkundigte sich Petra leichthin, nachdem sie ihre Bestellungen aufgegeben hatten.

Vom Oberstock hatte Victor nichts erwähnt. Zu seinem Ärger errötete Georg, was Petra mächtig erheiterte.

»Davon weiß ich nichts«, erwiderte er deshalb schroff. »Aber *Sie* scheinen sich ja offensichtlich hier auszukennen.«

»Nur theoretisch«, gab Petra jetzt zu und legte die Ironie ab, als sie sah, wie verstimmt er war. »Man munkelt allerlei in … *meinen Kreisen* … über dieses kleine Paradies, aber drinnen war noch niemand von den Kollegen.«

»Das glaube ich gern«, erwiderte Georg kühl. »Immerhin kenne ich inzwischen den Preis für die Diskretion dieses Hauses!«

Es war Petra unmöglich, den Reflex zu unterdrücken: Sie lachte laut auf und sagte dann amüsiert: »Ich hätte nie vermutet, dass dieses … *Interview* … Ihnen so kostbar sein könnte, Herr Assmann.«

Georg schaute ihr in die Augen, in denen nichts anderes zu

lesen war als gute Laune. »Finden Sie, ich hätte Gründe, Ihnen zu trauen? Seit Ihrem wunderbaren Interview bekomme ich täglich ein gutes Dutzend Heiratsanträge. Gespielinnen, die betonen, nur *das* sein zu wollen, tragen sich mir an, schriftlich und telefonisch, und unsere Villa ist belagert von Boulevard-Reportern, mit denen unsere Haushälterin täglich zu kämpfen hat, weil alle Familienmitglieder geflohen sind, bis das Interesse an unserer Sippe sich wieder beruhigt. Ich persönlich wohne seit Tagen in einem Hotel.«

»Das tut mir leid«, versicherte Petra, aber es klang nicht besonders zerknirscht, und in ihren Augen flackerte ein heiteres Flämmchen. »Ich sehe nur keinen direkten Zusammenhang zwischen solchen Belästigungen und diesem kleinen Paradies hier.« Sie feixte und ging dann zum Angriff über: »Oder haben Sie die Absicht, mich später im Oberstock die Zeche für Ihre Unannehmlichkeiten bezahlen zu lassen?«

In diesem Moment wurde das Carpaccio serviert, über das der Padrone persönlich eine dicke Schicht weißer Trüffelspäne hobelte.

Ich hätte besser die Finger davon gelassen, dachte Georg unwillig. Gleich wird sie aus ihrer Handtasche ihren Fotoapparat holen und ein reizendes Bild von mir machen, für einen Anschlussartikel über den von weiblichem Interesse überschwemmten Diamantenprinzen

»Warum sind Sie so misstrauisch?«, fragte sie. »Sie haben mir geschrieben, es handle sich um ein privates Treffen, und zu einem privaten Meeting nehme ich weder eine Kamera mit, noch bestelle ich irgendwelche Leute, um heimlich Fotos zu schießen.«

Georg betrachtete sie aufmerksam und versuchte zu ergründen, ob es sich um eine Finte handelte. Sie lächelte unter seinem prüfenden Blick, und er beschloss, es mit Offenheit zu versuchen.

»Ich finde es eigentlich ganz normal, wenn man nach derartigen … *Presseerfahrungen* … nicht noch ein weiteres Mal vorgeführt werden will.«

»Haben Sie den Eindruck, dass ich Falsches berichtet habe?«, fragte sie, und es klang weder ironisch noch schnippisch, sondern sachlich und ernsthaft.

»Nein«, erwiderte Georg nach kurzem Zögern. »Aber niemand legt Wert darauf, zu intime oder möglicherweise geschäftsschädigende Dinge über sich und sein Gewerbe in einer Zeitung zu lesen.«

»Das ist eine andere Sache«, sagte sie, und es klang immer noch sachlich. »Darauf möchte ich Ihnen mit Tucholsky antworten: ›Wer in der Öffentlichkeit kegelt …‹«

»Ja, ich weiß«, fiel ihr Georg ins Wort und brachte das Zitat zu Ende: »… ›muss sich auch öffentlich seine Treffer nachzählen lassen.‹«

»Ich sehe, Sie sind belesen.«

»Danke für Ihre Einschätzung, aber ich möchte anmerken, dass Ihr Argument nicht ganz zutreffend ist. Wir kegeln nicht, wir *handeln*.«

»Das ist Erbsenzählerei, das wissen Sie selbst. Fakt ist, dass Sie sich mit Ihrem Angebot an die Öffentlichkeit wenden. Ergo hat die Öffentlichkeit auch das Recht, zu erfahren, was es mit Ihrer Ware auf sich hat.«

»Sie *hätte* das vielleicht sogar«, sagte Georg und musste über ihre fabelhafte Vorgabe schmunzeln. »Allerdings haben Sie ja nicht wirklich über die böse Herkunftsgeschichte mancher Schmucksteine berichtet, sondern vorwiegend über unser Privatleben …«

Petra bestrich ein Baguettestück mit Butter, um ihn nicht ansehen zu müssen.

Als sie den Blick wieder hob, lächelte er immer noch und erkundigte sich mit unüberhörbarer Süffisanz: »Weshalb eigentlich? Hat Ihr Haus kalte Füße bekommen?«

Jetzt war es an Petra zu erröten. Dreimal verdammte Liane, dachte sie und, dass es der zornige Alte gewesen sein musste, der sie gestoppt hatte.

»Wenn Sie sich so vorgeführt fühlen, weshalb haben Sie mich dann eigentlich eingeladen und keine Kosten dafür gescheut?«, fragte sie trotzig.

Dieses Mal fiel Georg die Ehrlichkeit eindeutig schwerer, aber er war entschlossen, mit offenen Karten zu spielen. »Weil Sie mich interessieren. Als Mensch, nicht als Journalistin.«

Vielleicht war es, weil er *Mensch* gesagt hatte, nicht Frau. Jedenfalls war es genau der Satz und der Blick, die ihr ins Herz fuhren. »Ich werde Ihnen nichts von meiner Menschlichkeit vorenthalten«, versicherte sie, und jetzt lachten sie beide.

Danach aßen sie das trüffelbeschneite Carpaccio. Sie aßen auch alles andere, was der Padrone servierte, ohne zu bemerken, worum es sich dabei handelte.

Sie redeten und redeten, doch über die Inhalte der gesprochenen Sätze hätten sie nichts mehr zu sagen gewusst, hätte man sie später danach befragt, und es waren nicht die beiden Flaschen Soave, die Schuld daran hatten.

Sie lachten grundlos und viel.

Der erfahrene Wirt verzog sich diskret ins Hinterzimmer.

Als sie eine Viertelstunde nach zwei Uhr das erstaunlich rasche Verstreichen der Zeit bemerkten, stellte der Padrone sich wieder ein und reichte ihnen wortlos die Schlüssel zweier Zimmer im Obergeschoss.

Petra war hundemüde, doch als sie in dem herrlich bequemen Bett lag, war alle Schläfrigkeit wie von Zauberhand weggehext. Sie lag überwach in den Kissen, lauschte auf das unvermeidliche Klopfen an ihrer Tür und fragte sich, wie sie darauf reagieren sollte.

Gegen fünf Uhr am Morgen schlief sie ein.

Georg verbrachte die Nachtstunden angezogen und stehend am offenen Fenster. Er grübelte darüber nach, was ihn zurückhielt, zu ihr zu gehen. Bei der Dolmetscherin war es nicht das geringste Problem gewesen. Als gegen vier eine pfirsichfarbene Morgenröte die Schwärze der Taunustannen aufzuhellen begann, setzte er sich in den bequemen Polstersessel und döste ein.

Das Frühstück verlief in einer entspannten Atmosphäre. Auf der Heimfahrt plauderten sie angeregt über einen aktuellen Romanbestseller.

Am selben Abend noch rief er sie an, und fortan täglich, oft sogar mehrere Male.

Sie hatten weitere Treffen, ganz normale, jenseits kleiner und großer Paradiese: in einem Café, einer Pizzeria, bei einem Chinesen.

Am vergangenen Freitag hatte er sie gefragt, ob sie Lust habe, ihn am Samstag nach Pforzheim zu begleiten, wo sie ein Museum besuchte, während er einen Geschäftstermin wahrnahm.

Am Mittwoch waren sie in Köln in einem Konzert, waren

anschließend aber noch zurückgefahren, weil Petra am folgenden Morgen frühzeitig nach München fliegen musste, um einen amerikanischen Popstar zu interviewen.

Sie hatten die letzten zwei Wochen nie mehr über den Assmann-Konzern gesprochen oder über Dinge, die sie in ihrem ersten Artikel geschrieben hatte, oder gar diejenigen, die Liane herausgestrichen oder sie selbst sich nur *zu denken* erlaubt hatte.

Sie hatten, und dies grundsätzlich kontrovers, über Gott und die Welt diskutiert, über Musik und Literatur, über Reisen und Kunst. Der Grad der Übereinstimmung auf all diesen Gebieten hatte deutlich unter fünfzig Prozent gelegen.

Petra erinnerte sich an ihre beiden Beziehungen, die es – nach der langen Jugendfreundschaft mit Sammy – gegeben hatte. Ein verheirateter Kollege war es gewesen, liebenswert, aber scheidungsunwillig, und danach ein Sportlehrer, den sie in einem Urlaub kennengelernt hatte. Er war ein Globetrotter und polygam, und er hatte vorgehabt, beides zu bleiben.

Georg Assmann wäre mit Sicherheit nichts anderes als ein weiterer Stein in dieser Kette zukunftsunfähiger Männer. Er war nett und sympathisch, aber er gehörte in eine andere Welt als die, in der sie lebte. Er würde sich eine Weile mit ihr unterhalten und sie danach wieder vergessen. Als Spielzeug aber hatte sich Petra noch nie verstanden. Es war besser, aufzuhören, bevor sie sich an Mr. Steinreich junior das Gemüt verstauchte.

Gerade als sie diesen Entschluss gefasst hatte, klingelte ihr Handy.

»Hättest du Lust, am Sonntag eine Bootspartie mit mir zu machen?«, fragte er, und ehe ihr die Vernunft in die Quere kommen konnte, rief Petra erfreut: »Ja, sicher. Sehr gerne, Georg!«

»*Boot* ist ja wohl eine gewaltige Untertreibung«, fand sie allerdings, als sie die schnittige kleine Jacht betraten, die sich Georg nach Klaras Tod zugelegt hatte; hauptsächlich um einen plausiblen Grund vorweisen zu können, die Wochenenden allein zu verbringen und nicht ständig in »Mitleidsaktivitäten« der Familie eingebunden zu werden.

Es war ein herrlicher, fauler Sonntag geworden.

Sie waren die Mosel entlanggeschippert, hatten in Traben-Trarbach zu Mittag gegessen und danach im Schatten eines mächtigen Uferbaums einen langen Mittagsschlaf gemacht.

»Zum Schwimmen ist die Region nicht ideal«, warnte Georg, als Petra einen erfrischenden Sprung ins Wasser vorschlug. »Es gibt hier gefährliche Strudel und Strömungen.«

Petra beschloss, die Warnung ohne weitere Diskussion zu beherzigen. Sie ließ sich stattdessen die Steuerung erklären und war erstaunt, wie einfach die Handhabung der Jacht war.

Es war schon beinahe zehn Uhr am Abend, als sie die Anlegestelle erreichten.

»Das kleine Haus und der Garten jenseits des Ufers gehören meiner Familie«, erklärte Georg. »Mein Vater baut dort Gemüse und Kartoffeln an. Es ist seine liebste Freizeitbeschäftigung. Wann immer er Zeit hat, verkrümelt er sich hierher und kommt entspannt und glücklich wieder zurück.«

Das »Glück der Milliardäre« ist die Maßnahme, mit der ganz normale Leute zu sparen versuchen, dachte Petra ironisch, aber sie sagte es nicht.

Georg hatte inzwischen die Jacht vertäut und kündigte ein »kleines Abendessen« an.

Es gab Wiener Würstchen mit sauren Gurken, Brot aus der Dose und Bier direkt aus der Flasche. Es schmeckte ganz ausgezeichnet.

Danach öffnete Georg eine Flasche Rotwein von der Ahr, den sie angemessen aus Weingläsern tranken.

Sie setzten sich auf die noch warmen Holzplanken der Jacht, tranken den fruchtigen Wein, schaukelten sanft in der Strömung und schauten dem Mond zu, der wie eine abgesägte Scheibe über den weinbewachsenen Steilufern hing und alles, was aus dieser Perspektive zu sehen war, in eine rötliche Dämmerung tauchte.

Ein natürlicher Weichzeichner, dachte Georg und lächelte, als er den Honigton sah, der Petras etwas blasses Bürogesicht rosig eingefärbt und sich auf ihr dunkelbraunes Haar gelegt hatte. Auch die Konturen ihres Gesichts wirkten weicher, sanfter und weiblicher. »Der Mond steht dir gut«, sagte er und lachte ein wenig.

»Dir auch«, erwiderte Petra. »Du siehst heute Abend aus, als ob du *nicht* mit den Assmanns verwandt wärst.«

»Ein zweifelhaftes Kompliment«, fand Georg und stützte den rechten Ellbogen auf. »Was ist denn so schlimm an uns?«

»Möchtest du das wirklich wissen?«, fragte Petra und verwandelte sich dabei ein Stück weit zurück in die kritische Journalistin, die sie jenseits von Sonntagen und Vollmonden war.

»Ich glaube, ich würde es heute aushalten«, sagte Georg, aber er lehnte sich vorsichtshalber an die Kajütenwand. Es war unvermeidbar, darüber zu sprechen, und schon bevor sie es taten, war ihm klar, dass dieses Gespräch einen Bruch nach sich ziehen könnte. Sie würde Dinge sagen, die er nicht hinnehmen konnte, und er würde sich zu Antworten hinreißen lassen, die sie aufbringen würden.

»Reichtum in dieser Größenordnung ist immer verdächtig«, begann Petra, und Georg fiel ihr sofort ins Wort: »Und weshalb bitte?«

»Weil vier Generationen ihn mit Arbeit unmöglich ansammeln konnten!«

Georg zog die Augenbrauen hoch und verkniff sich ein Seufzen. Er kannte all diese Argumente, noch ehe sie ausgesprochen waren, ebenso wie sie seine Antworten erahnen mochte. Im Grunde war die Diskussion schon geführt, ehe sie begonnen hatte. Die Sache war hoffnungslos.

Sie hatten es beide gespürt und deswegen solche Gespräche vermieden. Keinem von ihnen würde es gelingen, den anderen nachdenklich zu stimmen oder gar zu überzeugen. Es war eine Sache der Herkunft und des Status.

»Wir haben es mit Grips und klugen Geschäftsstrategien zu etwas gebracht«, sagte er dennoch. »Was erscheint dir daran verwerflich?«

»Wenn du kolonialistische Landnahme als kluge Geschäftsidee bezeichnen möchtest?!«

Obwohl Georg gewusst hatte, was kommen würde – schließlich hatte er den ersten Artikel aufmerksam gelesen –, ärgerte er sich doch über die Schärfe ihrer Beschuldigung. »Die *kolonialistische Landnahme*, wie du das nennst, war ein klarer und sauberer Vertrag. Meine Vorfahren haben die Afrikaner damals angemessen dafür bezahlt, dass wir dieses öde, unfruchtbare, von Schlangen wimmelnde und immer wieder von Erdbeben bedrohte Land bearbeiten durften. Ich habe die Papiere gelesen. Sie sind unzweifelhaft! Und ob wir dort tatsächlich Diamanten in nennenswertem Ausmaß finden würden, das konnte damals niemand wissen. Wir haben also in ein Fragezeichen investiert, und wir haben gewonnen.«

»Hättet ihr Assmanns einfach die Finger davon gelassen und euch herausgehalten, so könnten die Leute in Afrika jetzt selbst die Diamanten fördern, was ihre Lebenssituation vermutlich schon seit geraumer Zeit beträchtlich verbessert hätte!«

»Da muss ich dir widersprechen«, erwiderte Georg, wider Willen aggressiv. »Mit Sicherheit wären sie noch verdammt viel ärmer als jetzt. Wir waren, zu dem Zeitpunkt, als dort mein Urgroßvater den *Assmann-Jupiter* gefunden hat, keineswegs arme Leute, sondern auch da schon ziemlich wohlhabend und hatten etlichen Grundbesitz im europäischen Raum, den wir beleihen konnten. Wer, zum Beispiel, glaubst du, hätte dort unten in Afrika das sündteure Equipment bezahlen und herbeischaffen können, um Minen aufzubauen und zu betreiben? Du musst dir einmal die Mühe machen, mit mir dorthin zu fliegen und die Minenanlagen besichtigen! Die Gelder, die man dort investieren musste und weiterhin muss, um zu einer wirtschaftlich rentablen Diamantenförderung zu kommen, werden die Leute in N'umba auch in weiteren hundert Jahren nicht aufbringen können. Und mit ein bisschen Sand sieben lassen sich die immensen sozialen Probleme dort nicht beseitigen. Mit den beträchtlichen Steuern aber, die wir bezahlen, kann zumindest eine Milderung herbeigeführt werden. Und eine weitere Tatsache ist, dass die Einzigen in der gesamten Region, die über dem Existenzminimum leben, die Arbeiter unserer Mine sind.«

»Was du hier von dir gibst, sind die Reden der Bergwerksbesitzer zu Beginn der Industrialisierung in Europa. Und eure Methoden sind genau dieselben: Versklavung, Ausbeutung und Bildungsunterdrückung. Wenn nämlich …«

»Es reicht«, sagte Georg schroff und stand auf. »Ich habe dich, bei allem Gerechtigkeitsfanatismus, für so intelligent gehalten, die Dinge differenzierter zu sehen. Mir war nicht klar, dass du ausgesprochene Affinitäten zum Kommunismus hast.«

Petra starrte ihn mit funkelnden Augen an. »Und mir war leider nicht klar, wie kapitalistisch arrogant und dekadent deine Denke ist. Das konnte ich mir wirklich nicht vorstellen.«

Als ob der Mond sich für diese Auseinandersetzung genierte, versteckte er sich hinter ein paar Wolken, mit denen der Himmel sich jetzt zu überziehen begann.

Tränen des Zorns stiegen Petra in die Augen, als sie davonstapfte, um das Boot dieses Reicheleutebubis zu verlassen, den sie irrigerweise sowohl für gescheit als auch für sympathisch gehalten hatte. Sie stieg auf die Reling und sprang ab, um den lächerlichen Abstand zu überwinden, der sie vom Ufergras trennte.

Wie sehr diffuses Licht und zurückgehaltene Tränen allerdings die Fähigkeit behindern, Entfernungen einzuschätzen, bemerkte sie erst, als sie im Wasser landete, das sich als unangenehm kühl erwies. Sie schreckte erneut zusammen, als Georg neben ihr aufklatschte.

Er stand bis zur Brust im Fluss und packte sie um die Taille. Noch ehe sie dazu kam, ihm zu erklären, sie habe bereits mit sechs Jahren ihr erstes Seepferdchen errungen und werde deshalb auch nicht ertrinken, zog er sie an sich und sagte: »Es tut mir so leid, es tut mir so wahnsinnig leid, mein Schatz!«

Die Strömung trieb sie ganz von selbst in seine Arme. Er mochte der Nachfahre von verdammten Ausbeutern sein und die Frechheit besitzen, diese auch noch zu verteidigen, aber an seiner Brust kam ihr das Wasser angenehm warm vor, und es schien keinen besseren Platz für ihren ersten Kuss zu geben als diesen.

Als sie mit tropfenden Jeans und Shirts die Badeleiter hochgeklettert waren, läutete Georgs Handy, das noch auf den Bootsplanken lag. Er versuchte, es zu ignorieren, doch der Klingelton, ein bekanntes Menuett des Komponisten Boccherini, nervte nach der achten Wiederholung derart, dass Petra sich bückte und ihm das Gerät auffordernd reichte.

»Assmann«, meldete sich Georg und lauschte danach mit konzentriertem Gesichtsausdruck seinem unsichtbaren Gesprächspartner.

Petra beobachtete ihn dabei.

Georg wirkte auf Frauen, aber auf eine spezielle, sehr subtile Weise, wie ihr jetzt klar wurde. Bei allem Charme umgab ihn stets ein Hauch von Melancholie. Etwas, das weibliche Urinstinkte weckte und Dinge wie Fürsorglichkeit und Tröstungsbedürfnis hervorrief, sogar bei ihr, die sie so gar nicht zu solch »typisch femininen« Eigenschaften neigte. Das Schlimmste daran war, dass er sich dessen nicht bewusst war, was den Reiz noch steigerte.

Jetzt drehte er sich zu ihr um und schaute sie an. Petra spürte, wie sich in ihrer Nabelgegend etwas zusammenzog und zu einem Klumpen verdichtete. Von wegen Schmetterlinge, dachte sie. Dieses Gefühl schien etwas zu sein wie ein

Embryo, der sich bewegte und stieß. Das ein Befinden verursachte, als ob sie eine ganze Tafel Schokolade verschlungen hätte: Es erzeugte Glücksgefühle mit starken Einsprengseln von Schuldbewusstsein.

Der Diamantenprinz und die investigative Journalistin, dachte sie selbstironisch.

Feuer und Wasser. Eine unmögliche Paarung.

»Das war Daniel Bloomberg, der Präsident von ›World of Diamonds‹ in Antwerpen«, sagte Georg.

»Und was will er von dir?«

»Er will mich sehen. So bald wie möglich!«

»Dann schlage ich vor, wir trocknen erst mal, bevor du den hohen Herrn wegen einer Erkältung versetzen musst.«

Sie pellten sich aus ihren lästig klammen Klamotten, doch erst als das nasse Zeug auf dem Boden lag, wurde ihnen bewusst, dass sie sich noch nie unbekleidet gesehen hatten.

Der Mond spendete erneut sein freundliches Licht.

So muss es im Paradies gewesen sein, dachte Petra, und in diesem Moment sagte er es.

»Aber erst, nachdem sie vom Baum der Erkenntnis gegessen hatten«, erwiderte Petra und musste unwillkürlich lächeln.

Georg erwiderte ihr Lächeln. »Und sie begriffen sich als Feuer und Wasser«, sagte er spöttisch, aber er wusste, dass es kein Scherz war, sondern die Wahrheit.

Es war erstaunlich, aber sie schienen tatsächlich im Gleichklang zu denken. Zumindest in diesem Moment.

»Es kann niemals gut gehen«, murmelte Petra, als sie schon völlig ineinander verwickelt auf den Holzplanken lagen.

»Man soll niemals nie sagen«, erwiderte Georg. Und außerdem war ihm eine Prognose dieser Beziehung im Augenblick völlig egal. Seit Klaras Tod hatte er sich nie mehr so lebendig gefühlt wie gerade jetzt. Er fasste in die weichen braunen Haare, die nach Sandelholz rochen, und ließ es zu, dass das Glück über ihn hereinbrach wie der Monsunregen über trockenes Land.

12

Ludwig Assmann saß am Flügel und variierte die Melodienfolge, die Kernstück und Ohrwurm des Musicals war, das er komponierte.

Er war knapp mittelgroß und so schlank, dass sein Vater dies als »schmächtig« bezeichnete, hochbegabt, labil und verletzbar.

Sein Bruder Victor, immer rasch dabei, Spott über andere auszugießen, bezeichnete »den Kleinen« gerne als *beinigen Engel*, in Anspielung auf die Figur in einer bayerischen humoristischen Satire.

Tatsächlich wirkte Ludwig nicht selten der Realität entrückt; befangen in seinen musikalischen Träumen und Wünschen. »Eine Künstlernatur eben«, entschuldigte seine Mutter gerne das Desinteresse ihres Jüngsten an allen Dingen des täglichen Lebens.

»Das ist wirklich gut, Ludwig«, sagte Karen, die mit einer Tasse Tee in der Hand aus der Küche kam. Sie stellte die Tasse auf dem Esstisch ab, kam näher und legte ihre Wange an seine.

»Das findet Gönnermann auch«, sagte Ludwig so unspektakulär wie möglich.

»Er hat dir geantwortet?«, fragte Karen erstaunt, richtete sich wieder auf und strich ihre langen roten Haare aus dem Gesicht.

»Vor zehn Minuten kam der Brief.«

»Und?«

»Er sagt, das Stück sei genial«, berichtete Ludwig und versuchte, nicht allzu stolz zu klingen. Was schwer war, denn Gönnermanns Urteil galt etwas in der musikalischen Welt, und er war ein Mann, der nicht gerade zu Lobpreisungen neigte.

Karen legte die Unterarme auf den Flügel, was Ludwig hasste, aber diesmal verzichtete er darauf, ihre Gedankenlosigkeit zu monieren. »Er will es in den übernächsten Spielplan aufnehmen«, verkündete er stattdessen.

»Aber … das ist ja großartig! Und du sitzt hier und klimperst herum. Wir sollten eine Flasche Champagner aufmachen und darauf trinken«, rief Karen in der ihr eigenen Überschwänglichkeit.

Diesmal aber hatte sie Grund für ihre Begeisterung, denn Ludwig hatte ihr die Titelpartie auf den Leib geschrieben, und wenn Gönnermann …

»Die Sache hat nur einen kleinen Haken«, störte Ludwig ihre hochfliegenden Gedanken.

»Welchen Haken?«

»Er erwartet eine Selbstbeteiligung. Die Mittel für Musical-Neuinszenierungen werden immer mehr zusammengekürzt, schreibt er.« Ludwig verzog den Mund zu einem ironischen Lächeln: »Und … der Name Assmann bringt einen

Mann wie Wingbert Gönnermann natürlich schnell auf solche Gedanken.«

Was kein Wunder ist, dachte Karen. Welcher Jungkomponist stammt schon von einer Milliardärssippe ab?

Ludwig schien ähnliche Gedanken gehabt zu haben, denn er sagte jetzt: »Andererseits … eine Inszenierung, bei der man nicht geizen muss und *Effekte* bedienen kann, hat natürlich auch eine entsprechend bessere Publikumswirkung.«

Das war nicht zu bestreiten, und Gönnermann war ein gewiefter alter Fuchs.

»Dann sprich doch so bald wie möglich mit deiner Verwandtschaft«, schlug Karen vor. »Je eher, desto besser, bevor es sich Gönnermann noch einmal anders überlegt. Ich meine, wir kennen doch beide den guten alten Wingbert. Wenn er was will, will er es am liebsten vorgestern. Er ist der Beste, zugegeben, aber Beharrlichkeit ist nicht gerade seine ausgeprägteste Tugend, und wenn sich etwas nicht schnell und reibungslos organisieren lässt, geht ihm womöglich die Puste aus, oder ein anderer Floh nistet sich in sein Hirn.«

Das stimmte allerdings. Die Sprunghaftigkeit des berühmten Intendanten war geradezu sprichwörtlich.

Ludwig bedachte das alles noch einmal und nickte. Einen Kampf mit Papa würde es ohnehin geben, es war also besser, er handelte rasch.

Einen Moment lang überlegte er, ob er mit Georg reden sollte. Oder mit Mutter, doch dann verwarf er diese Gedanken wieder. Gönnermann hatte die Selbstbeteiligung beziffert, und die Zahl lautete fünf Millionen. Über diesen Betrag würde weder sein Bruder noch seine Mutter ohne Rücksprache mit dem Alten verfügen.

Es blieb ihm nichts anderes übrig, als den Gang in die Löwengrube anzutreten. Immerhin, die Sache war es wert. Er griff zum Hörer. »Hallo, Irene«, sagte er schließlich und musste die Herzlichkeit in seiner Stimme nicht heucheln. Er mochte das alte Schlachtross. »Könnten Sie mir bitte einen Termin bei meinem Vater freischaufeln? Es eilt!«

»Moment«, sagte Irene und blätterte im Kalender. Wie immer bei den wenigen Malen, an denen Ludwig nach einem formellen Termin mit seinem Vater verlangt hatte, versuchte sie einen Zeitpunkt zu finden, an dem der Chef weder zuvor ärgerliche Gespräche hatte noch hinterher Verabredungen, die sehr wichtig waren. Meetings zwischen dem Chef und seinem Jüngsten waren immer von höchster Brisanz.

»Dann … komm doch am besten morgen gleich nach dem Mittagessen«, schlug sie vor.

»Danke, Irene. Sie sind ein Schatz«, sagte Ludwig erleichtert. Auf eine so rasche Erfüllung seines Wunschs hatte er nicht zu hoffen gewagt.

Irene lächelte. Wenigstens *jemandes* Schatz, dachte sie selbstironisch, denn sie wusste, dass Ludwig sie mochte. Und sie war weit entfernt davon, sich etwas vorzumachen: Sie war keine Frau, die eine Wirkung auf Männer hatte.

Auch keine auf Frauen.

Ihre wahre Geliebte, ihr Leben und ihre Erfüllung war ausschließlich die Firma Assmann. Wenn sie an Zita Assmanns Stelle gewesen wäre, sie hätte mit Sicherheit eine andere Rolle gespielt, als nur das Schmuckatelier des Hauses zu leiten, dessen war sie ganz sicher.

13

Jedes Mal, wenn er sich hinaus ins Assmann-Land begab, ließ Victor an dieser Stelle den Wagen stoppen.

Das Gelände hier lag einige Meter höher und ermöglichte deshalb einen Überblick über das gesamte Minengelände.

Ein wenig fühlte er sich dabei wie ein König, der sein Reich musterte, musste Victor zugeben, aber er mochte den Anblick.

Im flirrenden Licht des Vormittags betrachtete er den Turm der Steinmühle, in den tagsüber die Loren die Erde kippten, die riesige Schaufelbagger oder Kipplastwagen in sie hineingefüllt hatten. Er schaute auf den Minenhof, der so groß war wie ein Fußballstadion und angefüllt mit Erdbewegungsmaschinen aller Art, die repariert oder gewartet werden mussten. Er erkannte auch genau die Verwaltungsgebäude: die Bürobaracken der einzelnen Abteilungen, die langen, flachen Steingebäude, in denen die Sortierer saßen und ihre Arbeit durch Schleusenhandschuhe verrichteten, die jeden Diebstahl der kostbaren Rohdiamanten unmöglich machten.

Er schaute auf das große fünfstöckige Gebäude, in dem sich die Assmann-Bank, die Küche, die Zentralkantine, das Casino für gemeinsame Abende der Belegschaft und das kleine mineneigene Krankenhaus befanden.

Am westlichen Ende des Areals konnte er die Kindertagesstätte und die Assmann-Grundschule sowie die verschiedenen Sportplätze und das Schwimmbad ausmachen. Daneben befanden sich die Container der Sicherheitsmänner und der Werksfeuerwehr, die des Fahr- und Flugdiensts und die Kommunikationszentrale. Die Bungalows der Arbeiter und Angestellten bildeten weiter südlich ein stattliches kleines Dorf. Aus dieser Bungalowansammlung heraus ragte der Turm der Kirche, die zugleich auch Versammlungsraum war. Im Areal daneben gab es den Minenshop und eine Apotheke; seinem Standpunkt am nächsten aber erstreckte sich der schicke neue Flachbau, in dem sich seine eigenen Räume, die Zimmer des Minenverwalters und Sallys Büro befanden. Es war ein geschlossener Kosmos in sich; ein Kosmos, in dem gut eintausend Menschen lebten: die Assmann-Minen-Welt.

»Okay, fahren wir weiter«, sagte er, als er alles gebührend betrachtet hatte.

Victor hatte sich für Joe als Fahrer entschieden. Er kannte die Gegend nördlich der Mine am besten, an dessen äußerstem Rand das Dorf des Kobrastamms lag.

Weiter als bis zum Dorf würden sie nicht fahren. Das Grenzgebiet dahinter war unsicher und wurde sowohl von der Regierung des Nachbarlands als auch von den dortigen Rebellen, die sich als rechtmäßige Eigentümer fühlten, als Territorium beansprucht. Die bürgerkriegsähnlichen Querelen schwelten schon einige Jahre und würden vermutlich noch länger andauern. Man hatte, auf beiden Seiten, längst aufgehört, die Menschenopfer und Sachverluste zu zählen.

Immerhin hatten sich diese Händel noch nie auf Assmann-Gebiete ausgedehnt, was ein Verdienst der hiesigen Regierung war, die ihre Grenzbastionen diesseits des alten Flusslaufes ausgebaut hatte.

Dieser Stammeskonflikt, und um nichts anderes handelte es sich, hat die Mine allenfalls sicherer gemacht, dachte Victor und lächelte. *Des einen Eule ist eben des anderen Nachtigall.*

»Halt noch mal an, Joe«, sagte er jetzt in einem Anflug von

familienhistorischem Bewusstsein, als sie an dem großen Felsbrocken vorbeifuhren, der den Platz kennzeichnete, an dem der *N'guru u Kuru*, die *Träne der Götter*, der spätere *Assmann-Jupiter*, damals gefunden worden war. Gleich dahinter begann das neue Fördergebiet, das er sich ansehen wollte.

Joe stieg aus und lehnte sich an die Karosserie des Jeeps. Er war ein schlanker, muskulöser Mann von Mitte zwanzig und beobachtete den jungen Chef, der seinem Vater so ähnlich war. Nicht nur äußerlich, dachte der Schwarze bitter; Victor war auch ebenso überheblich.

Joe sah dem blonden Riesen nach, der jetzt über die nicht bezeichnete Grenze ins bisher friedlich schlafende Land trat. Anstatt auf den Boden zu sehen, schließlich hieß das Gebiet der hier beheimateten Sippe nicht ohne Grund *Kobraland*, hielt Victor Assmann die Nase zum Himmel, als ob es dort etwas anderes zu sehen gäbe als drei kleine weiße Wölkchen, und stapfte entschlossen über die stacheligen Kriechgewächse auf den sandigen Hügel zu, der sich nur leicht über die Ebene erhob, aber ein ausgezeichneter Aussichtspunkt war.

Den Bruchteil einer Sekunde nur sah Joe in der Sonne das metallische Aufblitzen, danach brüllte Victor auf und stürzte zu Boden.

Der zweite Schuss fiel nahezu gleichzeitig.

Die Kugel fuhr in den Kotflügel des Landrovers, worauf auch der Schwarze sich auf die Erde fallen ließ. Er robbte im Schutz eines Gestrüpps in eine Sandkuhle.

Victor lag regungslos da.

Joe griff nach dem kleinen Fernglas, das er stets in der Brusttasche seiner Weste stecken hatte, und spähte hinüber zum Hügel. Er sah zwei schwarze Gestalten und erkannte an den Handbewegungen der beiden, dass sie wohl darüber diskutierten, wie sie weiter verfahren sollten. In diesem Moment hörte er einen lauten Knall. Unmittelbar danach senkte sich gelblicher Nebel über die gesamte Szenerie. Er erkannte Victor erst, als dieser beinahe auf ihn trat und brüllte: »Ins Auto Joe, schnell!«

Joe rappelte sich auf und tappte dorthin, wo er den Wagen vermutete. Er riss die Tür auf und ließ sich auf den Fahrersitz fallen. Der Schlüssel steckte noch.

Mit der Behändigkeit einer Großkatze schwang sich jetzt auch Victor ins Auto. »Fahr los!«, schrie er und zeigte zum ersten Mal Nerven.

Joe startete den Wagen und fuhr einen engen Bogen, danach gab er Gas und jagte den robusten Landrover ins freie Gelände.

Victor drehte sich um und sah die Nebelwolke noch immer über dem Hügel hängen. Erst als sie in der Nähe des ausgetrockneten Flussbetts waren, erlaubte er Joe, das Tempo zurückzunehmen. Vorsichtig schob er das blutbefleckte linke Hosenbein hoch und betrachtete seine Wunde. »Nur ein ganz oberflächlicher Streifschuss«, befand er erleichtert.

»Im Handschuhfach ist Verbandszeug.«

Victor holte die Blechschachtel heraus und fand ein Pflaster, das die passende Größe hatte. Er klebte es über die Schramme, die bereits nicht mehr blutete. »Kannst du dir das erklären?«, fragte er dann, nachdem er eine Beruhigungszigarette angezündet hatte.

Joe schüttelte den Kopf: »No, Sir!«

Wie kommt der verdammte Kerl zu Nebelkerzen, dachte er dabei im Stillen.

Als ob Victor die unausgesprochene Frage gehört hätte, sagte er jetzt: »Ich habe immer gespürt, dass sich eines Tages meine Ausbildung bei der Bundeswehr auszahlen würde. ›Nur Idioten sind nicht vorbereitet, wenn sie Stoßtrupps in unbekanntes Gelände machen‹, hat mein Ausbilder uns damals eingebläut. Glücklicherweise habe ich das geglaubt und bin jedes Mal präpariert, wenn ich aus der Minenabsperrung herausfahre!«

»Ihre Vorsicht hat uns beiden das Leben gerettet, Sir«, sagte Joe beflissen und dachte sich, dass er den arroganten Typen doch unterschätzt hatte.

»Besser, wir fahren zur Mine zurück. Ich werde anordnen, dass erst mal nur noch in Pulks zu den neuen Fördergebieten gefahren wird. Obwohl ich mir die Attacke einfach nicht erklären kann. Das Gebiet gehört eindeutig zum Minenareal, und davon, dass die Bürgerkriegstruppen dort jemals aufgekreuzt wären, hab ich noch nie was gehört!«, sagte Victor.

»Ich werde mich im Kobradorf umhören, wenn ich wieder mal nach Hause komme«, bot Joe an.

»Tu das, Joe«, bestärkte ihn Victor. Das fehlte noch, dass der Konflikt die Landesgrenze überschritt, gerade jetzt, wo sie den Alten dazu gebracht hatten, die Förderung in den Norden auszuweiten. Es musste sich um ein Versehen gehandelt haben, denn die Rebellen konnten am allerwenigsten Interesse daran haben, einen Zwischenfall zu provozieren, der als kriegerische Handlung ausgelegt werden konnte. Den Nachbarstaat als Verbündeten ihrer Widersacher, das konnten sie sich nicht leisten.

Am besten, man hängt den Vorfall erst mal ganz tief, beschloss Victor. Diamantenförderung war ein heikles Geschäft, und Regierungstruppen, die sich hier womöglich breitmachen würden, wären kaum zu überwachen. Wo es durch die Installation der Röntgenschleuse innerhalb der bestehenden Mine endlich gelungen war, der elenden Schmuggelei einen Riegel vorzuschieben!

Joe hatte inzwischen wieder die reguläre Straße erreicht, und nach knapp drei Stunden waren sie in der Mine zurück.

Sally saß an ihrem Schreibtisch und lackierte die Fingernägel, als Victor die Tür aufriss und ins Vorzimmer platzte. Er warf ihr einen genervten Blick zu. »Ich hoffe, du hast die Zahlen für Deutschland schon fertig!«, fauchte er, missmutig darüber, wieder einmal entdecken zu müssen, dass die Maus tanzte, wenn die Katze aus dem Haus war.

»Noch nicht, aber ich werde gleich damit beginnen, Mister Victor. Entschuldigen Sie bitte«, erwiderte Sally devot, was Victor klarmachte, dass sich in seinem Büro jemand befinden musste.

Er stieß die halb offen stehende Tür auf und sah den Verwalter der Mine, Claas van Reemen, der vor einem aufgeschlagenen Aktenordner stand. Er war ein hagerer, groß gewachsener Mann Mitte sechzig, mit welligem grauen Haar und nahezu schwarzen Augen. Sonderbarerweise hatte er so gut wie keine Augenbrauen, während ihn jede Filmdiva um seine langen dunklen Wimpern beneidet hätte.

»Hallo, Victor«, sagte van Reemen und versuchte, so unbefangen wie möglich zu klingen. »Ich wollte mir die Zahlen selbst noch mal ansehen, bevor Sally die Liste für Deutschland fertig macht.«

»Und warum schaust du dazu nicht in deine eigenen Akten?«, fragte Victor gefährlich ruhig. »Oder in deinen Computer?«

»Eben deswegen«, erwiderte van Reemen. »Der elende Kasten ist mal wieder abgestürzt. Und Sally sagte mir, du willst die Daten sehr rasch.«

»Allerdings«, knurrte Victor und beschloss einzulenken, obwohl er weder überzeugt noch beschwichtigt war. Er mochte den Minenverwalter nicht, auch wenn der Mann seit mehr als vierzig Jahren im Dienste der Assmanns stand und ein Jugendfreund seines Vaters war. Vermutlich gerade deswegen, dachte Victor grimmig. Was immer ich hier unternehme – oder auch nicht – erfährt mit einiger Wahrscheinlichkeit mein Vater. Und vermutlich war auch eine solche Spitzelei der wahre Grund für van Reemens Recherche in seinem Büro. Ich werde Sally auf ihn ansetzen, dachte Victor und beobachtete, wie seine Sekretärin und Geliebte mit den Händen in der Luft wedelte, um den Lack schneller zu trocknen. Irgendetwas würde sich finden lassen, um dem Minenverwalter einen Strick daraus zu drehen. Victor hatte Pläne, und er konnte keinen Aufseher des Alten brauchen, der ihm dabei auf die Finger sehen würde.

»Die Sache mit dem drohenden Streik ist befriedet. Ich hab mich heute früh mit den Leuten geeinigt«, erklärte er an van Reemen gewandt, den er ganz bewusst von dieser Unterredung ausgeschlossen hatte.

Van Reemen nickte mit ausdrucksloser Miene. Er wusste längst von dem erzielten Kompromiss, den er so nicht geduldet hätte, wenn er in die Verhandlungen einbezogen gewesen wäre. Doch er sparte sich jeden Kommentar und verließ mit einem kurzen Nicken Victors Büro.

»Ich fliege noch heute Abend nach Kapstadt und dann weiter nach Deutschland«, sagte Victor zu Sally, als sie wieder allein waren. »Und wenn ich nach dem Jubiläum zurückkomme, werden wir zwei uns über verschiedene Dinge unterhalten müssen.«

Sally kam an seinen Schreibtisch und beobachtete ihn aufmerksam. Was wollte er damit andeuten? Hatte er sie satt, oder noch schlimmer, hatte er einen Verdacht?

»Ich werde dich so sehr vermissen«, sagte sie probeweise und schob sich ein wenig näher heran.

Victor lächelte und sagte: »Ich dich auch, mein Schatz.« Es klang völlig normal.

Sally trat hinter ihn und begann, seinen Nacken zu massieren.

Victor entspannte sich unter ihren versierten Griffen und seufzte wohlig. »Du bist eine echte Begabung, Sally.«

»Du auch, Victor«, flüsterte Sally, schwenkte seinen drehbaren Stuhl herum und beugte sich zu ihm. Sie spürte, wie er reagierte, und sagte sich, dass alles in Ordnung war. Das Gespräch, das Victor nach seiner Rückkehr mit ihr führen wollte, konnte nichts mit ihrer Beziehung zu tun haben.

14

Irene Wuttke warf einen besorgten Blick auf Ludwig Assmann, der sehr aufrecht auf einem der Besucherstühle im Vorzimmer saß. Sein Gesicht glich einer Gipsmaske, und ehrlich gesagt hatte der Junge recht, wenn er wütend war.

Entgegen aller Gepflogenheiten war der Geschäftsführer der brasilianischen Niederlassung, der in Amsterdam zu tun gehabt hatte, nach einem kurzen Telefonat erschienen und belegte den Chef seit einer guten Stunde. Zweimal schon hatte Irene das Büro betreten und darauf hingewiesen, dass sein Sohn Ludwig einen Termin habe, eingetroffen sei respektive bereits seit längerer Zeit warte. Und jedes Mal hatte der Chef sie mit einer unwirschen Handbewegung wieder hinauskomplimentiert.

»Ich gebe ihm jetzt noch genau zehn Minuten«, sagte Ludwig, und seine Stimme bebte vor Zorn.

Und *dann*, dachte Irene Wuttke mitleidig. Es war nicht in Ordnung, aber jedes Mitglied der Familie Assmann musste eigentlich wissen, dass Heinrich geschäftliche Dinge wichtiger einstufte als private. Und Angelegenheiten seines jüngsten Sohnes betraf dies ganz besonders.

Es ging drinnen im Chefzimmer um vermutete Smaragdvorkommen auf einem der Grundstücke aus dem Erbe der Chefin, hatte Irene mitbekommen. Smaragde aber wurden zunehmend seltener und waren deswegen im Wert gewaltig gestiegen. Kein Wunder, dass der Alte den brasilianischen Geschäftsführer spontan empfangen hatte und ihm so viel Zeit widmete.

Jetzt aber öffnete der Chef zur Erleichterung Irenes die Tür und begleitete den Brasilianer hinaus, nicht ohne noch einmal anzumahnen: »Und bitte – kein Wort davon zu irgendwem, Battista! Veranlassen Sie das mit den Bodenproben diskret, am besten Sie wenden sich an ein ausländisches Institut. Ich will erst Definitives wissen, bevor wir damit zu den örtlichen Behörden gehen.«

»Naturalmente, Padrone«, versicherte der Brasilianer, der eigentlich ein Italiener war, und legte pathetisch die Hand auf sein Herz.

Heinrich Assmanns Blick war inzwischen auf seinen Sohn gefallen. »Du bist ja immer noch da«, sagte er ungnädig. »Was gibt's denn so Dringendes?«

Ludwig stand auf und verzichtete auf eine Antwort. Er ging in das Büro seines Vaters, setzte sich auf den Lederstuhl, dessen Sitzfläche noch warm war vom Hintern des südamerikanischen Geschäftsführers, und starrte so lange auf den röhrenden Hirsch, bis sein Vater sich herbeiließ, ihm zu folgen.

Als Heinrich wieder Platz genommen hatte, ersparte Ludwig sich jegliche Präliminarien. »Ich brauche Geld, Vater«, sagte er.

»Das habe ich erwartet«, meinte Heinrich und hob die Augenbrauen. Die Gespräche zwischen Ludwig und ihm verliefen fast alle nach demselben Schema.

»Wie viel?«

»Fünf Millionen. Euro, nicht Dollar!«

Es trat selten ein, aber diesmal verschlug es Heinrich die Sprache.

»Fünf Millionen?«, wiederholte er und konnte es dennoch nicht fassen.

Doch Ludwig nickte heftig und sagte erneut: »Fünf Millionen!«

Heinrich atmete tief ein und danach lange aus. Er erinnerte sich an alles, was Zita ihm für den Fall der Fälle ans Herz gelegt hatte. Er schluckte die Erwiderung hinunter, die ihm auf der Zunge lag, stand stattdessen auf und ging zu dem Schrank, der früher im Wohnzimmer seiner Eltern gestanden hatte. Es gab dort ein Barfach, in das er einen Kühlschrank hatte einbauen lassen. Darin befand sich auch das Spray, das der Internist ihm bei heftiger Aufregung verordnet hatte. Er hob die Hand, um nach dem Fläschchen zu greifen, entschloss sich aber auf halbem Weg für bessere Medizin: Er griff im Regal nach der Cognacflasche, drehte den Verschluss auf und goss einen silbernen Becher halb voll. Mit dem Rücken zu seinem Sohn stürzte er die Flüssigkeit hinunter und atmete noch einmal durch, bevor er sich umdrehte.

»Du hast einen sonderbaren Sinn für Späße, Ludwig«, sagte er dann, ging zurück und ließ sich wieder in den Schreibtischsessel plumpsen.

»Es ist kein Scherz, Papa«, sagte Ludwig, »und du weißt das genau.«

Heinrich betrachtete seinen Jüngsten und nickte schließlich mehrmals. »Irgendwann«, erklärte er dann, »hab ich mit so etwas sogar gerechnet. Mein Instinkt hat mir immer gesagt, dass dieser Tag kommen wird.« Er musterte Ludwig aufmerksam, während der Cognac ihm den Magen wärmte und sich wie ein dämpfender Teppich über seine aufkeimende Wut legte. »Die Frage war nur, wie du beabsichtigst, das Geld zu verschleudern. Also bitte, worum dreht es sich, Ludwig?«

Ludwig errötete so stark, dass es selbst seinem Vater nicht

entging. Weiß waren nur die Knöchel seiner Finger, die er – wie im Gebet – ineinander verschlungen zusammenpresste, um die Fassung zu bewahren. Um nicht aufzuspringen und diesem Scheusal, das sich Vater nennen ließ, endlich die Fäuste ins Gesicht zu schlagen. Der es schaffte, jedes Bemühen, jede Arbeit und jedes Unterfangen zu diffamieren, noch ehe man ihm die Sachlage dargelegt hatte. Ruhe, mahnte er sich. Ruhe. Du brauchst seine Hilfe, du darfst ihn jetzt nicht verstimmen. Nicht in der jetzigen Phase, in der sich die Sache bereits befindet.

»Ich habe ein Musical komponiert«, sagte er daher und blickte auf seine weißen Knöchel.

»Deine Mutter hat mir davon erzählt.«

»Ich habe es Wingbert Gönnermann zur Begutachtung geschickt. Er sagt, es sei …« *Genial*, hatte er sagen wollen, und es wäre nichts anderes als ein Zitat gewesen, aber er versuchte, jeden Begriff zu vermeiden, der den Spott des Alten auslösen könnte. »… sehr gelungen«, sagte er deshalb.

»Und wer *ist* dieser Herr Gönnermann?«, wollte Heinrich wissen.

Ludwig hob den Kopf und starrte seinen Vater an. Er war so verblüfft über dessen Unkenntnis, dass er sogar vergaß, wie er es sich vorgenommen hatte, Blickkontakte möglichst zu vermeiden. Denn irgendwo hatte er einmal gelesen, dies sei die passende Taktik bei einer Begegnung mit gefährlichen Tieren; es verhindere spontane Aggressionen. Was bei Löwe, Tiger & Co. klappte, konnte bei einer Konfrontation mit Heinrich Assmann nur hilfreich sein. Er nahm sich zusammen und sagte, wobei er peinlich vermied, einen besserwisserischen Ton anzuschlagen: »Wingbert Gönnermann ist der frühere Generalintendant der Wiener Bühnen und hat seit vergangenem Jahr das Musical Theater Berlin übernommen. Er ist der wichtigste Mann im Musicalgeschäft in Europa, wenn nicht sogar weltweit.«

»Ah ja«, sagte Heinrich Assmann, und es klang sogar ein klein wenig beeindruckt.

Ludwig begann zu hoffen. »Die fünf Millionen sind nur ein Eigenanteil«, sagte er rasch. »Die Produktion selbst wird ein Mehrfaches davon kosten. Nur fließen im Moment die Fördermittel eben nicht mehr in der gleichen Höhe wie früher. Die Länder sind gezwungen zu sparen, und leider sparen sie sehr gerne an der Kulturförderung …«

»Das ist das richtige Stichwort, Ludwig: Sparen. Nicht nur die Bundesländer sehen sich dazu veranlasst, auch die Wirtschaft steht vor dieser Aufgabe.«

Ludwig versteifte sich. »Also, entschuldige, Papa, ich habe mich wirklich nicht bemüht, eure Unterhaltung zu belauschen, aber du und Battista habt ja laut genug geredet. Und ich hab mit eigenen Ohren gehört, wie du ihm gesagt hast, wenn sich die Hoffnung bestätigt und sie nennenswerte Smaragdvorkommen finden, kommt es dir auf ein paar Millionen Schmiergeld nicht an, um möglichst rasch die Abbaugenehmigungen …«

»Halt deinen vorlauten Mund«, fuhr ihm Heinrich erregt dazwischen. »Das sind Geschäfte, womöglich sehr einträgliche, vor allem aber solche, von denen du nicht die geringste Ahnung hast.«

»Darauf leg ich auch keinen Wert«, erklärte Ludwig, und diesmal konnte er die Verachtung in seiner Stimme nicht unterdrücken. »Ich konstatiere nur, dass du nicht zögern würdest,

Millionen in Korruption zu pulvern, dich aber mächtig anstellst, wenn es darum geht, meine Begabung zu fördern und in meine Arbeit zu investieren.«

»Weil das, zum Teufel noch mal, zwei ganz verschiedene Angelegenheiten sind«, brüllte Heinrich, und nun war es passiert: Der Korken war aus der Flasche geknallt, und der darin zusammengepresste Geist entwich in einem gewaltigen Ausbruch. »Was hast du denn für eine Ahnung von Geldverdienen, vom unternehmerischen Risiko, von Zwängen und Pflichten! Von Tradition und der Verantwortung für Tausende von Leuten, die weltweit für die Assmanns arbeiten? Du hast doch noch nie etwas Vorzeigbares geleistet. Noch nicht mal das Abitur hast du beim ersten Anlauf geschafft, und danach hast du dir erlaubt, rumzustudieren, hier ein bisschen und dort ein bisschen, nur zu einem Diplom, da hat es nicht gereicht, bis heute nicht. Als es nämlich unangenehm wurde, das Studieren, und in Arbeit ausgeartet wäre, da hat der Herr sich entschlossen, zu komponieren. Und jetzt kommst du an und verlangst fünf Millionen … FÜNF MILLIONEN … von mir, weil dieser Gönnerdings dein Elaborat als ›sehr gelungen‹ eingestuft hat. Soll ich dir mal sagen, wie das gelaufen ist? Der Mann hat auf deinen Namen geschaut. *Assmann* hat er gelesen, und danach hat es klick in seinem Kopf gemacht. Assmann-Edelsteine, hat der gedacht, wenn der Junge zu dieser Sippe gehört, ist dort vielleicht was zu holen. Der kassiert meine Millionen, spart die Fördergelder für andere Produktionen, und wenn er dein Musical überhaupt auf die Bühne bringt, dann lässt er es vorher von einem Fachmann überarbeiten. Du denkst doch nicht wirklich, der setzt ein Millionenprojekt auf ein dreißigjähriges

Jüngelchen, das noch nie auch nur einen Klavierwettbewerb gewonnen hat?!«

Heinrichs Ohren hatten bei dieser langen Rede die übliche Krisenfarbe angenommen, während Ludwig noch blasser war als zu Beginn des Gesprächs. Jetzt stand er auf und ging wortlos zur Tür.

»Du bleibst hier. Ich bin noch nicht fertig mit dir!«, bellte sein Vater hinter ihm her. Doch Ludwig verhielt nur den Schritt, um die Tür ins Vorzimmer zu öffnen. Die Mühe, sie wieder hinter sich zu schließen, machte er sich nicht mehr.

Irene Wuttke warf dem Jungen einen langen Blick hinterher, dann seufzte sie lautlos. Sie stand auf, ging ins Chefzimmer und steuerte auf den Barschrank zu. Im Kühlschrank fand sie das Spray. Sie nahm die Flasche heraus und ging damit zu Heinrichs Schreibtisch. Heinrich saß, die Hände gegen die Tischplatte gestemmt, auf der vordersten Kante des Stuhls und japste nach Luft. Seine Gesichtsfarbe hatte die des Sommerflieders angenommen.

Mit ruhiger Hand entfernte Irene die Verschlusskappe, packte den Chef bei seinem weißen Schopf, zog den Kopf etwas nach hinten und sprühte ihm die Medizin in den halb geöffneten Mund. Reflexartig schluckte Heinrich das bittere Zeug und sank dann nach hinten, wo die Rückenlehne des Stuhls ihm Halt bot.

Irene ließ ihn nicht aus den Augen. Sie sah, wie bereits nach kurzer Zeit die Fliederfarbe verblasste. Erst jetzt wurde sie sich ihrer Anspannung bewusst. Sie drückte die Plastikkappe wieder auf die Sprayflasche und stellte sie zurück in den Kühlschrank.

»Du kannst es ruhig sagen, Wuttke«, ertönte dabei Heinrichs Stimme in ihrem Rücken. Sie klang bereits wieder erstaunlich kräftig.

»Das ist nicht notwenig, Chef. Du weißt es selbst!«

»Er bringt mich noch um, dieser Kerl!«, sagte Heinrich Assmann erbittert.

»Warum hast du dem Jungen das Geld nicht gegeben?«, fragte Irene Wuttke, als sie schon an der Tür stand. »Es wäre vielleicht die Chance gewesen, die er braucht, um …«

»Um was? Um erwachsen zu werden?«

»Schon das wäre ein Erfolg!«

»Vielleicht. Nur, die Söhne anderer Leute schaffen das, ohne dass man's mit fünf Millionen erkaufen müsste. Und meine anderen beiden haben schließlich auch keine … *Initiationsprämie* … bei mir kassiert.«

Er rückte seine Krawatte wieder zurecht, und wer ihn jetzt sehen könnte, hielte es für ausgeschlossen, dass dieser Mann fünf Minuten zuvor einen *Anfall* erlitten hatte. »Soll er sich wehren«, sagte Heinrich Assmann jetzt kühl und klappte sein Merkbuch auf, um die Stichworte aus dem Gespräch mit dem brasilianischen Geschäftsführer zu notieren. »Das müssen andere auch. Und wenn sein … *Ding* … etwas taugt, wird es sich auch ohne meine Millionen durchsetzen.«

15

Am anderen Ende des Flurs stand Georg Assmann in seinem Büro und schaute hinab in den Firmenhof, wo das Spezialunternehmen damit begonnen hatte, das Zubehör für den Aufbau des Zelts abzuladen, in dem die Jubiläumsfestlichkeiten stattfinden sollten. Es wurden achthundert Gäste aus aller Herren Länder erwartet, und seine Arbeit der vergangenen beiden Wochen war es gewesen, die letzten Organisationsdetails dafür zu klären.

Victor hat es wieder mal geschafft, sich all das vom Hals zu halten, was er, und vorwiegend *er*, angezettelt hat, dachte Georg und verzog den Mund zu einem sarkastischen Lächeln.

Irgendwelche ganz überraschenden geschäftlichen Gespräche hatten den Bruder noch einige Tage länger als geplant in Kapstadt festgehalten, eine Behauptung, der niemand Glauben schenkte außer Alice. Manchmal fragte sich Georg, ob es Selbstschutz seiner Schwägerin war oder tatsächlich Naivität, Victors lange Abwesenheiten nie zu hinterfragen.

Jedenfalls dürfte sein überaus cleverer Bruder wohl so kurz vor Beginn der Feierlichkeiten eintreffen, dass ihm keine Zeit für irgendetwas anderes bleiben würde, als die Kleider zu wechseln.

Es klopfte an der Zimmertür, und noch ehe sie den Raum betreten hatte, wusste Georg, dass seine Mutter ihn sprechen wollte.

Sie sah schön aus wie immer, doch unter ihren Augen entdeckte Georg ungewohnte Schatten.

Zita Assmann hielt die Gästeliste in der Hand, aber es war

noch etwas anderes, das sie mit ihrem Ältesten besprechen wollte.

»Dein Vater hatte gestern mal wieder einen *Anfall.* Frau Wuttke war vorher bei mir im Atelier und hat mich gebeten, auf ihn einzuwirken, er solle heute zum Arzt gehen, und du kennst ja Frau Wuttke: Wenn sie mit so was *zu mir* kommt, dann muss es heftig gewesen sein.«

»Hat er denn zu Hause nichts davon erwähnt?«

»Ich war gestern in Brüssel bei Boucher und bin erst heute Vormittag zurückgeflogen. Und als ich vorhin mit ihm sprechen wollte, war er drüben im Edelsteinmuseum, um mit Ratke seine Festrede durchzugehen.«

Ratke war der Museumschef, und Heinrich Assmann hatte ihn zu einer Art Zeremonienmeister für die Jubiläumsfeier gewinnen können.

Georg stellte eine Tasse in die Kaffeemaschine und drückte den On-Knopf. »Ich nehme an, Ludwig war bei ihm«, sagte er dann.

Zita Assmann nickte. »Das vermute ich auch!«

»Dann weißt du Bescheid über die Sache mit dem Musical?«

»Natürlich. Dir und mir gegenüber war er noch immer offen.«

Georg reichte seiner Mutter die Tasse und füllte danach eine zweite für sich selbst. »Ich hab den Brief gelesen, Mama. Wingbert Gönnermann ist ein ausgewiesener Fachmann …«

»Das weiß ich. Mir ist aber auch klar, wie dein Vater dieses Schreiben interpretiert.«

»Es ist ja tatsächlich denkbar, dass er nur auf unser Geld aus ist«, sagte Georg realistisch.

»Der Typ ist Gönnermann eigentlich nicht«, widersprach Zita. »Obwohl … in Zeiten der klammen öffentlichen Kassen …«

»Ja, eben. Und dennoch … Ich war bei Ludwig, nachdem er mich mehrmals darum gebeten hat, und er hat mir Teile der Komposition vorgespielt. Für mich klang es nicht übel, aber … ich bin alles andere als ein Experte.«

»Mir gefällt seine Komposition ausgesprochen gut, und ich kenne, zumindest aus der Publikumsperspektive, alle Musicals, die auf größeren Bühnen aufgeführt wurden. Deshalb versuche ich auch, Ludwig in dieser Sache zu helfen.« Zita hob den Kopf und schaute ihrem ältesten Sohn direkt in die Augen. »An deinem Vater vorbei, um präzise zu sein. Leider ist mir Battista dazwischengekommen und hat Papa von meinen … *Umtrieben* … berichtet. Dabei kennt der naseweise Battista nur einen Bruchteil der ganzen Geschichte.«

»Welcher Geschichte?«, fragte Georg verständnislos. Seine Mutter hatte sich, soweit es ihm bekannt war, seit dreißig Jahren nicht mehr um die Expansionspolitik des Assmann-Konzerns gekümmert, sondern sich auf das firmeneigene Schmuckatelier beschränkt. Worum ging es hier eigentlich?

»Papa hat Battista gebeten, auf einem der Felder, die ich von deinen brasilianischen Großeltern geerbt habe, Bodenproben untersuchen zu lassen, was ich selbst bereits vor Monaten veranlasst habe.«

Georg kam aus dem Staunen nicht heraus. Die Geschichte wurde immer rätselhafter.

»Und mit welchem Erfolg?«

»Man erwartet dort ergiebige Smaragdvorkommen!«

Wortlos schluckte Georg diese sensationelle Information.

Wenn es dort tatsächlich reiche Smaragdvorkommen gab, wäre dies ein weiterer Betriebszweig von noch nicht einschätzbarer Bedeutung für den Assmann-Konzern. Auf jeden Fall wäre es verrückt, solche Felder zu verkaufen und anderen die Ausbeute zu überlassen.

Zita hatte Georgs Mimik beobachtet und lächelte fein. »Ich bin nicht Alice«, sagte sie dann unmissverständlich. »Und nur meine Mutter war eine Frau, die nichts mit der Branche zu tun hatte. Meine väterlichen Vorfahren sind, wie du weißt, seit dreihundert Jahren in Idar-Oberstein ansässig. Du wirst mir doch nicht ernstlich zutrauen, ich würde potenzielle Smaragdfelder verkaufen? Um ein Musical davon zu finanzieren? Man müsste mich sofort entmündigen, wenn ich dies vorhätte!«

Georg konnte ein Grinsen nicht unterdrücken. »Entschuldige, Mama. Einen Moment lang hab ich es tatsächlich befürchtet. Die Mutterliebe ist eine sehr starke Kraft ...«

»Allerdings. So stark, dass ich an dieser ... Intrige ... bereits seit zehn Monaten arbeite.« In ihrer Stimme lag eine ungewohnte Härte, als sie fortfuhr: »Und glaube mir, es wird mir gelingen, mich dieses Mal, nur dieses eine Mal, gegen deinen Vater durchzusetzen!«

»Und was schwebt dir vor?«

»Eine Erbteilung – und eine Veränderung der Firmenstruktur. Ludwig bekommt eine vorgezogene Erbentschädigung, mit der er machen kann, was er will, nur, danach ist er abgefunden, ein für alle Mal. Victor wird selbstverantwortlicher Chef unserer afrikanischen und asiatischen Minen, mit allen Rechten und Pflichten, du der südamerikanischen und australischen. Für das Werk in Idar-Oberstein werden wir einen Geschäftsführer einstellen, und im Übrigen wird eine Holding in der Schweiz gegründet werden, in die die Gewinne einfließen. Die privaten Entnahmen werden nach betriebswirtschaftlichen Kriterien geregelt und gedrittelt.«

»Und Papa wird Chef der Holding?«

»Nein. Auch hier werden wir mit Managern arbeiten, die nicht zur Familie gehören. Dein Vater wird nur noch Privatmann sein, und wir werden die Restzeit unseres Lebens so gestalten, dass die Firma dabei keine Rolle mehr spielen wird!«

Es waren nicht ihre Pläne an sich, die Georg fassungslos machten, es war die kühle Entschlossenheit, mit der seine Mutter derartige Ungeheuerlichkeiten vortrug.

»Und du glaubst, Papa wird das akzeptieren?«

»Nein. Natürlich nicht«, sagte sie ruhig. »Aber ich werde versuchen, ihn dazu zu zwingen, Georg.«

An diesem interessanten Punkt ihrer Unterhaltung stürzte Irene Wuttke aufgeregt ins Zimmer. »Der Sultan von Brunei ist gerade eingetroffen. Er sitzt unten im Empfangszimmer und will Sie sprechen, Frau Assmann.«

Zita lächelte so unbefangen, als ob es die vorherige Unterhaltung gar nicht gegeben hätte, und sagte: »Entschuldige, Georg, aber den Sultan kann ich nicht warten lassen.«

Beide Frauen verschwanden, und Georg schaute kopfschüttelnd auf die geschlossene Tür. Er liebte seine Mutter aufrichtig und hätte bis vor wenigen Minuten geschworen, ihre Gedanken lesen zu können. Jetzt aber musste er einsehen, dass es Seiten an ihr gab, die er nicht kannte. Außerdem musste er zugeben, dass ihre Pläne einfach, brutal und genial zugleich waren. Er konnte nicht umhin, ihr dafür Beifall zu zollen.

Er setzte sich in seinen Schreibtischstuhl und überlegte, ob und gegebenenfalls welche Mechanismen es gab, mit denen sein Vater sich zu derart gravierenden Veränderungen zwingen lassen würde.

Nach einiger Zeit wurde ihm bewusst, dass Zita die Gästeliste vergessen hatte. Unter dem Buchstaben »E« fand er den Namen, den er selbst benannt hatte: Eiler, Petra, samt dazugehöriger Adresse. Dahinter stand eine handschriftliche Notiz seiner Mutter: »Wer ist das?«

Georg überlegte nur kurz, dann griff er zu seinem geliebten Tintenroller und schrieb dahinter: »Meine zukünftige Frau. G. A.«

Wenn heute der Tag der überraschenden Offenbarungen war, dann wollte auch er seinen Teil dazu beizutragen.

16

Nachdem Ludwig Assmann sein ganzes Apartment durchsucht hatte, fiel es ihm ein: Er hatte die Demo-CD gestern mit zum Termin bei seinem Vater genommen und sie, nach der Warterei, auf Irene Wuttkes Schreibtisch vergessen. Blöderweise hatte er keine weitere Kopie mehr.

Er beschloss, Irene anzurufen und sie zu bitten, ihm die D vorbeizubringen oder jemanden damit zu schicken, doch er konnte die Sekretärin seines Vaters nicht erreichen.

Da er Peer Katter, einen jungen Sänger, erwartete, mit dem er seit der Musikhochschule befreundet war und den er Gönnermann für eine der männlichen Partien empfehlen wollte, brauchte er das Ding so rasch wie möglich.

Ludwig erwog, aufs Klavier auszuweichen, aber die Demo-CD war, wie er wusste, entschieden eindrucksvoller. Und da er Peer unbedingt haben wollte – der Junge hatte einen ganz speziellen Charme in der Stimme –, musste er wohl oder übel in den sauren Apfel beißen und noch einmal hinüber zur Firma gehen, obwohl er sich nach dem Eklat vom Tag zuvor vorgenommen hatte, nie mehr einen Fuß über die Schwelle zu setzen. Doch auch Karen konnte er nicht bitten: Sie war schon am frühen Morgen nach Hamburg geflogen, wo sie Studioaufnahmen hatte.

Missmutig trottete Ludwig also durch die Stadt.

Nachdem er mehrmals vergeblich angeklopft hatte, betrat er das Vorzimmer und sah die Assistentin seines Vaters durch die geöffnete Tür vor der Panzerglasvitrine im Chefbüro stehen. Sonst sah er niemanden. Ein Stein fiel ihm vom Herzen.

»Tag, Irene. Ich hab gestern auf Ihrem Schreibtisch eine CD liegen lassen. Haben Sie die vielleicht gefunden?«

»Ja, ja. Natürlich«, sagte Irene Wuttke, ohne sich umzudrehen. »Ich geb sie dir gleich, Ludwig. Lass mich nur das hier noch zu Ende bringen!« Sie hantierte am Sicherheitsschloss der Vitrine und öffnete schließlich die dicke Panzerglasscheibe.

Ludwig blieb im Vorzimmer stehen, aber er konnte sehen, wie Irene den berühmten *Assmann-Jupiter* aus seinem Ständer hob und auf das Unterteil einer mit purpurnem Samt ausgeschlagenen Box legte. Sie schloss die Vitrine wieder, kam ins Vorzimmer und stellte die Box auf ihre Schreibtischplatte. »Die *Träne der Götter*«, sagte sie, und es klang beinahe andächtig. »Sogar ich krieg jedes Mal eine Gänsehaut, wenn ich den Stein anfasse.«

Ludwig betrachtete den Diamanten, der den Reichtum seiner Sippe ins Unermessliche gesteigert hatte, und fand, dass er aussah, als ob er aus ganz gewöhnlichem Glas sei, aber er hütete sich, dies auszusprechen. In solchen Dingen war auch Irene voll auf der Linie des Hauses: Den *Assmann-Jupiter* nicht zu bewundern – oder gar zu schmähen –, war ein absolutes Sakrileg.

»Was denken Sie, was der wert ist?«, fragte er stattdessen, nicht etwa, weil es ihn wirklich interessiert hätte, sondern nur, um ihr einen Gefallen zu tun.

»Er ist unbezahlbar«, versicherte sie sofort. »Und verkäuflich wäre er ohnehin nicht. Diamanten in dieser Größe sind selten – und wären ihrer Form wegen sofort zuordenbar!«

»Weshalb dann der ganze Aufwand mit Panzerglasvitrine und Sicherheitsanlagen?«

»Junge, man merkt, dass du wirklich keine Ahnung von unserem Geschäft hast«, sagte sie mit mildem Tadel in der Stimme und stülpte den Deckel über die Box. »Wenn er gestohlen würde, würden sich die Diebe einen Idioten suchen, der ihn teilt. Dann allerdings hätten sie das Geschäft ihres Lebens gemacht, denn die Teilstücke wären sehr wohl zu verkaufen und würden ihnen mit Sicherheit einen hohen Millionenbetrag einbringen!«

»Verstehe.« Ludwig nickte, aber eigentlich verstand er es nicht. Weshalb gab es Leute, die Millionen dafür ausgaben, um ein Stückchen uralten Kohlenstoffs zu erwerben, mit dem nichts anzufangen war? Okay, man konnte Ringe, Ketten und sonstigen Kram daraus herstellen. Allerdings konnte man dies genauso aus Strass oder Bergkristall tun – und Leute wie er und Millionen anderer Menschen wären nie in der Lage zu unterscheiden, ob es sich um das eine, das andere oder das dritte handelte.

»Die Leute von der Versicherung waren am Vormittag hier«, plapperte Irene Wuttke inzwischen fröhlich weiter. »Sie verlangen, dass der *Assmann-Jupiter* während des Jubiläums, wenn Hunderte von Besuchern im Haus sind, im großen Tresor gelagert wird. Die Vitrine im Chefzimmer ist okay, sagen sie, aber der hier …«, sie deutete auf den riesigen Sondertresor hinter ihrem Schreibtisch, der in Beton eingegossen und mit einem speziellen Stahlkorsett zusätzlich in Boden und Decke verankert war, »der ist am allersichersten, und wenn sie's unbedingt wollen, dann tun wir ihnen eben den Gefallen, sagt dein Vater.« Sie stand jetzt direkt vor dem Stahlkoloss und begann mit größter Konzentration, die zwölf Zahlen zu wählen, mit denen der Tresor zu öffnen war.

Ludwig schaute ihr über die Schulter und konnte ein kleines, verächtliches Grinsen nicht unterdrücken, als er die Zahlenfolge begriff. Die Fantasie seines ach so cleveren Vaters war gleich null. Der geheimnisvolle Code, den außer dem Firmenchef selbst, Zita Assmann und Irene Wuttke niemand kannte und kennen durfte, bestand aus nichts anderem als aus einer Aneinanderreihung der Geburtstagsdaten der Familie, und zwar in absteigender Altersfolge, wenn er richtig riet.

Bei der sechsten Zahl bemerkte Irene seinen Blick. Sie hielt inne und sagte energisch: »Bitte, Ludwig, geh dort hinüber! Du kennst die Regeln.«

»Sorry, Irene«, erwiderte Ludwig und setzte sich auf den Stuhl vor dem Schreibtisch, der weit genug entfernt war, um die zweite Hälfte des »Geheimnisses« nicht entschlüsseln zu können, und hoffte inständig, dass der Alte noch etwas ausblieb.

Irene Wuttke öffnete inzwischen die dicke Stahltür und ließ den *Assmann-Jupiter* in einer der Schubladen verschwinden. Dann drückte sie die Tresortür wieder zu. Ein langer Summton verkündete, dass alle Sicherheitssysteme wieder arbeiteten.

»Und jetzt zu dir«, sagte Irene, schloss ihre Schreibtischschublade auf und holte die Demo-CD hervor.

»Na, Gott sei Dank. Wäre echt blöd, wenn sie weg gewesen wäre!« Erleichtert steckte Ludwig die Scheibe in die Brusttasche seines Hemds.

»Bei uns verschwindet nichts. Alles wird hier gut und sicher verwahrt«, stellte Irene Wuttke fest und sagte sich, dass sie jetzt dem »Kleinen« noch eine Abreibung verpassen würde. Der Anfall des Chefs war ihr so bedenklich erschienen, dass sie nicht nur Zita Assmann aufgesucht hatte, sondern, nach einigem Nachdenken, auch eigenmächtig den Internisten informiert hatte. Der Arzt hatte sehr vernünftig reagiert und ihr versprochen, Heinrich Assmann unmittelbar nach dem Jubiläum unter einem Vorwand in seine Praxis zu bestellen und danach »gründlich in die Mangel« zu nehmen. Und, Sympathie hin oder her, der Streit mit dem Jungen war eindeutig der Auslöser der gesundheitlichen Probleme gewesen.

Ludwig, der ahnte, was kommen würde, unterlief ihre Absicht. Er war der Einzige, der seine Zuneigung ihr gegenüber immer wieder durch Gesten zum Ausdruck brachte. Jetzt legte er den Arm um ihre Schulter und drückte einen raschen Kuss auf ihre sommersprossige Wange: »Danke, Irene. Das Ding ist sehr wichtig für mich!«

»Dann ist es ja gut«, sagte Irene und spürte, wie häufig in letzter Zeit, die sanft schmerzende Frage, wie es gewesen wäre, eigene Kinder zu haben, obwohl dies natürlich ein idiotisches Gedankenspiel war, wenn man sich selbst als partnerschaftsuntauglich einstufte.

Als ihr die Standpauke für Ludwig wieder einfiel, war dieser bereits jenseits des Firmentors, und lange hatte sie auch nicht Gelegenheit zu reflektieren, denn schon brach Heinrich Assmann ins Zimmer und schrie, warum, verdammt noch mal, er erst jetzt erfahre, dass für das Festbankett nicht das Bier der hiesigen Brauerei bestellt worden sei, sondern stattdessen dieses tschechische Gesöff.

»Das hat Victor angeordnet«, verteidigte sich Irene, »und du hättest das ausdrücklich gewollt, hat er mir dazu gesagt.«

»Der Teufel soll Victor holen«, grollte Heinrich Assmann. »Ich lass mir doch von ihm nicht ständig irgendwelche Absichten unterschieben.«

Diesmal erwiderte Irene nichts, aber sie griff in einen Ordner und zog mit sicherem Griff die Bestellung heraus, die von Heinrich Assmann unterschrieben war.

»Verflixt noch mal«, maulte dieser, nachdem er das Papier betrachtet hatte, und beschloss, in Zukunft besser aufzupassen, wenn sein übertüchtiger Zweitgeborener so interessant mit ihm plauderte, während er ihm irgendwelche Papiere zum Abzeichnen vorlegte.

17

Georg hatte sich lange überlegt, wie er es am geschicktesten anfangen sollte, und heute, am Vorabend des Jubiläums, erschien ihm die Gelegenheit günstig.

Petra hatte ihn zum Essen eingeladen, erstmals in ihre kleine Wohnung in Wiesbaden.

Es war ein ungewöhnlich schöner und milder Sommerabend, und Petra hatte sich entschlossen, im Freien zu decken.

Die Dachterrasse war klein und zwischen die Giebel zweier Häuser gepresst, doch Petra, die einen grünen Daumen besaß, hatte es geschafft, die wenigen Quadratmeter so erscheinen zu lassen, als ob es sich um die Lichtung in einem Laubwald handle. Die vielen Grüntöne waren raffiniert aufeinander abgestimmt, und die wenigen Blumeninseln dazwischen erweckten den Anschein einer echten Wiese. Nach vorn aber war der Blick über die Dächer der Stadt weit und vollkommen frei.

Auch ihre Garderobe hatte sie sorgfältig ausgewählt und farblich ebenso auf die Szenerie abgestimmt wie Tischtuch, Geschirr und die sparsame, aber wirkungsvolle Dekoration.

»Wow«, sagte Georg beeindruckt, als sie ihn durch den gemütlich eingerichteten Wohnraum nach draußen führte.

»Tja. Mein Dachgarten und ich, wir sind heute ein Gesamtkunstwerk«, meinte Petra und goss die Kiwibowle, die sie bereits in die Gläser gefüllt hatte, mit Champagner auf.

»Hoffentlich füge ich mich auch harmonisch genug ein«, spielte Georg den Besorgten, aber Petra beruhigte ihn rasch: »Weißes Hemd und dunkelgraue Hose, das ist perfekt«, sagte sie vergnügt und reichte ihm sein Glas. »Auf einen schönen Abend!«

»Es wird ein wunderbarer Abend werden, da bin ich ganz sicher«, versicherte Georg, und danach tranken sie einen kleinen Schluck des herben und erfrischenden Aperitifs. Anschließend küssten sie sich zärtlich, doch als der Kuss drohte, den Ablauf des ganzen Programms durcheinanderzubringen, hob Petra eine Hand.

»Hör auf damit«, sagte sie und schob ihn lachend von sich.

»Weshalb? Eigentlich hab ich null Appetit. Ich meine, auf Essen …«

»Kommt überhaupt nicht infrage«, widersprach Petra. »Ich werde dich zwingen, meine Qualitäten als Köchin kennenzulernen!«

»Dann werd ich mich eben fügen«, lenkte Georg mit einem scheinheiligen Lächeln ein, denn die Düfte, die aus der Küche drangen, waren wirklich verheißungsvoll, und der Abend hatte ja noch nicht einmal richtig begonnen.

»Das schmeckt echt sensationell«, lobte er bald danach Petras selbst gemachte Forellensülze, die sie als Vorspeise zusammen mit in Rotwein eingelegten Zwiebeln und einem pikanten Rote-Beete-Pistazien-Mus servierte.

»Ich hab mal einen Spitzenkoch interviewt«, erzählte Petra fröhlich. »Und er war sehr zufrieden mit meinem Text. Vor allem aber mit den Bildern, die ich geschossen habe. Der Mann war so bekümmert über seinen ungeheuren Bauch, den er als Berufskrankheit bezeichnete, dass er mir leidtat und ich nur Aufnahmen bis zur Halskrause von ihm gemacht habe. Oder mit irgendwas Größerem vor seiner Kugel. Er war mir so dankbar, dass er mich inzwischen sechs Mal zu seinen Wochenendkursen eingeladen hat. Und ich muss sagen, ich habe davon profitiert.«

»Das kann ich nur bestätigen.« Georg schmunzelte. »Was gibt es denn noch?«

Es gab noch allerlei, und alles war lecker.

»Ich kann nicht mehr«, stöhnte Georg schließlich. »Nichts mehr essen«, präzisierte er und verlangte nach einem doppelten Espresso.

Das, fand er, war der Moment.

Er griff in die Tasche seines Jacketts, das er über die Stuhllehne gehängt hatte, holte ein schwarzes Schächtelchen hervor und legte es neben Petras Mokkatasse. »Mach es nur auf«, sagte er dann mit einem so jungenhaften Lächeln, dass Petra den Verliebtheitsembryo, der sich in ihrem Bauch zusammenzog und unsägliche Glücksgefühle in ihr auslöste, so stark spürte wie nie zuvor. Eigentlich war es ihr völlig gleichgültig, was sich in der Schachtel befand.

Sie saugte sich so lange an seinen Augen fest, bis er lachte und das Etui noch ein wenig näher schob. »Mach es auf, Petra, bitte. Es muss sein, sonst fällt meine ganze Planung zusammen.«

Natürlich war Petra klar, dass er ihr einen Ring schenken würde. Das lag nahe, bei dem Job, den er hatte, und die Schachtel war zu klein für ein anderes Schmuckstück.

Sie fasste nach dem Behältnis und klappte den Deckel nach oben. Was sie sah, machte sie dennoch erst einmal sprachlos.

Die kleine Box enthielt nicht einen, sondern drei Ringe. Zwei davon waren aus Gold gefertigt und von zeitloser Schlichtheit. Der dritte bestand aus einem sehr schmalen Goldband, das einen weißblau glitzernden, herzförmig geschliffenen Diamanten hielt. Petra hatte noch nie einen Ring gesehen, der ihr besser gefallen hätte.

Dieser Ring war *ihr* Ring.

Er war edel, ohne auch nur im Geringsten pompös zu wirken, und er hatte genau die richtigen Proportionen für eine Frau ihrer Größe. Es war ein Ring, den der Mann ausgesucht hatte, den sie liebte, und der ihr damit bewies, dass er ihr Wesen zutiefst verstanden hatte. In der Jubiläumsausstellung der Firma Assmann gab es wesentlich kostbarere Stücke, allerdings hätten keine zehn Pferde Petra dazu gebracht, etwas Derartiges zu tragen.

»Das ist nicht dein Ernst, Georg«, sagte sie, als er nach dem kleineren der goldenen Ringe griff und ihn über ihren linken Ringfinger schob. Er passte, als ob sie ihn schon immer getragen hätte.

»Doch, Petra«, erwiderte Georg mit belegter Stimme und schob den zweiten Ring über den ersten. Das Diamantherz legte sich zur Hälfte über den goldenen Reif und machte die beiden Ringe zu einem.

Danach schaute er sie auffordernd an.

Petra wollte wütend darüber sein, dass er sich die Frage erspart und ihr jede Antwort darauf unmöglich gemacht hatte, aber Wut war nicht die Emotion, die sich einstellte. Sie fühlte sich entsetzlich schwach, wie kurz vor einer Ohnmacht, und fragte rasch: »Bist du sicher, dass wir das Richtige tun?«

»Ganz sicher, mein Schatz«, sagte Georg zuversichtlich und streckte ihr auffordernd seine Linke entgegen.

Petra griff nach dem zweiten Goldring und streifte ihn über Georgs Finger. Sie sah die kleinen, krausen Härchen darauf, die sich sonderbarerweise in der Mitte teilten, als ob jemand einen Scheitel gezogen hätte, und brach, als ob dies ein Anlass dafür sei, unvermittelt in Schluchzen aus.

Georg stand auf, zog sie nach oben und trug sie, während sie hemmungslos weinte, über die Terrassenschwelle in ihr kleines Apartment.

Als sie nach langer Zeit, in der hellen Spätsommernacht, bei weit geöffneter Terrassentür nebeneinanderlagen und durch die Dachlichtung hindurch die Sterne über der still gewordenen Stadt sahen, sagte Petra ein wenig kläglich: »Irgendwie schäm ich mich doch.«

»Inwiefern?«, erkundigte sich Georg erstaunt und richtete sich etwas auf.

»Nach so verdammt kurzer Zeit ohne nennenswerte Gegenwehr zum Kapitalismus übergelaufen zu sein«, fasste Petra ihre Bedenken zusammen. Daraufhin mussten sie beide schrecklich lachen.

Als sie sich wieder beruhigt hatten, küssten sie sich ein weiteres Mal, sanft und ganz besonders zärtlich.

»Weißt du was? Ich hab ein ganz sonderbares Gefühl von … Werkbefriedigung …«, sagte Georg, als er sich danach eine Kuhle zurechtgerückt hatte. »Wie letztmals nach meiner Diplomarbeit. Entschuldige den Vergleich, aber, es *ist* so!«

Petra setzte sich noch einmal auf und starrte dorthin, wo sein Gesicht nur als dunkler Fleck erkennbar war.

»Das ist doch nichts, wofür man sich entschuldigen muss«, flüsterte sie, obwohl sie es ruhig hätte laut sagen können, schließlich war er noch wach. Vermutlich flüsterte sie deswegen, weil es genau das war, was sie selbst empfand, sich aber geschämt hätte, es in Worte zu fassen.

Sie ließ sich auf das Kopfkissen sinken und schob alle Gedanken an Sammy, den Journalistenkollegen sowie den Globetrotter in die Gehirnschublade für zweitklassige Erinnerungen.

Georg war erstklassig. Lupenrein gewissermaßen, um in der Terminologie der Assmanns zu bleiben. Und beides, das Erstklassige wie das Lupenreine, war eine Klassifizierung des *Menschen*, und nur der Mensch Georg war wichtig für sie. Er war ein Glücksfall, den das Schicksal verblüffenderweise ausgerechnet ihr zugedacht hatte, und sie würde dieses Glück genießen, ohne daran herumzumäkeln, dass sie damit plötzlich zu den Leuten gehörte, die sie bisher als kolonialistische Ausbeuter, als Sklavenhalter und Bildungsunterdrücker empfunden und bezeichnet hatte.

»Einfach wird es nicht werden«, murmelte Georg an diesem Punkt ihrer Überlegungen, schon beinahe im Halbschlaf, und Petra musste lächeln.

Solange sie sich einig waren, konnte nichts und niemand sie trennen.

Noch nicht einmal Georgs peinlicher Reichtum.

Als Allerletztes, bevor ihr die Augen endgültig zufielen, wurde ihr bewusst, dass sie, seitdem sie mit Georg Assmann befreundet war, nicht ein einziges ihrer geliebten Gummibärchen verzehrt hatte. Sie hatte nicht einmal mehr daran *gedacht*. Es war dies das abschließende, überzeugende Indiz dafür, dass es sich um die eine, die ganz große Liebe handelte, denn eine derartige Enthaltsamkeit hatte es noch nie gegeben, seitdem sie in den Tagen ihrer Pubertät mit dem Konsum der klebrigen Süßigkeiten begonnen hatte.

18

Es war kurz vor halb vier Uhr, als Zita Assmann aus dem Schlaf fuhr und auf das Telefon sah, das tatsächlich klingelte. Es war kein Traum gewesen.

Victor, dachte sie, in einem Anflug von Hysterie, der sie jedes Mal befiel, wenn sie ein Anruf zu derart ungewöhnlicher Zeit erreichte.

Ihre Mutter war bei einem Flugzeugunglück ums Leben gekommen, und sie, die damals Zwölfjährige, war es gewesen, die mitten in der Nacht die telefonische Todesnachricht entgegengenommen hatte.

Victor war gestern um zweiundzwanzig Uhr in Kapstadt gestartet und wurde am Morgen in Frankfurt erwartet. Er war also noch in der Luft.

Sie tastete nach dem Telefonhörer und war so nervös, dass sie ihn erst einmal zu Boden warf. Sie bückte sich, hob ihn wieder auf und meldete sich. »Assmann?«

Eine große Stille breitete sich aus, nur unterbrochen von einem sonderbar flachen Atmen, das sich von dem unterschied, welches sie nun schon kannte.

»Verdammt noch mal, was erlauben Sie sich!«, schrie Zita, und die Nervosität wich einem gehörigen Zorn. Sie warf den Hörer auf die Gabel, um ihn gleich danach wieder abzuheben und auf den Nachttisch zu legen. Dann stand sie auf, schlüpfte in ihren Morgenmantel und goss sich ein Glas Wasser ein. Sie warf einen Blick auf das Bett, überlegte kurz, aber es war ihr vollkommen klar, dass sie nicht wieder schlafen würde. Sie konnte genauso gut aufbleiben.

Das Gefühl, ein Unglück stehe bevor, stellte sich wie nach jedem dieser anonymen Anrufe wieder ein, was ihren Unmut nur noch vertiefte. Heute war der Jubiläumstag, einhundert Jahre Assmann-Edelsteine. Ein Tag der Freude und Genugtuung. Wie infam, ihr diesen Tag zu vergällen, noch ehe er richtig begonnen hatte. Denn inzwischen war sie überzeugt davon, nicht zufälliges Opfer eines Psychopathen geworden zu sein. Der Atmer war ein Mensch, der sie, und nur *sie* ganz persönlich, treffen wollte. Denn niemand sonst in der Familie hatte von solchen Anrufen berichtet – und die Männer hätten damit bestimmt nicht hinterm Berg gehalten. Sie selbst hatte deswegen nichts erwähnt, weil sie am Anfang gedacht hatte … Aber das war vollkommen unmöglich, undenkbar und gegen jede Vereinbarung. Sambia und alles, was damit zusammenhing, lag mehr als drei Jahrzehnte zurück, und sie selbst war es damals gewesen, die die Schere angesetzt hatte, um jede Verbindung ein für alle Mal zu durchtrennen.

Sie trank ein weiteres Glas Wasser und entschloss sich dann, die Gästeliste noch einmal durchzusehen.

Sie ging ins Speisezimmer, wo sie die Liste am Abend zuvor auf der Anrichte abgelegt hatte, und setzte sich im Salon in den Lesesessel am Fenster. Erfreut stellte sie fest, dass es nur ganz wenige kurzfristige Absagen gegeben hatte, obwohl solche natürlich bei einer Gästezahl von gut achthundert Personen zu erwarten waren. Frau Wuttke hatte in ihrer kleinen, ordentlichen Schrift in Stichworten die Gründe für diese Verhinderungen notiert.

Plötzlich stutzte Zita. Hinter einer Zeile, in der eine Petra Eiler mit einer Adresse in Wiesbaden aufgeführt war, sah sie ihren eigenen Vermerk und dahinter die Antwort darauf, samt Georgs Kürzel.

Meine zukünftige Frau, hatte er lakonisch geschrieben. Wer war diese Frau Eiler? Der Name sagte ihr überhaupt nichts, und die angeführte Straße verlief nicht in den Villengebieten, in denen die Anwesen ihrer Bekannten in Wiesbaden lagen.

Wie kann er mit einer solchen Entschiedenheit von seiner zukünftigen Frau sprechen, dachte Zita verblüfft. Eine Frau, von der er noch nie auch nur ein einziges Wort erwähnt hatte, geschweige denn, dass jemand von der Familie sie zu Gesicht bekommen hätte. Das gab es doch einfach nicht, nicht bei Georg, ihrem vernünftigen, umsichtigen Ältesten?!

Das Gefühl von drohendem Unheil stellte sich wieder ein, ungebeten, unpassend, doch unabweisbar.

Ich werde alt, das ist es. Es werden die Wechseljahre sein, versuchte sich Zita zu beruhigen. Außerdem, die Wochen vor dem Jubiläum mit der Auswahl und dem Aufbau der Ausstellung hatten sie stark gefordert, ebenso wie die Sorge, ob alles bedacht, geplant und bestellt war. Du machst langsam aus jeder Mücke einen Elefanten, dachte sie, unwillig über sich selbst. Andere Leute bekamen auch einmal sonderbare Anrufe, vermutlich gab es Hunderte oder gar Tausende von solchen Irren, die sich einen Spaß daraus machten, aus der schützenden Anonymität heraus andere zu terrorisieren. Und vermutlich pflegten auch die meisten fünfunddreißigjährigen Söhne ihre Partnerschaftsentscheidungen nicht zuerst mit ihrer Mutter zu besprechen.

Sie ging in die Küche, um sich einen Kaffee zu machen, damit sie munterer wurde, was sich im Nachhinein als Fehler erwies. Es fiel ihr nämlich ein, dass sie – seit dem Zwischenfall in Heinrichs Büro – nichts von Ludwig gehört hatte, und es war ungewöhnlich, dass er sich danach nicht an sie gewandt hatte.

Erneut flog die dunkle Angstwolke auf sie zu, doch dieses Mal wich Zita ihr aus. Sie nahm den Rest des Kaffees mit in den Keller, wo sich der Fitnessraum des Hauses befand, und trank ihn dort aus, bevor sie sich aufs Laufband stellte, den Kopfhörer der Stereoanlage über die Ohren stülpte und bei New-Orleans-Jazz fünf Kilometer joggte. Mit dem Schweiß, den sie dabei verlor, verließen sie auch ihre vermutlich hormonerzeugten Ängste, und als sie danach unter der heißen Dusche entspannte, fühlte sie sich frisch, an Leib und Seele gereinigt und in der Lage, dem Jubiläumsstress entgegenzutreten.

19

Das Flugzeug setzte pünktlich um sieben Uhr in Frankfurt auf. Victor nahm dies als gutes Omen für das bevorstehende Jubiläum.

Er reichte der schönen Stewardess, mit der er die halbe Nacht geflirtet hatte, noch seine Visitenkarte und notierte ihre Handynummer – man konnte nie wissen, wann dafür einmal Bedarf war. Dann eilte er in die Garage, in der er den Wagen geparkt hatte.

Auf der Autobahn gab es einen Stau. Als er um halb neun die Kurznachrichten hörte und noch immer vierzig Kilometer bis Idar-Oberstein zurückzulegen hatte, wurde er langsam nervös.

Der offizielle Festakt begann um elf Uhr, und von den Mitgliedern der Familie erwartete man, dass sie eine Stunde vor Beginn der Feierlichkeiten anwesend waren.

»Teufel noch mal«, maulte Victor, als er endlich den mit Getränkekisten beladenen, umgestürzten Lastwagen umkurvt hatte, der die rechte Fahrspur blockierte. Die Feuerwehr begann gerade, die unzähligen Glasscherben wegzuräumen. Victor hoffte, nicht auch noch Probleme mit den Reifen zu bekommen, doch er erreichte sein Wohnhaus ohne weitere Zwischenfälle um Viertel nach zehn.

Alice kam ihm entgegen, perfekt gekleidet und flatternd vor Aufregung. »Die Wuttke hat schon zwei Mal angerufen und nach dir gefragt«, sagte sie anstelle einer Begrüßung.

»Die soll sich nicht so aufspielen«, knurrte Victor, schon wieder ganz obenauf. »Schließlich war ich für die Firma unterwegs. Kommen wir eben später.« Er spurtete an ihr vorbei direkt ins Schlafzimmer. Dort warf er einen Blick auf die perfekt aufgereihte Kleidung auf seinem Bett und schmunzelte. Alice mochte sein, wie sie wollte, in der Organisation des Häuslichen war sie unübertrefflich.

Er stürzte in die Dusche, wusch sich den Reisestaub ab, und als er die Glastür der Duschkabine öffnete, erwartete ihn Alice mit einem ausgebreiteten Badetuch. Sie half ihm beim Abtrocknen, reichte ihm sein Deodorant und danach in genau der richtigen Folge Socken, Unterwäsche, Hemd, Hose, Krawatte und Jackett. Während er sich die Schuhe anzog und die Schnürsenkel band, föhnte sie ihm die Haare und besprühte ihn abschließend mit seinem teuren Herrenparfüm.

»Auf dich ist einfach Verlass, Alice«, sagte er und legte vorsichtig die Arme um seine Frau.

Im Gegensatz zu sonst ging Alice weder auf sein Kompliment ein, noch versuchte sie, die Situation zum Schmusen auszunützen. »Victor, ich muss dir etwas sagen«, erklärte sie ernst.

»Liebchen, was immer du willst, nur bitte: Nicht *jetzt!*«, erwiderte Victor und steckte Schlüssel und Geldbörse in seine Hosentasche. »Du kennst doch meinen Vater. Wenn wir noch später kommen, kriegt er ausgerechnet heute den Herzinfarkt, mit dem wir alle schon lange rechnen.«

»Ich hoffe, unser Sohn wird mal nicht so von seinem Vater sprechen wie du von deinem«, sagte Alice, aber Victor hörte es nicht mehr. Er war bereits in der Diele.

Einen Moment lang empfand Alice eine Traurigkeit, die beinahe körperlich schmerzte, dann aber sagte sie sich, dass Victor im Grunde ja gar nicht so herzlos war, wie er klang. Und vielleicht war jetzt wirklich nicht der richtige Zeitpunkt für ihre Mitteilung, obwohl sie auf die Rückkehr ihres Mannes gewartet hatte wie ein Verdurstender auf einen erfrischenden Trunk. Sie wollte einfach hören, was er sagte, und sehen, wie er reagierte, wenn er erfuhr, dass er in weniger als fünf Monaten Vater sein würde. So lange hatte sie darauf gewartet, ihm diese Nachricht überbringen zu können, dass es ihr beinahe unmöglich erschien, es noch bis spät in der Nacht aushalten zu können, wenn die Jubiläumsgäste alle wieder zu Hause oder in ihren Hotels sein würden.

»Alice«, rief er. »Jetzt bummle nicht rum! Es ist schon Viertel vor.«

20

Zitas Befürchtungen, was ihren Jüngsten betraf, schienen sich zu bewahrheiten. Der Junge war übersensibel, und der Jubiläumstag reichte nicht aus, ihn vergessen zu lassen, wie sein Vater ihn abgefertigt hatte.

»Ich fahr noch schnell zu Ludwig hinüber, Frau Wuttke«, sagte Zita mit gedämpfter Stimme zur Sekretärin ihres Mannes.

Die Assistentin nickte, obwohl sie innerlich die Hände rang. Was für eine Familie! Victor würde, was allerdings niemanden verwunderte, wieder im allerletzten Moment erscheinen, Ludwig gab die beleidigte Leberwurst, an einem Tag wie dem heutigen, und, was überhaupt nicht verständlich war, auch Georg war noch nicht eingetroffen.

Dafür kam jetzt der Alte, und Irene musste denken, dass er sehr passabel aussah für einen Siebziger. Der anthrazitfarbene Maßanzug ließ ihn schlanker erscheinen, und die neue, goldgefasste Brille, die ihm die Chefin aufgeschwatzt hatte, verlieh ihm einen geradezu intellektuellen Touch. Auch mit der Krawatte hatte sich Zita Assmann wohl durchgesetzt: Sie war dezent, modisch und edel.

Kleider machen eben Leute, dachte Irene, doch in der Seidenhülle steckte ganz unverkennbar der alte Haudegen.

»Wo ist meine verdammte Sippe?«, fauchte der Chef, nachdem er sich umgeschaut hatte, und schon begannen die Ränder seiner Ohren sich lila zu färben.

»Es hat jeder noch eine kleine Aufgabe zu erledigen«, beschwichtigte Irene ihn rasch.

»Es gibt heute keine ›kleinen Aufgaben‹, Wuttke, nur große«, fiel ihr der Alte ins Wort. Doch dann hatte er den Präsidenten der WOD aus Antwerpen ausgemacht, dessen Hubschrauber soeben auf dem Betriebssportplatz gelandet war, und er machte sich auf, um Daniel Bloomberg zu begrüßen.

Bitte, lass alles gut gehen, irgendwie, betete Irene Wuttke, während sie mit einem erzwungenen Lächeln auf den Bürgermeister zueilte.

Als ob ihr Gebet sofort erhört worden sei, kam Georg die Eingangstreppe herauf. Mit dem in langen Jahren erprobten Augenkommando einer guten Chefassistentin befahl Irene ihn zum Bürgermeister und machte sich dann daran, die beiden Buchsbäumchen am Eingang weiter auseinanderzuschieben, als der gedankenlose Gärtner dies getan hatte.

Die Gäste trafen jetzt in unaufhörlicher Folge ein. Auf dem Betriebssportplatz landeten zwei weitere Hubschrauber; einer mit dem Ministerpräsidenten, ein zweiter mit einem Abgesandten des arabischen Königshauses.

Aus den Augenwinkeln sah Irene Victor, der sich an einem strategisch günstigen Platz aufgestellt hatte, die wichtigsten Gäste abfing, noch ehe sie der Alte begrüßen konnte, und sich aufführte, als ob die Firma einzig und allein die seine wäre.

Georg hingegen schien den Verstand verloren zu haben. Er ging an einem ankommenden amerikanischen Großkunden vorüber, als ob er den Mann noch nie gesehen hätte, und stürzte auf eine zierliche junge Frau zu, die ein schwarzes Kostüm trug und Irene entfernt bekannt vorkam.

Jetzt stieg Zita Assmann aus ihrem Coupé, und an ihrer Miene konnte Irene unschwer erkennen, dass es ihr nicht gelungen war, Ludwig zu besänftigen und ihn zum Kommen zu bewegen.

Irene steuerte auf Zita zu, um ihr zu raten, sie solle alles versuchen, den Chef von Ludwigs Fehlen abzulenken. Sie war noch etwa zweieinhalb Meter von der Gruppe entfernt, als Georg den Arm um die junge Frau legte und zu seiner Mutter sagte: »Mama, darf ich dir meine Verlobte vorstellen? Das ist Petra Eiler, und ich hoffe, ihr werdet euch mögen.«

Heiliger Gott, dachte Irene Wuttke, denn jetzt war ihr eingefallen, woher sie die junge Frau kannte. Es war die Journalistin, die in Heinrichs Büro eingedrungen war und die er hinausgeworfen hatte.

Dann entdeckte sie den Internisten und eilte ihm entgegen. Wenn jemand unter all diesen VIPs wirklich von Bedeutung war, dann war es er.

21

Ludwig Assmann saß vor seinem Flügel und starrte blicklos durchs Fenster.

Karen, die ihn beobachtet hatte, kam näher, stellte sich hinter ihn und strich beschwichtigend über die Halspartien unterhalb der Ohren, an denen die Adern wie Stahlseile hervortraten, wenn Ludwig die Zähne zusammenbiss, wie er es jetzt wieder tat.

»Du solltest hingehen, Ludwig, wirklich. Er mag ja ein jähzorniger Mann ohne Fingerspitzengefühl sein, aber er ist dein Vater. Außerdem strafst du deine Mutter gleich mit, wenn du heute auf trotzig machst, und die kann nun wirklich überhaupt nichts dafür.«

»Lass mich in Ruhe, Karen«, sagte Ludwig. In seiner Stimme lag ein derartiger Hass, dass Karen erschrak, obwohl ihr klar war, dass es nicht sie war, gegen die sich die Aggression richtete.

Dennoch tat es ihr weh.

»Wie du willst. Ich fahre ein paar Tage nach Frankfurt, zu meiner Agentin.«

Noch nicht einmal eine Antwort hielt er für nötig, und danach war sie wirklich verletzt.

Wortlos suchte sie ihre Utensilien zusammen und verhielt danach an der Schwelle noch für einen winzigen Moment den Schritt, doch er drehte nicht einmal den Kopf.

Dann bitte, von mir aus, dachte sie und knallte die Tür hinter sich zu. Sie konnte seine Enttäuschung zwar verstehen, aber die probate Methode, doch noch zum Ziel zu kommen, war sein Verhalten nicht. Und interessante Kontakte hätten sich womöglich auch ergeben, bei dieser illustren Jubiläumsversammlung. Ludwig war hochbegabt, das hatte sie immer gewusst. Vielleicht war er sogar genial, wie Gönnermann dies behauptet hatte. Diplomatisch war er mit Sicherheit nicht.

Obwohl sie die Flucht gewählt hatte, sprang Ludwigs schlechte Laune voll auf sie über, als sie die Landstraße entlang in Richtung Autobahn fuhr. Sie begann zu überlegen, welche Folgen es für ihre eigene Karriere haben würde, falls Gönnermann, wie Ludwig befürchtete, das Musical abschreiben würde, wenn der geforderte Eigenanteil nicht beigebracht werden konnte.

Bisher hatte sie noch immer auf ein Einlenken des alten Assmann gehofft, und das Jubiläum, an dem er sicher gnädig gestimmt sein würde, war ihr als idealer Anlass erschienen, einen zweiten Anlauf zu wagen. Seit Ludwigs kurzem Gespräch mit seiner Mutter aber, bei dem sie anwesend gewesen war, hatte sie die Hoffnung darauf verloren.

Sie kannte ihn inzwischen genügend: Ludwig würde eher sterben wollen, als seinen Vater noch einmal um etwas zu bitten.

Wenn aber dieses Musical nicht zustande kam, war sie gezwungen, ein anderes Angebot anzunehmen. Gestern erst hatte ihre Agentin vom Interesse der Meininger Oper berichtet, die eine Sopranistin suchte.

Zweite Sopranistin an einer Provinzoper zu werden war nicht gerade das, was man als Karrieresprung bezeichnen konnte, aber von irgendetwas musste der Mensch schließlich leben. Bisher hatte sie sich mit ein paar Kleinengagements über Wasser gehalten und war darüber hinaus Nutznießerin von Heinrich Assmanns Unterhaltsscheck gewesen. Eine Perspektive für eine – immerhin ebenfalls begabte – junge Frau war dies allerdings nicht.

Vielleicht war jetzt der Zeitpunkt gekommen, sich zu verändern. Sie mochte Ludwig Assmann, aber wenn sie ganz ehrlich zu sich selbst war, musste sie einräumen, dass die große Chance, die sie sich über ihn erhofft hatte, einen nicht unbeträchtlichen Teil ihrer Gefühle für ihn ausgemacht hatte.

Sie erschrak über sich selbst: Erhofft *hatte*, hatte sie gedacht. Ganz unbewusst hatte sie die Vergangenheitsform gewählt. Es war also vorbei, und tief im Innersten hatte sie es längst schon erkannt.

So war das Leben: ein ständiges Auf und Ab. Enttäuschungen lösten Hoffnungen ab, doch irgendwie musste es danach wieder weitergehen. Auf der Stelle zu treten und einen Loser zu trösten war jedenfalls keine Zukunft für sie. Sie hatte keine einfache Kindheit und Jugend gehabt, und sie hatte dabei gelernt, sich Erkenntnissen zu stellen und danach so rasch wie möglich die Konsequenzen daraus zu ziehen.

Die eingetretene Situation hatte ihr klargemacht, dass sie Ludwig Assmann zwar mochte, aber nicht liebte. Je rascher sie die Sache zu Ende brachte, desto besser für sie – und auch für ihn.

Karen lenkte ihren kleinen Wagen auf einen Rastplatz. Dort zog sie das Handy aus ihrer Handtasche und machte zwei Anrufe, die sie jeweils auf den Anrufbeantworter sprechen musste, da keiner der Teilnehmer sich persönlich meldete: »Hallo, Anja. Hier ist Karen. Ich hab es mir überlegt, ich nehme das Meininger Angebot an.«

Dann wählte sie erneut und teilte dem AB von Ludwig Assmann mit, dass sie es für besser hielt, ihre Beziehung zu beenden. Einen Moment lang überlegte sie, ob sie ihn um Verständnis und Freundschaft bitten sollte, dann aber unterließ sie diesen Versuch.

Ludwig besaß einige gute Eigenschaften, aber er hatte weder Verständnis für andere noch wirkliche Freunde. Er war erfüllt von glühendem Ehrgeiz, der sowohl aus seiner Begabung als auch aus der vielfach erlebten Verachtung seiner Sippe resultierte. Und dieser Wille nach Anerkennung war längst derart ausgeufert, dass er für andere Gefühle keinen Platz mehr ließ.

Sie steckte das Handy wieder ein und fuhr los. Als sie in die

Autobahn einbog und die Piste frei und gerade vor sich liegen sah, ertappte sie sich dabei, wie sie einen Schlager im Radio mitsummte, und sie begriff, wie sehr sie in den vergangenen Monaten Ludwig nicht nur als Chance empfunden hatte, sondern zugleich als schwere Last.

22

»Verehrte Gäste, liebe Firmenfamilie: Diamanten sind, von alters her, Symbole von Macht, Größe, Mut und Kraft. Früher waren sie Königen und dem männlichen Adel vorbehalten. Seit dem fünfzehnten Jahrhundert aber sind es hauptsächlich die Damen, die es lieben, sich mit diesen Edelsteinen zu schmücken, mit denen wir Assmanns groß und wohlhabend geworden sind«, sagte Heinrich Assmann, und er sagte es mit Würde und Überzeugung.

Was für eine Untertreibung, dachte Irene Wuttke. Schweinereich seid ihr damit geworden, aber egal: Der Alte machte seine Sache ganz bravourös.

»Die Griechen gaben den Diamanten den Namen ADAMAS, die Unbezwingbaren, und nach einer indischen Überlieferung stellt der Diamant die göttliche Vollkommenheit in ihrer höchsten Form dar.«

Zita Assmann lächelte. Sie kannte die Passagen, die nun kommen würden, hatte sie diese doch – im Hinblick auf das Jubiläum – persönlich zusammengestellt.

Heinrich sprach inzwischen weiter, und Zita bewunderte

dabei die neue Brille ebenso wie die Wirkung der von ihr sorgfältig ausgewählten Krawatte. Georg hatte ihr die Bilder seines Vaters mit dem Bären gezeigt, und danach war ihr klar geworden, dass sie am Image ihres Ehemanns arbeiten musste. Sie glaubte nicht an die Diskretion dieser Frau Eiler oder gar ihrer Redaktion. Ganz sicher hatten diese Fotos in gewissen Kreisen kursiert, und den Assoziationen eines primitiven Rambos in den Köpfen ihrer Kunden, die dadurch womöglich entstanden waren, musste unbedingt ein anderer Eindruck entgegengestellt werden.

Ihr Blick fiel auf die ineinander verschränkten Hände des überraschenden Brautpaars, und sie registrierte erst jetzt den schmalen goldenen Reif an der linken Hand ihres Sohnes. Beinahe wäre ihr darüber ein Seufzer entfahren. Auch das würde noch ein familiäres Nachspiel geben, das war ihr klar. Heinrich neigte nicht zum Vergessen oder Vergeben. Dann nahm sie sich wieder zusammen und zwang sich dazu, den Worten ihres Ehemanns zuzuhören, obwohl sie das Redemanuskript natürlich kannte und sogar noch bearbeitet hatte.

»Die Buddhisten verehren ihn, den Diamanten, als Glücksstein und sind der Auffassung, dass er nur dort vorkommt, wo Buddha seinen Fuß auf die Erde gesetzt hat. Die Araber glauben, dass er im Kampf und im Leben unbesiegbar macht.«

Jetzt aber wich Heinrich vom Manuskript ab, was Zita sofort bemerkte. Es war ein Bekenntnis, das sie so nicht durchgelassen hätte, nicht in diesem Rahmen.

»Wir, die Assmanns, glauben das natürlich auch: von den Diamanten, und von uns selbst!«

Die Versammlung lachte, teils höflich, teils tatsächlich belustigt.

Hoffentlich baut er diese Sequenz nicht noch aus, dachte Zita nervös, aber Heinrich hatte bereits die Kurve bekommen: »Wir, die wir seit einhundert Jahren unser Geschäft mit dieser viel gerühmten und viel begehrten Materie machen, wir wissen natürlich, dass es sich bei einem Diamanten nur um ein Stück kristallisierten Kohlestoff handelt.«

Danach hielt er sich wieder an sein Konzept und zählte alles auf, was es über die Entwicklung der Firma zu sagen gab, den ersten Anfängen, der guten Weiterentwicklung der Firma, und natürlich vom Fund des *N'guru u Kuru*, der *Träne der Götter*, die sein Großvater Adam den *Assmann-Jupiter* getauft hatte.

Nach allem, was Zita aus ihrer eigenen Idar-Obersteiner Familie wusste, war dieser Vorfahre ein Abenteurer zweifelhaften Charakters gewesen, der in Afrika zeitweise in Vielweiberei gelebt und es auch sonst mit Gesetzen, Regeln und Vereinbarungen nicht allzu genau genommen hatte. Bereits sein Sohn hatte dies aber weitgehend relativiert, zugunsten einer hübschen Legende vom sozial engagierten Patriarchen, der sich persönlich seiner Untergebenen annahm. Ein Gemälde von diesem Ahnen Adam hing in der Diele der Villa, und Zita sagte sich jeden Tag, wenn sie darauf blickte, dass sie sich glücklich schätzen konnte, es nur mit dem Enkel zu tun zu haben.

Heinrich aber war bereits bei seinem Vater angekommen und zählte schamlos die wahren und behaupteten Großtaten der weiteren Assmanns auf.

Zita spürte jetzt die kurze Nacht und verfiel in einen kleinen Halbschlaf, aus dem sie erst wieder aufschreckte, als ihr Mann das Wort »Sambia« aussprach.

Sofort fiel ihr der Atmer ein, und plötzlich bemerkte sie die schwüle Augustluft, die das Zelt aufheizte. Ihre Handflächen wurden feucht, und sie sah sich gezwungen, ihr Täschchen zu öffnen und mit ihrem Spitzentaschentuch die Schläfen abzutupfen, während ihr Mann fortfuhr zu sprechen:

»Aber auch wir, die Minenbesitzer, Händler, Steinteiler, Schleifer und Vermarkter, können uns der Faszination dieses Edelsteins und der Mythen, die sich um ihn ranken, nicht entziehen.«

Wie eine Projektion erschien in Zitas Kopf die Panzerglassäule, in der sich der *Assmann-Jupiter* gewöhnlich befand. Und erstmals, seit langer Zeit wieder, dachte sie an die »Prophezeiung« des Schamanen, die auf der Rückseite der alten Fotografie aufgeschrieben war. Sie konnte sich nicht an den Text erinnern, den sie nur einmal flüchtig gesehen hatte, bevor ihr Heinrich das Bild wieder entriss. Er schien zu glauben, dass es besser sei, wenn so wenig wie möglich Menschen Kenntnis davon bekamen, und vermutlich hatte er damit auch recht. Schließlich gab es so etwas wie sich selbst erfüllende Prophezeiungen, und wovon man keine Kenntnis hatte, das konnte man auch nicht herbeiführen, noch nicht einmal unbewusst.

Nun brandete Beifall auf, und Zita begriff, dass Heinrichs Rede beendet war.

Die Grußworte zahlreicher Würdenträger und Gäste waren zuvor schon gesprochen worden. Es würde nur noch ein Musikstück folgen, danach war ein Sektempfang vorgesehen; für Interessierte eine Führung durch Firma und Ausstellung, und nach einer Erfrischungspause am späten Nachmittag würde man am Abend mit einer reduzierten Gästeschar das Festmenü genießen.

Der heikelste Part jedenfalls war vorüber. Es hatte keine Demonstrationen wegen der von einigen Medien behaupteten »kolonialistischen Landnahme« und Ausbeutung der Arbeiter in den Assmann-Minen gegeben, keine Eklats innerhalb der sich feindlich gegenüberstehenden ethnischen Gruppen unter den Gästen, keine Überfälle auf juwelengeschmückte Damen, keine Peinlichkeiten. Ludwigs Abwesenheit war von Heinrich Assmann zwar bemerkt, aber nicht mit einem weiteren Anfall quittiert worden. Dies mochte dem kurzen Treffen ihres Ehemanns mit seinem Internisten zuzuschreiben sein, denn ihr war nicht entgangen, wie Frau Wuttke die beiden Männer geschickt ins untere Empfangszimmer gelotst hatte. Vermutlich hatte der Arzt ihm eine entspannende Injektion verabreicht, denn Heinrich war ihr, für die ausgesetzte Position, die er heute innehatte, verdächtig gelassen und heiter erschienen. Aber wie immer es sich verhalten hatte, der Rest des Tages war zu bewältigen und vor allem: Die zahlreichen Presseleute, die beim Festakt zugegen gewesen waren, sollten das Firmenareal wieder verlassen, wenn das Musikstück verklungen sein würde. Bis auf ihre potenzielle Schwiegertochter, fiel ihr jetzt ein. Diese aber würde von Georg bestimmt daran gehindert werden, weitere Berichte zu verfassen.

Zita lehnte sich zurück und versuchte, die Mozart-Sonate zu genießen. Sie sah auf Alice und lächelte ihr aufmunternd zu. Die schwüle Hitze im Zelt schien der schwangeren Schwiegertochter noch mehr zuzusetzen als ihr selbst, denn Alice war kreidebleich und sah aus, als ob sie sich in der nächsten Sekunde übergeben müsse.

Noch einmal nickte Zita ihr zu und forderte sie mit einer liebevollen, aber energischen Geste zum Durchhalten auf.

Dann war das Stück verklungen, und Zitas Ängste lösten sich in freudiger Festerwartung auf.

23

Ludwig saß noch immer vor seinem Flügel und starrte zum Fenster hinaus. Seitdem Karen die Wohnung verlassen hatte, war er nur ein Mal zur Toilette gegangen und hatte dabei im Hintergrund ihre Stimme gehört, als sie auf den Anrufbeantworter gesprochen hatte.

Es war typisch für Karen, diese Form des Abschieds zu wählen: kurz, unpersönlich und endgültig.

Er hatte sich, wie im Traum hantierend, einen Kaffee gemacht, die Tasse mit an seinen Klavierhocker genommen und sie, entgegen seiner selbst verkündeten Regeln, auf dem lackierten Holz abgestellt und danach vergessen.

In den nächsten Stunden vergegenwärtigte er sich jede Phase der jetzt gescheiterten Beziehung, seiner einzigen wirklichen, beginnend bei dem Moment, als sie sich im Tonstudio eines Berliner Musikproduzenten kennengelernt hatten, bis zum heutigen Morgen.

Gegen neunzehn Uhr stand er auf und hörte sich die Nachricht auf dem Anrufbeantworter drei Mal hintereinander an. Danach packte er den Apparat, warf ihn zu Boden und trat heftig darauf. Dann duschte er ausgiebig und trocknete sich sorgfältig ab. Er ging ins Schlafzimmer, öffnete seinen Kleiderschrank und holte seinen Smoking sowie das dazu passende Hemd samt Fliege heraus. Bedächtig und mit einer kalten Gelassenheit kleidete er sich an. Er schaute auf seine Armbanduhr: Es war eine Viertelstunde nach zwanzig Uhr. Er würde gerade zur richtigen Zeit kommen.

Ohne Eile verließ er seine Wohnung und ging durch die kleine Stadt. Überall auf den Straßen erfreuten sich die Menschen an dem warmen Spätsommerabend. Junge Leute auf dem Rad und mit dem Skateboard kreuzten seinen Weg, vor den Cafés und Eisdielen saßen Menschen fröhlich zusammen, und auf dem Marktplatz spielten zwei verschiedene Straßenbands.

Schon weit entfernt von der Firma erschwerten die geparkten Edelkarossen die Durchfahrt durch die ohnehin engen Straßen und Gassen. Als er das Firmenareal erreichte, hörte er vom Zelt herüber die Unterhaltung der Gäste, die aus dieser Entfernung klang wie das Sirren eingesperrter Insekten.

Ohne jemandem zu begegnen, ging Ludwig an der Stirnseite des Bürogebäudes vorbei, das im Halbdunkel großer Linden lag. Über den Hintereingang, den sein Vater benutzte, wenn er von der Villa aus am Abend noch einmal ein paar Stunden ins Büro ging, betrat er das Gebäude.

Er tastete sich an den Holzpaneelen des Flurs entlang, bis er die elfte gefunden hatte. Sie ließ sich mittels einer kleinen Feder aufklappen, die im Falz der Paneele verborgen war. Dahinter befand sich die sogenannte »kleine« Alarmanlage, die mit einem einfachen Kippschalter deaktiviert werden konnte. Danach konnte man sich frei im Bürogebäude bewegen.

Die Sicherheitssysteme der Ausstellungsräume, des Ateliers, der Schleiferei und der Tresore waren andere und unabhängig von dieser, wie Ludwig wusste.

Zielsicher lief er durch den fensterlosen, nachtschwarzen Erdgeschossflur bis zum Treppenhaus. In einiger Entfernung sah er das schwach erleuchtete Portierzimmer, in dem die beiden Sicherheitsleute saßen und auf einen beleuchteten Monitor starrten. Alle anderen Monitore im Raum waren dunkel. Sie wurden nur hell, wenn die Sensoren der Alarmanlage, die er soeben abgestellt hatte, Bewegung oder Licht in Fluren oder Zimmern vermerkten.

Zügig stieg Ludwig die Treppe nach oben. Es war genau so, wie er es sich vorgestellt hatte. Die Sicherheitsleute vertrieben sich die Zeit, indem sie die illustren Gäste beim Speisen beobachteten.

Das Büro von Irene Wuttke ließ sich praktischerweise ebenfalls mit dem Villenschlüssel öffnen. Jetzt rächt sich deine Bequemlichkeit, Papa, dachte Ludwig und machte die Tür hinter sich zu.

Erst jetzt griff er in die Tasche seines Smokingjacketts und holte die kleine Stirnreiflampe hervor, die er sich einmal vor einem Langstreckenflug gekauft hatte. Er stülpte sich das Ding über und lockerte die Finger, wie er es tat, bevor er am Flügel ein Musikstück spielte.

Dann konzentrierte er sich auf den zwölfstelligen Tresorcode. Vorsichtshalber – und weil er wusste, dass er nervös sein würde – hatte er die Zahlen untereinander auf einen Zettel geschrieben. Nun begann er zu wählen.

Einundzwanzigster: Zwei, eins.

Dritter: Drei.

Fünfter: Fünf.

Vierter: Vier.

Neunter: Neun.

Bis hierher hatte er, über die Schultern von Irene hinweg, die Zahlen erkannt. Am einundzwanzigsten März war sein Vater geboren, am fünften April die Mutter, am neunten Juli sein Bruder Georg. Die Sieben aber hatte er nicht mehr gesehen. Wenn die erste Hälfte des Codes ein Zufall oder nur eine Freud'sche Assoziation war und die weiteren sechs Zahlen von dem Prinzip, das er zu erkennen geglaubt hatte, abwichen, war hier in kürzester Zeit der Teufel los. Es würde ihm, auch als Sohn des Hauses, unmöglich sein, die Öffnungsabsicht plausibel zu begründen, denn die Sicherheitsleute wussten natürlich, dass nur drei Personen berechtigten Zugriff hatten.

Unvermittelt bildeten sich Schweißperlen auf seiner Stirn, aber er wusste, dass er nicht länger warten durfte. Das komplizierte Tresorschloss hatte auch einen integrierten Zeitmesser. Wenn mehr als zehn Sekunden zwischen den zu wählenden Zahlen verstrichen, löste auch dies den Alarm aus.

Ludwig biss sich auf die Unterlippe und wählte mit zitterndem Finger die Sieben. Er versteifte vor Angst, doch nichts geschah. Ermutigt wählte er weiter.

Achtzehnter: Eins, acht.

Neunter: Neun. Victors Geburtstag.

Und jetzt noch sein eigener: Dritter: Drei.

Sechster: Sechs.

Der Tresor gab ein kleines »Klick« von sich, danach schwang die schwere Stahltür lautlos auf.

Ludwig schob den Zettel mit dem Code in die Tasche seines Jacketts. Dann betrachtete er im Licht seiner Stirnlampe die verschiedenen Abteilungen des Ungetüms.

Ganz unten lagen alte, verstaubte Akten. Darüber einige

mit Samt ausgeschlagene große Paletten, auf denen sich diverse Steine befanden. Noch eine Etage höher kamen zwei Schubladenabteilungen. In einer davon hatte Irene das Kästchen mit dem *Assmann-Jupiter* verstaut. Ludwig schloss einen Moment lang die Augen und versuchte, das beobachtete Bild ins Gedächtnis zurückzurufen. Er zog an der oberen der beiden Schubladen und erkannte, dass er sich nicht geirrt hatte: In einer der Nischen lag die Box mit dem *Assmann-Jupiter*.

Er griff danach und versuchte, die Schachtel in seine Smokingjacke zu stecken, doch dafür war sie zu groß. Er sah sich um und entdeckte im Papierkorb von Irene eine Schachtel, mit der wohl Ware gekommen war. Er schob die Box in die Schachtel und klemmte sich diese unter den Arm. Dann drückte er die Tresortür wieder zu.

Es war Samstag, und es war einhundertjähriges Jubiläum. Seine Familie und die Gäste würden feiern bis tief in die Nacht. Am Morgen würden sie einen späten Brunch zu sich nehmen und danach einen langen Mittagsschlaf machen, einen Spaziergang vielleicht, um die Lebensgeister wieder zu stärken, und danach würden sie, nach einem frühen Abendessen, sehr bald das Bett aufsuchen wollen.

Es stand nicht zu erwarten, dass das Fehlen des Steins vor Montagvormittag bemerkt werden würde.

Sorgfältig verschloss er das Büro von Irene wieder und ging auf dem gleichen Weg zurück, den er gekommen war.

Die Sicherheitsleute hatten inzwischen ihre Abendmahlzeit ausgepackt und tranken vorschriftswidrig ein Bier dazu.

Ludwig hielt sich an der Treppe streng an der Wand, so hatte er die größten Chancen, nicht bemerkt zu werden, falls einer der beiden doch auf die Idee verfiele, den Kopf zu drehen.

Durch den finsteren Flur tastete er sich zurück zur Paneele, aktivierte das kleine Alarmsystem wieder und verließ, ohne seinen Schlüssel zücken zu müssen, durch den Hinterausgang das Gebäude.

Er schreckte zusammen, als er das raue Bellen eines Hundes hörte, doch dann sah er, dass das riesige Tier in einer der Gästelimousinen saß und nichts anderes tun konnte, als ihm – durch das nur eine Handbreit geöffnete Fensterglas – die Zähne zu zeigen.

Auf der Straße, die von der Firma zur Stadt führte, begegnete er nur einem einzelnen, stark hustenden Mann im Abendanzug; wohl ein verspäteter Gast.

In verblüffend kurzer Zeit war er zurück in seinem Apartment.

Ludwig stellte die Schachtel auf den Flügel, und er tat es nicht aus Versehen. Es war eine kultische Handlung: Auf dem Altar seiner Zukunft lag jetzt das Statussymbol seiner Sippe, ihr verehrter, bewunderter *Assmann-Jupiter*, die *Träne der Götter*. Er öffnete die Schachtel und holte die Box mit dem Diamanten heraus. Dann hob er den Deckel ab und begutachtete das unregelmäßig geformte Stück Kohlenstoff mit feindseligen Blicken. »Ich werde dich opfern«, sagte er. »Ich werde jemanden suchen und finden, und in kurzer Zeit wirst du genauso zerbrochen sein, wie ich es bin!«

Er hatte die Drohung laut ausgesprochen, und voller Hass. Und auch mein Vater wird daran zerbrechen, hätte er noch hinzufügen können, aber es genügte ihm, dass er es wusste.

24

Bevor das Dessert serviert wurde, machte Zita Assmann pflichtgemäß ihre Tour durch das Festzelt.

»Sie sehen aus, als ob Sie einen langen Urlaub hinter sich hätten, und überhaupt, Sie wirken unglaublich jung«, sagte sie zu Rita Pflümli, der Gattin eines Schweizer Großjuweliers.

»Danke schön, aber das macht das tägliche Golfspielen«, erwiderte Frau Pflümli und behielt es für sich, dass sie unlängst bei einem brasilianischen Schönheitschirurgen einen Betrag für dieses Kompliment gelassen hatte, der dem Kaufpreis eines gehobenen Automobils entsprach.

»Da mögen Sie recht haben«, erwiderte Zita, obwohl sie natürlich ahnte, woher das jugendliche Aussehen der Juweliersfrau stammte. »Ich achte auch darauf, mich regelmäßig zu bewegen.« Allerdings reicht mir das aus, und unters Messer bringt mich deswegen niemand, dachte sie dabei, aber sie behielt ihre Gedanken für sich. Die Pflümlis zählten zu den ältesten Kunden der Assmanns, und zu den wenigen verbindlichen Geboten der gehobenen Geld- und Wirtschaftskreise gehörte es, das Wort *Lifting* nie zu erwähnen.

»Frau Assmann?«, wurde Zita jetzt von einer der Bedienungen des Catering-Services angesprochen.

Zita drehte sich um und musterte sie indigniert. Schlecht geschult, dachte sie unwillig, denn normalerweise hatte das Service-Personal Anweisung, Unterhaltungen nicht zu unterbrechen.

Die junge Frau spürte den nicht geäußerten Tadel und sagte rasch: »Entschuldigen Sie bitte, aber der Herr hat gesagt, es sei dringend. Er wartet draußen im Hof. Und ich soll Ihnen das hier geben.« Sie drückte Zita ein hellbraunes luftgepolstertes Briefkuvert in die Hand, schickte noch ein Lächeln hinterher und wandte sich dann wieder ihrer Arbeit zu.

Zita behielt das Kuvert in der Hand, erkundigte sich noch nach Sohn und Tochter Pflümli – vorsichtshalber nicht nach der einzigen Enkeltochter, die bereits volljährig war und mit deren Existenz die so sehr auf Jugendlichkeit bedachte Großmutter heute vielleicht nicht konfrontiert werden wollte. Danach führte sie die Schweizerin zu gemeinsamen Freunden und begab sich zur Damentoilette, um das Kuvert zu öffnen.

Weshalb sie diesen diskreten Ort dafür gewählt hatte, hätte sie nicht zu sagen vermocht. Vermutlich war es wieder einmal ihre Intuition.

Sie riss den Umschlag auf und sah, dass er keinerlei Schreiben enthielt. Die einzige »Botschaft« war ein kostbares Schmuckstück. Es handelte sich um ein Kreuz aus Rubinen; die Gliederkette, an der es befestigt war, bestand aus vielen winzigen Brillanten.

Jeder Hauch von Farbe wich aus Zitas Gesicht. Ihr Herz begann zu rasen, und ein kalter Schweißfilm legte sich auf ihre Stirn.

Claas. Claas van Reemen.

Und ganz offensichtlich war er hier.

Zita wartete, bis die flimmernden Kreise, die sich vor ihren geschlossenen Augen gebildet hatten, wieder verschwunden waren. Dann verließ sie die Toilettenkabine, warf das Kuvert in den Abfalleimer im Vorraum, öffnete ihre Handtasche und legte das Schmuckstück hinein. Sie drehte den Wasserhahn auf und ließ kaltes Wasser über ihre Handgelenke rinnen, so lange, bis sie den Eindruck hatte, ihr Kreislauf funktioniere wieder normal. Dann trat sie wieder hinaus zur Festgesellschaft.

Ihr Blick fiel auf den Sicherheitsmann, der für diesen hinteren Teil des Zelts zuständig war. Sie ging auf ihn zu und sagte: »Bitte, öffnen Sie mir unauffällig den Lieferanteneingang!«

»Das geht leider nicht…«, setzte der Mann zum Widerspruch an, doch weit kam er nicht damit.

»Ich bin Zita Assmann«, fiel ihm die Firmenchefin energisch ins Wort. »Und ich verlange, dass Sie meiner Anweisung auf der Stelle Folge leisten!«

»Mutter, dein *Feudalherrschaftston* gehört in eine andere Epoche«, hatte Georg sie einmal kritisiert, aber inzwischen hatte wohl auch er begriffen, dass es Situationen gab, in denen man Diskussionen gnadenlos abwürgen musste.

Ohne weiteren Widerstand öffnete der Sicherheitsmann ihr die Tür. Er sagte lediglich: »Ich muss Sie aber darauf aufmerksam machen, dass Sie hier nicht wieder hereinkönnen. Und ich muss den Vorfall im Verlaufsprotokoll vermerken.«

Zita ersparte sich eine Antwort. Es war ihr völlig egal, was er in ein Protokoll schreiben würde, das ohnehin niemanden interessierte, sofern der Abend ohne Zwischenfälle verlief. Und wieder hereinzukommen war auch kein Problem. Das Einzige, was sie vermeiden musste, war, unzählige Male angesprochen und aufgehalten zu werden, ehe sie in den Hof kam.

Claas war ein ungeduldiger und verletzbarer Mann. Er würde gehen, wenn er zu lange warten musste; sie kannte ihn hinreichend, um dies zu wissen.

Der eigentliche Firmenhof war aus Sicherheitsgründen grell beleuchtet, aber sie wusste, was Claas gemeint hatte, als er vom *Hof* gesprochen hatte. Es gab, zwischen den Garagen und dem Gebäude, in dem sich die Schmuckateliers befanden, eine Art Innenhof, der nur durch eine schmale Gasse erreicht werden konnte. Normalerweise passierte diese Engstelle zwischen den beiden Häusern nur der Wartungsinstallateur, um Regenrinne und Blitzschutz zu überprüfen. Dieser Innenhof war in früheren, sehr lang zurückliegenden Zeiten, schon zwei Mal nächtliche Kulisse ihrer Gespräche gewesen. Dass es ein drittes Mal geben würde, hätte Zita bis vor wenigen Minuten für ausgeschlossen gehalten.

Er lehnte an der Wand der Garage. Seine Gestalt und sein Gesicht waren vertraut und dennoch auf eine Weise verändert, die Zita nicht einordnen konnte. Sicher, er war älter geworden, dreißig Jahre älter, doch das allein war es nicht. Sie starrten einander an, ohne etwas zu sagen. Zita hörte ihn atmen, anders als früher, flacher, gepresster. Es war der Atem eines Menschen, der unter ungeheurer Anspannung stand, und der Rhythmus dieses Atmens war ihr bekannt.

Plötzlich befiel sie eine rasende Angst. Es war etwas geschehen, etwas, von dem sie nichts wusste.

»Du brauchst dich nicht zu fürchten, Zita«, sagte er endlich. »Ich werde dein Leben nicht durcheinanderbringen. Nicht noch einmal.«

»Warum hast du mich dann angerufen? Und warum bist du hier?«, fragte sie und wunderte sich darüber, dass ihre Stimme gehorchte.

»Ich wollte dich sehen«, erwiderte er so gelassen, als ob es das Normalste der Welt wäre, hier aufzukreuzen, nach all diesen Jahren, den gespenstischen Anrufen und ausgerechnet an diesem Tag.

»Du hast mir geschworen, dass du genau das nicht machen wirst. Und du hast dich bisher daran gehalten, obwohl es bestimmt nicht einfach war, meinem Mann klarzumachen, dass du nie mehr nach Europa kommen wirst.«

»Es war eigentlich ganz leicht«, erwiderte er und lächelte ein wenig. »Ich habe ihm gesagt, der Arzt hätte es mir verboten, weil ich beim Luftdruck in der Flugzeugkabine Lungenprobleme bekäme.«

»Und das hat er dir geglaubt?«

»Ohne Weiteres. Dein Mann ist tüchtig, schlau und gerissen, intelligent aber ist er nicht wirklich.«

»Ich glaube nicht, dass ausgerechnet du ihn analysieren solltest«, sagte Zita, und der Hochmut, der sie hin und wieder befiel, brach sich jetzt Bahn.

»Ja. Vermutlich hast du damit recht«, stimmte er ihr zu, und dabei lag eine Demut in seiner Stimme, die Zita mehr aufbrachte als alles andere, das bisher geschehen war.

»Was also gibt es?«, fragte sie deswegen barscher, als ihr zumute war.

»Nichts«, erwiderte er überraschenderweise. »Das heißt, ich wollte dir die Kette mit dem Kreuz zurückgeben. Es ist mir ein Anliegen, dass du sie an dich nimmst, Zita.«

Diese Erklärung verschlug ihr die Sprache. »Und deshalb bist du hierhergereist?? Heimlich, weil die offizielle Einladung hast du ja formvollendet abgelehnt. *Mit den üblichen Gründen*, ich hab es gelesen, *und herzliche Grüße und Glückwünsche an die ganze Familie.*«

»Was ist daran falsch? Es ist das, was wir vereinbart hatten.«

»Wir hatten vereinbart, dass wir uns *nicht* wiedersehen«, erwiderte Zita scharf.

»Nicht bedeutet nicht *nie*«, widersprach er ihr und lächelte erneut, ein wenig selbstironisch und wehmütig zugleich.

»Das sind doch Haarspaltereien! Es muss doch einen Grund dafür geben, dass du, nach dreißig Jahren, hier erscheinst und so tust, als ob alles gestern passiert wäre!« Ihr Ärger war jetzt stärker als ihre Angst. Sie trat einen Schritt vor, starrte ihm in die dunklen Augen, über denen es keine Augenbrauen gab, und verlangte: »Du wirst mir jetzt sagen, weshalb du hier bist, oder … verschwinde! Ich kann es mir nicht leisten, zu fehlen. Ich bin heute Abend die Gastgeberin, falls du das vergessen haben solltest.«

»Es ist schon gut, Zita. Ich will dich nicht lange aufhalten. Es ging mir nur darum, dass du das Schmuckstück wieder bekommst.«

Sie musterte ihn argwöhnisch, aber er schien es genau so zu meinen, wie er es gesagt hatte. »Das ist doch … verrückt …«, stieß sie schließlich hervor.

»Ja. Es fällt mir jetzt auch auf. Entschuldige. Es war nur so eine … nostalgische Idee. Vermutlich wegen des Jubiläums. Aber wenn ich schon hier bin: Könntest du die Kette noch einmal umlegen? Nur ganz kurz, dann bin ich auch schon wieder weg.«

»Du bist wirklich verrückt«, murmelte sie, aber sie öffnete bereits ihre Handtasche und holte das Schmuckstück heraus. Sie hatte sich am frühen Abend entschlossen, keinen Halsschmuck zu tragen, sondern nur eine riesige Diamantbrosche, die am linken Träger ihres Abendkleids befestigt war. »Du musst mir helfen«, sagte sie automatisch.

Claas kam ihrer Bitte so wortlos nach wie bei früheren Gelegenheiten. Er schob den winzigen Haken am Karabinerverschluss beiseite und legte die Kette mit dem Kreuz um ihren Hals. Dabei berührte er mit dem kleinen Finger der rechten Hand ihren Nacken, und auch dabei war es genau so wie früher: Alle Härchen, die sich an ihrem Körper befanden, stellten sich auf, und Kälte und Hitze zugleich schossen durch ihren Leib. Sie rührte sich nicht, denn sie wusste aus Erfahrung, dass es einiges Geschick brauchte, den Karabiner durch die enge Öse zu schieben.

»Dreh dich um«, sagte er dann, und in seiner Stimme war keine Spur mehr von Demut.

Zita gehorchte.

Er stand dicht vor ihr. Sie spürte Verwirrung in sich aufsteigen wie dichten Nebel. Was war die Wirklichkeit? Hatte ihr Abschied womöglich noch gar nicht stattgefunden, waren die Ereignisse danach nur ein ängstlicher Traum gewesen, quälende, vorauseilende Fantasien von etwas noch nicht Geschehenem, Unvorstellbarem? Standen sie etwa noch immer in diesem Garten in Sambia, die englischen Rosen blühten und verströmten ihren süßen Duft, und sie würde es tun müssen, es gab keinen anderen Ausweg, als in den Nacken zu greifen, Öse und Karabiner finden, die Kette abnehmen, sie in seine Hand legen und dabei sagen …

»Weißt du noch, was du damals gesagt hast, als du diese Kette zum letzten Mal getragen und mir dann geschenkt hast?«

»Ja. Jedes Wort«, sagte Zita und kämpfte gegen den Nebel an. Sie roch die Rosen und hörte die Nachtgeräusche des sambischen Gartens, danach aber das Geräusch von Schritten, die sich entfernten.

Sie öffnete wieder die Augen und sah im Mondlicht überdeutlich das Häufchen Schutt, das der Wartungstechniker bei der letzten Inspektion versäumt hatte zu entfernen. »Claas?«, rief sie mit einer sonderbar hohen und dünnen Stimme, aber er war bereits in dem dunklen Spalt zwischen Garage und Atelier verschwunden. Sie folgte ihm, doch sie vergaß, das feine Tüllgewebe ihres Abendkleids dichter an sich zu ziehen, und blieb damit an einem vorstehenden Eisenteil hängen. Als sie sich wieder befreit und endlich den engen Gang hinter sich hatte, war er nicht mehr zu sehen.

Langsam ging sie in Richtung des Zelts zurück. Kurz bevor sie den Eingang erreichte, trat Victor heraus und sah sich um. Er erkannte sie, als sie unter den Ahornbäumen hervortrat, und kam ihr entgegen. »Wo steckst du denn, Mama?«, fragte er vorwurfsvoll. »Der Scheich hat schon vor einer Viertelstunde nach dir gefragt. Er will das Collier, das du für ihn entworfen hast, und er will es *sofort*. Du kennst ihn ja: Er ist wie ein Kind, wenn er sich etwas in den Kopf gesetzt hat!«

»Das ist kein Problem. Es ist ja fertig. Du kannst es ihm holen, es ist drüben im Haupttresor, in der obersten der Schubladenabteilungen, gleich neben dem *Assmann-Jupiter*.«

»Du wirst mich schon begleiten müssen, Mama, nachdem ich …«, Victors Stimme bekam einen ironischen Klang, »… noch nicht zu den Auserwählten gehöre, die den Tresorcode kennen dürfen.«

»Du musst dich an deinen Vater wenden«, sagte Zita genervt. Sie spürte die ersten Anzeichen ihrer Gallenbeschwerden, die sie immer dann befielen, wenn sie zu viele Aufregungen hatte. »Ich werde mich in die Villa fahren lassen und meine Tabletten schlucken. Anders, fürchte ich, werde ich diesen Abend nicht überstehen können.«

Victor nickte und wollte sich bereits wieder abwenden, als ihm ein Schmuckstück am Hals der Mutter auffiel, das er noch nie gesehen hatte. Es musste neu sein. Er schob einen Finger unter das Rubinkreuz und hob es an, wodurch die Brillantkette regenbogenfarbene Blitze abstrahlte. »Apart«, sagte er anerkennend. »Nur die Brosche ist zu protzig. Die hättest du weglassen sollen!«

»Ich wollte deinem Vater zum Jubiläum eine Freude machen. Es ist eines der wenigen Geschenke, die er selbst ausgesucht hat.«

Victor grinste und zog die Schultern hoch. »Das entspricht dem Assmann-Prinzip: *Mehr* ist besser als viel.«

Zita lächelte bereitwillig über den Scherz, der keiner war, denn genau so dachten sie, ihr Ehemann und sein Sohn Victor. Es war der gemeinsame Hauptnenner. Dann winkte sie einen der bereitstehenden Firmenfahrer herbei, um sich nach Hause chauffieren zu lassen und das Medikament einzunehmen. Es war gerade mal zehn, und die Feier, die sie unmöglich schwänzen konnte, würde sich bis weit nach Mitternacht hinziehen.

25

Vater und Sohn Assmann hatten beide die Weinflasche gesehen, die einer der Sicherheitsmänner rasch unter dem Portierstresen verschwinden ließ, als sie die Eingangshalle betraten. Die Gläser waren in der Eile nicht mehr zu beseitigen.

In stillschweigendem Einvernehmen beschlossen sie, die Sache zu ignorieren. Sollten die Leute doch auch etwas vom Fest haben, wenn sie schon dazu verdammt waren, den Gästen beim Feiern zuzusehen.

Sie warteten, bis die kleine Alarmanlage ausgeschaltet war, und nahmen dann den Aufzug nach oben.

»Was ist das eigentlich für eine Frau, die Georg mitgebracht hat?«, erkundigte sich Victor, während sein Vater die Bürotür aufschloss.

»Hör auf damit, ich hab die Auflage, mich nicht zu erregen«, erklärte Heinrich und behauptete zu spüren, wie sein Blutdruck in die Höhe schnellte, obwohl der Arzt ihm schon mehrmals erklärt hatte, so etwas sei nicht zu bemerken.

Er hatte die freche kleine Journalistin vorübergehend wieder vergessen, denn Georg war beim Galamenü außerhalb seines Sichtkreises unter den Pforzheimer Kunden platziert gewesen.

Jetzt aber fiel ihm die Sache wieder ein, und er beschloss, ein weiteres Mal seine Beziehungen zum Verleger der *Lady* zu bemühen. Es musste doch einen Weg geben, diese völlig unmögliche Verbindung zu unterlaufen! Beinahe hätte er bei diesem Gedanken noch einen Fehlalarm ausgelöst, denn er hatte die Codenummern durcheinandergebracht.

»Du musst dich konzentrieren, Papa«, mahnte Victor, was die Gereiztheit seines Vaters nur noch ansteigen ließ.

»Ich brauche nicht mehr Konzentration, ich brauche eine andere Brille«, knurrte Heinrich und tauschte die neue elegante gegen die alte, bewährte aus. Dann nahm er sich zusammen und wählte erneut. Mehr als zwei Anläufe duldete dieser Tresor nicht. Beim dritten würde der Sicherheitsdienst anrücken und gleich danach die Polizei.

»Na also«, sagte Victor, als die Stahltür endlich aufsprang.

Der Alte zog die bezeichnete Schublade auf und erkannte sofort das Lederetui mit dem aufgeprägten Wappen des Scheichs. Er nahm es heraus und drückte auf den Verschlussknopf. Der Deckel sprang auf, und beide bewunderten sie das Collier, das auf einer Platte aus Lapislazuli lag. Das Blau des Lapis brachte die Schönheit des milchigen Opals, der von einem Kranz verschiedenfarbiger Diamanten umschlungen war, erst richtig zur Geltung, und das schwere Roségold des Reifs passte perfekt zu den pastellfarbenen Edelsteinen.

»Das hat sie sehr schön gemacht, deine Mutter«, stellte Heinrich befriedigt fest und lobte sich im Stillen, dass er Zita die Goldschmiedeausbildung erlaubt hatte, als die Kinder aus dem Gröbsten heraus gewesen waren.

Victor stimmte ihm zu: »Sie hat nicht nur einen Sinn für Schönheit und handwerkliches Geschick, sie hat auch ein ausgesprochenes Gespür für den Geschmack unserer Geschäftspartner. Diesen … *Diamantenfarbmix* zum Beispiel würde ein europäischer Kunde niemals goutieren!«

»Die Araber schon. Die stehen auf so was«, sagte der Alte. Er war bereits im Begriff, die Tresortür wieder zu schließen, als er den unbezwingbaren Drang verspürte, den *Assmann-Ju-*

piter zu betrachten. Wenn er den Anblick ein paar Tage missen musste, wie jetzt, nachdem er von der Versicherung dazu verdonnert worden war, fehlte ihm etwas. Vielleicht war er ja wirklich abergläubisch, wie seine Frau dies immer behauptete, aber es war schließlich gleichgültig, wie es funktionierte, jedenfalls war er ein Sieger, und das Glück haftete an seinen Fersen. An Tagen wie dem heutigen musste man sich dies wieder einmal vergegenwärtigen.

Er griff nach der Schublade, öffnete sie – und erstarrte.

Victor, der die Zeit genutzt hatte, um schnell Heinrichs Post durchzusehen, die sich auf Irene Wuttkes Schreibtisch befand, blickte hoch und stutzte, als er die Körperhaltung seines Vaters sah, der ihm den Rücken zudrehte. »Was ist denn, Papa?«, fragte er.

Seine Sekretärin hatte ihm im Lauf des Tages von der Kurzvisite des Internisten im kleinen Konferenzsaal berichtet. Auch darüber, dass es in der Zeit seiner Abwesenheit verschiedene *Ausfallerscheinungen* des Chefs gegeben habe, was in Victor sofort die Hoffnung genährt hatte, der Alte werde womöglich bald von seiner Position zurücktreten. Gleichzeitig hatte ihn aber auch Angst befallen, wegen der immer noch nicht festgelegten Firmenaufteilung. Wenn sein Vater starb, bevor dies geschehen war, würde es zu einer Erbengemeinschaft kommen, zu Machtkämpfen oder gar zu Prozessen.

Er hatte den Alten schon einige Male darauf hingewiesen, doch Heinrich hatte äußerst unwirsch darauf reagiert und sich das Thema verbeten. Er schien sich einzubilden, solche Festlegungen zögen alsbald den Tod nach sich, was einfach lächerlich war. Allerdings sah er im Moment tatsächlich furchterregend aus und anders als sonst, wenn seine *Anfälle* eintraten. Er war aschfahl und wirkte irgendwie kleiner.

»Der *Assmann-Jupiter*«, keuchte Heinrich und wurde noch blasser dabei.

»Was ist denn damit?«

»Er ist weg!«

»Das gibt es doch nicht«, sagte Victor ungläubig und begann systematisch, die fünf anderen Schubladen zu öffnen und ihren Inhalt zu prüfen, wobei er mutmaßte: »Die Wuttke wird ihn versehentlich in ein falsches Fach gelegt haben.«

»Das würde der Wuttke niemals passieren«, krächzte Heinrich und lehnte sich gegen die Wand, um zu verbergen, wie schwach er sich fühlte.

»Dann war es eben Mama. Die kam mir ohnehin ziemlich verwirrt vor, und Gallenbeschwerden hat sie auch wieder.«

Heinrich, der den zweiten geäußerten Verdacht für wahrscheinlicher hielt als den ersten, begann wieder zu hoffen, während Victor die restlichen Schubladen inspizierte. Als er damit fertig war, wandte er sich um. Es gab zwar noch andere Möglichkeiten in dem riesigen Ding, aber die konnte er definitiv ausschließen. Niemand der Zugangsberechtigten hätte die Geistesabwesenheit besessen, die *Träne der Götter* zusammen mit anderen Steinen in die Paletten-Abteilung zu stecken.

»Er wird in der Glasvitrine sein«, fiel Victor dann ein, und er spürte zu seiner eigenen Überraschung die große Erleichterung, die ihn bei dieser plausiblen Überlegung überkam. Er schmunzelte sogar ein wenig, als er die Tür zu Heinrichs Büro aufstieß. Vor jedem anderen hätte er es heftig bestritten, sich selbst gegenüber aber konnte er aufrichtig sein: Ja, auch er war abergläubisch, und der Gedanke, der *Assmann-Jupiter* könnte gestohlen worden sein, hatte nicht nur den Vater, sondern auch ihn in Panik versetzt – und nicht nur wegen des *materiellen* Verlusts.

Victor knipste das Licht an und hörte hinter sich die tapsenden Schritte des Alten. Das Zimmer war groß, aber er brauchte nicht näher zu kommen, um zu erkennen, dass der Sockel in der Glasvitrine, auf dem das Glückssymbol der Assmanns sonst thronte, so leer war, wie es die Versicherung verlangt hatte.

Sein Vater stand jetzt neben ihm, und beide starrten sie auf die beleuchtete Vitrine. Es gab keinen Zweifel: Die *Träne der Götter* war nicht mehr vorhanden.

»Wie ist das möglich?«, rief Victor fassungslos.

Der Alte aber wirkte wie ein Marmormonument: weiß, wuchtig, kalt.

Eine Weile, die Victor unendlich erschien, sagte er nichts. Dann setzte er sich in Bewegung. Er öffnete die Glastür der Vitrine, die unverschlossen war, und griff nach der alten Fotografie. Er schob die Arretierung beiseite und holte das Bild aus dem Rahmen. Mit der Rückseite nach oben reichte er es seinem Sohn und verlangte: »Lies vor, was dort steht!«

Ohne nachzudenken, gehorchte Victor: »Sieg ist bei jedem, der die *Träne der Götter* besitzt. Glück und Erfolg haften an seiner Ferse, wohin er sich wendet. Doch hüte dich vor dem Tag, an dem dieses Pfand dich wieder verlässt. Dann werden Unglück, Verrat und Tod deine Begleiter sein.«

»Und genau so wird es kommen«, sagte der Alte mit ruhiger Stimme. Danach machte er eine Bewegung, als ob er eine unsichtbare Partnerin zum Tanz auffordern wolle, drehte einen zittrigen Halbkreis und fiel zu Boden.

Victor beugte sich über ihn und rief erregt: »Vater? Vater, sag doch was?!«

Doch der Alte war ohnmächtig oder schon tot; Victor vermochte es nicht zu unterscheiden, denn er hatte keine Erfahrung mit solchen Situationen. Erstaunlicherweise aber war er nicht im Geringsten erregt. Er richtete sich wieder auf, stellte das Foto mit der Prophezeiung, von der er nur den ersten Teil gekannt hatte, zurück in die Vitrine und ging in Irene Wuttkes Büro. Er drückte die Tresortür zu, um einen Alarm zu vermeiden, griff nach seinem Handy und suchte die gespeicherte Nummer der Chefassistentin. Es kam ihm gar nicht in den Sinn, etwas anderes zu unternehmen: Für Katastrophen im Hause Assmann war Irene Wuttke die erste Adresse, und wenn jemand wusste, was jetzt zu tun war, dann war es sie.

Irene meldete sich bereits nach dem zweiten Klingelton.

»Irene, mein Vater ist …«, sagte Victor, dann aber versagte seine Stimme. Dutzende von Begebenheiten fielen ihm ein, und alle auf einmal: der noch junge, lachende Vater im Garten am Main; Papa, stolzgeschwellt bei der Abiturfeier in der Schule; die erste gemeinsame Safari in Afrika; ein sonderbar scharfer Streit, den es zwischen den Eltern gegeben hatte, und Mamas lange Abwesenheit danach. Damals musste er drei oder vier Jahre alt gewesen sein. Vater, der bei einem seiner Wutanfälle den Tisch umgestoßen hatte; das zerbrochene Meißner Porzellan auf dem Boden des Esszimmers …

»Um Gottes willen«, rief Irene Wuttke. »Bleib, wo du bist, Victor! Ich komme sofort.« Sie drückte ihn weg und tippte auch schon die Nummer des Notrufs. Als der Diensthabende die Adresse notiert hatte, wählte sie neu, um den Internisten zu erreichen. Glücklicherweise war er zu Hause. Danach betete sie, dass es nur eine Ohnmacht oder ein kleiner Herzinfarkt sei. Nachdem all dies erledigt war, machte sie sich auf, um Zita Assmann zu suchen.

Im Chefbüro lag Heinrich Assmann reglos auf dem persischen Teppich. Victor wagte es nicht, sich ihm aufs Neue zu nähern; seine Angst vor Krankheit oder gar Tod war zu ausgeprägt. Er stand vor Irene Wuttkes Schreibtisch und wurde von weiteren Erinnerungen überflutet. Endlich fiel ihm auf, dass er noch immer sein Handy umklammert hielt. Er steckte es in die Hosentasche, und dabei sah er es: Unter dem Tresor ragte ein kleines Stück weißes Papier hervor.

Victor mochte alle möglichen Mängel haben, aber er war ein Mensch, der Unordnung hasste. Er ging zum Tresor, hob den Papierfetzen auf und warf einen Blick darauf, bevor er womöglich wichtige Notizen dem Papierkorb überantwortete.

Augenblicklich erkannte er die Handschrift seines Bruders Ludwig, und nach einem zweiten Blick auch, worum es sich bei der zwölfstelligen Zahlenfolge handeln musste.

Victor wandte sich dem stählernen Monstrum zu und begann, langsam und sorgfältig zu wählen. Nach der zwölften Ziffer sprang der Tresor auf.

Es war unglaublich. *Der Kleine* war es gewesen, der den Glückstrumpf der Assmanns gestohlen hatte!

Rasch schob Victor den Zettel in seine Smokingjacke.

26

Zita Assmann hatte sich noch in der Villa aufgehalten, als sie der Anruf von Irene Wuttke erreichte. Wenige Minuten später war sie zur Stelle.

Sie war bleich, aber gefasst und hatte unverzüglich das gemacht, was selbst die Chefassistentin versäumt hatte zu tun: Sie brachte Heinrich in eine stabile Seitenlage, lockerte seine Krawatte, öffnete die oberen Hemdknöpfe und suchte dann mit dem Mittelfinger der rechten Hand nach der Halsschlagader ihres Mannes.

Die Versammlung der Anwesenden – auch Georg war kurz nach der Mutter eingetroffen – beobachtete sie dabei mit betroffenen Mienen.

»Das Herz schlägt noch«, sagte Zita und richtete sich wieder auf.

»Setz dich doch, Mutter, bitte«, forderte Georg besorgt.

»Danke, es geht schon.«

»Wir müssen vorsichtig sein, sonst gibt es jede Menge Gerüchte und … *Nachfolgemutmaßungen* … Und so etwas wirkt sich sehr schnell aufs Geschäft aus«, ließ sich Irene Wuttke nüchtern vernehmen.

»Da hat sie recht«, erklärte Victor, erleichtert darüber, dass der Alte lebte und womöglich doch noch seinen letzten Willen kundtun konnte. Einen Willen, in dem er, Victor, die Hauptrolle spielen würde, dessen war er sich sicher.

»Du gehst zum Tor und lotst den Notarzt durch, Georg«, verfügte Irene mit ruhiger Stimme. »Kein Blaulicht, kein Martinshorn auf dem Firmengelände, und dirigier den Sanka zum hinteren Eingang! Ich werde mit den Sicherheitsleuten sprechen, damit es dort keine Irritationen gibt. Und du, Victor, gehst rüber ins Festzelt und streust, es seien noch hohe Ehrengäste eingetroffen, denen dein Vater und deine Mutter die Ausstellung zeigen. Georg soll dich dabei unterstützen, sobald der Chef abtransportiert ist.« Sie sagte dies alles mit einer solch selbstverständlichen Autorität, dass keiner ihr widersprach, noch nicht einmal Zita.

Kurz danach traf der Notarzt ein und begann sofort mit seinen Untersuchungen.

Der zweitälteste Assmann-Sohn machte Anstalten zu bleiben, bis Irene Wuttke energisch wurde: »Du kannst hier nichts tun, Victor. Geh rüber ins Zelt und erzähl jedem, der es hören will oder auch nicht, die Story von den Ehrengästen! Das ist wichtiger und ganz bestimmt das, was dein Vater gewollt hätte, wenn er sich äußern könnte.«

Victor suchte den Blick seiner Mutter, doch Zita bemerkte ihn nicht. Sie war damit beschäftigt, die Fragen des Notarztes zu beantworten.

Schließlich verschwand Victor widerwillig und mit ihm Irene Wuttke, was Victor noch nervöser werden ließ: Wenn der Alte jetzt noch etwas sagte, konnte das womöglich unter den Tisch fallen. Er kannte seine Mutter und wusste, dass sie Georg als künftigen Firmenchef favorisierte, vermutlich weil er der *Erstgeborene* war; eine antiquierte und geradezu lächerliche Einstellung. Was heutzutage zählte, war Durchsetzungsvermögen, und darin war er Georg weiß Gott überlegen.

»Wird er durchkommen?«, fragte Zita den Notarzt, einen Mann Mitte dreißig, der aussah wie Jesus auf Bildern, die ihn nach seinem vierzigtägigen Aufenthalt in der Wüste zeigten:

zottelhaarig, zottelbärtig und barfuß in Ledersandalen. Offensichtlich aber war der Mann sowohl tüchtig als auch erfahren. Zita, die als Sechzehnjährige ein soziales Jahr in einem Krankenhaus absolviert hatte, erkannte es an jedem Handgriff und jeder Anweisung.

»Hoffen wir es«, sagte der Arzt vage. »Ein Herzinfarkt war es jedenfalls nicht.«

»Dann wohl … ein Schlaganfall?«

»Sieht nicht so aus. Eher wie ein schwerer Schock. Hat er irgendwelche große Aufregungen gehabt?«

»Wir feiern heute unser hundertjähriges Jubiläum, Herr Doktor. Drüben im Festzelt sitzen fünfhundert Leute, die Crème de la Crème der Republik und eine ganze Anzahl VIPs aus aller Welt, was natürlich jede Menge Stress im Vorfeld erzeugt hat.«

»Das wäre eine Erklärung«, erwiderte der Arzt, obwohl er nicht wirklich daran glaubte. Für dieses lebensbedrohende Koma musste es noch andere, schwerwiegendere Gründe geben als ein Jubiläumsfest, aber das konnte ihm gleichgültig sein.

An diesem Punkt seiner Überlegungen traf der stadtbekannte Internist ein. »Herr Assmann ist seit Jahren mein Patient«, verkündete er auch sofort mit bedeutsamer Miene und horchte Heinrich, der bereits auf der Rolltrage lag, noch einmal ab.

»Ich will nicht drängen, aber der Mann sollte so schnell wie möglich auf eine Intensivstation«, insistierte der Notarzt, als ihm das Theater zu lange dauerte.

»Schon gut«, bellte der Internist beleidigt. Er gab den Sanitätern einen Wink und spazierte hinter der Trage her, um den

Transport persönlich zu überwachen, als ob dies seine Aufgabe wäre.

Na ja, dachte der Notarzt. Irgendwas muss er ja später auf seine Rechnung schreiben können. »Am besten, Sie fahren mit dem Auto hinterher, Frau Assmann«, empfahl er Zita.

Diese nickte wortlos.

Im Eingangsbereich sah sie, dass Irene Wuttke auch hier alles arrangiert hatte.

»Ich hab dem Personal eingeschärft: Zu niemandem ein Wort, und …«, Irene deutete auf den Firmenfahrer, der neben dem Portierstresen wartete, »… dass er das Sommerauto nehmen soll!«

Das *Sommerauto* war ein Synonym für die Limousine mit den stark getönten Scheiben. Man setzte sie auch dann ein, wenn Gäste vom Flughafen abgeholt wurden, deren Visite bei den Assmanns geheim gehalten werden sollte.

»Auf Sie ist Verlass, Frau Wuttke«, sagte Zita, und es klang eher ein wenig ironisch als dankbar.

Irene Wuttke geleitete sie durch den unteren Flur zum hinteren Ausgang, wo sich eben der Rettungswagen in Bewegung setzte.

Der Chauffeur öffnete den Wagenschlag der dahinter geparkten Limousine, und Zita setzte sich auf die rückwärtige Bank. Wieder einmal wurde ihr bewusst, dass Heinrich es unterlassen hatte, eine letztwillige Verfügung zu treffen, obwohl der Justitiar der Firma ihm seit Jahren deswegen in den Ohren gelegen und entsprechende Schreckensszenarien ausgemalt hatte.

Jetzt sah es so aus, als ob diese eintreten würden: Sie, der Geschäfte nur mäßig kundig, zerrieben zwischen zwei ehrgeizigen Söhnen …

Sie versuchte, sich als Witwe vorzustellen, und bemerkte, dass ihr dies unmöglich war. Heinrich und sie kannten sich, seitdem sie siebzehn Jahre alt gewesen war; wenige Tage nach ihrem achtzehnten Geburtstag hatte die Hochzeit stattgefunden, wobei sie zu diesem Zeitpunkt mit Georg bereits im fünften Monat gewesen war. Und sie waren, trotz aller Krisen, in dieser Ehe vereint geblieben, fast sechsunddreißig Jahre lang. Sie hatten sich die letzten drei Jahrzehnte einander angepasst und waren einander gewöhnt. Plötzlich hielt sie es für ausgeschlossen, ohne Heinrich weiterleben zu können. Wenig später betrat sie, nachdem sie in einen tannengrünen Kittel geschlüpft war, die Kabine der Intensivstation, in der ihr Mann um sein Leben kämpfte.

27

Er hätte Schauspieler werden sollen, dachte Georg Assmann, als er seinen Bruder dabei beobachtete, wie er die Geschichte verbreitete.

»Sogar der Bundespräsident hat es sich nicht nehmen lassen, unser Jubiläum zu würdigen«, erklärte Victor soeben, und dies mit einer Stimme, die jeden der Umstehenden zur Überzeugung brachte, die geheimnisvollen späten Ehrengäste seien der Präsident und sein Gefolge. Dabei war Victors Aussage noch nicht einmal eine wirkliche Lüge: Georg hatte den Brief aus Schloss Bellevue vor zwei Tagen gelesen.

Sie standen am Ausgang und verabschiedeten in Vertretung der Eltern nach und nach die Gäste, die sich allmählich anschickten, das Fest zu verlassen. Georg hatte Petra gebeten, ihm dabei zu assistieren, was ihrem Auftritt einen spektakulären Anstrich verlieh: Wer es bis dahin noch nicht wusste, der erfuhr es jetzt, dass der *Diamantenprinz* sich verlobt hatte.

»Haben Sie sich denn schon vor diesem Interview gekannt?«, wollte eine bekannte Charitylady aus Berlin wissen.

»Leider nein«, erwiderte Georg, der die Taktlosigkeit der Frau kannte und wusste, was kommen würde.

»Dann hat sich der Artikel für Sie ja rentiert«, sagte die leicht verblühte Schönheit, direkt an Petra gewandt. »Ich sag es ja immer: Heiraten und erben sind die besten Methoden, um reich zu werden.«

Nachdem sie ihr Gift versprüht hatte, beugte sie sich über den bereitstehenden Silberkorb, um ein Armkettchen aus Halbedelsteinen auszuwählen, das den weiblichen Gästen als Jubiläumssouvenir zugedacht war.

»Du hast recht wie immer, Bettina. Und sprichst ja auch aus Erfahrung«, konterte Georg mit einem süffisanten Lächeln.

Die Charitylady, die zwei Jahre zuvor einen dreiunddreißig Jahre älteren, sehr wohlhabenden Ehemann verloren hatte, zog mit sicherem Griff eine Kette aus Jadekugeln hervor, die ins oberste Preissegment der Präsente gehörte, und entfernte sich dann mit einem knappen Nicken.

»So wie sie werden die meisten hier denken«, sagte Petra ein wenig bekümmert und schaute hinter der spitzzüngigen Frau her.

»Das schert mich einen feuchten Kehricht, und dich braucht

es auch nicht zu belasten, wenn dumme Leute Gedankenfürze produzieren«, erwiderte Georg mit einer Derbheit, die ihm sonst fremd war.

Petra schaute ihm in die Augen und bemerkte erst jetzt hinter der bemühten Gelassenheit seine Nervosität. »Was ist eigentlich vorhin passiert?«, fragte sie, denn bisher hatten sie noch keine Gelegenheit gefunden, sich darüber auszutauschen. Georg hatte lediglich erklärt, es habe einen Vorfall gegeben, über den er im Moment nicht sprechen könne. Nun aber war der Großteil der Gäste gegangen, nur um Victor scharte sich noch ein Kreis Hartnäckiger.

»Mein Vater musste ins Krankenhaus gebracht werden«, berichtete Georg leise. »Und ich fürchte, er wird diesen Tag nicht überstehen, wenn er überhaupt noch …«

Er brach ab und versuchte mühsam, die Fassung wiederzuerlangen, die er bisher nur deshalb hatte bewahren können, weil er jeden Gedanken an den reglosen Mann auf dem Perserteppich verdrängt hatte.

»Und … weshalb stehen wir dann noch hier herum?«, fragte Petra fassungslos. »Du musst zu ihm, und zwar auf der Stelle! Wenn du versäumst, dich von ihm zu verabschieden, nur um hier den Schein zu wahren, dann wirst du dir das den Rest des Lebens nicht mehr verzeihen – und außerdem wird deine Mutter bestimmt froh sein, wenn ihr jemand zur Seite steht.«

»Du hast vollkommen recht, Petra«, sagte Georg, als ob er aus einer Hypnose erwacht sei. Noch im Auto, das Petra lenkte, war er erbittert darüber, weshalb sie alle die *Fassadenerhaltungsbefehle* der Chefassistentin so eilfertig befolgt hatten. Vermutlich deswegen, weil jedermann, seine Mutter mit eingeschlossen, Irene als Sprachrohr des Vaters empfand. »Ich liebe dich, Petra«, erklärte er plötzlich so heftig, als ob sie ihm widersprechen wolle. »Und ich liebe dich auch deswegen, weil du das Herz auf dem richtigen Fleck hast und so wohltuend normal bist.«

»Dann ist es ja gut«, sagte Petra sanft und parkte im Halteverbotsbereich vor dem Noteingang der Klinik. »Und jetzt geh rein und sieh nach, wie es ihm geht!«

»Willst du nicht mitkommen?«

»Ich glaube, das wäre nicht hilfreich«, erwiderte Petra, und trotz der Angst, die jetzt an ihm zu zerren begann, musste Georg ein wenig lächeln.

Der Patient lag mit geschlossenen Augen auf einem schräg gestellten Bett. Er hing an zahlreichen Schläuchen und dünnen Kabeln, wurde künstlich beatmet, und auf Monitoren hinter seinem Kopf signalisierten Zahlen, Kurven und Linien den Zustand seiner elementaren Körperfunktionen.

Zita saß sehr aufrecht auf einem Stuhl, der neben dem Bett stand.

Georg zog sich ebenfalls eine Sitzgelegenheit heran, betrachtete nachdenklich seinen Vater und dachte an den Moment, in dem er aufgehört hatte, ihn zu lieben. Es war nach einer schrecklichen Szene zwischen den Eltern gewesen, in der es um den Vorwurf der Untreue ging. Seine Mutter hatte danach einen Koffer gepackt und war einen ganzen Sommer lang verschwunden geblieben. Er war damals sechs Jahre alt gewesen, und jeden Tag dieses Sommers hatte er in Angst verbracht. Angst davor, dass seine Mutter nie mehr zurückkommen würde, und Angst vor den wechselnden Launen des Vaters.

Jetzt aber spürte er, dass er sich geirrt hatte. Die damals wissentlich aufgekündigte Liebe hatte ihn nicht ganz verlassen. Der Kampf des Alten, sein Bewusstsein wiederzuerlangen, und darum, sein Leben fortsetzen zu können, ließ ihn nicht kalt.

Der Vorhang, der die Kabine vom angrenzenden Raum abtrennte, wurde erneut aufgezogen, und Victor, ebenfalls in einen grünen Kittel gehüllt, trat herein. Er hatte das Verschwinden des Bruders bemerkt und nicht gezögert, ihm unverzüglich zu folgen.

Georg lächelte kurz, denn es war ihm vollkommen klar, was Victor dazu bewogen hatte. Die Zeichen, dass sein Bruder der Auffassung war, der einzig würdige Nachfolger des Alten zu sein, waren in den letzten Monaten nicht mehr zu übersehen gewesen.

Er denkt, ich könnte die Situation hier ausnutzen, so wie er selbst es sicher getan hätte, überlegte Georg.

Noch war keine Gelegenheit gewesen, darüber zu sprechen, aber die Sache mit der Erweiterung der afrikanischen Mine und dem angeblich vom Vater genehmigten Gutachten hatte er keineswegs vergessen. Er würde Victor deswegen zur Rede stellen, auch wenn dieser, wie vorherzusehen war, wieder nur Ausflüchte und Lügen auftischen würde.

»Er hat sich bewegt«, rief Zita jetzt. »Ich bin mir ganz sicher.«

»Es stimmt. Ich habe es auch gesehen«, pflichtete Victor ihr bei.

Zita drückte auf den Klingelknopf, um den Arzt zu rufen, der sie gebeten hatte, dies zu tun, falls eine Veränderung des Zustands eintrete.

Im selben Moment, in dem der diensthabende Arzt sich näherte, schlug Heinrich Assmann die Augen auf. Er musterte Zita, die sich über ihn gebeugt hatte, danach seine Umgebung und seine Söhne. Dann aber wurde ihm der Schlauch bewusst, der in seinem Mund steckte. Er fuhr hoch, und ehe ihn jemand daran hindern konnte, zerrte er das Ding heraus, japste und hustete.

»Das war nicht sehr sinnvoll, Herr Assmann«, sagte der Arzt, doch Heinrich schenkte ihm keine Beachtung. Er räusperte sich mehrmals und fragte dann krächzend: »Was soll das? Warum bin ich hier?«

»Sie hatten einen Kreislaufkollaps mit anschließendem Koma«, benannte der Arzt die Ereignisse, auf die er sich noch immer keinen Reim machen konnte. Dann betrachtete er die Signale auf den Monitoren und dachte dabei, dass der Mensch ein wahrhaft rätselhaftes Wesen sei, das es immer wieder schaffte, den Ärzten die Grenzen ihres Wissens aufzuzeigen und sie zu verblüffen. Dieser Mann jedenfalls, dem er bei der Einlieferung nicht einmal mehr die Hälfte der verbleibenden Nacht eingeräumt hatte, war auf dem Weg der Besserung, wovon auch immer. Sein Kreislauf funktionierte wieder eigenständig; der Blutdruck war zwar noch immer zu niedrig und sein Puls viel zu hoch, doch das würde beherrschbar sein. Das unerklärliche Koma jedenfalls war überwunden, und eine kurze Befragung ergab, dass es offenbar auch keine neurologischen Schäden hinterlassen hatte.

»Er wird sich wieder erholen. Ich glaube, Sie sollten jetzt nach Hause gehen und versuchen, noch etwas zu schlafen«, empfahl der Oberarzt, den der Diensthabende inzwischen hinzugezogen hatte.

Zita zögerte, aber Georg, der sah, wie erschöpft sie war, sprach ihr ebenfalls zu: »Du musst auch an dich denken, Mutter. Du wirst jetzt gebraucht werden. Vater wird bestimmt noch einige Zeit hierbleiben müssen.«

Der Oberarzt nickte. »Wir werden verschiedene Untersuchungen veranlassen.«

Der Patient brummte Unverständliches, aber er verzichtete darauf – oder war noch zu schwach – zu opponieren.

»Kann ich mit dir zurückfahren, Mutter?«, fragte Georg, als sie zu dritt dem Ausgang zustrebten. »Ich hab kein Auto dabei, Petra hat mich hergebracht.«

»Natürlich«, erwiderte Zita und reichte ihm den Autoschlüssel. »Es wird ohnehin besser sein, du setzt dich ans Steuer.«

Sie gingen den stillen, nur von grünem Notlicht erleuchteten Flur entlang, als Zita plötzlich stehen blieb und betroffen feststellte: »Keiner von uns hat daran gedacht, Ludwig zu verständigen.«

Ein wenig ratlos und betroffen zugleich tauschten sie Blicke aus, dann aber sagte Georg beschwichtigend: »Es besteht ja im Moment keine akute Gefahr mehr, hat der Arzt gesagt. Es reicht also, wenn du ihm morgen Bescheid gibst, Mama!«

»Ja«, pflichtete Zita ihm bei, aber sie schämte sich dennoch für ihre Nachlässigkeit. Inzwischen standen sie im Freien.

»Dann, bis morgen«, sagte Victor und hob zum Abschied lässig die Hand.

Blöder Kerl, dachte Georg verstimmt. Ein Zeichen von Nähe und Mitgefühl, eine Umarmung oder ein kleiner Kuss ihres zweiten Sohnes hätten der Mutter sicher gutgetan. Demonstrativ nahm er deshalb Zitas Arm, als sie das kleine Stück zu den Parkplätzen zurücklegten.

Im Osten war bereits der Anbruch des neuen Tages zu ahnen. Das denkwürdige Jubiläum war endgültig vorüber.

28

Victor wartete gerade noch, bis der *Sommerwagen* um die Ecke gebogen war, dann startete er seinen Porsche und fuhr ohne Verzug zur Wohnung seines Bruders Ludwig.

Er läutete so lange Sturm, bis dieser, in Unterhose und ein übergroßes T-Shirt gekleidet, die Tür des Apartments öffnete.

»Was ist denn los?«, brummte Ludwig verschlafen. Die Aktion am gestrigen Abend hatte ihn so mitgenommen, dass er sofort danach in einen tiefen Schlaf gefallen war.

»Ich werd es dir sofort erklären«, sagte Victor grimmig, und erst jetzt fiel Ludwig der entwendete *Assmann-Jupiter* wieder ein. Er erwachte vollends und musterte seinen Bruder angespannt, als dieser an ihm vorüber ins Wohnzimmer stapfte. Es konnte doch kaum möglich sein, dass der Verlust bereits entdeckt worden war – oder doch?

Victor stand mitten im Zimmer und hielt sich nicht lange mit Präliminarien auf: »Wo ist der Stein, Ludwig? Du wirst ihn mir sofort zurückgeben!«

Ich muss alles bestreiten, dachte Ludwig, und Panik keimte in ihm auf. Er hat keine Beweise. »Ich hab keine Ahnung, wovon du sprichst«, erklärte er deshalb und griff nach seiner

Jeanshose und einem Hemd, um nicht in seinem Schlafshirt gegen den affig herausgeputzten Victor antreten zu müssen.

Der aber fasste in die Tasche seiner Smokingjacke und holte etwas hervor, das er Ludwig vor die Nase hielt, ohne es aus der Hand zu geben.

Ludwig erkannte sofort, worum es sich handelte. Der Zettel musste ihm aus der Tasche gefallen sein, als er versucht hatte, die Box dort hineinzustecken.

»Das hab ich gestern Abend unter dem großen Tresor gefunden. Nachdem wir bemerkt hatten, dass der *Assmann-Jupiter* fehlt!«

»Was hast *du* denn am großen Tresor zu suchen?«, fragte Ludwig, wobei ihm, kaum dass er es ausgesprochen hatte, selbst klar wurde, wie idiotisch die Frage war.

»Das ist nicht der Punkt«, erklärte Victor auch prompt. »Außerdem war es Vater, der das Ding aufgemacht hat. Ich war nur dabei. Du allerdings …«, seine Stimme gewann jetzt an Schärfe, »hattest niemanden an deiner Seite, der berechtigt Zugang gehabt hätte. Du hast es geschafft, irgendwie an den Code zu kommen, und hast dich danach bedient. Und vermutlich mit mehr als nur mit dem Stein. Was hast du denn sonst noch alles geklaut?«

»Nichts. Überhaupt gar nichts. Ich lass mir doch von dir keinen Diebstahl anhängen!«

»Als was würdest du die Sache denn sonst bezeichnen? Als vorgezogene Erbausschüttung oder was in der Art?« Victor lachte höhnisch. »Das war es doch, was in deinem Kopf vor sich ging, oder?«

Ludwig erwiderte nichts. Er presste die Lippen zusammen und ballte die Hände zu Fäusten.

Victor sah es, aber er war nicht beeindruckt. Er trat einen Schritt näher, so nahe, dass sich ihre Körper beinahe berührten. Dann zischte er: »Ich will dir sagen, was du bist, mein Guter. Ein Mörder. Ein ganz gemeiner, heimtückischer Mörder!«

Ludwig war so verblüfft, dass er jede Vorsicht vergaß: »Ich habe niemandem etwas getan, und wenn ich den Stein genommen habe, dann nur …«

»Ja, eben«, sagte Victor ironisch und dachte, dass der Kleine noch weicher war, als er jemals vermutet hatte. Er setzte sich auf den Klavierhocker und starrte Ludwig in einer gekonnten Mischung aus Vorwurf und Traurigkeit an. »Du hast ›nur‹ den Stein genommen, den Glücksstein der Assmanns und ihr Symbol. Und Papa hat es ›nur‹ bemerkt. Und weißt du, was danach passiert ist? Ich werd es dir sagen, mein Lieber: Unser Vater ist zu Tode erschrocken, im Sinne des Wortes. Er hat einen Kreislaufkollaps bekommen und liegt jetzt im Koma auf der Intensivstation. Ich bin gekommen, um dir das zu sagen, und darüber hinaus, dass er den Tag wohl kaum überleben wird!«

»Das ist nicht wahr, das hast du dir ausgedacht«, stammelte Ludwig betroffen.

Anstelle einer Antwort hob Victor den Telefonhörer ab, wählte die Nummer des Krankenhauses und sagte: »Bitte, vergewissere dich!«

»Albert-Schweitzer-Kreiskrankenhaus, Zentrale«, ertönte aus dem Hörer eine männliche Stimme.

Es war nur eine Bandansage, wie Victor wusste, aber er hatte den Kleinen richtig eingeschätzt, der jetzt rasch auf die Gabel des Apparats drückte. »Das habe ich nicht gewollt«, winselte er und begann erbärmlich zu weinen.

Victor stand wieder auf, ging zum Fenster und überließ Ludwig eine Weile sich selbst und seinen nachträglichen Skrupeln. Dann sah er, dass der Bruder reif war für das, was er ihm vorschlagen wollte.

»Du übergibst mir jetzt das Ding, und zwar ganz schnell, Ludwig. Du weißt genau, wie abergläubisch der Alte ist, und dass ihn der Diebstahl ins Mark getroffen hat. Wenn irgendetwas ihm helfen kann, noch einmal zu sich zu kommen, dann die Gewissheit, dass sein *Assmann-Jupiter* wieder vorhanden ist.«

»Aber du sagst doch, er liegt im Koma«, wagte Ludwig einzuwenden. Victor, der nichts anderes erwartet hatte, nickte und sagte dann mit kalkulierter Tragik in der Stimme: »Das stimmt. Aber es ist ja bekannt, dass Menschen im Koma sich zwar nicht äußern können, aber viel mehr von dem mitbekommen, was um sie herum geschieht, als man sich vorstellen kann. Ich denke, er wird es … *irgendwie* … schon begreifen, dass der Anlass für seine Aufregung nicht mehr besteht.«

Ludwig verzog das Gesicht und überlegte. Es stimmte, er hatte Derartiges auch schon gehört. Es war auch richtig, dass er sich hatte »bedienen wollen«, wie Victor das bezeichnet hatte, und er hatte den Alten bestrafen wollen. Seinen Tod zu verschulden aber war nicht seine Absicht gewesen.

Victor betrachtete den Bruder wie ein Forscher eine präparierte Labormaus. Ludwig war ein musischer und überaus empfindsamer Mensch. Der Gedanke, für das Abtreten des Alten verantwortlich zu sein, war sicher mehr, als er ertragen konnte. Tatsächlich begann er jetzt zu zittern, und es war nicht nur ein Zittern der Hände, es war eine Erschütterung, die tief aus seinem Inneren zu kommen schien und ihn in der Gänze seiner Person erfasste.

»Hol ihn, gib ihn mir, Ludwig«, schob Victor noch einmal nach. Und wirklich setzte der Bruder sich mit steifen Schritten in Bewegung. Er wirkte wie ferngesteuert, als er zum Garderobenschrank ging und nach dem Sonnenhut griff, unter dem er die *Träne der Götter* verborgen hatte. Dann kam er zurück und reichte Victor das Stück Kohlenstoff, das unter Sachverständigen als unbezahlbar bezeichnet wurde.

»Hier«, sagte er, und auch seine Stimme klang mehr mechanisch als menschlich, so aufgewühlt war er ganz offenbar. »Bring es ihm. Meinetwegen muss er nicht sterben!«

Victor nahm den Stein in die Hand. Er hat einen eigenen Herzschlag, dachte er einen Moment lang voller Verwunderung, um dann erst zu begreifen, dass es sein eigener war. »Danke, Ludwig«, sagte er, um schnell noch hinzuzufügen: »Natürlich darfst du nicht glauben, dass es damit sein Bewenden hat.«

»Wie meinst du das, Victor?«

»Alle wissen, dass du den Stein geklaut hast, der ganze innere Kreis: Mama, Georg, ich und auch Irene. Und Mama ist so was von wütend auf dich, ich glaube nicht, dass es gut wäre, wenn ihr zusammentreffen würdet.«

»Aber was soll ich denn machen?«, jammerte Ludwig, dem so langsam die ganze Dimension seiner Misere bewusst wurde.

»Ich werde dir helfen«, versicherte Victor und umklammerte den Diamanten. »Am besten, du verschwindest für eine Weile. Du kennst ja den Spruch, dass nichts so heiß gegessen wird, wie es gekocht ist, nur, im Moment brodelt es noch. Lass

Zeit vergehen, Ludwig, dann wird sich das wieder legen, und Mama wird sich beruhigen!«

»Das mag ja sein, aber wohin soll ich denn gehen? Und, ehrlich gesagt, Victor, ich bin ziemlich blank.«

»Lass das mein Problem sein. Schließlich bist du mein Bruder. Pack ein paar Sachen zusammen und hol deinen Pass. Ich hab da eine Idee«, erklärte Victor. Dann half er dem Kleinen beim Kofferpacken und setzte ihn in seinen Porsche.

Sie erreichten den Frankfurter Flughafen gegen sieben Uhr morgens. Die nächste Flugmöglichkeit nach Kapstadt war ein Flug via Johannesburg um acht Uhr zwanzig.

Victor half Ludwig beim Einchecken, erklärte ihm genau, was er in Kapstadt zu tun hatte, und steckte ihm schließlich, unmittelbar vor dem Sicherheitscheck, vierhundert Euro zu.

Er wartete, bis der Flug als gestartet gemeldet wurde, und versicherte sich, mithilfe zweier Fünzig-Euro-Scheine, dass der Passagier Ludwig Assmann auch tatsächlich im Flugzeug saß. Danach fuhr Victor wieder zurück nach Idar-Oberstein.

Als er gegen zehn Uhr sein Haus erreichte, war Alice gerade dabei, Frühstück zu machen. »Das hat aber noch lange gedauert, die Jubiläumsfeier«, sagte sie und schlug zwei Eier für ihn in die Pfanne.

»Man muss die Feste feiern, wie sie fallen«, zitierte Victor den Volksmund und beschloss, erst zu frühstücken und danach zu duschen.

Alice goss ihm eine Tasse des frisch gebrühten Kaffees ein und füllte dann ihre eigene Tasse. Danach setzte sie sich in Positur und erklärte in einem sonderbar feierlichen Ton: »Ich muss dir etwas sagen, Victor!«

»Stimmt. Das hast du gestern schon angedeutet«, erinnerte sich ihr Mann.

»Wir werden ein Kind bekommen, Victor. Einen Jungen«, sagte Alice, und unmittelbar nach diesen Worten liefen ihr die Tränen über die Wangen.

Victor starrte sie nur an. Er konnte es nicht glauben. Ein Kind, und dazu ein Junge, war das, was er sich in den letzten Jahren am meisten gewünscht hatte. In seinen *privaten* Wünschen, obwohl ein Sohn natürlich auch nützlich war, was die Firmenaufteilung betraf. Ein Erbe war ein Spross der Hoffnung, und der Alte setzte auf Fakten. Wer wusste schon, ob Georg ein Kind zuwege brachte. Seine Ehe, die immerhin sechs Jahre angedauert hatte, war kinderlos geblieben.

»Es ist wahr, Victor, es ist wirklich wahr, und ich bin schon beinahe im fünften Monat«, stieß Alice hervor und schnäuzte sich dann in ihre Serviette, weil sie nichts anderes zur Hand hatte.

»Aber, Liebling, das ist doch wunderbar! Deswegen brauchst du doch nicht zu weinen«, rief Victor, der es noch immer nicht fassen konnte.

»Ich bin so glücklich«, sagte Alice.

»Und ich erst, mein Liebes. Jetzt wird alles gut!«

Alice nickte, während Victor den Kaffee vergaß, in die Luft starrte und mit halblauter Stimme ein erstes Resümee zog: »Es ist unglaublich, aber … *es wirkt ja bereits!*«

»Was meinst du damit?«, erkundigte sich Alice, ein wenig verständnislos.

»Das verstehst du nicht, Alice«, beschied sie ihr Mann, stand auf und küsste sie so innig wie schon seit Jahren nicht mehr.

Er aber verstand sehr gut: Weder die ersten, euphorischen Verheißungen des Schamanen noch der zweite, drohende Teil der Prophezeiung waren esoterischer Unsinn. Der Stein hatte den Besitz gewechselt, und für beide, den alten wie auch den neuen Besitzer, war genau das eingetreten, was auf der Rückseite der Fotografie aufgeschrieben war.

Keine Sekunde lang hatte Victor die Absicht gehabt, das Glückssymbol der Assmanns an seinen Vater zurückzugeben. Jetzt aber, wo er die Gewissheit seiner Wirksamkeit hatte, war er mehr denn je entschlossen, ihn zu behalten bis zu seinem letzten Atemzug – und danach sollte ihn sein Junge bekommen.

Der Kollaps des Alten, die Todesnähe, in den ihn dieser gebracht hatte, und sein nagelneues Babyglück, an das er längst nicht mehr geglaubt hatte, waren Beweise für die Richtigkeit der Prophezeiung. Und was heute geschehen war, war nur der Anfang von weiteren entsprechenden Ereignissen, dessen war Victor sich sicher.

Er trank den Kaffee, noch eine zweite und eine dritte Tasse, aß die Spiegeleier mit Speck und verschlang drei gebutterte Toastbrote dazu.

Als Alice sich gegen zehn Uhr vorbereitete, zur Kirche zu gehen, überschüttete er sie nicht wie sonst mit zynischen Bemerkungen, sondern bat sie beinahe demütig für eine gute Entwicklung des neuen Assmann-Sohnes zu beten.

Kaum aber hatte sie das Haus verlassen, zog er sein Handy hervor, um Sally anzurufen. Er teilte ihr – wie immer – mit, gut in der Heimat angekommen zu sein, und bat sie danach um einen kleinen Gefallen, den zu erledigen sie ihm gerne versprach. Sie musste dazu zwei Tage das Minengelände verlassen, doch dies machte keine Probleme – und sie würde die

Abwesenheit noch nicht einmal jemandem erklären müssen, denn der Minenverwalter van Reemen hatte, zum ersten Mal seit vielen Jahren, von seinem Recht auf Urlaub Gebrauch gemacht, wie sich Victor erinnerte.

29

Als Ludwig Assmann beinahe zwanzig Stunden später in Kapstadt landete, kam ihm die Episode mit dem Diebstahl des *Assmann-Jupiters* vor wie ein böser Traum, aus dem er jetzt wieder erwacht war.

Er nahm sich ein Taxi und ließ sich, wie sein Bruder Victor ihm aufgetragen hatte, ins Table Bay Hotel fahren.

Dort checkte er ein und profitierte auf der Stelle vom Assmann-Nimbus.

Die Hausdame persönlich geleitete ihn in die Suite. Dort fand er einen eilig herbeigeschafften Früchtekorb, ein Gesteck frischer landestypischer Blumen und einen silbernen Kühler vor, in dem eine Flasche Champagner steckte.

Das also ist Victors Welt, dachte Ludwig, aber er war zu müde, um von den Wohltaten, die er seinem Bruder zu verdanken hatte, Gebrauch zu machen. Der lange Flug war alles andere als angenehm gewesen.

Er zog sich aus und sank gleich darauf auf das breite, luxuriöse Bett.

Gegen zwölf Uhr am nächsten Morgen erwachte er, als das Telefon klingelte.

Victor, dachte er, und ein krampfartiges Gefühl in seiner Magengrube stellte sich ein, denn jetzt war er wirklich wach und sich auch wieder darüber im Klaren, dass der Diebstahl Realität gewesen war und Victor womöglich anrief, um den Tod des Vaters zu vermelden.

»Assmann«, krächzte er und war auf alles gefasst.

»Rezeption. Eine Dame erwartet Sie in der Halle, Mister Assmann«, sagte der Mann und legte auch schon wieder auf, bevor Ludwig dazu kam, ihm mitzuteilen, es müsse sich um eine Verwechslung handeln. Als er gleich darauf die Nummer der Rezeption wählte, war diese besetzt.

Er seufzte, krabbelte aus dem Bett, stieg in seine Jeans und streifte ein T-Shirt über. Dann schlüpfte er in seine Slipper und begab sich in die Halle, um den Irrtum aufzuklären.

Der Rezeptionist deutete auf eine auffallend schöne Frau, deren milchschokoladefarbene Haut im afrikanischen Sonnenschein leuchtete. Sie trug ein weißes Leinenkleid und goldfarbene Riemchensandalen. Jetzt stand sie auf und kam näher.

»Mister Assmann? Mister Ludwig Assmann?«, fragte sie. »Ich bin eine Bekannte Ihres Bruders Victor«, erklärte die dunkelhäutige Schönheit dann. »Er hat mich gebeten, Sie zu Ihrem Feriendomizil zu fahren.«

»Wie nett von ihm«, sagte Ludwig und dachte, dass dies zweifellos eine der Geliebten seines Bruders war, denn Victor war nicht der Mann, der es bei einer Bekanntschaft beließ, wenn eine Frau derart attraktiv war.

»Ich werde an der Rezeption Bescheid sagen, dass man Ihr Gepäck holt«, verkündete die Dame so entschieden, dass Ludwig die Bemerkung, er hätte zuvor noch gerne geduscht und etwas gegessen, im Hals stecken blieb. Sie schien seine Wünsche dennoch zu spüren, denn sie lächelte jetzt und sagte charmant: »Wir können unterwegs etwas zu essen kaufen, aber wir fahren einige Stunden, und ich würde ungern in der Dunkelheit zurückkommen!«

»Wohin fahren wir denn?«, erkundigte sich Ludwig, als sie den Mietwagen bestiegen, und gab sich betont lässig dabei.

»In ein Ferienhaus«, erklärte die Dunkelhäutige fröhlich, ohne auf die Gegend einzugehen, in der dieses lag. »Es ist traumhaft schön dort, Sie werden sich ganz bestimmt wohl fühlen.«

»Hoffen wir es«, murmelte Ludwig, der begriffen hatte, dass die schöne Frau entweder naiv war oder Anweisungen hatte, ihm die Lage seines künftigen Aufenthaltsorts nicht zu beschreiben. Irgendwo im Outback vermutlich, dachte Ludwig mit einem Anflug von Ironie: Victor will sicher sein, dass ich dort bleibe, bis er zu Hause die Wogen wieder geglättet hat, deshalb auch das sehr knappe »Taschengeld« von vierhundert Euro. Ein Rückflugticket damit zu kaufen war jedenfalls nicht möglich.

Sie durchquerten Kapstadt und fuhren, wenn sein Orientierungsvermögen ihn nicht trog, in Richtung Westen. Auf einer gut geteerten Straße erreichten sie eine kleine Stadt, in der Sally, wie sich die Frau inzwischen vorgestellt hatte, in einem Drive-in etwas zu essen und zu trinken kaufte.

Sie passierten zwei weitere Städtchen und bogen dann in eine unbefestigte Straße ein, die in ein karstiges Gebirge führte. Die Gegend wurde erst ländlich und ging dann in Steppe über. Der Weg wurde schmaler und sandiger und endete schließlich nach fast vier Stunden Fahrzeit an einem stabilen Zaun. Sally stieg aus, öffnete mit einem Schlüssel das eiserne Tor und lenkte das Auto zwischen Dünen hindurch, die mit dünnem Schilfgras bewachsen waren. Nach einigen Minuten erreichten sie ein Anwesen, das auf einer Klippe hoch über dem Meer lag. Weit und breit war keine andere menschliche Ansiedlung zu erkennen. Der Blick von der großen Terrasse, über die man ins Haus gelangte, ging auf eine felsenumsäumte Bucht, und unmittelbar hinter dem Haus begannen die karstigen Berge. Es gab nur eine einzige Straße, um hierher- und auch wieder wegzukommen.

Ein idealer Platz für ein heimliches Liebespaar, dachte Ludwig amüsiert. Victor ist ja noch ausgebuffter, als ich mir dies vorgestellt habe.

Sally schloss die Tür auf und ging voraus in den großen Wohnraum, der mit Korbmöbeln, Fellen und afrikanischem Interieur geschmackvoll und gemütlich eingerichtet war.

»In der Vorratskammer finden Sie alles, was notwendig ist«, erklärte die Schöne, legte den Hausschlüssel auf einen Holztisch und sagte dann mit einem charmanten Lächeln: »Und jetzt entschuldigen Sie mich bitte!«

Ludwig nickte. Er nahm an, sie wolle nach der langen Fahrt die Toilette aufsuchen, und widmete sich der fantastisch schönen Aussicht auf die Bucht. Das Meer warf sich in gewaltigen Wellen gegen den felsigen Strand und erzeugte dadurch eine meterhohe Gischt. Zum Schwimmen war dieser Küstenabschnitt mit Sicherheit nicht geeignet. Er trat auf die Terrasse, um über die Brüstung zu sehen, ob es unten nicht doch so etwas wie einen Badestrand gab.

In diesem Moment hörte er das Motorengeräusch des Mietautos und sah, wie sich Sally über den Sandweg entfernte.

»Hallo«, schrie er ihr nach und rannte um das Haus. »Sie können doch nicht einfach …«

Doch dann brach er ab. Natürlich konnte sie. Sie war sein Chauffeur gewesen, nichts anderes. Wer weiß, was ihr Victor erzählt hat, überlegte er, während er langsam ins Haus zurückging, wo er sah, dass es von der anderen Seite her noch eine weitere Tür gab, durch die Sally das Haus verlassen haben musste.

Dann machte er sich daran, sein *Feriendomizil* zu begutachten. Es gab außer dem Wohnraum ein Schlafzimmer mit einem riesigen Bett, eine kleine Küche, in der sich ein Herd befand, zu dem mehrere große Gasflaschen gehörten, die im angrenzenden Schuppen standen, in der er auch Angelwerkzeuge entdeckte. Er fand auch reichlich Petroleum für die Lampen in den Wohn- und Schlafräumen. Die Vorratskammer war, wie Sally erklärt hatte, mit allem gefüllt, was notwendig war – und was das Herz begehrte. Selbst Kaviar und Champagner waren vorhanden.

Ludwig machte sich daran, seine wenigen Sachen aus dem Koffer zu räumen. Dann holte er sich eine Flasche Bier aus dem ebenfalls gasbetriebenen Kühlschrank und setzte sich auf einen der Terrassenstühle.

Das Wasser der Bucht färbte sich allmählich rot. Bevor der letzte Sonnenstrahl vollends verschwand, holte Ludwig sein Handy hervor und sah, was er erwartet hatte: Es gab hier kein Netz.

Eine leichte Panik stieg in ihm auf, als die Landschaft um ihn herum erst bleiern, dann auberginefarben und danach pechschwarz wurde. Er nahm die leere Bierflasche und ging zurück ins Haus. Bis Victor ihn hier wieder abholte – oder abholen ließ –, war er auf sich und seine eigene Gesellschaft angewiesen, denn es gab hier weder ein Fernsehgerät noch ein Radio, keinen Computer, und, was noch wesentlich schlimmer war, es gab kein Klavier.

Er warf sich aufs Bett und überlegte, ob der Alte noch am Leben oder bereits verstorben war, so wie Victor es vermutet hatte.

Dass er geweint hatte, bemerkte er erst, als er sich auf die Seite drehte, um die afrikanische Dunkelheit und die bohrenden Schuldgefühle durch Schlaf zu überlisten.

30

Heinrich Assmann lag in seinem Krankenbett auf der ganz normalen internistischen Station des Krankenhauses und dachte nach. Selbst in den schlimmen Stunden, in denen er gefühlt hatte, dass er dem Tod auf der Schippe lag, hatte er den Verlust des *Assmann-Jupiters* nicht vergessen. Erst heute aber, am achten Tag nach der *Attacke,* wie seine Ärzte den Vorfall nannten, fühlte er sich kräftig genug, Maßnahmen zur Wiedererlangung des Firmensymbols zu ergreifen.

Natürlich erörterte er derartige Absichten nicht mit seiner Frau. Deren einziges Interesse schien es zu sein, dass sein Kreislauf wieder zufriedenstellend arbeitete, sein Blutdruck stabil war und das Herz regelmäßig schlug. Die Sache mit dem Diebstahl ignorierte sie völlig und verlor darüber kein Wort.

Als ihn am Sonntag nach der Attacke sein Sohn Victor besuchte, brachte Heinrich die Sache zur Sprache: »Die Polizei einzuschalten kommt nicht infrage, Victor. Es wäre fatal, wenn der Diebstahl von der Presse ausgewalzt würde.«

»Bin ganz deiner Meinung, Papa«, stimmte Victor ihm zu.

»Du wirst dich darum kümmern und ein Detektivbüro beauftragen«, verlangte Heinrich. »Völlig egal, was es kostet, nur gut müssen die Leute sein.«

Victor runzelte die Stirn und dachte nach. Er kannte den Alten. Er würde Namen wissen wollen, Zwischenberichte erwarten und rasche Ergebnisse verlangen. Er wollte kein Risiko eingehen. Detektive waren heutzutage eine sehr gut ausgebildete Zunft und so beharrlich wie Bluthunde, wenn sie eine Erfolgsprovision witterten. Und ohne eine solche zugesagt zu bekommen, würden sie einen Vertrag mit einem Assmann und der Kenntnis vom Wert des Diebesguts nicht unterschreiben.

Er beschloss, die Flucht nach vorn anzutreten.

»Das wird nicht erforderlich sein, Papa.«

»Und warum nicht?«, fauchte der Alte, und Victor erkannte, dass er sich bereits recht gut erholt hatte.

»Weil ich schon weiß, wer den Stein an sich genommen hat«, erwiderte Victor und bemühte sich, seiner Stimme einen bekümmerten Klang zu verleihen.

»Du weißt es? Ja, verdammt noch mal, warum sagst du dann kein Wort davon?«

»Weil …« Victor schlug die Augen nieder und spielte den beschämten Bruder. »Es ist so unglaublich … so schäbig und so gemein, Papa.«

»Heraus mit der Sprache«, schrie der Alte, und seine Ohren nahmen einen lilafarbenen Ton an.

»Ich habe erwartet, dass du von selbst darauf kommst«, murmelte Victor, ohne die Augen zu heben. »Ich meine … es liegt ja irgendwie auf der Hand …«

»Herrgott noch mal, sprich nicht in Rätseln, sondern rede Klartext! Victor, du sagst mir jetzt auf der Stelle, wer es war!«

»Ludwig«, sagte Victor so leise, dass er Sorge bekam, ob der Alte es überhaupt gehört hatte, denn der erwiderte nichts. Er ließ sich auf seine Kissen zurücksinken und starrte zur Decke. Sein Gesicht war unbewegt und von ganz normaler Farbe.

Die Stille dauerte lange, sehr lange.

Dann sagte der Alte, völlig undramatisch und ruhig: »Ich hab es befürchtet, tief in mir drin hab ich es vom ersten Moment an gedacht. Aber ich konnte es mir einfach nicht vorstellen. Nicht, dass mein eigen Fleisch und Blut … wenn es denn so ist …«

Victor hob den Kopf und musterte den Alten. »Es *ist* so, Papa«, sagte er nachdrücklich. »Ich habe unter dem Tresor einen Zettel gefunden, mit dem Nummerncode. Hier … es ist eindeutig Ludwigs Handschrift …« Er griff in seine Jackentasche, holte den Zettel hervor und legte ihn auf die Bettdecke.

Sein Vater warf einen flüchtigen Blick darauf, während Victor weiter berichtete: »Und Irene hat mir erzählt, er war am Freitag bei dir und wollte Geld für sein Musical.«

Der Alte erwiderte nichts darauf, doch sein Gesichtsausdruck hatte sich deutlich verändert. Victor sah, dass der Zorn diesmal ein kalter war, und er wusste nur von einem einzigen Vorfall, bei dem dies ebenfalls vorgekommen war. Es war bei diesem Streit gewesen, nach dem Mama einen ganzen Sommer lang verschwunden war.

»Er ist weg, Papa. Ich war in seiner Wohnung und wollte ihn stellen, aber …« Victor hob die Schultern und fügte dann in gespielter Hilflosigkeit hinzu: »Es gab auch keinerlei Hinweise, wohin er gegangen sein könnte.«

»Es ist gut, Victor. Danke, dass du mich aufgeklärt hast«, sagte der Alte so beiläufig, als ob er sich bei ihm bedanke, dass er die Geschäftspost mitgebracht hatte. »Bitte, sag deiner Mutter, ich möchte sie sprechen!«

Victor nickte und war erleichtert, dass der Vater nicht noch eine weitere Attacke erlitten hatte. Er nahm sich vor, ebenfalls mit der Mutter zu sprechen, zuvor aber noch mit dem Chefarzt, der hoffentlich die Begründung dafür liefern würde, dass der Alte endlich geschäftlich kaltgestellt werden konnte.

Ludwig war, nach Lage der Dinge, endgültig in Ungnade gefallen und würde, selbst wenn Zeit vergangen war, als Miterbe weitgehend ausscheiden.

Blieb nur noch Georg, aber auch dafür würde sich eine Lösung finden lassen, irgendwie, irgendwann, denn Georg war provozierbar, und sein Hang zum sogenannten *Fair Trade* war der Fallstrick, über den er eines Tages stolpern würde.

Nur Mama, Mama blieb ein Problem. Ihr war nicht so leicht etwas vorzumachen. Sie war realistisch in der Einschätzung ihrer Söhne, und sie war, wenn auch auf eine verborgene Weise, sentimental. Sie würde versuchen, Ludwig aufzuspüren, um ihn zu »tätiger Reue«, zur Zurückgabe des *Assmann-Jupiters* zu bewegen. Um ihn zu trösten und auf den »rechten Weg« zurückzuführen.

Es war eine Tatsache: Seine Mutter war ausgesprochen gefährlich. Dann aber fiel Victor die *Träne der Götter* wieder ein, die sich in seinem Besitz befand. Es wird sich alles zu meinen

Gunsten fügen, dachte er erleichtert und verließ das Krankenhaus mit neuem Elan.

31

Daniel Bloomberg, der Präsident der WOD, stand am Panoramafenster des Hochhauses, in dem sich die Büros der wichtigsten Diamantenbörse Antwerpens befanden. Hier, vom zwölften Stockwerk aus, hatte man freie Sicht über die Dächer der Scheldestadt. Bloomberg war vierundsechzig Jahre alt, ein mittelgroßer, schlanker Ästhet jüdischen Glaubens, mit dichten, schlohweißen, kurz geschnittenen Haaren. Er war in einen eleganten dunkelgrauen Maßanzug gekleidet, liebte flämische Maler, Barockmusik und teure Rotweine. Er hasste Komplikationen und Probleme jeder Art. Die aber, die im Raum hinter ihm auf seine Entscheidung warteten, waren die widerwärtigsten, denn sie basierten auf Gerüchten und betrafen Menschen, die seine Sympathie besaßen.

Nur ungern wandte sich Bloomberg wieder seinem Besucher zu. Rajsekhar Bakshi war fünfzehn Jahre jünger als er und rechnete sich gesinnungsmäßig, obwohl er aus diesem Alter auch langsam herausgewachsen war, zu den »jungen Wilden« der Branche. Seine abgetragene Jeanshose, über der er allerdings ein Armani-Shirt und ein Jackett desselben Labels trug, sollte dies wohl ebenso unterstreichen wie sein Dreitagebart. Sie waren Vorstandskollegen in der WOD, dem Nachfolgeorgan des früheren Hohen Diamantenrats; einer internationalen Vereinigung der Diamantenhändler, aus der sich auch das Standesgericht der Branche zusammensetzte. Dort – wie auch im Privatleben – waren sie so unterschiedlich wie Feuer und Wasser. Bloomberg war klar, dass der Inder Bakshi bei der nächsten Wahl ein ernster Mitbewerber für den Posten des Vorsitzenden sein würde. Dass gerade er die Anschuldigung vortrug, machte die Sache nicht besser, im Gegenteil.

»Das ist unmöglich, Raj«, sagte Bloomberg jetzt entschieden. »Die Assmanns sind die größten und wichtigsten deutschen Diamantenhändler und schleifer, ein Traditionsbetrieb mit eigenen Minen und internationalen Niederlassungen. Heinrich Assmann ist einer meiner ältesten Weggefährten, Zita verehre ich, und Georg ist mein Patensohn. Ich weigere mich, diese … *Behauptungen* … zu glauben!«

Rajsekhar Bakshi griff wortlos in die Brusttasche seines Jacketts und überreichte Bloomberg ein Schreiben.

Bloomberg überflog den Inhalt. Er kannte den Verfasser und wusste nun, dass der Vorwurf ernst zu nehmen war.

Bakshi musterte den älteren Kollegen und warnte: »Freundschaft ist ein Hindernis in der Beurteilung derartiger Dinge, Daniel!«

Das allerdings war richtig.

Nach dem Schock fielen Bloomberg jetzt aber die ersten Verteidigungsargumente ein: »Das ist doch absurd! Schließlich war es Heinrich Assmann, der nach der Krise von 2006 und der Umstrukturierung unserer Branchengremien zu dieser Selbstverpflichtungserklärung aufgerufen und sie auch durchgesetzt hat. Um genau solchen Bedenken entgegenzuwirken. Durch eine Herkunftsexpertise. Warum sollte da ausgerechnet seine Firma … Außerdem: Nach all meinen Informationen, und die sind in der Regel verlässlich, ist das Assmann-Konsortium wirtschaftlich ausgesprochen erfolgreich. Es gäbe also überhaupt keinen Grund, durch solche … *Betrügereien* … in eine existenzielle Bedrohung zu geraten, und das wäre zweifellos der Fall, wenn die Sache öffentlich würde.«

Rajsekhar Bakshi nickte.

Auch er war zerrissen in der Einschätzung dieser Geschichte, obwohl er natürlich wusste, dass sie Bloomberg schaden würde, sollte sie sich als zutreffend herausstellen. Den Vorsitz in der WOD jedenfalls würde es ihn kosten, dazu war seine Nähe zu den Assmanns viel zu bekannt.

Bloomberg schüttelte den Kopf. Er konnte sich eine derartige Dummheit einfach nicht vorstellen.

Doch Bakshi trug nicht die Brille der Sympathie. Er sprach ungeniert aus, was die Folgen wären, ließe der Vorwurf sich nicht glaubhaft ausräumen: »Kein Händler der Welt würde mehr einen Assmann-Diamanten ankaufen.«

Bloomberg nickte düster. Der Artikel in der *Times* vor wenigen Wochen, der weltweit von allen möglichen Magazinen und Tageszeitungen nachgedruckt worden war, hatte die Sache mit den Blutdiamanten erneut aufgerührt und ins Bewusstsein der Allgemeinheit gebracht. Nicht nur die Insider, auch die Endkäufer waren drastisch darauf aufmerksam gemacht worden, was es mit den sogenannten Blutdiamanten auf sich hatte. Und niemand, der Brillanten als Schmuck verschenkte – oder annahm –, wollte sich dem Verdacht aussetzen, dadurch Terroristen, Kriegstreiber oder Sklavenhalter zu unterstützen. »Die Kunden bestehen seither konsequent auf dieser Herkunftsexpertise. Um ihr Gewissen beruhigen zu können sogar beim Kauf jedes kleinen Verlobungsdiamanten«, berichtete Bakshi.

Bloomberg seufzte, ohne dass ihm dies bewusst wurde. Seit dem Artikel in der *Times* waren die Diamanten aus einigen Konfliktregionen unverkäuflich geworden. Sogar eine Anzahl anderer Steine, die aus Staaten stammten, die erst Anwärter auf die schwarze Liste waren.

»Genau darin liegt vermutlich die Lösung des Rätsels«, fasste Bakshi seine Überlegungen schließlich zusammen. »Die Assmanns haben unter der Hand Blutdiamanten aufgekauft, für wenig Geld vermutlich, als Produkte ihrer afrikanischen Mine deklariert und die Herkunftsexpertisen gefälscht.« Er hob die Schultern, und seine Stimme bekam einen ironischen Beiklang: »Womöglich geht das schon länger so – und war sogar der Hintergrund ihrer damaligen Intervention. Mit mehr als Stichproben mussten sie schließlich nicht rechnen!«

»Trotzdem. Es ist doch ein Wahnsinn, und einer, den sie nicht nötig hätten. Man riskiert doch eines temporären Gewinns wegen nicht ein hundert Jahre altes Imperium!«

Dem war nichts hinzuzufügen.

Die Vorstellung war so ungeheuerlich, dass sie imstande war, für wenige Minuten Gegensätzlichkeiten und Konkurrenzdenken aufzuheben. Denn es wären ja nicht nur die Assmanns betroffen. Der Verlust des in den letzten Jahren gewonnenen Vertrauens würde die gesamte Branche erneut in Bedrängnis bringen, wie beiden Männern bewusst war. Denn Vertrauen war unbestreitbar die wichtigste Verkaufskomponente im Edelsteinmarkt.

»Wir müssen die Sache unverzüglich aufklären«, sagte Bloomberg schließlich.

»Ganz meine Meinung«, stimmte Bakshi ihm zu.

»Heinrich Assmann liegt, ziemlich angeschlagen, im Krankenhaus«, gab Bloomberg jetzt sein Wissen preis, das er bisher für sich behalten hatte, und fühlte sich plötzlich alt und verbraucht. Das Firmenjubiläum fiel ihm ein und die vielen anderen schönen Stunden, die er mit der Assmann-Sippe verbracht hatte.

»Sprechen wir doch am besten mit Georg«, überraschte ihn Bakshi mit seinem Vorschlag.

Das allerdings wäre ein cleverer Schachzug, überlegte Bloomberg rasch. Es würde der Angelegenheit erst einmal eine inoffizielle Note verleihen, denn noch war Georg nicht Firmenchef. Unbestreitbar aber war er der moderateste, sachlichste und seriöseste aller Assmänner. »Das wäre ein Weg«, räumte Bloomberg ein, und es klang geradezu dankbar.

Rajsekhar Bakshi grinste.

Er mochte »Bloomie«, wie man den Präsidenten hinter seinem Rücken zu nennen pflegte, eigentlich ganz gern, was ihn nicht daran hindern konnte, nach dessen Posten zu streben. Alles hatte seine Zeit, und Bloomies Zeit war abgelaufen, darin war er sich mit den jüngeren Mitgliedern der WOD vollkommen einig.

Die Sekretärin, die sich trotz des Sonntags herbemüht hatte, brachte ihnen Kaffee und kleine Gebäckstücke. Sie verschmähten diese und tranken schweigend den starken Mokka.

32

Bevor Zita eintreffen würde, hatte Heinrich Assmann noch etwas Wichtiges zu erledigen.

Der Arzt hatte ihm seit dem Vortag gestattet, ein Telefon im Krankenzimmer zu haben, um »dringende Anrufe« erledigen zu können, und die Dringlichkeit dieser Sache stand ganz außer Zweifel.

Er rief Irene Wuttke an und bat sie, ihm die Handynummer des Verlegers der *Lady* mitzuteilen, die er in seinem privaten Adressbuch notiert hatte, das sich in seiner Schreibtischschublade befand.

Irene Wuttke, die sich gerade mit einer Ortsgruppe des Alpenvereins auf einem Taunusgipfel befand, verkniff sich ein paar bissige Bemerkungen – von wegen Sonntag und Freizeit und Krankheit und Schonung – und erwiderte nur knapp, es könne etwas dauern, worauf Heinrich zurückblaffte: »Wie du weißt, ich bin nicht sehr begabt für Wartereien!«

»Ist ja gut«, beschwichtigte sie ihn. »Ich tu, was ich kann.«

»Ich seh schon, der Alte ist wieder gesund!«, feixte Stefan Kendler, der ebenfalls bei den Wanderern war, als Irene sich mit einer matten Ausrede von der Gruppe verabschiedete, um zurück zu ihrem Auto zu gehen.

Siebzig Minuten später war Heinrich im Besitz der Nummer. Bevor er sie wählte, rief er den Pfleger und bat ihn, dafür zu sorgen, dass er die nächste Viertelstunde allein sei. Er wolle niemanden sehen, noch nicht einmal seine Frau.

Der Verleger, der erst vor einer guten Woche Ehrengast beim Assmann-Jubiläum gewesen war, lauschte den Worten

Heinrichs mit der gebührenden Aufmerksamkeit. »Ich glaube, ich kann dir da helfen«, sagte er, nachdem Heinrich geendet hatte. »Es ist ein Zufall, aber manchmal gibt's ja auch glückliche davon.«

»Ich wäre dir ungemein dankbar«, versicherte Heinrich und dachte, dass er schon Wege finden würde, dieser Dankbarkeit Ausdruck zu verleihen. Auch der Verleger war ein leidenschaftlicher Jäger. Und Reviere mit lohnender Beute konnte Heinrich ihm einige bieten, wo immer auf der Welt es den Herrn gelüsten würde, seine Büchse zu benutzen.

»Diskretion ist natürlich Ehrensache«, versicherte der Verleger, ohne dass Heinrich ihn dazu hätte auffordern müssen.

»Gut, wenn man verlässliche Freunde hat«, sagte Heinrich und wünschte noch einen schönen Sonntag.

Ein Problem ist damit aus der Welt, dachte er, aber es bereitete ihm keine wirkliche Genugtuung, denn das Gespräch, das er noch vor sich hatte, war heikel. Es waren mehr als dreißig Jahre vergangen, seitdem sie dieses Thema zuletzt besprochen hatten, aber manche Dinge verjährten wohl nie – und es gab Fragen, die sich immer wieder neu stellten.

In diesem Moment klopfte es an die Tür.

»Entschuldige, dass ich so spät komme«, rief Zita anstelle eines Grußes. »Aber der Pfleger hatte einige Fragen wegen früher von dir eingenommener Medikamente, und hinterher wollte er mir noch den Raum zeigen, in dem du die Gymnastik absolvieren sollst, falls ich dich mal begleiten müsste.«

»Kein Problem. Ich habe noch ein paar notwendige Telefonate geführt.«

»Du sollst noch nicht arbeiten, hat der Arzt gesagt. Er meint, es nimmt dich noch zu sehr mit.«

»Es gibt andere Dinge, die mich viel mehr beschäftigen.«

»Tatsächlich?«

»Ich hatte heute Vormittag eine Unterhaltung mit Victor.«

»Ja, und?«, fragte Zita, und er sah, dass sie wusste, wovon die Rede gewesen war. Kein Wunder. Er hatte ihr schließlich selbst von Ludwigs Geldforderung erzählt.

»*Ludwig* war es, der den *Assmann-Jupiter* geklaut hat. Schau dir das an.«

Er reichte ihr den Zettel, den Victor ihm überlassen hatte. Zita starrte darauf, dann sagte sie bekümmert: »Ich hab es befürchtet. Er muss ganz und gar verzweifelt gewesen sein, der arme Junge.«

Heinrich schluckte den armen Jungen ohne Protest. Er setzte sich auf und sprach dann endlich das aus, was er seit mehr als dreißig Jahren geargwöhnt und befürchtet hatte: »Er ist nicht mein Sohn, Zita, sag mir die Wahrheit. Du hast mich betrogen, als du diesen Sommer in Sambia warst. Und es war keine Versöhnung damals, und auch kein Versuch eines Neuanfangs, wie du behauptet hast. Du *warst* schon schwanger, du bist nur deswegen zurückgekommen, um mir dieses Kind unterschieben zu können!«

Er hatte so erregt gesprochen, dass er jetzt atmete, als ob er einen zu raschen Sprint hinter sich gebracht hätte. Dabei beobachtete er die Frau, die reglos auf dem Besucherstuhl saß.

Lange Zeit erwiderte sie nichts. Dann endlich hob sie den Blick und sah ihm in die Augen. »Und … das hast du all die Jahre vermutet?«

»Ja«, stieß er hervor. »Wundert dich das? Der Junge hat nichts, aber auch nicht das Geringste, das darauf hindeuten könnte, dass er mein Sohn wäre, und dass er den Stein geklaut hat, beweist für mich eindeutig, dass er kein Assmann sein kann. Niemand, nicht ein einziges Mitglied der Familie, in keiner Generation seit Gründung der Firma, hätte so etwas getan, da bin ich ganz sicher.«

Wieder erwiderte Zita lange Zeit nichts. Schließlich griff sie nach ihrer Handtasche und stand auf.

»Das ist dein Kardinalproblem, Heinrich«, sagte sie mit ruhiger, sonderbar kühler Stimme. »Dass du immer ganz sicher bist, in allem, was du denkst, tust, sagst und vermutest. Ich wünsche dir eine baldige und gute Besserung!«

Danach drehte sie sich um und ging.

»So kannst du dich nicht herausreden«, schrie Heinrich ihr hinterher, »das wird jetzt geklärt werden, und zwar endgültig!«, doch da war die Tür schon ins Schloss gefallen.

33

Der Sonntag war ruhig und friedvoll gewesen.

Sie waren mit dem Auto in den Spessart gefahren. Dort hatten sie sich auf eine fünfstündige Rundwanderung begeben, um viel zu reden.

Anschließend hatten sie sich in einen Landgasthof eingemietet und waren gerade dabei, ein köstliches ländliches Abendessen zu sich zu nehmen, als Petras Handy klingelte. Sie verzog das Gesicht, als sie einen Blick auf das Display warf, aber sie hatte nicht den Mumm, Liane einfach wegzudrücken.

»Hi, Petra«, ertönte die grelle Stimme im Hörer, aber es war der Tonfall, der sonst eigentlich nur für Leute reserviert war, von denen Liane etwas wollte, und Untergebene gehörten prinzipiell nicht zu dieser Kategorie. Untergeordnete Kollegen waren für die Chefredakteurin Dierolf keine Gesprächspartner, sondern Befehlsempfänger. Dann aber fiel Petra ein, dass Liane vermutlich von ihrer Verlobung gehört hatte und sie jetzt einer anderen gesellschaftlichen Schicht zurechnete, was die ungewohnte Freundlichkeit natürlich erklärte.

»Hallo, Liane. Was verschafft mir die Ehre, zu später Stunde?«

Es war gerade mal zwanzig nach neun und die späte Stunde demnach deutlich übertrieben, aber für feine Übertreibungen hatte Liane ohnehin keine Antennen.

»Ich hätte mich ja nie getraut, dich am *Sonntagabend* und so *spät noch* anzurufen«, flötete Liane, die offenbar doch verstand, dass sie störte. »Aber ich dachte, mit guten Nachrichten darf man zu jeder Zeit anrufen.«

»Was denn für gute Nachrichten?«, erkundigte sich Petra misstrauisch.

»Ich hab dir einen Stein in den Garten geworfen«, verkündete Liane, jetzt doch ein wenig maliziös, und übersetzte dann gleich selbst ihre kryptische Andeutung: »Ich habe auf eine … *Offerte* … verzichtet und dich dafür vorgeschlagen.«

Petra war so perplex über diesen unerwarteten Beweis von Lianes Gunst, dass sie es kaum fertigbrachte zu fragen: »Und was ist das für ein Angebot?«

»Du hast doch bestimmt in den Nachrichten vom Unfall dieses Fernsehmoderators gehört? Frank Irgendwas …«

»Frank Interland«, half Petra ihr aus.

»Genau! Und der war dafür vorgesehen, den Job von Leinenberg zu machen, und Leinenberg seinerseits sollte nach Berlin …«

»Ja, ja. Ich weiß Bescheid«, fiel ihr Petra ins Wort.

Sie lächelte Georg entschuldigend an, doch der hob die Hände und signalisierte Geduld.

»Du fragst dich bestimmt, was dich das angeht.«

»Allerdings!«

»Mit dir hat es … *im Prinzip* … auch nichts zu tun, eher mit mir … aber … wie gesagt, ich habe auf dich verwiesen …«

»Bitte, Liane, könntest du nicht ein bisschen präziser werden? Ich sitz in einem Lokal, in dem eigentlich Handyverbot herrscht, ich kann hier nicht ewig telefonieren.«

»Das sollte deine Karriere dir aber schon wert sein«, ließ sich Liane vernehmen, und diesmal klang es schrill *und* spitz.

»Inwiefern?«, fragte Petra und wusste plötzlich, dass dies keine Schikane war, sondern tatsächlich eine *Offerte*.

Liane ihrerseits schien begriffen zu haben, dass Petra verstanden hatte, und sie sprudelte los: »Leinenberg wird RBB-Intendant, Fesseler von *Fokus* wird Leinenberg, der Platz von Interland ist seit heute vakant, und Dierolf wurde vorgeschlagen, Interland zu werden!«

Jetzt begriff Petra wirklich alles, obwohl es kaum zu glauben war. Sie nahm den Berichterstattungston auf und ergänzte Lianes Aufzählung: »Und weil Dierolf nicht will, soll Eiler Interland sein!«

»Du hast es erkannt«, schnaubte Liane, und irgendwie klang es gequält. Na klar, dachte Petra und konnte ein leichtes Grinsen nicht unterdrücken. Es war Lianes altes Problem:

Nicht schnell, nicht schlagfertig genug; die Einsicht war da, aber weh tat es doch, solche Chancen verstreichen zu lassen.

»Du hast zweiundsiebzig Stunden, dich zu entscheiden«, sagte Liane. »Sie können deinetwegen den Senderhythmus nicht unterbrechen, und sie brauchen die Zeit bis zum ersten Dezember als technischen Vorlauf …«

Es war wirklich wahr, und wenn sie es wollte und Ja sagte, würde das Lifestylemagazin *Interland* in kürzester Zeit *Eiler* heißen. Oder *Petra Eiler,* wenn es nach ihr ging, schon aus phonetischen Gründen. »Danke, Liane«, krächzte Petra mit belegter Stimme.

Die Leute vom Sender mussten alles, was sie jemals geschrieben hatte, vor allem aber, wo sie bei Podiumsdiskussionen und dergleichen aufgetreten war, in Windeseile gesichtet haben, denn schließlich handelte es sich um ein optisches Medium.

Die haben ganz schön Mut, das ohne Probeaufnahmen zu wagen, dachte sie, während sie noch ein paar höfliche Worthülsen von sich gab, um Liane loszuwerden. Obwohl, fiel ihr dann ein, ein Casting hatte ja stattgefunden. Man hatte es, vor knapp einem halben Jahr, bei einer Klausurtagung durchgeführt und die Aufnahmen danach archiviert, um sich »einen Fundus für möglichen Bedarf« zu schaffen, denn der Verlag war an dem privaten Fernsehsender, der *Interland* ausstrahlte, mehrheitlich beteiligt.

»Bitte, übersetz das doch alles noch mal für Fachfremde«, bat Georg, kaum dass sie das Handy abgestellt hatte.

»Man hat mir eine Offerte gemacht«, sagte sie und ärgerte sich sofort, Lianes hochtrabende Formulierung übernommen zu haben. »Ein Angebot. Für eine Fernseh-Lifestylemoderation.«

»Ich kenne *Interland*«, erklärte Georg da überraschend. »Ziemlich flott und modern, manchmal sogar witzig.«

»Genau. Und ich soll die neue Witzemacherin spielen!«

Georg drehte sein Weinglas in der Hand und vermied es dabei, sie anzusehen, während er fragte: »Möchtest du das?«

»Ich müsste ein Idiot sein, wenn ich so was nicht wollte«, erwiderte sie wie aus der Pistole geschossen.

»Du müsstest dann aber in Berlin leben, oder?«

»Ja, sicher«, sagte sie, obwohl sie diesen Aspekt noch nicht in Betracht gezogen hatte. »Aber wir könnten uns ja am Wochenende sehen«, fügte sie schnell hinzu, um dann ehrlicherweise einzugrenzen: »Oder sagen wir fast jedes Wochenende.«

»Das wäre ja immerhin etwas«, erwiderte Georg, sah auf und lachte sie an.

Dennoch war der Rest des Abends eingetrübt.

Als sie sich geliebt hatten, und das nun war eher noch schöner als sonst, lagen sie nebeneinander unter den karierten Bettdecken und spielten sich vor, eingeschlafen zu sein.

Kurz nach zwei Uhr sagte Petra trotzig und laut: »So schlimm ist das wirklich nicht. Nach Berlin, das ist noch nicht mal eine ganze Flugstunde.«

»Und nach Frankfurt ist es nur ein Katzensprung«, erwiderte Georg, ebenso wach wie sie selbst.

Dann drehte sie sich auf seine Seite, umkrallte ihn so sehr, dass er aufstöhnte, und fing an, unter heftigem Schluchzen zu weinen.

Georg streichelte ihre Haare, doch er zog es vor, nichts weiter zu sagen.

Es wäre ihm vermutlich auch nichts anderes eingefallen, als

mitzuteilen, dass er sie schrecklich vermissen würde und die Angst, sie zu verlieren, schon jetzt an ihm nagte.

Erst gegen Morgen schliefen sie ein, tief und fest.

Als sie gegen elf Uhr erwachten, erschraken sie beide.

Georg griff sofort nach dem Telefon, um die notwendigen Schritte in die Wege zu leiten und Irene Wuttke zu bitten, den Partnern bei den Meetings, die er schon versäumt hatte, eine plausible Entschuldigung zu präsentieren.

Als Petra aus der Dusche zurückkam, sagte er: »Dreizehn von deinen zweiundsiebzig Stunden sind schon vorüber!«

»Von mir aus«, erwiderte Petra mit neu erwachter Spätmorgenenergie. »Frühstücken werden wir trotzdem. Und zwar ganz gepflegt!«

Georg lachte auf und nahm sie in die Arme. »Deswegen liebe ich dich. Ich wusste es von Anfang an.«

»Was wusstest du?«, fragte sie kokett, während sie den Bademantelgürtel festzurrte.

»Dass du Humor hast und klug bist.«

Dann griff er nach seiner Hose und schlüpfte hinein.

»Du warst noch nicht unter der Dusche«, erinnerte ihn Petra.

»Ich muss mich beeilen. Mich frisch machen und etwas essen kann ich auch in Antwerpen«, sagte er, während er das T-Shirt vom Vortag überstreifte. Dann drückte er ihr seinen Autoschlüssel in die Hand: »Fahr vorsichtig, und ich sage das nicht wegen des Autos!«

»Und womit fährst du?«, fragte sie ein wenig erstaunt.

»Ich fliege. Der Hubschrauber muss jeden Moment hier sein«, sagte er, als ob er vom Postbus rede, und da hörte man auch schon das Rattern der Rotoren.

Die Maschine landete auf der Wiese vor dem Haus, bestaunt von Gästen auf der Terrasse und den Kühen auf der benachbarten Weide.

Wenig später war Petra allein.

Sie ließ sich noch einmal in die Kissen zurücksinken, überlegte einen Moment und bestellte danach ihr Frühstück aufs Zimmer: eine große Kanne Kaffee, Spiegeleier mit Speck und einen Joghurt mit Beeren. In schweren Zeiten war es vernünftig, nicht auch noch den Magen zu reizen.

Während sie alles bis auf den letzten Krümel verzehrte, überlegte sie sich, wie sich die künftige Aufgabe in Berlin mit ihrer Liebe und Sehnsucht nach Georg vertragen würde. Wie lange ein Assmann bereit war, sie großzügig mit einem TV-Sender und dessen Publikum zu teilen. Und was sie eigentlich mehr wollte: die überraschend winkende Fernsehkarriere oder Georg – ein edles Heim mit Kindern, Küche und Personal, und allenfalls noch ein bisschen Charity, wie Zita Assmann sie ausübte.

In ihrem bisherigen Leben war sie es gewohnt gewesen, zwischen Pest und Cholera wählen zu müssen. Der Gedanke, dass es jetzt eine Entscheidung zwischen Schokoladentorte und Erbeer-Sahne-Eisbecher war, machte ihr schwer zu schaffen. Sie glaubte nur begrenzt an die Duplizität von positiven Ereignissen.

Irgendwo musste der Wurm stecken, sie hatte nur keine Ahnung wo.

34

Georg flog gern mit dem Hubschrauber, doch dieses Mal hatte er nicht die Muße, es zu genießen.

Die Gedanken schossen wie Hummeln durch seinen Kopf: Die geplante und jetzt gefährdete Zukunft mit Petra, der überraschend verlangte Termin bei Daniel Bloomberg, die derzeit so uneinschätzbare familiäre und geschäftliche Situation.

Mit jedem Kilometer, der ihn Antwerpen näher brachte, holten ihn die Probleme, die er sich am Samstag weitgehend von der Seele geredet hatte, wieder ein.

Der Präsident der WOD hatte vor Terminnot kaum noch Zeit für ein Privatleben, und erst beim Jubiläum hatten sie Gelegenheit gehabt, sich ausführlich zu unterhalten. Was also war in der vergangenen Woche passiert, dass Daniel Bloomberg so dringend mit ihm sprechen wollte? Hatte es mit dem Diebstahl des *Assmann-Jupiters* zu tun? Bloomberg war ein alter Hase in der Branche und hatte überall seine Verbindungen. Hatte er womöglich über dunkle Quellen vom Verbleib des Diamanten gehört?

Vom Hubschrauber aus hatte Georg ein Tageszimmer in dem Hotel gebucht, in dem er jedes Mal schlief, wenn er in Antwerpen zu tun hatte. Er duschte und rasierte sich und pries, als er den Koffer öffnete, den der Pilot ihm mitgebracht hatte, die Umsicht Irenes. Die Frau war einfach perfekt. Sie hatte nachgerade nichts vergessen einzupacken, noch nicht einmal seinen Knirps, denn über die Scheldestadt fiel feiner, aber beharrlicher Sprühregen, der dem Sommer wohl ein Ende bereiten würde.

»Danke, dass du gekommen bist, Georg«, sagte Bloomberg, erhob sich hinter seinem flaggengeschmückten Schreibtisch und kam ihm ein paar Schritte entgegen.

Georg wertete diese Geste so, wie sie gedacht war: ein nonverbaler Ausdruck der Sympathie seines Patenonkels.

»Setz dich doch bitte«, sagte dieser und führte Georg zu einem der bequemen Ledersessel in der Besprechungsecke. »Kaffee, Tee oder Wasser?«

»Kaffee sehr gerne«, erwiderte Georg.

Bloomberg wartete, bis die Sekretärin wieder verschwunden war. Dann beschloss er, den Stier bei den Hörnern zu packen. Er nahm das Schreiben, das ihm Bakshi übergeben hatte, und reichte es Georg. »Das ist der Anlass für unser heutiges Treffen«, sagte er, obwohl das eigentlich unnötig war.

Georg überflog den Text, der nur aus einer halben Din-A4-Seite bestand, und ließ den Briefbogen dann wieder sinken. »Das ist eine sehr problematische Sache«, sagte er dann, und sie wussten beide, dass dies eine gewaltige Untertreibung war. »Und Buttner ist nicht der Mann, der mit so etwas leichtfertig umginge«, fügte Georg nachdenklich hinzu.

»Genau das habe ich auch gesagt. In dem Punkt sind sogar Rajsekhar Bakshi und ich uns ausnahmsweise mal einig.«

»Hat er offiziell eine Anschuldigung vor dem Standesgericht erhoben?«, erkundigte sich Georg und versuchte, das aufkeimende Entsetzen zu verbergen.

»Noch nicht«, berichtete Bloomberg. »Aber das ist natürlich nur eine Frage der Zeit. Buttner ist zwar einer eurer größten Konkurrenten, aber er ist ein fairer Mann und hat den … unförmlichen … Weg wohl deshalb gewählt, um euch Gelegenheit zu geben, zu … *recherchieren*, bevor es im Gremium auf die Tagesordnung kommt.«

»Das wäre entsetzlich«, murmelte Georg und wagte nicht darüber nachzudenken, wie der Alte auf so etwas wohl reagieren würde. Am besten, er erfuhr erst mal gar nichts davon.

»Ich hab mich ein bisschen umgehört. So … auf der Freundschaftsschiene gewissermaßen«, erklärte Bloomberg jetzt und wusste, dass er deswegen seinen Posten verlieren konnte, wenn er Georg Assmann falsch einschätzte und dieser nicht ausreichend diskret war.

»Und?«, fragte Georg, in dessen Stimme die Anspannung nicht zu überhören war.

»Es handelt sich um vierzehn Fälle. Den ersten haben sie bei den üblichen Stichproben vor drei Monaten entdeckt und für ein Versehen gehalten, das nicht weiter verfolgt wurde. Alle anderen betreffen im Juli erworbene Steine, zum Teil mit beträchtlicher Karatzahl. Man hat eine unzutreffende Herkunftsexpertise entdeckt, und danach haben sie die ganzen Käufe rückverfolgt und die dreizehn anderen ebenfalls enttarnt. Es stammen aber alle Falschexpertisen definitiv aus eurer afrikanischen Mine.«

»Das gibt es doch nicht!«, sagte Georg schockiert.

»Das gibt es, Georg, leider. Und es kommt noch viel schlimmer. Es handelt sich nicht etwa um gefälschte Unterschriften, es sind echte. Die fraglichen Expertisen waren ausnahmslos von euren beiden Experten unterschrieben: Claas van Reemen und Jan Smith. Und es steht zu befürchten, dass die enttarnten Betrügereien nur die Spitze des Eisbergs waren, denn rein theoretisch kann diese Nummer von den beiden ja schon monate- oder gar jahrelang durchgezogen worden sein.«

»Du lieber Himmel«, murmelte Georg, und jetzt war er wirklich sprachlos.

Bloomberg betrachtete ihn mit sorgenvollem Mitleid, aber er sagte nichts und gab Georg die Chance, sich wieder zu fassen.

»Cognac?«, fragte er nach einer Weile.

»Nein, danke. Ich brauch einen klaren Kopf.«

Das ist die Wahrheit, dachte Bloomberg bekümmert.

In der Stille danach meldete sich Georgs Handy. »Entschuldige, Onkel Daniel«, sagte Georg. »Ich hab vergessen, es auszumachen!«

»Kein Problem. Nimm den Anruf ruhig entgegen. Ich schau so lange nach meiner Post«, beschied ihn Bloomberg großzügig. Er stand auf, ging an seinen Schreibtisch und griff nach der Postmappe.

Auf dem Display sah Georg, dass es Irene Wuttke war.

Er zögerte einen Moment. Mit Firmenregularien konnte er sich derzeit nicht abgeben. Dann aber entschloss er sich, den Anruf doch anzunehmen. Immerhin war sein Vater noch im Krankenhaus. Hoffentlich hatte es keine Verschlechterung gegeben.

»Assmann«, meldete er sich, doch Irene war so aufgeregt, dass sie sich jede Höflichkeitsfloskel ersparte: »Die afrikanische Mine hat angerufen, Sally Ugoru. Van Reemen, der Urlaub hatte und heute wieder zurück sein sollte, ist nicht zur Arbeit erschienen. Als sie in seinem Bungalow nachschauten, haben sie ein Schreiben gefunden. Ich hab es seit fünf Minuten hier auf dem Schreibtisch. Frag Bloomberg nach seiner persönlichen Nummer. Ich werd es euch zufaxen.«

»Und was ist mit Jan Smith? Ist der erreichbar?«

»Lies alles, dann weißt du Bescheid«, sagte Irene Wuttke, und zum ersten Mal, seit er sie kannte, hörte Georg Panik in ihrer Stimme.

Drei Minuten später hatten sie das Schreiben.

»Der Mann muss ausgezeichnete Verbindungen haben«, folgerte Bloomberg, als er die handschriftliche Erklärung des Minenverwalters gelesen hatte. »Denn eigentlich konnte er unmöglich wissen, dass er aufgeflogen ist.«

»So wenig, wie ich *eigentlich* wissen kann, was du mir vorher gesagt hast, Onkel Daniel«, erwiderte Georg, und sie sahen sich an.

Die Schweigeverpflichtung war eines, aber es handelte sich um eine überschaubare Branche, und wie überall gab es ein Netzwerk aus echten Freundschaften, Dankbarkeitsverpflichtungen, Abhängigkeiten und leider auch Korruption.

Danach lasen sie beide das Schreiben noch einmal durch: »Wir beenden mit sofortiger Wirkung unser Arbeitsverhältnis mit der Firma Assmann«, stand dort in dürren Worten, darunter das Datum und die Unterschriften der Herren van Reemen und Smith.

»Smith darf wohl als Mitläufer betrachtet werden«, sprach Bloomberg das aus, was sein Gegenüber dachte.

»Na ja, als *Honorar-Dulder*, würd ich mal sagen«, grenzte Georg die Sache ein. Smith war ein kleines Licht, ein … *mutierter ehemaliger Schleifer*, wie Victor ihn einmal bezeichnet hatte. Allerdings hatte van Reemen den Mann stets gelobt und in den letzten Jahren seine Stellung in der Mine stark gefördert. Jetzt lag auf der Hand, weswegen dies geschehen war. Den Hauptteil der Betrugserträge hatte sich wohl van Reemen in die Tasche gesteckt.

»Warum macht er so etwas?«, fragte Georg Daniel Bloomberg und natürlich auch sich selbst. »Der Mann hatte ein wirklich gutes Gehalt, einen luxuriösen Bungalow auf dem Minengelände, keine Frau, keine Kinder; zudem war er ein Jugendfreund meines Vaters und hätte von diesem jede Hilfe bekommen, wenn er darum gebeten hätte. Mein Vater kann knickerig sein, das wissen wir beide, aber einen Freund wie Claas van Reemen hätte er niemals hängen lassen. Wo ist denn da ein Motiv für einen Betrug, der den ganzen Konzern an den Rand seiner Existenz bringen kann? Denn natürlich wird man die Assmanns dafür verantwortlich machen. Man wird uns mangelnde Kontrolle vorwerfen, und leider hätten sie damit auch recht.«

Bloomberg hob die Schultern und machte eine hilflose Geste mit den Händen, während Georg mit zunehmender Erregung weitersprach: »Gerade *weil* van Reemen schon fast zur Familie gehörte, hat man da wohl das Notwendige versäumt. Allerdings, mein Vater hätte es auch als persönliche Beleidigung aufgefasst, wenn sich jemand erdreistet hätte zu verlangen, dass man bei van Reemens Expertisen interne Stichproben macht.«

»Es ist leider fast immer so, dass Betrug durch emotional begründete Blauäugigkeit erst ermöglicht und danach begünstigt wird«, kommentierte Bloomberg, der in vierzig Branchenjahren schon vieles erlebt hatte. »Die Frage ist jetzt die der Schadensbegrenzung!«

»Allerdings«, murmelte Georg. Unvermittelt spürte er die schlaflose Nacht und die Anspannung der ganzen vergangenen Woche.

Das ist jetzt die Quittung für die verwaschenen Kompetenzen und die daraus resultierende unpräzise Verantwortung, dachte er erbittert. Denn eigentlich war ja Victor für die afrikanische Mine zuständig. Uneigentlich aber hantierte der Vater so, wie er wollte, oftmals unter Umgehung von Victors Anweisungen oder Empfehlungen. Sein Bruder mochte sein, wie er wollte, aber die Schuld an dieser Geschichte konnte man ihm unmöglich in die Schuhe schieben. Mit einem Misstrauensvotum gegen van Reemen hätte sich niemand beim Alten durchsetzen können, und außer einem Wutanfall wäre nichts eingetreten. Es gab so etwas wie eine unverbrüchliche *Blutsbrüderschaft* zwischen den beiden; Victor hatte dies im Ärger einmal so bezeichnet, und es umschrieb die Situation ziemlich zutreffend.

Bloomberg hatte sich inzwischen ans Fenster begeben und schaute hinaus auf die regenglänzenden Dächer der Scheldestadt. Die noch hoch stehende Sonne war unter den Wolken hervorgebrochen, und ein gewaltiger Regenbogen spannte sich über Antwerpen.

Bloomberg, abergläubisch wie fast alle in der Branche, empfand dies als gutes Zeichen, zumal ihm eine Idee gekommen war, wie die Sache doch noch einmal zu retten wäre.

Er drehte sich um und sagte gedehnt: »Es gäbe da eine Möglichkeit, Georg. Sie wird deinem Vater nicht gefallen, aber andererseits … bevor er riskiert, sein Lebenswerk und das seiner Vorfahren zerfallen sehen zu müssen …«

»Und was wäre das für eine Möglichkeit?«, fragte Georg, dem der Ernst der Lage vollkommen klar war.

»Ich werde es dir erläutern«, sagte Bloomberg entschieden, denn es war genau genommen auch eine Möglichkeit, seinen Posten zu retten, ohne in irgendeiner Weise gegen die guten Sitten oder die Statuten der WOD zu verstoßen. Noch nicht einmal Rajsekhar Bakshi würde das behaupten können, ganz abgesehen davon, dass dieser, zusammen mit der gesamten globalen Branche, glücklich darüber sein würde, wenn das Thema Blutdiamanten nicht noch einmal die internationale Presse beschäftigen, Irritationen auslösen und sich böse auf die Verkaufszahlen aller niederschlagen würde.

35

Ludwig hatte inzwischen die Gegend erkundet.

Gleich nach der ersten Nacht war er so lange den Sandweg entlanggegangen, bis er das große eiserne Tor erreicht hatte. Zu seiner Erleichterung ließ sich das Schloss mit dem Hausschlüssel öffnen.

Ludwig marschierte noch eine Stunde weiter, bis die afrikanische Sonne und seine Nachlässigkeit, einen Wasservorrat mitzunehmen, ihn zum Umkehren zwangen. Zuvor aber hatte er das gesehen, was er bereits vermutet hatte, obwohl er während der Herfahrt nicht sehr aufmerksam durch die Scheiben des Wagens geschaut hatte: Die Gegend war absolut einsam. Nirgendwo gab es ein Dorf oder auch nur eine Hütte. Er hätte sicher noch Stunden weitergehen müssen, um auf Menschen zu stoßen. Nur, was eigentlich hätte er diesen erzählen wollen? Von seinem Diebstahl vielleicht, oder dass er befürchtete, den Tod seines Vaters verschuldet zu haben und in Zukunft von seiner Sippe geächtet zu werden? Er war darauf angewiesen, dass Victor ihm half, und es war deshalb besser, er tat, was dieser ihm aufgetragen hatte: hier auszuharren, bis der Bruder sich wieder meldete.

Als er zurück im Haus war, trank er und aß von den Vorräten.

Dann machte er sich daran, den Abstieg zum Meer zu finden, denn einen solchen musste es geben. Er hatte sich das Angelzeug noch einmal angesehen. Als Kind hatte er sich hin und wieder mit den älteren Brüdern an einem Baggersee im Angeln versucht. Deshalb wusste er, dass die Ruten oder gar der Kescher, die er vorgefunden hatte, nicht dazu gedacht waren, von einem fünfzehn Meter hohen Felsen herab eingesetzt zu werden. Es musste unten ein Boot oder zumindest eine Stelle geben, die geeigneter war.

Ein Boot fand er nicht, aber – wie anfangs vermutet – einen Badeplatz; eine Nische zwischen den Klippen, in der es sogar einen kleinen sichelförmigen Sandstrand gab. Er zog die Hosen aus und watete ins Wasser, das ihm an dieser Stelle nur bis zur Taille reichte. Ohne weiter einzusacken, erreichte er einen vorgelagerten, flach aus dem Wasser ragenden Felsbrocken. Er war über und über mit Miesmuscheln bewachsen, nur auf einer Seite waren diese, bis auf wenige Neuansiedlungen, entfernt worden.

Es hätte nicht der vergessenen Flasche mit Victors Lieblingswhisky bedurft, um zu begreifen, dass dies der Angelplatz seines Bruders war.

Ludwig kletterte hinauf, hockte sich auf den warmen Felsen und ließ sich von der Sonne trocknen.

Das gleichmäßige Schlagen der Brandung lullte ihn ein, und als er nach geraumer Zeit wieder erwachte, sah er, dass er sich wohl einen gehörigen Sonnenbrand eingefangen hatte.

Er watete durch das sehr kühle Wasser zurück zu dem kleinen Strandgürtel und stieg den felsigen Kletterpfad wieder nach oben.

Zum ersten Mal, seitdem er hier war, erlaubte er sich, an Karen zu denken, an Gönnermann und an das Musical, das nun niemals zur Aufführung kommen würde.

Schmerz, Trauer und Verzweiflung überfielen ihn wie hungrige Tiere. Er zog die nassen Kleidungsstücke aus und ging in den Vorratsraum, wo es sicher noch etwas von Victors Whisky geben würde.

Tatsächlich fand er beruhigend viele Flaschen davon. Er nahm eine mit, setzte sich nackt auf die Terrasse und begann, sich systematisch zu betrinken.

36

Als Zita das Vorzimmer betrat, sah sie durch die geöffnete Tür Irene Wuttke im Chefsessel ihres Mannes sitzen, wo sie mit bleicher, verbissener Miene in den Telefonhörer lauschte.

Der Anblick war so ungewöhnlich, dass Zita näher kam und mitzubekommen versuchte, was die sonst so korrekte Chefassistentin zu dieser respektlosen Sitzmöbelbelegung veranlasste. Doch aus dem knappen: »Verstehe!«, und einigen grimmig klingenden Verneinungen konnte sie sich keinen Reim auf die Sache machen.

Irene Wuttke erhob sich sofort, als sie den Hörer wieder aufgelegt hatte, und begründete auch ihr Verhalten: »Entschuldigen Sie, Frau Assmann, aber der Anschluss hier auf dem Scheibtisch ist abhörsicher.«

»Tatsächlich?« Zitas Lippen kräuselten sich in einer kurzen, ironischen Zuckung, denn bis dato war ihr – als Ehefrau des Firmeninhabers – diese Tatsache nicht bekannt gewesen.

Irene, die ihren Lapsus begriffen hatte, sprach eilig weiter, so als ob sie damit ihre Indiskretion vergessen machen könne: »Ich hab mit der afrikanischen Mine gesprochen. Und noch mal mit Georg in Antwerpen. Es ist ja alles so unerklärlich ... und rätselhaft ...«

»Vielleicht haben Sie die Güte, mich *ganz* zu informieren, Frau Wuttke«, sagte Zita und schlug jetzt den selten gebrauchten *Feudalherrschaftston* an.

»Claas van Reemen ist verschwunden, ebenso Jan Smith. Und kurz zuvor ging bei Rajsekhar Bakshi in Antwerpen ein Schreiben ein, in dem beiden umfangreiche Herkunfts-Expertisenfälschungen angelastet wurden. Stellen Sie sich vor, was das bedeutet, wenn diese Sache sich an der *Firma* festmacht, und nicht an raffgierigem Personal!«

Die Entrüstung Irene Wuttkes war so groß, dass ihr die sonderbare Reaktion der Firmenchefin erst auffiel, als deren Schweigen allzu lange andauerte.

Zita lehnte am Aktenregal und sah aus, als ob sie eine Erscheinung hätte. »Was heißt hier ›raffgieriges Personal‹?«, fragte sie schließlich mit scharfer Stimme. »Wie kommen Sie dazu, solche Behauptungen aufzustellen? Aufgrund irgendwelcher dubioser Anschuldigungen? Claas van Reemen ist ein Freund meines Mannes ... der ganzen Familie ...«

»Ganz offensichtlich nicht«, widersprach Irene Wuttke und wurde zornig. »Und dubios sind die Beschuldigungen auch nicht: Henry Buttner hat sie erhoben, und zwar nach sorgfältiger Prüfung. Wir können froh sein, dass er davon abgesehen hat, sofort eine formelle Anklage vor der WOD zu erheben. Das verschafft uns wenigstens noch etwas Zeit, obwohl ich wenig Hoffnung habe, dass dies etwas nützen wird. Die beiden Herren sind unauffindbar und werden es wohl auch bleiben. Ich jedenfalls würde zusehen, dass ich mich irgendwo verkrieche, wo mich niemand vermutet, wenn ich ein solches Debakel angerichtet hätte! Mit einem Geständnis und dadurch einer Entlastung der Firmenführung ist jedenfalls kaum zu rechnen.«

Sie schaute Zita empört an, doch diese war erneut in eine schweigsame Starre verfallen.

Irene, die nun glaubte, Zitas Gedanken erahnen zu können, versuchte, sie zu beruhigen: »Ich hab dem Chef natürlich kein Wort davon erzählt. Obwohl sich das nicht vermeiden lassen wird.«

Zita drehte sich zu ihr um, und erst jetzt sah Irene Wuttke, dass die Chefin die Dramatik der Sache durchaus verstanden hatte. »Und ... es besteht keinerlei Zweifel an der Richtigkeit dieser Beschuldigung?«

»Nein. Nicht der geringste. Leider!«

Zita rieb sich gedankenverloren die eiskalten Hände, dann stand ihr Entschluss fest. »Ich habe heute Abend und morgen unaufschiebbare Termine, Frau Wuttke. Wenn es etwas Dringendes geben sollte, erreichen Sie mich über Handy.«

Danach drehte sie sich um und verließ das Büro.

»Was soll es denn *noch* Dringenderes geben?«, rief Irene Wuttke ihr aufgebracht hinterher, aber Zita war bereits draußen im Flur.

37

Mehrmals während des Montags hatte Petra versucht, Georg zu erreichen, doch immer war sie nur bis zur Mailbox gekommen.

Am späten Abend endlich meldete er sich. Er klang besorgt und erschöpft, berichtete von einer »schweren Firmenkrise«, ohne präzise zu werden.

Ihr ausgeprägter Instinkt riet Petra, besser nicht weiter nachzuhaken. Über ihr eigenes Berufsproblem jedoch sprachen sie lange und ernsthaft.

»Wenn du es machen möchtest, dann tu es«, sagte Georg. Er knüpfte kein Wenn und kein Aber und keinerlei Bedingung an diese Aufforderung. »Auch ich werde von dir verlangen müssen, meine beruflichen Abwesenheiten zu akzeptieren. Demnach kann ich im umgekehrten Fall ja schlecht darauf bestehen, dass du mir solche ersparst. Außerdem werde ich eine Frau heiraten, die intelligent, lebensneugierig und tüchtig ist und, darüber mach ich mir keine Illusionen, sich in einem goldenen Käfig niemals wohl fühlen würde. Wir werden das irgendwie alles unter einen Hut bekommen, da bin ich ganz sicher. Wichtig ist nur, dass wir uns freuen, wenn wir zusammen sein können, und Vertrauen zueinander haben.«

»Danke, Georg«, flüsterte Petra und hoffte, dass er ihre Tränen nicht heraushören konnte. Nie hatte sie ihn so sehr geliebt wie in dieser Sekunde.

Dann bat er um Nachsicht, dass er sich erst am späten Dienstagabend wieder melden könne, und schickte ihr zärtliche Telefonküsse, hinter denen sie seine enorme Anspannung und seine Sorgen erahnte.

Sie hatte um ein paar Tage Urlaub gebeten und diese bewilligt erhalten. Nach kurzem Überlegen hatte Petra sich auch entschlossen, in dem Spessartgasthaus zu bleiben. Vermutlich war es besser, eine so gravierende Entscheidung in dieser Abgeschiedenheit zu treffen, losgelöst von den Verpflichtungen des Alltags.

Am Dienstagmorgen schlüpfte sie nach dem Frühstück in ihre Wanderschuhe und ging die Strecke, die sie am Samstag zusammen mit Georg gelaufen war, in der Gegenrichtung zurück.

Das Grün des Laubwalds zeigte bereits einen Anflug von Herbst. Auf dem Weg lagen Eicheln und Bucheckern, und die Hecken waren gesprenkelt mit kleinen roten Hagebutten. Auf den Wiesen jenseits des Waldrands legte die Sonne den beinahe reifen Äpfeln und Birnen noch ein wenig Rouge auf die Bäckchen, und die Luft war erfüllt von den Düften des zweiten Heus, modriger Pilze, Reife und Fruchtbarkeit. Petra mochte den Herbst. Er war, wie sie fand, eine fantastische jährliche Leistungsschau der Natur.

Auf halber Stecke begegnete ihr ein Fuchs. Er stand mitten auf dem Weg und machte keinerlei Anstalten, sich in die Büsche zu schlagen. Petra verhielt den Schritt. Sie hatte Meister Reinecke noch nie in Freiheit gesehen.

Das Tier betrachtete sie mit neugierigen Blicken. Es war stattlich; die Rückenhöhe entsprach der eines mittelgroßen Hunds. Sein Fell war leuchtend rostrot, ebenso wie der lange, buschige Schwanz. Die Mimikzeichnung des Kopfs war sehr hell, und in seinen Augen lag ein Ausdruck, der Petra an jemanden erinnerte. Als ihr einfiel, dass es Liane war, musste sie laut auflachen.

Der Fuchs senkte den Schwanz, wandte sich um und trottete mit gemächlichen Schritten ein Stück des Waldwegs entlang. Dann blieb er unvermittelt stehen, und kurz darauf war er verschwunden. In diesem Moment beschloss Petra, das Angebot anzunehmen.

38

»Weiß der Teufel, wer so verrückt war, es ihm zu sagen«, räsonierte die Wuttke und verschwieg Georg ihre Kenntnis darüber, dass es Victor gewesen war. Es war nicht der Tag, einen erneuten brüderlichen Zwist zu provozieren, wenn schon die Mutter der Söhne so ignorant war, in einer derartigen Situation »unaufschiebbare Termine« wahrzunehmen.

Und es trat ein, was zu erwarten gewesen war: Heinrich Assmann schnappte seine wenigen Utensilien und entließ sich selbst aus dem Krankenhaus, ohne zuvor auch nur ein Gespräch mit seinen Ärzten geführt zu haben.

»Alles halb so schlimm. Ich habe die Berichte gelesen, die die Doktores bisher gesammelt haben«, tönte er, kaum dass er sein Büro wieder betreten hatte. »Und Fazit ist: Ich bin in einem besseren Zustand, als ich's mir eingebildet habe.«

»Die *Attacke* kannst du trotzdem nicht wegreden«, konterte seine Assistentin, obwohl sie wusste, dass er die Wahrheit sagte.

Zita Assmann war erst wenige Tage zuvor zu einem Termin mit dem Chefarzt gebeten worden.

Der Professor, ein anerkannt kompetenter Mann, hatte ihr bei diesem Gespräch zu verstehen gegeben, der behandelnde Internist habe die gesundheitlichen Probleme seines überaus wohlhabenden Patienten in der Vergangenheit wohl etwas brisanter dargestellt, als sie es tatsächlich waren. Es gebe zwar gewisse Rhythmusstörungen des Herzens, vor allem wohl in emotional stark aufgeladenen Situationen; grundsätzlich aber sei ein cholerisches Naturell nichts Pathologisches.

Der Kreislaufkollaps, der Schock und das anschließende Koma am Jubiläumsabend hingegen seien durchaus bedrohlich und lebensgefährlich gewesen, daran hatte der Professor keinen Zweifel gelassen. Allerdings auch nicht an der Tatsache, dass man bei den anschließenden Untersuchungen keinerlei organische Begründungen dafür gefunden habe.

Nachdem Zita ihm das Spray aus dem Barschrank gezeigt hatte, verbunden mit der Frage, ob dies auch weiterhin zum Einsatz kommen solle, war es dem Chefarzt nicht gelungen, sich eines Lächelns zu enthalten. Dann allerdings hatte der Professor solidarisch und mit dem passenden Ernst erklärt, der niedergelassene Kollege sei verständlicherweise auf Nummer sicher gegangen, und gegen die Anwendung des Sprays bestünden von seiner Seite aus keinerlei Einwendungen.

Daraufhin war Zita klar gewesen, dass dieses Spray mehr für *psychologische* als für therapeutische Wirkungen gedacht war, und sie hatte Irene Wuttke davon in Kenntnis gesetzt. Wobei sie betonte, dass die Übertreibung der Beschwerden wohl eine unbewusste Reaktion ihres Mannes gewesen war.

Eine typische Businessman-Hypochondrie eben, wie sie öfter mal zu beobachten sei.

Von wegen *unbewusst*, hatte Irene Wuttke grimmig gedacht und nicht gewusst, ob sie lachen oder weinen sollte über die effektvollen Pseudo-Angina-Pectoris-Nummern des Alten. Denn bei Zitas Mitteilung war ihr sofort eingefallen, wie viel der Chef mit diesen Schauspielereien – direkt und indirekt – schon erreicht, abgewehrt oder abgeschwächt hatte, und sie konnte ihm schließlich einen gewissen Respekt über diese listige Strategie nicht versagen.

Was Zita Assmann betraf, änderte sich ihre Einstellung jedoch kein bisschen. Sie mochte diese Frau nicht, denn sie hatte in ihren Augen weder einen Sinn für ihre Rolle in der Firma noch für ihre diesbezügliche Verantwortung.

Wie richtig sie mit dieser Einschätzung lag, zeigte die heutige Krisensitzung: *Hier* wäre ihr Platz gewesen, dachte Irene Wuttke, egal wie »unaufschiebbar« die Firmenchefin andere Dinge einstufen mochte.

Sie hatte erwartet, der Chef würde dies genauso sehen und lautstark reklamieren, doch dieser war mit erstaunlicher Nonchalance über die Abwesenheit seiner Frau hinweggegangen, als Irene ihn davon unterrichtet hatte. Es musste etwas zwischen den beiden gegeben haben, von dem sie nichts wusste, was ihren Groll auf Zita Assmann nur noch steigerte. Denn Irene Wuttke hasste es, nicht auf dem Laufenden zu sein.

Georg und Victor trafen ein und setzten sich an den Besprechungstisch. Irene stellte die große Thermoskanne mit Kaffee zu den Tassen, Gläsern und Wasserflaschen und nahm dann ebenfalls Platz.

Niemand sagte ein Wort, bis der Alte das Papier aus der Mine und eine Kopie des Buttner-Briefs gelesen hatte.

»Das ist doch nichts anderes als ein haarsträubender Unsinn!«, sagte er dann, warf die Blätter in seinen Postkorb und sah das Trio am Besprechungstisch kämpferisch an. »Wer weiß, welches Hühnchen Buttner mit den beiden zu rupfen hat!«

»Das mag ja sein, aber du darfst die Fakten nicht übersehen, Papa!«, wandte Georg ein.

»Claas van Reemen ist mein Freund, und zwar einer, dem ich blind vertraue. Und sogenannte Fakten lassen sich auch herstellen, wenn man es geschickt genug anfängt«, erklärte der Alte, und seine Arroganz, die Realität einfach zu ignorieren, trieb Georg das Blut ins Gesicht.

»Ich werde mit Bloomberg telefonieren oder, noch besser, nach Antwerpen fliegen und die Sache unter vier Augen mit ihm besprechen.«

»Das ist genau das, was er nicht möchte, Papa!«

»Und warum nicht, bitte schön?«

»Weil er in seiner Position als Präsident von WOD und Vorsitzender des Standesgerichts darauf achten muss, nicht als parteiisch betrachtet zu werden.«

»Das ist doch albern. Jeder in der Branche weiß, wie sehr er mit uns befreundet ist.«

»Eben deswegen. Genau das macht die Sache für ihn ja so heikel.«

Der Alte überlegte kurz und kam zu dem Schluss, dass der Einwand nicht unberechtigt war. »Und was schlägt er vor? Du warst doch dort, Georg. Ich meine … ich bin zwar nach wie vor der Überzeugung, dass diese Beschuldigung sich als

Ente erweisen wird, aber man kann die Sache ja nicht einfach übergehen. Ich kenne Henry Buttner. Der wird so lange keine Ruhe geben, bis man ihm auf die Finger klopft, und zwar kräftig.«

»Das wird leider nicht möglich sein, Papa. Die Expertisen sind falsch, die Unterschriften aber echt, das ist ganz zweifellos so«, erklärte Georg.

»Ich weigere mich, das zu glauben«, schrie der Alte mit plötzlicher Wut, sprang auf und durchmaß den Raum mit langen Schritten, ehe er wieder stehen blieb und seine Söhne anstarrte. »Warum macht ihr euch nicht die Mühe, van Reemen aufzutreiben und ihn zu fragen, was seine idiotische Kündigung soll? Und weshalb es gelungen ist, den Eindruck zu erwecken …«

»Er ist nicht aufzufinden, Chef. Er war auch nicht in Namibia im Urlaub, wie er es in der Mine verbreitet hat. Seine privaten Dinge sind aus dem Bungalow verschwunden, und sein Konto bei der Assmann-Bank in der Mine ist leer geräumt. Er hat sich abgesetzt, das liegt auf der Hand«, sagte Irene Wuttke so sachlich wie möglich. Dann warf sie einen prüfenden Blick auf den Chef und gewohnheitsmäßig gleich danach auf den Barschrank, bis ihr der neueste Stand der Dinge einfiel und sie, in einem Anfall von Beleidigung, den Stuhl näher zum Tisch rückte: Sollte der Alte das Spray doch selbst holen, sofern er vorhatte, wieder einmal seine Show abzuziehen.

Doch offensichtlich hatte er nicht diese Absicht.

Er blieb ganz ruhig und wandte sich an Georg: »Und was ist es, das Daniel Bloomberg dir vorgeschlagen hat?«

Georg starrte noch einen Moment auf die Tischplatte, bevor er den Kopf hob und sagte: »Er ist der Auffassung, dass wir nur durch einen drastischen, einem möglichen Verfahren vorauseilenden Akt den Kopf aus der Schlinge ziehen können.«

»Und was genau versteht er unter diesem ›drastischen Akt‹?«

»Er schlägt dir vor, persönlich die Verantwortung zu übernehmen und als Firmenchef zurückzutreten!«

Victor und Irene Wuttke hielten den Atem an, und Georg konnte an ihren Mienen erkennen, wie schockiert sie waren. Und danach geschah es das dritte Mal in seinem Leben, dass er den kalten Zorn seines Vaters kennenlernte.

Die Farbe der Ohren veränderte sich nicht, es gab keine Gesten der Wut, kein Geschrei und auch keinen Anfall.

»Das habt ihr euch hübsch ausgedacht, Bloomberg und du«, sagte Heinrich Assmann mit ätzender Ironie. »Hätte nicht erwartet, dass seine *Patenfürsorge* so ausgeprägt ist, dass er bedauerliche Missverständnisse dazu benutzen will, dich hier in den Chefsessel zu hieven.«

Georgs Gesicht war bei diesen Worten nachgerade versteinert, was den Alten nicht hinderte, noch eines draufzusetzen: »Womöglich ist dieser Vorschlag ja gar nicht die Folge, sondern die *Ursache* der Krise: Ihr habt euch überlegt, wie ihr mich ausbooten könnt, und Buttner ist mit von der Partie. Was hast du ihm denn dafür geboten?«

Jetzt war es Georg, der so ungestüm aufsprang, dass sein Stuhl umkippte. »Das lass ich mir nicht bieten, Vater!«, schrie er. »Du nimmst das auf der Stelle zurück, oder …«

»Oder … *was*?«, fragte der Alte gedehnt, lehnte sich in seinem Sessel zurück und maß seinen Ältesten mit einem provozierenden Blick.

»Oder ich kündige auch«, sagte Georg. Er sagte es ohne Trotz und so entschlossen, dass Irene Wuttke eine Gänsehaut bekam.

Eine bleierne Stille legte sich über die Anwesenden.

Georg stand immer noch, und seine Körpersprache vermittelte deutlich, dass er auf einer Entschuldigung bestehen würde.

Der Alte verschlang die Hände ineinander wie zum Gebet und betrachtete seine Finger, als ob sie die interessanteste Sache der Welt wären.

Schließlich hob er den Kopf.

»Gut«, sagte er ruhig. »Wenn es so ist, dann nehme ich deine Kündigung an, Georg.«

Georg verzog die Mundwinkel zu einem kurzen Lächeln, in dem Irene Wuttke erstaunlicherweise so etwas wie Mitleid zu erkennen glaubte.

Dann drehte der älteste Assmann-Sohn sich um und verließ wortlos das Büro.

»Chef, ich weiß nicht …«, begann Irene nach einer Weile, doch der Alte fuhr ihr sofort über den Mund.

»Du halt dich da raus, Wuttke!«, raunzte er derart barsch, dass sie es vorzog zu schweigen.

Victor vermied es, seinen Vater anzusehen. Das gibt es doch einfach nicht, dachte er und fühlte das Adrenalin, das die Ereignisse durch seine Blutbahnen jagte. Das läuft ja … *wunderbar* … und derartig rasant. *Ich liebe dich, N'guru u Kuru, denn du bist zum Programm meines Lebens geworden: »Sieg ist bei jedem, der die Träne der Götter besitzt. Glück und Erfolg haften an seiner Ferse, wohin er sich wendet …«*

Dann jedoch begann er zu befürchten, der Alte könne es

sich überlegen und die Sache noch einmal rückgängig machen, aber gleich darauf beruhigte er sich selbst: Wenn sein Vater sich einmal so weit aus dem Fenster gehängt hatte, und dies vor Publikum, nahm er hinterher nichts mehr zurück. Es sei denn, Georg käme angekrochen. Zu normalen Zeiten hätte Victor dies für ausgeschlossen gehalten, wer aber wusste schon, wie der Bruder auf die Bedrohung seines Status reagieren würde, die in dieser Weise bisher undenkbar gewesen war.

Dann spürte er, dass die beiden anderen eine Reaktion von ihm erwarteten, und er überlegte fieberhaft, was wohl die richtige und überzeugendste wäre, denn den euphorischen Triumph, den er verspürte, musste er natürlich verbergen.

Er stand auf und mimte den Betroffenen: »Ich … bitte um Entschuldigung … aber ich muss jetzt erst mal allein sein … um so etwas zu verkraften …«

Danach verließ er hastig den Raum.

»Und was wird deine Frau dazu sagen?«, konnte Irene Wuttke sich dann doch nicht verkneifen zu fragen.

»Ich treffe die Entscheidungen nach meinem eigenen Gutdünken«, sagte der Alte pathetisch. Dann ging er zum Barschrank, doch das Spray stand nicht wie üblich im Kühlfach.

»Auch egal«, brummte Heinrich Assmann und genehmigte sich stattdessen einen kräftigen Schluck Cognac.

Irene Wuttke sah ihm nachdenklich dabei zu, als er das Getränk in die Kehle schüttete. Sie überprüfte ihre innere Befindlichkeit und war erstaunt darüber, dass sie sich nicht in der Lage fühlte, aufzustehen und dem alten Stinkstiefel dasselbe zu sagen wie Georg. Hörig, dachte sie bitter. Heinrich Assmann hatte es in den sechsunddreißig Jahren geschafft, in denen sie zum Konzern gehörte, eine Sklavin aus ihr zu machen.

Eine Handlangerin, die alles hinnahm, sogar die maßlose Ungerechtigkeit seines heutigen Verhaltens.

39

Victor hatte sein Handy auf seinem Schreibtisch liegen lassen und war in die Schleiferei gegangen, um nach den Steinen zu sehen, die am nächsten Tag zur Börse gebracht werden sollten.

Er lobte die beiden neuen Spezialisten aus Israel, deren Arbeit es war, große Diamanten so zu teilen, dass möglichst viele – und möglichst viele fehlerfreie – kleinere daraus entstanden. »Niemand trägt so viel Verantwortung wie Sie, und niemand im gesamten handwerklichen Bereich der Firma kann so viel Schaden anrichten«, hielt er ihnen noch einmal vor Augen, obwohl dies den Männern mit Sicherheit auch ohne seine Worte klar war. Allerdings war es nie ein Fehler, den Leuten solche Dinge immer wieder ins Bewusstsein zu rufen. Routine erzeugte oft Lässigkeit, und bei falschem Ansetzen der Werkzeuge oder fehlerhafter Einschätzung der Spannung in den Steinen konnte rasch ein Millionenschaden eintreten.

Vom Vorarbeiter der Schleifer erfuhr Victor von einer defekt gelieferten, nagelneuen Maschine, und anschließend durfte er sich die Bedenken des Betriebsratsvorsitzenden wegen der von Georg gewünschten Kernarbeitszeiten für Bürokräfte anhören.

Im Schmuckatelier musste er, genötigt durch die Abwesenheit seiner Mutter, die vom Goldschmiedeteam fertiggestellten Schmuckgegenstände abnehmen und die Auslieferungspapiere unterzeichnen. Danach führte er mit dem Chefbuchhalter eine ärgerliche Diskussion über seine persönlichen Spesen und Reisekosten. Schließlich verdonnerte er den Mann dazu, seine Mitarbeiter anzuweisen, etwas *flexibler* mit den Rechnungsbelegen zu verfahren. »Du solltest nicht vergessen, dass du bei *mir* beschäftigt bist und nicht beim Fiskus«, wischte er die Bedenken des Mannes beiseite, wobei offenkundig war, dass der Chefbuchhalter samt seinen Mitarbeitern ihn dafür wieder einmal ins Pfefferland wünschen würde.

Abschließend sah Victor noch im Fabrik-Verkaufsshop und in der Fahrzeugmeisterei vorbei, und als all dies erledigt war, hoffte er darauf, der Alte habe die Firma inzwischen verlassen: Nur keine Anschlussgespräche an die Szene vom Nachmittag mehr!

Tatsächlich war die Tür des Vorzimmers verschlossen, was bedeutete, dass sowohl sein Vater als auch seine Assistentin nicht mehr anwesend waren.

Victor ging in sein Büro und rief Sally auf ihrem privaten Handy an. Er erklärte ihr den Inhalt des Faxes, das sie am nächsten Morgen schicken sollte und das ihm ein Alibi dafür liefern würde, noch am selben Tag nach Afrika zu fliegen.

Er kannte seinen Vater. Wenn er, Victor, den Fehler machte, jetzt in der Angelegenheit mit Georg irgendetwas zu sagen, das ihm nicht passte, würde der Alte seinen Argwohn auch auf ihn übertragen. Je stiller er sich verhielt, desto größer waren seine Aussichten, die Firmenleitung schon sehr bald allein übernehmen zu können.

Denn natürlich hatte Bloomberg vollkommen recht, und genau betrachtet war sein Ratschlag das Ei des Kolumbus in dieser brisanten Situation: Die persönliche Übernahme der Schuld durch Heinrich Assmann und sein damit verbundener Rücktritt würden ein Verfahren gegen die Firma vor dem Standesgericht unterlaufen, die befürchteten Sanktionen wären vermieden und die längst überfällige Nachfolgefrage im Assmann-Konzern auch gleich geregelt, wenn auch anders, als Bloomberg dies vielleicht erwartete.

Mit dem Umstand, dass Claas van Reemen den Betrug vor dem Standesgremium einräumen, die Schuld übernehmen und damit den Assmann-Konzern entlasten könnte, war jedenfalls nicht zu rechnen, da lag die Wuttke vollkommen richtig. Der Kerl saß vermutlich auf einer netten, kleinen Insel in der Sonne und freute sich über die ergaunerte, über alle Maßen üppige »Altersversorgung«, und mit Jan Smith verhielt es sich ähnlich.

Victor schwor sich, die einzig richtige Konsequenz aus dieser Geschichte zu ziehen: Wenn er erst einmal das alleinige Sagen hatte, würde er wichtige Positionen in der Firma nur noch mit verheirateten Männern besetzen, die eine Familie hatten.

Steppenwölfe wie van Reemen oder Smith mochten allzeit verfügbar sein, weil niemand sie vermisste und sie so gut wie kein Privatleben hatten, aber sie waren ein höherer Risikofaktor als Familienväter.

Bei diesen Überlegungen fiel ihm auch ein, dass er Sally loswerden musste.

Alice war gutgläubig und naiv, aber es war ihm immer klar gewesen, dass sie ihn verlassen würde, wenn sie ihm auf eine seiner erotischen Eskapaden kam. Sich von Alice zu trennen wäre auch nicht allzu tragisch gewesen. Der Gedanke aber, sich von Alice und *seinem Kind* trennen zu müssen, war unerträglich.

Er lächelte, als er den Porsche in Richtung seines Bungalows lenkte. Noch war dieses Wesen kleiner als seine Handfläche, und schon brachte es ihn dazu, wie ein braver Familienvater zu denken.

Egal. Sein Sohn war es wert.

Er würde seriös und bürgerlich werden, sobald alles zu seiner Zufriedenheit arrangiert war, nahm er sich vor. Und lange konnte dies nicht mehr dauern. Mehr als jemals zuvor glaubte er an die magische Kraft der *Träne der Götter*, des *Assmann-Jupiters*, und an die Richtigkeit der Prophezeiung dieses Schamanen.

An einem Blumenladen hielt er an und kaufte seiner Frau einen großen Strauß roter Rosen, zum ersten Mal seit vielen Jahren.

40

Georg war zu seiner Wohnung im Oberstock der Villa gefahren, hatte den Businessanzug gegen Freizeitkleidung getauscht und den kleinen Koffer gepackt. Dann hatte er sich ins Auto geschwungen, um in den Spessart zu fahren.

Er fühlte sich wie ein Mann, dem man eine Krebsdiagnose mitgeteilt hatte: Alles war grundsätzlich anders als zuvor, und die Zukunft erschien ihm, erstmals in seinem Leben, wie ein unbekanntes, gefährliches Land.

Petra war eben dabei, ihr Abendessen einzunehmen, als er den Gastraum betrat.

»Was ist passiert?«, fragte sie, als sie seinen Gesichtsausdruck sah.

»Ich bin jetzt arbeitslos«, erwiderte Georg, und er sagte es so, dass sie sofort begriff, dass es sich nicht etwa um einen ironischen Scherz handelte.

»Das kann er doch nicht wirklich ernst meinen!«, erregte sich Petra, als sie ihr Zimmer aufgesucht hatten und er ihr die Geschichte erzählt hatte. »Ich meine, du bist sein Sohn. Er muss dich doch kennen. Das wüsste ja sogar ich, und ich würde meinen Kopf darauf verwetten, dass du niemals in der Lage wärst, dir eine solche Intrige auszudenken oder dabei mitzumachen.«

»Das ist der Unterschied zwischen dir und meinem Vater«, erwiderte Georg bitter. »Ich weiß nicht, ob er sich jemals wirklich die Zeit genommen hat, über den Charakter seiner Söhne nachzudenken. Außerdem: Der Mensch geht, in der Beurteilung von Ereignissen und ihren Ursachen, eben von sich selbst aus. Und listig und trickreich war er schon immer. Leute, die meinen Vater nicht mögen, bezeichnen seine Geschäftspolitik ganz offen als eine Kombination aus Gier und Halbwahrheiten. Gier als Motiv und die Halbwahrheiten als Mittel zum Zweck. Andere dagegen finden ihn nahezu genial clever. Jedenfalls, und das darf auch ich als Sohn dazu sagen: Seine hervorstechendsten Tugenden waren und sind nicht unbedingt Offenheit, vernünftige Überlegung und Teamdenken.«

»Und was sagt deine Mutter zu dieser Entwicklung?«

»Nichts. Sie war gar nicht anwesend.«

»Vielleicht wird es ihr ja gelingen, die Sache wieder einzurenken.«

»Das glaube ich kaum«, widersprach Georg. »Es ist schwer bis unmöglich, meinen Vater dazu zu bringen, einen öffentlich geäußerten Beschluss wieder rückgängig zu machen.« Er lächelte schmal, bevor er hinzufügte: »Zumal mein Bruder Victor vermutlich alles unternehmen wird, ihn davon abzuhalten. Wenn Victor eine gute Fee erschienen wäre, um ihm drei Wünsche zu gewähren, dann hätte er sich als Erstes gewünscht, der Alte solle mich auf den Mond schicken. Oder auf den Mars, das wär ihm sicher noch lieber.«

»Könnte dann nicht *Victor* hinter der ganzen Geschichte stecken?«, überlegte Petra laut und folgerichtig, doch Georg schüttelte den Kopf. »Den Wunsch und das intrigante Potenzial hätte er schon, nur die Kreativität, sich so etwas auszudenken, die geht ihm vollkommen ab.«

»Und was wirst du jetzt machen?«, fragte Petra nach einer Weile.

»Nachdenken«, sagte Georg lakonisch. »Jedenfalls werde ich nicht hingehen und versuchen, Papa umzustimmen. Das ganz gewiss nicht«, ergänzte er, und seine Stimme klang so hart dabei, dass Petra die vielen kindlichen Verletzungen, die hinter dieser Äußerung lagen, heraushören konnte.

»Die Frage ist, was *du* machen wirst«, sagte er dann.

»Inwiefern?«, fragte Petra, ein wenig irritiert.

»In Bezug auf uns. Ich meine, als ich dich gebeten habe, mich zu heiraten, war ich ein Mann, der etwas zu bieten hatte, dem eine überschaubare Zukunft bevorstand. Das aber hat sich verändert, Petra. Okay, ich hab eine qualifizierte Ausbildung, aber wie diese ganze Geschichte sich weiter entwickeln wird, das ist derzeit nicht einzuschätzen. Der Alte ist unberechenbar, vor allem dann, wenn er sich hintergangen fühlt. Und Erbansprüche, selbst ein Pflichtteil, können sich heutzutage in Luft auflösen, wenn man das nachdrücklich genug will und die richtigen juristischen Konstruktionen dafür wählt.«

»Georg, was soll das?«, fragte Petra mit funkelnden Augen. »Willst du damit sagen, du denkst, ich hätte nur deshalb Ja gesagt, weil du ein *Diamantenprinz* bist?«

»Nein, natürlich nicht. Aber du musst zugeben, es macht einen Unterschied.«

»Für dich vielleicht«, sagte Petra zärtlich, denn sie begriff seine Worte als das, was sie waren: Er wollte ihre Zukunft auf das Fundament von Realität und Wahrheit stellen. Sie sah, wie schwer ihm dies fiel; immerhin war sein Selbstverständnis bisher ein vollkommen anderes gewesen. Rasch schlang sie ihre Arme um seinen Hals und sagte: »Ich schlag dir vor, du suchst dir in aller Ruhe einen Job, der dir Spaß macht.« Damit es nicht zu rührselig wurde, hob sie das Gesicht und verkündete fröhlich: »Und bis das eintritt, werde ich *Interland* spielen und uns mit meinen unheimlich witzigen TV-Plaudereien die Brötchen verdienen.«

Obwohl Georg wirklich anders zumute war, musste er lachen.

Später, als sie aneinandergekuschelt unter der Decke lagen, sagte Petra, und diesmal meinte sie es ganz ernst: »Du brauchst dir wirklich keine Gedanken zu machen, Georg. Ich war noch nie wohlhabend. Ich hätte mich echt umstellen müssen …«

Es klang so erleichtert, dass Georg noch einmal lachte, laut und schallend. Sein Schock hatte nachgelassen, und etwas wie schon lange nicht mehr gefühlte Lebensneugier stieg in ihm auf. »Ich will dich auf gar keinen Fall *umgestellt*«, beteuerte er und zog sie noch einmal an sich. »Und falls du irgendwann damit anfangen solltest, werde ich Frau Dierolf eine hohe monatliche Zicken-Prämie zahlen.«

»Das werde ich nie zulassen«, rief Petra erwartungsgemäß und würgte ihn spielerisch.

Er lachte ein drittes Mal laut auf an diesem denkwürdigen Tag.

Als Petra nach einem leidenschaftlichen Gerangel endlich eingeschlafen war, lag er noch lange wach. Er dankte Gott und seiner fürsorglichen brasilianischen Großmutter, denn immerhin verdankte er den beiden, dass er sich in dieser Situation keinerlei Sorgen um seine weitere Existenz machen musste, auch wenn – und daran hegte er keinerlei Zweifel – seine Option als *Diamantenprinz* ein für alle Mal erledigt war.

41

Zita Assmann traf kurz vor Mitternacht in Rom ein. Sie nahm ein Taxi und fuhr ins Hotel de Russe, das nahe der Piazza del Popolo lag. Es war ruhig und gepflegt und hatte einen wunderschön gestalteten Garten.

Sie bestellte sich eine leichte Mahlzeit und eine Flasche

Wein aufs Zimmer, setzte sich auf den Balkon, aß die hausgemachte Pasta und trank ein Glas Wein dazu.

Die Schwüle, die Rom auch im September noch unerträglich machen konnte, hatte nachgelassen, doch es war so warm, dass sie bis zwei Uhr draußen blieb. Sie trank die halbe Flasche und lauschte dem Rauschen des Brunnens, der sich in der Mitte des Gartenrondells befand.

Am Himmel glitzerten unzählige Sterne, und da es Frühherbst war, in dem dieses Naturspektakel häufig eintrat, sah sie einmal eine ganze Anzahl von Sternschnuppen, die über dem römischen Himmel erschienen und nach langen Leuchtspuren verglühten.

Erst hinterher wurde ihr bewusst, dass sie sich hätte etwas wünschen sollen, und sie reflektierte darüber, was es wohl gewesen wäre, hätte sie rechtzeitig daran gedacht.

Friede war das Erste, das ihr einfiel. Friede, Ruhe, Harmonie; ein gleichmäßig dahinplätscherndes Leben, das war es vermutlich, wonach sie sich am meisten sehnte. Das Unmögliche eben, das Unerreichbare in ihrer Ehe.

Andere hätten vermutlich sehr gerne die Frau eines Milliardärs sein wollen, den man als Diamantenkönig bezeichnete. Sie hätten der finanziellen Vorteile und des gesellschaftlichen Status wegen ein aufbrausendes Wesen, den Hang zur Selbstinszenierung, die Unruhe und Brutalität, ja selbst ein Gespinst aus Lügen und Halbwahrheiten als unmaßgebliche Begleiterscheinungen hingenommen. Denn Heinrich Assmann war nicht das, was er schien, und diese Erkenntnis war keineswegs neu für seine Ehefrau.

Hier aber war alles weit entfernt und schien sich in einer anderen Welt abgespielt zu haben.

Zita ließ die Balkontür weit offen stehen und schlief tief, fest und traumlos, so gut wie schon lange nicht mehr.

Nach dem Frühstück machte sie sich zu Fuß auf den Weg, denn ihr Ziel war vom Hotel aus in wenigen Minuten zu erreichen.

Vor dem großen, palastähnlichen Gebäude angekommen, das früher einmal einem toskanischen Fürsten gehört hatte, heute aber in zahlreiche Eigentumswohnungen aufgeteilt war, drückte sie ohne zu zögern einen bestimmten Klingelknopf. Es stand ein ihr unbekannter Name auf dem dazugehörigen Schild, doch sie hatte nicht den geringsten Zweifel daran, sich an der richtigen Adresse zu befinden.

Zita wiederholte das Klingelzeichen, doch niemand meldete sich. So griff sie in ihre Handtasche und holte aus dem Seitenfach die beiden Schlüssel hervor, die sie all die Jahre mit sich herumgetragen hatte. Der Haustürschlüssel passte noch immer.

Langsam stieg sie die Treppen zum zweiten Obergeschoss hoch und überlegte, wann sie dies zum letzten Mal getan hatte. Es war vor kapp einunddreißig Jahren gewesen.

Obwohl sie jetzt fast sicher war, dass er nicht anwesend sein würde, klingelte sie auch an der Etagentür, bevor sie den zweiten Schlüssel benutzte.

Die Diele war unverändert; die Seidentapeten vielleicht noch etwas mehr verblichen als damals und das Parkett etwas dunkler, doch an den Wänden hingen dieselben Bilder. Das Rot der Samtportieren vor dem Fenster hatte eine bleifarbene Patina, sodass der Verdacht nahelag, sie seien in den vergangenen drei Jahrzehnten weder gewaschen noch gereinigt worden.

Zita öffnete die Tür zum Salon, und auch dort war alles unverändert, nur das Spinett fehlte. Im offenen Kamin sah sie Spinnweben, und die halb abgebrannten Kerzen im Lüster auf dem Esstisch waren alt, grau und verstaubt. Nichts deutete darauf hin, dass der Salon in jüngster Zeit benutzt worden war.

Sie ging in die Küche und fand diese geputzt und aufgeräumt vor. Es war eine peinliche, nahezu sterile Sauberkeit, die Zita sonderbar anmutete, denn sie passte in keiner Weise zum Rest der Wohnung oder gar zu den Gepflogenheiten des Besitzers.

Als sie das Schlafzimmer betrat, sah sie ihn.

Er lag im Bett wie eine große, dürre Puppe. Sein Gesicht war schon immer hager gewesen, doch erst jetzt erkannte sie, was sie am Jubiläumsabend für die Veränderung der Jahre gehalten hatte und was vom Anzug kaschiert worden war: Er hatte beträchtlich an Gewicht verloren. Seine Arme, die unter dem Shirt herausragten, waren viel zu dünn für einen Mann seiner Größe, sein Hals war mager und faltig, und sein Teint zeigte unter der Dauerbräune, die die afrikanische Sonne erzeugt hatte, ein teigiges Grau.

Einen kurzen, schlimmen Moment lang glaubte sie, er sei tot.

Dann aber sah sie, wie sich sein Brustkorb in flachen Atemzügen hob und senkte. Sie sah auch die feinen Schweißperlen, die seine Stirn überzogen, und als er die Augen aufschlug, erkannte sie sofort den fiebrigen Glanz.

Er war krank, schwer krank, daran bestand keinerlei Zweifel.

42

Victor umklammerte den *Assmann-Jupiter* und glaubte zu spüren, wie die Kraft, die sich in Millionen von Jahren in diesem Stück Kohlenstoff gebündelt hatte, in ihn hineinströmte.

Er war noch nie ein religiöser Mensch gewesen, und Beten hielt er für eine höchst entbehrliche Zeitverschwendung. Jetzt aber formten sich Sätze in seinem Gehirn, die an die verzückte Rede der alttestamentarischen Propheten erinnerten. Abschließend strich er noch einmal, mit einer geradezu zärtlichen Geste, über die raue Oberfläche des Diamanten: Die *Träne der Götter*. Dann schloss er den Glückstrumpf der Assmanns in den Tresor seines privaten Arbeitszimmers, das Alice nur betrat, um seine Grünpflanzen zu gießen.

Danach schwang er sich in seinen Porsche, um nach Frankfurt zu fahren.

Wie angeordnet hatte Sally das Fax geschickt, das dokumentierte, wie notwendig seine Anwesenheit in der afrikanischen Mine und auch in Kapstadt war.

Während der Fahrt kam er nicht umhin, sich dafür zu bewundern, wie geschickt er die Sache eingefädelt hatte. Selbst sein Vater hatte keine Einwände gegen diese Reise erheben können, die er antrat, obwohl das gesamte Konsortium *bebte*, wie der Alte pathetisch erklärt hatte. Dabei wäre dieses Beben ganz schnell beendet, hielte der Firmenchef sich an die Ratschläge von Bloomberg. Doch dazu machte er – noch – keinerlei Anstalten, und Victor hütete sich geflissentlich, ihn darauf hinzuweisen.

Nein, nein. Sein Heil lag jetzt ganz zweifellos in der Flucht, und es gab ja tatsächlich Dinge, die ohne Aufschub geregelt werden mussten. Denn natürlich konnte es in der afrikanischen Mine – nach dem Verlust von Betriebsleiter und Chefgemmologe – nicht einfach führerlos weitergehen. Zumindest die Stelle des Minenleiters musste so rasch und so gut wie möglich neu besetzt werden.

Victor hatte Sally angewiesen, die Bewerbungsunterlagen zu sichten, die übrig geblieben waren, als vor einigen Monaten der Posten eines ersten Mineningenieurs neu zu vergeben gewesen war. Er hatte sich an einen der damaligen Kandidaten erinnert, der ihm überqualifiziert erschienen war und der, wie sich herausstellte, auch eher eine Leitungsfunktion anstrebte.

Sally hatte sich, nachdem sie die entsprechenden Papiere gefunden hatte, auf Victors Wunsch mit dem Mann in Verbindung gesetzt und in Erfahrung gebracht, dass dieser mit der inzwischen angetretenen Stelle nicht zufrieden war.

Diesen Mann, einen deutschstämmigen Namibier namens Eric Sontheimer, würde Victor am Wochenende in Kapstadt treffen. Zuvor aber musste er in die Mine und eine Anzahl Unterschriften leisten, um das Vertretungspersonal mit den notwendigen Befugnissen auszustatten.

Der Flug verlief ruhig und ereignislos.

Victor genoss den Luxus der ersten Klasse, den er sich dieses Mal gegönnt hatte. Er verzehrte das reichhaltige Menü, trank einige Gläser vorzüglichen Rotweins und streckte sich dann auf dem Liegesitz aus, der beinahe so bequem war wie sein heimisches Bett.

Am späten Vormittag erreichte er Kapstadt und stieg, nach einer Wartezeit von knapp einer Stunde, in den kleineren Flieger um, der ihn weiterbeförderte.

Am Flughafen in U'Kanga erwartete ihn Joe mit dem Geländewagen. Er hätte auch einen der fünf firmeneigenen Helikopter nehmen können, doch Victor mochte die etwa dreistündige Fahrt durch die Halbwüste. Nach all den vielen Flugstunden war die unbelastete Luft eine willkommene Erquickung. Die Landschaft war grandios, der Horizont unendlich weit, und oftmals sahen sie auch Tiere: Oryxe mit ihren großen Hörnern, die ihn an die mit Ringeln beschnitzten Stöcke seiner Kindheit erinnerten, Springböcke, Flusspferde in den Zeiten, in denen der Fluss Wasser führte. Und Strauße natürlich; einzelne oder ganze Herden, die so schnell rannten, dass sie den Jeep überholten und dabei ein pfeifendes Geräusch in der Luft erzeugten.

»Was gibt es Neues?«, erkundigte sich Victor, nachdem sie eine ganze Strecke schweigend zurückgelegt hatten.

»Nichts. Nur das mit van Reemen und Smith«, erwiderte Joe und verzog das Gesicht zu einer Grimasse, die auch als Grinsen hätte durchgehen können. »Wir können das alle nicht fassen. Also, niemand in der Mine hat davon etwas geahnt!«

»Scheißgeschichte«, brummte Victor und ärgerte sich darüber, wie schnell die Sache offenbar die Runde gemacht hatte, um sich dann selbst vorzuhalten, dass dies nur das Normale war in einem Ghetto, wie es das Minendorf nun einmal war.

Er lehnte sich zurück und beobachtete, wie sich – weit in der Ferne – ein Schwarm großer Vögel in die Luft erhob und davonflog, was ihm ungewöhnlich erschien.

Sie befanden sich seit fast zwei Stunden auf Minengelände, und in der Region, in der die Vögel gewesen waren, wurde seit

Jahren nicht mehr gearbeitet. Nachdenklich lehnte sich Victor zurück und streifte Joe mit einem aufmerksamen Blick. Was weiß ich eigentlich von diesem Mann?, fragte er sich: Er ist seit zwei Jahren Kurier zwischen den verschiedenen Förderplätzen, und wenn ich in der Mine bin, ist meist er mein persönlicher Fahrer. Van Reemen hat ihn eingestellt, er stammt aus demselben Dorf wie Sally und gehört ebenfalls zur Kobrasippe.

Die Kobrasippe hatte ehemals das gesamte Land bewohnt, auf dem sich jetzt die Mine befand; ebenso die neuen nördlichen Abbaugebiete. Plötzlich fiel ihm Sallys verworrenes Gerede ein, was dieses Gebiet betraf. Als er zum ersten Mal die Überlegung ausgesprochen hatte, die Grabungen auf dieses Nordterritorium auszuweiten, hatte sie geradezu hysterisch reagiert. Hatte von »heiligem Land« gefaselt, das von den Göttern und Ahnen bewohnt würde, und davon, dass es Schwüre und Vereinbarungen gebe, dieses Gebiet unangetastet zu lassen. Hatte der Überfall vor wenigen Wochen, als er in den Norden gefahren war, womöglich mit diesem Eingeborenen-Aberglauben zu tun und nicht mit den Bürgerkriegsrebellen des Nachbarstaats?

Victor versuchte, sich die Abläufe der damaligen Attacke noch einmal vorzustellen, und unvermittelt spürte er wieder die Kälte im Nacken, die sich auf die Schultern ausbreitete und ihn schon als Kind davor gewarnt hatte, wenn etwas Bedrohliches auf ihn zukam. Es war eine spezielle Begabung oder auch Intuition, die er wohl von der Mutter geerbt hatte, und die sie wiederum, wie sie manchmal selbstironisch erklärte, ihren brasilianischen Vorfahren verdankte.

»Halt mal an, Joe«, sagte er. Es war idiotisch und unerklärlich, aber er hatte das Kältegefühl auch bei der letzten Ausfahrt mit diesem Fahrer gehabt, und die Ereignisse hatten bewiesen, dass es besser gewesen wäre, rechtzeitig darauf zu reagieren. Diesmal würde er den gleichen Fehler nicht noch einmal machen.

»Ist irgendwas?«, fragte Joe und stoppte den Wagen.

Victor holte das Satellitentelefon aus seiner Mappe und brummte: »Es ist mir etwas eingefallen. Muss telefonieren. Du kannst ja so lange eine rauchen.«

Joe hob die Schultern. Er nickte, griff nach seiner Zigarettenpackung und stieg aus dem Wagen.

Als er außer Hörweite war, drückte Victor eine der Kurzwahltasten.

Nachdem der Pilot sich gemeldet hatte, nannte ihm Victor die Navigationskoordinaten und beorderte den Helikopter unverzüglich an die bezeichnete Stelle.

Dann wandte er sich an den Fahrer, der einige Schritte entfernt seine Zigarette rauchte und rief: »Was ist denn heute in deiner Kiste, Joe?«

Im Kühlfach des Geländewagens befanden sich stets kleine Snacks sowie gekühlte Getränke.

»Ich hab das Essen im Flugzeug verschlafen«, erklärte Victor. Dann verspeiste er langsam ein Schinken-Käse-Sandwich und trank eine Cola dazu. Danach genehmigte er sich einen Schokoriegel und beobachtete aus den Augenwinkeln den Fahrer. Er glaubte erste Anzeichen von Nervosität oder zumindest Irritation über die ungewöhnliche Gemächlichkeit seines Chefs an ihm zu bemerken.

»Ich denke, wir sollten jetzt weiterfahren«, sagte Joe schließlich.

»Weshalb?«, fragte Victor leichthin und ließ den Mann nicht aus den Augen. »Ich hab es heute nicht eilig. Und nach der langen Fliegerei tut eine Pause nur gut.«

Der Fahrer war mit engen Jeans und einem anliegenden Shirt bekleidet. Es ist in diesem Aufzug kaum möglich, eine Waffe bei sich zu tragen, überlegte Victor und hoffte, dass er nicht irrte. Die Pistole, die obligatorisch im Handschuhfach des Geländewagens lag, hatte er bereits herausgenommen, als Joe am Kühlfach im Kofferraum hantiert hatte.

Er hatte die Schusswaffe auf den Rücksitz gelegt und seine Leinenjacke darübergebreitet. Man wird sehen, dachte Victor ohne Erregung und wunderte sich über seine eigene Abgebrühtheit.

Obwohl er sich das Rauchen vor einigen Jahren abgewöhnt hatte, bat er Joe nun um eine seiner Zigaretten. »Das ist die Folge der Sache mit van Reemen und Smith«, sagte er, während der Schwarze ihm Feuer gab. »Dass ich wieder mit der verdammten Raucherei angefangen habe!«

Joe nickte verständnisvoll und steckte sich auch noch mal eine an.

Nebeneinander ans Auto gelehnt, rauchten sie schweigend.

Der Fahrer hatte gerade mit der Schuhspitze seine Kippe ausgedrückt, als der Helikopter als dunkler Punkt am Horizont auftauchte.

Victor ließ kein Auge von Joe, der die Augen zusammenkniff und den Hubschrauber musterte. Als ersichtlich war, dass es sich um einen der schwarz-roten Minenhubschrauber handelte, schlenderte der Schwarze wie zufällig zum Auto, setzte sich auf den Fahrersitz und schaute auf das Armaturenbrett, als ob er dort etwas überprüfen wolle. Dann fasste er mit der Rechten zum Handschuhfach und öffnete es. Seine Überraschung, als er sah, dass es leer war, war so augenscheinlich, dass Victor sich ein Grinsen nicht verkneifen konnte. Ohne Waffe hatte der Mann keine Chance gegen ihn. Joe war zwar jünger, aber er selbst war größer und kräftiger, und er war sicher, die Oberhand behalten zu können, falls der Schwarze einen körperlichen Angriff starten sollte. Victor pries die vielen Stunden, die er mit dem Erlernen asiatischer Kampfsportarten zugebracht hatte.

»Wer zahlt dich dafür, dass du mich jetzt schon das zweite Mal in eine Falle lockst?«, fragte er ruhig.

Joe war zu intelligent, um nicht einzusehen, wenn eine Sache verloren war. Er blieb auf dem Fahrerplatz sitzen und wandte lediglich den Kopf, um dem verhassten Vorgesetzten vor die Füße zu spucken.

Victor kribbelte es in den Fingern, aber er kam seinem dringenden Verlangen nicht nach, dem Mann augenblicklich einen Denkzettel zu verpassen. Es gab andere, wirkungsvollere Mittel, ihn zu bestrafen.

Der Helikopter setzte in wenigen Metern Entfernung auf.

Victor nahm seine Mappe, die Jacke und die darunterliegende Pistole. Er hielt sie lässig, aber so, dass Joe sie sehen konnte und die damit verbundene Drohung verstand. In dieser Haltung wartete er, bis der Pilot zu ihnen gekommen war. Danach schoss er in alle vier Reifen. »Es ist noch Wasser und Essen im Kofferraum. Wenn du dir's gut einteilst, dann schaffst du es bis in dein Dorf. Und erlaub dir ja nicht, noch mal auf dem Minengelände aufzutauchen. Wenn du dabei erwischt wirst, werde ich mich bedroht fühlen«, sagte Victor und hob bedeutungsvoll die Pistole ein kleines Stück an.

Den Versuch, Joe ernstlich über die Gründe für sein Verhalten oder seine Hintermänner auszufragen, machte er nicht. Der Schwarze würde ihm ohnehin kein Wort davon erzählen.

Der Pilot, ein Australier, ersparte sich jeden Kommentar zu der beobachteten Szene. Er kannte Victor Assmann schon sehr lange, und er kannte dessen Mimik. Und heute war es nicht angezeigt, irgendwelche Fragen zu stellen.

»Flieg höher als sonst«, ordnete Victor an, der befürchtete, die Männer im Hinterhalt könnten Maschinengewehre haben.

Sie waren noch keine fünf Minuten in der Luft, als er sie sah. Sie hatten den Wagen in einer Senke versteckt und hockten hinter ein paar Felsbrocken, die ihnen Deckung verschaffen sollten. Sie versuchten allerdings nicht, auf den Hubschrauber zu schießen, was zweierlei Gründe haben konnte: Entweder es waren Profis und sie wussten, dass die Reichweite ihrer Waffen zu gering war, oder sie hatten die Absicht gehabt, ihn in ihre Gewalt zu bringen und daraus Profit zu schlagen. Dann war es kontraproduktiv, ein potenzielles Erpressungsopfer zu töten. Die hoffen auf ein nächstes Mal, überlegte Victor. »Vorläufig werde ich grundsätzlich fliegen«, erklärte er deshalb, bevor sie den Landeplatz im Minenhof erreichten. »Zum Flughafen *und* zu den diversen Abbaugebieten!«

»Alles klar, Mister Victor«, erwiderte der Australier und dachte, dass die Gerüchte, die kursierten, also doch richtig waren.

Es war vorbei mit dem Frieden in der Mine.

Man hatte den Assmanns den Krieg erklärt, wer auch immer das sein mochte.

43

Petra war am Flughafen von einem Beauftragten der Fernsehproduktionsgesellschaft abgeholt worden.

»Aufgeregt?«, fragte der nette junge Mann.

»Es geht so«, log Petra und versuchte ein souveränes Lächeln, was ihr dann aber doch albern vorkam. »Oder, eigentlich nicht. Ich hab schreckliches Lampenfieber.«

Der junge Mann lachte. »Die sind eigentlich alle ganz nett«, beteuerte er, um sich angesichts der Offenheit dieser mutmaßlichen Neuen dann auch zu korrigieren: »Oder, eigentlich nicht. Wenn sie könnten, würden sie sich alle gegenseitig vergiften. Und jeden Tag neu!«

Jetzt lachten sie beide, und Petra dachte, dass es in diesem Laden auch eine Menge Lianes geben musste, weibliche und männliche.

Immerhin war sie präpariert. Sie hatte alle ihre Verbindungen genutzt, um so viel wie möglich von den Konditionen zu erfahren, zu denen Frank Interland gearbeitet hatte.

Wie notwendig dies gewesen war, zeigte sich schnell. Und die Dreistigkeit, mit der man versuchte, sie einzuwickeln und über den Tisch zu ziehen, machte sie gelassener und kühler als alle vorherigen Selbstbeschwichtigungsversuche.

»Sie glauben doch nicht wirklich, dass ich zu solchen Bedingungen an dem Job interessiert bin? Das ist doch grade mal eine nette kleine Gehaltserhöhung, wenn ich die Unkosten abrechne. Ich werde den Teufel tun, deswegen umzuziehen, mein Leben auf den Kopf zu stellen und, nicht zu vergessen, zu einer ›öffentlichen Person‹ zu werden, die ständig beobachtet wird!«

»Sie sind ganz schön selbstbewusst, Frau Eiler«, konstatierte der Mann vom Sender, aber er lächelte dabei. Kann der sich auch leisten, dachte Petra. Ist ja nicht sein persönliches Geld, das da zur Disposition steht.

»Wir haben auch noch andere personelle Möglichkeiten, Frau Eiler«, stellte der Produzent klar, lehnte sich in seinem Sessel zurück und musterte sie.

»Dann schlage ich vor, Sie greifen auf diese zurück, falls Sie nicht beabsichtigen, mir ein besseres Angebot zu machen«, erwiderte Petra freundlich und griff nach ihrer Handtasche.

»Moment, Moment«, rief der Mann vom Sender, der auf den Namen Liebling hörte. »So schnell schießen die Preußen dann doch wieder nicht!«

»Wer weiß? In Berlin vielleicht schon. Da ist's ja schließlich ein Heimspiel für sie«, sagte Petra süffisant, was Herrn Liebling zu einem breiten Grinsen verleitete.

»Auf den Mund sind Sie ja nicht gerade gefallen«, sagte Herr Grünhammer, der Produzent, etwas säuerlich.

»Wenn dem so wäre, dann hätten Sie bei Ihrem Angebot an mich ja auch einen schrecklichen Fehler gemacht«, meinte Petra, und nun lachte Liebling laut auf.

»Jetzt krieg dich mal ein, Rolf«, sagte er dann zu dem Produzenten. »Die Frau ist klasse – und Klasse kriegt man nicht für ein Taschengeld!«

Dann wandte er sich wieder Petra zu und erklärte völlig ernst und sachlich: »Allerdings können Sie auch nicht erwarten, nahtlos in Frank Interlands Fußstapfen zu treten. Der Mann hat das vier Jahre lang gemacht. Er hat die Zuschauerakzeptanz der Sendung verdoppelt und persönlich unter den A-Promis rangiert. Das müssen Sie alles erst einmal schaffen!«

»Ich werd es versuchen«, sagte Petra ebenso sachlich. »Aber den Mini-Mini-Interland-Klon mach ich hier nicht. Ich will das Konzept etwas verändern!«

Jetzt war es Liebling, der hektisch reagierte: »Um Gottes willen, nur das nicht. Man ändert nie irgendetwas, das funktioniert, das müssen Sie sich merken, Frau Eiler!«

Petra zuckte die Achseln und erwiderte kühl: »Es *hat* sich schon verändert, falls Ihnen das entgangen sein sollte, Herr Liebling. Eine Frau ist, bei aller Gleichberechtigung, doch etwas anderes als ein Mann, ergo passt ein Konzept, das für einen Herrn konzipiert wurde, nicht unbedingt auch für eine Dame!«

»Da hat sie recht«, stimmte Grünhammer ihr zu und dachte, dass die Frau, die ihnen da aufs Auge gedrückt worden war, so dämlich gar nicht war. Außerdem war sie ausgesprochen hübsch und, was noch wichtiger war, sehr fotogen. Er hatte sich die Casting-Aufnahmen gründlich angesehen, bevor er beschlossen hatte, sie herzubestellen. Und helle im Kopf schien sie ja auch zu sein, sogar schlagfertig, und das nun war bei dieser Art von Sendung ein unschätzbares Gut.

»Dann lassen Sie uns jetzt mal vernünftig über die Sache reden, Frau Eiler«, lenkte er deshalb ein und goss ihr neuen Kaffee in ihre Tasse.

»An *meiner* Vernunft soll es nicht liegen«, sagte Petra und lächelte unschuldig. »Ich finde es zum Beispiel sehr vernünftig, dass Herr Interland an der Produktionsfirma zu einunddreißig Prozent beteiligt war. Und ich versichere Ihnen, dass mir nichts, aber auch gar nichts daran liegt, das Konzept in diesem Punkt zu verändern!«

Die beiden Herren tauschten rasch einen Blick. Die Frau war vorbereitet, daran bestand jetzt kein Zweifel mehr.

»Gut«, sagte Grünhammer und lächelte schmal. »Dann eröffnen wir jetzt mal den … *Basar!*«

44

Jeden Tag, seitdem er aus dem Krankenhaus zurück war, strich Heinrich Assmann zu der Zeit, in dem die Post einzutreffen pflegte, um Irene Wuttkes Schreibtisch. Außerdem hatte er ihr vorerst die Vollmacht entzogen, grundsätzlich alle Schreiben zu öffnen, besonders solche, auf denen »vertraulich« oder »persönlich« vermerkt war.

»Warum darf ich plötzlich nicht mehr, was bisher die Regel war?«, hatte sich Irene Wuttke empört und den Akt als Misstrauensvotum gewertet.

Dem Alten war dies egal gewesen. Er hielt es nicht einmal für notwenig, die Maßnahme anders zu begründen als mit einem: »Weil ich es nicht will, Wuttke!«

Heute schien er endlich gefunden zu haben, worauf er gewartet hatte. Er fischte einen Brief, auf dem tatsächlich »persönlich, vertraulich« aufgedruckt war, aus dem Postberg heraus und brummte: »Den Rest kannst du öffnen!«

Dann verzog er sich mit einem hellgrünen Umschlag, dessen Absender ein medizinisches Institut war, wie Irene Wuttke mit raschem Blick noch gesehen hatte, in sein Büro. Dort riss er, mit der ihm eigenen Ungeduld, den Umschlag auf und las den Text, der nicht einmal eine ganze Seite füllte. Dann ließ er den Bogen sinken und starrte blicklos durchs Fenster.

In dieser Haltung fand Irene Wuttke ihn immer noch vor, als sie, gut eine halbe Stunde später, das Zimmer betrat. »Deine Frau hat angerufen und sich erkundigt, ob du heute im Haus bist.«

»Ist sie zurück?«

»Keine Ahnung. Der Anruf kam von ihrem Handy.«

»Und was hast du gesagt?«

»Dass du hier bist, natürlich. Oder hast du noch Termine, die nicht in meinem Kalender stehen?«

»Nein«, knurrte der Alte und wirkte irgendwie verlegen, bevor er anordnete: »Wenn sie kommt, dann mach die Tür zu und lass uns allein. Oder …« Er unterbrach sich und dachte kurz nach, bevor er fortfuhr: »Noch besser: Du nimmst dir heute Nachmittag frei!«

»Zu Befehl, Boss«, sagte Irene ironisch. Das wurde ja immer verrückter mit der Geheimniskrämerei! Vor wenigen Monaten noch wäre es undenkbar gewesen, dass der Chef solche Sätze von sich gab …

Sie ging hinaus in ihr Büro, machte den Computer aus und packte zornig die Brille in ihre Handtasche.

Victor, der in der afrikanischen Mine war, hatte sich seit seiner Ankunft auch nicht mehr gemeldet, dabei hatte sie einen ganzen Packen von ausgedruckten Mails und Faxnachrichten aus den beiden asiatischen Niederlassungen, deren Inhalte sie mit ihm besprechen musste. Außerdem hatte Rajsekhar Bakshi aus Antwerpen sich gemeldet und dringend um Rückruf gebeten. Sie fragte sich, was ausgerechnet Bakshi mit Victor zu besprechen hatte, aber vermutlich war das ja auch etwas, von dem sie nichts wissen sollte. Es war wirklich zum Verzweifeln!

Sie seufzte, schnappte ihre Handtasche und schloss die Tür lauter als sonst hinter sich. Als sie zu Fuß in Richtung Stadtmitte schlenderte, kam ihr zu Bewusstsein, dass sie keine Ahnung hatte, was sie mit der überraschend gewonnenen freien Zeit anfangen sollte.

Schließlich setzte sie sich in eine kleine Konditorei, bestellte sich Kaffee und einen Zwetschgenkuchen mit Sahne und dachte erstmals in ihrem Leben distanziert und kritisch über ihr Verhältnis zum Assmann-Clan nach.

Der Alte hatte inzwischen die Nachricht, die der hellgrüne Umschlag enthalten hatte, ein halbes Dutzend Mal durchgelesen. Als er zum siebten Mal damit begann, klopfte es an der Tür, und Zita Assmann betrat den Raum.

Sie trug einen schicken hellbraunen Hosenanzug, den er noch nie zuvor an ihr gesehen hatte, und eine passende Handtasche, die ebenfalls neu war. Ihre Haare waren irgendwie anders als sonst. *Kürzer*, fiel ihm nach einem weiteren Blick auf, was ihn sofort unwillig stimmte. Er hatte ihr stets bedeutet, dass er die schulterlangen Haare mochte, und sie gebeten – nein, eigentlich hatte er ihr *verboten*, sie abschneiden zu lassen.

»Es ist praktischer so«, sagte Zita, die seinen Blick bemerkt hatte, »und außerdem fühl ich mich wohler.«

Er holte bereits tief Atem, um ihr seinen unveränderten Standpunkt klarzumachen, dann aber fiel sein Blick auf das Schreiben in seinem Postkorb, und er zog es vor, nicht weiter auf die Frisur einzugehen.

»Wo warst du eigentlich?«, fragte er stattdessen.

»Ich habe die Firma gerettet«, erwiderte Zita, und es klang weder ironisch noch triumphierend. Sie öffnete die neue Handtasche und holte ein mehrseitiges Schreiben hervor, das sie auf den Schreibtisch ihres Mannes legte. Heinrich warf einen Blick darauf und sah zuerst das etwas pompöse Amtssiegel eines Schweizer Notars. Er setzte sich zurecht und begann, das Dokument durchzulesen.

Als er damit fertig war, ließ er das Papier fallen, als ob es giftig wäre, und starrte sie ungläubig an. »Du hast wirklich die Firma damit gerettet«, sagte er dann mit einer sonderbar dünnen Stimme.

»Nun ja. Sagen wir mal: *Dich*. Dich hab ich gerettet. Denn mit einiger Wahrscheinlichkeit hättest du deine Unvernunft so weit getrieben, dass es wirklich brenzlig geworden wäre für den Konzern. Wenn ich mir nur vor Augen halte, wie kindisch und unverantwortlich du dich Georg gegenüber benommen hast!« Sie hob den Kopf und sah ihm direkt in die Augen: »Er wird nicht wieder zurückkommen, Heinrich, falls du dir eingebildet haben solltest, dass er zu Kreuze kriecht. Ich kenne meine Söhne, und was Georg betrifft, so hast du das Verhältnis zu ihm ein für alle Mal ruiniert, wenn du dich nicht bei ihm entschuldigst, und das nun dürfte leider mehr sein, als du zuwege bringst!«

Heinrich presste die Lippen zusammen, doch es gab nichts darauf zu erwidern.

Sie hatte recht.

Selbst wenn er es gewollt hätte, wäre diese Entschuldigung nie über seine Lippen gekommen. Es entsprach nicht seinem Selbstverständnis, sich bei jemandem zu entschuldigen, selbst dann nicht, wenn sein Fehler offensichtlich war, was diese eidesstattliche Aussage bewies, die auf seinem Schreibtisch lag.

Georg mochte verletzt, enttäuscht und irreparabel verprellt sein, und dennoch hatte die ganze unerfreuliche Episode das bewirkt, was er, Heinrich Assmann, längst angestrebt hatte: Der freundliche, moderate, *zu* moderate Erstgeborene hatte sich aus eigenem Entschluss entfernt, und somit war Victor, den er von Anfang an favorisiert hatte, der künftige Kronprinz. Denn natürlich würde er sich nicht zurückziehen; nicht jetzt, wo er einen ganz passablen Gesundheitszustand attestiert bekommen hatte und zudem das Damoklesschwert über der Firma wieder verschwunden war.

Zita beobachtete ihren Mann mit einem leicht ironischen Lächeln, ohne dass er diese Blicke bemerkte. Sie wusste, wie sehr er jetzt mit sich selbst beschäftig war, und sie hätte jeden seiner Gedanken aufschreiben können.

»Hast du irgendetwas von Ludwig gehört?«, fragte sie stattdessen.

»Nein«, knurrte Heinrich und fühlte, wie die alte Wut in ihm hochkochte. Es war nicht so, dass er den Diebstahl über der Firmenkrise vergessen hatte, ganz und gar nicht, er sah die beiden bösen Ereignisse sogar stark ineinander verkettet. »Ich habe gehofft, dass *du* es weißt, wo er sich herumtreibt. Er hat sich doch immer sehr rasch an deinen Rock geklammert, wenn er etwas ausgefressen hatte. Glaube mir, der wird mir den *Assmann-Jupiter* zurückgeben, und zwar ohne dass ich ihm Millionen dafür reichen werde. Der wird die Lektion, die er von mir bekommt, nie mehr vergessen!«

Zita musterte ihren Mann mit einem nahezu mitleidigen Lächeln, bevor sie feststellte: »Man kann dich eigentlich nur bedauern, Heinrich. Ich kenne außer dir niemanden, der es geschafft hat, durch eigene Schuld in so kurzer Zeit gleich zwei Söhne zu verlieren!«

Heinrich sprang auf. Seine Ohrenränder färbten sich lilarot, und er begann laut zu schreien: »Ich pfeif doch auf so eine Brut! Diebe sind es, nichts als Diebe! Der eine greift direkt in den Tresor, um sich zu bedienen, und der andere hat nur auf eine Gelegenheit gewartet, um meine Kompetenzen an sich zu reißen und mich aufs Altenteil zu schieben. Ob er jetzt mit Bloomberg paktiert hat oder nicht, die Absicht war trotzdem vorhanden!«

Zita ersparte es sich, noch etwas dazu zu sagen. Gegen eine derartige Logik war nicht anzukommen.

Sie nahm die Tasche, die sie über die Stuhllehne gehängt hatte, wieder über die Schulter und erhob sich.

»Wohin gehst du?«, bellte er sofort. »Ich verlange, davon verständigt zu werden, wo du dich befindest. Wo kommen wir denn hin, wenn jeder nur macht, was ihm gerade einfällt!«

Zitas Gesichtsausdruck sprach Bände, aber sie erwähnte es nicht, dass *er* es gewesen war, der sich in der Vergangenheit viele Tage, Wochen sogar, an Orten befunden hatte, deren Namen er zwar benannte, die aber nicht identisch gewesen waren mit seinem tatsächlichen Aufenthaltsort.

Bevor sie sich umwandte, fiel ihr Blick auf den Briefkopf des Schreibens, das so hellgrün war wie das Kuvert, in dem es gesteckt hatte.

Bevor Heinrich es verhindern konnte, hatte sie die Hand danach ausgestreckt und begann zu lesen.

Ihr Ehemann schoss hinter seinem Schreibtisch hervor und riss ihr das Schriftstück aus den Fingern, doch sie hatte genug gesehen, um zu wissen, worum es sich handelte.

»Das war zu erwarten«, sagte sie ruhig, und dann ging sie.

Heinrich schaute ihr hinterher. In sechsunddreißig Jahren lernte man viel voneinander, wenn auch nie alles. Obwohl sie nichts davon gesagt hatte, wusste er, dass sie nicht freiwillig zurückkommen würde.

Wenn er nicht etwas Wesentliches unternahm, war seine Ehe in dieser Stunde zerbrochen.

Er bückte sich und hob das hellgrüne Blatt wieder auf, in dem ihm ein privates Genlabor mitgeteilt hatte, dass aufgrund aller Analysen Ludwig zweifelsohne sein leiblicher Sohn sei.

45

Petra hatte Georg angerufen, gleich nachdem sie außer Sichtweite des Produktionsbüros war, und von ihrem Verhandlungserfolg berichtet. »Nein, abholen brauchst du mich nicht. Ich fahre von Frankfurt aus mit dem Zug, das geht schneller. Bestell uns irgendwo einen Tisch, denn bis ich zurück bin, werde ich hungrig sein wie eine Löwin! Um irgendetwas zu essen, hatte ich nämlich keine Zeit. Und im Flieger kriegt man ja heutzutage nicht mal mehr ein Brötchen.«

Als Petra zweieinhalb Stunden später ihre Wohnung betrat, duftete es ausgesprochen appetitlich. Der Tisch war sehr hübsch gedeckt, und eine bereits dekantierte Flasche Rotwein wartete in einer Glaskaraffe.

»Voilà«, sagte Georg und machte eine Geste wie der Maître in einem Sternerestaurant. »Es ist angerichtet, Madame!«

»Du kannst ja wirklich kochen!«, staunte Petra, nachdem sie einen Löffel geholt und den simmernden Sugo in der Kasserolle probiert hatte.

»Nur Spaghetti und diese eine Soße!«

»Die ist aber superlecker. Gratuliere!«

»Gratuliere dir! Und du hast immer behauptet, du bist untauglich für echte Geschäfte, jenseits von Worten und Sätzen. Ich bin sehr stolz auf dich …«

Danach küssten sie sich so lange, dass die herrliche Soße ein wenig ansetzte, aber sie schmeckten es kaum, zumal sie reichlich von dem Rotwein tranken.

Ohne sich weiter um das Geschirr zu kümmern, verzogen sie sich mit dem Rest der Karaffe ins Bett.

»Ich hätte nie gedacht, dass mein Leben sich in so kurzer Zeit so einschneidend verändern könnte«, sagte Georg, als sie lange nach Mitternacht endlich satt voneinander waren.

Petra setzte sich auf und betrachtete ihn aufmerksam. »Tut es dir leid, das mit deinem Vater und deinem Job?«

»Erstaunlicherweise nicht. Das ist es ja, was mich wundert!«

»Vielleicht hast du ja bisher das Falsche gemacht?«, gab Petra zu bedenken.

Georg dachte darüber nach, doch dann schüttelte er entschieden den Kopf. »Das nicht. Nur, ich habe andere Ansätze und Ideen als Papa und Victor. Es wäre nie gut gegangen, wenn ich geblieben wäre, auch wenn mein Vater Bloombergs Rat beherzigt und sich zurückgezogen hätte. Victor und ich sind wie Feuer und Wasser. Wir beide als Doppelspitze, das wäre von Anfang an ein Gegeneinander gewesen und hätte langfristig die Firma ruiniert. In diesem Punkt hat der Alte schon recht: Entweder er oder ich. Und er hat sich jetzt ja entschieden.«

»Und du, was wirst du machen? Ich kann mich ja irren, aber ich glaube, du hast doch schon Pläne, oder?«

»Pläne wäre zu viel behauptet. Überlegungen. Aber das sind noch ungelegte Eier, und ich bin viel zu abergläubisch, um über etwas zu sprechen, das sich noch in einem derartigen Zustand befindet.«

»Akzeptiert«, sagte Petra und schob sich in Löffelchenhaltung.

Georg legte den Arm um sie und dachte, was für ein Glück es war, eine Frau gefunden zu haben, die nicht nur schön, klug und humorvoll war, sondern auch Respekt vor gedanklichen Embryos hatte.

Bevor er endlich einschlief, fiel ihm noch ein, dass er am nächsten Tag unbedingt ergründen musste, wohin seine Mutter verschwunden war. Er hatte mehrmals versucht, sie anzurufen, und auch auf ihre Mailbox gesprochen, doch bisher hatte sie sich noch nicht gemeldet. Irene Wuttke jedoch würde wissen, wo sie sich befand. Er brauchte dringend ihren Rat und vielleicht auch ihre Hilfe, wenn er die *Überlegungen*, die langsam in seinem Kopf Gestalt annahmen, in die Realität umsetzen wollte.

46

Endlich hatte Victor alle Papiere aufgesetzt und unterzeichnet, die notwendig waren, um den weiteren Betrieb der Mine sicherzustellen. Er schob Sally die Mappe zu, stand auf und schloss nachdrücklich die Tür. »Wir müssen miteinander sprechen, Sally«, erklärte er dann. »Bitte, nimm Platz!«

Zögernd setzte sich Sally auf einen der Besucherstühle.

»Ich hab es ja schon angedeutet, als ich das letzte Mal hier war«, sagte Victor und räusperte sich. So ganz leicht fiel ihm die Sache nun doch nicht.

»Und worum handelt es sich?«, fragte Sally und erwartete, dass er ihr von den Vorkommnissen auf der Herfahrt erzählen würde und auch von der ersten Attacke, was er bisher noch nicht getan hatte. Natürlich war sie längst im Bilde. Joe und sie hatten Nachrichtenwege, von denen Victor nichts wusste. Wie er von vielem, was sie betraf, keine Ahnung hatte.

Sie hatte keine zwei Stunden, nachdem ihr Bruder Joe, nach einem langen Marsch durch die Halbwüste, das Dorf der Kobrasippe erreicht hatte, Bescheid gewusst. Victor war offenbar in der Lage gewesen, den Hinterhalt zu riechen, denn es war undenkbar, dass es unter den Eingeweihten eine undichte Stelle gab. Joe jedenfalls hatte ihn verflucht und Rache geschworen.

»Wir müssen uns trennen«, sagte Victor jetzt mitten in ihre Gedanken hinein.

Sally glaubte, sich verhört zu haben. »Wie meinst du das?«, fragte sie, und Victor dachte, dass sie naiver war, als er geglaubt hatte.

»Wir werden unsere Beziehung beenden, Sally. Und ehrlich gesagt, es wäre mir auch lieber, du würdest die Stellung hier aufgeben«, fügte er rasch noch hinzu, denn Sally hatte ganz unbewusst eine ausgesprochen laszive Haltung eingenommen. Es war wohl ihre Art zu kämpfen, und er war sich nicht sicher, ob er diesen Versuchen jedes Mal würde widerstehen können, was er allerdings vorhatte – und seinem noch ungeborenen Kind auch schuldig war. Besser, Sally verschwand ganz und gar aus seinem Leben.

»Aber … das kannst du doch nicht machen, Vic«, flüsterte sie beinahe tonlos und meinte es auch so. Wenn sie nicht mehr in Victors Nähe war, konnte die Gruppe ihre Vorhaben weitgehend vergessen. Es war ihr klar, dass sie der Joker in ihren Plänen war, und diese Pläne waren wichtig, wichtiger als sie, ihre eigenen Wünsche oder gar Victor.

Sallys wunderschöne Augen füllten sich mit Tränen. Dass es Tränen des Zorns und der Ratlosigkeit waren, war nicht zu erkennen.

Victor musste sich abwenden, um nicht gleich beim ersten Ansatz zu erliegen. »Es muss sein, Sally«, versuchte er, um ihr Verständnis zu werben. »Meine Frau erwartet ein Kind. Das verändert eine ganze Menge. Außerdem … es steht zu erwarten, dass ich mehr Verantwortung im Gesamtkonzern erhalte. Und in der Position kann ich mir's einfach nicht leisten …«

Er brach ab, denn es war lächerlich, dieser Frau Erklärungen liefern zu wollen. Er war ihr Boss, er hatte ein Verhältnis mit ihr gehabt und wollte dies nicht weiter fortsetzen. Fertig. »Es soll dein Schaden nicht sein. Ich werde dir eine … Abfindung … zahlen und dir eine Stelle vermitteln. Ich hab genügend Beziehungen, in Kapstadt oder Johannesburg oder wo immer du willst auf der Welt. Nur eben nicht mehr in einem Assmann-Betrieb.«

Sally erwiderte nichts. Sie tupfte sich die Tränen aus den Augenwinkeln und dachte fieberhaft nach. Sie musste Zeit gewinnen, um sich mit den anderen besprechen zu können, und Zeit würde er ihr nur zubilligen, wenn sie mitspielte. »Ich hab so etwas nicht erwartet«, presste sie schließlich hervor, und es klang so kläglich, dass Victor einen Kloß im Magen verspürte.

»Allerdings … du hast dir ja immer ein Kind gewünscht. Ich hätte es nur gerne selbst bekommen«, behauptete sie und schniefte in ihr Taschentuch.

»Davon war nie die Rede«, stellte Victor klar und beschloss, die Summe der Abfindung doch ein bisschen höher anzusetzen.

»Weißt du schon, was es wird?«, fragte sie dann mit brüchiger Stimme.

»Es wird ein Junge, und Alice ist schon im fünften Monat«, sagte er mit einem so dämlichen Stolz, dass sie beinahe aufgelacht hätte.

»Es tut mir wahnsinnig weh, Victor, aber … unter diesen Umständen … ich meine, ich kann es verstehen … dass du … schon wegen des Kindes …« Sie brach ab und schlug die Hände vors Gesicht.

Victor schaute ihr betroffen zu. Er hatte eine Szene erwartet, Vorwürfe, temperamentvolle Verwünschungen. Damit hätte er umgehen können. Ihr Schmerz und ihr Verständnis aber machten ihn vollkommen fertig. Vermutlich war dies die afrikanische Art, auf so etwas zu reagieren. Familie war für die Schwarzen ja wahnsinnig wichtig. Um einiges wichtiger als für Europäer. Und sie hatte offenbar Seiten, von denen er bisher nichts geahnt hatte. Weiche. Verständnisvolle. Und wie sie litt! Die arme Sally.

Sally, die zwischen den Fingern herausgelugt hatte, fand, dass er jetzt genügend weichgekocht war. Sie ließ die Hände sinken, schaute ihn an und sagte in gefasstem Opferton: »Du solltest mir nur etwas Zeit lassen. Ich würde mir die neue Stelle gerne selbst aussuchen.« Plötzlich kam ihr ein Gedanke, und sie fügte hinzu: »Vielleicht kannst du mich ja mitnehmen, wenn du das nächste Mal nach Kapstadt gehst. Ich meine … ich werde natürlich einen anderen Flieger nehmen als du …«

»Das ist kein Problem«, sagte Victor rasch und erleichtert. Dann fiel ihm ein, dass dieser letzte gemeinsame Ausflug auch die Gelegenheit bieten würde, *ausführlich* voneinander Abschied zu nehmen. Denn im Prinzip war es ja nicht erforderlich, seinen Vorsatz ohne eine letzte Erinnerungsnacht in die Tat umzusetzen. Seine Laune besserte sich auf der Stelle. Er ging zu ihr, strich ihr über die Wange, die noch ein wenig feucht war, und ließ es zu, dass sie sich erhob und ihre Arme um ihn schlang. »Du kommst schon durch, meine Kleine«, sagte er gönnerhaft. »Was ich dazu tun kann, das werde ich tun. Und wenn du mal Probleme haben solltest, bin ich auch für dich da!«

»Danke, Victor«, hauchte Sally und zwang ihr Knie, dort zu bleiben, wo es war. Nur allzu gern hätte sie es nach oben gestoßen, wo es ihm Schmerz bereiten würde. Aber vielleicht ergab sich ja später einmal die Gelegenheit dazu …

47

Nach einer letzten Nacht voller Leidenschaft im Table Bay verabredeten sie, dass Sally nicht mehr da sein würde, wenn Victor das nächste Mal in die Mine käme.

»Ich hoffe, das hilft dir«, sagte Victor mit belegter Stimme, als er ihr einen dicken braunen Umschlag in die Hand drückte. Danach verzog er sich in die Toilette, wo er gerade noch seine Tränen vor ihr verbergen konnte. Er war erstaunt über sich selbst, denn er hätte geschworen, keinerlei wirkliche Gefühle in diese Beziehung investiert zu haben.

Sally nutzte seine Abwesenheit, um den Inhalt des Kuverts zu prüfen. Sie zählte die mit Banderolen umwickelten Geldpäckchen und war verblüfft über seine Großzügigkeit. Einen Moment lang stieg etwas wie Scham in ihr auf, dann aber erinnerte sie sich der vielen kleinen Gemeinheiten und großen Demütigungen, die er ihr zugefügt hatte. Sie sagte sich, dass es sich um nichts anderes als Schadenersatz handle; ein winziger Klacks für einen Mann wie Victor Assmann.

Auch das Zeugnis war glänzend. Es würde ihr ohne Probleme zu einer neuen Stellung verhelfen.

Victor kam aus der Toilette zurück und umarmte sie ein allerletztes Mal. »Mach es gut, meine Kleine«, sagte er, und Sally sah, dass er tatsächlich geweint hatte.

»Du auch. Und alles Gute für dein Kind«, wünschte Sally mit belegter Stimme, und diesmal musste sie nicht schauspielern. Es hatte ja durchaus auch schöne Stunden und Erlebnisse gegeben. Dann aber packte sie ihren kleinen Koffer und flüchtete vor ihren eigenen unwillkommenen Emotionen.

Sie orderte einen unauffälligen Mietwagen, den sie am Straßenrand parkte, und wartete.

Es führte kein anderer Weg vom Hotel in die Stadt.

Nach gut einer Stunde fuhr er vorbei. Er hatte ebenfalls ein Auto gemietet, und schon als sie ihn am Steuer des Geländewagens sah, ahnte sie, wohin die Reise führen würde.

Als sie ganz sicher war, ließ sie sich etwas zurückfallen, um seine Aufmerksamkeit nicht zu erregen.

Victor war tief in Gedanken, und sie kreisten schon längst nicht mehr um den Abschied von Sally.

Was ihm im ersten Moment als geniale Idee erschienen war, erwies sich nun als Problem. Wie sollte er mit Ludwig weiter verfahren? Schon seit Tagen war ihm klar, dass er den Bruder nicht einfach in dem Ferienhaus »vergessen« konnte. Irgendwann würde selbst ein labiler Kerl wie Ludwig genug davon haben, in dieser Einsamkeit zu warten. Wenn er sich entschließen würde loszumarschieren und die Sache vernünftig anging, konnte er es durchaus schaffen, in die nächste Ansiedlung zu gelangen. Die Küste war ein zuverlässiger Wegweiser, und Wasser sowie Lebensmittelvorräte waren genügend vorhanden, um einen solchen – zugegebenermaßen anstrengenden – Trip durchzustehen.

Ludwig war zwar weltfremd, aber intelligent genug, sich helfen zu können, wenn er erst einmal eine Stadt erreicht hatte. Er würde versuchen, mit Mutter, mit Georg und mit Irene Wuttke Kontakt aufzunehmen, genau in dieser Reihenfolge.

Jeder dieser drei Akte aber wäre gefährlich für Victor. Denn natürlich würde Ludwig jedem der drei sofort erklären, ihm die *Träne der Götter*, den *Assmann-Jupiter*, zurückgegeben zu haben. Sein Bruder hatte zwar keine Beweise dafür, aber Victor war klar, dass seine Mutter auf jeden Fall, vermutlich aber auch die beiden anderen ihm glauben könnten, zumindest aber Zweifel an seiner, Victors, Darstellung bekämen. Und wohl auch der Alte, der ohnehin von einem Grundmisstrauen beseelt war und bereit, jedem jedwede Untat zuzutrauen.

Bei seinem Vater würde es im Übrigen schon genügen, dass er, der ältere Bruder, dem Kleinen geholfen hatte zu verschwinden, um in Ungnade zu fallen. Und dies nun war, im Nachhinein betrachtet, ein Punkt, an dem er angreifbar war.

Es war ein Fehler gewesen, dem verwirrten Ludwig beim Kauf des Tickets zu helfen. Die Frau am Schalter könnte sich an ihn erinnern; es war sogar möglich, dass jemand die beiden Assmann-Brüder am Flughafen zusammen gesehen und erkannt hatte. *Und last, but not least*: Sally wusste, wohin er den Bruder von Kapstadt aus geschafft hatte, obwohl dies natürlich das kleinste aller Probleme war, denn Sally war in Kürze nicht mehr in der Mine, und außerdem konnte er sich ihrer Solidarität gewiss sein.

Was also sollte er tun?

Die Klärung dieser Frage ergab sich wie von selbst.

Kaum hatte Victor den Zündschlüssel aus dem Schloss gezogen, stürzte Ludwig ihm über die Holzterrasse entgegen und fragte mit einer Stimme, der anzuhören war, dass er sich seit seiner Ankunft mit wenig anderem beschäftigt hatte: »Wie geht es Vater?«

»Er ist an dem Tag verstorben, als ich zurückgeflogen bin«, erklärte Victor.

»Mein Gott!«, stammelte Ludwig und wurde blass. »Wie soll ich mit einer derartigen Schuld weiterleben?« Er musste sich am Kühler des Wagens festhalten und begann zu winseln wie ein kleines Kind: »Wie? Kannst du mir das sagen, Victor?«

Victor starrte ihn an und versuchte, sich so zu verhalten, als ob seine Behauptung der Wahrheit entspräche. »Das ist dein Problem, Ludwig«, sagte er nach einer Weile mit dem düsteren Ernst, den die Lage erforderte. »*Du* hast das Ding schließlich geklaut.«

Damit ließ er den Bruder stehen und ging ins Haus.

Dort setzte er sich in einen Sessel, der mit Leopardenfell bespannt war. Er kannte seinen Bruder Ludwig genau, immerhin war er vier Jahre älter. Der Kleine war ein Weichei, war es immer gewesen. Er würde den Druck nicht aushalten können.

Dieses Fazit bestimmte Victors weiteres Vorgehen.

Er hatte die »Abfindung« Sallys im letzten Moment doch noch einmal reduziert: Immerhin hatte er der Frau etliche Schmuckstücke geschenkt, deren Wert mit berechnet werden musste. Deswegen hatte er noch eine beträchtliche Menge Bargeld bei sich. Er legte dieses auf den Ebenholztisch und, nach einem letzten Zögern, auch das Handy, das Sally bisher benutzt und das er sich zurückerbeten hatte. Sogar das passende Ladegerät kramte er aus seiner Aktentasche.

Niemand sollte ihm einen Vorwurf machen können.

»Wie hat es Mutter denn aufgenommen?«, hörte er in diesem Moment die gequälte Stimme seines Bruders.

Victor wandte sich um und musterte die Trauergestalt. »Wie schon?«, fragte er und war sich bewusst, wie feindselig es klang.

Ludwig hatte inzwischen das Geld und das Telefon auf dem Tisch gesehen. »Was soll das?«, fragte er, obwohl sich diese Frage eigentlich erübrigte.

»Du kannst ja nicht ewig hierbleiben«, konterte Victor.

»Und wo soll ich hingehen?«

»Das liegt bei dir. Im Moment jedenfalls nicht zu Mama, wenn ich dir raten darf«, erklärte Victor und zog den Reißverschluss der Aktentasche wieder zu. Dann machte er eine Bewegung in Richtung Tisch und sagte: »Das müsste für eine Weile genügen. Und wenn es alle ist, musst du dir eben etwas einfallen lassen.« Er hob die Schultern und fügte dann, mit so übertriebenem Optimismus, dass die Heuchelei deutlich erkennbar war, hinzu: »Vielleicht renkt es sich ja wieder ein, wenn genügend Zeit vergangen ist. Irgendwie … irgendwann …«

»Du kannst mich doch nicht einfach allein lassen, Victor«, jammerte Ludwig, ohne auch nur den Versuch zu machen, sich wie ein Mann zu benehmen.

»Ich muss es sogar. Es gibt eine ganze Anzahl anderer Dinge, um die ich mich kümmern muss, wie du dir wohl vorstellen kannst!« Seine Stimme triefte vor Verachtung, als er sich gleich darauf korrigierte: »Oder eigentlich *nicht*. Du hattest ja noch nie Verständnis – oder auch nur Interesse dafür, wie Geldverdienen geht und was für eine Verantwortung es bedeutet, wenn man weltweit für mehrere tausend Arbeitsplätze zuständig ist!«

»Georg ist ja auch noch da«, sagte Ludwig nach einer Weile, und es klang sogar ein wenig trotzig.

Ja, genau, dachte Victor und begann sich zu ärgern. »Georg ist aus der Firma ausgeschieden. Auf eigenen Wunsch. Er hat die Liebe entdeckt und ist aus der Villa ausgezogen. Außerdem glaube ich kaum, dass er sich anhören möchte, was du ihm sagen könntest. Es war nämlich auch *sein* Vater, verstehst du, und er ist ziemlich traumatisiert von dessen Tod. Ich hab im Übrigen keine Ahnung, wo er sich aufhält. Er hat Mutter und mich gebeten, ihm die Auszeit zu geben, die er braucht …«

»Und … Irene?«

»Was für eine blöde Frage. Wenn irgendjemand dir nie verzeihen wird, was du getan hast, dann ist sie es. Für die war Papa doch ihr höchstpersönlicher Gott!«

Ludwig nickte. Er wusste, dass dies der Wahrheit entsprach.

»Übrigens hat Gönnermann neulich deine Unterlagen zurückgeschickt. Ich war noch mal in deiner Wohnung, da hab ich das Paket gesehen und den Begleitbrief gelesen.«

»Und was hat er geschrieben?«

»Dass er sich noch mal gründlich mit der Sache befasst hat. Und dass er seinen ersten Eindruck leider korrigieren müsse. Dass weite Partien doch sehr unausgereift wären und ohne weitere, umfassende Bearbeitung ...«

»Alles klar«, sagte Ludwig und wurde noch eine Spur blasser. Er spürte, wie alle, ausnahmslos alle seine Befürchtungen schreckliche Realität geworden waren, was ihn mit einem bleiernen Gewicht erfüllte. Die Schwerkraft und er standen in einem anderen Verhältnis zueinander als bisher: Er fühlte, wie er zu Boden gezogen wurde, und er wünschte inständig, Victor möge verschwinden.

Der Bruder schien es zu spüren. Auch, dass Ludwig es nicht ertragen würde, noch einmal berührt zu werden.

Victor ging bis zur Tür. Dort blieb er stehen und sagte: »Tut mir leid, Kleiner, aber manche Sachen erzeugen eben einen ... *Dominoeffekt*!«

Sonderbarerweise klang dieser letzte Kommentar wie eine Entschuldigung, doch Ludwig hatte weder die Zeit noch die Kraft, sich um solche Nuancen zu kümmern. Er musste tun, was zu tun war, und er musste es rasch hinter sich bringen. Er kannte sich und seine Wankelmütigkeit. Nur, dieses Mal konnte er es sich nicht leisten, sie eintreten zu lassen, denn er wusste, wie es danach weitergehen würde. Es war besser, das Leben zu verlieren als den Verstand. Und den Verstand zu verlieren war letztlich auch ein Sterben, nur eines, das unendlich lange andauern konnte, und dies zu üblen Bedingungen.

Ludwig schleppte sich auf die Terrasse und wartete ungeduldig, bis das Motorengeräusch des Wagens nicht mehr zu hören war.

Dann ging er vor bis zum äußersten Punkt der Klippe.

Tief unten schlugen donnernd die Wasser der Brandung an die felsige Uferwand, und genau so würde es auch mit ihm geschehen. Es würde rasch vorüber sein. Er dachte noch einmal an den Alten und versuchte Reue zu empfinden, doch er musste einsehen, dass er dazu zu erschöpft und ausgebrannt war…

Sally hatte ihr Auto zwischen den Dünen versteckt, als Victor nach einem erstaunlich kurzen Aufenthalt wieder mit dem Geländewagen davonbrauste.

Sie sah den jüngsten der Assmann-Söhne aus dem Haus kommen und die Terrasse überqueren. Etwas an seiner Körperhaltung irritierte sie und zwang sie, den Blick nicht von ihm zu nehmen.

Sie sah den schmächtigen Mann regungslos auf dem Vorsprung der Klippe stehen, und plötzlich begriff sie. Noch ehe sie den Schrei ausstoßen konnte, zu dem ihr Unbewusstes sie zwingen wollte, machte der Mann einen Schritt ins Nichts und verschwand aus ihrem Gesichtsfeld.

Nach einer Schrecksekunde begann sie nach einer Abstiegsmöglichkeit zu suchen und hatte den felsigen Weg schnell gefunden.

Sie musterte von der kleinen sichelförmigen Bucht aus die aufgewühlte Wasseroberfläche, aus der immer wieder Felsbrocken herausragten. Sally versuchte, die Höhe der Klippe zu schätzen, von der Ludwig Assmann sich ins Meer gestürzt hatte. Es musste sich um gut fünfzehn Meter handeln, vielleicht auch mehr. Jedenfalls war es kaum vorstellbar, dass ein Mensch bei diesen Bedingungen den Sturz überleben konnte.

Sally blickte über den Ozean hinweg zum grauweißen Horizont und empfahl Ludwig Assmann der Fürsorge seiner Ahnen. Er war ein Mensch, der sich auf dem Weg in die nächste Welt befand; einem schwierigen Pfad, auf dem jeder Wanderer gute Gedanken benötigte. Und außerdem war er der einzige Assmann gewesen, der nicht von der Gier nach den *Tränen der Götter* besessen war, wie sie von Victor wusste.

48

Natürlich hatte er es sofort geahnt, aber um seine Mutter zu schonen, hatte Georg vermieden, seinen Verdacht auszusprechen.

Er hatte sich vorgenommen, Ludwig auf eigene Faust zu suchen und mit ihm zu sprechen, noch bevor Victor mit Anschuldigungen und sogar »Beweismitteln« auftauchte.

Georgs eigene Auseinandersetzung mit dem Vater und sein daraus folgendes Ausscheiden aus der Firma hatten seine ursprüngliche Absicht etwas in den Hintergrund gedrängt.

Jetzt aber, während Petra in Berlin war, fiel es ihm wieder ein.

Er holte sein Notizbuch und versuchte es mit allen Telefonnummern, die ihm im Zusammenhang mit dem jüngsten Bruder einfielen, doch niemand hatte eine Ahnung davon, wo Ludwig sich aufhalten könnte. Noch saß er grübelnd am Telefon, als die Türglocke anschlug.

»Ich hab es vermutet, dass du hier bist«, sagte Irene Wuttke anstelle einer Begrüßung und ging an ihm vorüber in das kleine Apartment. Sie stellte sich an die geöffnete Balkontür und schaute über die herbstliche Lichtung hinweg auf die Dächer Wiesbadens. »Hübsch«, fasste sie danach ihre Eindrücke zusammen. »Aber eine Dauerlösung kann das nicht sein!«

Georg ersparte sich eine Antwort darauf; schließlich war er ihr keine Erklärungen schuldig. »Was führt Sie hierher, Irene?«, fragte er stattdessen, denn er konnte sich nichts anderes vorstellen, als dass sie im Auftrag des Alten gekommen war. Seine Mutter hatte sie mit Sicherheit nicht zu ihm geschickt.

»Ich werd es dir sofort erzählen«, erwiderte sie und ließ sich in den geblümten Ohrensessel sinken, den Petra eigenhändig abgebeizt, neu gestrichen und aufgepolstert hatte.

Georg setzte sich auf das Sofa und betrachtete die Vertraute seines Vaters aufmerksam. Irene Wuttke erschien ihm nervös und irgendwie ratlos.

»Ich versuche ein vernünftiges Gespräch mit dir zu führen«, erklärte sie jetzt, und es klang ausgesprochen erbittert.

Georg war etwas pikiert. »Hoffentlich haben Sie niemandem davon erzählt, Irene. Ich fürchte, man wird Ihnen das sonst als Fahnenflucht auslegen!«

»Dazu müsste erst einmal jemand anwesend sein«, erwiderte sie sarkastisch. »Dein Vater ist Hals über Kopf nach Brasilien gejettet, deine Mutter ist seit Tagen wieder … *ver-*

schollen … Victor ist in Afrika und befindet sich seit gestern in einem …«, ihre Stimme machte ganz klar, dass sie nicht an diese Mär glaubte, »… *Funkloch* … jedenfalls ist er nicht erreichbar, und vor zwei Stunden hat der persönliche Referent des Königs von Saudi-Arabien angerufen, der König sei zu einem privaten Besuch in Köln und habe den Wunsch geäußert, die Firma Assmann zu besuchen, vor allem die Jubiläumsausstellung, von der sein Abgesandter ihm so begeistert erzählt habe.« Sie zuckte resigniert mit den Schultern. »Dummerweise hat der Mann zuerst gefragt, ob die Ausstellung noch zu besichtigen sei, und ich Kamel habe Ja gesagt. Ich konnte ja nicht ahnen, wer er ist, und dass der König selbst zu kommen beabsichtigt.« Dann hob sie dramatisch die Stimme und ließ endlich die Katze aus dem Sack: »Und zwar heute, am Spätnachmittag.«

Um ein Haar hätte Georg gelacht, doch er beherrschte sich und fragte: »Und was haben Sie darauf erwidert, Irene?«

»Ich hab natürlich gesagt, es ist uns eine ungeheure Ehre, und der hohe Gast sei herzlich willkommen!«

Georg nickte. Es war das einzig Richtige, wie er aus Erfahrung wusste. Natürlich wusste er ebenso, dass es eine unverzeihliche Kränkung wäre, den König vom Finanzchef des Idar-Obersteiner Werks oder dem Personalchef durch Firma und Ausstellung führen zu lassen. Das Königshaus von Saudi-Arabien war ein jahrzehntelanger und sehr guter Kunde, und der König durfte erwarten, dass sich einer der Assmanns persönlich um ihn kümmerte.

»Du musst mir helfen, Georg, ich bitte dich!« Irene Wuttke starrte ihn fordernd an.

»Irene, ich bin nicht mehr in der Firma. Ich habe gekündigt, und mein Vater hat die Kündigung angenommen!«

»Das mag ja sein, aber du bist und bleibst ein Assmann, und diese blöde Kündigung entbindet dich nicht von deiner Verantwortung!«

Georg erwiderte nichts. Er drückte auf die Taste der Kaffeemaschine, um zwei doppelte Espressi zu bekommen.

»Und was ist mit meiner Mutter?«, fragte er, während die schwarze Brühe in die beiden Tassen tröpfelte.

»Ich weiß es nicht, Georg. Irgendwie hat es Knatsch zwischen ihr und deinem Vater gegeben. Vermutlich wegen Ludwig, aber ich hab wirklich keine Ahnung. Jedenfalls kam sie vor Tagen aus der Firma, ich bin ihr zufällig auf dem Heimweg begegnet, mit *kurzen Haaren* übrigens, und seither hab ich nichts mehr von ihr gesehen oder gehört. Sie geht auch nicht an ihr Handy, und auf meine Mails, SMS und Mailboxnachrichten hat sie nicht reagiert.«

»Ich hab mich auch schon darüber gewundert, dass sie sich nach meiner Auseinandersetzung mit Vater nicht bei mir gemeldet hat. Ich meine … es ist ja schließlich keine Alltagsbegebenheit, dass ich die Firma verlassen habe«, sagte Georg und ärgerte sich sofort über sich selbst. Er hatte nicht vorgehabt, seine Enttäuschung über das Verhalten seiner Mutter mit irgendjemandem zu besprechen. Sogar Petra gegenüber hatte er dies vermieden.

»Es gibt überhaupt keine *Alltagsbegebenheiten* mehr seit unserem Jubiläum. Nur täglich neue Katastrophen«, sagte Irene bitter, und Georg sah, wie sehr ihr die Wochen zugesetzt hatten, die seither vergangen waren.

»Bitte, Georg«, flehte sie jetzt, und es schnitt ihm förmlich ins Herz. »Du darfst nicht zulassen, dass der König sich durch uns beleidigt fühlt. Schon wegen der langjährigen, guten Geschäftsbeziehungen nicht, und außerdem, du weißt genau, welchen Einfluss der Mann hat. Der könnte uns ja so was von schaden … und das ausgerechnet jetzt, wo sich in der Geschichte mit den Blutdiamanten überraschenderweise die Lage zu beruhigen scheint. Es kostet dich doch nicht mehr als drei, vier Stunden und, zugegeben, ein bisschen Überwindung, aber …«

»Herrgott noch mal Irene, ich sag es doch, ich bin draußen. Lassen Sie mich in Ruhe damit, es geht mich nichts mehr an, verstanden?!«

»Was ist denn hier los?«, ertönte in diesem Moment Petras Stimme.

Sie war ins Zimmer getreten, ohne von den beiden bemerkt worden zu sein.

Irene Wuttke musterte sie, als ob sie sie zum ersten Mal sehen würde. Dann ging sie zum Kaffeeautomaten, griff nach den beiden Tassen und reichte eine davon Petra. »Ich werde es Ihnen erklären, Frau Eiler«, sagte sie dann mit erstaunlich sanfter Stimme, und Georg fiel auf, dass es eine perfekte Imitation des Tons war, den der Alte anschlug, wenn er sich anschickte, jemanden einwickeln zu wollen.

49

»Das Kind ist gesund und quietschlebendig, Frau Assmann«, sagte die Frauenärztin und deutete auf den Monitor des Ultraschallgeräts. »Sehen Sie selbst!«

Alice versuchte, sich aus den wabernden Flecken auf dem Bildschirm eine Vorstellung von ihrem künftigen Sohn zu machen, doch dann gab sie es auf. Sie war nur allzu bereit, der Ärztin zu glauben. »Muss ich irgendetwas Besonderes beachten?«, fragte sie stattdessen, während sie vom Untersuchungsstuhl kletterte.

»Nein, nein. Verhalten Sie sich ganz normal, essen Sie vernünftig. Machen Sie jeden Tag einen Spaziergang, und nehmen Sie weiterhin an der Schwangerschaftsgymnastik teil. Es wäre allerdings ratsam, wenn Ihr Mann Sie jetzt begleiten würde. Schon wegen des theoretischen Teils der Geburtsvorbereitung, aber auch, um Ihnen bei den Atemübungen während der Austreibungsphase beistehen zu können!«

Alice versuchte, sich einen Victor vorzustellen, der ihr beim Hecheln und Pressen behilflich war oder auch nur zwischen den werdenden Vätern saß, um Wissenswertes über Neugeborene und deren Behandlung zu erfahren, und konnte ein Kichern nicht unterdrücken. »Ich glaube nicht, dass ich meinen Mann dazu bringen kann«, sagte sie dann, als sie den Blick der Ärztin spürte.

Diese lächelte verständnisvoll. »Sie sollten ihm zumindest den Vorschlag machen«, erklärte sie dann. »Sehen Sie, ich habe täglich damit zu tun. Sie würden es nicht glauben, wie viele schwer beschäftigte Manager plötzlich alle Zeit der Welt zur Verfügung haben, wenn es um ihren Nachwuchs geht, vor allem, wenn es sich um das erste Kind handelt, und noch mehr dann, wenn ein Ehepaar so lange und bisher vergeblich darauf gewartet hat, wie es bei Ihnen – und manch anderen auch – der Fall war.«

Alice nickte. Vermutlich hatte die Frau sogar recht. Es war

erstaunlich, wie sehr die Nachricht ihrer Schwangerschaft Victors Verhalten und ihre Ehe verändert hatte. Jeden Tag rief er an, manchmal sogar mehrmals, um sich danach zu erkundigen, wie sie sich fühle. Er hatte sie gebeten, das Tennisspielen aufzugeben, und sie, in einem regelrecht theatralischen Anfall, sogar schwören lassen, bis nach der Geburt nie mehr einen Reitstall zu betreten. Und obwohl in ihrem Bungalow von Anfang an ein geräumiges Kinderzimmer vorgesehen war, sprach er immer wieder davon, ein größeres Haus bauen zu wollen, damit die *Kinder* ausreichend Platz hätten.

Er schenkte ihr Blumen, brachte kleine Aufmerksamkeiten mit und hatte neulich sogar einen Katalog über elektrische Eisenbahnen bestellt, den er eifrig studierte.

Er küsste sie jedes Mal, wenn er das Haus verließ, ob es sich um einen normalen Arbeitstag oder um eine Reise handelte, und er küsste sie so zärtlich, wie er es letztmals in der Zeit ihrer jungen Ehe getan hatte. Wenn sie zusammen im Bett lagen, verlangte er, ihren Bauch berühren und streicheln zu dürfen, und er fieberte dem Moment entgegen, wo er Gelegenheit haben würde, eine Bewegung des Fötus zu spüren.

Er war ganz und gar verändert.

Alice, die sich über den Zustand ihrer Ehe nie etwas vorgemacht hatte, war voll vorsichtiger Hoffnung. Es war ein Wunder, was mit Victor und ihr geschehen war, aber sie war ein Mensch, der eher zum Pessimismus neigte, und hatte deshalb eine angeborene Neigung, Wundern zu misstrauen.

Als sie zu Hause angelangt war, ging sie ins Gewächshaus, um nach ihren Orchideen zu sehen. Sie nahm ihr kleines vergoldetes Gießkännchen und füllte es mit der Nährflüssigkeit, die sie selbst nach einer eigenen Rezeptur herstellte. Als sie zu der schwarzen Orchidee kam, deren Wurzelstock Victor einem südamerikanischen Indio abgekauft und dann heimlich nach Deutschland importiert hatte, obwohl diese Orchideenart so gut wie ausgestorben war und deshalb unter strengstem Naturschutz stand, blieb sie stehen und betrachtete betrübt den Käfer, der auf dem Stängel der Pflanze hockte. Sie holte sich eine Lupe, um ihn genauer betrachten zu können, und richtete sich dann verblüfft wieder auf. Es handelte sich nicht um einen Schädling, die kostbare Pflanze hatte einen Trieb ausgebildet. Er war noch winzig, aber es bestand kein Zweifel: Nach langer Zeit kam neues Leben aus dieser nahezu verdorrten Pflanze. Genau wie bei mir, dachte Alice, und sie sah die Sache als weiteres gutes Omen für eine erfüllte und glückliche Zukunft.

50

Sally, die in dem Haus über den Klippen, zusammen mit Victor, viele Wochenenden und Ferientage verbracht hatte, sah sich in der Vorratskammer um und suchte sich eine kleine Mahlzeit zusammen, die sie auf der Holzterrasse zu sich nahm.

Sie spülte ihren Teller ab und stellte ihn wieder in den Schrank zurück, danach ging sie noch einmal an den Rand der Klippe, um ein für alle Mal Abschied von diesem Stück Land zu nehmen.

Sie erinnerte sich an einen Abend ganz zu Beginn ihrer

Beziehung, an dem sie mit Victor hier draußen gewesen war. Sie hatten Champagner getrunken, den Sonnenuntergang genossen, und Sally hatte sich eingebildet, niemals mehr Glück als in dieser Stunde empfinden zu können. Es war in der Zeit gewesen, als sie noch glaubte, dass Victor Assmann sie liebe.

Ihr Blick folgte dem silbernen Schein, der jetzt auf dem Meer lag – und da sah sie ihn.

Die Brandung hatte ihn nicht gegen die Felsen geschlagen, sondern offenbar mit der Flut sanft an den kleinen sichelförmigen Strand gespült. Das Meer hatte sich schon wieder etwas zurückgezogen, aber der jüngste Assmann lag auf dem dunklen, noch nassen Teil des Sands.

Obwohl Sally nicht hätte sagen können, was sie dazu trieb, den Selbstmörder anzusehen, machte sie sich erneut auf den Weg nach unten.

Aus halber Höhe bereits erkannte sie, dass er auf dem Rücken lag. Mit dem gebotenen Respekt näherte sie sich dem Mann, der die Mühsale dieser Welt bereits überwunden hatte.

Einen guten Meter von dem Toten entfernt blieb sie stehen und betrachtete ihn. Er hatte ein feines, gut geschnittenes Gesicht und wirkte so friedvoll und entspannt, als ob er nur schliefe. Sie dachte, dass es wahr sein musste, was die Alten sagten. Dass der Tod ein Land war, in dem die Last des Leibes und des Lebens vom Menschen abfiel und er deswegen wahres Glück empfinde.

Dann wandte sie sich wieder um, um zum felsigen Aufstieg zurückzukehren.

Nach zwei Schritten hörte sie den Schrei eines Wesens, das sie nicht kannte. Sie fuhr herum und sah, dass der Tote die Augen geöffnet hatte. Ein Schauer durchfuhr sie, und alle Haare an ihrem Körper stellten sich auf.

Ludwig stöhnte erneut. »Verdammt! Mir tun alle Knochen weh«, krächzte er und setzte sich auf.

Sally verstand kein Wort, aber sie begriff jetzt, dass der Mann den Sturz überlebt hatte. Langsam kam sie näher. »Can I help you?«, fragte sie zögernd.

Ludwig starrte sie an und bediente sich dann ebenfalls der englischen Sprache, was Sally klarmachte, dass mit seinem Kopf alles in Ordnung sein musste, obwohl er diesen jetzt mit seiner Rechten nach irgendwelchen Verletzungen abtastete.

Dann hob er den linken Arm und bewegte die Beine. Er wandte sich um, stützte sich auf Hände und Knie, um sich schließlich vollends aufzurichten. Dann schwankte er allerdings, und Sally sprang ihm rasch zur Seite.

Sie half ihm, sich gegen einen Felsen zu lehnen, und sagte: »Bleiben Sie hier. Ich werde das Boot holen und dann um die Klippen herumrudern. Weiter östlich ist der Strand flach und die Brandung ungefährlich. Sie können dort warten; ich habe oben ein Auto und werde Sie abholen!«

Ludwig nickte. Er hatte also recht gehabt mit seiner Vermutung. Es gab doch ein Boot.

Die Frau entfernte sich ein paar Schritte westwärts. Er drehte den Kopf, um ihr nachzusehen, und plötzlich wurde ihm übel. Er erbrach seinen Mageninhalt, danach fühlte er sich wieder besser. So lange, bis sein Geist, der sonderbar träge arbeitete, ihm wieder und wieder die Bilder vorspielte und die Worte wiederholte, die ihn hierhergebracht hatten. Er versuchte, diesem schrecklichen Film Einhalt zu gebieten, doch es war unmöglich.

Sally maß ihn mit besorgten Blicken, während sie mit aller Kraft ruderte, um dem Sog der Strömung zu entkommen und den Fels zu umrunden. Endlich hatten sie die Stelle erreicht, die sie von ihren Ausflügen mit Victor kannte.

Ohne dass sie ihn dazu auffordern musste, humpelte Ludwig ans Ufer. Sally zog das Boot an Land und sagte dann: »Ich werde fast eine Stunde brauchen, bis ich zurück sein kann!«

»Alles klar«, murmelte Ludwig desinteressiert.

»Und Sie werden so lange keine Dummheiten machen«, forderte Sally mit der Stimme einer strengen Gouvernante.

Ludwig musste wider Willen ein wenig lächeln. »Keine Sorge«, erwiderte er, und trotz seiner Schwäche war der Sarkasmus unüberhörbar. Den nächsten Satz aber sagte er dennoch in seiner Muttersprache: »Zwei Mal an einem einzigen Tag werde ich nicht versuchen, mich umzubringen!«

Während der fast vierstündigen Fahrt hatte Sally Gelegenheit, den Mann auf dem Beifahrersitz genau zu betrachten.

Sie fuhr betont langsam, denn immer wieder griff Ludwig Assmann an seinen Kopf und stöhnte erbärmlich. Sein linker Arm, soweit er aus dem Shirt herausragte, schwoll zunehmend an und verfärbte sich bläulich. Es passte nicht in ihre Planungen, aber die Notwendigkeit war nicht mehr zu ignorieren: »Sie müssen zu einem Arzt gehen, Herr Assmann«, sagte Sally entschieden.

»Vermutlich haben Sie recht«, räumte Ludwig ein und versuchte, den Schüttelfrost zu unterdrücken, von dem er plötzlich befallen wurde.

Sally dachte nach, wie sie sich am klügsten verhalten solle. Sie selbst hatte noch nie medizinische Hilfe benötigt.

Als sie über die mehrspurige Ausfallstraße nach Kapstadt einfuhren, sah sie zu ihrer Rechten den großen Komplex des Groote-Schuur-Krankenhauses. Kurz entschlossen steuerte sie die Notaufnahme an.

»Hier werden Sie Hilfe finden«, sagte sie, stoppte ab und half Ludwig aus dem Wagen.

»Aber ich habe kein Geld, und meine deutsche Versicherung wird mir hier nichts helfen!«

Wortlos griff Sally in ihre Handtasche und drückte ihm das Bündel Scheine in die Hand, das sie auf dem Tisch des Ferienhauses gefunden hatte.

»Ich wünsche Ihnen gute Genesung, Herr Assmann«, sagte sie dabei und war danach so schnell wieder im Auto und weggefahren, wie Ludwig es kaum verarbeiten konnte.

Unentschlossen tappte er in Richtung Eingangstür. Doch da stieg eine neue Welle von Übelkeit in ihm hoch. Er sah die gesamte Szenerie wie durch die Linsen eines umgedrehten Fernglases, und die Bilder entfernten sich immer weiter von ihm.

Seinen Aufprall auf die Steinplatten des Eingangsbereichs spürte er schon nicht mehr.

51

Er macht ein Gesicht wie ein trotziger Junge, dachte Irene Wuttke, aber immerhin hatten sie es mit vereinten Kräften geschafft, Georg dazu zu überreden mitzukommen.

Von unten hörte man jetzt wie Autotüren schlugen, gleichzeitig klingelte das Telefon auf dem Schreibtisch.

Meinem *ehemaligen* Schreibtisch, dachte Georg und spürte zum ersten Mal, seitdem er dieses Haus verlassen hatte, einen Schmerz. Er spürte ihn physisch, nicht psychisch, und plötzlich wusste er, wie sich der eiserne Heinrich aus dem Grimm'schen Märchen gefühlt haben musste. Die Kündigung war ein *Reif um sein Herz*, und er war noch weit davon entfernt, ihn zerbrechen zu können. Doch sehr viel Zeit blieb ihm nicht, darüber nachzudenken.

Irene Wuttke öffnete die Tür und warf ihm einen letzten Blick zu, der ein ganzes Programm enthielt, während Petra sich bei ihm einhakte und ihn sanft aus dem Zimmer zog.

Okay, dachte Georg, als er den teppichbelegten Flur entlangging. Mach ich es eben. Für einhundert Jahre Assmann-Edelsteine, für meinen Großvater und meinen Urgroßvater, und für Mutter, die etliche ihrer schönsten Arbeiten ans arabische Königshaus verkauft hatte.

Für den Alten bestimmt nicht!

In der Halle hatte er die Contenance wiedergefunden. Er ging dem König mit einem Lächeln entgegen und begrüßte den Regenten in fehlerfreiem Arabisch. Er sprach es nicht perfekt, aber die Begrüßungsformeln und einige Höflichkeitssätze hatte er auswendig gelernt. In etwa zwanzig Sprachen im Übrigen. Die Firma Assmann war schließlich keine kleine deutsche Klitsche, sondern ein internationaler Konzern.

»Darf ich Ihnen meine zukünftige Frau vorstellen, Eure Majestät?«, fragte er danach auf Englisch.

Der Monarch nickte huldvoll. »Ich sehe, der Sinn der Assmanns für das Schöne und Besondere erstreckt sich nicht nur auf Edelsteine. Das Juwel, das Sie hier gefunden haben, um Ihre künftige Familie zu schmücken, ist ausgesprochen erlesen«, sagte er galant und küsste Petra die Hand.

»Vielen Dank«, erwiderte Georg geschmeichelt und machte dann eine Geste in Richtung der Aufzüge. »Die Ausstellung befindet sich im Untergeschoss!«

Petra erinnerte sich daran, von einer Araberin, die sie einmal interviewt hatte, gehört zu haben, jede und jeder ihrer Landsleute liebe bunte Geschichten, der König aber übertreffe all seine Untertanen darin.

Während Georg die Karatzahlen, Fundstätten und Schleiforte der ausgestellten Edelsteine benannte, erzählte Petra jene Geschichten, die sie während des Jubiläums aufgeschnappt hatte. Sie tat dies mit Charme und in einem flüssigen Englisch, das sie in ihren beiden Jahren als Au-pair in Oxford erworben hatte. Der Hausherr persönlich, ein Universitätsprofessor für Anglistik und Literatur, hatte darauf geachtet, dass Petras Sprachkenntnisse seinen Ruf nicht beschädigten.

Der König war nachgerade entzückt. Als sie an der vorletzten Vitrine vorüberkamen, blieb Georg stehen. »Bitte, Frau Wuttke, seien Sie so freundlich und öffnen Sie das Schloss«, sagte er einem spontanen Impuls folgend.

Irene Wuttke schaute ihn fragend an, doch Georg ignorierte den Blick.

Er griff nach einem ungefassten, apart geschliffenen pfirsichfarbenen Diamanten, der auf einem nachtblauen Seidentuch lag, und überreichte ihn dem König mit einer Verbeugung, deren Tiefe genau dem Anlass entsprach: »Ich bitte Sie, dieses Geschenk als Erinnerung an den Besuch unseres Hauses anzunehmen, Eure Majestät! Es wäre uns eine Ehre, diesen Diamanten in Ihrer Obhut zu wissen.«

Irene Wuttke zog scharf den Atem durch die Nase, doch Georg lächelte unbeeindruckt. Der Wert des Präsents lag deutlich über dem, was Vater oder Bruder gutgeheißen hätten, aber ein König war schließlich ein König, und die Differenz zwischen Angemessenem und Gewährtem war der Preis für die Nötigung, mit der man ihn hierher gezwungen hatte.

»Das ist ein Ausdruck der größten Wertschätzung«, fand der König, der sichtlich beeindruckt war. »Wir werden dies dem Hause Assmann niemals vergessen!«

»Die Freude Ihres Besuchs ist kostbarer als alle hier versammelten Pretiosen«, erwiderte Georg, und Petra, die durchaus begriffen hatte, lächelte ihm mit funkelnden Augen zu.

»Ich wusste gar nicht, dass du einen Hang zur Bosheit hast«, sagte Irene Wuttke säuerlich, als die königliche Delegation wieder davongefahren war.

Petra aber schob ihre Hand in die des Verlobten und sagte: »Ich bin so was von stolz auf dich, Georg! Das war eine Geste, die zu dir passt. Eine kostbare Ohrfeige, zugegeben, aber du hast ihnen den Arsch gerettet, dann darfst du dir auch etwas leisten, und ich wette, sie werden noch viel Anlass haben, dir dafür dankbar zu sein. Obwohl sie's wirklich nicht verdient haben!«

Nach diesen Sätzen nickte sogar Irene Wuttke und dachte,

dass sie Petra Eiler eindeutig unterschätzt hatte. Der König war nicht nur von der Ausstellung begeistert und von der Firma beeindruckt gewesen, er hatte sich auch *unterhalten*, und dies war ganz eindeutig Petras Verdienst.

Sie würde es weder dem Alten noch Victor ersparen, diese Episode mit allen Facetten anhören zu müssen. Und irgendwann würde der Alte begreifen, dass er es nicht zulassen konnte, seinen Erstgeborenen samt seiner überraschend intelligenten und geschickten Verlobten in die Wüste zu schicken.

52

Sally fuhr zu der Autovermietung und gab den Wagen zurück. Dann nahm sie das Abendflugzeug nach U'Kanga, wo sie gut eine Stunde später landete.

Sie ging zur Damentoilette und wartete ab, bis der Flughafen kurz vor Mitternacht geschlossen wurde. Danach begab sie sich in die Wartehalle, wo sie zusammen mit fünf anderen Personen, die sich in der gleichen Weise verhalten hatten, auf Stühlen schlief, bis das Gebäude am folgenden Morgen wieder geöffnet wurde.

Vom Vorplatz des Flughafens aus nahm sie den Bus. Dieser fuhr, nahezu parallel zum Gelände der Assmann-Mine, bis zur Grenze ins Nachbarland, die gut dreihundert Kilometer entfernt war. Die wenigen Fahrgäste erwirkten jeweils durch Zuruf einen Stopp auf freier Strecke; von dort aus mussten sie ihre Behausungen zu Fuß erreichen.

Die Fahrt auf der holprigen Piste war anstrengend und die Temperatur in dem kleinen Bus nahezu unerträglich heiß. Durch die glaslosen Fensteröffnungen drang der Staub der Halbwüste herein und legte sich auf Kleidung und Poren.

Sally war nicht mehr mit diesem Beförderungsmittel gefahren, seitdem sie in der Mine gearbeitet hatte.

Ein erstes, ziehendes Gefühl der Entbehrung des verlorenen Luxus machte sich breit. Die Privilegien, die sie als Victors Geliebte genossen hatte, würde ihr eine neue Stelle nicht bieten können. Dann aber schämte sie sich für diese Gedanken. Wie oft hatte ihr Joe erklärt, dass Traditionen wichtiger seien als der einzelne Mensch, und wenn dieser deswegen leiden müsse, so sei es nicht von Bedeutung.

Sie schlief tief und fest ein. Als sie kurz vor der Grenze wieder zu sich kam, sah sie, dass sie nicht mehr weit von der Stelle entfernt war, von der aus das Kobradorf am schnellsten zu erreichen war – was immerhin noch zwei Stunden Fußmarsch bedeutete.

Sie hatte festes Schuhwerk angezogen, aber die dornigen Sträucher verhakten sich immer wieder im Stoff ihrer Jeans.

Missmutig stapfte Sally durch das Gelände. Nur für ein Mitglied der Kobrasippe war der Pfad erkennbar: Die Wegweiser hier draußen im Outback waren Steine, Bodenwellen und die Spuren wiederkehrender Winde.

Endlich kam das Dorf in Sicht.

Es war etwa vierzig Jahre zuvor entstanden, damals, als nach dem letzten großen Erdbeben hier eine Versorgungsstation eingerichtet worden war. Etliche der Stammesmitglieder waren damals geblieben und hatten ihr bisheriges Nomadenleben aufgegeben.

Sally entdeckte zwischen dem knappen Dutzend Hütten jene ihrer verstorbenen Eltern, die so schäbig und armselig war wie eh und je. Davor hatte sich eine Anzahl Männer versammelt, unter denen sie ihren Bruder Joe erkannte. Er sah aus, als ob er sich noch nie von hier wegbewegt hätte. Er trug ein zerschlissenes Shirt und ausgefranste Shorts wie die anderen Männer, mit denen er im Schatten des Vorbaus ins Bao vertieft war; ein Spiel, bei dem Mulden im Sandboden das Spielfeld und dunkle und helle Bohnen die Figuren waren. Sie spielten mit Konzentration und Leidenschaft, und Sally war sicher, dass sie es schon stundenlang taten.

Eine Bemerkung Victors fiel Sally ein, eine verächtliche, zynische Bemerkung, für die sie ihn hasste: »Menschen, die heutzutage noch bereit sind, zu Bedingungen zu leben, wie das in eurem Kobradorf der Fall ist, sind wie leere Gefäße. Nutzlos, bis einer nach ihnen greift und etwas in sie hineinfüllt, dann erst funktionieren sie. Alle anderen, die Grips oder Power oder beides haben, sind doch schon lange weg und kommen auch niemals wieder zurück. Die nehmen ihr Leben in die Hand und sehen zu, dass sie's zu etwas bringen!«

Und dann sah sie ihn, den Mann, der etwas in Joe *hineingefüllt* hatte, in ihn und diejenigen, die nie weggegangen oder zurückgekehrt waren – wie ihr Bruder.

Der Fremde war sehr groß, dunkelhäutiger noch als die anderen. Er lehnte in der Türöffnung, und seine Körperhaltung glich der Victor Assmanns so sehr, dass es beinahe lächerlich war: Eine Diktatorenpose, die klarmachte, dass alle anderen Anwesenden unwichtig waren und er der unumstrittene Boss dieser Gruppe war.

Joe hatte niemals erwähnt, dass dieser Mann mit ihrem

Dorf in Verbindung stand. Vielleicht weil er instinktiv gespürt hatte, dass Sally ihn nicht anerkennen und seine Absichten nicht gutheißen würde.

Jetzt blickte er auf.

Er musterte zuerst ihre Figur und danach ihr Gesicht. Dann veränderte er seine Haltung und lächelte sie an.

Sally spürte, wie sich ihre Nackenhaare aufstellten. Sie sah ihm in die Augen und erkannte die Wahrheit: Dieser Mensch hatte vor, auch sie zu seinem Werkzeug zu machen. Und sie hatte geglaubt, dass es sich bei der *Aktion* um die Idee ihrer eigenen Leute handle!

Sollte sie alles aufgegeben haben, was sie erreicht hatte, nur um einen weißen Sklavenhalter gegen einen schwarzen auszuwechseln?

Eine unsägliche Wut auf ihren Bruder und seine labilen, lenkbaren Kumpane erfasste sie, doch sie wusste, dass sie diese Empfindung verbergen musste.

Der große Schwarze war inzwischen näher gekommen und packte sie unvermittelt am Kinn. Doch Sally hatte sich im Griff. Sie verzog keine Miene.

»Tüchtiges Mädchen«, sagte er lässig. »Wir werden sehr gut zusammenarbeiten!« Herablassend strich er mit seiner rauen Hand über ihre Wange. Sie sah seine abgebrochenen Fingernägel, unter denen schwarze Ränder lagen, und musste sich beherrschen, ihm nicht vor die Füße zu spucken.

»Ich heiße Mkuba, aber das weißt du ja schon!«

Sally ersparte es sich, etwas darauf zu erwidern. Sie senkte den Blick, damit er nichts in ihren Augen lesen konnte, und murmelte mit gespielter Erschöpfung: »Ich habe einen wahnsinnigen Durst!«

»Dem ist leicht abzuhelfen«, sagte Mkuba und machte eine auffordernde Geste zu Joe.

Er behandelt ihn wie einen Lakaien, dachte Sally, und ihre Abneigung gegen den Mann stieg ins Unermessliche. »Lass nur. Ich kenn mich ja aus«, sagte sie rasch und verschwand in der Hütte.

Sie holte sich eine Flasche Wasser aus dem Kühlschrank, der von einem Generator betrieben wurde, und goss sich ein Glas davon ein. Ihre Zornestränen vermischten sich mit dem Wasser, während sie trank.

Die Assmanns hatten im nördlichen Territorium, auf dem die Götter und Ahnen wohnten, mit ihren Baggern und Arbeitern die heilige Ruhe gestört. Sie hatten dies getan, obwohl es eine Vereinbarung gab, die mit Blut unterzeichnet war, in der sie sich verpflichtet hatten, dies zu unterlassen. Sie hatten es dieses Tabubruchs und Sakrilegs wegen verdient, dass man sie bestrafte, das hatten Joe und die anderen Männer im Dorf ihr ausführlich erklärt, und Sally hatte es eingesehen. Es war das, was der Schamane sie gelehrt hatte; der Mann, der sie nach dem Tod ihrer Eltern in so vielem unterrichtet und sie durch seine persönliche Vorsprache bei Heinrich Assmann in der Minenschule untergebracht hatte. Später war sie von dort, ihrer herausragenden Begabung wegen und gesponsert von einem Sozialfonds der Assmanns, in die Middle- und Highschool von N'gwina, der Hauptstadt N'umbas, und danach in die dortige Wirtschaftsschule gewechselt.

Sie wusste, dass sie den Assmanns viel zu verdanken hatte, weshalb es ihr schwergefallen war, Joes Argumenten zu folgen.

Nur die starke Verhaftung in ihrer Naturreligion, für die der Schamane stets Sorge getragen hatte, hatte schließlich bewirkt, dass sie das Vorhaben Joes und der anderen Männer des Dorfs unterstützte. Nicht einmal ihr zunehmender Hass auf Victor, der bald der Liebe gewichen war, hätte sonst ausgereicht, ihr solche illoyalen Verhaltensweisen abzuringen. Denn sie wusste, was die Mitglieder der Kobrasippe vorhatten: Sie wollten Victor Assmann fangen und Forderungen an seine Familie stellen. Forderungen, das schändliche Tun einzustellen und die Götter und Ahnen wieder in Frieden ruhen zu lassen, wie sie es in der Vorzeit zugesichert hatten, oder den Tod ihres Sohnes und Bruders zu riskieren.

Mkuba aber ging es nicht um ihre Traditionen und ihre Verbindungen zu den Göttern und Ahnen, dessen war sie gewiss.

Diesem Mann ging es um Geld. Er war der Händler, der Claas van Reemen die Blutdiamanten geliefert hatte, die niemand sonst ihm abgenommen hätte; die erst mit den gefälschten Herkunftsexpertisen verkaufbar wurden.

Van Reemen hatte Mkuba weniger als ein Zehntel des Werts bezahlt, den er später für die Steine erhielt. Die anderen neun Zehntel hatte er in die eigene Tasche gesteckt, wobei er dem mit an der Sache beteiligten Smith sicher nur einen geringen Teil davon abgegeben hatte.

Sally war rasch hinter dieses Geheimnis van Reemens gekommen. Sie wusste auch, weshalb er darauf eingegangen war: Nachdem Victor Assmann seinen Vater dazu gebracht hatte, den Röntgentunnel zu installieren, war jeder Schmuggel unmöglich geworden. Und van Reemen, der zuvor von den Schmuggeleien profitiert hatte, war gezwungen gewesen, sich andere illegale Einnahmequellen zu verschaffen. Sally wusste definitiv, dass van Reemen von sich aus Kontakt zu diesem

Mkuba gesucht hatte. Sie hatte stets die Augen und Ohren offen gehalten, und es gab wenig Dinge in der Mine, die ihrer Aufmerksamkeit entgangen waren. Allerdings hatte sie ihr Wissen für sich behalten und niemanden an ihren Kenntnissen teilhaben lassen, weder Victor noch den ungetreuen Minenverwalter. Jeder war sich selbst der Nächste, hatte sie sich gesagt, und dass die Informationen, die sie sammelte, eines Tages wichtig für sie sein könnten.

Wofür van Reemen das Geld aus den verbotenen Geschäften benötigte, war Sally nie klar geworden. Sie vermutete aber, dass er ein heimlicher Spieler war, denn sie hatte auch Kenntnis von seinen Ausflügen ins südafrikanische Vergnügungsparadies Sun City.

Weshalb Mkuba jedoch an dem Handel beteiligt gewesen war, war klar: Mkuba war einer der Anführer der Bürgerkriegspartei des Nachbarlands, und er brauchte ständig Geld für neue Waffen. Geld, das er über den Deal mit den Blutdiamanten nun nicht mehr bekommen konnte. Seine Absicht lag auf der Hand: Er wollte Victor Assmann entführen, um an möglichst viel Kapital zu kommen, und es würde ein kriegsentscheidendes Kapital für ihn sein.

53

»Ich hab dich während der Visite des Königs beobachtet, Georg«, sagte Petra.

»Was möchtest du damit sagen?«

Georgs Verlobte holte tief Luft und gab sich einen Ruck. »Dass dieses Geschäft deine Leidenschaft ist. Dass du zutiefst ein Assmann bist, und das meine ich jetzt einmal nicht negativ. Und dass du vermutlich nie wirklich glücklich wärst, wenn du dich mit dieser albernen Kündigung abfindest!«

»Ich muss sagen, ich bin sehr erstaunt, dass ausgerechnet du so etwas sagst«, erwiderte Georg und versuchte zu verbergen, wie aufgewühlt er war. Er hatte sich während der Visite nämlich auch *beobachtet*. Und er war zu denselben Ergebnissen gekommen.

»Mein Vater wird niemals einlenken. Ich nehme an, er hat erwartet, dass ich zu Kreuze krieche und er mir – widerwillig und gerade noch mal so – verzeihen könnte. Natürlich nicht, ohne seine Forderungen daran zu knüpfen!«

»Und was wären diese Forderungen?«

»Dass ich bereit bin, die Nummer zwei zu spielen. Dass ich mich Victor unterordne. Das ist es, was er möchte, und dafür war er bereit, ein hohes Risiko einzugehen. Das Risiko, mich tatsächlich zu verlieren – und *das* will er nicht wirklich!«

»Verstehe«, sagte Petra und stand auf. Manchmal hatte sie das Gefühl, in der Vertikalen besser denken zu können. »Und wie steht deine Mutter zu all diesen Dingen?«

Georg zögerte, aber sie waren schließlich ein Paar, und es sollte und würde keine Geheimnisse zwischen ihnen geben.

»Sie hat ganz klare Vorstellungen von der künftigen Strukturierung der Firma. Vorstellungen, die sich weitgehend mit den meinen decken. Außerdem möchte sie erreichen, dass Vater sich vollkommen aus dem Geschäftsleben zurückzieht. Sie schien mir absolut entschlossen und sonderbarerweise auch sicher, ihre Pläne realisieren zu können!« Er schob seinen Teller von sich und drückte den Rücken gegen die Stuhllehne. »Mir ist nur schleierhaft, wie das geschehen soll.«

Petra stellte die Espressotassen auf die Maschine und dachte dabei laut nach. »Deine Mutter macht mir nicht den Eindruck von jemandem, der laut etwas verkündet, was noch zweifelhaft ist …«

»Ja, eben«, stimmte Georg ihr zu und wusste nicht, wie gequält seine Stimme dabei klang. »Sie hat mich vertröstet bis nach dem Jubiläum, aber du hast ja selbst erlebt, was seitdem alles passiert ist.«

»Du musst mit ihr sprechen, Georg. Am besten noch bevor dein Vater wieder aus Brasilien zurückkommt.«

Sie stellte die beiden Tässchen auf den Tisch, setzte sich auf Georgs Schoß und schlang die Arme um ihn. »Du musst mich richtig verstehen: Meinetwegen brauchst du dich bestimmt nicht um einen Wiedereinstieg in den Assmann-Konzern zu kümmern. Du kennst meine Ansichten darüber, und ich habe nicht vor, sie zu ändern, weil wir irgendwann heiraten, aber ich werde sie für mich behalten. Ich möchte nämlich, dass du glücklich bist, nicht nur in der Liebe, sondern rundherum, und ich habe in den vergangenen Wochen eingesehen, dass du es nicht sein wirst, wenn man dich und die Firma trennt.«

»Tatsächlich?«, fragte Georg mit ironischem Unterton.

»Nein. Auch dann nicht, wenn du selbst es warst, der diese Entscheidung herbeigeführt hat. Im Grunde deines Wesens siehst du dich als Glied einer Kette, genau wie dein Bruder Victor. Der Unterschied zwischen euch beiden ist nur, dass Victor die Kette *benutzen* will, zu seinen eigenen, egoistischen Plänen, während du bereit bist *zu dienen*, damit sie fortgesetzt werden kann. Du hast keinen persönlichen Ehrgeiz, sondern einen für das Gesamte! Aus diesem Grund kannst du auch nicht loslassen. Weil du zutiefst spürst, dass Victor den falschen Weg einschlagen würde.«

Georg vergaß den Espresso und musterte sie erstaunt.

»Ich hätte es nicht besser ausdrücken können«, sagte er schließlich.

»Falsch. Du hättest so etwas überhaupt nicht gesagt. Du bist nämlich erstaunlich uneitel für einen Assmann.«

Obwohl ihm todernst zumute war, reizten ihre Worte Georg zum Lachen. »Und du bist nicht nur erstaunlich schlau, mein Schatz, du bist auch ungemein sensibel und einfühlsam.«

Petra lächelte vergnügt und warf zwei Stücke Würfelzucker in ihre Tasse. »Das sagen die in Berlin auch. Sie behaupten nach den zwei Probeläufen sogar, ich sei wie geschaffen für den Job. Und stell dir vor, sie sagen das, obwohl wir immer noch wegen meiner Anteile an der zu gründenden neuen Produktionsfirma verhandeln, und so betrachtet ist es ja wirklich eine sehr schmeichelhafte Aussage, oder nicht?!«

»Absolut.« Georg schmunzelte. »Du machst offenbar am laufenden Band neue Eroberungen. Wenn ich nur an die Wuttke denke, die du vom Saulus zum Paulus missioniert hast!«

»Was allerdings ohne die vorher zitierten Erkenntnisse

nicht passiert wäre. Ich sag dir doch, ich will, dass du glücklich bist… Und deshalb…« Auch Petra wurde jetzt sehr ernst. »Sprich mit deiner Mutter, bitte! Ich glaube, sie ist der Schlüssel für all deine Probleme.«

Georg nickte und nahm sich vor, so bald wie möglich Irene Wuttke anzurufen und sich noch einmal zu erkundigen, ob seine Mutter wieder zurück war oder sich auf irgendeine Weise bemerkbar gemacht hatte. Wenn dies nicht der Fall sein sollte, würde er seine Skrupel überwinden und ihr unter der geheimen Mailadresse, die sie ihm einmal für absolute Notfälle aufgeschrieben hatte, eine Nachricht zukommen lassen. Petra hatte recht, es war notwendig, dass sie sich besprache, bevor sein Vater aus Südamerika zurückkehrte.

Petra hatte inzwischen den Tisch abgeräumt und das Geschirr in die Spüle geräumt. Nun stellte sie sich hinter ihn und legte ihre Hände in seinen Nacken. Während sie mit kundigen Fingern seine Verspannungen ertastete und massierte, spürte er den sanften Druck ihrer Brüste, roch ihren ganz speziellen Duft, und ein Gefühl wohliger Wärme erfüllte ihn. Er packte ihre Rechte, stand auf und zog sie an sich. Die Wärme wich heftiger Hitze, und als er sie hochhob und zur Couch hinübertrug, war er sicher, ein so ungeheures Begehren noch niemals gefühlt zu haben. Sie fanden nicht einmal mehr Zeit, sich auszuziehen, so sehr drängten ihre Körper nach einer Vereinigung.

Als sie wieder bei Atem waren und ganz still nebeneinanderlagen, sagte sie es, bevor er das, was er fühlte, in Worte fassen konnte. »So muss es im Himmel sein!«

Überflutendes Glück, erfülltes Sehnen, Ruhe und tiefer, sehr tiefer Frieden.

»Ich geb dich nie wieder her«, sagte sie schließlich. Es klang trotzig und rebellisch, und sie hätte nicht sagen können, gegen wen oder was sie dieses unglaubliche Glück verteidigen wollte. Oder dass sie dachte, es bestünde eine Notwendigkeit hierfür. Doch ihr ausgeprägtes Feingefühl schien Dinge zu spüren, die wie der erste Schein eines neuen Tages am ganz frühen Morgen waren. Noch war nur eine Ahnung davon in der Luft und erste, vage Anzeichen, doch die Gewissheit, dass er kommen würde, zeichnete sich bereits am Horizont ab.

54

»Gut. Dann wären die Bedingungen jetzt klar«, sagte Victor und gratulierte sich innerlich. Denn was das monatliche Salär und die Zusatzleistungen des neuen Minenverwalters betraf, so hatte er den Mann noch unter der Grenze dessen einkaufen können, was er sich selbst als Limit gesetzt hatte.

»Wann können Sie anfangen, Mister Sontheimer?«

»Übermorgen. Morgen muss ich noch einiges abwickeln.«

Eric Sontheimer, ein deutschstämmiger Ingenieur aus Namibia, war stark motiviert und versuchte nicht, noch ein paar freie Tage für sich herauszuschlagen, für die der Assmann-Konzern aufkommen sollte. Es war ihm klar, dass eine Mine von derartiger Größe eine ständig anwesende Führungsperson dringend benötigte, zumal Victor beschlossen hatte, die Stelle von Jan Smith vorerst nicht neu zu besetzen. Dies war eine Chance und Anforderung zugleich für den neuen Minenleiter, und Victor war gespannt, wie er diese Aufgabenstellung bewältigen würde.

»Noch eines, Mister Sontheimer. Es gibt im Moment ein paar politische Irritationen an den Rändern unseres Geländes, das immerhin gut dreißigtausend Quadratkilometer groß ist. Ich habe deswegen verfügt, dass bei notwendigen Fahrten nach U'Kanga oder den vom Minendorf entfernten Abbaustellen die Helikopter benutzt werden sollen. Dasselbe gilt für Ihre Anreise. Hier ist die Nummer des mineneigenen Helikopterdiensts. Ich bitte Sie, sich dort zu melden und den Abholort sowie einen Termin zu vereinbaren.«

»Alles klar, Mister Assmann!«

»Dann freue ich mich auf unsere Zusammenarbeit. Ihr Vertrag wird ausgefertigt und von mir unterzeichnet auf Ihrem Schreibtisch liegen, wenn Sie den Dienst in der Mine antreten. Im Übrigen werde ich meine Verpflichtungen in Europa noch etwas verschieben und Sie persönlich in der Mine vorstellen und einweisen.«

»Das wird mir eine große Hilfe sein, Mister Assmann. Vielen Dank!«

Der Kerl hat Sachverstand und sogar Manieren, dachte Victor erleichtert und hoffte, dass er auch die notwendige Loyalität haben würde.

Van Reemen hatte über Sachverstand in hohem Maße verfügt, das musste man ihm zubilligen, wenn man die Vergangenheit der Mine betrachtete. Manieren aber hatte er nie für notwendig gehalten, und sein Verrat war unverständlich und unverzeihlich zugleich.

Der Teufel soll van Reemen holen, dachte Victor ein weiteres Mal und fragte sich, wie es seiner Mutter gelungen war, den Mann zu einem Geständnis zu bewegen – und dies sogar vor einem hochseriösen Schweizer Notar.

Sein Vater hatte ihm das Dokument gezeigt, bevor man es mittels Kurier nach Antwerpen zu Bloomberg geschickt hatte. Alle hatten erleichtert aufgeatmet und es als reines Wunder empfunden. Ein Wunder allerdings, das auch einen kleinen Wermutstropfen enthielt: Seine Mutter hatte van Reemen danach entkommen lassen.

Das wäre weder mir noch dem Alten passiert, dachte Victor.

Ein Detektiv, der Claas nach dem Notartermin unauffällig gefolgt wäre – und es hätte die Chance bestanden, van Reemen einen Teil des ergaunerten Geldes wieder abzunehmen. Von wegen: Unrecht Gut gedeihet nicht! Das mochten vielleicht die Überlegungen seiner Mutter oder seines Bruders Georg sein, seine bestimmt nicht. Und van Reemens wohl auch nicht. Es kam immer darauf an, wie man Geld einsetzte. Woher es stammte, spielte, wenn man es erst einmal hatte, nicht die entscheidende Rolle …

Sontheimer verabschiedete sich, und Victor schlenderte über die Terrasse des Table Bay Hotels hinab zu den Wharfs.

Zwischen zwei Marktständen saß ein Straßenmusiker und spielte auf seinem Keyboard.

Erst jetzt kam Victor sein Bruder Ludwig wieder in den Sinn.

Ludwig war ein Schwächling. Er war es immer gewesen, wie die Vergangenheit bewies. Er war schon zu oft gefallen, um nach dem Diebstahl noch einmal auf die Beine zu kommen, und das behauptete Debakel mit dem Musical dürfte ihm den Rest gegeben haben.

Victor war sicher, dass der Kleine seinem verkorksten Leben ein Ende gesetzt hatte, und im Grunde war es für alle das Beste. Denn Ludwigs Entwicklung wäre doch absehbar gewesen: Er hätte wieder zu trinken begonnen, wie damals, als er die Diplomarbeit in den Sand gesetzt hatte. Hätte Drogen genommen, wie es während seines vergeblichen Schmachtens nach dieser Cellistin der Fall gewesen war. Hätte Mutter angebettelt, die nicht imstande gewesen wäre, Nein zu sagen, was einen schweren Aderlass für das Gesamtvermögen bedeutet hätte. Oder eigentlich: einen Aderlass nach dem anderen. So lange, bis genau das eingetreten wäre, was jetzt geschehen war.

Es war müßig, noch länger darüber zu reflektieren, sagte sich Victor.

Man musste nach vorn sehen, und so betrachtet standen die Aktien seines Lebens vortrefflich. Sein Bruder Georg war aus dem Spiel; mehr als allenfalls eine Erbabfindung hatte er nicht mehr zu erwarten, dafür würde der Alte, frisch gestärkt durch van Reemens Geständnis, schon sorgen. Ludwig war keine Komponente mehr, und da er alleinstehend war, würde nicht einmal eine Erbschaft den Konzern schwächen. Und Mama, Mama würde, niedergedrückt von Ludwigs Tod, sich mit ihrem ersten Enkelkind trösten und sich über diese neue Aufgabe vermutlich bald ganz aus der Firma zurückziehen. Und Vater? Mit Vater würde er schon zurechtkommen, die wenigen Jahre, die der Alte noch in der Lage war mitzumischen.

Victor konnte es drehen und wenden, wie er wollte: Seine Zukunft war ungefährdet. Der *Assmann-Jupiter* hatte ihr einen goldenen Empfangsteppich ausgerollt …

55

Als Ludwig die Augen aufschlug, lag er in einem Krankenhausbett. Durch einen Zugang auf seinem rechten Handrücken tröpfelte träge eine Infusionsflüssigkeit in seinen Blutkreislauf. Über ihm schwebte die Triangel eines Haltegeräts, und darin verwickelt sah er ein Elektrokabel, das in einem roten Druckknopf endete.

Ludwig richtete sich ein wenig auf und betätigte die Alarmklingel.

Nach erstaunlich kurzer Zeit erschien eine dunkelhäutige Krankenschwester und fragte beflissen: »Was kann ich für Sie tun, Mister Assmann?« Sie kam näher und trat an sein Bett. »Sie sind in Kapstadt, im Groote-Schuur-Hospital. Können Sie sich erinnern, was passiert ist?«

Ludwig versuchte sich zu besinnen. Leider gelang es ihm.

Die Nachricht vom Tod des Vaters.

Die Schilderung der Trauer seiner Mutter.

Victors vorsichtig gefasste Botschaft, dass die Familie ihn ausgeschlossen hatte.

Das erdrückende Bewusstsein, an alledem Schuld zu haben.

Die verzweifelte Sehnsucht danach, diesem Schuldbewusstsein, dieser Beschämung und Bedrückung, nicht mehr ausgesetzt zu sein.

Der Brief Gönnermanns, der den Verdacht des Vaters bestätigte.

Der Blick auf das brodelnde Meer.

Der Schritt über die Klippe.

Der Fall. So kurz, und doch so unendlich lang. Vater, hatte er dabei geschrien. *Vater*, nicht Mutter, er erinnerte sich genau.

Aschfahl sank er in die Kissen zurück.

»Ich werde den Arzt holen«, sagte die Krankenschwester und ging rasch zur Tür.

Ludwig hoffte darauf, erneut ohnmächtig zu werden, doch diesmal stand die Natur ihm nicht bei.

Der Arzt, der wenig später erschien, war etwa in seinem Alter. Er war wohltuend ruhig und sachlich. »Sie wurden bewusstlos vor der Eingangstür des Krankenhauses aufgefunden, Mister Assmann. In Ihrer Hand befand sich ein Umschlag mit fünftausend US-Dollar und in der Hosentasche Ihrer Bermudashorts ein deutscher Pass.«

Auch daran erinnerte sich Ludwig. Das Geld hatte ihm Sally gegeben, und den Pass hatte er selbst in die Tasche der Shorts gesteckt, damit sie seine Leiche identifizieren konnten, wenn sie ihn fanden.

»Unsere Verwaltung hat das Geld für Sie in Verwahrung genommen, als Kaution für die Behandlungskosten. Was nicht benötigt wird, werden Sie selbstverständlich wieder ausgehändigt bekommen.« Der Doktor hob ein wenig die Stimme und schob mit hörbarer Missbilligung nach: »Sie sollten in Zukunft etwas sorgsamer mit solchen Beträgen umgehen. Nicht alle Leute sind so ehrlich wie der Pfleger, der sie gefunden hat.«

»Alles klar«, murmelte Ludwig. Als ob das Geld sein Problem wäre.

»Sie haben eine mittelschwere Gehirnerschütterung und Prellungen am ganzen Körper. Letztere sind schmerzhaft, aber nicht weiter gefährlich. Ich denke, in spätestens zwei Tagen werden wir Sie entlassen können …«

Ludwig nickte und spürte dabei seine Schädeldecke wie einen Fahrradhelm, der eine Nummer zu klein war, doch das war alles an Schmerz, was er fühlte.

Auch konnte er erstaunlich klar denken und begann, eins und eins zusammenzuzählen: Er lag in einem komfortablen Einzelzimmer, und die Krankenschwester musste sich in einem Vorraum aufgehalten haben, so schnell, wie sie nach seinem Alarm erschienen war. Auch der Arzt hatte sofort für ihn Zeit gefunden. Der Grund dafür lag auf der Hand: Er war hier ein Privatpatient mit reichlich Privilegien. Einer, der fünftausend Dollar in Bermudahosen herumtrug.

Vermutlich war die Infusion gar nicht erforderlich, und die Kosten für den zweitägigen Aufenthalt zuzüglich üppigem Arzthonorar waren eine willkommene Aufstockung des Budgets der Abteilung.

Die Krankenschwester brachte jetzt eine Tasse Brühe. Sie stellte diese auf den Nachttisch, zog sich einen Stuhl heran und löffelte die Flüssigkeit mit stummer Beharrlichkeit in Ludwigs Mund.

Erstaunt fühlte er, wie angenehm ihm die Suppe den Magen wärmte.

»Danke, das ist jetzt genug«, versuchte er, die Schwester abzuwehren, doch diese schüttelte nur energisch den Kopf. Sie schaffte es, ihm den ganzen Inhalt der Tasse einzuverleiben. Danach verfuhr sie mit einem Teller Hühnercurry ebenso und kratzte noch die letzten Reiskörnchen zusammen, wobei sie erklärte: »Kein Auto fährt, wenn man es nicht mit Benzin füllt und den Ölstand überwacht. Beim Menschen ist es genauso. Sie sollten jetzt noch Ihren Tee trinken, dann werden Sie bald wieder funktionieren!«

Um ein Haar hätte Ludwig laut aufgelacht, so obskur erschien ihm dies alles. Vor allem, dass er *funktionieren* würde.

Immerhin trank er die Tasse Tee leer, und bald danach schlief er ein. Als er wieder erwachte, fühlte er sich erfrischt. Er spürte keinen drückenden Helm mehr auf seinem Kopf, und die Infusion war abgeklemmt. Er überlegte, wie er sich nun verhalten sollte, und sonderbarerweise war die Liste dessen, was zu tun war, bereits fix und fertig in seinem genesenden Kopf.

Er klingelte erneut und verlangte nach einem Telefon, denn Tatsache war, dass er leider nicht tot war. Dies aber hieß, dass er sich den Konsequenzen seines Verhaltens stellen und die Verantwortung für den Schaden übernehmen musste. Er war dreißig Jahre alt und kein Kind mehr, wie ihm jetzt klar zu werden begann.

»Hier ist das Gerät. Wenn Sie eine Neun vorwählen, können Sie telefonieren, wohin Sie möchten, auch international. Der Tarif für dreißig Sekunden beträgt allerdings …«

»Es ist in Ordnung, Schwester. Ich möchte jetzt bitte allein sein!«

Als die Tür hinter ihr zu war, wählte er eine Neun und die Nummer. Angespannt wartete er acht Klingeltöne ab, dann hörte er die Stimme seiner Mutter: »Ich bin im Moment leider nicht erreichbar, bitte hinterlassen Sie mir eine Nachricht nach dem Pfeifton!«

Ludwig räusperte sich kurz und sagte dann mit noch immer belegter Stimme: »Hier ist Ludwig. Mama, es tut mir so unendlich leid. Ich weiß, dass ich das nie wiedergutmachen kann, aber …« Er räusperte sich erneut und versuchte, das Schluchzen zu unterdrücken, das ihm in die Kehle stieg.

»Aber ich werde mich bemühen, Mama, wirklich. Glaub es mir. Bitte, glaub es mir dieses Mal wirklich! Ich werde mich später wieder melden, wenn es dir … *erträglicher* … sein wird, von mir zu hören …«

Dann legte er wieder auf und atmete so hastig, als ob er einen Sprint hinter sich gebracht hätte.

Als er sich wieder beruhigt hatte, wählte er erneut, doch sein Bruder Georg war ebenfalls nicht zu erreichen. Auch hier sprach er nach dem Pfeifton, sprach von seiner unverzeihlichen Schuld, von Reue und Vorsätzen.

Ganz am Schluss erst wählte er die dritte Nummer.

»Assmann-Edelsteine, Wuttke«, meldete sich die Vertraute seines verstorbenen Vaters so energisch-verbindlich wie eh und je.

»Irene«, rief Ludwig, so glücklich wie ein Kind am Weihnachtsabend, das das Glöckchen hört, das zur Bescherung ruft. »Ich bin so froh, Ihre Stimme zu hören!« Und dann schluchzte er doch. Es war wie ein Krampf. Er konnte einfach nicht damit aufhören.

»Ludwig«, schrie Irene Wuttke am anderen Ende der Leitung. »Wo steckst du, um Himmels willen?! Wir machen uns alle solche Sorgen um dich!«

»Es … tut mir … es tut mir so leid, Irene. Sie müssen mir glauben, ich wollte das nicht … ich wollte doch nicht … ich wollte es nicht, dass er stirbt!«

Nachdem er das letzte, schreckliche Wort ausgesprochen hatte, wurde es so still in der Leitung, dass Ludwig glaubte, das gesamte Universum halte den Atem an.

»Moment mal«, sagte Irene Wuttke schließlich, und ihr Ton klang wie der einer Mutter, die sich weigert, den bösen

Streich ihres Lieblingssohns für Realität zu halten. »Von wem sprichst du?«

»Ja, von meinem Vater!«

Erneut trat Stille ein, dann sagte die Assistentin des Chefs so überdeutlich, als ob sie schon wüsste, dass sein Kopf Schaden erlitten hatte: »Dein Vater ist im Moment auf eurer Farm in Brasilien. Und nach allem, was ich weiß, geht es ihm ordentlich. Zumindest war das heute Morgen so, als er sich wieder mal bei mir gemeldet hat.«

Ludwig nahm den Hörer vom Ohr und starrte verblüfft aufs Mikrofon.

»Frau Wuttke«, sagte er schließlich, obwohl er diese Anrede noch nie verwendet hatte, »Frau Wuttke, bitte, beantworten Sie meine Frage: Ist mein Vater noch am Leben, oder ist er tot?«

»Natürlich ist er am Leben. Er hatte am Jubiläumsabend eine … *Attacke,* war danach eine knappe Woche im Krankenhaus, wo man ihn auf Herz und Nieren untersucht hat. Danach hat er sich selbst entlassen, du weißt ja, wie ungeduldig er ist. Anschließend war er ein paar Tage hier in Idar-Oberstein, und dann ist er nach Brasilien gereist, ziemlich Knall auf Fall, und deine Mutter war vermutlich so sauer darüber, dass sie seitdem auch verschwunden ist. Georg und ich bemühen uns redlich, sie zu erreichen, aus diesen und jenen Gründen, das würde jetzt zu weit führen, dir das alles zu erklären, aber, ehrlich gesagt, ich versteh deine Frage nicht ganz. Wie kommst du denn darauf, dass dein Vater …«

Sie unterbrach sich selbst und musste sich geradezu überwinden, es auszusprechen: »Dass er … tot sein könnte?!«

»Weil Victor es mir gesagt hat!«, erwiderte Ludwig, und danach rutschte ihm der Hörer aus der Hand. Er war nicht mehr in der Lage, ihn zu halten oder ein weiteres Wort zu sagen.

Während aus dem Hörer die aufgeregte Stimme der Wuttke zu vernehmen war, so entfernt wie der Radiokommentar eines zu leise eingestellten Geräts, begannen Ludwigs Hände zu zittern. Das Zittern sprang auf seine Lippen und sein Kinn über und erfasste dann seine Knie und Beine; schließlich packte es ihn ganz und gar. Ludwig versuchte, es zu bezwingen, was die Sache nur noch verschlimmerte. Plötzlich trennte er sich in zwei Identitäten. Eine davon, die körperlos war, beobachtete den Mann, der unter ihm im Bett lag und konvulsivisch die Glieder bewegte.

Dann streifte der Ludwig im Bett seine Teetasse, die daraufhin klirrend zu Boden fiel und die Schwester auf den Plan rief.

Sie warf dem Mann im Bett einen kurzen Blick zu und betätigte nun ihrerseits den Alarmknopf.

Der Arzt rannte ins Zimmer, und genau in dem Moment, in dem er das Bett erreichte, waren die beiden Ludwigs wieder vereint.

»Sedativum, rasch bitte«, rief der Arzt.

Ludwig versuchte, etwas zu sagen, doch seine Zähne schlugen beim ersten Versuch so hart aufeinander, dass er es aufgab. Tränen liefen ihm über die Wangen, und dem Zittern war mit dem Willen einfach nicht zu begegnen.

»Versuchen Sie nicht, sich dagegen zu wehren«, sagte der Arzt, während er eine Ampulle aufbrach und die Flüssigkeit in eine Spritze zog. »Es wird gleich besser werden!«

Ludwig spürte den Stich und nahezu gleichzeitig eine angenehme Erschlaffung.

Der Telefonhörer war während des Vorgangs von der Bettdecke gerutscht und pendelte wenige Zentimeter über dem Boden.

Die Krankenschwester bückte sich danach und wollte ihn eben auflegen, als sie hörte, wie jemand rief: »Ludwig? Ludwig, so melde dich doch!«

»Hallo?«, sagte die Schwester in den Hörer.

»Wer spricht da, bitte?«, fragte Irene Wuttke, und clever, wie sie war, stellte sie dieselbe Frage auch auf Englisch.

»Sister Maria Rose, Groote-Schuur-Hospital, Kapetown!«

»Can I speak to Mister Assmann, please?«

»Mister Assmann is ill. He got an injection, and now he is sleeping!«

»Thank you very much. I will contact him later! Do you have a number for me?«

»Certainly«, sagte die Schwester und betete die zwölfstellige Nummer herunter. Offenbar hatte der sonderbare Patient doch Angehörige, die sich für sein Wohlergehen interessierten.

56

In Idar-Oberstein legte Irene Wuttke den Telefonhörer so vorsichtig auf die Gabel zurück, als ob sie befürchte, sie könne eine Explosion damit auslösen.

Dann stand sie auf, ging zum Spiegel über dem Waschbecken und starrte hinein. Sie sah aus wie immer: ältlich, vorzeitig verwelkt, was beides trotz des dezenten Make-ups unübersehbar war, korrekt frisiert und kein winziges bisschen irr.

Es konnte demnach nicht an ihr liegen, und auch Ludwig hatte nicht gewirkt, als ob er den Verstand verloren hätte. Verzweifelt, sehr verzweifelt hatte er geklungen, doch nicht verrückt.

Konnte es also tatsächlich sein, dass Victor seinem Bruder weisgemacht hatte, der Vater sei verstorben? Verstorben nach dem Diebstahl des *Assmann-Jupiters* wohlgemerkt; und Ludwig war der Dieb gewesen, daran bestand kein Zweifel.

Noch ehe Irene Wuttke die Frage zu Ende gedacht hatte, wusste sie, dass es genau so gewesen sein musste. Victor hatte dem Bruder eingeredet, er habe den Alten auf dem Gewissen. Und danach? Was war danach geschehen? Weshalb war Ludwig in Afrika, und aus welchem Grund lag er im Groote-Schuur-Krankenhaus?

Auch auf diese Frage hatte Irene Wuttkes eine Antwort.

Er hat dieses Schuldbewusstsein nicht ausgehalten. Wir wissen doch alle, wie weich und sensibel der Junge ist.

Mein Gott, dachte Irene. Der arme Kerl!

Dann aber dachte sie an Victor. Victor, der erst eine Stunde zuvor angerufen und die baldige Ankunft des neuen Minenleiters in der afrikanischen Mine verkündet hatte. Seine Stimme, selbstbewusst, nein selbstgefällig, wie eh und je. Sein kleines Scherzchen über die »brasilianische Eskapade« des Alten, die die Mutter wohl in die Flucht geschlagen habe. An einen sehr angenehmen Fluchtplatz vermutlich. Edel-Wellnesshotel, vermute er mal. Keine Frage nach Georg. Und schon gar keine nach Ludwig. Wieso auch? Irene Wuttke hatte genügend Fantasie, sich auszumalen, was fernab in Afrika passiert war. Victor hatte die Nachricht vom *Tod* des Vaters bestimmt nicht versehentlich ausgesprochen. Er hatte damit gerechnet, dass Ludwig sich etwas antun würde.

Die Frage war lediglich, ob er davon wusste, dass der Bruder diesen Versuch überlebt hatte.

»Herrgott noch mal«, sagte die Wuttke erbost. »Diese verdammte Familie!«

Dann setzte sie sich wieder auf ihren Schreibtischstuhl und überlegte, was jetzt zu tun war.

Doch auch das war rasch bedacht.

Der Alte war in Brasilien und außerdem … *außerdem* war er ohnehin nicht die richtige Ansprechperson für dieses Problem.

Zita Assmann wäre es, aber sie war nachhaltig verschollen, und mehr Möglichkeiten, sie zu erreichen, als alle, die sie bisher schon ausgeschöpft hatte, standen Irene nicht zur Verfügung.

Georg also.

Erneut griff Irene Wuttke nach dem Telefonhörer und wählte. »Ich brauche für heute, vielleicht auch für morgen eine Vertretung«, sagte sie schließlich. Dann nahm sie ihre Handtasche und machte sich ein zweites Mal auf den Weg nach Wiesbaden.

War sie beim ersten Weg dorthin nervös und angespannt gewesen, machte sich jetzt ein Gefühl umfassender Resignation breit, während sie ihren Wagen die Landstraße entlanglenkte.

Das Jubiläum war vor fünf Wochen gewesen, doch Irene Wuttke kam es vor, als ob Jahrzehnte zwischen diesem Tag und dem heutigen lägen.

Nichts war mehr so, wie es gewesen war, und irgendetwas

sagte ihr, dass sie sich allenfalls in der Mitte des Dramas befanden; eines Dramas ohne Namen, und mit so wirren Handlungsfäden, dass derzeit nicht einmal auszumachen war, wer darin die Hauptrolle spielte und wer die Nebenfiguren waren.

57

Zita Assmann stand in der überaus sauberen Küche und schnitt die frischen Meeresfrüchte in kleine Stücke. Sie warf sie in die Pfanne und briet sie kurz in Olivenöl an, danach gab sie die bereits gehackten Kräuter dazu und löschte mit Weißwein ab.

Sie probierte die Spaghetti, fand sie al dente, schüttete sie in ein Metallsieb und stellte sie warm.

Die Handgriffe des Kochens waren vertraut, nur ihre Umgebung war immer noch fremd. Wenn sie spezielles Gerät benötigte, musste sie suchen.

Sie würzte die Soße und kostete sie, salzte noch ein klein wenig nach und stellte die Gasflamme kleiner. Dann ging sie in den Salon, der inzwischen gründlich gereinigt worden war und entschieden wohnlicher aussah.

Als sie am frühen Vormittag auf dem Markt gewesen war, hatte sie frische Herbstblumen mitgebracht. Nun standen sie, hübsch arrangiert, in großen und kleinen Vasen und verzauberten den antiquierten Raum in einen freundlichen Ort.

Zita öffnete die Vitrine und deckte sorgfältig den Tisch. Das Geschirr war alt, aber edel. Die Gläser stammten aus

Murano und waren Kostbarkeiten. Die römische Großtante von Claas hatte ganz zweifellos Geschmack besessen.

»Das Essen ist fertig«, rief sie durch die geöffnete Tür.

»Ich komme«, erwiderte er und trat aus dem Bad. Er hatte sich angezogen, das erste Mal, seitdem sie hier war. Er trug eine dunkle Hose, das flauschige Hemd, das sie ihm gekauft hatte, und eine ungefütterte Lederweste. Er hatte sich geduscht, rasiert und die Haare gewaschen.

»Du siehst sehr viel besser aus«, fand Zita und küsste ihn leicht auf die glatte Wange.

»Man tut, was möglich ist«, sagte er selbstironisch und setzte sich. Sie ging zurück zur Küche, drehte das Gas ab, ließ die Spaghetti in eine angewärmte Porzellanschüssel gleiten und kippte die Soße darüber. In die eine Hand nahm sie die Schüssel, in die andere den Wein und stellte beides auf den Tisch. »Ich dachte, das ist leicht, und es schmeckt dir.«

»Ich sehe, du hast nichts vergessen«, erwiderte er und lächelte, das erste Mal seit vielen Tagen.

»Nein«, sagte Zita ernsthaft. »Nichts, was uns betrifft, Claas!«

Er griff nach der Flasche, und sie sah mit Genugtuung, dass das Zittern der Schwäche nicht mehr vorhanden war. Er füllte beide Gläser zur Hälfte und hob seines dann an.

Zita folgte seinem Beispiel und sagte gedankenlos: »Auf die Gesundheit!«

Claas lachte und sagte sarkastisch: »Ja, ja. Oder so ähnlich!«

Zita legte ihre Hand auf die seine und bat: »Lass uns doch einfach so tun, als ob alles normal wäre!«

»Ich werde mich bemühen … Obwohl weder du noch ich so recht wissen, was das ist, schließlich hatten wir es nie, das *gemeinsame* Normale!«

Es klang traurig, aber Zita war froh, dass der Zynismus verschwunden war, und nahm rasch einen Schluck Wein.

Dann füllte sie beide Teller.

Sie aßen schweigend, nur hin und wieder sahen sie sich an und lächelten. Es war die erste Mahlzeit am Tisch.

Als er eben noch einmal Wein nachschenkte, klingelte Zitas Handy. Sie ließ es auf der Anrichte liegen, bis die Mailbox sich einschaltete.

»Willst du den Anruf nicht entgegennehmen?«, fragte er, als es kurz darauf erneut klingelte.

»Nein«, sagte Zita bockig. »Es gibt Zeiten im Leben, in denen man Prioritäten setzen muss, und ich wüsste nicht, was wichtiger sein könnte als das, was ich im Moment mache.«

»Danke«, sagte er, und die Liebe in seiner Stimme trieb ihr die Tränen in die Augen.

58

Diesmal war Georg allein. Petra war nach Frankfurt zum Einkaufen gefahren.

»Kleider machen Leute«, hatte sie fröhlich erklärt und beschlossen, die Pressekonferenz, die auf nächste Woche angesetzt war, unmittelbar nach der Vertragsunterzeichnung, zum Anlass zu nehmen, um schamlos und unbeschwert neue Klamotten zu kaufen.

»Hallo, Irene«, sagte Georg und lächelte ein wenig angestrengt. »Kommen Sie herein. Aber bitte nicht schon wieder einen dringenden Vertretungsjob!«

»Nein, Georg. Es handelt sich um etwas anderes.«

Irene Wuttke setzte sich und betrachtete nachdenklich das Teppichmuster. Schließlich seufzte sie und griff nach Georgs Wasserglas, das noch halb gefüllt auf dem Couchtisch stand.

Allein diese Verhaltensweisen waren so befremdlich, dass Georg begriff, dass es sich tatsächlich um noch schwerwiegendere Dinge handeln musste als den Überraschungsbesuch eines Vorzugskunden, den niemand aus der Familie begrüßen konnte.

»Ich weiß nicht, wo ich anfangen soll«, bekannte sie endlich, und Georg hatte das Gefühl, sie würde demnächst zu weinen beginnen.

Seine Besorgnis wuchs. Wenn eine Angelegenheit Irene Wuttke derart erschütterte, dann *war* es etwas Schlimmes.

»Mein Vater?«, fragte er und war auf alles gefasst.

»Nein. Ludwig hat sich gemeldet ...«

Georg atmete erleichtert aus. »Na, Gott sei Dank!«, rief er und spürte Erleichterung. Ludwig steckte vermutlich mal wieder in einer Klemme, und die Sache mit dem Diebstahl war schließlich auch noch nicht aufgearbeitet. Aber er war sicher, dass er den Bruder dazu bringen würde, den Stein wieder herauszurücken, und irgendwie würden sich auch die Malaisen beseitigen lassen, in die der Kerl sich hineinmanövriert hatte.

»Er liegt in Kapstadt im Krankenhaus«, berichtete Irene Wuttke jetzt und trank das Glas vollends leer. Erst als sie es zurückstellte, wurde ihr bewusst, dass es nicht ihres war, und sie sagte erschrocken: »Oh, Entschuldigung, Georg, tut mir leid!«

»Das ist doch völlig belanglos.« Georg winkte ab. »Was ist denn mit ihm? Hat er einen Unfall gehabt?«

»Ich weiß es nicht«, erklärte Irene. »Das ist es, ehrlich gesagt, auch nicht, was mir derzeit am meisten zu schaffen macht. Wenn es kritisch um ihn stünde, hätte die Krankenschwester anders geklungen!«

»Was ist es dann? Herrgott noch mal, Wuttke, lassen Sie sich doch nicht jedes einzelne Wort aus der Nase ziehen!« Er hatte tatsächlich zum ersten Mal, seitdem er sich erinnern konnte, *Wuttke* gesagt! Ich klinge schon wie mein Vater, dachte er beschämt.

Sie fühlte seinen Blick auf sich ruhen und gab endlich preis, was sie bedrückte. »Ludwig hat mich gefragt, ob sein Vater tot ist.« Doch gleich darauf korrigierte sie sich hastig: »Nein. So stimmt es nicht. Er hat erklärt, wie leid es ihm tue, und dass er wisse, dass er schuld daran sei, und wie es eure Mutter aufgenommen habe, und er habe es nicht beabsichtigt, dass der Chef *stirbt!*«

Georg starrte sie verständnislos an und sagte: »Aber er lebt doch, Irene. Haben Sie ihm das denn nicht gesagt?«

Irene Wuttke erkannte, dass er die volle Tragweite der Botschaft noch nicht verstanden hatte, was zugegebenermaßen auch schwierig war. Wer traute seinem Bruder schon eine derart abgefeimte Bosheit zu? »Victor hat ihm das eingeredet!« Sie sah ihm direkt in die Augen, während sie weitersprach: »Er hatte die Absicht, Ludwig in den Tod zu treiben, Georg. *Deshalb* liegt der Kleine im Krankenhaus. Er muss versucht haben, sich etwas anzutun, und auch *das* ist ihm nicht gelungen!« Wie alles, was er sich jemals vorgenommen hat, stand unausgesprochen hinter diesem Satz.

Georg erwiderte nichts. Er war schockiert, aber noch ehe sein Denkvermögen wieder einsetzte, wusste er, dass sie recht hatte.

Irene sprach nicht mehr weiter. Ihr Gesicht war aschfahl, und ohne dass sie sich dessen bewusst war, rollten Tränen über ihre Wangen.

Die Frage nach einem Warum stellte keiner von beiden. Es gab kein Warum, es ging hier um Geld und um Macht, vor allem aber ging es um Gier. Victors Gier, das war ihnen – unabhängig voneinander – sehr klar.

»Weiß Victor, dass Ludwig noch lebt?«

»Keine Ahnung, Georg. Es scheint zu irgendwelchen Komplikationen gekommen zu sein, während ich Ludwig an der Strippe hatte. Ich hab aufgeregte Stimmen gehört, erst eine Frau, dann einen Mann. Hat ziemlich lange gedauert, aber ich bin einfach am Hörer geblieben, ich wusste ja nicht, ob ich sonst noch mal einen Kontakt zu ihm herstellen kann. Nach einiger Zeit hat sich dann eine Krankenschwester gemeldet, hat mir gesagt, wo er ist. Mister Assmann sei ›ill‹ und habe gerade eine Injektion bekommen. Ich habe sie um eine Nummer gebeten. Hier ist sie.« Sie reichte Georg ihren Notizzettel.

»Und was ihm fehlt, haben Sie das nicht gefragt?«

»Nein. Die sagen das ohnehin nicht. Kein Krankenhaus auf der Welt gibt am Telefon irgendwelche Diagnosen bekannt. Schon gar nicht an Außenstehende. Ich bin ja nicht mal verwandt mit ihm.«

Georg nickte und überlegte fieberhaft. »Und wo ist Victor?«

»Noch in der afrikanischen Mine. Morgen soll dieser Sontheimer, der neue Minenverwalter, eintreffen. Victor sagte, er will ihn noch einweisen.«

»Gut. Dann wird er zumindest bis übermorgen dortbleiben«, konstatierte Georg und kam zu einem Entschluss: »Rufen Sie unverzüglich den Reisedienst an und lassen mich auf die allernächste Maschine nach Kapstadt buchen, Irene. Ich werde über das Festnetz versuchen das Krankenhaus zu erreichen und mit dem Arzt zu sprechen.«

»Okay, Georg.«

»Und dann: Kein Wort zu Victor oder zu Vater – und auch nicht zu Mutter, falls sie sich demnächst doch melden sollte, verstanden?!«

Schon wieder klang er wie der Alte, doch es war ihm egal, und Irene Wuttke schien glücklich darüber, dass jemand ihr die Verantwortung abnahm.

Sie holte ihr Handy heraus und ging in die Diele, um Georgs Telefonat nicht zu stören.

Georg erreichte die Krankenschwester sofort, und es war genau, wie die Irene Wuttke es vorhergesehen hatte: Auch der rasch herbeigerufene Arzt weigerte sich, telefonisch Auskünfte zu erteilen. Als Georg ihm versicherte, er sei der Bruder des Patienten, bequemte er sich schließlich mitzuteilen, Ludwig sei aus großer Höhe gestürzt, die Verletzungen seien aber nicht lebensgefährlich, und der Patient könne wohl demnächst entlassen werden.

»Bitte versuchen Sie ihn im Krankenhaus zu halten, bis ich in Kapstadt bin. Es ist sehr wichtig, denn leider habe ich keine Kenntnis über den derzeitigen Wohnsitz meines Bruders, und es gibt dringende Familienangelegenheiten, die besprochen werden müssen. Und falls es um die Kosten geht, das ist kein

Problem. Nennen Sie mir die zuständige Person in Ihrer Verwaltung, ich werde mich dort melden und eine Kaution hinterlegen!«

»Das ist nicht notwendig, Mister Assmann. Ihr Bruder verfügt über hinreichend Geld. Und was die Verweildauer betrifft: Ich werde sehen, was ich tun kann.«

Georg bedankte sich und legte auf. Er blieb neben dem Apparat stehen und bedachte, was er gehört hatte. Wenn Ludwig über Geld verfügte, so gab es dafür nur eine plausible Erklärung: Ludwig hatte den *Assmann-Jupiter* teilen lassen und eines oder mehrere der Teilstücke verkauft. Er hatte vermutlich bereits vor dem Diebstahl Kontakt zu einem Steinteiler aufgenommen. Danach hatte er den Diebstahl begangen und war, nach erfolgter Teilung, nach Südafrika geflogen. Warum gerade Südafrika war im Moment nicht ersichtlich, aber zumindest war es weit entfernt von Idar-Oberstein und ein Land, in dem es die Behörden mit Aufenthaltsgenehmigungen und anderen bürokratischen Details nicht so genau nahmen, wenn man »hinreichend Geld« zur Verfügung hatte, wie es der Arzt ausgedrückt hatte.

Und Victor, mit seinen verzweigten Beziehungen in der Branche, musste von der Teilung erfahren haben. Schließlich gab es nicht viele Spezialisten, die sich einen so gefährlichen Akt zutrauen konnten. Ludwigs Spur danach zu verfolgen war nicht allzu schwierig. Vermutlich hatte er, blauäugig wie er war, dem Steinteiler gegenüber sogar Andeutungen über sein Fluchtziel gemacht.

Wie auch immer: Ganz offenbar war es Victor gelungen, den kleinen Bruder aufzutreiben und ihm, als Strafe für den Diebstahl gewissermaßen, den Tod des Vaters einzureden.

Denn Georg war überzeugt davon, dass Victor genauso abergläubisch war wie der Alte, und allein die Tatsache, dass Ludwig das »Erfolgspfand« der Assmanns vernichtet hatte, rechtfertigte in Victors Denken wohl eine solche Vorgehensweise. Ganz abgesehen davon, dass er darin die Möglichkeit gesehen haben musste, einen lästigen Miterben loszuwerden. Es war eine perverse, menschenverachtende Art und Weise zu denken, aber im Grunde war es nichts anderes als die Fortsetzung von Victors Strategien in jüngerer Zeit.

Georg hörte die Stimme Irene Wuttkes im Flur, die immer noch mit dem firmeneigenen Reisedienst verhandelte. Zum ersten Mal seit seiner Kündigung überlegte er kühl und analytisch, wie viel vom Verhalten seines Vaters direkt auf Victors systematische Hetze und Quertreiberei gegen ihn zurückzuführen war.

Er kam auf eine lange – und in der Summe gewichtige – Addition vieler kleiner und mittlerer Gemeinheiten, Halbwahrheiten, Lügen und listig aufgestellter Fallen. Und zur Überzeugung, dass Victors Handlungen sich seit dem Jubiläum deutlich gesteigert hatten, was Anzahl und Schwere betraf. Vorhanden aber waren sie bereits in der Kindheit gewesen, wie er jetzt schmerzhaft begriff.

»Nimm deinen Pass und deine Kreditkarte«, rief Irene Wuttke, die jetzt wieder ins Zimmer zurückkam. »Was du sonst noch brauchst, bekommst du auch in Kapstadt. Ich werde dich fahren, und wenn wir nicht ganz dick in den Stau kommen, erreichst du noch den Flug um siebzehn Uhr zwanzig nach London. Von Heathrow dann weiter mit SAA, dann wärst du morgen am Vormittag in Kapstadt. Allez hopp, Georg!«

»Ich sehe, Sie sind wieder in Form, Irene«, meinte Georg und konnte trotz allem ein Grinsen nicht unterdrücken.

Im Auto versuchte er zwei Mal, mit Petra zu telefonieren, doch er erreichte nur ihre Mailbox. Schließlich entschloss er sich zu einer SMS und kündigte ein Telefonat von Kapstadt aus an. Die weitere Fahrt nach Frankfurt verlief in düsterem Schweigen.

»Hoffentlich bleibt der Chef recht lange in Rio«, wünschte Irene sich laut, als sie auf dem Parkstreifen vor dem Flughafengebäude stoppte.

»Hoffentlich nicht«, widersprach ihr Georg, der zur Auffassung gekommen war, dass der Alte sich endlich mit den Realitäten auseinandersetzen musste. Und zwar mit den tatsächlichen Realitäten, nicht mehr länger mit denen, die Victor ihm zu suggerieren pflegte.

Die Lage hat sich verändert, gravierend verändert, dachte er. Und er musste vor sich selbst einräumen, dass es falsch gewesen war, in der Vergangenheit auf Familienharmonie, auf Konsens und Einsicht zu setzen.

Victor hatte sich selbst disqualifiziert, er hatte durch Worte und Handlungen bewiesen, dass er charakterlich deformiert war und demnach nicht in der Lage, eine Firma wie den Assmann-Konzern zu leiten.

Es würde zu einem Kampf kommen, wenn die Fakten auf dem Tisch lagen, aber Georg war gewillt, sich diesem Kampf zu stellen.

Georg war in seinem Sitz noch nicht richtig angeschnallt, als die Maschine sich schon in Bewegung setzte und zur Startbahn rollte.

Als sie im Steigflug waren, fiel Georg die Prophezeiung

des Schamanen wieder ein, die er inzwischen mehrmals gelesen hatte: »Sieg ist bei jedem, der die *Träne der Götter* besitzt. Glück und Erfolg haften an seiner Ferse, wohin er sich wendet. Doch hüte dich vor dem Tag, an dem dieses Pfand dich wieder verlässt. Dann werden Unglück, Verrat und Tod deine Begleiter sein.«

Zu kurz gefasst, Schamane, dachte Georg, und es wurde ihm bewusst, dass auch er sich dem Mythos nicht ganz entziehen konnte, der sich um den *Assmann-Jupiter* rankte. Nur waren Besitz und Verlust ja nicht die einzigen Optionen. Was geschah, wenn die *Träne der Götter* zersplittert wurde? Und war dies tatsächlich geschehen?

59

Gegen sechs Uhr an diesem Abend kam Petra aus Frankfurt zurück. Sie war bepackt mit zwei prall gefüllten Lackpapiertaschen, die aus einer Edelboutique stammten, und einer Plastiktüte, in der zwei Paar todschicke neue Pumps steckten.

Das Shoppen war nachgerade ausgeartet und hatte mit einem Teller leckerer Kanapees und zwei Gläsern Sekt geendet, auf die noch zwei Tässchen Espresso gefolgt waren.

»Georg?«, rief sie fröhlich und machte die beiden obersten Knöpfe ihrer Bluse auf, damit das kesse Darunter, das ebenfalls neu war und das sie nach dem Probieren gleich angelassen hatte, auch richtig zur Geltung kam.

Sie ging durch alle Räume, um ihn zu suchen, doch er war

nicht da. Sie suchte nach einer Notiz, und da keine vorhanden war, kramte sie ihr Handy aus der Handtasche, um zu sehen, ob er dort eine Nachricht hinterlassen hatte. In der letzten Boutique, der mit den Häppchen und dem Sekt, hatte eine kleine Band Livemusik gemacht, vielleicht hatte sie das Klingeln deswegen nicht gehört.

»Hallo, Petra«, ertönte Georgs Stimme. Er klang sehr angespannt, und sie konnte neben vielen Störgeräuschen nur »unbedingt« und »Kapstadt« herausfiltern.

»Na prima«, sagte Petra laut und nicht eben erfreut. »Dann eben Adieu, erotischer Abend!«

Und am Morgen musste sie bereits nach Berlin, diesmal zu dem Anwalt, der sie in der Vertragssache beriet.

Missmutig ließ sie sich in ihren Sessel sinken und dachte nach, was sie mit dem verpatzten Abend anfangen sollte.

Bald fiel es ihr ein: Sie würde sich noch einmal in ihr Auto schwingen, in die Redaktion fahren und in aller Ruhe und ungestört von Fragen und Kommentaren der Kollegen ihren Schreibtisch ausräumen.

Dann wäre das auch erledigt, und sie müsste nicht damit rechnen, von Liane Dierolf über die Berliner Entwicklungen bis in alle Einzelheiten hinein ausgefragt zu werden.

Im Verlagshaus waren erwartungsgemäß nur die Fenster der Leute vom Dienst beleuchtet, die im dritten Stock ihre Arbeit erledigten.

Der Nachtportier nickte ihr freundlich zu. Petra nahm den Lift zur sechsten Etage, in der ihr Büro lag, und machte sich dann daran auszuräumen.

Schon bei der zweiten Schublade musste sie gegen nostalgische Gefühle ankämpfen. Sie lud die Trophäen der fünf Jahre, die sie hier verbracht hatte, in den mitgebrachten Umzugskarton, und die Erinnerungsbilder zogen dabei unaufhaltsam durch ihren Kopf: Das hier war die abgebrochene Schnalle vom Schuh einer Hollywooddiva, die Rose, die sie getrocknet hatte, war ein Geschenk Richard Geres gewesen, und der beige Schal war ihr eigener, auch der verwendete Lippenstift, aber das damit erteilte Autogramm stammte von Udo Jürgens.

Als sie das letzte Souvenir in der Hand hielt, ein leuchtend hellblaues Schweinchen, das ihr der Banker Jakob Feldmann geschenkt hatte, allerdings noch bevor ihm der verhängnisvolle Interviewsatz zu Augen gekommen war, hörte sie im Nebenzimmer Stimmen.

Früher einmal hatten die beiden Räume zusammengehört, der kleine Sitzungssaal und das noch sehr viel kleinere Büro Petras, in dem sich deshalb auch eine Küchenzeile befand. Seitdem sie hier eingezogen war, war die Tür stets verschlossen – und die größer konzipierte Etagenküche befand sich am anderen Ende des Flurs.

Die grelle Stimme Lianes war durch das dünne Türblatt gut zu hören. Auch den Mann, der sich in ihrer Begleitung befand, konnte Petra verstehen.

»Und du glaubst wirklich, sie hat keine Ahnung davon?«

»Natürlich nicht«, versicherte Liane, und der Hohn in ihrer Stimme war ätzend: »Du kennst doch Petra, unser Schäfchen. Die hält doch alle Menschen für gut, bis zum Beweis des Gegenteils. Manche finden so eine intellektuell getarnte Naivität ja ganz sexy, aber ich bin im Prinzip nicht traurig, dass sie uns verlässt. Bisschen anstrengend manchmal, die Dame!«

»Na ja, *traurig* wird sie auch nicht sein, so wie sie die Treppe hochfällt!«, sagte der Mann, den Petra jetzt als Peter

Kemmler, den Ressortchef für die Rubrik »Modernes Leben« erkannte, von dem man munkelte, dass er trotz Ehefrau und dreier Kinder mit Liane ein Verhältnis hatte.

»Und du bist wirklich sicher, dass der *Verleger persönlich* sie in den Interland-Job gelobt hat?«

Dezentes Ploppen. Die haben sich den Champagner aus dem Küchenkühlschrank mitgebracht, der prophylaktisch für illustre Besucher bereitgehalten wird. Und trinken ihn aus der Flasche. Kein guter Stil, wirklich! Moment mal… was hat der Kemmler da gerade gesagt?

»Klar bin ich das. Er hat mich ja extra zu sich in die Villa bestellt, der Oberboss. Er hat sogar zugegeben, dass der alte Assmann ihn sehr herzlich darum gebeten habe, unser Petra-Baby zu protegieren. Vermutlich wollte er seinem Sohn eine Freude machen, mit der Sprungkarriere der lieben Braut!«

Unerhört. Das gibt es doch nicht. Das kann ich nicht glauben!

Schnauben. Husten. Ja, ja. Champagner direkt aus der Flasche, das ist gar nicht so einfach.

»Ich weiß nicht, ob der sich wirklich darüber freuen wird, dieser Diamantenprinz. Ich hab nämlich auch meine Infos. Und danach flirtet der Produzent noch mit zwei anderen Damen. Mit denen ebenfalls Probeläufe der künftigen Sendung veranstaltet wurden und die auch die angeblich letzten Vertragsdetails aushandeln oder verhandeln lassen, genau wie Petra.«

Interessant, wirklich. Und gut, das zu wissen.

»Ehrlich? Das ist ja ein Ding«, rief Liane erfreut. »Und warum macht der Produzent so was?«

Das frag ich mich allerdings auch. Hab gleich das Gefühl gehabt, dass diesem Grünhammer nicht zu trauen ist.

»Aus Sicherheitsgründen, nehm ich mal an. Falls eine oder gar zwei der Damen im letzten Moment abspringen sollten. Meinem Informanten zufolge halten sie Petra Eiler nämlich, bei allem Charme und Grips, was sie ihr durchaus bescheinigen, für eine hoch verdächtige Wackelkandidatin!«

Unerhört. Wenn man sich vor Augen hält, was die mir alles gesagt haben. Dass sie Tausende von wunderbaren Sendungen mit mir vorhaben!

»Und warum? Ich meine, man kann von ihr denken, was man will, aber verlässlich war sie noch immer!«

Na bitte. Wenigstens das, Liane!

»Bisher vielleicht. Nur, das wird sich vermutlich schnell ändern. Wenn du zum Beispiel demnächst einen Milliardärssohn heiraten würdest, dann wäre deine Bereitschaft, berufliche Termine einzuhalten, vielleicht auch nicht mehr so ausgeprägt. Ganz abgesehen davon, dass erwartet wird, dass sie nebenbei noch jede Menge Events, Preisverleihungen und Partys mit ihrem Lächeln und ihrem schön bekleideten Body verziert. Das hat der alte Assmann vielleicht nicht so richtig bedacht, und der Bräutigam selbst sieht mir nicht so aus, als ob er da mitspielen würde!«

Da könntest du ausnahmsweise recht haben, Kollege Kemmler. Allerdings hätte man mir so was ja sagen müssen, die können doch nicht erwarten, dass ich da einfach drauf eingehe, grad so, wie's ihnen einfällt!

»Weshalb haben sie sie dann nicht gleich abgelehnt, da hätte sich doch sicher ein Vorwand finden lassen?«

Ja, eben. Das frag ich mich auch!

»Weil am Anfang weder der Produzent noch der Mann vom Sender wussten, wie die Dinge tatsächlich stehen!«

Erneutes Gepruste. Er hat sich verschluckt. Grunzt, kann aber bald wieder sprechen.

»Das heißt, dass sie einen Gönner hat, das wussten sie schon, das haben schließlich die meisten. Aber davon, dass sie in höchste Geldadelskreise einheiraten wird, davon hatten die keine Ahnung. Waren offenbar ziemlich schockiert, als ihnen das aufging. Die scheinen die Kleine tatsächlich favorisiert zu haben.«

»Und was wird jetzt mit ihr?«

Genau. Das ist die Frage. Meine übrigens, nicht deren.

»Schätze, sie werden sie so bald wie möglich wieder ablegen. Wenn's überhaupt so weit kommt, dass sie ein paar Mal moderieren darf, dann nur, um den alten Assmann bei Laune zu halten, und ich kann's auch verstehen. Die sind mit einer Kollegin, die sich im journalistischen Raubtierkampf erst mal durchbeißen oder hochschlafen muss, doch wesentlich besser dran als mit einer künftigen Frau Assmann-Edelsteine, die sich kapriziös und anspruchsvoll geben kann, und das wissen sie auch!«

Blödes Pack, alle miteinander!

»Apropos schlafen«, schnurrte Liane, und Petra sah geradezu die blonde *journalistische Raubkatze* vor sich, wie sie sich rekelte und die Pfoten ausstreckte, um den armen Peter noch ein Weilchen davon abzuhalten, nach Hause zu Frau und zu Kindern zu eilen.

»Wir können heute unmöglich zu mir, meine Mutter ist gerade ein paar Tage da!«

Stärkeres Gequietsche, Geraschel.

O Gott. Sie werden doch nicht… Doch, genau das tun sie. Vermutlich auf dem Konferenztisch mit der polierten Kirschbaum-

platte. Und Flucht ist unmöglich, die Tür ächzt, ich sag's dem Hausmeister schon seit Wochen, dass sie dringend geschmiert werden muss.

Ich muss die Lampe ausmachen, dass sie den Lichtschein nicht sehen, wenn sie nachher weggehen!

Jetzt. Jetzt sind sie so sehr mit sich beschäftigt, dass ihnen nichts auffallen wird.

Aus. Dunkelheit. Angst. Herzklopfen. Wie steh ich denn da, wenn die doch was mitbekommen und plötzlich reinkommen? Na ja, auch nicht blöder als die beiden. Atem anhalten. Lauschen!

Nichts passiert, die machen weiter.

Nur wie lange denn noch, verdammt. Dieser Familienvater hat eine ganz schöne Kondition, oder kommt mir das nur so vor, weil es so idiotisch ist, hier stocksteif im dunklen Zimmer zu stehen und warten zu müssen?

Ich schwitze ja. Vermutlich ist mir heißer als den beiden dort drüben.

Ist also doch noch ein erotischer Abend geworden, wenn auch ganz anders als geplant.

Endlich!

Liane rutscht vom Tisch, man hört es. Sie wird doch nicht mit dem blanken … natürlich. Wie denn sonst?! Liebe Zeit, niemals hätte ich mir vorstellen können, eine solche Peinlichkeit erleben zu müssen!

Gekicher. Geflüster. Warum denn, hört doch außer mir keiner! Danach Geklapper. Der Gürtel von ihrem Trenchcoat schlägt gegen die Wand. Aha. Jetzt hilft er ihr in den Mantel.

»Wir sehen uns dann übermorgen, wie üblich, oder ist deine Mutter dann immer noch da?«

»Nein, nein. Ich werde dafür sorgen, dass sie morgen wieder verschwindet!«

»Mach das, mein Tiger!«

Der Mann hat Instinkt. Das trifft die Sache präzise: Beißen und Kratzen ist ihre Spezialität, und der Schlag ihrer Tatze kann nicht nur verletzen, er kann dich sogar vernichten, nur, das weißt du noch nicht, du armer Kerl!

Geraschel, danach Geklapper. Sie sucht in der Handtasche nach ihrem Schlüssel. Die Tür klappt auf. Der Teppichboden verschluckt ihre Schritte. Etwas entfernt das Rucken des Lifts. Die fahren jetzt gleich nach unten in die Tiefgarage, und dort verschwinden sie in ihre jeweiligen Autos.

Und dann sind sie draußen und bald schon zu Hause.

Fleißige Menschen, die bis zweiundzwanig Uhr achtundvierzig gearbeitet haben.

So spät war es jedenfalls, als Petra das Licht wieder anschaltete.

Sie schob die Schubladen zu, ignorierte den halb gefüllten Umzugskarton, setzte sich an ihren alten Schreibtisch und dachte darüber nach, was im Nebenzimmer gesprochen worden war … bevor der außereheliche Beischlaf ausgeübt wurde.

Sie war ganz ruhig und starrte auf das Bild an der gegenüberliegenden Wand, das die ruhig fließende Themse unter der Towerbrücke und das britische Parlament zeigte.

Nachdem Petra gegen zwei Uhr nachts, mit freundlicher Hilfe eines Manns vom Sicherheitsdienst, den Umzugskarton in den Aufzug und dann in ihr Auto geschleppt hatte, fuhr sie ruhig und konzentriert zurück nach Wiesbaden.

Dort setzte sie sich mit einer Flasche Rotwein vor die Scheibe zur Dachlichtung und überdachte ihr Leben. Die Vergangenheit, die Gegenwart und die Zukunft.

Sie erkannte, dass sie, von den Ereignissen der letzten Monate überwältigt, dieses Nachdenken zu lange unterlassen hatte. Es war an der Zeit, dies zu korrigieren.

Als der Morgen graute, war nur noch ein kleiner Rest in der Rotweinflasche. Petra fühlte sich stark benebelt, aber der Nebel war *unter* ihr, und sie befand sich im hellen Licht der Erkenntnis.

60

Auch in der Assmann-Mine musste ein Schreibtisch, sogar eine Wohnung ausgeräumt werden.

Sally beschloss, die Sache nicht länger aufzuschieben. Vermutlich war Victor bereits wieder abgereist, und wenn nicht, dann hatte er ihre Anwesenheit eben für zwei, drei Stunden zu ertragen.

Sie jedenfalls musste weg aus dem Kobradorf, je eher, desto besser. Sie konnte den Blicken dieses aufgeblasenen Mkuba kaum mehr entgehen, und seine Avancen wurde immer dreister und bedrängender.

Sie würde ihr Guthaben bei der mineneigenen Assmann-Bank abheben und verschwinden. Nach Kapstadt. Oder nach Pretoria. Jedenfalls weit weg aus dem Gesichtsfeld dieses Mannes, der inzwischen die ganze Dorfgemeinschaft beherrschte.

Auch ihr gegenüber benahm er sich, als ob er ihr etwas zu erlauben habe.

»Gut, Sally«, befand er gnädig. »Dann geh und hol deinen

Kram. Das ist ganz ausgezeichnet. Du machst dabei die Augen und die Ohren auf und teilst uns dann mit, wann der neue Minenverwalter erwartet wird!«

Sally war klar, was er vorhatte. Der soll mich doch mal, dachte sie und lächelte ironisch. Was ein Fehler war.

»Glaub nicht, dass du mir entkommen kannst. Ich hab meine Spitzel in der Mine, und wenn du nicht kooperierst, und ich komme dahinter – was geschehen wird –, dann wirst du dich sehr schnell bei deinen geschätzten Ahnen befinden. Und denke daran: Der Weg zum nächsten Flugplatz ist lang, und auch dort sitzen meine Männer und kontrollieren, wer dieses schöne Land gerne verlassen möchte.«

Fahr doch zur Hölle, dachte Sally erbittert, aber sie nahm sich zusammen und versicherte: »Ich werd dir alle wichtigen Informationen zukommen lassen, Mkuba!«

»Na bitte. Es geht doch. Ich sehe, du bist zwar trotzig, aber nicht dumm.«

Sally ersparte sich eine Antwort. Es war nicht ratsam, mit Männern wie diesem zu diskutieren. Sie wusste, wie hinter der Grenze, wo Mkubas Gefährten im Moment die Übermacht hatten, mit den Regierungstreuen verfahren wurde, und sie hatte keine Lust, solch einer Behandlung unterzogen zu werden. Es würde sich schon ein Schlupfloch auftun, durch das sie entwischen konnte.

Für wichtige Handlungen muss man immer den besten Zeitpunkt abwarten, nur nichts überstürzen, war eine von Victor Assmanns Lebensmaximen, und diesmal war sie gewillt, sich seine Erkenntnis zu eigen zu machen. Victor war ein Schuft und Charakterschwein, aber er war auch sehr schlau.

Sally wusste, wann der Bus an der Grenze abfahren würde,

und berechnete die Zeit, die er brauchte, um die Straße dort zu passieren, wo sie einsteigen wollte.

Drei Stunden zuvor machte sie sich auf den Weg.

Sie musste nur knapp zwanzig Minuten warten, bis die staubige Wolke, die den Bus ankündigte, zu sehen war.

Weitere drei Stunden später erreichte sie das Hauptportal der Mine. Der Portier war von ihrem Kommen verständigt und winkte sie durch.

Ein letztes Mal ließ Sally die Körperkontrolle über sich ergehen und passierte danach die Schleuse, deren Röhre auch auf der Eingangsseite mit Metalldetektoren ausgestattet war. Das Einführen von Waffen aller Art in die Mine war strengstens verboten. Sie mussten in der Waffenkammer hinter dem Portierhaus abgegeben werden und konnten beim Verlassen des Geländes erst nach der Röntgenschleuse wieder in Empfang genommen werden.

Im Minendorf angelangt ging sie zuerst zu ihrem Bungalow.

Sie legte ihre staubigen Kleider ab, stellte sich unter die Dusche und spülte Staub und Dreck von Körper und Haaren.

Bevor sie von ihrem Dorf weggegangen war, hatte sie noch einmal mit Joe gesprochen und ihn angefleht zu verschwinden. Sie hatte versucht, ihm klarzumachen, dass die Interessen des Kobrastamms und die der Rebellen verschiedene waren, doch Joe hatte sich verstockt und uneinsichtig gezeigt. Es war eine Unterhaltung gewesen, die sie sich hätte ersparen können. Joe war Mkubas Werkzeug geworden, und er war dies mit Leidenschaft. Immerhin war Sally sicher, dass er nichts von ihrem Gespräch an Mkuba weitergeben würde.

Die Bande des Bluts waren stärker als Joes Bewunderung für Mkuba, daran hegte sie keinen Zweifel.

Sally machte sich einen starken Tee, steckte zwei Scheiben Weißbrot in den Toaster und schmierte sich die köstliche Orangenmarmelade darauf, die aus dem Minenshop stammte. Sie legte eine CD mit ihrer Lieblingsmusik auf und genoss die angenehme Kühle, die die Klimaanlage erzeugte.

Sie versuchte, sich ihren Hass gegen Victor wieder in Erinnerung zu rufen, doch die Entbehrungen der letzten Tage hatten ihn deutlich abgeschmolzen, wie Sally bewusst wurde.

Dann aber fiel ihr der arme Kerl wieder ein, wie er den Schritt über die Klippe gemacht und dabei herzzerreißend geschrien hatte. *Vater.*

Sie dachte an die Nächte, in denen Victor betrunken gewesen war und sie geschlagen hatte. An sein Verhalten gegenüber den Minenarbeitern, die er wie Tiere behandelte und nicht wie Menschen. An die beiden Frauen und sechs Männer, die die Gefährlichkeit des Röntgentunnels unterschätzt hatten und beim Diamantenschmuggel erwischt worden waren.

Wie Victor sie nicht nur vor der versammelten Belegschaft beschimpft, sondern auch die Bluthunde hinter ihnen hergehetzt hatte. Zur Warnung für alle anderen. Drei der Arbeiter waren entkommen, drei hatten Wunden an Beinen und Oberschenkeln erlitten, die beiden anderen aber mussten zerbissen in ein Krankenhaus gebracht werden. Sie hatte nie wieder von ihnen gehört.

Sally ging erst hinüber in ihr Büro, als sie sich genügend gewappnet fühlte.

Victor war tatsächlich da. Er saß in seinem Chefsessel und schien keineswegs ärgerlich über ihr Erscheinen zu sein.

»Das trifft sich gut, dass du kommst, Sally. Diese Eliza, die dich vertreten sollte, ist so was von dämlich, dass ich sie gestern wieder zurückgeschickt habe. Ich bleib noch zwei Tage, und so lange wirst du hier deinen Job noch erledigen!«

Er lächelte, und Sally begriff, dass er dies umfassend meinte und seine moralischen Vorsätze in dieser unerwarteten Interimszeit so wenig gelten würden wie in der Nacht ihres Abschieds in Kapstadt.

Sally erwiderte sein Lächeln, doch sie beschloss, alle guten Erinnerungen an ihn endgültig aus ihrem Kopf zu tilgen. Okay, sie würde gute Miene zum bösen Spiel machen, aber parallel dazu würde sie das tun, was dieses Ekel ihr beigebracht hatte: Das Beste für sich selbst herausschlagen. Sie würde ihm um den Bart gehen und ihn an sein Angebot erinnern, ihr eine Stelle zu besorgen.

Die Tage im Kobradorf hatten ihre Wirkung getan und sie belehrt, dass Stolz nicht in jeder Situation der richtige Ratgeber war.

Sie setzte sich an ihren Schreibtisch und schaltete den Computer ein. »Ist denn der neue Minenverwalter noch nicht eingetroffen?«, fragte sie.

»Es hat noch ein kleines Problem mit seinen Papieren gegeben, aber das ist inzwischen gelöst. Er kommt morgen Vormittag.«

Sally nickte und griff dann zum Eingangskorb, in dem sich die Post und die ausgedruckten Mails der verschiedenen Abteilungen der Mine und aus Deutschland stapelten.

»Faules Ding«, murmelte sie, an die Adresse der abwesenden Eliza gerichtet, während sie den Papierberg überflog und sortierte.

Die wohltätige Macht der Routine ergriff sie, und sie stürzte sich auf die anstehenden Arbeiten, die ihr vertraut waren und ihr eine Stütze in diesen schwierigen Tagen und Stunden sein würden.

61

Georgs Maschine landete planmäßig gegen elf Uhr am Vormittag in Kapstadt. Er verließ das Flugzeug als erster Passagier. Er hatte nur einen Bordkoffer dabei und konnte schleunigst auschecken. Am Einreiseschalter wurde er zügig abgefertigt und durchquerte dann die Halle des Flughafens mit eiligen Schritten. Hoffentlich war es dem Arzt gelungen, Ludwig im Krankenhaus zu halten!

»Ins Groote-Schuur«, rief er dem Taxifahrer zu und nahm im Fond des Wagens Platz.

Während der Fahrt brütete er vor sich hin, ohne der schönen Umgebung mehr als einen kurzen Blick zu widmen.

»Unfallabteilung. Dritter Stock, Zimmer 3038«, sagte die freundliche junge Frau an der Rezeption des Krankenhauses, das durch die erste Herztransplantation der Welt berühmt geworden war. Georg hatte davon gelesen. Christiaan Barnard war der Name des Chirurgen gewesen, erinnerte er sich, und der Patient hieß Washkansky. Was das Gehirn alles so speicherte!

Ludwig hatte sichtlich an Gewicht verloren, seitdem sie sich das letzte Mal gesehen hatten, und unter seinen Augen lagen dunkle Schatten. Er trug ein freundlich bedrucktes Fließnachthemd und hockte in seinem Krankenbett, dessen Rückenteil er hochgestellt hatte.

»Ich kann nicht aufstehen, weil ich keine Klamotten zum Anziehen habe«, erklärte er anstelle einer Begrüßung.

Georg kam bis zum Bett und musterte seinen unglücklichen Bruder kopfschüttelnd. »Was machst du nur für Sachen, Kleiner?! Warum hast du nicht mit mir geredet? *Vor* all dem Unsinn?«

Ludwig presste die Lippen zusammen und schaute auf seine Bettdecke. »Von euch hatte ja ohnehin nie jemand Zeit. Immer nur Business, Business, und zwar *eures*! Das war immer schon so. Ich war halt auch da, irgendwie. Nur, wichtig war ich eigentlich nicht. Mama vielleicht, oder der Wuttke. Der eigentlich von allen am meisten!«

Beschämt musste Georg einräumen, dass Ludwig die Wahrheit sagte. Er selbst war fünf Jahre älter als der jüngste Bruder. Als dieser in den Kindergarten gekommen war, hatte er, Georg, gerade aufs Gymnasium gewechselt. Und bald darauf ins Internat in die Schweiz. Zwei Jahre später war Victor ihm nachgefolgt, und beide waren sie danach nur in den Ferien zu Hause gewesen. Es hatte Ludwig bestimmt nie an Beaufsichtigung gefehlt, offenbar aber doch an Zuwendung und Liebe.

Nach der Schwangerschaft mit ihrem jüngsten Sohn hatte seine Mutter sich verändert, das wurde Georg erst jetzt, nach so langer Zeit und Tausende Kilometer vom Elternhaus entfernt, in einem afrikanischen Krankenhaus klar.

Zita Assmann hatte ihre Heiterkeit verloren, die er und auch Victor in ihrer frühen Kindheit so geliebt und genossen hatten.

Wieder fiel ihm der Sommer ein, in dem sie einfach verschwunden war, und auch Ludwig musste sich in den Wochen seit dem Jubiläum seine Gedanken darüber gemacht haben, denn er sagte jetzt: »Vielleicht bin ich gar nicht sein Sohn!«

»Red doch keinen Quatsch«, wies ihn Georg zurecht, obwohl er genau dies auch überlegt hatte. »Außerdem haben wir im Moment andere Fragen zu klären: Weiß Victor davon, dass du …« Noch lebst, hatte er sagen wollen, doch er korrigierte sich im letzten Moment: »Dass du davongekommen bist?«

»Nein«, stieß Ludwig hervor. »Du denkst doch nicht, dass ich so verrückt bin, mit ihm Kontakt aufzunehmen, nach allem, was ich von der Wuttke gehört habe!«

Georg setzte sich endlich.

Hilflos verschränkte er die Arme und schwieg.

Es war so unglaublich gemein und bösartig, wie Victor sich verhalten hatte. Die ganze Dimension der Intrige wurde ihm jetzt bewusst, als er das abgehärmte Gesicht seines Bruders betrachtete. Ludwig hatte sich, was den Diebstahl betraf, verhalten wie ein trotziger Knabe. Jetzt aber sah er aus wie ein dreißigjähriger Greis. Der Junge hatte nicht nur gelitten, erkannte Georg, er war durch das tiefe, unwirtliche Tal gegangen, an dessen Ende in der Regel der Tod stand. Dass er ihm noch einmal entkommen war, war ein Wunder gewesen; eines, das Victor nicht in Erwägung hatte ziehen können.

»Ich muss noch eine Nacht hierbleiben«, sagte Ludwig und schaute Georg dann an. *Und ich weiß nicht, wie es danach weitergehen soll*, bedeutete dieser Blick.

Gute Frage, dachte Georg, und nicht so leicht zu beantworten.

»Am besten, wir regeln erst mal die praktische Seite«, sagte er deswegen rasch. »Du schreibst mir jetzt eine Liste, was du alles benötigst. Ich fahre dann ins Hotel, mach mich ein wenig frisch, und danach werde ich die Sachen besorgen. Hast du irgendwo noch etwas abzuholen?«

»Nichts, was ich unbedingt brauche.«

»Und deinen Pass?«

»Den hatte ich in der Tasche, als ich...« Ludwig unterbrach seinen eigenen Satz, erinnerte sich dann aber an den Vorsatz, sich wie ein Mann zu benehmen, und er beendete ihn mit fester Stimme: »Als ich von der Klippe gesprungen bin!«

»Mein Gott«, murmelte Georg beklommen. »Und wo war das?«

»Irgendwo an der Küste, westlich von Kapstadt. Aber falls deine Frage darauf abzielt, ob die Klippe hoch genug war für einen Selbstmord oder ob ich nur mit der Möglichkeit *gespielt* habe, um euch gegenüber einen Mitleidseffekt zu erzeugen, dann kann ich dir sagen: Die Wahrscheinlichkeit, die Sache zu überleben, lag so ziemlich bei null!«

Georg verzog den Mund zu einem schiefen Grinsen. Der Kleine mochte weich und labil sein, dumm war er nicht.

»Wir machen jetzt eins nach dem anderen«, schlug er dann vor. »Ich werde versuchen, dir zu helfen, Ludwig. Bei Mama wird das kein Problem sein. Bei Papa...«

Er zögerte, entschloss sich dann aber zur Offenheit. »Mit Papa habe ich im Moment selbst große Probleme. Aber wenn ich dir raten darf, und was die Angelegenheit am meisten fördern könnte: Du solltest mir oder Mama sagen, bei wem du den *Assmann-Jupiter* hast teilen lassen. Vielleicht ist es möglich, wenigstens einige Stücke davon wieder zurückzukaufen. Das wäre Papa bestimmt sehr wichtig.«

Ludwig starrte den Bruder verwundert an. »Aber ich hab den Stein doch gar nicht teilen lassen, ehrlich nicht, Georg.«

»Mit welchem Geld bist du dann hierhergeflogen? Du warst doch vollkommen blank, hattest sogar ein starkes Minus auf deinem Konto, hat Mama gesagt!«

»Das ist richtig. Aber ich hab den *Assmann-Jupiter* doch wieder zurückgegeben, noch in der Jubiläumsnacht.«

»Das gibt es doch nicht.«

»Ich schwör es dir, Georg. Du musst es mir glauben!«

»Und wem, *wem* hast du ihn gegeben, Ludwig?«, fragte Georg, obwohl er die Antwort schon ahnte.

»Victor. Ungefähr vier Stunden, nachdem ich ihn genommen hatte. Ich sag es dir doch, noch in der Nacht nach dem Jubiläum. Victor kam zu mir und hat mir erzählt, er käme eben vom Krankenhaus. Papa habe einen Herzanfall gehabt, nachdem er den Diebstahl entdeckt habe, liege im Sterben, und er hoffe, wenn er ihm den Stein zeige, dass er dann noch einmal … Er hat mich einen Mörder genannt, Georg!«

Die Erinnerung an diese Szene war so stark und bedrückend, dass Ludwig ins Kissen zurücksank und heftig atmete.

Georg saß wie erstarrt auf seinem Stuhl. Das war noch schlimmer als alles, was er sich ausgemalt hatte. Er dachte an Victor, an sein Gebaren und seine Äußerungen bei den Diskussionen um den Diebstahl, wobei er in Wahrheit die ganze Zeit über den Stein in seinem Besitz gehabt hatte. Die Heuchelei und Verlogenheit Victors waren unglaublich und machten ihn erst einmal sprachlos.

Dann aber fielen die Puzzlesteine alle an ihren Platz.

»Und er hat dir Geld gegeben und gesagt, du sollst verschwinden, bis der erste Zorn gegen dich sich gelegt hat!«, mutmaßte Georg grimmig. »Er hat dir versprochen, mit Mama zu sprechen und ein gutes Wort beim Alten für dich einzulegen, wenn der sich erst mal wieder erholt habe. Und dann hat er dich irgendwo im Outback abgestellt, dich in deinem Schuldbewusstsein und deiner Scham schmoren lassen, um nach einiger Zeit zurückzukehren und dir zu erzählen, Papa sei verstorben, und wir alle wollten nichts mehr mit dir zu tun haben. Weil wir dich – und nur dich – für den Tod von Vater verantwortlich machen. Und da er dich genau kannte, war er sicher, dass dies ausreichen würde, dich in den Freitod zu treiben. So war es doch, oder zumindest so ähnlich?!«

»Ja«, murmelte Ludwig und war so bleich, dass Georg es für besser hielt, nach der Schwester zu läuten.

»Lass das«, hinderte ihn Ludwig mit rauer Stimme und packte dessen Handgelenk. »Ich hab inzwischen gelernt, dass man nichts dagegen tun kann. Ich habe fast eine Kiste Whisky darauf geschüttet, und die Ärzte hier haben mir jede Menge Beruhigungsmittel gegeben, aber, glaube mir, Georg, es gibt ein Schuldbewusstsein, das stärker ist als Alkohol oder Drogen. Es schläft nur ganz kurz und oberflächlich ein, danach aber ist es noch stärker da als zuvor. Ich hab den Alten vielleicht nicht umgebracht durch den Diebstahl, aber das war ein Glück und keine Sache, die ich mir mildernd anrechnen kann. Es war kindisch, trotzig und dumm. Auch wenn er mir früher immer wieder Unrecht angetan hat, und das *hat* er, ist mein Verhalten in keiner Weise zu rechtfertigen.«

»Gut, wenn du das so siehst«, erwiderte Georg und lehnte sich erschöpft an die raue Wand des Krankenzimmers. Er spürte jetzt die Folgen des langen Flugs, vor allem aber die der inneren Anspannung, in der er sich, genau betrachtet, seit der Nacht des Jubiläums befand. »Aber das ist im Moment nicht das, was mich am meisten beschäftigt.«

Es war die Rolle von Victor in diesem Drama.

Sie wussten es beide, ohne dass es ausgesprochen werden musste.

Die Krankenschwester öffnete die Tür und stellte eine große Tasse Kaffee vor den Besucher.

»Thank you very much«, sagte Georg und nahm dankbar einen Schluck. Der Kaffee war stark, heiß und süß, und als er ihn getrunken hatte, merkte er, dass seine Lebensgeister sich neu formierten. Und er spürte den gewaltigen Zorn, der in ihm entstand.

Ludwig beobachtete ihn wortlos, als er sein Handy zückte und eine eingespeicherte Nummer antippte.

»Hallo, Irene. Ist Victor noch in der Mine?«

Das Gespräch war sehr kurz. Am Ende sagte Georg, und es klang so barsch und apodiktisch, wie Ludwig den Bruder noch nie hatten sprechen hören: »Und kein Wort der Vorwarnung, Irene. Ist das klar?« Dann drückte er die Aus-Taste und steckte das Handy zurück in seine Jackentasche.

Ludwig aber hatte sich aufgerichtet.

»Ich werde mitkommen«, sagte er entschlossen.

»Das geht nicht«, appellierte Georg an die Einsicht des Bruders. »Du bist noch krank, und …«

»Versuch nicht, es mir auszureden, Georg. Schließlich bin ich beinahe daran krepiert!«

»Der Arzt wird …«

»Der Arzt kann mich mal. Mein Kopf ist wieder in Ordnung, die blauen Flecken tun weh, okay, aber gefährlich sind sie nicht wirklich. Es ist überhaupt nicht mein Körper, der mir zu schaffen macht, es ist die Seele. Soll er mir in die Augen sehen und mir ins Gesicht sagen, was er sich dabei gedacht hat, dieser elende Schuft!«

Vernünftig war es nicht, aber es gibt Zeiten und Dinge, in denen Vernunft nicht das erste Kriterium ist.

»Gut«, sagte Georg schließlich. »Sprechen wir mit dem Arzt. Wenn er dir nicht wirklich die rote Karte zeigt, dann reisen wir gemeinsam zur Mine.«

62

Petras Mail, der sie vorsichtshalber auch noch ein Fax mit demselben Inhalt hinterhergeschickt hatte, erzielte die gleiche Wirkung wie ein Stich ins Wespennest.

»Wie zum Teufel kommt die Frau an solche Informationen?«, echauffierte sich Produzent Rolf Grünhammer, als er den Abschnitt in Petras Mitteilung las, sie habe ja die Gewissheit, mit ihrem Ausstieg aus dem ehemaligen Interland-Projekt weder die Produktionsfirma noch den Sender in Schwierigkeiten zu bringen: Man möge doch einfach auf eine der beiden anderen Kandidatinnen zurückgreifen, mit denen *Parallelverhandlungen* geführt worden seien.

»Scheiße, scheiße, scheiße!«, schrie Redakteur Liebling. »Wie soll ich das dem Programmdirektor beibringen, nachdem der sich gestern definitiv auf die Eiler festgelegt hat? Sie sei um Klassen besser als die beiden anderen, hat er gesagt, und wirklich, Rolf, ich bin mit ihm da völlig d'accord. War ich von Anfang an, erinnere dich, und zwar nicht deswegen, weil die Kleine von oben protegiert worden ist!«

»Das ist gleich das zweite Problem«, ließ ihn Grünhammer wissen. »Und das wird richtig Knatsch geben. Denn nach allem, was ich höre, macht der Herr Verleger, dem euer Sender mehrheitlich gehört, derzeit in einem Holzhaus auf Mauritius Urlaub, am Fuß irgendeines erloschenen Vulkans mitten im schönen Tropenwald, und jagt weiße Hirsche. *Weiße Hirsche!* Stell dir das einmal vor!«

»Ist das denn erlaubt?«

»Angeblich hat der alte Assmann eine Ausnahmegenehmigung, die sich auf das Terrain bezieht, und das gehörte schon seinem Großvater. Im Übrigen ist das auch nicht das Wesentliche. Das Wesentliche ist, dass diese Jagd wohl der Köder für die Beförderung der künftigen Schwiegertochter war!«

»Verstehe«, sagte Herr Liebling. Urlaub machen auf Mauritius konnte jeder, der genügend Geld dafür aufwenden wollte. Mit dem Jagen von weißen Hirschen allerdings verhielt es sich anders. So etwas war nicht einfach zu kaufen. Und das Pläsier schwerreicher Leute war es offenbar, das erleben und tun zu können, was anderen unmöglich war.

»Und was machen wir jetzt?«

»Schadensbegrenzung. Du lässt deine Assistentin bei Petra Eiler anrufen. Sie soll sie untertänigst um einen Termin bitten. Du und ich, wir schwingen uns dann in den Flieger. In Frankfurt kaufen wir den größten Blumenstauß, den wir tragen können, und kriechen bei der künftigen Frau Assmann, so gut es geht, zu Kreuze. Dann denken wir zusammen nach und legen fest, wem wir den schwarzen Peter zuschieben werden. Und wenn wir einen Buhmann gefunden haben, melden wir uns beim Programmdirektor und erklären ihm das ›bedauerliche Missverständnis‹, das leider, leider die schöne Assmann-Braut in die Flucht geschlagen hat. Und präsentieren ihm dabei gleich die inzwischen bearbeitete und super aufgemotzte Aufzeichnung unserer Ersatzkandidatin. Garniert mit der Erklärung, dass die mit Sicherheit viel handsamer und unkomplizierter sein wird als eine Frau Eiler-Assmann mit mächtigen Verbindungen. Das wird schon ziehen. Der ist auch froh, wenn er eine Ärgerquelle weniger sieht. Das einzig Gute an der Sache ist, dass wir genügend Zeit dafür haben, denn der flotte Jäger wird erst in fünf Tagen von den weißen Hirschen zurückerwartet!«

»Na, Gott sei Dank«, brummte Herr Liebling.

Er legte auf und begann nachzudenken, wer eigentlich der Erste gewesen war, der den Namen Petra Eiler ins Gespräch gebracht hatte, und suchte nach seinem Terminkalender. Er war ein gewissenhafter Mann und machte nach wichtigen Begegnungen oder Telefonaten kleine Stichwortprotokolle.

Tatsächlich. Da war es!

»*Chefred. Liane Dierolf empfiehlt als Interland-Ersatz Petra Eiler aus* Lady-*Redaktion. Angebl. Wunsch vom Verleger.*

Verifikation d. Behaupt? Rolf Grünhammer fragen. Gegebenenflls. Kontakt mit der Frau aufnehmen.«

Liane Dierolf. Genau. Mit der hatte er ohnehin noch ein Hühnchen zu rupfen, nachdem diese Frau ihn, nach einem Medienevent, als One-Night-Stand benutzt, seine Mails ignoriert und sich nie wieder bei ihm gemeldet hatte.

63

Alle zwei Tage aktivierte Zita Assmann ihren Laptop, den sie ausschließlich für private Nachrichten nutzte. Er enthielt vorwiegend den Schriftverkehr mit zwei Jugendfreundinnnen, die mit ihr zusammen die Internatsschule Salem besucht hatten. Es waren die einzigen beiden Personen, mit denen sie sich ungeniert und ungefährdet austauschen konnte. Man musste, in ihrer Position, vorsichtig in der Auswahl seiner Vertrauten sein und mindestens ebenso vorsichtig mit der Bekanntgabe von Mailadressen.

Manchmal trauerte Zita den Zeiten nach, in denen sie sich ganz normale Briefe geschrieben hatten, auf Briefpapier, mit zugeklebtem Kuvert und Briefmarken drauf, doch sie hatte sich belehren lassen, dass dies inzwischen wirklich antiquiert war. Und am Ende hatte sie die Geschwindigkeit überzeugt, mit der die Nachrichten ausgetauscht werden konnten. Denn Sarah lebte inzwischen in Mumbai, und Erika war vor drei Jahren zu ihrer Tochter nach Sardinien gezogen.

Von ihrer eigenen Familie besaß lediglich Georg diese Mailadresse, mit der strengen Auflage, sie nur zu verwenden, wenn einmal wirklich Not am Mann war.

Es waren zwei Nachrichten eingegangen.

Sarah schrieb von ihrem Enkelkind, dem im englischen Krankenhaus in Mumbai der Blinddarm entfernt worden war, und von den Aufregungen, die damit verbunden gewesen waren.

Erikas Brief klang sonderbar albern und mädchenhaft, was Zita so lange wunderte, bis sie begriff, dass die Freundin sich wieder einmal *verliebt* hatte, oder zumindest das, was sie darunter verstand. Erika war seit fünfzehn Jahren verwitwet. Drei Jahre nach Jürgens Tod, als die größte Trauer um den Ehemann einigermaßen bewältigt war, hatte die Serie der *Verliebungen* begonnen. Dieser Kai, von dem sie heute schrieb, war der fünfte inzwischen, wenn Zita richtig mitgezählt hatte.

Die Affären hatten immer denselben Verlauf: heftige Gefühle und große Anfangseuphorie; ein kleines, angeblich glückliches gemeinsames halbes Jahr; spätestens danach erste Zweifel, die ständig anwuchsen – und schließlich die Trennung, wenn Erika herausgefunden hatte, dass auch dieser Mann nicht ein Doppel ihres geliebten Jürgen war. Danach war sie jedes Mal einige Zeit entschlossen, keine weitere Beziehung mehr einzugehen, bis eben ein Brief kam wie dieser.

Zita lächelte und überlegte abermals, ob sie den Freundinnen nicht endlich von ihrem »Ausbruch« schreiben sollte. Eigentlich wäre sie ihnen dies schuldig, im Gegenzug zu all den vertraulichen Nachrichten, die sie empfing, die freundschaftlich und offen waren, wie sie selbst sich bisher auch stets geäußert hatte.

Diesmal jedoch hielt Zita eine sonderbare Scheu davor zurück, ihren Aufenthaltsort oder gar den Grund für ihr Verschwinden preiszugeben.

Niemand hatte jemals von der Sache mit Claas und ihr gewusst; niemand, der ihre wahre Identität kannte.

Sie beschloss, dass es so bleiben sollte, und wollte gerade den Deckel des Laptops wieder zuklappen, als er nach ihr rief: »Zita?«

Sie ließ alles stehen und liegen und lief ins Schafzimmer.

Auf den ersten Blick sah sie, dass die Krankheit wieder

zurückgekommen war. Seine Augen glühten, und auf seiner Stirn hatten sich Schweißtropfen gebildet. Sein Atem war kurz und pfeifend, und auf seinen schmalen, bleichen Wangen hatte das Fieber zwei rote Flecken erzeugt, die aussahen wie Feuermale.

Er begann zu husten, und es schien kein Ende zu nehmen damit.

Hilflos stand Zita neben dem Bett. Sie kannte seinen Stolz und wusste, dass er unwillig werden würde, wenn sie versuchen sollte, ihn jetzt zu berühren oder ihm in anderer Weise beizustehen.

Als der Hustenreiz wieder verebbt war, legte er den Kopf zurück und schloss die Augen.

»Möchtest du etwas trinken?«, fragte sie behutsam, doch er schüttelte nur den Kopf.

Die grelle Mittagssonne drang durch die Ritzen der Fensterläden und zog helle Striche über sein Gesicht und die Bettdecke. Nach einer Weile sagte er mit dünner Stimme: »Ich glaube, es wäre besser, wenn ich wieder ins Krankenhaus gehe.«

»Möchtest du das denn?«

»Nein. Sie haben mir ja gesagt, sie können nichts für mich tun, was nicht zu Hause auch stattfinden kann. Aber es wird zu viel für dich, Zita, und außerdem kannst du nicht ewig hierbleiben.«

»Ich bleibe, solange du es möchtest.«

»Das ist sehr lieb von dir, Zita …«

»Es ist das, was ich will«, erwiderte sie bestimmt, und es war nichts als die Wahrheit.

Sie reichte ihm das Glas mit den Tropfen. Er trank es

aus, und Zita konnte verfolgen, wie schnell das Medikament wirkte.

Als er fest eingeschlafen war, ging sie hinaus in den Salon und rief den behandelnden Arzt an.

»Es ist jetzt an der Zeit, weitergehende Maßnahmen zu treffen«, befand dieser, als Zita ihm von der neuesten Entwicklung berichtet hatte. »Ich werde dafür sorgen, dass alle notwendigen Geräte installiert werden und Sie Hilfe bei der Pflege bekommen, Signora, genau so, wie wir es besprochen haben.«

Zita dankte ihm. Dieser Mann war kompetent und eine wirkliche Stütze für sie.

Sie ging in die Küche und machte sich einen Tee. Dann rief sie Irene Wuttke an und erkundigte sich nach ihrer Familie.

»Es ist alles völlig in Ordnung, Frau Assmann«, sagte die Vertraute ihres Mannes, und es klang sonderbar steif und angestrengt.

Sie hat mich noch nie gemocht, dachte Zita ein wenig wehmütig, denn ihre eigene Haltung Irene Wuttke gegenüber war nicht feindlich, sondern nur reserviert – was mit dem Verhalten dieser Frau im Grunde gar nichts zu tun hatte.

Vermutlich nimmt sie mir übel, dass ich einfach *ausgebüxt* bin, wie Irene das umschreiben würde. Ausgebüxt und nicht verlässlich erreichbar, eine Todsünde im Verhaltenskodex der Wuttke.

Es war bedauerlich, aber ohne Bedeutung.

Von Bedeutung war im Moment nur der Mann, der im Schlafzimmer lag und mit dem Tod kämpfte.

Der Mann, den sie begonnen hatte zu lieben, als sie dachte, sie sei zu keinen Gefühlen und keinem Vertrauen mehr fähig.

64

Nach einer ausführlichen Einkaufstour auf den Wharfs traf Georg zur Teezeit wieder im Table Bay Hotel ein, wo er zuvor eingecheckt hatte.

In der Halle fand eben die berühmte englische Teestunde statt. Von einer kleinen Empore herab spielte ein Salonorchester klassische Musik.

Georg hatte nicht vorgehabt zu bleiben, doch die Musik wirkte wie Balsam auf seine aufgewühlte Seele.

Er gab seine Einkaufstaschen beim Rezeptionisten ab und bat ihn, sie in seine Suite bringen zu lassen. Dann schlenderte er durch die Lobby und setzte sich an eines der niedrigen Zweiertischchen.

Eben stellte der Ober eine dreistöckige Silberetagere, die traditionell zum Teegedeck gehörte, auf den Nachbartisch. Die Etagerenböden waren befüllt mit kleinen Köstlichkeiten: Gurkenschnittchen, Lachsbaguettes, Schinkenkanapees, englischem Teekuchen und Muffins.

Georg spürte jetzt, dass er den ganzen Tag noch nichts zu sich genommen hatte, und gab seine Bestellung auf.

Er erwog, Petra anzurufen oder seine Mutter, dann aber sah er das Schild, das die Gäste aufforderte, während des Nachmittagstees auf Telefonate zu verzichten.

Eigentlich haben sie recht, dachte er, trank seinen Tee, aß ausnahmslos alle Häppchen und Minikuchenstücke auf, lauschte dabei der Musik, stoppte alle Gedanken und kam endlich zur Ruhe.

Als die Musiker nach einer knappen Dreiviertelstunde ihre Instrumente einpackten, fühlte er sich erfrischt und gestärkt.

Er kannte niemanden von all den Menschen, die die gut gefüllte Halle bevölkerten, keiner hatte ein Anliegen an ihn, er musste nicht zu einem Termin eilen, und er war derzeit ein Mann ohne Job.

Ein Mann, der seine Zukunft planen musste, und diese Zukunft stand in einem engem Zusammenhang mit allen Ereignissen seit den Tagen des Jubiläums.

Er erinnerte sich an ein Seminar für das Führungspersonal des Assmann-Konzerns, das er selbst organisiert hatte.

Es hatte unter anderem ein Psychologe dabei referiert, der Tipps zur Entscheidungshilfe gegeben hatte.

Georg griff nach einem der Notizblöcke, die das Hotel samt Kugelschreiber auf den Lobbytischen ausgelegt hatte, und schrieb, ohne noch einmal nachzudenken alles auf, was ihm zum Thema Lebensplanung in den Sinn kam.

Die Hochzeit mit Petra soll so schnell wie möglich stattfinden.

Wir sind uns einig, Kinder haben zu wollen. Mit Petra abklären, wann.

Ich werde darum kämpfen, dass beide Brüder finanziell abgefunden werden. Ludwig will das vermutlich selbst, und Victor hat sich für eine Führungsposition moralisch disqualifiziert.

Vaters Zeit ist zu Ende.

Ich will die Leitung der Firma.

Als er die Sätze noch einmal durchlas, begriff er, wie richtig die Empfehlung des Psychologen gewesen war. Was auf dem Papier stand, war der Extrakt all seiner Überlegungen der vergangenen Wochen und das Programm seiner Zukunft.

65

Sally schloss die Augen und ließ den Sturm der Begierde, mit dem sich Victor auf sie warf, über sich ergehen wie die rote afrikanische Erde die gelegentlichen starken Gewitter, die mit hohen Windgeschwindigkeiten und heftigen Regenfällen über das Land fegten. Sie nahm alles klaglos an, was er von sich gab, seine Flüche, die dunklen, verbotenen Worte, die Schläge, Bisse und seinen Samen. Tief in ihr aber war die Gewissheit, dass es nur eine letzte Episode war, die schon am Morgen endgültig vorbei sein würde.

Bei einem Gewitter gab es entwurzelte Bäume, Windschneisen, in denen ein Teil der Vegetation zerstört wurde, vielleicht sogar einen Flächenbrand, wenn der Blitz in trockenes Dornengestrüpp fuhr.

Bei der *Liebe* mit Victor, wenn er sich in einem Zustand befand wie heute, gab es Kratzer und Schrammen, Bisswunden, Hämatome und Zerrungen.

Sie wusste, was sie zu tun hatte, dazu kannte sie ihn und seine Vorlieben lange genug. Und sie wusste auch, dass der Egomane zu wenig Sensibilität besaß, um vorgespielte Leidenschaft von echter unterscheiden zu können.

So schlimm wie heute war es allerdings noch nie gewesen.

Als er endlich schlief, schlich sich Sally zur Dusche, drehte den heißen Wasserstrahl auf und spülte ab, was abzuwaschen war.

Dann schlüpfte sie in ihren Bademantel und setzte sich auf die Terrasse. Im ersten Licht des neuen Morgens betrachtete sie die Minenanlage, die mehr als vier Jahre ihr Wohn- und

Arbeitsplatz gewesen war. Bald würde all dies Vergangenheit für sie sein.

Es war noch früh am Tag, und Victor war kein Morgenmensch, deshalb zuckte Sally zusammen, als er seine Hand auf ihre Schulter legte.

»Schade eigentlich, dass wir beschlossen haben aufzuhören«, sagte er mit einem kleinen Grinsen – als Tribut an die vergangene Nacht.

Fahr doch zur Hölle, wünschte sich Sally stumm, doch sie erwiderte sein Lächeln und fragte: »Auch einen Kaffee?«

»Jede Menge«, verlangte er gut gelaunt. »Und drei Eier mit Schinken und Speck!«

Sally nickte. Sie erhob sich, um zur Küche zu gehen.

Er hielt sie jedoch auf und packte sie grob. »Oder, eigentlich erst *danach*«, sagte er, und Sally begriff, dass es noch immer nicht vorbei damit war.

Als sie gut eineinhalb Stunden später in ihrem Büro saß, fühlte sie sich zerschlagen und müde, keine Spur von Morgenfrische oder Fröhlichkeit war mehr in ihr.

In ihrer Schublade aber befand sich ein handgeschriebener Brief Victors an seinen Freund Christian Kress, der Chef einer großen Spedition in Nairobi war. Er empfahl Sally darin mit warmen Worten, was – wie Sally wusste – so gut wie ein Anstellungsvertrag war, denn Kressy, wie der Geschäftsmann allgemein tituliert wurde, stand tief in Victor Assmans Schuld. Und außerdem hatte sie Victor abgerungen, sie nicht nur im Hubschrauber mit nach U'Kanga zu nehmen, wenn er nach Deutschland zurückreiste, sondern auch bis zum Flug nach Kapstadt an ihrer Seite zu bleiben. Sie begründete dies mit der Haltung ihrer Sippe, die eine Umsiedlung nach Kenia nicht dulden würde; immerhin hatte Sally regelmäßig einen Teil ihres Arbeitseinkommens im Dorf abgeliefert, was Victor wusste und immer als »hirnrissig« bezeichnet hatte.

»Okay, ausnahmsweise werden wir zum Abschluss noch einmal zusammen wegfliegen«, hatte er schließlich nachgegeben.

Immerhin war Sallys Abgang nach Nairobi ein guter Deal für sie beide: Er würde nicht mehr in Versuchung geraten, erneut seine Vorsätze zu brechen, was ihn, bei allem Spaß, den er gehabt hatte, letztlich doch verdrießlich stimmte. Und Sally war versorgt und weit entfernt von den Krakenarmen ihrer Sippe und, was sie innerlich am meisten erleichterte, der Gefährdung durch Mkuba.

»Erkundige dich mal, wann wir jetzt endlich mit dem Eintreffen des neuen Minenverwalters rechnen können«, forderte Victor sie jetzt auf, denn erst danach konnte er die Reisedaten verbindlich festlegen.

Ehrlich gesagt hatte er wieder einmal genug von Afrika, und die Gedanken an Ludwig, der irgendwo in den Wassern der Pringlebucht schwamm, wenn die Haie ihn nicht bereits aufgefressen hatten, drückten gewaltig auf seine Laune. Vermutlich war er deswegen so über Sally hergefallen, aber selbst der Sex hatte die Gedanken an den jüngeren Bruder nicht ganz zu überlagern vermocht.

Er setzte sich an seinen Schreibtisch und sagte sich energisch, dass die Sache mit Ludwig ganz einfach unvermeidbar gewesen war. Eine Kettenreaktion. Immerhin eine, die ihm das Erfolgspfand der Assmanns in die Hand gespielt hatte.

Alles, alles war seitdem besser geworden, zählte er sich selbst noch einmal auf, und war es nicht ein Naturgesetz, dass das Starke sich durchsetzte und das Schwache, Lebensuntüchtige auf der Strecke blieb? Schließlich hatte er Ludwig nicht umgebracht, das hatte der Kleine schon selbst erledigt. Es war eine Konsequenz seines Diebstahls gewesen und eine Folge von Ludwigs mangelndem Selbstwertgefühl. Niemand hätte ihn schließlich daran hindern können, sich zu vergewissern, dass ihr Vater tatsächlich tot war.

»Mister Sontheimer kommt mit dem Mittagsflugzeug von Kapstadt«, teilte Sally jetzt mit.

»Gut. Dann sag der Flugbereitschaft Bescheid, sie sollen den Mann am Flughafen von U'Kanga abholen. Wir bleiben besser vorsichtig, nach den Zwischenfällen, die ich erlebt habe!«

»Alles klar, Chef!«

Sally zog sich wieder in ihr Büro zurück, und Victor machte sich auf, um in die Sortierabteilung zu gehen. Einer der Vorarbeiter erschien ihm geeignet, die Stelle als Zweitzeichnungsberechtiger der Herkunftsexpertisen zu übernehmen. Der Mann war um die fünfzig, schon mehr als zwanzig Jahre im Dienst der Assmanns und hatte sich als absolut zuverlässig erwiesen. Er würde das Angebot als eine Ehre empfinden und die höhere Vergütung besser zu schätzen wissen als der von Claas van Reemen verführte Jan Smith.

Als er über den Hof ging, blickte Sally ihm stirnrunzelnd nach. Victor war unzuverlässig, wie sie aus bitterer Erfahrung wusste. Sie hoffte zwar, dass er – ohne sich darüber im Klaren zu sein, allein durch seine Anwesenheit – ihren Abgang schützen würde, aber gewiss war sie sich dessen nicht.

Zu oft hatte Victor spontan seine Absichten geändert und gegebene Versprechen nicht eingehalten. Sie musste sich

Mkuba gegenüber absichern, und sie wusste auch schon, wie sie es anfangen würde.

Sie nahm den Telefonhörer und wählte die Satellitentelefonnummer, die Mkuba ihr gegeben hatte. Es dauerte nur einige Sekunden, dann hatte sie den Mann in der Leitung. »Der neue Verwalter kommt mit dem Flieger aus Kapstadt. Er landet um zwölf in U'Kanga. Sorry, ich kann nicht länger sprechen!«

Sie legte wieder auf und lächelte befriedigt.

Eine Rückverfolgung des Anrufs würde ins Nichts führen. Sie wusste, dass Mkuba das Satellitentelefon erst vor wenigen Tagen dem Vorarbeiter einer der Abbaustellen an der Küste abgenommen hatte. Der Mann war nur deshalb dem Tode entkommen, weil er Mkuba versprochen hatte, den »Diebstahl« frühestens in zwei Wochen in der Mine zu melden.

Und es gab einige plausible Gründe, die Sally nennen konnte, wenn jemand sie fragen sollte, weshalb sie Kontakt zu dem Vorarbeiter aufgenommen hatte.

Gegen Fragen der Assmann-Leute war sie also gewappnet. Und Mkuba, falls sie ihn überhaupt jemals wiedersehen sollte, würde sie sagen, sie habe keine Ahnung davon gehabt, dass der neue Minenverwalter mit dem Hubschrauber anreise.

Selbst wenn Mkuba Spione in der Mine hatte, wovon sie überzeugt war, konnte niemand beweisen, dass sie davon gewusst hatte, dass Victor den Landweg für Führungspersonen fürs Erste verboten hatte.

Sie erledigte die notwendigsten Büroarbeiten und ging dann in der Mittagspause hinüber zu ihrem Bungalow. Dort kniete sie sich in die Ecke, die der Verehrung der Götter und Ahnen ihrer Sippe vorbehalten war, auf den Holzboden und versenkte sich in Trance, wie der Schamane es ihr beigebracht hatte.

Sie sprach mit den Ahnen und teilte ihnen mit, sie werde bald nach Nairobi gehen. Sie bat sie auch weiterhin um ihre Begleitung, ihren Schutz und ihren Rat.

Nach kurzer Zeit stöhnte sie auf und beugte den Oberkörper, sodass ihre Stirn unsanft auf dem Holzboden aufschlug, doch sie bemerkte es nicht. Ihr Stöhnen und ihre Verzweiflung galten der Antwort der Ahnen, die böse darüber waren, dass man sie ihrer Ruhe beraubt und die heiligen Stätten entehrt hatte. Sie fragten, weshalb niemand vom Kobrastamm angetreten war, dies zu verhindern, und drohten, nie wieder zu ihnen zu sprechen. Nicht zu ihr, und auch nicht zum Schamanen. Nicht, bevor die Fremden sich und ihre Werkzeuge von der heiligen Erde zurückgezogen hätten. Danach verschwanden sie, und Sally gelang es nicht, sie wieder zurückzurufen.

Sie erwachte mit schmerzender Stirn und brach in Tränen aus, als ihr bewusst wurde, dass sie nun alle verloren hatte: ihre Götter sowie die verstorbenen Eltern und Großeltern, die zusammen mit allen Ahnen verstimmt waren und sich fortan in Schweigen und Dunkelheit hüllen würden. Ihren Bruder Joe, der das Werkzeug von Mkuba geworden war, und Victor Assmann, den sie irgendwann einmal wirklich geliebt hatte und der jetzt zurückkehren würde zu seiner Frau und dem Kind.

66

»Wie fühlst du dich, Ludwig?«, fragte Georg besorgt und wandte sich seinem Bruder zu, der neben ihm auf dem Sitz am Fenster saß und hinausstarrte.

Sie verließen eben die Reiseflughöhe und tauchten in die wattige Wolkenwand ein, die vom Meer herüberdrängte und das kleine afrikanische Land unter ihnen fast überlagerte.

»Danke. Es geht schon«, erwiderte Ludwig und verschwieg dem Bruder, dass nach dem Start, mit jedem Höhenmeter, den das Flugzeug aufstieg, die stechenden Schmerzen in seinem Kopf schlimmer geworden waren. Er spürte den Fahrradhelm wieder, und dieses Mal schien er nicht nur zu klein zu sein, sondern auch einen messerscharfen Rand zu besitzen. Heimlich, als Georg wieder ganz in die Lektüre der amerikanischen Zeitung versunken war, die er in Kapstadt gekauft hatte, holte er das Tablettenkärtchen hervor, in das die Pillen eingeschweißt waren, die man ihm im Krankenhaus bei der Entlassung überreicht hatte. »Für den Notfall, und zum sparsamen Gebrauch«, hatte der Arzt gesagt.

Ein Notfall war dieser Flug nicht gerade, doch es war, alles in allem, eine lange Reise – und Prophylaxe war sicher besser, als die Schmerzen erst ausufern zu lassen.

Die Wolkenwand war durchstoßen, und das Land, das unter ihnen lag, war – wie Ludwig wusste – zum großen Teil Assmann-Territorium. Es wirkte aus dieser Höhe wie ein gelbfarbenes Meer. Erst als sie tiefer kamen, waren die hügeligen Erhebungen zu erkennen, bald auch die dornige Vegetation, die immer wieder – wie dünner Bartwuchs – darüberlag.

»Dort unten liegen sie also, die *Tränen der Götter*«, sagte Ludwig versonnen.

Georg nickte. »Angeblich sind es ja Glückstränen!«

»Vermutlich sind sie deswegen so selten und kostbar«, meinte Ludwig und lächelte. »Wer weint schon des *Glücks* wegen!«

Es war wie ein Reflex, der bei diesen Worten Petras Bild in Georgs Kopf entstehen ließ. Er lächelte still vor sich hin und bat sie innerlich noch um ein kleines bisschen Geduld.

Die Landung war überraschend hart, und als Ludwig den Sicherheitsgurt löste, sagte Georg: »Wir warten noch und steigen als Letzte aus!«

Je überraschter Victor war, desto ungeschützter und unüberlegter würde er reagieren.

Georg hatte sich alles genau überlegt. Er würde das Gespräch mit dem Handy aufzeichnen, um es später den Eltern vorzuspielen. Denn dass Victor, wenn er auch nur ein wenig Zeit hatte, sich etwas zurechtzulegen, jegliche Schuld von sich weisen würde, lag auf der Hand.

Zu Fuß gingen sie die kurze Strecke bis zur Ankunftshalle, die sich – wie Georg erwartet hatte – bereits wieder geleert hatte. Und nachdem sie ausgecheckt hatten, traten sie hinaus in die sengende afrikanische Mittagshitze.

Bis sie die Baracke der Mietwagenfirma erreichten, klebten bereits ihre Hemden an ihnen. »Das sind die Wolken, die wir durchflogen haben«, sagte Georg. »Normalerweise ist die Hitze hier trocken. Aber ich fürchte, es wird heute noch ein Gewitter geben.«

»Das ist mir egal.« Ludwig zuckte die Achseln. Das, was hinter ihm lag, war schlimmer gewesen, als jedes Gewitter es sein konnte.

Sie nahmen einen Landrover, der robust und stabil aussah, und kauften im Flughafenshop Wasser und Sandwiches. Das würde ausreichen für die Fahrt.

Als Georg vom Parkplatz fuhr, sahen sie, wie sich vom angrenzenden Privatflugplatz ein Helikopter erhob. Als er in geringer Höhe über sie hinwegschwebte, sah Georg das Assmann-Label auf dem schwarz-roten Lack: einen in Silberfarbe aufgesprühten, stilisierten Diamanten.

»Das ist einer von unserer Flotte«, sagte er zu Ludwig, der eben die Wasserflasche öffnete und sie zum Mund führte.

»Wenn ich das geahnt hätte, dann hätten wir uns diese Fahrt mit dem Auto ersparen können.«

»Bin froh, dass du's nicht gewusst hast«, sagte Ludwig und war ehrlich erleichtert. »Ich flieg äußerst ungern mit den klapprigen Dingern.«

Georg lachte. »Sie sehen nur klapprig aus. Wir hatten noch nie Schwierigkeiten mit ihnen.«

Sie fuhren die kurze Strecke bis zum Passierpunkt, ab dem das Minengelände begann. Die Fahrstraße war dort durch eine Stahlschranke unterbrochen. In einem danebenliegenden Häuschen wachten rund um die Uhr zwei Männer des Sicherheitsdiensts in zwei Schichten.

Ludwig blieb im Wagen sitzen, während Georg in das Gebäude ging und sich auswies, denn er kannte die beiden Wächter nicht persönlich.

»Mein Begleiter und ich möchten meinen Bruder Victor gern überraschen«, erklärte er den beiden Schwarzen. »Also, bitte keine Ankündigung von unserem Besuch in der Mine!«

»Alles klar, Mister Assmann«, sagte der ältere der beiden. »Sie können sich auf uns verlassen.«

Georg lächelte und legte die Stange Zigaretten auf den Tresen, die er im Flugzeug gekauft hatte.

Er kannte sich aus mit den hiesigen Gepflogenheiten: Die meisten der Sicherheitsleute rauchten, um sich während des langen Diensts wach zu halten. Und diejenigen, die auf solche Stimulanz verzichteten, tauschten die Zigaretten gegen andere Waren.

Er ging zurück zum Wagen und setzte sich wieder ans Steuer.

»Wenn das Gewitter vorbeizieht, werden wir noch vor Einbruch der Dunkelheit in der Mine sein«, sagte er und startete den Wagen erneut.

Ludwig nickte.

Er lehnte sich in seinen Sitz zurück und schloss die Augen. Vielleicht war es die Hitze, vielleicht waren es auch die Bestandteile der Pillen, die jetzt in seinem Blutkreislauf zirkulierten. Jedenfalls hörte er plötzlich den Teil seines Musicals, den er selbst am meisten mochte. Er hörte die Stimme von Peer Katter, der den Song sang, den er als den »Ohrwurm« seiner Komposition empfand, und alle Härchen an seinem Körper stellten sich auf. Peer hatte eine relativ hohe Tenorstimme mit einem metallischen Klang, der zur Handlung und Verzweiflung des Mannes, dessen Partie er zu spielen hatte, perfekt passte. Ohne dass Ludwig etwas dagegen hätte tun können, rannen ihm Tränen über die Wangen. Er wusste jetzt, dass diese Musik gut war, diese Partie sowie das gesamte Stück. Er wusste es mit einer so ausschließlichen Klarheit, dass nichts, aber auch gar nichts, was ihm noch widerfahren würde, etwas daran ändern könnte. Georgs Aufmerksamkeit galt der holprigen Piste. Er bemerkte nichts von der stillen

Implosion seines Bruders, die eben den Panzer von dessen Lethargie gesprengt hatte.

Ludwig erlebte den Rausch, den seine Fantasie ihm beschert hatte, wie eine Offenbarung.

Nach langer Zeit, als er sich wieder gefasst hatte und mit normaler Stimme sprechen konnte, sagte er: »Vielleicht gibt es sie doch, die *Tränen der Götter*!«

»Natürlich gibt es sie«, erwiderte Georg ein wenig belustigt. »Schließlich graben im Auftrag der Assmanns ungefähr viertausend Arbeiter weltwelt danach. Wir setzen Schaufelbagger, die nicht viel kleiner sind als Riesenräder auf der Kirmes, ein, um sie zu finden. Wir pflügen Landschaften um, kehren mit kleinen, harten Handbesen ehemalige Flussläufe aus, buddeln uns Hunderte von Meter unter ehemalige Vulkane, legen Küsten trocken und tauchen zum Meeresgrund, um sie aufzuspüren. Manchmal bist du schon ein bisschen weltfern, Ludwig!«

»Ich wollte nur sagen, dass ich mich korrigieren muss. Man kann offenbar doch aus Glück weinen!«

Georg warf dem Bruder einen langen Blick zu, und erst jetzt sah er die Spuren der Tränen.

»Man kann es schon«, sagte er friedfertig, obwohl Ludwig befürchtet hatte, er würde mit Spott reagieren. »Nur, man kann es anderen nicht vermitteln, wenn man es nicht selbst einmal erlebt hat!« Und er dachte an die Nacht vor dem Jubiläum, in der Petra am frühen Morgen in seinen Armen eingeschlafen war und er in dieser Position ausgeharrt hatte, bis der Wecker ihn daraus befreite. Sein Arm hatte gekribbelt, als ob er ihn in einen Sack voller Ameisen gesteckt hätte, noch bis nach dem Kaffee war es so gewesen. Doch niemals zuvor hatte er, wie in dieser Nacht, aus Glücksgefühlen Tränen vergossen.

Die *Tränen der Götter* war die hübscheste Bezeichnung für die Ware, die die Assmanns vertrieben, die man sich vorstellen konnte.

Er dankte den Göttern, die er als Christ und Europäer als einen einzigen, wenn auch dreifaltigen Gott verstand, in dieser Minute noch einmal. Für Petra, für sein Leben und für die Göttertränen, die sie hier, auf diesem Land auffangen durften – und für die Tränen, die er selbst aus Glück geweint hatte.

Genau in diesem Moment, als Georg für einen Augenblick den Blick von der schwierig zu befahrenden Straße hob, sah er den sonderbar geformten Stein, der die Stelle bezeichnete, an dem sein Urgroßvater den *N'guru u Kuru*, den *Assmann-Jupiter*, gefunden hatte.

67

Sie spürten beide, dass es so weit war.

Der Arzt hatte ihm vorsorglich eine Medikamentenpumpe installiert, mit dem er sich bei Bedarf eine Mischung aus verschiedenen Arzneimitteln zuführen konnte.

Eine Nasensonde, durch die er mit Sauerstoff versorgt werden könnte, hatte der Kranke entschieden abgelehnt. »Was soll das noch?«, hatte er den Doktor gefragt. »Ich habe keine Kraft mehr. Es wäre nur die Wiederholung der Wiederholung der Wiederholung, und jedes Mal zu schlechteren Bedingungen.«

Der Arzt hatte bekümmert genickt und Zita mit allem ausgestattet, was vielleicht noch benötigt werden würde. Wie bei jeder Begegnung ermahnte er sie, auf ihre eigene Gesundheit Rücksicht zu nehmen und sich der Infektionsgefahr immer bewusst zu sein.

Zita versprach ihm, daran zu denken.

Im Salon saß eine Krankenschwester und las. Sie war dafür angestellt worden, Zita bei den Sitzwachen abzulösen. In der vergangenen Nacht hatte die Schwester darauf bestanden, dass Zita einige Stunden ruhte, doch heute würde sie sich nicht von ihrer Position vertreiben lassen.

Claas hatte den ganzen Nachmittag geschlafen. Jetzt schlug er die Augen auf und lächelte sie an.

»Möchtest du etwas trinken?«, fragte Zita.

Er schüttelte den Kopf. »Ich hab keinen Durst. Und ich fühle mich gut. Ich denke, wir sollten die Zeit nutzen, um zu reden …«

»Es strengt dich zu sehr an, Lieber.«

»Es ist meine letzte Chance, dir alles zu sagen.«

»Es gibt nichts mehr zu erklären. Wir haben so oft von allem gesprochen, seitdem ich hier bin.«

Er schüttelte den Kopf. »Von allem nicht. Du weißt noch immer nur die halbe Wahrheit. Ich habe lange gezögert, sie dir zu sagen, denn du wirst weiterleben und ich nicht, und es ist eine gefährliche Wahrheit für dich.«

»Das spielt keine Rolle. Ich möchte sie erfahren, Claas. Alles!«

Er drückte auf die elektrische Steuerung des Pflegebetts

und stellte das Kopfteil höher, sodass er eine fast sitzende Position einnehmen konnte.

»Dein Mann und ich waren befreundet, seitdem ich mich erinnern kann. Es war eine gute Freundschaft, eine so tiefe und umfassende, wie nur Kinder sie schließen können. Mein Vater war damals von Antwerpen als Schleifer zu Assmann nach Idar-Oberstein gekommen. Heinrich und ich haben jede freie Minute zusammen verbracht. Er war drei Jahre älter, aber das war nie ein Problem. Die Rollen zwischen uns waren ganz klar verteilt: Er war der Hauptmann, in all unseren Kinderspielen, und ich der Soldat.«

Zita musste unwillkürlich lächeln. Es war so typisch für Heinrich. Er wäre nie derjenige gewesen, der sich untergeordnet hätte, auch dann nicht, wenn das Altersverhältnis umgekehrt gewesen wäre. Ihr Mann war der geborene Chef.

»Weißt du, so ist es auch zwischen uns«, bekannte sie und war erstaunt, wie präzise diese Typisierung ihre eheliche Situation umschrieb. Doch sie hatte keine Gelegenheit, weiter darüber nachzudenken, denn der Kranke fuhr fort zu sprechen. »Du erinnerst dich vielleicht an unsere Treffen, damals, als du dieses soziale Jahr im Krankenhaus machtest …«

»Ich erinnere mich«, sagte Zita und fand es sehr albern, dass sie errötete, nach so vielen Jahren noch.

Sie dachte an den ersten Kuss, den Claas und sie damals getauscht hatten. Es war in einem unterirdischen Gang gewesen, der die beiden Krankenhausbauten miteinander verband. Sie hatte ihn täglich mehrmals durchqueren müssen, um mit einem Schiebewagen Verbandsmaterial von der Krankenhausapotheke in den älteren Teil des Spitals zu befördern.

Claas, der zu dieser Zeit, wie auch sein Vater, als Schleifer gearbeitet hatte, hatte während seiner Mittagspause dort das erste Mal auf sie gewartet; danach beinahe täglich.

Sie spürte noch heute die Süße dieses Kusses und die Schauer, die sie dabei überlaufen hatten. Sie roch den Karbolgeruch, der sich in dieser schummrigen Höhle festgesetzt hatte. Und sie erinnerte sich an seine tastende Hand, die ihre Bluse zerdrückt hatte, und an das erste, ziehende Verlangen, das ihr bis dahin unbekannt gewesen war.

Sie hatte Claas erstmals auf einer Tanzveranstaltung getroffen. Er hatte sehr gut ausgesehen: Groß, schlank und schwarzhaarig, und er war ein erwachsener Mann gewesen, der sich von den Jungen, die sie noch aus der Tanzstunde kannte und die sich um sie bemühten, angenehm abgehoben hatte. Der Wechsel zwischen seinem ernsten, eher defensiven, beobachtenden Wesen und einem immer wieder durchbrechenden, geistreichen Witz hatte sie sofort fasziniert. Wenn sie in seine dunklen Augen gesehen hatte, schien sich ihr eigener Wille aufzulösen. Ihre Leiber und Glieder hatten sich in einer derart perfekten Weise im Rhythmus der Musik gefunden, dass es sogar anderen aufgefallen war.

Sie waren ein schönes Paar gewesen, und ihnen beim Tanzen zuzusehen, war ein ästhetisches Vergnügen.

Ihre einzigen damaligen Probleme waren ihr unterschiedliches Alter und die daraus entstehenden Erwartungen gewesen.

Zita war ein behütetes sechzehnjähriges Mädchen aus wohlhabendem Hause. Die Anlässe, zu denen sie von ihrer Großmutter die Erlaubnis bekommen hatte, das Haus zu verlassen und sich in Gesellschaft zu begeben, waren dem einunddreißigjährigen Claas deutlich zu wenig. Er hatte sich über ihren Tagesablauf informiert und bald die beste Gelegenheit für ein unbeobachtetes Treffen herausgefunden: die nach Karbol duftende Höhle. Nach einigen heimlichen Begegnungen dort war sogar der unerfahrenen Zita klar geworden, dass seine Leidenschaft nicht mehr lange im Zaum zu halten sei. Und sie war sich auch nicht mehr sicher gewesen, ob sie dies wünschte.

Doch bevor das eintreten konnte, am Tag nach einem Betriebsfest im Assmann-Werk, zu dem Claas sie eingeladen hatte, war er nicht mehr zu ihr in den Tunnel gekommen.

Nach geraumer Zeit des vergeblichen Wartens hatte sich Zita vorsichtig nach ihm erkundigt und hatte erfahren, dass er im Auftrag der Firma in die afrikanische Mine gereist sei.

Es hatte ganze drei Jahre gedauert, bis er wieder nach Idar-Oberstein zurückgekehrt war, und auch dies nur für einen kurzen Urlaubsaufenthalt. Zu dieser Zeit aber war Zita bereits verheiratet gewesen und hatte einen kleinen Sohn, Georg. Zeit war vergangen, und die Dinge nicht mehr zu ändern, das war es wohl gewesen, was sie beide gedacht hatten.

Auch später hatten sie nie mehr über diese frühen Zeiten ihrer Beziehung gesprochen, noch nicht einmal während des Sommers in Sambia. In Sambia hatte es nur die Gegenwart für sie gegeben, und sie hatten jeden kommenden Tag als Bedrohung ihrer Liebe erlebt. Die Vergangenheit hatte sie nicht interessiert.

»Ich bin damals nicht freiwillig nach Afrika gegangen«, bekannte Claas jetzt. »Der alte Assmann hat es veranlasst. Er hat mich vor die Wahl gestellt, entweder er wirft mich hinaus, oder ich nehme eine Stelle als Schleifer in der afrikanischen Mine an.«

Zita war verblüfft.

Ihr Schwiegervater war in ihren Augen ein rechtschaffener, wenn auch bigotter Mann gewesen. »Aber, warum?«, fragte sie.

»Angeblich hättest du dich bei deiner Großmutter heftig über mich beschwert. Dass ich dir nachstelle, dich belästige und nötige. Du hättest sogar Angst gehabt, das Haus zu verlassen, um zu deinem Dienst in der Klinik zu gehen.«

»Aber das stimmt doch überhaupt nicht«, rief Zita entrüstet. »Wie kam er dazu, so etwas zu behaupten?«

»*Sein Sohn Heinrich* hat es ihm erzählt«, erwiderte Claas und schaute sie bedeutungsvoll an: »An den nämlich habe sich deine Großmutter gewandt, weil er mein Freund war. Die alte Dame habe sich schwere Vorwürfe gemacht, nicht besser auf ihre Enkelin aufgepasst zu haben ...«

»Das kann ich nicht glauben. Meine Großmutter hätte nie so etwas unternommen, ohne vorher mit mir darüber gesprochen zu haben.«

Claas nickte. »Natürlich war es eine Lüge von Heinrich. Und die Absicht dahinter war klar, wie ich inzwischen weiß: Er hatte dich auf diesem Betriebsfest gesehen, er wollte dich haben und hat dafür gesorgt, dass es so kam. Er war sehr amüsiert, dein Mann, über seine List, als er mir davon erzählt hat: Noch bevor der wütende Alte, der in diesen Dingen ja eine sehr moralische Einstellung hatte, mich rauswerfen konnte, und meinen Vater in einer Art Sippenhaftung gleich mit, hat ihm mein guter Freund Heinrich nämlich den Vorschlag gemacht, meinen Vater in Ruhe zu lassen und mich so schnell wie möglich in die afrikanische Mine zu versetzen. Was auch geschehen ist. Ich musste zuvor dem alten Assmann per Ehrenwort versprechen, mich künftig ganz und gar von dir fernzuhalten und auch keinerlei Briefe an dich zu schreiben. Ich hätte die Chance, mich in der afrikanischen Mine *zu bewähren*, hat er mir erklärt, denn Diamantschleifer müssten Leute sein, die ein Ehrgefühl haben und denen man trauen können müsste, und zwar in jeder Beziehung. Wenn ich dieses Versprechen brechen würde, werde er dafür sorgen, dass weder mein Vater noch ich weiter als Schleifer arbeiten könnten.« Der Kranke machte eine Pause, denn das viele Sprechen hatte ihn angestrengt. Dann aber fügte er, nahezu entschuldigend, noch hinzu: »Es war eine Zeit, in der man so dachte, und in der ein Arbeitgeber einem auf diese Weise begegnen konnte. Du weißt, welchen Einfluss dein Schwiegervater hatte. Es war also durchaus eine Drohung, die ich ernst nehmen musste.«

»Ja. Das ist richtig«, stimmte Zita ihm zu. »Seit wann weißt du das alles?«

»Dein Mann hat es mir bei einem afrikanischen Herrenabend erzählt, bei dem sehr viel getrunken wurde. Es muss vor ungefähr vier Jahren gewesen sein. Er hat die Sache als *längst verjährt* betrachtet, wie er es ausgedrückt hat, vor allem aber als einen Sieg für sich selbst. Weil, im Krieg und in der Liebe seien eben alle Mittel erlaubt, hat er mir erklärt!«

Zita schwieg lange Zeit, dann sagte sie, mit hilflosem Trotz in der Stimme: »Ich hätte nach Sambia nicht zu ihm zurückgehen sollen!«

Claas erwiderte nichts darauf. Er spürte seine Kräfte schwinden, und er wollte die Geschichte nicht unvollendet lassen: »Bis Sambia hatte ich eine unbelastete Freundschaft zu Heinrich. Ich habe es ihm wirklich geglaubt, dass er sich bei seinem Vater als Vermittler für mich eingeschaltet hat. Und ich habe es als wahr hingenommen, dass du meine Leidenschaft als *bedrängend* empfunden und Angst vor mir bekommen hast. Schließlich warst du noch sehr jung. Ich habe sogar verstanden, dass du ihn geheiratet hast. Schließlich war er für dich – und auch für deine Familie – eine ganz andere Partie, als ich es gewesen wäre!«

»Und *nach* Sambia?«

»Nach Sambia hatte ich ihm gegenüber ein schlechtes Gewissen. Immerhin war er dein Ehemann, und je mehr er sich um meine Freundschaft bemüht hat, desto schlechter habe ich mich gefühlt. Allerdings war es nicht möglich, seinem Bedürfnis, gemeinsam mit mir etwas zu unternehmen, wenn er in Afrika war, zu entkommen. Heute denke ich, es war nichts anderes, als seinen Triumph mir gegenüber innerlich zu genießen. Er hat sich gesuhlt in dem Gefühl, die Frau zu besitzen, die ich liebe, und ich glaube, er wusste, dass ich so fühle, dass ich nie aufgehört habe, dich zu lieben, seit damals, als du siebzehn gewesen warst. Er hat mir sehr oft von dir erzählt, von den Kindern und eurem Glück, und es hat mir jedes Mal wehgetan. Nach Sambia noch sehr viel mehr als zuvor!«

»Und dann?«

»Nach seinem *Geständnis*, an dem wohl der Alkohol schuld war, habe ich mein Verhalten ihm gegenüber zwar nicht grundsätzlich geändert, das hätte ihn misstrauisch gemacht, aber ich habe begonnen, ihn zu bestehlen. Es war ungefähr zu der Zeit, als ich bemerkt habe, dass ich mich infiziert hatte!«

»Er hat auch mich damals belogen. Mir hat er weisgemacht, du hättest dich tödlich gelangweilt, in unserem kleinen Kaff, in dem es nur *provinzielle Mädchen* gäbe, die gleich nach dem ersten Kuss erwarten würden, dass man ihnen einen

Heiratsantrag mache. Du wolltest dir lieber die Welt ansehen, andere Länder und andere Kulturen kennenlernen, als durch eine Ehe ein Leben lang an Idar-Oberstein gefesselt zu sein.«

»So viel Fantasie hätte ich ihm nicht zugetraut.«

»Er hat uns das Leben gestohlen«, sagte Zita, und es klang hart und böse.

»Ja. Das hat er …«

»In Sambia war es bereits nicht mehr möglich, etwas grundsätzlich zu verändern. Ich hätte meine Kinder nie mehr gesehen, wenn ich bei dir geblieben wäre.«

Es war die Wahrheit, und sie wussten es beide.

In Zitas Kopf liefen die Ereignisse im Zeitraffer ab: das zufällige Treffen zwischen Claas und ihr, als er zur Beerdigung seiner Mutter nach Idar-Oberstein gekommen war. Ihre damalige verzweifelte Verfassung, nachdem sie gerade vom umfassenden Betrug ihres Mannes erfahren hatte. Ihr Selbstmordversuch, den Claas im letzten Moment noch verhindert hatte.

Die nachfolgende, schlimme Auseinandersetzung, bei der Heinrich den Tisch umgeworfen und das Meißner Porzellan zerstört hatte.

Die Angst und das Entsetzen der beiden kleinen Söhne, die den Streit beobachten mussten.

Heinrichs Nacht- und Nebelaktion, mit der er die Kinder weggeschafft hatte, damit sie nicht etwa mit ihr zusammen ausreißen konnten.

Die beiden heimlichen Treffen mit Claas im Innenhof zwischen den Firmengebäuden, bei denen sie ihn gebeten, nein, angefleht hatte, sie wegzubringen, irgendwohin, wo sie nachdenken und die Trümmer ihres Lebens wieder aufsammeln könne.

Ihre heimliche Flucht, an Heinrich und den argwöhnischen Schwiegereltern vorbei, mit dem Auto nach Amsterdam und von dort aus mit dem Flugzeug nach Lusaka.

Im Norden der sambischen Hauptstadt hatte es ein kleines Haus gegeben, das einem Bekannten von Claas gehörte.

Bis zu ihrer Ankunft in Lusaka war Claas ihr nichts anderes gewesen als ein verständnisvoller, hilfsbereiter Freund in der Not.

»Der Sommer in Lusaka war die schönste Zeit meines Lebens«, sagte er in diesem Moment.

Sie fasste nach seiner Hand. »Auch für mich«, flüsterte sie, und es war die Wahrheit. Nichts von allem anderen Erlebten war ihr kostbarer. Sie dachte an die warmen Nächte, in denen sie anfangs nur zusammengesessen hatten, ohne Worte, und dennoch hatte sich eine Nähe und Verbundenheit eingestellt, die unbeschreiblich war.

Sie roch den Duft der Rosen, sie spürte seine Wärme, seine Lebendigkeit, und sie erlebte nach der ersten Umarmung den Gleichklang ihrer Gefühle und das beglückende, noch nie dagewesene Bewusstsein, ganz und gar eins mit dem anderen zu sein.

Sie gedachte der rasenden Leidenschaft, die sie immer wieder zusammengetrieben hatte, befeuert von der Angst, dass alles am nächsten Tag vorüber sein könnte.

Sie erlebte sie alle noch einmal, die Phasen dieser Sommerliebe. Wie nach jeder ihrer Vereinigungen die Gedanken an die Kinder und an die Zukunft sich wie dunkle Schatten über die Gegenwart legten.

Sie dachte an ihre Entscheidung am Tag des Gewitters, als der Rosenstrauch unter dem großen abgebrochenen Ast der Akazie begraben worden war.

An Claas' Aufbegehren, seine Verzweiflung.

An ihre eigene Verzweiflung, die sie – sogar nach ihrer Rückkehr zu Heinrich – dazu gebracht hatte, Claas noch mehrmals in dieser Wohnung in Rom zu treffen. An das Glück und das Leid dieser gestohlenen Tage. An ihr letztes Treffen in Sambia, als sie ihm sagte, dass sie ein drittes Kind von Heinrich erwarte. Dass es nun wirklich ein Ende haben müsse. Ein Ende für immer.

Sie hatte ihm die Kette mit dem Rubinkreuz, die er ihr geschenkt hatte, zurückgegeben, damit wenigstens etwas von ihr bei ihm bleiben würde. Sie hatte ihn darum gebeten, inständig gebeten, in diesem Garten in Lusaka, nicht zu versuchen, sie wiederzusehen. Er hatte es ihr versprochen, und er hatte sein Versprechen gehalten.

Bis zum Abend des Assmann-Jubiläums.

Sie hatte die Farm, zu der das verwunschene Haus ihres Liebessommers gehörte, ein Jahr später gekauft, von einem Teil ihres Erbes.

Das kleine Haus hatte sie abreißen lassen, und bald schon hatte die wild sprießende Vegetation die Spuren davon überwuchert. Nur den Rosenstrauch hatte sie ausgraben und neben dem Farmgebäude einpflanzen lassen. Auf dieser Farm hatte sie, während Heinrichs ausgedehnter Reisen, manche einsame Ferienwochen verbracht. Und oft hatte sie wehmütig hinübergeschaut zu der Stelle, an der ihr Sommerglück begonnen und auch geendet hatte.

Der Farm wegen hatte es später einen heftigen Streit zwischen Heinrich und ihr gegeben, denn der Erwerb des Anwesens durch den Vorbesitzer hatte sich als unrechtmäßig herausgestellt, und so hatten sie das Anwesen schließlich verloren. Heinrich hatte ihr die schlechte, unüberlegte Investition vorgeworfen, doch sie selbst hatte den Verlust nur als folgerichtige Konsequenz betrachtet: Es war ein verbotenes Paradies gewesen und der Verlust die Strafe dafür.

»Was waren deine Beweggründe damals, in Sambia?«, fragte er jetzt selbstquälerisch und richtete sich auf, obwohl dies einen Hustenanfall auslöste. »Waren es Trotz und das Bedürfnis, dich an Heinrich für seinen Betrug zu rächen … oder … waren es wirklich Gefühle, die *mir* galten?«

»Wie kannst du nur so etwas denken?!«, fragte sie und war nahe daran, gekränkt zu sein, doch er griff rasch nach ihrer Hand und sagte: »Man denkt viel, wenn man dreißig Jahre lang Zeit dazu hat. Es sind seitdem zehntausendneunhundertdreiundsechzig Tage und Nächte vergangen. Die meisten davon war ich allein, wenn auch nicht alle. Was mich bedauerlicherweise in die Lage gebracht hat, in der ich mich jetzt befinde.«

Zita setzte sich aufrecht und hielt den Atem an.

Sie hatten über viele, sehr viele Dinge gesprochen, seitdem sie hier in Rom eingetroffen war.

Jetzt sprachen sie über das, was sie bisher umgangen hatten.

Über den Anfang und über das Ende.

»Ich bin ein Mann. Ein Mann mit *Bedürfnissen*«, sagte er, als ob er es ihr erklären müsse. »Auf Liebe wollte ich mich nicht mehr einlassen. Die Bedürfnisse aber konnten befriedigt werden. Es war nicht eine, die dafür sorgte, es waren viele. Und leider waren nicht alle davon gesund …«

»Wenn ich damals bei dir geblieben wäre …«, begann Zita, doch er fiel ihr ungehalten ins Wort.

»Sei nicht albern! Es ist absurd, dies in einen Zusammenhang bringen zu wollen. Du wirst nie mehr so denken, versprich es mir, Zita!«

Sie schlug die Augen nieder und erwiderte nichts.

»Versprich es mir«, forderte er mit klarer und fester Stimme.

»Ich werde es versuchen«, sagte sie schließlich und schlug dann die Hände vor ihr Gesicht.

Er ließ sie weinen und redete weiter: »Irgendwann vor etwa fünf Jahren bemerkte ich es. Ich flog nach Kapstadt und verschaffte mir erst Gewissheit, dann Medikamente. Sie waren teuer, und ihre regelmäßige Einnahme überstieg bald meine finanziellen Möglichkeiten. Als ich noch überlegte, wie ich der Sache begegnen könnte, prahlte Heinrich auf dieser Safari von seiner *List* und seinem *Sieg*, was dich betraf, und von da an habe ich den Assmann-Konzern betrogen!« Er verzog den Mund zu einer Grimasse und fügte hinzu: »Ich habe das als Schmerzensgeld betrachtet, dafür …«

Er brach ab, doch sie hatte verstanden.

Er begann zu husten und griff mit zittrigen Händen nach dem Glas, das auf dem Nachttisch stand. Hastig trank er von der Flüssigkeit, und bald danach ebbte der Hustenreiz ab. Er lehnte sich in die Kissen zurück und atmete mehrmals durch, bevor er fortfuhr: »Am Anfang war es ganz primitive Schmuggelei, wobei ich natürlich den Vorteil hatte, der Minenverwalter zu sein. Es war wesentlich leichter für mich, immer mal wieder ein paar Steine verschwinden zu lassen, als für andere, die dies ebenso wollten. Doch dann …« Er lächelte und meinte: »Dein Sohn Victor gleicht seinem Vater sehr, in seinem Denken und Handeln. Er hat es gerochen, dass die Ausbeute dünner wurde, wenn auch nur unwesentlich. Dass es einen Abfluss geben musste, den es bisher nicht gegeben hatte. Auch wenn er mich nie persönlich verdächtigt hat: Er hat mich für zu lasch gehalten, was die Sicherheitsvorkehrungen betraf, und hat sich für die Röntgenschleuse starkgemacht. Sie hat den Konzern viel Geld gekostet, aber die Sache hat sich rentiert, vor allem langfristig betrachtet. Das muss ich zu Victors Rechtfertigung sagen. Für mich war es natürlich eine Katastrophe. Ich musste mich schleunigst nach anderen Geldquellen umsehen.«

»Und da ist dir die Idee mit den Blutsteinen gekommen«, folgerte Zita.

Er nickte. »Der Bürgerkrieg hinter der Grenze kam der Sache entgegen. Die Revolutionäre brauchen ja ständig Geld für ihre Männer und Waffen. Sie haben mir die Blutsteine gebracht, die aus verschiedenen Ländern stammten, die auf der schwarzen Liste standen und eigentlich unverkäuflich waren. Ich musste nur einen Bruchteil des Werts dafür zahlen. Jan Smith und ich haben die Steine dann mit falschen Herkunftsexpertisen ausgestattet und verkauft. Es war ein gutes Geschäft, und wir waren sehr vorsichtig. Ich hielt es zwar für unwahrscheinlich, dass die Sache auffliegen könnte, aber das Restrisiko habe ich ganz bewusst in Kauf genommen. Ich hatte nicht das Gefühl, dass ich mich den Assmanns gegenüber besonders rücksichtsvoll verhalten müsse. Außerdem war es ja eine zeitlich begrenzte Aktion: Im Frühjahr hat mir der Arzt gesagt, er gebe mir noch ein halbes Jahr. Du siehst, er war zu optimistisch. Es waren nur noch vier Monate!«

Sie versuchte nicht, ihm zu widersprechen, denn sie sah, dass er recht hatte. Die Aussprache hatte ihn mitgenommen. Es war, als ob in der letzten Stunde seine Augen tiefer in die Augenhöhlen zurückgefallen wären und seine Nase spitzer geworden wäre.

Zita hatte ihre Großmutter und ihre Schwiegereltern gepflegt, bevor sie verstorben waren. Sie kannte die ersten Zeichen des Todes.

»Wenn du mich nicht gefunden und darum gebeten hättest… ich glaube, ich hätte es nicht ungern gesehen, wenn sie massiv in Schwierigkeiten geraten wären, deine verdammten Assmanns«, flüsterte er jetzt mühsam und mit heiserer Stimme. Sie sah, dass er nicht mehr lange bei Bewusstsein sein würde.

»Das ist jetzt völlig egal«, sagte sie energisch und drückte seine Hand, die glühend heiß und trocken in ihrer lag. »Ich bin hier, und ich werde bei dir bleiben, bis alles vorüber ist. Ich liebe dich Claas, ich habe nie aufgehört, dich zu lieben!«

Er lächelte und gab ihr tonlos die erhoffte Antwort.

Eine Stunde später begann er erneut zu husten, doch diesmal halfen die Tropfen nicht, auch nicht die Injektion, die die Krankenschwester rasch setzte. Die schwere Lungenentzündung hatte gesiegt. Sein Gesicht wurde blau unter den heftigen Hustenstößen, und er rang verzweifelt nach Luft. Als Zita glaubte, der Anfall sei endlich überwunden, kippte er langsam nach hinten. Sein Blick lag auf ihr, als seine Augen brachen, und gleich darauf legten sich Frieden und Erlösung auf sein schmales Gesicht.

68

Alice Assmann stand in ihrem Gewächshaus und betrachtete die kleine ovale Knospe. Zögernd und ganz zart legte sie die Spitze ihres Zeigefingers darauf. Der Trieb fühlte sich hart, aber lebendig an. Sie wusste, dass es noch geraume Zeit dauerte, bis sich daraus die Blüte der schwarzen Orchidee entwickeln würde.

Sie legte die Hand auf ihren Leib, der sich langsam wölbte, und dachte über die seltsame Duplizität nach, durch die ihr zwei Herzenswünsche zugleich erfüllten wurden.

Die Ärztin war mit dem Verlauf der Schwangerschaft zufrieden, und ihre Beschwerden hielten sich in Grenzen, nachdem die erste Phase der Umstellung überwunden war.

Alice war immer zurückhaltend und reserviert gewesen, doch das Kind, das in ihr heranwuchs, veränderte sie nicht nur körperlich.

Sie hatte viel mehr als früher das Gefühl, eine Assmann zu sein, und es zog sie in verwandtschaftliche Gesellschaft.

Mehrmals hatte sie versucht, ihre Schwiegermutter zu erreichen, doch in der Villa war ständig der Anrufbeantworter eingeschaltet. Als sie sich endlich entschloss, in der Firma anzurufen, teilte Irene Wuttke ihr mit, die Schwiegereltern seien beide verreist.

Alice war enttäuscht gewesen.

Sie wollte über ihre Schwangerschaft sprechen, die Freude, die sie ausfüllte, mit jemandem teilen, und wer wäre dazu mehr geeignet als die Familienmitglieder? Ihre eigenen Eltern waren vor zwei Jahren kurz nacheinander verstorben; der

Vater an einem Magenkrebs, der ihn schon jahrelang immer dünner und schwächer gemacht hatte; die Mutter ganz plötzlich an einem geplatzten Aneurysma im Gehirn. Ihr Bruder war alleinstehend und sehr beschäftigt, und ihre wenigen wirklichen Freundinnen lebten in ihrer französischen Heimat. Sie hatte natürlich eine große Anzahl von Bekannten; Leute, die Victor ins Haus gebracht hatte. Die meisten davon waren für ihn von beruflichem Nutzen; andere Kameraden aus seiner Kindheit oder den Studienjahren. Mehr als Small Talk war Alice mit diesen Menschen nicht möglich: Es gab keine gemeinsamen Erinnerungen, und aus den Geschäften der Assmanns hatte sich Alice stets herausgehalten.

Sie spielte mit ausgewählten Partnerinnen hin und wieder eine Partie Tennis, und bis vor Eintritt ihrer Schwangerschaft war sie gelegentlich mit Mitgliedern des Pferdesportvereins ausgeritten. In einem Kammermusikkreis spielte sie die Bratsche, und vor einigen Jahren hatte sie begonnen, am ersten Mittwoch des Monats einen Literaturkreis zu besuchen. Überall dort war sie beliebt und gerne gesehen, doch infolge ihrer Schüchternheit war es ihr nie gelungen, bei diesen Gruppentreffen jemandem wirklich näherzukommen und individuelle Freundschaften zu schließen.

Bisher hatte sie nie darunter gelitten. Jetzt aber bemerkte sie erstaunt, wie einsam sie war.

Sie schüttete den Dünger, den sie selbst zusammengestellt hatte, in das temperierte Gießwasser und beträufelte ihre Orchideen damit. Dann überprüfte sie an den Messgeräten, die neben der Eingangstür des Gewächshauses angebracht waren, die Temperatur und die Luftfeuchtigkeit. Nachdem sie sicher sein konnte, dass alles in Ordnung war, schloss sie das Gewächshaus wieder ab und ging hinüber zum Bungalow, wo sie sich einen Kräutertee zubereitete.

Während sie ihn mit Honig süßte, fiel ihr die künftige Schwägerin ein, mit der sie sich während des Jubiläumsfestes unterhalten und die sie ausgesprochen sympathisch gefunden hatte.

Spontan beschloss sie, Petra Eiler anzurufen, obwohl Spontaneität ihr normalerweise fremd war. Alice erinnerte sich daran, dass Georgs Braut in Wiesbaden wohnte, und ließ sich von der Telefonauskunft die Nummer heraussuchen.

Petra Eiler meldete sich nach dem dritten Klingeln.

»Hier ist Alice, Alice Assmann. Ich bin die Frau von Victor, wenn Sie sich erinnern, Frau Eiler. Wir haben uns beim Jubiläum kennengelernt«, sagte Alice befangen.

»Ja, ja. Ich erinnere mich.«

Es klang nicht besonders entgegenkommend, fand Alice, aber sie nahm sich zusammen und überwand diesmal ihre Schüchternheit: »Ich dachte, es wäre doch nett, wenn wir uns mal zusammensetzen und unterhalten würden, nachdem wir ja bald verwandt sein werden …«

Petra war verblüfft. Was wollte die Frau des Mannes, der Georg aus der Firma gebissen hatte, von ihr? Und wie sollte sie jetzt reagieren?

Alice, die ein sensibles Ohr für Reserviertheit hatte, machte sofort einen Rückzieher: »Entschuldigen Sie, ich wollte nicht aufdringlich sein. Ich wollte nur … ich … Sie waren mir so sympathisch … und da dachte ich … aber, natürlich, Sie sind berufstätig, Sie werden sicher keine Zeit für solche … Frauengespräche … haben!«

Petra erinnerte sich ganz genau an Alice: weißblond, weißhäutig, vermutlich auch dünnhäutig, mittelgroß und sehr schlank, mit schwimmenden Vergissmeinnichtaugen. Eigentlich keine Frau, der man intrigantes Agieren zutrauen würde. Aber was stellte sie sich vor? Sie konnte doch schlecht dorthin eilen, Kaffee oder ein Gläschen Wein mit ihr trinken und *Frauengespräche* führen, nach allem, was zwischen Victor und Georg vorgefallen war, sagte sich Petra. Sagte ihr der Verstand. Ihr Bauchgefühl reagierte anderes: *Sag Ja. Geh hin und sprich mit ihr. Vielleicht erfährst du etwas, was du bisher nicht wusstest. Etwas, mit dem du Georg helfen kannst.* »Nein, nein. Sie dürfen mich nicht falsch verstehen, Frau Assmann«, sagte sie da auch schon. »Ihr Angebot kam nur etwas überraschend, und ich war gerade tief in anderen Gedanken. Ich komme sehr gern. Wann wäre es Ihnen denn angenehm?«

»Sie haben Dienstagabend ja sicher schon etwas anderes vor?«, mutmaßte Alice, und es fiel ihr selbst auf, wie viel von ihrem Naturell die Formulierung der Frage preisgab. Warum fragte sie nicht einfach: *»Hätten Sie am Dienstagabend denn Zeit?«*

»Ich habe nichts vor«, erklärte Petra und schlug vor, dass sie gegen neunzehn Uhr eintreffen könne.

»Das wäre ganz reizend. Ich freue mich sehr!«, erwiderte Alice so artig, wie sie es in ihrer Schweizer Eliteschule gelernt hatte. Dann legte sie wieder auf und stieß erleichtert den Atem aus. Sie hatte es geschafft. Dem heranwachsenden Kind war es nicht nur gelungen, ihre Ehe zu retten, es war offenbar auch imstande, ihr aus ihrer Isolation herauszuhelfen. Einer Isolation, die ihr zuvor noch nicht einmal bewusst gewesen war.

Als Victor sich etwa eine Viertelstunde später aus der afrikanischen Mine meldete – er rief, seitdem sie ihm von der Schwangerschaft erzählt hatte, zwei Mal täglich an –, beschloss Alice aber, ihm von dem Treffen mit der künftigen Schwägerin vorerst nichts zu erzählen. Vielleicht hätte sie ihn ja wirklich zuvor fragen sollen, ob dieser Kontakt seine Zustimmung fand, aber manchmal war er so unberechenbar in seinen Reaktionen, und sie wollte sich die Freude über ihre gelungene Einladung nicht gleich wieder durch zynische Kommentare beeinträchtigen lassen.

»Ich werde vermutlich am Sonntag wieder zurück sein«, erklärte Victor. »Der neue Minenverwalter ist gerade gelandet, und ich werde die Einführung so kurz wie möglich gestalten. Der Mann ist schließlich vom Fach, und außerdem, Kenntnisse, die man sich selbst erwirbt, sind noch immer die allerbesten!«

69

Mkuba, Joe und die anderen vier Männer in seiner Begleitung hatten sich einen narrensicheren Platz ausgesucht. Die Straße, die lange Zeit parallel zum ausgetrockneten Flussbett verlief, bog hier nach Nordosten in eine bergige Dünenlandschaft ab, die immer wieder von Felsadern durchzogen war.

Es gab dort eine Engstelle, eine Art Hohlweg, wo ein Ausweichmanöver kaum gelingen konnte. Der Nachteil dieser Wegstelle war, dass man nur wenig Sicht hatte, weshalb die Aufmerksamkeit keine Minute nachlassen durfte. Wenn ein

Fahrzeug über gute Bereifung verfügte, konnte es den Engpass mit relativ hoher Geschwindigkeit durchfahren, was einen Überfall unmöglich machen würde.

Mkuba und Joe hatten ausführlich darüber gesprochen. Doch Joe war der Überzeugung, dass keiner der möglichen Fahrer – und schließlich kannte er alle – einen Achsenbruch riskieren würde, um ohne Not mit übermäßiger Geschwindigkeit durch das Nadelöhr zu rasen. »Das Merkvermögen dieser Leute ist nicht besonders ausgeprägt«, hatte Joe den Plan, der von ihm stammte, verteidigt. »Und die Zwischenfälle liegen jetzt schon geraume Zeit zurück. Außerdem haben sie sich auf Victor Assmann bezogen, und der nun hält sich für einmalig wichtig. Außerdem weiß er nicht, dass wir die Information haben, wann der neue Minenverwalter ankommt. Du kannst ganz beruhigt sein, Mkuba. Dieses Mal wird es klappen!«

Sie legten sich auf die Lauer und behielten das kleine Stück der Straße im Auge, das sie von dieser Position aus einsehen konnten.

Nach ungefähr einer Stunde hörten sie das Motorengeräusch.

Mkuba dirigierte die Männer mit den Augen. Er selbst presste sich an die heiße Felswand.

Wie erwartet fuhr der Landrover mit gedrosselter Geschwindigkeit in die sandige Hohlstelle ein.

Mkuba wartete den günstigsten Moment ab, dann trat er auf die Straße, nahm Anlauf, landete mit einem versierten Sprung auf der Kühlerhaube des Rovers und richtete seine Maschinenpistole auf die Windschutzscheibe. Seine Genossen waren blitzschnell links und rechts des Wagens, rissen die Türen auf und zerrten die beiden Männer heraus. All dies ging so schnell vor sich wie ein Zaubertrick. Die vielen Übungen in den Camps zahlen sich aus, dachte Mkuba selbstzufrieden.

Die Rebellen rissen den Männern die Hände auf den Rücken, andere schlangen starkes Klebeband darum.

Der Mann, der den Wagen gefahren hatte, trat um sich und wehrte sich respektabel, was ihm jedoch nichts nützte.

Der, der auf dem Beifahrersitz gesessen hatte, schrie wie ein Vieh, als man ihn fesselte.

Als das Werk getan war und die Schreie sie nicht mehr störten, weil sie die Geiseln inzwischen auch geknebelt hatten, musterte Joe die beiden. »Den Fahrer kenne ich nicht. Und wie der neue Minenverwalter sieht der andere auch nicht aus!«

»Scheiße!«, fluchte Mkuba und bückte sich, um die Männer zu durchsuchen. Vermutlich trugen sie ja irgendwelche Papiere bei sich.

In der Gesäßtasche des einen steckte eine Geldbörse, in der sich ein deutscher Ausweis befand, der andere hatte seinen Pass in der Brusttasche seiner Weste stecken.

Mkuba studierte beide Dokumente, danach zog ein breites Grinsen über sein Gesicht. »Das Schicksal meint es nicht nur gut, es meint es ganz fabelhaft mit uns. Die beiden sind nicht der neue Minenverwalter und ein Fahrer, es sind die Assmann-Söhne Georg und Ludwig! Männer, damit treten wir in die entscheidende Phase des Bürgerkriegs, und die wird der Assmann-Konzern uns finanzieren!«

Seine Begeisterung war ansteckend. Die Revolutionäre grölten, reckten die Arme in die Luft und ballten die Hände zu Fäusten.

Joe setzte sich ans Steuer des Rovers, Mkuba neben ihn auf

den Beifahrersitz, während die anderen die Beute roh in den Laderaum bugsierten.

Danach quetschten sich zwei Männer auf die rückwärtige Sitzbank, die anderen gingen zu dem Fahrzeug, mit dem sie gekommen waren.

Joe startete den Wagen. Vorsichtig und mit geringem Tempo tuckerte der Rover dann in Richtung der Berge, wo die Rebellen ihr Basislager aufgeschlagen hatten.

70

Nach einer langen Mittagspause, die der kurzen Nacht geschuldet war, ging Sally wieder hinüber in ihr Büro.

Victor war noch mit dem neuen Minenverwalter unterwegs, hatte ihr aber einen Notizzettel auf den Schreibtisch gelegt, auf dem er die dringendsten Arbeiten aufgelistet hatte.

Sally ging Punkt für Punkt vor. Nach etwa einer Stunde hörte sie, wie in Victors Büro das Faxgerät ansprang.

Victor hasste es, wenn sie sein Büro in seiner Abwesenheit betrat oder gar Nachrichten las, die an ihn persönlich gerichtet waren. Und er hatte immer geglaubt, dass sie diese Anordnungen auch befolgte. Doch sie hatte dagegen verstoßen. Allerdings war sie extrem vorsichtig dabei gewesen.

So verfuhr sie auch dieses Mal. Sie kannte schließlich die Stationen der Tour, die Victor mit dem neuen Minenverwalter vorhatte. Sie griff zum Telefonhörer und rief den Vorarbeiter in der Steinmühle an.

»Sie sind schon weg, mit dem Heli zum neuen nördlichen Abbaugebiet!«, schrie der Mann in den Hörer. Im Hintergrund hörte Sally die knirschenden Geräusche, die der Zerkleinerungsprozess des Gesteins verursachte.

Das war es, was sie wissen musste.

Es würde noch mindestens zwei Stunden dauern, bis Victor und Sontheimer von diesem Trip wieder zurück wären.

Sie ging zum Faxgerät, las die eingetroffene Nachricht und war entsetzt.

»Wir haben Ihre Brüder Georg und Ludwig Assmann in unserem Gewahrsam. Wir verlangen ein Lösegeld von zehn Millionen US-Dollar und gewähren Ihnen, berechnet vom Eingang dieser Botschaft an, vier Tage bis zur Übergabe, oder wir töten unsere beiden Geiseln. Vier Stunden vor Ablauf unseres Ultimatums werden wir Ihnen, auf demselben Wege, die Übergabemodalitäten nennen.«

Der Absender der Botschaft war unterdrückt, aber eine kleingedruckte dreistellige Zahl am oberen rechten Rand des Schreibens sagte Sally, dass es sich um einen Anschluss des mineneigenen Internetcáfes handelte, das den Beschäftigten und ihren Angehörigen kostenlos zur Verfügung stand.

Es stimmte also, wenn Mkuba sagte, er habe Spitzel und Mittelsmänner in der Mine.

Sally vergaß ihre Vorsicht und setzte sich, immer noch das Blatt in der Hand, in Victors Schreibtischsessel.

Georg Assmann kannte sie nur flüchtig. Seitdem Victor für die afrikanische Mine zuständig war, war er nur ein einziges Mal – und dies nur für wenige Stunden – hier gewesen. Er schien ihr besonnen und entschlossen zugleich. Er würde sich in dieser schwierigen Situation irgendwie zurechtfinden, dessen war sie sicher. Aber der arme kleine Bruder!, dachte sie voller Mitgefühl und sah Ludwig Assmann erneut vor ihrem geistigen Auge, wie er auf der Klippe gestanden und dann den Schritt ins Leere getan hatte. Wie sie ihn im Sand der kleinen Bucht gefunden hatte; wie er aus dem Boot an Land gehinkt war. Wie er neben ihr im Auto gesessen hatte, vor Schmerzen stöhnend. Und sie sah ihn ohnmächtig vor der Tür des Groote-Schuur-Krankenhauses liegen, als der Pfleger in seiner hellblauen Kleidung sich über ihn gebeugt hatte. Was hatte dieser stille, in sich gekehrte, tagträumerisch wirkende junge Mann verbrochen, dass die Götter ihn innerhalb weniger Tage gleich zwei Mal in die Nähe des Todes führten?

Dann aber besann sie sich. Victor war unberechenbar. Er konnte die Route geändert haben, einem seiner spontanen Einfälle folgend, und womöglich doch unvermittelt ins Zimmer platzen. Sie aber konnte es sich nicht leisten, am Ende ihrer Tätigkeit noch seinen Zorn auf sich zu ziehen. Es ging sie dies alles nichts an, es war ein Problem der Assmanns. Sie musste an sich denken und an ihre neue berufliche Chance in Kenia.

Rasch legte sie das Blatt – so wie es angekommen war – auf die Plastikschale des Faxgeräts und ging zurück zu ihrem Schreibtisch.

Sie war mit der Monatsstatistik beinahe fertig, als Victor die Tür aufriss. Er war bester Laune und rief: »Mit diesem Sontheimer haben wir einen Glücksgriff getan, ist mein Eindruck!«

»Das freut mich«, erklärte Sally und brachte ein freundliches Lächeln zustande.

»Der Mann ist bestens qualifiziert und hat Erfahrung, das spürt man bei jedem seiner Kommentare. Allein die Gedanken und Verbesserungsvorschläge, die er während dieser Einführung geäußert hat, gehen weit über das hinaus, was einem van Reemen jemals eingefallen wäre. Da spürt man eben doch den Unterschied zwischen jemandem, der ein fundiertes Studium und internationale Erfahrungen hat, und einem intriganten Autodidakten, der arbeitsmäßig nie über das südliche Afrika hinausgekommen ist!«

Du musst diesem Genie, das erst mal beweisen muss, dass es eines ist, auch fast das Dreifache bezahlen wie dem intriganten Autodidakten, dachte Sally aufmüpfig.

Victor warf einen Blick über ihre Schulter und legte dabei seine Hand um ihren Nacken. *Nicht schon wieder,* dachte Sally verzweifelt, *bitte, nicht schon wieder!*

Doch Victor hatte durch die offene Tür das Faxblatt entdeckt. Sofort ließ er sie los und ging in sein Zimmer. Es war selten, dass er Nachrichten über seinen persönlichen Faxanschluss erhielt, und Victor war chronisch neugierig.

Sally senkte den Kopf und tat, als ob sie weiter die Statistik bearbeite, doch sie behielt ihn im Blick.

Er überfolg den Text der Nachricht und stand kurze Zeit wie erstarrt da. Seine Körperhaltung sagte ihr, dass er völlig verwirrt war.

Schließlich hatte er seinen Bruder Ludwig für tot gehalten, und er würde sich auch fragen, wie Georg Assmann in dessen Gesellschaft gekommen war – und was die beiden wohl vorgehabt hatten. Obwohl das leicht zu erraten war, wie Sally fand.

Dann zeigte er dieselben Reaktionen wie sie selbst: Er behielt die Nachricht in der Hand und setzte sich damit an seinen Schreibtisch, wo er erst einmal blicklos an die gegenüberliegende Wand starrte.

Sally wusste, was kommen würde, und sie war vorbereitet.

»Hast du die Nachricht gelesen?«, fragte er nach einer Weile.

»Welche Nachricht?«, fragte Sally, und ihre Stimme war so normal und desinteressiert, wie sie es wünschte.

»Dieses Fax hier!«

»Ich hab kein Signal gehört, vermutlich ist es gekommen, als ich gerade Pause gemacht habe. Außerdem …« Sie bemühte sich jetzt, den richtigen Ton zwischen gelangweilt und beleidigt zu treffen: »Ich lese nie deine persönlichen Faxe. Dazu hättest du mich nicht einmal auffordern müssen. Ich weiß, was sich gehört.«

»Ist ja gut. War nur eine … rein rhetorische Frage!«, sagte er rasch, faltete das Blatt und schob es in die Tasche seiner Leinenjacke. Dann trat er ans Fenster und schaute hinaus auf den Minenhof.

Sally hatte den Computer angeschaltet und übertrug das handschriftliche Konzept der Statistik jetzt in die Tabellen, die sie dafür eingerichtet hatte.

Nach etwa zehn Minuten verließ Victor ohne ein weiteres Wort das Büro, in tiefe Gedanken versunken und ohne mitzuteilen, wohin er vorhatte zu gehen.

Nach einer weiteren Stunde war die Statistik fertig. Sally schickte sie, wie üblich, als Mailanhang an die Zentrale in Deutschland.

Dann schaltete sie den Computer wieder aus und nahm

die wenigen persönlichen Gegenstände an sich, die sie im Schreibtisch verwahrte.

Sie ging an der Zentralkantine vorbei und ließ sich das Abendessen zum Mitnehmen einpacken.

Während sie das halbe Hähnchen und den Salat verzehrte, trank sie eine Flasche Bier, um ihre Nerven zu beruhigen.

Sie wartete den ganzen Abend und die halbe Nacht und trank noch ein weiteres Bier, doch er kam nicht. Erleichtert streckte sie sich auf ihrem Bett aus und fiel in einen bleiernen Schlaf.

71

Am Dienstagnachmittag war Petra ein letztes Mal zum Verlag gefahren, um im Personalbüro ihre Papiere abzuholen. Natürlich hätte sie sich diese Dinge auch mit der Post zuschicken lassen können, doch sie wollte die Gelegenheit benutzen, sich von den Kollegen zu verabschieden.

Der Termin war günstig und absichtlich so gelegt, denn normalerweise nahm Liane am ersten Dienstagnachmittag im Monat an einer Sitzung der Chefredakteure aller Presseorgane teil, die unter dem Dach des Verlags erschienen.

Die Verabschiedung zog sich in die Länge. Petra verweilte hier und dort in einem netten Gespräch und hörte sich das Bedauern ihrer Kollegen über ihr Ausscheiden nur allzu gern an.

Dass sie die Talkshow nicht machen würde, schien hier

noch nicht angekommen zu sein, was ihr erfreulicherweise Begründungen dafür ersparte. Womöglich hätte auch niemand verstanden, was sie dazu bewogen hatte, oder man würde sie für hochmütig halten. Für sie selbst aber war ihre Entscheidung die einzig richtige. Bisher hatte sie sich alles im Leben aus eigener Kraft und durch eigenes Können erarbeitet. Sie hatte keine Lust, davon abzuweichen. Und sie hatte auch nicht die Absicht, nach dem Köder zu schnappen, den der alte Assmann ausgelegt hatte. Denn seitdem sie wusste, dass *er* hinter diesem verblüffenden Angebot steckte, war ihr natürlich auch klar, weshalb er dies in die Wege geleitet hatte: Er setzte darauf, dass der räumliche Abstand, den die Berliner Position verlangte, und die damit verbundenen Repräsentationspflichten, die man ihr verschwiegen hatte, die Beziehung mit Georg bald zerrütten würden. Und wenn dies nicht automatisch geschah, hätte er vielleicht sogar dafür gesorgt, dass Misstrauen und Eifersucht zwischen sie traten. Er wollte sie nicht in der Familie, das war Petra seit dem Abend des Jubiläumstags klar, und was ein Heinrich Assmann nicht wollte, fand vermutlich in der Regel nicht statt.

Nur, dass er sich in ihr geirrt hatte. Petra freute sich schon darauf, wenn er es bemerken würde.

Der Gedanke stimmte sie zunehmend fröhlich. Sie blieb noch ein bisschen länger und nahm die Einladung auf einen Abschiedssekt mit den Kollegen doch an.

Als Petra sich dann endlich losgerissen hatte und in der Halle aus dem Aufzug stieg, trat sie beinahe auf die Spitze von Lianes Leopardenpumps.

»Ah! Wie schön, dich noch anzutreffen«, sagte die Chefredakteurin mit beißender Ironie. »Steig doch wieder ein. Ich muss dir was zeigen!«

»Tut mir leid, Liane, aber ich hab es echt eilig«, versuchte Petra zu kneifen, doch Liane nahm sie beim Ärmel und zog sie resolut in den Lift.

»Ich bin ganz sicher, dass dir das wichtiger sein wird als alle Verabredungen«, sagte sie kryptisch. Dann schwieg sie, bis sie im sechsten Stock angekommen waren.

Als die Aufzugstür sich geöffnet hatte, stöckelte sie wortlos zu ihrem Büro. »Setz dich«, sagte sie knapp. Sie kramte ihren BlackBerry aus ihrer riesigen Handtasche, tippte ein bisschen darauf herum und schob ihn dann über den Tisch hinüber zu Petra. »Lies mal das hier!«, verlangte sie.

Petra, die sich das ganze Theater nicht erklären konnte, betrachtete den Text. Es handelte sich um die Topnachrichten einer internationalen Nachrichtenagentur.

Sie tat Liane den Gefallen und erfuhr via eines schnell durchlaufenden Textbands, dass der Dollar mal wieder abgewertet wurde, der türkische Ministerpräsident einen Staatsbesuch in Moskau angetreten hatte und …

Unvermittelt brach ihr der Schweiß aus.

Assmann-Brüder auf dem Weg zur afrikanischen Niederlassung des Konzerns überfallen. Von Georg Assmann, 35, und seinem Bruder Ludwig, 30, fehlt jede Spur. Die lokalen Polizeibehörden befürchten einen Doppelraubmord.

Petra fühlte eine sonderbare Leichtigkeit im Kopf und lehnte sich instinktiv in den Sessel zurück. Sie umklammerte die gepolsterten Armlehnen und schloss die Augen, um den wirbelnden Kreisen zu entgehen, die sie sah. Es war Lianes grelle Stimme, die sie in die Realität zurückholte: »Du hast schon eine ausgesprochene Begabung dafür, dich in die Nesseln zu setzen, meine Gute! Erst verprellst du die Leute in Berlin, als ob es was Unmoralisches wäre, irgendwo reingelobt zu werden, und gleich darauf verlierst du deinen Diamantenprinzen an irgendwelche Strauchdiebe. Du hättest vielleicht doch bis nach der Hochzeit warten sollen, mit deinem ehrpussligen Ausstieg aus der Talkshow. Jetzt sitzt du ganz schön in der Tinte, wenn du mich fragst!«

»Ich frag dich ja nicht«, sagte Petra, als sie wieder in der Lage war, den Mund aufzumachen.

»Du bist ganz schön arrogant«, fand Liane und goss ein Glas Wasser ein, das sie in Petras Hand drückte. »Nimm mal einen Schluck, du siehst aus wie verdorbene Magermilch!«

Petra nahm einen großen Schluck und dachte, dass man vermutlich so redete, wenn man das, was man als Liebe erfuhr, auf dem Konferenztisch erlebte, mit einem Partner vom Schlag eines Peter Kemmler.

»Ich hab deinetwegen ganz schön eins auf den Hut bekommen«, verkündete Liane inzwischen und musterte Petra ohne ein Fünkchen Restsympathie.

Von mir aus, dachte Petra und starrte wie hypnotisiert auf den kleinen Monitor des BlackBerry. Vielleicht brachten sie noch irgendwelche Details.

»Und denk nicht, dass ich dich jetzt zurücknehmen werde!«

»Das würde ich wirklich nicht von dir verlangen, Liane«, sagte Petra, die die Wut jetzt wieder lebendig machte. »Das käm den Verlag ja auch viel zu teuer. Ich müsste nämlich verlangen, dass der Tisch im Sitzungszimmer ausgetauscht wird, weil ich irgendwie Hemmungen hätte, an dem Platz zu konferieren, an dem du es dir von deinem verheirateten Lover besorgen lässt!«

Liane klappte den Mund auf und danach wieder zu, ohne dass etwas herauskam. Das war selten, und ein klarer Punktsieg für Petra.

»Und darüber hinaus hab ich auch keine Lust, noch länger dein Petra-Schäfchen-Baby zu sein!«

Liane öffnete erneut den Mund. »Raus!«, sagte sie diesmal nur, aber es klang ziemlich zahnlos für einen Tiger, der in Leopardenschuhen steckte.

Doch all das war Petra eigentlich gleichgültig. Das einzig Wichtige war Georg. Sie nahm ihre Handtasche und verließ hastig Büro und Verlag.

Jetzt war sie richtig froh über das Meeting mit Alice. Die wusste doch sicher Details!

72

Am späten Dienstagnachmittag kam der Alte unverhofft, braun gebrannt und energiegeladen zurück ins Büro.

»Hallo! Ich bin zurück, bestens erholt…« Er stellte sich breitbeinig vor Irenes Scheibtisch, beugte sich vor und sagte theatralisch: »Und erfolgreich!«

»Inwiefern?«, fragte Irene Wuttke und hörte selbst, wie kühl und reserviert ihre Stimme dabei klang.

»In Sachen Smaragdvorkommen«, tönte Heinrich Assmann und plusterte sich auf wie ein Pfau. »Das Gutachten war positiv, was sag ich: Die haben sogar noch eine größere Ausbeute in Aussicht gestellt, als man nach den ersten Proben erwarten durfte. Und ... die Abbaugenehmigung ist so gut wie unterschrieben!« Er rieb den Daumen an Zeige- und Mittelfinger, womit er ausdrücken wollte, dass er Schmiergeld dafür bezahlt oder vermutlich *anbezahlt* hatte. Der Alte war ein Fuchs, der sich nicht auf irgendwelche Versprechungen verließ.

»Und wie stellt sich deine Frau dazu?«, erkundigte sich Irene Wuttke, denn immerhin gehörten die fraglichen Areale der Chefin.

»Was wird sie schon sagen? Ja, natürlich. Ich hatte noch keine Gelegenheit, mit ihr darüber zu sprechen.«

Irene verzog etwas die Mundwinkel. Vermutlich war dies die nächste Auseinandersetzung, die drohte. Sie wusste, obwohl sie nie ein Wort darüber verloren hatte, mehr von den Plänen Zita Assmanns, was deren brasilianischen Grundbesitz betraf, als die Chefin ahnte.

»Wo steckt sie überhaupt – meine Frau, mein ich? Ich hab mehrmals versucht, sie zu erreichen, aber es haben nur unsere jeweiligen Mailboxes aneinander vorbeigesprochen! Immerhin hat sie mich wissen lassen, dass es ihr gut geht.«

»Dann weißt du mehr als ich, Chef. Ich such sie seit mehr als zwei Wochen verzweifelt.«

Der Alte blieb stehen und starrte sie an. »Du meinst ... sie ist nicht aufgetaucht, solange ich weg war?«

»Nein. Und sie war auch sonst nicht zu erreichen. Dabei ... es wäre bitter nötig gewesen!«

Heinrich Assmann lehnte sich gegen das Aktenregal und musterte seine langjährige Vertraute mit kundigen Blicken – und was er sah, fand nicht sein Gefallen. »Wuttke, ich kenn dich. Irgendwas läuft hier ganz gewaltig schief. Raus mit der Sprache jetzt, und zwar *alles*. Hast du mich verstanden?«

Beim letzten Satz war er näher gekommen und hatte Irene an den Schultern gepackt. Er war siebzig, und so ganz gesund war er vielleicht doch nicht. Aber aufs Einschüchtern verstand er sich immer noch blendend. Er wirkte nicht nur autoritär, so wie er ihr jetzt in die Augen schaute, er wirkte bedrohlich. Vermittelte den Eindruck, er würde sie wirklich samt ihrem Schreibtischstuhl hochheben und durch das geschlossene Fenster in den Firmenhof werfen, wie er es ihr, in ähnlich prekären Situationen, schon angedroht hatte.

Oft in der Vergangenheit hatte Irene Wuttke sich gefragt, welche Mechanismen es waren, mit denen er es immer wieder schaffte, ihren eigenen Willen und ihre Vorsätze einfach wegzuwischen und sie so gefügig zu machen, als ob er sie hypnotisiere.

Und wieder gelang es ihm.

»Wo deine Frau ist, weiß ich wirklich nicht, Chef. Aber dass Ludwig den *Assmann-Jupiter* nicht mehr hat, sondern ihn noch in der Jubiläumsnacht Victor gegeben hat, das kann ich dir sagen. Wobei dir das ja vermutlich am wichtigsten ist.«

Der Druck auf ihren Schultern verschwand.

Heinrich Assmann richtete sich wieder auf. Er war ehrlich verblüfft.

»Victor?«, fragte er schließlich und weigerte sich zu glauben, was er gehört hatte. »Aber wir haben doch danach miteinander gesprochen. Mehrmals sogar. Und jedes Mal hat er … *das gibt es doch nicht!*«

»Doch«, sagte Irene Wuttke. »Glaub mir! Genau so war es.«

Und dann erzählte sie die Geschichte. Alles, was sie davon erfahren hatte.

Der Alte bewegte den Unterkiefer, als ob er auf etwas ausgesprochen Ekelerregendes gebissen hätte. Unwillkürlich erwartete Irene, er werde gleich auf den Boden spucken. Doch es waren nur die äußeren Zeichen von Heinrichs Denkarbeit. Gleich darauf stieß er hervor: »Ich werde ihm seinen verdammten Hals umdrehen!«

Seine wutfunkelnden Augen richteten sich auf Irene: »Wo ist er, und ich meine meinen Sohn *Victor*!«

»In der afrikanischen Mine«, erwiderte Irene und erwartete, dass sie alsbald einen Flug dorthin buchen solle.

Doch der Alte stapfte in sein Büro und ließ sich in seinen Schreibtischstuhl sinken.

Gleich kommt die Spray-Nummer, dachte Irene Wuttke, doch der Auftritt blieb aus.

Heinrich hockte in seinem Sessel, mit einem Gesicht und einer Körperhaltung wie ein tragischer Held am Ende des vierten Akts.

Irene war ihm nachgefolgt und lehnte in der Türöffnung.

Der präparierte Bär über dem Firmenchef fletschte die Zähne, und der röhrende Hirsch auf der Schreibtischplatte hob den bronzenen Kopf zu seinem immerwährenden stummen Schrei. Es war eine so groteske Situation, dass sie eigentlich eine Parodie der Wirklichkeit war.

Die Realität aber stellte sich ganz von selbst wieder ein.

Das Telefon klingelte.

Der Alte griff nach dem Hörer und bellte: »Assmann!«

Er lauschte kurz, dann sagte er: »Nein. Nein, noch nicht. Ich bin grade erst aus Brasilien zurückgekommen, und unterwegs hatte ich nicht das Radio eingeschaltet!« Er lauschte wieder und erklärte dann leise: »Danke für den Hinweis, Artur. Du bist wirklich ein Freund. Doch, doch. Andere haben es sicher auch gehört, wenn es vor einer Stunde schon über den Sender ging, aber außer dir hat mich niemand davon verständigt. Noch nicht einmal irgendwelche Behörden!«

»Was ist denn?«, fragte Irene beklommen.

»Eine Nachrichtenagentur hat eine anonyme Mitteilung bekommen, dass Georg und Ludwig überfallen wurden. Die Polizei in N'umba vermutet offenbar Raubmord!«

Irene stand so still wie Lots Weib in der Bibel. In ihrem Kopf allerdings rasten die Gedanken. Wie war das geschehen?

Sicher, die Leute dort unten waren bettelarm, wenn sie nicht in der Mine arbeiteten. Allerdings waren Besucher, die die Mine von dem kleinen Flughafen U'Kanga aus anfuhren, ausgesprochen selten. Den Versorgungstransporten aufzulauern, die eine andere Route nahmen, wäre sicher vernünftiger gewesen, wenn so etwas wie Vernunft in den Köpfen von Raubmördern überhaupt Platz hatte.

»Vielleicht sind sie ja gar nicht tot«, sagte sie hoffnungsvoll und sah erst dann wieder zum Alten hinüber.

»Auf jeden Fall muss man sie suchen«, erwiderte Heinrich Assmann erstaunlich ruhig. »Mach mir eine Verbindung mit dem Polizeiminister von N'umba, Wuttke, aber ein bisschen plötzlich!«

73

Nachdem endlich mit den Behörden alles geregelt war, fuhr Zita zurück in die Wohnung.

Claas hatte sich eine anonyme Bestattung gewünscht und sie ausdrücklich gebeten, dieser fernzubleiben.

Sie kochte sich einen Espresso und klappte dann, zum ersten Mal seit Tagen, ihren Laptop auf.

Sie hatte drei neue Nachrichten.

Zwei stammten von ihren Freundinnen, eine von ihrem Sohn Georg. Ihr Ältester hatte diese Mailadresse, die sie ihm einmal für absolute Notfälle gegeben hatte, noch nie benutzt.

Zita las den Text, den Georg ihr übermittelt hatte, und vergaß danach, ihren Espresso zu trinken.

Eine Fülle von Gedanken stürzte auf sie ein.

Sie musste nach Hause, und zwar unverzüglich.

Rasch ging sie ins Gästezimmer und packte ihre wenigen Sachen in den kleinen Reisekoffer. Sie schrieb eine Nachricht für die Putzfrau, die am nächsten Morgen kommen würde, und machte einen Kontrollgang durch alle Räume.

Dann bestellte sie ein Taxi, schloss die Wohnung ab und steckte die beiden Schlüssel wieder ins Innenfach ihrer Handtasche.

Als sie zum Flughafen fuhr, nickte sie in der Wärme des Taxis ein, und als sie kurz darauf wieder erwachte, hatte sie das Gefühl, den ganzen Romaufenthalt und alles, was dabei geschehen war, nur geträumt zu haben.

Doch der lärmende Verkehr um sie herum machte ihr bewusst, dass sie sich tatsächlich in Rom befand.

Sie hatte Glück und erwischte noch einen Platz in einer Maschine, die eigentlich bereits vor zwei Stunden hätte abfliegen sollen.

Eineinhalb Stunden später landete ihre Maschine in Frankfurt.

Während der Taxifahrt nach Idar-Oberstein hörte sie die Meldung zum ersten Mal: »Georg und Ludwig Assmann, Söhne von Heinrich Assmann, Firmenchef des in Idar-Oberstein ansässigen, international operierenden Assmann-Konzerns, wurden auf dem Weg vom Flughafen U'Kanga in die firmeneigene Mine überfallen. Die Polizei der Republik N'umba im Süden Afrikas befürchtet offenbar einen Raubmord.«

»Machen Sie das Radio lauter«, bat Zita aufgeregt und beugte sich vor, um die Details der Nachricht mitzubekommen.

Der Reporter vor Ort beschrieb das Gelände als einsam und unwegsam: Ohne dass er es aussprach, konnte man aus seinen Worten den Eindruck gewinnen, es sei kinderleicht, in diesem Gebiet zwei Leichen verschwinden zu lassen. Er schloss seinen Bericht mit dem Fazit: »Eine Entführung hält der Polizeiminister des Staates N'umba für unwahrscheinlich, da sich der Vorfall offenbar bereits vor drei Tagen ereignet hat und bisher keinerlei Lösegeldforderungen eingegangen sind.«

»Da haben die jetzt auch nichts mehr von ihrer vielen Knete«, konstatierte der Taxifahrer und kramte in einer knisternden Zellophantüte nach einem Bonbon.

»Halten Sie den Mund«, fuhr Zita ihn an.

»Man wird doch noch eine Meinung haben dürfen«, sagte der Mann beleidigt. Erst dann dachte er nach und rief sich die genannte Adresse ins Bewusstsein. *Die will doch auch nach Idar-Oberstein*, dämmerte es ihm, und er fragte, jetzt deutlich behutsamer: »Haben Sie denn mit den Leuten irgendetwas zu tun?«

Zita ersparte sich eine Antwort.

Sie lehnte sich zurück und starrte durchs Fenster hinaus in den dünnen Regen, der eingesetzt hatte.

Das gibt es doch einfach nicht! Das darf es nicht geben! Und dann diese Parallelität der Ereignisse! Wenn sie den Mann im Radio richtig verstanden hatte, wären ihre Söhne genau an dem Tag, an dem Claas …

Ich werde noch verrückt, dachte sie. Jetzt verliere ich endgültig den Verstand. Es war einfach zu viel, seit dem Jubiläum.

Dieses verdammte Jubiläum!

Fast war sie geneigt, Heinrichs Aberglauben zu übernehmen und den Verlust des *Assmann-Jupiters* für all die Ungeheuerlichkeiten verantwortlich zu machen, die seitdem eingetreten waren. Die Prophezeiung des Schamanen fiel ihr ein: »Sieg ist bei jedem, der die *Träne der Götter* besitzt. Glück und Erfolg haften an seiner Ferse, wohin er sich wendet. Doch hüte dich vor dem Tag, an dem dieses Pfand dich wieder verlässt. Dann werden Unglück, Verrat und Tod deine Begleiter sein.« Panik stieg in ihr auf, und eine starke, kaum zu beherrschende Übelkeit zwang sie, ein Stück weit das Fenster zu öffnen, was ihr einen tadelnden Blick des Fahrers eintrug, aber die frische Luft half ihr, den Brechreiz zu überwinden.

Dann bekämpfte sie die diffusen Gefühle mit derselben Disziplin, die es ihr ermöglicht hatte, die letzten drei Jahrzehnte zu überstehen. Sie rang ihre Angst und Verzweiflung nieder und hörte auf ihre Intuition, die ihr sagte, dass die beiden Söhne noch lebten, noch leben mussten.

Als sie das Ortsschild von Idar-Oberstein passierten, beugte sie sich vor und nannte dem Fahrer eine neue Adresse.

74

Der Bungalow, den Victor und Alice bewohnten, war im Grunde ein Hochsicherheitsgefängnis, auch wenn für Uneingeweihte nichts von den vielen Vorsichtsmaßnahmen zu bemerken war.

Heinrich hatte so viel Prophylaxe als übertrieben bezeichnet, aber sowohl Victor als auch die stets ängstliche Alice hatten ihm darin widersprochen. Victor hielt dem Vater entgegen, die entsprechenden Maßnahmen in der elterlichen Villa seien ihm von jeher unzureichend erschienen, und er selbst werde für sein Haus einen Sicherheitsstandard wählen, der ihm angemessen erscheine. Was dann auch geschehen war.

Als Petra zur verabredeten Zeit klingelte, öffnete Alice ihr selbst.

»Guten Abend«, sagte sie, obwohl es natürlich kein guter Abend war, weder für sie noch für die künftige Schwägerin. »Wissen Sie denn schon Bescheid?«

»Ich habe es vor einer Stunde im Verlagshaus erfahren«, sagte Petra und zog ihre Jacke aus.

Alice hängte sie in die Garderobe und ging dann voraus in den Wohnraum. Er war groß und ultramodern eingerichtet, mit viel Chrom und Granit, und er wurde von einem riesigen Fenster dominiert, vor dem ein sehr hübsch angelegter japanischer Garten mit putzigen Minigewächsen zu besichtigen war.

Das Wohnzimmer ist Victors Stil, und diese Alice ist eigentlich im Garten zu Hause, dachte Petra automatisch, obwohl sie nicht die Absicht hatte, an irgendetwas anderes zu denken als an Georg und sein Schicksal.

»Ich hab es erst vor einer halben Stunde in den Abendnachrichten gehört«, teilte Alice ihr mit und musterte die Besucherin mitfühlend. »Und jetzt hab ich keine Ahnung, was ich tun soll. Meinen Mann kann ich nicht erreichen. Seine Sekretärin sagt, er sei mit den Suchtrupps unterwegs, und im grenznahen Territorium gäbe es keinen Funkkontakt. Meine Schwiegereltern sind beide noch verreist, und Frau Wuttke kann ich auch nicht erreichen. Ich hab aber für alle eine Nachricht hinterlassen, mich sofort zurückzurufen. Bitte, setzen Sie sich doch, Frau Eiler! Es tut mir so leid. Ich habe mir unser Zusammentreffen anders vorgestellt …«

»Ja. Ich allerdings auch«, sagte Petra und setzte sich in einen der schwarzen Designersessel.

»Wann haben Sie die letzte Nachricht von Georg erhalten?«

»Vor drei Tagen. Unmittelbar, bevor sie von Kapstadt nach U'Kanga abgeflogen sind!«

»Was ich überhaupt nicht begreife, ist, weshalb Ludwig mit dabei ist. Ich meine, er ist doch Musiker und hatte irgendetwas mit einem Musical vor, das er komponiert hat. Als ich das letzte Mal mit ihm gesprochen habe, das war wenige Tage vor dem Jubiläum, da war er völlig euphorisch. Er hatte einen

Brief von Gönnermann bekommen …« Sie unterbrach sich und fragte: »Sie wissen ja sicher, wer Gönnermann ist, oder?«

»Ja, natürlich!«, erwiderte Petra ein wenig gereizt und fragte sich, ob dies der richtige Zeitpunkt war, sich über Gönnermann und Musicals zu unterhalten; im Übrigen alles Dinge, die sie längst von Georg erfahren hatte.

Doch Alice plapperte munter weiter: »Gönnermann hat Ludwig in Aussicht gestellt, sein Musical auf die Bühne zu bringen. Ich meine, da bleibt man doch am Ball und fliegt nicht ausgerechnet zu solch einem Zeitpunkt nach Afrika. Wo Ludwig die Mine noch nie interessiert hat, und – er hat dort ja auch gar keine Funktion!«

Sie hatte, während all diese Sätze aus ihrem Mund purzelten, den bereits vorbereiteten und heiß gestellten Tee in kostbar aussehende Porzellantassen gegossen. Petra konnte gerade noch verhindern, dass sie verständnislos den Kopf schüttelte. Die Kommunikation zwischen den verschiedenen Assmanns schien nicht sehr gut zu funktionieren. War es wirklich möglich, dass Victor – oder der Rest der Verwandtschaft – den Diebstahl des *Assmann-Jupiters* Alice gegenüber gar nicht erwähnt hatte?

Doch noch bevor sie diese Gedanken richtig zu Ende bringen konnte, schlug die Türglocke an. Alice griff zu einer Fernbedienung, die auf dem Tisch lag und die Petra zunächst dem Fernsehgerät zugeordnet hatte. Auf Knopfdruck erhellte sich nun tatsächlich der riesige Flachbildschirm und teilte sich in etwa zwölf gleich große Quadrate, auf denen aus verschiedenen Kamerawinkeln Motive von Haus und Garten zu sehen waren.

Auf einem der Bilder erkannte Petra einen Lieferwagen mit

der Aufschrift »Assmann-Edelsteine«, auf einer weiteren Aufnahme drei Menschen, die vor der Eingangstür standen. Es handelte sich um Heinrich Assmann, Irene Wuttke und einen Mann, der einen blauen Overall und eine Regenjacke trug.

»Mein Schwiegervater und Frau Wuttke«, sagte Alice überflüssigerweise, denn sie sahen ja beide dasselbe Bild. »Vielleicht erfahren wir jetzt ja was Neues … und hoffentlich etwas Gutes. Einen Moment bitte, Frau Eiler!«

Sie verließ das Zimmer und kehrte kurz darauf mit den Besuchern wieder zurück.

»Hallo«, sagte Heinrich Assmann ohne Begeisterung, als er die Braut seines Sohnes Georg erkannte. Irene Wuttke dagegen kam näher und nahm Petra fest in die Arme: »Es tut mir so wahnsinnig leid, Frau Eiler«, sagte sie. »Wir sind alle ganz durcheinander.«

Der Chef warf seiner Vertrauten einen erstaunten Blick zu, überging dann aber die unverständlich herzliche Begrüßung und kam zum Wesentlichen. »Wo befindet sich euer Tresor, Alice?«

Alice wirkte erstaunt. Sie wandte den Kopf, schaute zu dem Mann in dem Overall und sagte dann: »Ich glaube nicht, dass wir das in … *dieser Runde* … erörtern sollten, Papa!«

»Das überlasse mir, Alice«, konterte der Alte und warf Petra einen abschätzenden Blick zu.

Diese nun erwartete nichts anderes, als dass er sie auffordern würde, das Haus zu verlassen, doch nichts dergleichen geschah.

Der Alte ging auf Alice zu und herrschte sie an: »Wo, frag ich dich? Im Schlafzimmer oder in Victors Arbeitszimmer?«

»Im Arbeitszimmer«, erwiderte Alice jetzt eingeschüchtert.

Der Alte winkte den Mann im Overall in den Flur, ohne sich weiter um seine Schwiegertochter zu kümmern.

Irene Wuttke folgte den beiden, worauf sich auch Alice in Bewegung setzte. An der Tür angelangt, drehte sie sich zu ihrer zukünftigen Schwägerin um und bedeutete ihr, ebenfalls mitzukommen.

Petra schüttelte den Kopf und sagte entschieden: »Ich werde hier auf Sie warten, Frau Assmann.«

Der Handwerker fuhr über die Querstreben des Regals neben dem Schreibtisch, hinter dem sich, nach Alices Angaben, der private Tresor Victors befinden sollte. »Das ist wirklich Präzisionsarbeit«, lobte er die meisterlich versteckte, kaum tastbare Kerbe an einem der Regalbretter und drückte dann mit einem sehr dünnen Schraubenzieher dagegen. Daraufhin fuhren zwei Stifte aus der Wand, die sich als Scharniere erwiesen, sodass das gesamte Regal wie eine Tür zur Seite geklappt werden konnte. Darunter erschien der Deckel eines soliden, einbetonierten Stahltresors mit einem Drehschloss.

»Kombination?«, fragte der Alte seine Schwiegertochter, die immer noch nicht wusste, was sie von der ganzen Aktion halten sollte.

»Ich hab keine Ahnung, Papa.«

»Das war zu erwarten.« Der Alte schnaubte verächtlich und wandte sich dann dem Handwerker zu. »Dann zeig mal, was du kannst, Stefan!«

Dieser zog nachdenklich die Stirn kraus. »Da muss ich im Wagen Gerät und Zubehör holen«, sagte er schließlich.

Jetzt regte sich bei Alice doch Widerspruch. »Wenn ich dich richtig verstehe, Papa, dann hast du vor, den Tresor aufzubrechen.«

»So ist es, Alice.«

»Entschuldige, aber ich bin sicher, das würde Victor nicht wollen«, wandte sie ein und wirkte naiv und hilflos dabei.

»Was Victor will oder nicht, interessiert mich in diesem Zusammenhang kein bisschen«, erklärte der Alte grob, und als er den fassungslosen Blick seiner Schwiegertochter bemerkte, sah er sich genötigt, sie endlich aufzuklären: »Man hat mich bestohlen, und ich mache nichts anderes, als mir mein Eigentum wiederzuholen!«

In diesem Moment kam der Handwerker zurück. Er trug in der einen Hand einen Spezialbohrer und in der anderen eine Werkzeugkiste. Dann machte er sich unverzüglich daran, den Tresor aufzubohren.

Alice rollte Victors Schreibtischstuhl beiseite und setzte sich hinein. Sie hatte das Gefühl, Victor befehle ihr aus der Ferne, Augenzeugin dieses ungeheuerlichen Vorfalls zu sein. Petra saß im Wohnzimmer und hatte sich gerade entschlossen, wieder zu gehen, als erneut die Türglocke anschlug.

Durch die Glastür konnte Petra in die Diele sehen, doch niemand erschien, um den weiteren Besucher einzulassen.

Der Gong ertönte erneut und noch ein weiteres Mal.

Schließlich stand Petra auf und ging den Flur entlang. Als sie Victors Arbeitszimmer erreicht hatte, sah sie den Rücken des Mannes im Overall, der mit einem Bohrer hantierte, flankiert von Georgs Vater. In einem Sessel hockte Alice mit starrer Miene, und Irene Wuttke lehnte an der Wand und schaute dem Treiben des Handwerkers zu, als ob es sich um einen Fernsehfilm handle.

»Da ist jemand an der Tür«, sagte Petra laut.

Alice erwachte aus ihrer Trance und stand auf.

Als Petra sich wieder umwandte, erschrak sie ein wenig, denn der neue Gast hatte sich bereits Zugang verschafft und stand dicht hinter ihr, einen Schlüsselbund in der Hand.

»Was geht hier eigentlich vor?«, fragte Zita Assmann mit so lauter und scharfer Stimme, dass sie den Lärm des Bohrers übertönte.

»Das wirst du gleich sehen«, rief Heinrich ihr zu und wies seinen Betriebsschlosser an: »Mach hier weiter, Stefan!«

»Ich bin gleich durch, Herr Assmann«, rief dieser.

Zita kam näher, betrachtete die skurrile Versammlung und schüttelte den Kopf. »Und wo ist Victor?«, fragte sie ihre Schwiegertochter, doch diese starrte gebannt auf den Handwerker, der das Loch betastete, das er in den Tresordeckel geschnitten hatte.

»Ich kann jetzt an die Zuhaltungsscheiben rankommen, Chef«, verkündete er.

Der Alte nickte, drehte sich um und rief herrisch: »Kein Wort jetzt, der Mann muss sich konzentrieren!«

Der Handwerker hantierte mit einem kleinen Gerät am Bohrloch herum, und bald danach sprang der dicke Stahldeckel auf.

Der Alte drängte den Handwerker beiseite und starrte ins Innere des Behältnisses. Nach wenigen Sekunden hatte er gefunden, wonach er suchte. Er griff in den Hohlraum, packte das Etui und klappte den Deckel auf.

Das Licht der Deckenlampe fiel direkt auf den *N'guru u Kuru*, den *Assmann-Jupiter*.

»Da ist er ja wieder«, sagte Heinrich mit bebender Stimme und umfasste den riesigen Diamanten mit beiden Händen. »Jetzt wird alles wieder gut werden!«

Es klang so erleichtert, so kindlich-glücklich und selig, dass jeder der Anwesenden es hören konnte.

In Zita Assmann fuhr die Wut hoch wie eine aufflammende Fackel. Sie trat einen Schritt vor und musterte ihren Mann mit einem verächtlichen Blick. »Du bist ein unsäglicher Narr, Heinrich! Und nicht nur das: Du bist anmaßend, borniert, verlogen und gierig. Und bildest dir immer noch ein, nur weil du dieses Stückchen Kohlenstoff wiedergefunden hast, werden all deine Betrügereien verborgen und unbestraft bleiben, und du kannst alle Welt weiter nach deinem Willen manipulieren? Nur, ich sage dir, du irrst dich darin, und du tätest besser daran, dich um das Schicksal deiner Söhne zu kümmern, als hier eine derart idiotische Nummer abzuziehen!«

Danach drehte sie sich um und verließ den Raum.

Heinrich schaute ihr nach. Einen Moment lang sah es aus, als ob er ihr nachrennen wolle, doch dann tat er das, was er für das Dringlichste hielt: Er schaute streng in die Runde und drohte dann: »Wenn irgendjemand auch nur eine Silbe von dem verbreitet, was heute Abend hier stattgefunden hat oder gesprochen worden ist, dann wird derjenige mich kennenlernen und sich hinterher wünschen, er hätte seinen verdammten Mund gehalten. Ist das klar?«

Niemand erwiderte etwas darauf.

Heinrich Assmann nickte dem Betriebsschlosser zu, ignorierte den Rest der Versammlung und stapfte davon. In den Händen hielt er die Box mit dem Diamanten, so vorsichtig wie ein Pfarrer die Monstranz bei der Fronleichnamsprozession.

»Ich glaube, es ist am besten, wir gehen jetzt alle«, fasste Irene Wuttke die Gefühle der drei restlichen Besucher zusammen.

Alice erhob sich mechanisch und ging mit bis zur Tür. Es hatte wieder zu regnen begonnen.

»Wenn Sie möchten, ich kann Sie nach Hause fahren, Frau Wuttke«, bot Petra an.

Irene Wuttke schüttelte den Kopf. Sie wirkte ziemlich mitgenommen, als sie sagte: »Ich würde gerne laufen, Frau Eiler. Ein paar Schritte und frische Luft können nur guttun!«

Petra nickte verständnisvoll.

Der Betriebsschlosser schwang sich in den Lieferwagen und fuhr davon. Irene Wuttke, die aus ihrer Umhängetasche einen Knirps hervorgekramt hatte, spannte diesen auf und verschwand um die nächste Ecke.

Petra setzte sich in ihren Wagen, aber sie brauchte eine ganze Weile, bis sie sich entschließen konnte, diesen zu starten.

Auf der Fahrt nach Wiesbaden hörte sie insgesamt vier Mal die Meldung über den mutmaßlichen Doppelraubmord.

Ein Mann namens Lars Andersen, der zusammen mit Georg Assmann einmal ein Schweizer Internat besucht hatte, äußerte sich über die Charaktereigenschaften des heranwachsenden *Schorschi* und eine Segelmeisterschaft auf dem Genfer See, die dieser vor ungefähr einem Vierteljahrhundert einmal gewonnen hatte. Und der berühmte Intendant der Neuen Berliner Musicalbühne, Wingbert Gönnermann, sprach euphorisch über den jungen Komponisten Ludwig Assmann, der, wie zu befürchten stand, der Nachwelt nunmehr nur ein einziges, wenn auch geniales musikalisches Werk hinterlassen habe.

Später in der Nacht, als Petra in ihrem geliebten Sessel saß und hinausstarrte auf ihre Dachlichtung, deren Gewächse der scharfe Wind der vergangenen Tage weitgehend entlaubt hatte, fragte sie sich, ob die verhasste Liane womöglich doch recht behalten würde.

War sie jetzt die Braut eines Toten?

Als die Glocke der benachbarten Kirche die vierte Morgenstunde ankündigte, stand sie auf und ging zu ihrem kleinen Schreibtisch. Sie kramte das Sparbuch hervor, das ihre Großtante einmal für sie angelegt hatte. Hin und wieder in den vergangenen Jahren hatte sie entbehrliche Gelder darauf eingezahlt. Es waren ihre einzigen Ersparnisse. Sie betrachtete die Summe und dankte Tante Adele noch nachträglich für das popelige Sicherheitsdenken, das sie ihr beigebracht hatte.

Dann holte sie ihren Laptop, rief im Internet die Flugverbindungen auf und buchte den nächstmöglichen Flug nach Kapstadt.

Einen Moment lang erwog sie, den Assmanns eine Mitteilung über die geplante Reise zu schicken, doch dann vergegenwärtigte sie sich noch einmal die Szene, die sie in Victor Assmanns Bungalow erlebt hatte.

Sie presste die Lippen zusammen, pfiff auf die ganze zerstrittene Bande und ging in ihr Schlafzimmer, um zu packen. Sie schob gerade den Reißverschluss der Reisetasche zu, als das Telefon klingelte …

75

Heinrich Assmann hatte die ganze Nacht in seiner Jagdhütte im Taunus verbracht. Er wollte seiner Frau nicht begegnen und sich weitere Nettigkeiten sagen lassen.

Im Schein einer Lampe saß er hellwach bis in die Morgenstunden und hielt den *Assmann-Jupiter* in den Händen, als ob er das Schicksal mittels dieses Steins und seines Willens zwingen könne, ihm zurückzugeben, was ihm seit dem Diebstahl des Diamanten abhandengekommen war: die Normalität.

Sein Leben, das seit Jahrzehnten ruhig und berechenbar dahingeflossen war, war außer Rand und Band geraten: Der Verbleib zweier seiner Söhne war ungewiss. Dass sie tot waren, weigerte sich Heinrich zu glauben.

Sein mittlerer Sohn, auf den er die größten Stücke gehalten hatte, sein heimlicher Liebling und Favorit, schien ein Lügner und Intrigant zu sein, und in seiner eigenen Ehe gab es offenbar eine ernsthafte Krise.

Gegen Morgen kam er zur Auffassung, dass es niemandem nützte, wenn er all diesem vermeintlichen, herbeigeredeten Unglück, das sich als eine Aneinanderreihung von Missverständnissen erweisen würde, mit leerem Magen begegnete.

Er kochte sich einen starken Kaffee und aß dazu eine Büchse Schinkenwurst.

Gegen sieben setzte er sich in seinen Wagen. Er vermied es, den Radioapparat einzuschalten und die Nachrichten zu hören, und fuhr auf direktem Weg in die Firma. Dort ging er in sein Büro, stellte den *Assmann-Jupiter* an seinen alten Platz zurück und verschloss danach sorgfältig die Hochsicherheitsvitrine.

Als er in seinem Schreibtischsessel saß, konnte er den Stein durch die Panzerglasscheibe sehen, ohne auch nur den Kopf wenden zu müssen.

Es war, als ob es nie anderes gewesen wäre.

Und es würde auch alles wieder gut werden.

Heinrich klappte die dicke Mappe auf, die an seinem Platz lag, und begann, die Post zu studieren, die sich in den zweieinhalb Wochen seiner Abwesenheit angesammelt hatte.

Um acht erschien Irene Wuttke, pünktlich wie immer.

Sie schlüpfte aus ihrem Trenchcoat und hängte ihn auf einen Bügel. Erst als sie sich umdrehte, sah sie den Alten.

»Mach mal deine Kiste an, Wuttke, und schau nach, ob es Neuigkeiten gibt«, forderte er, ohne weiter auf die Vorfälle des vergangenen Abends einzugehen.

Irene Wuttke presste die Lippen zusammen, aber sie tat, was er wollte.

Es gab eine ganze Anzahl von Mitteilungen.

»Victor hat sich mehrmals gemeldet«, verkündete sie, nachdem sie alles durchgesehen hatte.

»Und was schreibt er?«

»Seine erste Mail ist eingegangen, kurz bevor die Nachrichtenagentur die Meldung zum ersten Mal veröffentlicht hat. Offenbar haben sie direkt in der afrikanischen Mine angerufen, um die Nachricht zu überprüfen – hier in Idar-Oberstein war zu der Zeit ja bereits auf Anrufbeantworter umgestellt. Victor schreibt, er habe keine Kenntnis davon, dass Georg oder gar Ludwig sich auf dem Weg in die Mine befänden oder befunden hätten, und ob wir etwas davon wüssten.«

In Victors zweiter Mail hieß es, er habe versucht, die Brüder telefonisch zu erreichen, was in beiden Fällen nicht gelungen sei, weder auf dem Festnetz noch auf den mobilen Anschlüssen.

Die dritte Nachricht stammte aus den frühen Morgenstunden des heutigen Tages: Die afrikanische Polizei habe am Rande der Wüstenstraße, die vom Flughafen zur Mine führte, eine Bordkarte gefunden. Recherchen bei der Airline hätten ergeben, dass der Sitzplatz auf dem Flug von Kapstadt nach U'Kanga für Ludwig Assmann reserviert gewesen war und auch benutzt worden sei. Zudem habe die Polizei inzwischen festgestellt, dass bei der Flughafenniederlassung einer Autovermietung von Georg Assmann ein Geländewagen gechartert worden sei.

»Warum nimmt er sich einen Mietwagen?«, fragte der Alte verständnislos.

»In der Mine gibt es einen ganzen Wagenpark und zudem fünf Helikopter!«

»Victor hätte mit Sicherheit begriffen, um was es sich dreht, wenn sich plötzlich Georg und dann auch noch zusammen mit Ludwig bei ihm angemeldet hätte. In diesem Fall hätte ich auch nicht auf irgendwelche Beförderungsdienste zurückgegriffen, die mir ausgerechnet der schickt, den ich zur Rede stellen will!«

»Ja. Das ist richtig«, brummte der Alte. Es fiel ihm immer noch schwer, sich Victor als Bösewicht vorzustellen.

»Das Beste wäre, du würdest runterfliegen, Chef, und dir selbst ein Bild davon machen, was dort eigentlich los ist!«

Der Alte erwiderte nichts auf diesen Vorschlag. Er senkte den Kopf, ging zurück zu seinem Schreibtisch, verzog nachdenklich den Mund und sagte dann laut und entschieden: »Nein. Ich werde hierbleiben!«

»Er zieht es vor, auf seinen *Assmann-Jupiter* aufzupassen. Denn *dann,* verstehen Sie, Irene, nur dann bleibt er ein Sieger, und das Glück haftet an seinen Fersen!«, sagte Zita Assmann sarkastisch, die unbemerkt von beiden inzwischen eingetroffen war. Sie stand in der Türöffnung, maß ihren Mann mit einem verächtlichen Blick. »Das war auch der Grund, weshalb er gestern den Tresor aufbrechen ließ!«

Heinrich presste die Lippen zusammen, doch er erwiderte nichts. In der Sache mit den brasilianischen Smaragden brauchte er Zitas Zustimmung, und deshalb war es die falsche Strategie, sie jetzt noch mehr gegen sich aufzubringen. Seine Gedanken der letzten Nacht holten ihn wieder ein, und er beschloss, anstelle einer Verteidigung auf Angriff zu setzen. »Wo warst du eigentlich in den beiden vergangenen Wochen?«, fragte er, und es war ihm völlig egal, ob Irene Wuttke es mitbekam oder nicht. Im Gegenteil, es würde mit Sicherheit die Auseinandersetzung in Grenzen halten. Er kannte seine Frau, und er kannte ihr Bedürfnis nach Diskretion, was familiäre Dinge betraf.

»Ich habe die Vergangenheit komplettiert«, erklärte Zita, als ob es sich dabei um etwas völlig Alltägliches handle.

»Welche Vergangenheit?«, erkundigte sich Heinrich frappiert.

»Meine. Und deine. Und unsere gemeinsame!«

»Entschuldige, aber wovon sprichst du, Zita?«

Zita kam näher und blieb schließlich vor seinem Schreibtisch stehen. »Von dem unehelichen Kind, das du bereits hattest, als du mir damals einen Antrag machtest. Oder wie man das nennen möchte. Als du meine Verletztheit und Traurigkeit ausgenutzt hast, und meine Naivität dazu, um mich zu überrumpeln und zu verführen, bei dieser *Adventsfeier*, die du rasch ausgerufen hast, um mich in deine Jagdhütte zu locken, wo ich dachte, dass außer mir noch viele Leute sein werden. Und von dem Verhältnis mit der Mutter dieses Kindes, das du heimlich beibehalten hast, bis Georg sechs und Victor vier Jahre alt waren. Von deinem damaligen Doppelleben. Und davon, dass du es auch hinterher, nach unserer Versöhnung und unserem sogenannten Neuanfang wieder aufgenommen und fortgesetzt hast, bis in die Gegenwart hinein. Dass du gestern vermutlich direkt von dieser Frau gekommen bist. *Davon* spreche ich, Heinrich!«

Diesmal errötete er nicht, er lief auch nicht blau an wie bei den spraybedürftigen Wutanfällen.

Er wurde so blass wie die Papierblätter des Vertrags, der vor ihm lag und auf Zitas Unterschrift wartete.

»Und wer behauptet so etwas?«, stieß er schließlich hervor.

»Ich«, sagte Zita sehr ruhig. »Nur hatte ich nicht vor, dies gerade jetzt mit dir zu besprechen. Es gibt Dinge, die wichtiger sind!«

Sie drehte sich zu Irene Wuttke um, die an ihrem Schreibtisch saß und durch die offen stehende Tür jedes Wort der Unterhaltung gehört hatte. »*Ich* werde nach Afrika fliegen und mir ein Bild von den Vorfällen machen. Und diesmal bin ich zuverlässig zu erreichen, Irene!« Sie ging zum Fotokopierapparat, legte ein paar Dokumente auf die Glasplatte und drückte auf die On-Taste. Dann reichte sie die Fotokopie der Assistentin ihres Mannes: »Das sind die Flugdaten. Bitten Sie meinen Sohn Victor, mir einen Hubschrauber nach U'Kanga zu schicken.«

»Wird erledigt, Frau Assmann.«

»Danke. Dann, auf Wiedersehen«, sagte Zita Assmann und war auch schon draußen.

Es dauerte lange, bis der Alte reagierte. Schließlich stand er auf, durchquerte sein Zimmer und schloss die Tür von innen. Nachdem sie noch eine Weile auf den flimmernden Monitor gestarrt hatte, wurde Irene Wuttke klar, was dies bedeutete: Der alte Assmann schämte sich vor ihr, und das war noch nie vorgekommen.

Auch nicht, dass Zita Assmann *Irene* zu ihr gesagt hatte. Vermutlich war dies die Folge des langen Gesprächs, das sie in der vergangenen Nacht mit der Chefin geführt hatte.

Loyalität zum Alten war das eine, und ihr eigenes Unverständnis den plötzlich so eigenmächtigen Aktionen Zitas gegenüber das andere. Tatsache aber war: Diese Frau war die Mutter der Assmann-Söhne und hatte damit ein Recht darauf, umfassend informiert zu werden.

Sie trafen sich, wie am frühen Morgen verabredet, am Lufthansaschalter.

»Bitte, entschuldigen Sie, Petra, wenn ich ohne Ihre Erlaubnis Ihr Ticket habe umbuchen lassen. Ich habe schlimme Tage und Nächte hinter mir und würde sehr gerne ein bisschen mehr Beinfreiheit haben. Ich darf Sie doch Petra nennen, oder?«

»Ja. Sicher«, erwiderte Petra und folgte Zita Assmann in die Senator-Lounge, in der sie warteten, bis ihr Flug aufgerufen wurde.

Zu anderen Zeiten hätte Petra den Flug erster Klasse genossen. Heute jedoch konnte sie dem Luxus nichts abgewinnen. Nicht einmal das Menü, das ihnen angeboten wurde, konnte eine der beiden Frauen wirklich schätzen.

Um wenigstens etwas schlafen zu können, tranken sie Rotwein, doch sie wurden nur müde davon und blieben dennoch den ganzen Flug über wach.

»Ich bin ganz sicher, sie sind noch am Leben. Ich spür das ganz einfach«, sagte Petra trotzig, als sie irgendwo über der Sahara waren.

»Das ist auch mein Empfinden!« Zita nickte bekräftigend, doch sie war älter und lebenserfahrener und wusste, dass Liebe ein schlechter Souffleur war.

76

Sally saß in ihrem Büro und überprüfte die Lebensmittelrechnungen. Verstohlen beobachtete sie Victor, der wie ein gefangenes Tier im Käfig durch sein Büro ging.

Hin und her.

Her und hin. Unentwegt. Bereits seit mehr als einer Stunde.

Sally lächelte böse. Geschieht ihm recht, dachte sie, dass er jetzt gründlich in dem Süppchen kocht, das er sich selbst angerichtet hat.

Sie war auf dem Laufenden über den Stand des Dramas – und das Schöne daran war, dass Victor nicht das Geringste davon ahnte. O ja, sie hatte ihre Überlegungen angestellt. In der Nacht, in der er nicht zu ihr gekommen war, hatte er beschlossen, die Lösegeldforderung zu verschweigen und den

Überfall auf seine Brüder als Raubmord zu verkaufen. Sally war sicher, dass Victor es selbst gewesen war, der diese Information der Nachrichtenagentur zugespielt hatte.

Es lag klar auf der Hand, was er beabsichtigte: Dass Mkuba und seine Männer ihre Drohungen wahr machen und die beiden Assmann-Söhne umbringen würden, wenn sie das verlangte Geld nicht erhielten.

Die Frage war, wie sich ihre Kenntnisse verwerten ließen. Doch das würde sich erweisen. Jedenfalls war Sally mehr denn je entschlossen, sich Victors Lektion, jeder sei sich selbst der Nächste, und alles sei gut, was den eigenen Absichten diene, zu eigen zu machen.

Wegen der Stelle in Kenia machte sie sich keine Gedanken. Das würde sich regeln lassen. Schlimm allerdings war, dass Victor die Schuldgefühle und Ängste, die er verdrängte, an ihr abreagierte. Sex war das Ventil, mit dem er seine Psyche zu entlasten versuchte, und seine nächtlichen Aktionen wurden immer brutaler und gewaltsamer.

Jetzt blieb er stehen und drehte sich zu ihr um.

»Meine Mutter und die Verlobte von Georg kommen heute im Lauf des Tages. Bitte sieh zu, dass zwei Gästeapartments vorbereitet werden!«

Sally nickte und erhob sich. »Ich kümmere mich persönlich darum, dass alles in Ordnung ist.«

Victor nickte und sah ihr hinterher. Es war ein Fehler gewesen, sie wegzuschicken. Sie war ihm so treu ergeben wie ein gut abgerichteter Hund, und ein Mann in seiner Lage brauchte Untergebene, auf die Verlass war. Er beschloss, den neuen Verwalter zu besuchen und ihm ein wenig auf die Finger zu sehen. Das würde ihn ablenken.

Am Tag zuvor hatten die Entführer sich wieder gemeldet und angedroht, binnen achtundvierzig Stunden die erste der beiden Geiseln zu erschießen, wenn das Geld nicht an dem bezeichneten Platz deponiert werden würde.

Da könnt ihr lange drauf warten, dachte Victor grimmig und spazierte über den Minenhof zu den Räumen unter der Steinmühle.

Die durch die Mühle zerkleinerten Gesteinsbrocken wurden dort mit großem Druck auf eine schräg gestellte, mit einer käseartigen Masse bestrichene Platte geblasen und danach mit Röntgenstrahlen beschossen, die Diamanteneinschlüsse blau aufleuchten ließen. Die kleineren Gesteinsstücke wurden von ausgewählten Arbeitern sortiert. Sie fassten dazu durch eine Art Handschuhe, die nicht zurückgezogen werden konnten, auf ein Laufband, das durch eine Panzerglashaube geschützt war. Es war die altbewährte, aber immer noch effektivste Art, zu Diamanten zu kommen. Der Abbau durch Trockenlegung von Küstenteilen, um auf dem Meeresgrund die begehrten Steine zu suchen, war wesentlich kostenaufwendiger und mühsamer.

Im Schatten eines Schuppens mit weit vorgezogenem Dach blieb Victor stehen und zündete sich eine Zigarette an. Er hatte vor zwei Jahren aufgehört zu rauchen, doch die Ereignisse der vergangenen Wochen und Tage hatten ihn rückfällig werden lassen.

Bleib ganz ruhig, sagte er sich zum wiederholten Mal an diesem Tag. Die Legende vom Raubmord ist genial. Glaubhaft und nicht zu widerlegen, selbst wenn sie uns die Toten vors Tor legen: Sprechen können diese nicht mehr, im Gegensatz zu mir, und ich werde für jede Situation eine Erklärung erfinden.

Flüchtig kam ihm in den Sinn, wie unerhört es war, derartige Überlegungen zu entwickeln, doch dann schob er die Gedanken rasch wieder von sich und suchte nach Rechtfertigungen: Kriege hatte es immer schon gegeben. Kriege um Land, um Geld und um Macht, und Millionen von Menschen waren die Opfer dieser Auseinandersetzungen geworden. Was aber war an seiner Auseinandersetzung mit den Brüdern anders als bei den Kriegen in den Geschichtsbüchern? Nichts. Es ging auch hier um die Ausbeutung von Land und Arbeitskräften, um Geld und um Macht. Ludwig war ein bedauerliches Bauernopfer; immerhin eines, das die Dinge in Bewegung gebracht hatte. Georg aber war ein wirklicher Gegner, doch eindeutig einer, der das immense Erbe nicht verdiente. Der die falschen Entscheidungen treffen würde, der keine Ahnung davon hatte, wie Macht und Geld einzusetzen waren, um noch mehr Geld und Macht zu erlangen. Georg hatte nicht die Härte dazu, er hatte moralische Skrupel und idealistische Vorstellungen, die ihn behinderten. Und er hatte nicht die Größe, das einzusehen und Platz zu machen für den wahren Nachfolger des Alten.

Es war gut so, wie es gekommen war. Er brauchte sich nicht zu fürchten.

Es würde ihm alles gelingen, denn er war im Besitz des Glückstrumpfs der Assmanns.

77

Sie hatten sie in die Berge gebracht, dorthin, wo die Rebellen ihr Basislager hatten.

Man hatte sie anfangs an Händen und Füßen zusammengebunden, doch mussten ihnen die Handfesseln bei jeder Mahlzeit abgenommen und wieder neu angelegt werden, weshalb die Entführer nach kurzer Zeit dazu übergingen, sie gar nicht mehr zu fesseln und nur das Zelt zu bewachen.

Ihre Furcht, die Gefangenen könnten flüchten, hielt sich in Grenzen. Wer hier ohne entsprechende Ausrüstung und Vorräte davonrannte, dem war der Tod gewiss, und sie wussten, dass auch ihren Geiseln dies klar war.

In Georg gärte es sichtbar, während Ludwig meist schweigsam und in sich gekehrt in der Ecke des Zelts hockte. Die Temperatur war tagsüber nahezu unerträglich heiß, während es nachts empfindlich kühl wurde.

»Also, ehrlich gesagt, ich verstehe deinen Fatalismus nicht«, sagte Georg aufgebracht, als Ludwig wieder einmal gedankenverloren vor sich hin summte.

Ludwig verstummte, schaute auf und sagte dann: »Ich hab nichts zu verlieren, Georg. Keine Person, die mir wichtig wäre oder ich ihr – außer Mama vielleicht. Und Irene. Ja, Irene auch. Aber sonst: keine Idee, keine Vision. Alles, was davon da war, steckt in dem Musical, das Gönnermann abgelehnt hat, nachdem ich das Geld nicht beibringen konnte. Da übt man sich leichter in Gleichgültigkeit, als wenn man verliebt ist wie du!«

»Vielleicht stimmt das ja nicht. Vielleicht hat Victor in dem Punkt ja genauso gelogen wie in den anderen.«

Ehrlich erstaunt schaute Ludwig ihn an.

Daran hatte er noch nicht gedacht. »Es könnte sein. Ja, eigentlich schon«, murmelte er nach einiger Zeit und überlegte, ob er diesen Gedanken wirklich zulassen sollte. Es wäre ein Aspekt der Hoffnung, und Hoffnung, das wusste Ludwig, war der Motor, der Menschen antrieb und vielleicht bewirken würde, dass er wieder leben wollte. Doch wollte er dies, wollte er es tatsächlich?

Georg hatte seinen Bruder beobachtet und ahnte, was in ihm vorging. Und er schürte das Feuer des Lebenswillens, der Ludwig bereits wieder verlassen wollte. »Du solltest wenigstens versuchen, es zu ergründen, Ludwig. Außerdem wolltest du Victor doch ins Gesicht sagen, was du von ihm denkst. Wie verbrecherisch er sich gegen dich benommen hat. Willst du ihm das wirklich schenken, indem du hier rumträllerst und dich in alles ergibst?«

Ludwig sah dem großen Bruder direkt in die Augen. Seine Stimme war kühl, emotionslos und analytisch: »Glaubst du wirklich noch, es kommt zu einer Lösegeldzahlung? Heute ist der *vierte* Tag, Georg! Der vierte Tag, die vierte Nacht, und ich seh doch, wie die Entführer immer nervöser werden. Ich werd dir mal sagen, was ich vermute: Die haben ihre Geldforderung an die Mine geschickt, und wer sitzt in der Mine? Victor! Der braucht doch nur so zu tun, als ob er nie irgendwelche Botschaften von irgendwelchen Entführern bekommen hätte. Und wenn Irene sich bei ihm meldet und sich nach uns erkundigt, dann wird er behaupten, er habe leider gar nichts gewusst von unserem Besuch, was sogar stimmt, und dann wendet er sich hilfesuchend an die hiesige Polizei. Die wird längst ausgerückt sein und erwartungsgemäß keine Spuren von unseren Entführern finden, das ist unmöglich, bei dem Wind, den ich in den letzten Nächten gehört habe. Und dann werden die Gesetzeshüter zu der Erkenntnis kommen, dass uns zufällig irgendwelche Buschräuber über den Weg gelaufen sind, denen es genügt hat, ein hübsches Auto zu ergattern und einiges, was wir sonst so dabeihatten, und fertig. Die gar nicht lesen können, was hier ja eher die Regel ist, selbst wenn sie unsere Ausweise gesehen hätten. Du und ich, wird Victor all den Leuten suggerieren, wir sind einem afrikanischen Raubmord zum Opfer gefallen, bedauerlich, aber es kommt eben doch immer mal wieder vor. Und unsere Entführer, die werden bald die Geduld verlieren und kurzen Prozess mit uns machen. Sie brauchen sich dann nicht mal mit der Entsorgung unserer Leichen zu belasten: Entweder holen uns die Hyänen, oder der nächste Sandsturm weht uns zu. So seh ich das, Bruderherz …«

»Vielleicht wenden sich die Entführer aber auch mit einer neuen Forderung an die Firma in Deutschland«, wandte Georg halbherzig ein, obwohl er selbst nicht an diese Möglichkeit glaubte.

»Dafür haben sie vermutlich nicht das passende Wissen. Das mögen gute Soldaten sein, aber vom Rest der Welt, und wie die funktioniert, haben sie wenig Ahnung, und nach allem, was ich so mitgekriegt habe, auch kein Interesse daran. Der Boss von denen hat den Namen Assmann gelesen, ihn mit der Mine in Verbindung gebracht, und dann haben sie es eben versucht. Versuch ist misslungen, Ballast wird beseitigt, und danach ziehen sie weiter in ihren Bürgerkrieg. Und das Geld, das sie dafür brauchen, besorgen sie sich eben woanders. Das mussten sie bisher ja auch.«

Jetzt nickte Georg zustimmend. Ludwig mochte labil sein, dumm war er jedenfalls nicht. Er selbst war zu denselben Erkenntnissen gekommen. Nur hatte er, wie Ludwig richtig erkannt hatte, etwas zu verlieren.

Petra.

Der Gedanke an sie machte ihn beinahe verrückt, aber er vervielfachte auch seine Absicht, nicht einfach hier sitzen zu bleiben und darauf zu warten, bis die Entführer sie erschießen würden, gleich alle beide, oder erst einen und danach den anderen.

Victor war so weit über die Grenzen alles Vertretbaren gegangen, er würde sich auch von einer ihrer Leichen nicht umstimmen lassen und zahlen. Er würde diesen Tod den unbekannten Buschräubern in die Schuhe schieben und des anderen Bruders Ableben eiskalt in Kauf nehmen und hinterher plausibel begründen.

Zu flüchten und dies zu überleben war riskant, aber es war immer noch besser, als hierzubleiben und zu warten, ob Victor sich nicht doch noch melden und das geforderte Lösegeld bezahlen würde. Nach allem, was inzwischen bekannt war, musste der ihre Entführung ja für eine Gnade des Schicksals halten. Zwei auf einen Streich. Erledigt. Und mehr als eine kleine Unterlassung musste er nicht einmal dazu beitragen. Er wäre der unangefochtene Universalerbe.

»Wir werden hier abhauen«, sagte Georg entschlossen.

Ludwig lachte, und es klang tatsächlich belustigt.

»Es ist dir schon klar, was du da sagst? Wir haben keinen Kompass, kein Wasser, keine Verpflegung, und das Gebiet von der Grenze bis zur Mine ist, wenn ich mich an meinen letzten und einzigen Besuch hier erinnere, doch riesig. Wir werden unterwegs elend verrecken.«

»Es ist unsere einzige Chance, Ludwig. Zugegeben, sie ist nicht besonders groß, aber es ist eine, und wir werden sie nutzen, jawohl, auch du. Man gibt nicht einfach alles verloren, man kämpft, Ludwig, und zwar solange noch irgendein Fünkchen Hoffnung besteht. Das gilt für unser Leben, und wenn wir es behalten sollten, dann merk es dir und verhalte dich mit deinem Musical genauso!« Georgs Stimme wurde drängend und bittend zugleich: »Ich werde dir helfen, wenn wir das überstehen, aber du musst auch dir helfen und jetzt mitziehen!«

Ludwig stiegen bei dieser Rede unwillkürlich die Tränen in die Augen.

Georg sah es, und er spürte Ludwigs innere Zerrissenheit, den Kampf zwischen Lethargie und einem zarten, neu erwachten Selbsterhaltungstrieb. Er packte den Bruder unsanft an den Schultern und schüttelte ihn. »Reiß dich zusammen, Ludwig. Du hast jetzt die Möglichkeit, ein Mann zu werden, und schon dafür allein lohnt sich die Flucht!« Er ließ ihn wieder los, lehnte sich an die Zeltwand zurück. »Und selbst wenn du dabei stirbst, wird es anders sein als bei deinem Sprung über die Klippe.«

»Ja«, sagte Ludwig, der sich genau daran erinnerte, was dabei sein letzter Gedanke gewesen war: Dass er ein Loser war, ein Versager und Feigling. Dass er nichts hinterließ, was Wichtigkeit hatte. Keine anerkannte Komposition, noch nicht einmal ein Kind, in dem etwas von ihm weiterleben würde.

Georg sah, dass er gewonnen hatte. Er packte die Hand des Bruders, drückte sie und sagte optimistischer, als ihm zumute war: »Es wird schon klappen, Ludwig. Und jetzt lass uns überlegen, wie wir es am besten anfangen!«

78

Als Alice Assmann am Spätnachmittag dieses Tages ihr Gewächshaus betrat, führte sie ihr erster Weg – wie immer – zur schwarzen Orchidee.

Gestern hatte es so ausgesehen, als ob die inzwischen gut vier Zentimeter lange Knospe, die aussah wie ein Bohnenkern, tiefschwarz und fettig glänzend, noch in der Nacht aufgehen würde. Alice war neugierig, ob es geschehen war, und nahm das goldene Gießkännchen mit der Nährlösung gleich mit, um die Pflanze behutsam zu bewässern.

Als sie näher kam, traute sie kaum ihren Augen. Die Knospe war verschwunden. Es war keine Sinnestäuschung, wie sie bald erkannte. Der lange schwarze Stängel war leer.

Sie prüfte die Erde unter der Pflanze, doch sie konnte nichts erkennen. Schließlich bückte sie sich und suchte den Steinboden ab – und da sah sie sie. Es musste schon gestern Abend oder in der Nacht geschehen sein, denn die Spannung der Deckblätter der immer noch geschlossenen Knospe hatte bereits nachgelassen; sie wirkten angewelkt.

Alice schnitt mit dem Fingernagel eine Rille in die Knospe und rollte die Blütenblätter vorsichtig auseinander. Es hätte eine wunderschöne Blüte gegeben. Die Blätter waren samtig und tiefschwarz, was äußerst selten war, und ganz unten am

Blütenkelch war ein weißes Muster aus Punkten und Kreisen zu erkennen.

Alice behielt die kraftlose Blüte in der Hand und setzte sich auf einen Holzstuhl, der in der Nähe stand. Tränen stiegen ihr in die Augen über den schmerzlichen Verlust, nach so viel Pflege, Bemühung und Hoffnung.

Beinahe hätte sie das Läuten des Telefons überhört, das in der Tasche ihrer Jeansjacke steckte.

»Alice Assmann«, meldete sie sich.

Es war Victor.

»Entschuldige bitte«, sagte Alice, während sie sich mit einem Taschentuch die Nase tupfte. »Aber ich hab gerade eine so wahnsinnige Enttäuschung erlebt.«

»Was denn für eine Enttäuschung?«, erkundigte sich Victor mitfühlend und hoffte, dass sie nicht die Ungeduld in seiner Stimme hören würde. Er gab sich immer mitfühlend, freundlich und liebenswürdig, seitdem Alice ihm von der Schwangerschaft erzählt hatte. »Die schwarze Orchidee, die du mir mitgebracht hast, bekam plötzlich einen Trieb, ich hab dir doch davon erzählt, Victor! Und jetzt ...« Erneut brach Alice in Tränen aus.

»Was ist damit, Liebling?«

»Sie hat die Knospe verloren. Kurz bevor sie aufgegangen wäre. Stell dir das vor! Und ... die Blüte wäre so wunderschön gewesen. Ich weiß nicht, vielleicht hab ich ja irgendwas falsch gemacht?«

»Ganz sicher nicht, Liebes. Du hast dir doch so viel Mühe gegeben«, beruhigte Victor sie und konnte fast seinen Unwillen nicht mehr beherrschen. Mein Gott, die Frau hat Sorgen! »Wie geht's denn dem Baby?«, fragte er stattdessen.

»Gut. Sehr gut sogar, sagt die Ärztin!«

»Na siehst du. Das ist doch das Wesentliche.«

»Hat sich denn irgendetwas Neues in Bezug auf deine Brüder ergeben?«, fragte Alice schließlich, denn sie hatte bemerkt, wie nervös und besorgt Victor in dieser Angelegenheit war, obwohl er sich alle Mühe gab, dies vor ihr zu verbergen und ihr zu versichern, er sei überzeugt davon, dass sie noch lebten.

»Nein«, sagte Victor mit geheuchelter Traurigkeit, wechselte bald darauf wieder das Thema und sprach vom afrikanischen Wetter, das sonderbar und irgendwie der Jahreszeit nicht angemessen sei.

Alice überlegte, dass sie ihm jetzt endlich von der Tresorattacke seines Vaters erzählen müsste. Doch sie ahnte, dass Victor sie schelten und ihr Vorwürfe deswegen machen würde, und sie schob es noch einmal auf. Sie würde mit ihm darüber sprechen, wenn er wieder zurück war, beschloss sie. Zu ändern war ohnehin nichts mehr an der Sache.

Victor hauchte einen Kuss ins Telefon, legte dann auf und ging in sein Büro, um seine Lage genau zu bedenken.

In weniger als einer Stunde würden seine Mutter und Petra Eiler hier eintreffen. Sie würden ihm Fragen stellen, Fragen, die er beantworten musste.

Was aber wussten die beiden? Was hatte Ludwig noch preisgeben können – und *wem* gegenüber –, bevor er den Rebellen, die wohl Sontheimer hatten fangen wollen, zusammen mit Georg in die Hände gefallen war?

Zweifellos hatte Ludwig gesagt, er habe ihm den *Assmann-Jupiter* nach dem Diebstahl zurückgegeben, doch aus dieser Sache würde er sich herausreden können. Schließlich gab es keine Zeugen dafür. Und die beiden Brüder würden tot sein, wenn sie es nicht schon waren. Und er wäre der alleinige Erbe.

Die Trauer um den Verlust der beiden Söhne würde sowohl beim Alten als auch bei der Mutter die meisten anderen Vorkommnisse überlagern und ihnen die Kostbarkeit des einzig verbliebenen Sohnes deutlich machen.

Ja, dachte Victor, und seine Nervosität verließ ihn. Es war möglich, den Hals aus der Schlinge zu ziehen und die Geschehnisse zu seinen Gunsten zurechtzubiegen.

Er war schließlich im Besitz des *Assmann-Jupiters*. Demnach war er ein Sieger, und das Glück klebte an seinen Fersen.

Bei dieser Überlegung angelangt, hörte er das entfernte Rattern des Hubschraubers, der seine Mutter und die Braut oder vielleicht schon die Brautwitwe seines Bruders Georg an Bord hatte.

Einem plötzlichen Einfall folgend, beschloss er, die anstehende Auseinandersetzung auf den folgenden Tag zu verschieben.

Zeit, Zeit war alles, was er jetzt brauchte. Zeit, die die Entführer zu unumkehrbaren Handlungen treiben würde, sofern diese nicht schon geschehen waren.

Hastig schrieb er eine Notiz, er habe sich selbst noch einmal auf die Suche nach Georg und Ludwig gemacht, und spurtete hinüber zum Flugdienst. Er verzichtete auf die Dienste der Piloten, denn er hatte selbst eine Fluglizenz, von der er immer mal wieder – und gerne – Gebrauch machte, wenn auch nicht allzu oft, denn er war hier der Chef, und er kannte die Mentalität der Afrikaner: Boss war in ihren Augen nur derjenige, der etwas *machen ließ*. Wenn er es regelmäßig selbst tat, verlor er ihren Respekt.

Mit einem der restlichen Helikopter verließ er in dem Moment die Mine, in dem der Hubschrauber aus U'Kanga auf dem Landeplatz im Minenhof aufsetzte.

Er würde bis zur nördlichen Schürfstelle fliegen und später behaupten, einen Tipp über mögliche Spuren von Georg und Ludwig bekommen zu haben.

79

Sie wählten die Nacht für ihre Flucht, denn es war ihnen klar, dass sie über das andere Ende des Lagers hinausmussten und diese Strecke bei Tag nicht unerkannt zurücklegen könnten, schon ihrer Hautfarbe wegen. Die Stimmung der Rebellen war angespannt, das war aus den Diskussionen ihrer Bewacher und den Blicken, die sie dabei immer wieder zum Zelt ihrer Geiseln schickten, deutlich erkennbar. Kein Wunder. Die Frist für die Lösegeldzahlung war am gestrigen Nachmittag abgelaufen.

Georg rüttelte an einem der Pflöcke, während Ludwig die beiden Männer im Auge behielt, die ein Feuer angezündet hatten, um Tiere fernzuhalten und sich hin und wieder die Hände wärmen zu können.

Die Befestigungen des Zelts steckten in stark mit Sand durchsetzter Erde. Es gelang ihm tatsächlich mit wenig Mühe, eines der Holzstücke herauszudrehen und hochzuheben, sodass sie unter der Zeltplane durchkriechen konnten.

»Dann los jetzt«, sagte Georg und warf seinem Bruder einen letzten, prüfenden Blick zu.

»Es ist verrückt!«, kommentierte Ludwig den Plan, den ihm Georg erläutert hatte.

»In Gefahr und größter Not bringt der Mittelweg den Tod«, erklärte Georg und versuchte, selbst an die Weisheit des Freiherrn von Logau zu glauben, die man ihm auf der Schweizer Eliteschule beigebracht hatte.

»Nun denn. Sei's drum«, sagte der Kleine, aber es klang nicht so fatalistisch wie noch am Tag zuvor, und Georg zog den Saum der Zeltwand nach oben.

Ludwig rollte sich zusammen und wühlte dann eine Kuhle in den gelockerten Boden. Georg schob ihn nach vorn, und bald danach war er durch. Er blieb, flach ausgestreckt jetzt, am Boden liegen und zerrte den Bruder vollends heraus.

Als man sie hergebracht hatte, war Georg ihr Fuhrpark aufgefallen. Sie hatten seine Augenbinde so nachlässig angebracht, wie sie beinahe alles taten, denn Präzision oder Umsicht waren nicht ihre Stärken. Ihr Handwerk als Rebellen war es, Dörfer zu überfallen und auszuplündern, diesseits und jenseits der Grenze, Truppen der Regierung zu überwältigen, zu rauben, brandzuschatzen und zu vergewaltigen. Was immer die Ideologien ihrer Übergeordneten sein mochten, das Fußvolk war, wie in all diesen Konflikten, verroht, verdreckt, skrupellos und nachlässig geworden; auf der einen wie auf der anderen Seite dieser bereits jahrelang bestehenden bewaffneten Auseinandersetzung.

Das erste Stück bis zum Beginn der kleinen Zeltstadt mussten sie rennen. Es war gefährlich, denn wenn auch nur einer der beiden Wachposten in dieser Zeit den Kopf wandte, würde er sie im Schein des Feuers erkennen. Da es aber auf diesen etwa einhundert Metern keinerlei Deckung gab, war es egal, wie sie sich bewegten, nur die Geschwindigkeit zählte.

Sie mussten ganz einfach auf ihr Glück setzen.

Georg gab mit einer Kopfbewegung das Zeichen.

Die Schuhe hatte man ihnen weggenommen, und der sandige Boden war mit stacheligen Pflanzen bewachsen, doch sie hasteten dessen ungeachtet – und ohne auch nur einen Blick zu den Wachsoldaten zu werfen – in Richtung der ersten Zelte. Als diese ihnen Sichtschutz boten, stoppten sie, hockten sich keuchend nieder und warteten. Auf Schreie, auf Schüsse, auf Licht, auf Männer, die sie entdeckt hatten.

Doch nichts geschah.

Es war, wie Georg es, nach den Beobachtungen der letzten Tage, erwartet hatte. Das Basislager war offenbar weit außerhalb der Reichweite der Regierungstruppen, weshalb die Befürchtung eines Überfalls äußerst gering und die Vorsichtsmaßnahmen entsprechend sorglos waren.

Dennoch schlichen sie mit großer Vorsicht an der Peripherie der Zeltstadt entlang, ohne auf irgendjemanden zu treffen.

Neben den letzten Zelten erst sahen sie zwei Wachleute, die ihre Pflicht sträflich vernachlässigten, im Sand lagen und schnarchten. Georg erkannte auch die leeren Flaschen am Boden und war erleichtert: Die Männer waren nicht nur müde geworden, sie waren ganz offensichtlich betrunken.

Es war einer der Schwachpunkte seines Plans gewesen, wie sie sich verhalten würden, wenn die Wagen bewacht wurden, aber es war nur einer von vielen Schwachpunkten und Fragezeichen ihres Vorhabens. Allerdings war die Alternative die, demnächst erschossen zu werden, und demnach war selbst ein Plan mit Schwachstellen besser, als weiter abzuwarten.

Wie auch immer, jedenfalls brauchten sie die Steine, die

sie sich unterwegs aufgelesen hatten, vorerst nicht als Waffen einzusetzen.

Sie suchten erst einmal hinter einem der Lkws Deckung und musterten dann im Schein des Monds den verlotterten Fuhrpark.

Die meisten Fahrzeuge waren sicherlich Beutestücke; mitgenommen, verrostet und mit einer Patina aus verkrustetem Sand überzogen, aber wohl fahrtüchtig.

Es gab Geländewagen, ein paar Jeeps und drei Hooverfahrzeuge, mit denen sogar schwierigstes Gelände bewältigt werden konnte, sofern es noch irgendwie befahrbar war.

»Wir nehmen den hier«, flüsterte Georg und deutete auf einen der Unimogs.

Ludwig nickte und probierte, ob die Tür des Wagens zu öffnen war. Es zeigte sich, dass Georg recht behalten hatte: Es war nicht abgeschlossen.

Dann machten sie sich mit der gebotenen Vorsicht daran, die restlichen Fahrzeuge zu inspizieren. Im dritten fanden sie das, was sie am dringendsten benötigten: eine Zange.

Während Georg systematisch in allen Wagen das Hauptkabel von der Batterie zur Zündung abzwickte, behielt Ludwig die beiden Wachen im Auge.

Glücklicherweise hatten sie ihren Zech- und Schlafplatz nicht allzu nahe bei den Wagen gewählt, sodass das Klicken und Zudrücken der Motorhauben aus dieser Entfernung kaum zu hören war, doch Ludwig spürte, wie ihm der Angstschweiß vom Nacken den Rücken herabrann.

Lieber Gott, betete er, lass sie nicht aufwachen! Ich weiß nicht, ob ich dazu fähig bin, dachte er, wobei er auf die schwere Metallstange schaute, die Georg auf einer der Ladeflächen gefunden und ihm mit einer unmissverständlichen Geste in die Hand gedrückt hatte.

Einer der Männer grunzte und brabbelte etwas, doch er wälzte sich nur auf die andere Seite und schnarchte nach kurzer Zeit weiter.

Georgs Hantieren schien Ludwig endlos lange zu dauern, doch schließlich schlich der Bruder herbei und gab ihm ein Zeichen.

»Ich hab noch verschiedene Ersatzkanister mit Sprit gefunden, die ich in den Unimog umgeladen habe«, erklärte Georg leise, als sie nebeneinander in dem Geländewagen saßen.

So geräuscharm wie möglich steuerte er nun das Fahrzeug aus dem Lager. Nach seiner Einschätzung gab es in dieser ganzen riesigen Wüstenlandschft nur einen einzigen Orientierungspunkt, der ihnen nützlich sein konnte: Wenn er direkt nach Osten fuhr, mussten sie irgendwann einmal auf den ausgetrockneten Flusslauf des Saleb treffen, und wenn sie diesem nach Süden folgten, würden sie in das Kobradorf kommen, das am Rande des Assmann-Areals lag.

Georg fuhr langsam und konzentriert, denn er hatte nur das Licht des Monds als Sichthilfe. Es war ihm klar, dass man in dem sanft welligen Gelände die Scheinwerfer eines Wagens noch über eine weite Strecke hinweg erkennen würde.

Ludwig kniete auf seinem Sitz und spähte angespannt nach hinten.

Nach etwa zehn Minuten rutschte er wieder in die normale Sitzposition und verkündete: »Sie haben nichts bemerkt. Es folgt uns jedenfalls keiner!«

»Dann haben sich unsere Chancen beträchtlich gesteigert«, erwiderte Georg, aber sie wussten beide, dass ihre Hoffnung und die Wahrscheinlichkeit zu überleben sich noch nicht einmal die Waage hielten, denn sie hatten weder Wasser noch Nahrung bei sich.

80

Nachdem sie sich frisch gemacht und einen späten Imbiss eingenommen hatten, waren Zita Assmann und Petra Eiler wieder zurück zum Gästebungalow gegangen, der für sie vorbereitet worden war. Er bestand aus zwei geräumigen Apartments, die jeweils einen gesonderten Eingang besaßen.

Sie warteten in Zitas Hälfte des Bungalows bis gegen zwei Uhr nachts, danach gaben sie es auf, noch weiter auf Victors Rückkehr zu hoffen.

»Dass er feige ist, hätte ich nicht von ihm erwartet«, sagte Zita aufgebracht. Dann aber musste sie sich eingestehen, dass ihr Sohn Victor noch viel mehr zu sein schien als nur ein Feigling. Immerhin hatte er seinen Bruder Ludwig so unter Druck gesetzt, dass dieser beinahe das Leben darüber verloren hätte.

»Ich werde duschen und eine Pille schlucken, sonst kann ich kein Auge zutun«, erklärte Zita schließlich resigniert.

»Das ist sicher das Beste«, stimmte Petra ihr zu, denn sie sah die dunklen Schatten, die sich unter die Augen der älteren Frau gelegt hatten, und registrierte eine Reihe von Fältchen, die am Jubiläumstag, als sie Georgs Mutter das erste Mal gesehen hatte, noch nicht vorhanden gewesen waren.

»Soll ich dir auch eine von meinen Schlaftabletten geben?«

»Nein, danke. Ich werde es ohne versuchen.«

Zita brachte die Braut ihres Sohnes bis zur Tür und strich ihr noch einmal mitfühlend über die Haare. Im Flugzeug waren sie übereingekommen, sich zu duzen. »In solchen Zeiten muss man zusammenrücken«, hatte Zita befunden, und Petra hatte ihr zugestimmt.

»Dann gute Nacht, Petra!«

»Gute Nacht, Zita!«

Petra ging, tief in Gedanken versunken, die wenigen Schritte bis zu ihrem eigenen Apartmenteingang. Sie zückte den Schlüssel, steckte ihn ins Schloss, drehte ihn um und öffnete die Tür. Danach blieb ihr vor Schreck beinahe das Herz stehen. Hinter einem der Vorgartenbüsche huschte eine dunkle Gestalt hervor und schlüpfte so schnell an ihr vorüber und in die kleine Diele des Apartments, dass Petra einen Moment lang glaubte, ihre überreizten Nerven hätten ihr einen Streich gespielt, und sie hätte sich alles nur eingebildet.

Doch da ertönte schon eine leise weibliche Stimme: »Bitte, fürchten Sie sich nicht. Warten Sie einen Moment und drehen Sie sich noch einmal um, als ob Sie die Sterne bewundern würden. Ich werde solange die Vorhänge schließen, dann können Sie Licht machen!«

Petra tat alles, was von ihr verlangt wurde. Sonderbarerweise hatte sie nicht mehr das Gefühl, dass ihr Gefahr drohte.

Sie hörte das Geräusch der Metallringe, als drinnen die dichten Vorhänge zugezogen wurden, und danach die leise Aufforderung: »Sie können jetzt reinkommen!«

Petra tastete nach dem Schalter. Helles Licht flammte auf. Sie schloss die Tür hinter sich und ging in das Apartment.

Mitten im Zimmer stand eine Schwarze. »Entschuldigen

Sie die Art und Weise, wie ich mir Zutritt verschafft habe. Aber ich muss vorsichtig sein. Es sind hier im Minengelände überall Kameras installiert, die in kurzen Abständen Bilder schießen, und ich kann es mir nicht erlauben, auf einer der Aufnahmen zu erscheinen!« Sie musterte Petra eindringlich, als ob sie sich über etwas letzte Gewissheit verschaffen wolle, und hakte auch verbal noch einmal nach: »Sie sind die Verlobte von Georg Assmann, hab ich das richtig verstanden, Miss Eiler?«

»Ja«, erwiderte Petra, die sich noch immer keinen Vers auf das Verhalten der Frau machen konnte, die sie und Georgs Mutter nach ihrer Ankunft begrüßt, sich als Sally, Victors Assistentin, vorgestellt und sie in den Bungalow geführt hatte.

Petra beschloss, vorerst nichts zu fragen, sondern sich anzuhören, was die Schwarze ihr mitzuteilen hatte. Sie deutete auf einen der Rattansessel. »Bitte. Nehmen Sie Platz!«

Sally setzte sich auf die äußerste Kante der geflochtenen Sitzfläche. Im Gegensatz zum Nachmittag wirkte diese Frau jetzt extrem angespannt und nervös.

»Was kann ich für Sie tun?«, fragte Petra, nur um etwas zu sagen und ihre Besucherin ein wenig aufzulockern.

»Sie müssen etwas unternehmen, und zwar so schnell wie möglich«, brach es da auch schon aus Sally hervor. »Bevor sie einen oder alle beide erschießen, und das werden sie tun, wenn …«

»Moment mal«, stoppte Petra den stakkatoartigen Redefluss der Frau. »Wer beabsichtigt, wen zu erschießen? Wovon sprechen Sie, Sally? Bitte, versuchen Sie, alles der Reihe nach zu erzählen, und sprechen Sie nicht allzu schnell!«

Sally nickte. Sie verschränkte ihre Finger und drückte

sie gegeneinander, bis die Knöchel weiß hervortraten. Dabei presste sie die Lippen zusammen und versuchte ganz offensichtlich, sich in den Griff zu bekommen. Als sie wieder sprach, klang ihre Stimme ruhiger, und sie sprach in betont langsamem Englisch, sodass sie sicher sein konnte, dass Petra alles richtig verstehen würde: »Ihr Verlobter und sein Bruder wurden von Bürgerkriegsrebellen entführt. Sie haben in der jüngsten Vergangenheit schon zwei Mal auf Victor Überfälle versucht. Sie brauchen Geld für Waffen und ihre Männer. Victor hat seitdem die Mine nur noch mit dem Hubschrauber verlassen.«

»Aber es hat doch keinerlei Lösegeldforderungen gegeben!«, fiel Petra der Schwarzen ins Wort.

Sally war eigentlich entschlossen gewesen zu schweigen, doch als sie bei der Ankunft der beiden die Angst in den Augen von Victors Mutter gesehen hatte und die tapfere Gefasstheit von Georgs Braut, hinter der diese ihre Verzweiflung verbarg, hatte sie sich anders entschieden. Sie seufzte und dachte, dass sie sich damit um die Stelle in Kenia und jede andere Chance im Einflussbereich Victors bringen würde, vielleicht sogar um Gesundheit und Leben, aber es gab kein Zurück mehr. Sie war hier, und sie würde es sagen: »Doch. Es gab sie, die Lösegeldforderung. Nur ...« Es war so ungeheuerlich, was Victor getan hatte, dass sie einen zweiten Anlauf benötigte, bevor sie es endlich aussprechen konnte: »Victor hat sie verschwinden lassen!«

»Wie bitte? Das darf doch nicht wahr sein!«, schrie Petra erregt, doch die Schwarze nickte mehrmals und fuhr danach fort zu berichten.

»Sie haben zehn Millionen Dollar verlangt!«

»Das gibt es doch nicht!«, murmelte Petra und weigerte sich noch immer, zu glauben, dass Victor Assmann derart skrupellos sein konnte.

»Doch«, sagte Sally noch einmal und wirkte jetzt deprimiert und erschöpft. »Das gibt es. Glauben Sie mir, er ist so. Wir hatten hier keine Ahnung davon, dass Mister Georg und Mister Ludwig auf dem Weg in die Mine waren, und die Rebellen konnten es auch nicht wissen. Sie haben auf den neuen Verwalter gelauert, der aber auf Victors Anweisung hin ebenfalls mit dem Helikopter eingeflogen wurde. Es war ein Zufall, ein besonders glücklicher Zufall natürlich für die Rebellen. Sie müssen sich die Hände gerieben haben vor Freude, gleich zwei Assmann-Söhne gefangen zu haben!«

Sie beugte sich vor, und ihre Stimme wurde vor Erregung hell und beschwörend: »Diese Männer sind gewissenlos und brutal, und die von ihnen gesetzte Frist ist seit gestern Mittag vorüber. Wenn sie das Geld nicht bekommen, werden sie erst einen der Brüder erschießen und dafür sorgen, dass er gefunden wird, und danach den anderen, wenn der Tod des ersten nicht bewirkt, dass die Assmanns bezahlen! Sie brauchen die Angst vor ihrer Brutalität und Gnadenlosigkeit, das ist ihr Joker. Glauben Sie mir, Miss Eiler, ich hätte niemals gesprochen, wenn ich nicht ganz genau wüsste, was eintreten würde!«

»Und warum haben Sie das alles nicht schon längst jemandem gesagt? Der Polizei zum Beispiel?«

»Wie denn, Miss Eiler? Ich habe nicht den geringsten Beweis. Ich habe die Lösegeldforderung *gelesen*, aber ich hatte keine Gelegenheit, sie zu kopieren, ohne mich selbst zu gefährden!« Sie war während ihrer Worte aufgestanden und ging erregt im Apartment auf und ab. »Sie kennen Victor nicht oder zumindest nicht so, wie ich ihn kenne. Er hätte behauptet, ich hätte mir das alles ausgedacht. Aus Eifersucht. Um ihm eins auszuwischen. Weil er mit mir ein Verhältnis gehabt habe und es inzwischen beendet hätte und ich deshalb die Mine verlassen müsse. Und man hätte ihm das geglaubt. Es wussten viele hier in der Mine, dass er und ich eine Beziehung hatten, auch wenn er der Meinung war, dass wir es geschickt vor den anderen verborgen hätten!«

»*Hatten* Sie denn ein Verhältnis mit ihm?«

»Ja. Mehr als drei Jahre. Und er hat es tatsächlich beendet, weil seine Frau ein Kind erwartet und er in Zukunft solide sein will. Allerdings hat er danach beschlossen, dass die Zukunft noch nicht sofort beginnen müsse, wenn Sie verstehen, was ich damit andeuten möchte!«

Um ihre Worte zu verdeutlichen, schob Sally die langen, weiten Ärmel ihres Baumwollkleids hoch, und Petra konnte die vielen Hämatome sehen, die Sallys schöne kaffeefarbene Haut verunzierten.

»Es gibt noch mehr davon«, sagte die Schwarze mit einem betrübten Lächeln. »Aber das hat keine Bedeutung. Von Bedeutung ist nur, dass Sie mir glauben und auch Mrs. Assmann davon überzeugen – und zwar sehr schnell. Sonst, fürchte ich, wird es zu spät sein!«

81

Irene Wuttke wälzte sich in ihrem Bett von der einen zur anderen Seite. Schließlich tastete sie nach dem Schalter der Nachttischlampe. Es war zweiundzwanzig Minuten nach eins.

Irene seufzte, legte sich wieder zurück in die Kissen und überlegte, wie das Drama dort unten in Afrika wohl weitergehen würde.

Am späten Nachmittag des vergangenen Tages hatte Zita Assmann angerufen und mitgeteilt, sie und Petra Eiler seien inzwischen in der Mine eingetroffen, Victor sei allerdings nicht anwesend gewesen. Er habe eine Nachricht hinterlassen, er versuche, Georg und Ludwig auf eigene Faust zu suchen und zu finden.

Sicher tut er das nicht, dachte Irene Wuttke. Aus Victors verblendeter Sicht konnte ihm doch nichts Besseres widerfahren, als dass seine Brüder bei dem Überall tatsächlich ums Leben gekommen waren. Und falls die Räuber sie lebendig zurückgelassen hatten, dann waren sie inzwischen mit einiger Sicherheit tot.

Irene Wuttke war noch nie in der afrikanischen Mine gewesen, aber sie kannte das Klima und die Gesetze der Wüste. Niemand schaffte es dort, ohne Wasser Tage zu überleben.

Sie setzte sich auf und starrte auf ihre Knie, die in einem gestreiften Baumwollpyjama steckten.

Der Alte war am Vortag einige Stunden im Büro gewesen, danach aber verschwunden, ohne eine Erklärung abzugeben, wohin. Er wich ihr aus, so gut es ging. Er schien sich noch immer vor ihr zu schämen.

Ein *voreheliches Kind*, dachte sie, und eine Beziehung, die nach seiner Eheschließung immerhin noch sechs Jahre weitergegangen, durch einen Streit unterbrochen und irgendwann danach wieder aufgenommen worden war. Eine Art Bigamie; ein Doppelleben auf jeden Fall. Das hätte sie ihm wirklich nicht zugetraut!

Sie begann zu überlegen, wann sie den Alten zum ersten Mal gesehen hatte. Es war 1977 gewesen, im Jahr von Georgs Geburt, damals, als sie ihre kaufmännische Lehre im Assmann-Werk begonnen hatte.

Sie entsann sich der Großmutter des Chefs, die damals noch gelebt hatte. Die alte Dame war es auch gewesen, die ihr den Nebenverdienst im Hause Assmann verschafft hatte, erst durch Botengänge, denn sie war etwas gehbehindert gewesen, und später als Babysitter und Kindermädchen bei den Assmann-Jungen.

Der alte Chef war ein gestrenger und humorloser Mann gewesen, den alle in der Firma gefürchtet hatten, doch Nora Assmann hatten Milde und eine ganz besondere Liebenswürdigkeit ausgezeichnet. Zu Weihnachten hatte sie in jedem Jahr allen Idar-Obersteiner Arbeitern und Angestellten ein persönliches Geschenk gemacht; eine Kleinigkeit zwar nur, aber es war liebevoll und mit Bedacht ausgesucht gewesen.

Sie war verstorben, als Ludwig gerade eingeschult worden war, erinnerte sich Irene Wuttke, und sie erinnerte sich auch daran, wie sehr gerade dieser Assmann-Sohn um seine Urgroßmutter getrauert hatte.

Wahrscheinlich war Nora Assmann die Einzige in der ganzen Sippe gewesen, mit der sich der arme Ludwig wirklich verwandt gefühlt hatte. Sie war ein ausgesprochen musischer

Mensch gewesen und hatte Musik geliebt, auch wenn sie nie gelernt hatte, selbst ein Instrument zu spielen. Was einem alles so einfällt in einer Nacht, in der einen der Schlaf meidet, dachte Irene Wuttke. Und in einer, in der man nicht daran denken möchte, wie unbeschwert und sorglos die beiden vermissten – vielleicht sogar toten – Assmann-Brüder aufgewachsen waren.

Sie sah Georg mit seinem rot-weißen Paddelboot auf der Mosel, damals, als er umkippte und nicht wieder auftauchen wollte. Wie der Alte ins Wasser gehechtet war, ihn am Haarschopf erwischt und wieder herausgezogen hatte. Und Ludwig, immer fröhlich, immer mit einem Lied auf den Lippen, das er oft auf dem besten Suppentopf der Köchin mit zwei Löffeln als Perkussionswerkzeuge begleitet hatte. Sie dachte auch an den Sommer, in dem Zita Assmann verschwunden gewesen war und der Alte sie damals, zusammen mit den beiden Buben, an die Nordsee gefahren hatte. Sie war zwanzig Jahre alt gewesen und hatte in der Firma Sonderurlaub dafür bekommen.

Und sie dachte an die schlimmen Monate, als bei Georgs Frau Klara der Tumor im Kopf festgestellt worden war, an dem sie bald darauf verstorben war; eine junge Frau von damals gerade mal achtundzwanzig Jahren. Wie untröstlich Georg gewesen war, wie er mit dem Schicksal gehadert und darunter gelitten hatte. Und gerade jetzt, wo er eine neue Beziehung eingegangen war, wieder heiraten wollte, gerade jetzt, wo Ludwig, dem ewig schüchternen und gehemmten Ludwig offenbar etwas Bedeutendes gelungen war, mit dem Musical, das er komponiert hatte, gerade jetzt …

Wie kann Gott so etwas zulassen?, dachte Irene Wuttke, die eine fromme Christin war.

Sie stand auf und öffnete das Fenster. Es roch nach nassem Laub und modrig-säuerlich vom Komposthaufen im Garten herauf. Es war in den letzten Tagen plötzlich Herbst geworden und kühl.

Sie fröstelte und schloss das Fenster wieder. Das ist das Nächste, was ich in Angriff nehmen muss, dachte sie dabei. Seitdem sie das Haus geerbt hatte, war sie unentwegt damit beschäftigt, es renovieren zu lassen.

Sie war eben wieder unter die Bettdecke geschlüpft, als das Telefon klingelte. Sofort fuhr sie hoch und griff nach dem Hörer.

Es war Zita Assmann, und ihre Stimme kippte fast um vor Erregung. »Irene, gehen Sie bitte sofort in die Villa und sehen Sie nach, ob mein Mann dort ist! Und wenn nicht, dann fahren Sie in seine Jagdhütte und suchen ihn dort! Ich kann das jetzt nicht alles erklären, aber es ist lebenswichtig. Bitte, beeilen Sie sich, Irene! Er soll mich anrufen, und zwar unverzüglich!«

»Wird gemacht, Frau Assmann«, erwiderte Irene.

Sie griff nach ihren Kleidern, zog sich in aller Eile an, schnappte den Schlüsselbund und lief hinüber zur Villa, die nur einen Katzensprung entfernt war.

Vorsorglich klingelte sie, doch erwartungsgemäß meldete sich der Alte nicht. Bestimmt hatte Zita es zuerst hier versucht, bevor sie sich an sie gewandt hatte.

Sie nahm den Haustürschlüssel und steckte ihn ins Schloss. Danach absolvierte sie all die Rituale, die notwenig waren, um nicht sofort Firmenwachdienst und Polizei auf den Plan zu rufen.

Sie machte einen Rundgang durchs Haus, doch der Chef war nicht anwesend.

Nachdem sie der Sicherheitsanlage das notwenige Signal gegeben hatte, dass sie das Haus aus eigenem Entschluss wieder verließ, schloss sie sorgfältig ab und ging zurück, um ihren Wagen zu holen.

Anschließend fuhr sie zum Jagdhaus des Alten. Wegen des Nebels wäre sie beinahe auf seinen Wagen aufgefahren.

Sie parkte dicht dahinter und stapfte die wenigen Schritte bis zum Eingang der Hütte durch das Laub, das durch den Regen gefährlich rutschig geworden war.

Glücklicherweise brannte in der Hütte Licht, das ihr den Weg wies, denn im Wald selbst war es vollkommen dunkel.

Sie klopfte an die Tür, wartete aber nicht, bis von drinnen eine Reaktion kam.

Sie kannte den Alten und seine Verhaltensweisen. Natürlich hatte er nicht abgeschlossen – und natürlich war er betrunken. Er war kein Säufer, das ganz gewiss nicht, aber wenn Situationen eintraten, die ihn überforderten, was selten einmal der Fall war, nahm er Zuflucht zum Alkohol.

Sie trat ein und sah, dass sie richtig vermutet hatte.

Der Chef hing in seinem Lehnsessel, der mit dunkelgrünem Leder bezogen und mit einem Saum aus Messingknöpfen verziert war. Er war voll bekleidet und schnarchte.

Auf dem kleinen Tisch neben ihm stand eine fast leere Flasche hochprozentigen Obstbrands. Der Fuselgeruch des derben Schnapses erfüllte das ganze Zimmer.

Irene Wuttke zögerte keinen Moment. Sie packte den Alten bei den Oberarmen und schrie: »Wach auf, Chef!«

Der Alte grunzte unwillig, versuchte, sich ihr zu entwinden, und schlug die Augen auf, als es ihm nicht gelang.

»Du musst aufwachen, Chef«, rief Irene und schüttelte ihn.

Heinrich Assmann starrte sie nur verständnislos an. Schließlich wischte er Irene mit einer Handbewegung zur Seite und krächzte: »Bist du verrückt geworden, Wuttke?«

Irene war es zufrieden. Sein Rausch schien nicht so schlimm zu sein, dass man nicht mit ihm reden konnte.

»Du musst sofort deine Frau anrufen. Ich nehme an, es ist wegen Georg und Ludwig. Sie sagt, es eilt, und es geht um Leben und Tod!«

Einen Moment lang hatte sie das Gefühl, er habe sie doch nicht verstanden, denn er saß ganz bewegungslos.

Dann griff er, ohne weitere Rückfrage, in die Tasche seiner Jacke, holte sein Handy heraus und schaltete es umständlich ein.

Das ist ganz der Alte, dachte Irene Wuttke aufgebracht. Igelt sich hier ein und macht noch nicht mal sein Telefon an. Den Kopf in den Sand stecken und einfach die Ereignisse abwarten, wenn etwas wirklich Ernstes passiert. So hat er es immer gehalten.

»Lass mich allein, Wuttke«, verlangte er jetzt und sah sie auffordernd an.

Doch Irene Wuttke schüttelte den Kopf. »Nein!«, sagte sie nur, aber es klang so entschlossen und unumstößlich, dass er keinen Einwand mehr wagte. Mit tapsigen Fingern versuchte er, die Nummer zu wählen, doch Irene, deren Nervenkraft auch langsam nachzulassen begann, entriss ihm das kleine Gerät, rief das Telefonbuch auf und drückte die richtige Taste. Sie wartete, bis Zita Assmann sich meldete, und sagte dann mit brutaler Offenheit: »Er ist im Jagdhaus, und er hat ziemlich getankt!«

Sie dachte auch nicht im Entferntesten daran, den Alten

taktvoll allein zu lassen. Es gab nur diesen einen Raum, und schließlich hatte man sie hierhergenötigt, mitten in der Nacht, in dieses gottverlassene Jagdhaus. Außerdem hatte sie die beiden Söhne, um die es ging, gewindelt, beaufsichtigt, getröstet, und sie hatte um sie gezittert von dem Moment an, als klar geworden war, in welcher Gefahr sie sich befanden. Sie befürchtete ihren Tod, und sie wollte wissen, was Sache war.

Heinrich Assmann hustete und meldete sich dann mit belegter Stimme. Danach lauschte er nur. Nach einer endlos langen Zeit, wie es Irene erschien, sagte er: »Ja. Ja. Ja, ich werd es veranlassen!«

Danach legte er auf und vergrub das Gesicht in den Händen.

Eine lange Pause entstand.

»Jetzt sag doch endlich, was los ist!«, verlangte Irene.

Der Alte hob wieder den Kopf. Er schien schlagartig ernüchtert und war kalkweiß. »Man hat sie entführt. Irgendwelche Bürgerkriegsrotten um diesen Mkuba. Sie verlangen zehn Millionen Dollar Lösegeld für die beiden!«

»Das ist noch die beste Variante, die man beim Stand der Dinge erwarten durfte«, befand Irene Wuttke und fühlte, wie ihre Anspannung ein wenig nachließ.

»So gut ist die Nachricht auch wieder nicht«, erwiderte der Alte und stemmte sich aus dem Sessel hoch. »Meine Frau behauptet, die Zahlungsfrist sei bereits seit gestern Mittag verstrichen!«

»Aber, warum …«, begann die Wuttke verständnislos, doch Heinrich Assmann schnitt ihr diesmal das Wort ab.

»Weil Victor angeblich die Lösegeldforderung hat verschwinden lassen und stattdessen die Nachricht von einem Raubüberfall in die Welt gesetzt hat!«

»Das gibt es doch nicht!«, sagte Irene Wuttke entsetzt, obwohl sie sich bewusst war, wie sinnlos dieser Kommentar war.

»Doch, Wuttke. Ich fürchte, es ist so. Meine Frau sagt es jedenfalls, und sie würde so etwas nicht behaupten, wenn sie nicht überzeugt davon wäre …« Der Alte ging zur Garderobe, die aus einer Aneinanderreihung von Hirschgeweihen bestand. Er griff nach seinem Anorak und zog ihn über. Dann tappte er an ihr vorbei hinaus in die dunkle Nacht.

»Ich fahre«, kommandierte Irene energisch. »Dein Auto können wir abholen lassen!«

Kurz bevor sie die Landstraße erreichten, sagte der Alte, und er sagte es mehr zu sich selbst als zu seiner Begleiterin: »Vor ein paar Wochen hatte ich Zweifel und Bedenken, ob meine Söhne auch wirklich alle meine Söhne sind. Jetzt würde ich mir wünschen, ich wäre mit keinem von allen dreien verwandt!«

Bevor noch irgendwelche Skrupel es verhindern konnten, sagte Irene Wuttke mit beißender Ironie: »Dann hättest du ja noch immer dein uneheliches Kind!«

82

»Schau dir das an, Georg. Diese Sterne! Ich hatte keine Ahnung davon, wie wunderbar der Sternenhimmel hier in der Wüste zu sehen ist …«

»Das ist nett, aber ich habe anderes zu tun«, erwiderte

Georg und umfuhr im letzten Moment einen Felsbrocken, der aus dem Buschland ragte.

Sie hatten genügend Treibstoff, aber sie kamen nur langsam voran, das war das Problem. Und wenn erst die Sonne kam, würde der Durst, der sie bereits jetzt zu plagen begann, quälend sein.

Ludwig, der das Gleiche gedacht hatte, bedrängte den Bruder erneut: »Bitte, denk noch einmal nach, Georg! Du warst doch früher, während deiner Semesterferien, etliche Monate hier. Gibt es nirgendwo einen Wasserlauf, Brunnen, Oasen oder dergleichen? Oder Dörfer? Wo es Dörfer gibt, muss es auch Wasser geben!«

»Ich sag dir doch, es gibt hier, in weitem Umfeld, nur ein einziges Dorf, das vom Rest der sogenannten Kobrasippe bewohnt wird. Das ist der Stamm, mit dem unsere Vorfahren damals den Vertrag abgeschlossen haben. Das Assmann-Areal ist so groß, dass es schon beinahe ein Staat im Staate ist.«

»Wenn das so ist«, sagte Ludwig, den es noch nie gekümmert hatte, wovon der Reichtum seiner Familie stammte, »dann werden die Afrikaner es uns eines Tages wieder abnehmen.«

»Das hätten sie längst schon getan, wenn das Gebiet in einer anderen Region liegen würde. Nur ist das Land hier so dünn besiedelt, dass diese Gefahr vorerst noch nicht besteht. Aber eben nur *vorerst.* Deshalb hat Victor Vater ja auch bedrängt, das Gebiet nördlich unserer Mine, das bisher ungenutzt lag, endlich zur Diamantenförderung freizugeben. Dass er damit recht hatte, ist mir während der Tage unserer Gefangenschaft klar geworden, denn Leute wie dieser Mkuba werden nicht einfach aufhören mit ihren Umsturzbestrebungen, selbst dann nicht, wenn sie den Konflikt im Nachbarland für sich entscheiden können. Sie werden genau das tun, was sie schon beim Überfall auf uns gemacht haben: Die Grenzen überschreiten. Sich immer weiter auszudehnen versuchen, so lange, bis alles Land ihres sein wird, auch das, was bisher Assmann-Gebiet war. Nur hier wird es keine offizielle Enteignung geben wie in Rhodesien oder in anderen afrikanischen Ländern. Die überrollen uns ganz einfach und werfen uns dann hinaus!«

»Im Prinzip haben sie ja auch recht damit. Die Zeiten der Kolonialisierung sind längst vorüber!«

»Ja. Eindeutig. Man muss auf intelligentere Lösungen setzen, das sag ich Vater schon seit Jahren. Weshalb er übrigens auch *Victor* die Zuständigkeit für die afrikanische Mine übertragen hat.«

Ludwig überging die letzte Anmerkung und griff den ersten Teil von Georgs Ausführungen auf. »Also: *Intelligentere* Ausbeutung?«, fragte er und konnte die Ironie dabei nicht unterdrücken.

»Du hast ja keine Ahnung«, konterte Georg und versuchte, sich nicht über seinen Bruder zu ärgern. »Andere Vereinbarungen, von denen die Afrikaner mehr profitieren, als sie es bisher schon getan haben. Denn dieser Mkuba ist keineswegs ein ›Befreier‹, er ist der Prototyp des *afrikanischen* Ausbeuters. Wenn es diesen Leuten gelänge, hier in N'umba die Oberhand zu gewinnen, dann wäre das, als ob man alles um zweihundert Jahre zurückdrehen würde. Es liefe auf eine Diktatur hinaus – oder eigentlich auf Anarchie. Die würden hier eine Zwangswirtschaft zur Diamantenförderung und Förderung anderer Rohstoffe einrichten, dass den Einheimischen die Augen übergingen. Und jeder, der sich ihnen in den Weg stellte, würde vernichtet werden. Es wäre der Untergang der Kobrasippe und eine Landnahme noch ganz anderer Art als die unsere damals. Immerhin haben wir, für damalige Verhältnisse, sehr ordentlich dafür bezahlt: einen Teil nach Vertragsabschluss und danach viele Jahre noch einen Teil der Erträge. Was leider dazu geführt hat, dass eine große Anzahl der Kobrasippen-Mitglieder ihr Glück anderswo gesucht hat. Sie hatten dadurch ein Anfangskapital für irgendwelche Unternehmungen. Die, die zurückgeblieben sind, waren die ewig Gestrigen, die Mutlosen und die wenig Begabten.«

»*Glaubst* du das nur, oder hast du dafür Beweise?«

»Ich interessiere mich schon sehr lange dafür und habe mir die Kenntnisse verschafft. Der deutlichste Beweis ist der zahlenmäßige Rückgang der Kobrasippe. Die meisten von ihnen leben heutzutage im Kobradorf äußerst bescheiden und zum überwiegenden Teil indirekt von der Assmann-Mine, obwohl sie nicht dort arbeiten; unsere Arbeiter wohnen im Minendorf. Nur ganz wenige haben ihre alte Lebensform noch beibehalten, denn früher zogen die Stammesleute als Nomaden durchs Land.«

»Die Frage ist, ob es nicht besser für sie gewesen wäre, wenn die Mine erst gar nicht entstanden und dadurch der Lebensraum der Leute nicht verändert worden wäre!«

»Das ist die alte Frage, ob Fortschritt grundsätzlich als etwas Böses betrachtet werden muss. Die Antwort ist, dass er nicht aufzuhalten ist. Dieselben Umstände wären eingetreten, nur eben ein wenig später und, wie schon bemerkt, nicht unbedingt zu besseren Bedingungen.«

»Immerhin haben wir Assmanns ein immenses Vermögen damit gemacht.«

»Stimmt. Aber in N'gwina gibt es ein modernes Krankenhaus, in das – mit Assmann-Hubschraubern übrigens – oft auch Leute vom Kobrastamm geflogen werden, wenn es nicht ausreicht, sie im Minenhospital zu behandeln. Es gibt in der Hauptstadt Schulen und Sportstätten, und die Mine hat viele Arbeitsplätze geschaffen für Menschen, die nicht wie ihre Vorfahren durch Buschland und Wüsten ziehen wollen, sondern an den sogenannten Segnungen der Zivilisation teilnehmen möchten. Ich weiß, dass es wie eine Entschuldigung klingt, aber ich bin davon überzeugt, dass dies alles nicht möglich wäre ohne ein Engagement der Assmanns in U'Kanga.«

»Tatsache bleibt, dass es eigentlich das Land der Afrikaner ist und nicht das unsere.«

Georg nickte und schaltete einen Gang höher. »Das ist eine Tatsache, daran besteht kein Zweifel.«

»Aber es gehört doch *uns*, Georg!«

»Nein, das tut es nicht«, widersprach Georg und musste sich nun doch wundern über die Naivität und Ignoranz seines Bruders. »Unser Vorfahre Adam Assmann hat damals Schürfrechte auf neunundneunzig Jahre von dem Kobrahäuptling erworben sowie das verbriefte Recht, dass das Land während dieses Zeitraums nicht anderweitig genutzt werden darf. Dieser Vertrag läuft von jetzt an noch weitere acht Jahre, danach müssen wir das Land wieder zurückgeben.«

»Ich dachte, Assmann-Edelsteine ist hundert Jahre alt?«, fragte Ludwig erstaunt.

»Das ist richtig, denn die Edelsteinschleiferei in Idar-Oberstein gab es schon, bevor unser Vorfahre den *N'guru u Kuru* oder den *Assmann-Jupiter* gefunden und die Vereinbarung mit dem Kobrastamm getroffen hat. Und wir waren auch damals schon ganz schön wohlhabend, denn sonst hätten wir es nicht geschafft …«

»Vorsicht«, schrie Ludwig, doch es war zu spät.

Es war das eingetreten, was Georg insgeheim die ganze Zeit befürchtet hatte, vor allem am Anfang der Fahrt, als sie nur das Licht des Monds als Wegweiser gehabt hatten. Schon vor Stunden hatten sie sich entschlossen, das Fahrzeuglicht nun doch einzuschalten, aber auch dieses war nicht ausreichend gewesen, um ihnen deutlich zu machen, dass sie sich bisher auf einer Art Plateau bewegt hatten, das hier abrupt abbrach.

Der schwere Wagen fuhr ins Nichts und kippte ungebremst nach vorn.

Ludwig faltete im Reflex die Arme über der Brust und vertraute auf den Gurt, den sie angelegt hatten.

Georg stemmte die Arme gegen das Steuerrad und hoffte inständig, dass es ihm dadurch nicht den Brustkorb eindrücken würde.

Doch der Wagen überschlug sich und fiel mit einem gewaltigen Schlag etwa drei Meter tiefer aufs Dach.

»Die Spritkanister«, schrie Ludwig in panischer Angst. »Wir müssen hier raus!«

Georg versuchte, den Gurt aufzuklinken, doch irgendwie hatte sich dieser verklemmt. Während er noch nervös daran herumfingerte, hörte er, wie Ludwig die Tür aufstieß und herauskletterte.

Kurz darauf gelang es ihm endlich, den Gurt zu lösen. Er öffnete die Tür auf der Fahrerseite, was Gott sei Dank mühelos ging. Danach aber verlor er das Bewusstsein und wachte erst wieder auf, als er Ludwigs Stimme dicht über sich hörte. »Georg, sag doch was, Georg!«

»Mir … ist … so schwindlig«, murmelte Georg und versuchte, sich auf die andere Seite zu drehen, doch etwas stach ihn scharf in die Wange. Er fuhr hoch und schaute verwirrt um sich. Dann sah er im Mondlicht den Wagen, der in dieser Position aussah wie ein riesiger Käfer, der auf dem Rücken lag, und es fiel ihm wieder ein, was passiert war.

»Hilf mir«, bat er den Bruder, und Ludwig hievte ihn hoch. Als er sich auf sein linkes Bein stellte, knickte er ein und schrie laut auf. »Ich hab mir den Knöchel verstaucht«, quetschte er hervor und stöhnte. »Vielleicht auch gebrochen …«

»Stütz dich auf mich! Wir sollten ein Stück von hier weggehen, bevor womöglich der Treibstoff explodiert«, drängte Ludwig und legte Georg den Arm um die Schulter.

Sie stolperten mehr, als sie gingen, doch in einiger Entfernung erreichten sie eine Bodenmulde, in die sie sich setzten.

Georg betastete vorsichtig den lädierten Knöchel.

Ludwig schaute ihm dabei zu und dachte, dass dies das Ende war: Sie hatten kein Fahrzeug mehr, kein Wasser, keine Nahrung, und mit Georgs verstauchtem oder gar gebrochenem Knöchel konnten sie auch zu Fuß nicht weiter. Beinahe hätte er laut gelacht über die Ironie seines Schicksals: Da hatte er, vor wenigen Tagen noch, den Tod im Wasser gesucht und würde ihn nun hier finden, in der Wüste, wo er sicher verdurstete.

Georg hatte sich gegen einen Felsbrocken gelehnt und den beschädigten Fuß so gelagert, dass er am wenigsten schmerzte. Er starrte angestrengt auf das angezogene Knie des gesunden Beins. »Es gibt noch eine einzige Chance«, sagte er nach einiger Zeit. »Allerdings könnte es auch zu einem Bumerang für uns werden!«

»Dann lass es uns versuchen«, sagte Ludwig sofort, um sich gleich danach über sich zu wundern. Ich hab es ja gewusst, dachte er dann, nicht ohne Selbstironie. Wenn man sich gestattet, die Hoffnung zuzulassen, wird man ihr Sklave: Er wollte weiterleben, bemerkte er jetzt erstaunt. Er wollte es mehr, als er es sich je zuvor hätte vorstellen können. Er wollte sein Musical auf einer Bühne sehen.

83

Victor inspizierte die neuen Abbaustellen im Norden.

»Die Ausbeute ist vielversprechend«, berichtete der Vorarbeiter, der etwa ein Dutzend Männer beaufsichtigte, die mit kleinen, harten Besen die Gesteinsbrocken abfegten.

Hier, im ehemaligen Flussbett des Saleb, wo noch nie nach Diamanten gesucht worden war, konnten sogar an der Erdoberfläche größere Exemplare gefunden werden. Diese Art und Weise der Förderung war mühsam und immer noch Handarbeit, die den bewährtesten und verlässlichsten Arbeitern der Mine vorbehalten war.

Weiter hinten, im Delta des ausgetrockneten Flusses, waren große Schaufelbagger dabei, die Erde umzupflügen, damit sie weiter untersucht werden konnte.

Victor schaute auf seine Armbanduhr. Es war neun Uhr am Morgen, und es war nicht mehr länger möglich, einer Aussprache mit seiner Mutter auszuweichen.

Er schlenderte zum Hubschrauber und wappnete sich innerlich noch einmal mit all den verlogenen Argumenten, die er sich inzwischen überlegt hatte. Dann schwang er sich in den Helikopter und startete das Fluggerät.

Wäre er nicht so angespannt gewesen, hätte er den Flug genossen, zumal der Morgen ganz besonders schön war. Das Licht an diesem Tag war hell und sonderbar fluoreszierend. Er würde Sally nach dieser Erscheinung fragen, das er noch nie beobachtet hatte. Sicher hatte es eine meteorologische Bedeutung, die die Angehörigen des Kobrastamms kannten, denn solche Kenntnisse waren früher sicher lebensnotwendig gewesen, als der Stamm noch durchs Land gezogen war.

Er war knapp eine halbe Stunde unterwegs, als östlich von seiner Flugroute eine schwarze Rauchsäule seine Aufmerksamkeit erregte. Die Stelle lag tief im Assmann-Gebiet, und eigentlich hatte hier niemand etwas zu suchen.

Die Sache kam ihm höchst sonderbar vor, denn die wenigen noch in diesem Gebiet befindlichen Nomaden würden niemals ein Feuer solchen Ausmaßes entzünden, dessen war er sich sicher.

Victor warf einen Blick auf die Treibstoffanzeige und sah, dass er sich den Umweg gestatten konnte. Es war besser, sich Gewissheit zu verschaffen, denn sollten die Bürgerkriegsrebellen so weit vorgedrungen sein, wäre er nun doch gezwungen, die Regierung von N'umba davon in Kenntnis zu setzen.

Die Assmanns hatten die Schürfrechte, die Landesverteidigung aber war nicht ihre Aufgabe. Und wenn es tatsächlich so sein sollte, war es auch an der Zeit, zu handeln und den Rebellen ihre Grenzen aufzuzeigen, im Sinne des Wortes. Es würde vorübergehend zwar den Abbau im Norden stören, mittel- und langfristig gesehen aber war die Verdrängung der Rebellen eine unabdingbare Notwendigkeit.

Und vielleicht ist es ja ganz hilfreich, wenn es jetzt zu einem solchen Konflikt kommt, dachte Victor kühl. Zwangsläufig wird sich Papa als Konzernchef mit der Geschichte auseinandersetzen müssen – und er wird mich vor Ort dazu benötigen.

Je näher er kam, desto dichter und schwärzer wurde der Qualm.

Er blieb zuerst in großer Höhe, um vor Maschinengewehrschüssen sicher zu sein, und umflog dann die Wolke in einem größeren Radius im Sinkflug, wobei er erkannte, dass es ein einzelnes Gefährt war, das dort unten in Flammen aufgegangen war.

Victor ging noch ein wenig tiefer und erkannte zwei Männer, die die Hände erhoben hatten und wild gestikulierten. Einer davon schien verletzt zu sein, denn er stützte sich auf den anderen. Ein weiteres Fahrzeug oder andere Personen waren nirgendwo auszumachen. Und Maschinengewehre hatten sie keine bei sich, zumindest nicht in Reichweite, so viel war zu erkennen.

Victor zog den Helikopter noch weiter herunter, obwohl er sich jetzt bereits in gefährlicher Distanz befand, denn auch ein gut gezielter Pistolenschuss konnte aus dieser Entfernung noch prekäre Folgen haben.

Dann aber sah er, um wen es sich handelte.

Alles, was daraufhin folgte, geschah nahezu automatisch.

Victor landete und holte seine eigene Maschinenpistole hervor, die er seit den Vorfällen mit Joe stets bei sich führte. Er öffnete die Tür des Helikopters, duckte sich unter den Rotorblättern hinweg und ging mit gezückter Pistole auf seine Brüder zu.

Es war kein Überlegen dabei, keine Skrupel und keinerlei Zögern.

Er war entschlossen zu tun, was getan werden musste.

Georg hatte, schon als das Fluggerät sich noch in relativ großer Höhe befand, die typischen Assmann-Farben erkannt. Er hoffte darauf, dass es sich um Piloten handle, die zwischen den verschiedenen Abbaustellen der nördlichen Territorien pendelten, um Geräte, Verpflegung oder Botschaften dorthin zu bringen.

Genau deren Aufmerksamkeit zu erregen war sein verzweifelter, letzter Versuch gewesen, die Flucht doch noch zu einem guten Ende zu bringen, weshalb er auch bis zum Morgen damit gewartet hatte, den Unimog mit den restlichen Spritkanistern anzuzünden.

»Die Wahrscheinlichkeit, dass wir damit unsere Entführer auf uns aufmerksam machen, ist mindestens genauso groß«, hatte Ludwig eingewandt, was natürlich stimmte.

»Hast du eine bessere Idee?«

»Nein«, musste Ludwig beipflichten.

Dass sie Victor damit angelockt hatten, den Mann, der an ihrem Tod das allergrößte Interesse haben musste, war nicht vorherzusehen gewesen.

»Immerhin werden wir nicht verdursten«, sagte Ludwig in dem Moment, in dem Victor die Waffe gegen sie richtete. Er sagte es wie ein Mann, und er fühlte keinerlei Angst dabei. Georg hatte recht behalten: Es war anders als auf der Klippe, wo er von Verzweiflung und Hoffnungslosigkeit getrieben gewesen war. Jetzt war er gefasst, und er wusste, ja, er *wusste* es mit klarer Gewissheit, dass doch etwas von ihm bleiben würde. Qualität blieb Qualität, und eines Tages würde es jemand bemerken, auch wenn es nicht Gönnermann war.

»Du tust mir leid, Victor«, sagte Georg. Er sagte es ruhig und verächtlich, und er machte sich nicht die Mühe, noch in irgendeiner Weise zu bitten oder zu appellieren. Der Bruder hatte sich viel zu weit auf dem Weg des Bösen fortbewegt, um noch an eine Umkehr denken zu können.

Victor hörte es, aber er ersparte sich eine Antwort und ging weiter auf die beiden zu, denn er war noch nicht so nahe, wie er es zum Schießen für notwendig hielt. Doch die Absicht, die er so rasch wie möglich in die Tat umsetzen wollte, machte ihn unvorsichtig. Er achtete nicht mehr darauf, wohin er die Füße setzte, und unvermittelt stolperte er über eine vorstehende Wurzel. Er versuchte, den Sturz abzufangen, doch es gelang ihm nicht mehr. Immerhin hielt er die Pistole fest umklammert, als er zu Boden fiel. Gleich danach spürte er die Kälte in seinem Nacken, die sich über den ganzen Rücken ausbreitete.

Der Sturz wird die Sache nur um wenige Augenblicke verzögern, dachte Georg nüchtern. Zu versuchen, dem Bruder die Pistole zu entwinden, war ein hoffnungsloses Unterfangen, ganz abgesehen davon, dass er nicht einmal auftreten, geschweige denn gehen konnte. Ludwig wiederum wäre rein körperlich nicht in der Lage, sich Victor gegenüber zu behaupten, auch nicht, wenn dieser unbewaffnet gewesen wäre.

Tatsächlich rappelte sich Victor bereits wieder auf, wobei er unentwegt die Pistole auf die beiden Brüder richtete.

Plötzlich aber schrie er auf.

Die Pistole fiel ihm aus der Hand, als er sich, noch immer laut schreiend, an die Augen fasste und wild daran rieb.

Georg und Ludwig sahen sie beide.

Sie stand, auch noch nach der Attacke, hoch aufgerichtet und bewegte erregt ihren Kopf. Es war ein schönes Tier, perfekt in seiner Art: knapp eineinhalb Meter lang, kräftig gebaut, der Kopf kaum vom Leib abgesetzt, die Augen erstaunlich groß und mit runden Pupillen. Die glänzende schwarze Bauchseite war im Halsbereich mit zwei auffälligen weißen Querbinden verziert.

Sie blieben regungslos stehen, während Victor sich zusammenkrümmte.

Unvermittelt war das Tier wieder verschwunden, so rasch und lautlos, wie es gekommen war.

»Eine Speikobra«, sagte Georg leise. »Die Zeichnung war typisch!«

»Und was wird jetzt mit ihm?«

»Das Gift ist sehr stark. Ich nehme an, er wird sterben«, erwiderte Georg und dachte, dass sie alle dies tun würden, und zwar schon sehr bald. Die Sonne stand gnadenlos am Himmel, sie hatten keine Möglichkeit, sich dagegen zu schützen, und sie hatten weder Wasser noch Nahrung.

»Der Hubschrauber«, fiel Ludwig ein, doch Georg winkte nur ab: »Ich kann das Ding nicht bedienen. Ich war immer nur Passagier.«

»Du könntest es zumindest versuchen!«

»Das werd ich natürlich, aber ich bin ziemlich sicher, es wird nicht klappen!«

»Du warst es doch, der zu mir gesagt hat, man gibt nicht auf, solange noch ein Fünkchen Hoffnung besteht …«

»So ist es, Ludwig«, sagte Georg und bückte sich nach der Metallstange, die sie aus dem Unimog geholt hatten, bevor sie ihn anzündeten. Er klopfte damit mehrmals auf den Erdboden und wandte sich dann an den Bruder: »Hol die Pistole, Ludwig! Besser wir haben sie, als dass sie noch länger in der Nähe von Victor ist.«

Ludwig warf einen wägenden Blick auf die Waffe. Sie lag etwa dort, wo sich vor Kurzem noch die Kobra geringelt hatte.

»Die Schlange wird nicht wiederkommen. Speikobras werden nur dann aggressiv, wenn sie sich angegriffen fühlen. Er muss irgendwie auf sie gefallen sein.«

Ludwig nickte und ging das kleine Stück bis zur Pistole. Er sah Victor an, der jetzt regungslos und sonderbar verrenkt auf dem sandigen Boden mit den zähen, scharfkantigen Buschpflanzen lag. Dann bückte er sich und hob die Waffe auf. Er verstand nichts davon und trug sie deshalb mit weit abgespreiztem Arm bis zu Georg, der sich auf den Boden gesetzt hatte und seinen verletzten Fuß betrachtete. Der Bereich um den linken Knöchel war dunkel verfärbt und dick angeschwollen.

Das sieht sehr übel aus, dachte Ludwig.

Er blickte hinüber zum Hubschrauber. »Ich werd das Ding jetzt mal durchsuchen«, sagte er dann entschlossen. »Vielleicht hat er Verbandsmaterial dabei oder wenigstens Wasser!«

»Oder sein Satellitentelefon«, sagte Georg, und eine letzte Hoffnung regte sich. »Normalerweise schleppt er das doch mit sich herum. Und nimm das Ding hier mit! Immer fest damit auf den Boden klopfen, das vertreibt sie, falls hier noch weitere Schlangen sein sollten!«

Ludwig nickte.

Als er an Victor vorüberkam, blieb er stehen und versuchte festzustellen, ob er noch atmete. Es schien nicht der Fall zu sein.

Er ging weiter, so wie Georg es von ihm verlangt hatte, und kletterte schließlich in den Hubschrauber.

Er fand nichts, was ihnen hätte nützlich sein können.

Vom Pilotensitz aus sah er, dass das Feuer alles Brennbare verzehrt hatte und langsam in sich zusammensank. Als er zu Georg zurückkam, fiel ihm ein sonderbar helles Licht auf, das über der Halbwüste lag und sogar zu fluoreszieren schien. Er machte den Bruder darauf aufmerksam, der aber hatte es inzwischen selbst schon bemerkt. »Was bedeutet das, Georg?«

»Keine Ahnung. Ich hab so etwas noch nie gesehen, auch nicht in der Zeit, in der ich damals in unserer Mine gearbeitet habe.«

Bald werden wir dir nachfolgen, dachte Georg und schaute hinüber zu Victor, der die geheimnisvolle Schwelle wohl bereits überschritten hatte. Denn er machte sich keine Illusionen über ihre Lage. Sicher, sie würden den Hubschrauber suchen, aber vor dem nächsten Tag würden sie kaum damit beginnen, und das infrage kommende Gebiet war riesig.

Das Feuer hatte außer Victor offenbar niemand bemerkt; auch nicht ihre Entführer, sofern diese überhaupt in der Lage gewesen waren, ihre Verfolgung aufzunehmen.

84

Natürlich hatten sie in N'gwina keine zehn Millionen Dollar zur Hand.

»Sie brauchen mindestens vierundzwanzig Stunden, um das Geld zu beschaffen«, erklärte Zita Assmann erschöpft, nachdem sie mit dem Innenminister des Landes telefoniert hatte, der zugleich Präsident der Staatsbank N'umbas war.

Noch weitere vierundzwanzig Stunden, und sie sind mit Sicherheit tot, dachte Petra, aber mit Rücksicht auf Georgs Mutter sprach sie es nicht aus.

Erst einmal müssen sie Victor dazu bringen, zuzugeben, dass es die Lösegeldforderung überhaupt gibt, dachte Sally. Und wohin das Geld gebracht werden sollte, denn das wusste auch sie nicht. Das zweite Fax, und sie war sicher, dass es ein solches gegeben hatte, hatte Victor an sich genommen, bevor sie es sehen oder lesen konnte.

Kurz vor zehn Uhr befiel Zita Assmann eine starke nervöse Unruhe.

Sie versuchte, die diffusen Gefühle niederzuringen, doch es war ihr nicht möglich. Schließlich ging sie hinüber zu Petras Apartment. »Es ist etwas passiert«, meinte sie, als die junge Frau ihr geöffnet hatte, obwohl sie genau dies nicht hatte sagen wollen.

»Wer sagt das?«

»Niemand. Ich spüre es, Petra! Es ist …« Weiter kam sie allerdings nicht.

Ein dumpfes Grollen war zu vernehmen.

Im ersten Moment dachte Petra an ein Gewitter, dann

allerdings sah sie die Vorhänge im Bungalow, die sich hin- und herbewegten, ohne dass es irgendwo einen Luftzug gegeben hätte. Die Gläser im Geschirrschrank klirrten aneinander, und der Leuchter über dem Couchtisch begann zu schwanken.

»Ein Erdbeben«, rief Petra entsetzt und starrte fassungslos auf den Riss im Beton der Apartmentmauer, der sich plötzlich aufgetan hatte und ständig vergrößerte.

»Unter den Tisch«, schrie Zita, ging auf die Knie und kroch unter den Esstisch aus stabilem Teakholz.

Das Grollen verstärkte sich. Die grelle Helligkeit des afrikanischen Vormittags verblasste und wich einem bleifarbenen Zwielicht.

Dem ersten, vergleichsweise noch milden Erdstoß folgten noch zwei weitere, stärkere, die den Bungalow erbarmungslos durchschüttelten. Die Risse wurden breiter, doch das kleine Gebäude hielt der Naturgewalt stand.

Die beiden Frauen hockten zusammengekauert in ihrem behelfsmäßigen Unterstand und hielten sich an den Händen.

Als nach dem letzten, gewaltigen Stoß lange Zeit nichts passierte, hoffte Petra, dass es vorüber war.

Sie kroch hervor und musterte die Schäden.

»Ich glaube, es ist überstanden«, sagte sie, während auch Zita hervorkroch.

Doch anstelle des Grollens war bald ein Pfeifen zu vernehmen, das sich sekündlich verstärkte. Der Wind, der den Sand der Wüste wie kleine Geschosse gegen die Fensterscheiben prallen ließ, wurde zunehmend stärker. Bald waren die Scheiben blind und undurchsichtig davon geworden, und es war nicht mehr möglich, die Tür zu öffnen.

Sie tranken Wasser, zu essen fanden sie im Gästeapartment nichts außer einer Tüte mit gesalzenen Erdnüssen.

Der Sandsturm dauerte drei volle Tage, und die Schäden, die er im Assmann-Areal anrichtete, beliefen sich auf zweiundzwanzig Millionen Dollar.

85

Alice Assmann hatte einen Hähnchenschlegel angebraten und ihn danach, zusammen mit verschiedenen Gemüsen, langsam gedünstet.

Sie aß das schmackhafte Gericht in der Küche. Aus der Stereoanlage erklang der langsame Satz von Chopins erstem Klavierkonzert.

Seit sie schwanger war, achtete sie noch mehr als sonst auf gesunde Kost, ebenso wie auf gute Tischsitten und die Musik, die sie hörte. In den Büchern, die sie gelesen hatte, die sich mit der Entwicklung eines Embryos beschäftigten, war sie darauf aufmerksam gemacht worden, dass all dies Auswirkungen auf das neue Leben hatte, das in ihr heranwuchs.

Sie war beinahe fertig mit ihrer Mahlzeit, als es an der Haustür klingelte.

Alice war erstaunt. Es war ungewohnt, dass jemand ohne telefonische Voranmeldung einfach ins Haus schneite, zumal es beinahe zwanzig Uhr war.

Sie griff nach der Fernbedienung und kontrollierte über den Küchenmonitor den Eingangsbereich.

Es war Frau Wuttke.

Seit dem Vorfall mit dem Tresor hatten sie keinen Kontakt mehr gehabt, und außerdem war ihre Beziehung zu Irene Wuttke flüchtig und auf die wenigen Gelegenheiten beschränkt, zu denen Alice in der Firma gewesen war.

Als sie die Tür geöffnet und einen Blick in das Gesicht der Vertrauten ihres Schwiegervaters geworfen hatte, wusste Alice sofort, dass etwas passiert sein musste.

Sie wusste es auch deshalb, weil Irene allein erschienen war. Alice war naiv und ein wenig weltfremd, dumm aber war sie keineswegs.

Wenn ihr Schwiegervater Irene Wuttke vorschickte, musste es sich um etwas wirklich Schlimmes handeln.

»Guten Abend, Frau Assmann«, sagte Irene. Sie war blass und wirkte sonderbar gealtert.

»Ist etwas mit Victor?«, fragte Alice und wusste bereits, dass dem so war, bevor Irene stumm nickte.

»Dann sagen Sie's mir«, verlangte Alice und war selbst erstaunt über die Festigkeit ihrer Stimme.

»Er ist vermutlich tot«, erklärte Irene Wuttke sonderbar nüchtern.

Alice starrte sie an und versuchte, das Ungeheuerliche zu begreifen.

»Er ist...«, sagte die Wuttke und versuchte das, was sie wusste, vorsichtig zu umschreiben. »Er ist... *in einen Sandsturm geraten* und, wie man annehmen muss, dabei mit dem Hubschrauber abgestürzt. Schon vor vier Tagen.«

»Das ist ja... unglaublich!«, schrie Alice auf. »Und da kommen Sie jetzt, nach *vier Tagen,* und teilen mir's gnädig auch mit. Mir, seiner Ehefrau, die ich sein Kind erwarte!«

»Ihre Schwiegermutter hat uns gebeten, Ihnen erst dann Bescheid zu sagen, wenn es wirklich keinerlei Hoffnung mehr gibt…«

Alice presste unwillkürlich die Hand auf die Brust, denn sie hatte das Gefühl, ihr heftig pochendes Herz würde sonst ihren Körper verlassen.

»Kommen Sie, Alice, setzen Sie sich«, sagte Irene Wuttke, schob ihren Arm unter den der jungen Frau und zog sie ins Wohnzimmer.

Alice folgte ihr, denn das Hämmern ihres Herzens wurde immer rascher und bedrohlicher. Fast schon hatte sie einen der Polstersessel erreicht, als sich der Granitboden in einen weiß-schwarz gesprenkelten Pudding zu verwandeln schien, in dem sie langsam versank.

Irene Wuttke gelang es nicht mehr, Alice zu halten. Wie ein schwerer Gummisack hing sie an ihrem Arm und rutschte langsam an ihr herunter. Immerhin konnte Irene es vermeiden, dass Victors Frau mit dem Kopf auf dem Steinboden aufschlug.

Irene packte die Ohnmächtige unter den Armen und zog sie ein Stück weit, bis sie auf dem dicken afghanischen Teppich lag. Sie richtete sich wieder auf und seufzte laut, bevor sie ihr Handy hervorholte, die Notrufnummer tippte und nach einem Notarzt verlangte.

Dann setzte sie sich in den nächststehenden schwarzen Sessel und dachte über die Assmann-Welt nach, die so lange in Ordnung gewesen war und nun aus einem einzigen Scherbenhaufen bestand.

Sie hatte vermieden, es dieser armen schwangeren Frau auch noch mitzuteilen, aber mit großer Wahrscheinlichkeit waren auch Victors Brüder nicht mehr am Leben.

In den frühen Morgenstunden des Erdbeben- und Sandsturmtags nämlich hatten die Regierungstruppen des Nachbarlands – mithilfe ihrer ausländischen Verbündeten – einen Luftangriff auf das Basislager der Rebellen durchgeführt.

Irene hatte Kontakt mit dem Außenministerium aufgenommen und um weitere Informationen gebeten.

Der Alte war bereits nach den ersten Nachrichten in sein Jagdhaus verschwunden, ging an kein Telefon und weigerte sich, wem auch immer, die Tür zu öffnen, sogar Irene, als sie versucht hatte, ihn aufzusuchen, nachdem das Außenamt sich am Tag zuvor gemeldet hatte.

Man machte der Familie Assmann keine Hoffnung auf ein Überleben der beiden Söhne Georg und Ludwig: Wer im Basislager der Rebellen nicht von den Bomben der Angreifer getötet worden war, hatte sein Ende im Sandsturm gefunden. Alles, was sich am Tag zuvor noch in diesem Areal befunden hatte, war, wie man inzwischen ergründet hatte, verschwunden, unter neu entstandenen Dünen begraben: Menschen, die Reste der Zeltstadt und sämtliche Fahrzeuge.

Zita Assmann und ihre Beinaheschwiegertochter aber befanden sich immer noch in den Trümmern der afrikanischen Mine, weil sie sich beide weigerten, das Offensichtliche als die Realität anzuerkennen.

86

Die knapp tausend Arbeiter der Assmann-Mine waren geübt darin, mit den Folgen von Sandstürmen umzugehen.

Auch Erdbeben waren Lebensumstände, welche man in dieser afrikanischen Region immer wieder erdulden und bewältigen musste. Ein Beben dieser Art jedoch – man hatte 7,8 auf der Richter-Skala gemessen – war noch nie da gewesen.

Alle betonierten Gebäude im Minenareal waren zwar beschädigt, hatten aber weitgehend den Naturgewalten standgehalten.

Die Bürocontainer aus Hartplastik aber waren völlig zerstört und ihre Bestandteile vom orkanartigen Sandsturm auf dem gesamten Gelände verteilt worden.

Die riesige Steinmühle war nur noch zur Hälfte vorhanden, Baumaschinen waren beschädigt worden und in teilweise meterbreite Erdspalten gekippt oder ganz darin verschwunden.

Das gesamte Minengelände machte den Eindruck eines riesigen Schlachtfelds, und ähnliche Zustände herrschten auch an den verschiedenen Abbauplätzen.

Zita und Petra verbrachten die Tage in Petras Teil des Bungalows, der weniger Schäden aufwies als der Zitas, wo ein Stück der westlichen Stirnwand herausgebrochen war.

Petra saß lange Stunden in einem der Rattansessel, Zita auf dem Ledersofa. Beide starrten sie auf den Boden, an die Wand oder auf die Reste der trüb gewordenen Fensterscheiben und warteten.

Warteten darauf, dass Georg und Ludwig durch die Tür treten und ihnen mitteilen würden, sie hätten alles überlebt, irgendwie. Es war ein Wunderglaube, und sie wussten es beide, aber sie klammerten sich daran fest.

Auf Victor wartete niemand mehr wirklich, nicht einmal seine Mutter. Sein Tod war mit Sicherheit eingetreten, wie man ihr erklärte. Der Sandsturm war ohne jede Vorwarnung gekommen, und nach den Flugdaten musste er sich noch in der Luft befunden haben, als er eingesetzt hatte. Er war irgendwo abgestürzt, und der Helikopter war wohl ebenso unter den Sandbergen verschwunden wie so vieles, was man vermisste.

Die beiden Frauen aßen kaum, tranken nur hin und wieder Wasser, das man ihnen aus der Kantine, die nach erstaunlich kurzer Zeit wieder zu arbeiten begonnen hatte, zusammen mit den Speisen zukommen ließ.

Sally Ugoru war ihre Verbindung zur Außenwelt und ihr Mädchen für alles. Die Schwarze schien einen siebten Sinn für ihre Bedürfnisse zu haben.

Zita telefonierte über das Satellitentelefon in der Mine täglich mit Deutschland. Ihren Ehemann erreichte sie nur das erste Mal, danach war er wohl wieder einmal in sein Refugium im Taunus geflüchtet, wie er es immer tat, wenn ihm nicht mehr einfiel, wie er den Dingen begegnen sollte.

»Alice ist sehr tapfer«, berichtete Irene Wuttke, nachdem sie ihrer undankbaren Aufgabe nachgekommen war, Botin der Katastrophe zu sein.

»Es hat keinen Sinn mehr, länger zu bleiben«, sagte Petra schließlich, nachdem zehn weitere Tage des Wartens vergangen waren.

Sie war inzwischen mehrmals mit den Hilfs- und Suchdiensten hinaus in die Wüste gefahren, um sich selbst ein Bild von der Situation zu verschaffen, und sie hatte mit den englischsprachigen Helfern gesprochen.

»Es nutzt nichts, sich an eine Illusion zu klammern. Wir müssen den Tatsachen endlich ins Auge sehen, Zita!«

»Ja. Du hast recht«, erwiderte Zita und wünschte sich, sie hätte weinen können. Sie war eine Mutter, die an einem Tag drei Söhne verloren hatte, aber sie war nicht in der Lage, auch nur eine einzige Träne zu vergießen. Alle Tränen, zu denen sie fähig gewesen wäre, schienen zu einem riesigen Klumpen aus Eis erstarrt zu sein. Einem Eisbrocken, der sie frieren ließ, obwohl die Temperaturen weit über dreißig Grad lagen; nicht nur im freien Gelände, sondern auch in den Gebäuden. Denn auch die Klimaanlagen waren zerstört worden.

Petra hingegen weinte oft und viel, jede Nacht, und manchmal mitten in einem Satz, den sie sagte.

Georg war ihr noch so unglaublich gegenwärtig.

Manchmal hätte sie schwören können, seine Stimme gehört oder seine Gestalt gesehen zu haben; einmal war sie deswegen sogar wie eine Verrückte quer über den Minenhof gerannt, nur um feststellen zu müssen, dass ihr wieder einmal das verzweifelte Wünschen einen Streich gespielt hatte.

Wenn es für die beiden Frauen einen Halt in dieser Situation gab, dann war es Eric Sontheimer. Obwohl der Mann aus Namibia von den Aufräumungs- und Instandsetzungsarbeiten stark gefordert war, fand er mehrmals täglich die Zeit, nach Zita und Petra zu sehen.

Als sie sich entschlossen, nach Deutschland zurückzureisen, bestand er darauf, sie bis zum Flughafen U'Kanga zu begleiten.

»Glücklicherweise sind die Hubschrauber unbeschädigt geblieben«, sagte er, als sie über das unbewohnte Land flogen, das aussah, als ob es die Katastrophe nie gegeben hätte. »Sie standen an diesem Tag zufällig alle im betonierten Hangar!«

Ja. Bis auf den, den Victor benutzt hat, dachte Zita Assmann, aber sie sprach es nicht aus. Ihr Sohn Victor, dies war ihr bewusst, würde für den Rest ihrer Lebenszeit hauptsächlich *ihr* Problem bleiben. Vielleicht einige Zeit noch das von Alice, aber Alice war jung und würde irgendwann einmal wieder eine neue Partnerschaft eingehen. Eine neue Ehe schließen, die bewirken würde, dass sie in abgemilderter Form an ihren ersten Ehemann dachte. Vielleicht würde sie auch in dem Sohn, den sie erwartete, Trost finden und in ihm die liebenswerten Eigenschaften von Victor wiedererkennen.

Heinrich dagegen würde jeden Gedanken an diesen Sohn verdrängen.

Georg aber, ja sogar Ludwig würden in seiner Erinnerung eine Bedeutung erlangen, die sie zu Lebzeiten in dieser Weise nicht gehabt hatten. O ja. Genau so würde sich Heinrich verhalten. Er hatte schon immer dazu geneigt, sich die Dinge passend zu machen.

Eine Mutter aber hatte diese Möglichkeit nicht.

Die Freude an diesem vielfach begabten Sohn Victor würde ebenso in ihrer Erinnerung bleiben wie das Entsetzen über die bösartigen, ja, verbrecherischen Züge, die er in seinen letzten Lebenswochen entwickelt hatte. Und die nie zu beantwortende Frage des Warum.

Warum überhaupt war es zu einer solchen Verkettung von schrecklichen Ereignissen gekommen, einer derartigen Eskalation des Unglücks?

Und was war ihre eigene Beteiligung an all diesen Geschehnissen?

Heinrichs Antworten auf diese Fragen waren jetzt schon klar, noch ehe sie darüber gesprochen hatten.

Er würde alles im Zusammenhang mit dem *N'guru u Kuru*, dem *Assmann-Jupiter* sehen. Und der Prophezeiung, die sich damit erfüllt hatte.

Zita spürte die warme Hand Petras, die sich um ihre Rechte legte, und empfand die Berührung als ungemein tröstend.

»Sie werden einen ruhigen Flug nach Deutschland haben«, erklärte der Pilot, der vom Tower in U'Kanga die Wetterprognose erfragt hatte.

Das Wetter ist mir vollkommen egal, dachte Zita und schloss die Augen.

Es ist mir alles egal.

Denn was bleibt eigentlich noch, für das sich zu leben lohnt, nach solchen Verlusten?

Petra hingegen starrte hinaus durchs Fenster und verabschiedete sich von dem Land, das all ihre Hoffnungen in sich begraben hatte.

Nie wieder werde ich hierherkommen, schwor sie sich und versuchte, das alberne Gefühl zu bekämpfen, dass irgendwelche überirdischen Kräfte, die über diesem Territorium lagen, sich gegen die Assmann-Brüder verschworen hatten.

Später, als sie in der großen Maschine nach Frankfurt saßen, wurde ihr bewusst, dass sie, wenn sie nach Hause zurückkehrte, vor dem großen Nichts stehen würde. Sie hatte ihren Lebenspartner verloren, die geplante Zukunft war nicht mehr möglich, sie hatte ihren Arbeitsplatz freiwillig gekündigt und verfügte somit über keinerlei Einkommen mehr.

Auf diesem Flug schliefen sie beide, doch es war kein erholsamer Schlaf; er hatte mehr den Charakter einer gnädigen Ohnmacht.

Als Petra am Gepäckband des Frankfurter Flughafens ihr Handy wieder einschaltete, hörte sie auf der Mailbox als Erstes die grelle Stimme Liane Dierolfs, die ihr für ein Exklusivinterview der »Assmann-Katastrophe« eine beträchtliche Summe anbot.

Petra konnte sich gerade noch beherrschen, das kleine Telefon nicht in einen Abfalleimer zu werfen, aber so war das Leben.

Sie würde es neu ordnen müssen, so viel war klar.

87

Am Tag nach ihrer Rückkehr aus Afrika fuhr Zita in das Jagdhaus im Taunus. Sie brauchte die Hilfe Irene Wuttkes dazu, denn sie war noch nie dort gewesen.

»Bitte, warten Sie hier einen Moment, Irene«, bat Zita die Vertraute ihres Mannes, als sie dort angelangt waren.

Es war ein heller, sehr schöner Spätherbsttag, mit einem lichtblauen Himmel, den kein einziges Wölkchen trübte, aber es war eisig kalt.

Hoffentlich reden sie da drinnen nicht stundenlang, überlegte Irene ein wenig missmutig und schaltete den Motor wieder an, denn ihr Wagen hatte keine Standheizung.

Womöglich weigert er sich mitzukommen, dachte sie. Er

führt sich wirklich auf wie ein verletztes Tier, das sich in seine Höhle verkriecht. Dieser Eindruck hatte sich ihr schon bei seinem letzten Aufenthalt hier aufgedrängt, und mehr noch als damals spürte sie, wie leid er ihr tat. Es würde eine schwierige Aufgabe sein, ihn herauszulocken. Ihn dazu zu bringen, sich alldem zu stellen, was auf ihn wartete.

Doch nach kurzer Zeit kam Zita wieder zurück, und im Abstand von wenigen Minuten folgte der Chef.

»Hallo, Wuttke«, sagte er, und es klang erstaunlich normal.

Ebenso normal und zweckmäßig waren die Anweisungen, die er gab, noch bevor sie den holprigen Waldweg verlassen hatten.

»Du formulierst eine knappe Mitteilung über die Fakten und gibst sie an die örtliche Presse. Die sorgen dann schon für eine weitere Verbreitung. Und wenn die Agenturen sich melden, dann biete eine Pressekonferenz an, unmittelbar *vor* der Trauerfeier, dann halten sie sich am ehesten zurück mit allzu bohrenden Fragen.«

»Und die Trauerfeier? Soll die öffentlich sein oder nur für geladene Gäste?«

»Öffentlich«, befand Heinrich Assmann und fügte, als er den Blick seiner Ehefrau spürte, rasch hinzu: »Und danach wird Ruhe sein. Keinerlei Interviews mehr, und keine Beantwortung weiterer Fragen!«

»Okay, Chef«, murmelte Irene Wuttke und fand, dass dies eine weise Entscheidung war. Der Chef schien sich wieder gefangen zu haben.

Am Tag danach gab es, zusammen mit den Hausjuristen und dem Ortspfarrer, eine längere Konferenz darüber, wie mit dem dreifachen Trauerfall zu verfahren sei.

Schließlich einigte man sich nicht nur auf einen Termin am Ende der nächsten Woche, sondern auf eine *Gedenkfeier*, in der von böser Naturkatastrophe, Ungewissheit und von Vermissten die Rede sein sollte, nicht aber von Tod.

Dies böte die Möglichkeit, die rechtliche Situation, die sich aus dem Unglück für die Firma und die privaten Belange ergäbe, in aller Ruhe zu sondieren und zu regeln. Außerdem entspreche diese Formulierung dem Stand der Dinge, erklärte der Justitiar, denn der Beweis des Ablebens stehe in allen drei Fällen schließlich noch aus.

Die Gedenkfeier fand in Absprache mit dem zuständigen katholischen Geistlichen in der örtlichen Mehrzweckhalle statt, der Zahl der erwarteten Gäste wegen.

Die mit unzähligen weißen Rosen und Lilien geschmückte Halle, die Stuhlreihen mit eintausendzweihundert Sitzplätzen bot, war voll besetzt, und in dem benachbarten Stadion befanden sich trotz des anhaltend kalten Wetters etwa ebenso viele Menschen, die den Ablauf der Gedenkfeier auf einer riesigen Leinwand verfolgten.

Ein zweites Mal in diesem denkwürdigen Jubiläumsjahr flogen Hubschrauber mit prominenten Gästen ein, und ein zweites Mal war ein großes Zelt errichtet worden, in dem nach dem Gedenkakt Kaffee, Gebäckstücke, Getränke und Snacks angeboten wurden.

Bei der Pressekonferenz waren Zita und Heinrich Assmann zwar anwesend, doch die Beantwortung der meisten Fragen reichten sie weiter an den Justitiar des Hauses und den Idar-Obersteiner Finanzchef, die ihre Aufgaben sachlich und ruhig absolvierten.

Die Braut des ältesten Assmann-Sohnes Georg und die

Frau von Victor Assmann waren auf eigenen Wunsch dieser Konferenz ferngeblieben, wurde auf eine entsprechende Frage erwidert.

Als Petra Eiler ein zweites Mal das kurz vor dem Jubiläum gekaufte schwarze Kostüm anzog, musste sie derart weinen, dass sie sich entschloss, doch eine der Beruhigungspillen zu nehmen, die Zita ihr hatte zukommen lassen.

Bleich und dank der Psychopharmaka auch gefasst, saß sie neben ihrer blassen Beinaheschwiegermutter und Alice.

Auf der Bühne der Halle standen die drei großen Fotografien der Assmann-Brüder nebeneinander, links und rechts davon befanden sich riesige Blumenarrangements.

Gleich nach den ersten Meldungen hatte sich Wingbert Gönnermann gemeldet und angeboten, zusammen mit einem kompletten musikalischen Ensemble anzureisen, um bei der Feier eine Passage aus Ludwigs Musical zu spielen, die er für diese Zwecke orchestral bearbeiten werde.

»Tun Sie das, Herr Gönnermann«, sagte Irene Wuttke, ohne auch nur eine Rückfrage beim Chef oder seiner Frau zu erwägen. Das war sie dem Kleinen ganz einfach schuldig.

Als vom Pfarrer und den Gedenkrednern, die gehorsam allesamt das Wort »Tod« vermieden, genügend gesagt worden war, erklang in großer Orchesterbesetzung ein Stück aus Ludwig Assmanns »Musical ohne Namen«. Peer Katter, ein Studienfreund Ludwigs, wie Gönnermann erläuterte, trug dazu eine Arie vor. Das Stück war wie für diesen Anlass geschrieben.

Es war die Klage eines Verzweifelten, das letzte Aufbegehren eines Gescheiterten, und es war von derart überwältigender musikalischer Schönheit, dass nahezu allen Anwesenden die Tränen in die Augen stiegen.

Die drei Assmann-Frauen allerdings weinten nicht, sie saßen wie erstarrte schwarz-weiße Statuen auf ihren Plätzen.

Zu aller Überraschung aber erlitt der bisher äußerst gefasst wirkende Patriarch der Familie während der musikalischen Darbietung einen Weinkrampf, dessen er nicht mehr Herr wurde, bis ein Arzt aufgetrieben wurde, der Heinrich Assmann eine Injektion verabreichte.

Die Teams der großen deutschen Fernsehsender, die hauptsächlich wegen des saudi-arabischen Königs und der zahlreichen weiteren Prominenten erschienen waren, filmten ausführlich die stark gerührten Teilnehmer, den Sänger, das Orchester und den erschütterten Diamantenkönig von Idar-Oberstein.

So wurde dem Teilstück von Ludwig Assmanns Musical bei der Uraufführung ein millionenfaches Interesse zuteil, ein beträchtlich größeres, als es eine normale Aufführung hätte auslösen können.

Am Abend dieses Tages schlief Zita Assmann das erste Mal seit acht Jahren wieder in ihrem Ehebett an der Seite ihres Mannes.

Es hatte keinerlei Absprachen deswegen bedurft.

Keiner von beiden hätte diese schreckliche Nacht allein überstehen können. Sie lagen wach bis in die frühen Morgenstunden, und ohne ein Wort miteinander zu sprechen, waren sie sich in diesem gemeinsamen Verlust näher als viele, viele Jahre zuvor. Näher vielleicht, als sie es jemals gewesen waren.

Erst als das fahle Licht des neuen Spätherbsttages durch die Ritzen der Rollläden drang, überwältigte sie die Erschöpfung.

Sie erwachten zwei Stunden später, als das Schrillen des Telefons beharrlich in ihre unruhigen Träume drang.

Es war das Krankenhaus.

Ein – der Stimme nach – noch sehr junger Gynäkologe teilte Zita Assmann mit, dass ihre Schwiegertochter Alice eine Stunde zuvor eine Fehlgeburt erlitten hatte.

88

Petra erwog es ernstlich, ihre Wiesbadener Wohnung aufzugeben und in eine andere Stadt zu ziehen, doch im letzten Moment gab der Hinweis einer Kollegin, die sie aus der Journalistenschule kannte, den Ausschlag.

Sie arbeitete für eine Lokalzeitung im Frankfurter Raum und traf Petra zufällig bei einem Einkaufsbummel. »Wir suchen jemanden für die Wochenendbeilage. Schwerpunktthemen Familie und Frauen«, verriet sie Petra bei einem Cappuccino. »Das wäre doch etwas für dich. Bewirb dich doch einfach!«

Petra dachte darüber nach und kam zu dem Ergebnis, dass dies genau der richtige Übergangsjob wäre. Denn sie hatte inzwischen ihre Fühler ausgestreckt und wusste, dass es in dem Magazin, in das es sie von Anfang an gezogen hatte, demnächst einen Platz für sie geben würde.

Helene Graumann, die neue Chefredakteurin, hatte ihr diese Zusage bereits gegeben. Sie kannte und schätzte die junge Kollegin aus der Zeit, in der sie noch Freiberuflerin gewesen war und Petra ihr für eines ihrer Bücher zugearbeitet hatte.

Petra bekam einen Vorstellungstermin bei der Provinzzeitung und erschien pünktlich zum Vorstellungsgespräch.

Natürlich kam es, wie es kommen musste.

Der Chefredakteur war ein Mann, der auf dem Laufenden war.

»Sind Sie nicht diese Assmann-Braut?«, erkundigte er sich, noch bevor sie auf seinem Besucherstuhl Platz genommen hatte.

»Ja«, sagte Petra und schaute ihm kämpferisch in die Augen. »Ist das etwa ein Hindernis?«

»Für mich nicht«, erklärte der Mann und grinste.

Er war auch sonst sehr in Ordnung. Jedenfalls verstand er, dass Petra weder eine Extrawurst gebraten wollte noch sich vor unangenehmen Wochenendterminen zu drücken versuchte.

»Sich mit Gummibärchen vollzustopfen und mit einem Kopfsprung in die Arbeit zu stürzen ist natürlich auch eine Art und Weise der Trauerbewältigung«, sagte er nach vier Wochen zu ihr. »Aber übertreiben Sie's nicht. Sie sind noch jung, und hin und wieder sollten Sie sich's einfach mal nett machen, wenn Sie meinen Rat hören wollen!«

»Ich will eigentlich nicht«, erwiderte Petra und fand den Mann noch sympathischer als zuvor.

Sie wollte es nicht zulassen, dass ihr Kopf sich mit etwas anderem beschäftigte als mit Dingen, die sie später als Berichte zu Papier bringen würde.

Doch es half ihr nicht viel: Das Wollen war das eine, ihre Psyche das andere. Sowie sie ihre Wohnung betrat oder sich gar in ihr Bett legte, kamen die Gedanken an Georg. Er war da, er war quälend gegenwärtig. Manchmal glaubte sie, seinen

Atem in ihrem Nacken zu spüren, wenn sie auf den Monitor des Fernsehgeräts starrte, ohne mitzubekommen, was sich dort abspielte. Sie hatte nachts im Halbschlaf seinen Geruch in der Nase, und sie spürte seine Arme, die sich um sie legten. Sie aß noch mehr Gummibärchen und nahm den Kollegen freiwillig ungeliebte Arbeiten ab.

Als es nach zwei Monaten noch immer nicht besser werden wollte, beschloss Petra, sich zu überlisten.

Sie recherchierte im Internet und holte sich Antworten auf ihre Fragen bei Irene Wuttke.

»Was hast du eigentlich vor?«, erkundigte sich Irene, als sie Petra wieder einmal besuchte.

»Ich werde ein Buch über die Magie der Diamanten schreiben«, erklärte Petra. Denn sie hatte begriffen, dass sie die Gedanken an ihren verlorenen Bräutigam erst zulassen musste, bevor sie, irgendwann in der Zukunft, einmal Abstand davon gewinnen konnte. Und vielleicht war die Beschäftigung mit dem, was Georg beruflich interessiert hatte, der Bereich, in dem es ihr am wenigsten wehtun würde.

So las sie über den stahlblauen Blue Hope, 45,52 Karat schwer, der in Indien gefunden worden war und unter anderem König Louis XIV. gehört hatte.

Sie erfuhr alles über den Centenary Diamant, 599,10 Karat, der pünktlich zum hundertsten Geburtstag des Diamantenkaisers De Beers aufgefunden wurde.

Petra studierte Fotografien und las vom Star der berühmten Diamanten, dem Cullinan, stolze 3.106 Karat schwer, den Joseph Asscher aus Amsterdam in einhundertfünf einzelne Teile gespalten hatte. Sie erfuhr, dass den größeren dieser Diamanten auch als Teilprodukten Berühmtheit zuteilwurde:

Der Cullinan I, ein tropfenförmig geschliffener Diamant, verzierte das Zepter von König Edward VII., während der Cullinan II einen Platz in der englischen Königskrone fand.

Cullinan III hingegen wurde in die Krone von Queen Mary eingesetzt und konnte, falls die jeweilige Inhaberin dies wünschte, zusammen mit Cullinan IV auch als Anhänger oder Brosche getragen werden.

Petra las vom Koh-I-Noor, dem Orlov, dem Tylor-Burton, dem Excelsior und Regent, dem Sancy und dem Golden Jubilee.

Sie erfuhr all die Geschichten um Glück, Erfolg, Unglück und Tod, die sich darum rankten, und fügte in ihren Gedanken den *N'guru u Kuru* oder *Assmann-Jupiter* hinzu. Die Geschichten des Glücks und Erfolgs, des Unglücks und der Tode, die mit diesem Stein in Zusammenhang standen, bewahrte sie in ihrem Kopf und ihrem Herzen. Mochte irgendwann jemand anders darüber berichten – sie jedenfalls nicht.

Als sie allem den gebührenden journalistischen Schliff gegeben und das Manuskript für ein kleines Buch darüber fertiggestellt hatte, war es Ostern geworden.

Petras Schmerz aber war nicht geringer.

Sie vermisste Georg noch immer sehr.

89

Zita Assmann war, wie in der Nacht nach der Gedenkfeier, im ehelichen Schlafzimmer geblieben.

Sie sprachen wenig, weder miteinander noch mit anderen, und beide schafften sie es immer noch nicht, lange allein zu sein.

Der Verlust ihrer drei Söhne war ein so ungeheuerliches Ereignis, dass es bewirkte, was Zita Assmann – nach den Ereignissen der vergangenen drei Jahrzehnte – nicht mehr für möglich gehalten hätte: Sie waren wieder ein Paar. Kein Liebespaar; es gab keine körperliche Nähe außer einer sonderbar verschämten, behutsamen Zärtlichkeit. Doch aber ein Ehepaar, das im gemeinsamen Leiden verbunden war.

Heinrich saß täglich in seinem Büro und schaute auf die Schreibtischplatte, die peinlich sauber und poliert war wie immer, aber er traf keine Entscheidungen mehr. Er schien das Interesse am Geschäft völlig verloren zu haben.

»Mach, wie du denkst«, sagte er jedes Mal zu Irene Wuttke, wenn sie ihm schriftliche Ersuchen vorlegte oder Berichte über von ihr geführte Gespräche oder Telefonate vortrug.

»Aber das geht doch nicht, Chef«, widersprach ihm seine Vertraute anfangs erschrocken.

»Wieso?«, sagte der Alte fatalistisch. »Probier es doch einfach!«

Er hat den Verstand verloren, irgendwie, wenigstens partiell, dachte Irene, aber sie tat, was getan werden musste.

Sie tat es überzeugend und im Namen des Chefs, des einzigen, den es noch gab im Konzern. Und sie tat es, ohne dass irgendjemand seine Schwäche bemerkte.

Oftmals stand der Alte lange vor der Glasvitrine und blickte auf den *Assmann-Jupiter*, als ob er insgeheim Zwiesprache mit ihm halten würde.

Die Bedenken Irenes wuchsen, dass mit seinem Verstand etwas nicht mehr stimme, und sie erwog, endlich mit Zita darüber zu sprechen. Das Verhältnis zwischen ihnen hatte sich deutlich entspannt, aber Irene zögerte, der armen Frau noch mehr Sorgen aufzubürden.

Am Montag in der Karwoche bat sie der Chef in sein Büro.

»Setz dich, Wuttke«, forderte er sie auf und wirkte beinahe so energisch wie früher.

Vielleicht wird es ja wieder, dachte Irene erleichtert.

»Ich muss mit dir sprechen«, erklärte er. »Du brauchst keinen Notizblock dazu. Es handelt sich um etwas … *Privates*!«

Eine Vereinsangelegenheit also, dachte Irene, denn der Sportverein war das einzig »Private«, das sie mit Heinrich Assmann verband.

Es fiel ihm sichtlich schwer, die richtigen Worte zu finden, und als er sie endlich aussprach, waren sie an Deutlichkeit nicht zu übertreffen.

»Du bist meine Tochter, Wuttke«, sagte der Alte.

Und danach schwiegen beide sehr lange.

Die Schreibtischuhr tickte so laut, dass jeder Schlag klang, als ob er mit einem Hammer ausgeführt würde. Im Hof fand eine Auseinandersetzung zwischen zwei Männern statt, die nur des Stimmklangs wegen als solche wahrgenommen werden konnte, Worte waren nicht zu verstehen.

Heinrich Assmann schaute auf die polierte Platte seines

Schreibtischs und seine Tochter Irene auf die unbeschriebenen Linien ihres Notizblocks.

In ihren Köpfen liefen unterschiedliche Filme ab.

Irenes Imagination bestand aus einer Endlosschleife, die vergangene Ereignisse zeigte, und der Ton dazu war über allen Szenen derselbe: *»Das gibt es nicht. Es ist nicht wahr, es kann nicht wahr sein. Doch, es ist wahr, es ist eine Wahrheit, die in mir geschlafen hat, die mein Unbewusstes schon lange kennt. Die Blicke von Nora Assmann. Die Nähe, die sie zu mir gesucht hat. Ihre verstohlenen Zärtlichkeiten. Die kleinen Geschenke. Das Mitleid in ihren Augen. Manche meiner Reaktionen, die denen des Chefs so ähnlich sind. Es stimmt. Doch, es stimmt. Mein Gott, was soll ich jetzt tun?«*

Noch einmal. Noch einmal. Und noch einmal.

Eine endlose Aneinanderreihung von Bildern und Tönen.

Heinrich hingegen dachte präziser und chronologischer. Er dachte an die zierliche, brünett gelockte fünfzehnjährige Maria aus Niederbayern, ein Flüchtlingskind aus Schlesien eigentlich, die damals als Hausmädchen in die Assmann-Villa gekommen war. Er selbst war zu dieser Zeit zweiundzwanzig Jahre alt gewesen, Student der Betriebswirtschaft an der Universität Mannheim, selbstbewusst, lebensfroh, ein draufgängerischer junger Mann aus reichem Hause, seinem Sohn Victor sehr ähnlich, wie ihm jetzt erst bewusst wurde.

Natürlich hatte er bemerkt, wie die naive Maria für ihn *schwärmte*, wie man das früher bezeichnet hatte. Und natürlich hatte er diese Schwärmerei ausgenutzt.

Gleich am zweiten Wochenende, das sie in der Villa verbracht hatte, hatte er sie verführt, und danach hatten sie miteinander geschlafen, wann immer es ging.

Sie war im Frühjahr ins Haus gekommen, und noch ehe der Sommer anbrach, war sie schwanger geworden.

Er war beinahe verrückt geworden vor Angst, seines bigotten und gestrengen Vaters wegen. Von seiner Mutter aber war nichts anderes zu erwarten gewesen, als dass sie beim Vater Rat suchen würde, also hatte er ihr die Sache verschwiegen.

Seine Großmutter Nora hatte es schließlich für ihn geregelt.

Sie war nach Bayern zu den Eltern von Maria gefahren und hatte mit ihnen gesprochen.

Geld, beträchtliches Geld für die Flüchtlinge aus Schlesien, war geflossen, und Maria war danach sehr rasch zu ihren Eltern zurückbeordert worden. In Wahrheit aber hatte man sie in ein Heim für ledige Mütter gebracht, wo sie das Baby – es war ein Mädchen – zur Welt gebracht hatte, noch bevor sie selbst ihren sechzehnten Geburtstag feiern konnte.

Nora Assmann hatte inzwischen eine Pflegestelle für dieses Kind ausgemacht, und auch dies war mithilfe des Geldes der Assmanns geschehen: Hans Wuttke, der Werkmeister, ein bewährter und schweigsamer Mann, und seine Frau Marianne, die im Assmann-Versand arbeitete, waren zu dieser Zeit bereits seit über fünfzehn Jahren verheiratet gewesen. Nach einigen Frühgeburten waren Marianne Wuttke bei einer Totaloperation die Gebärmutter und beide Eierstöcke entnommen worden. Die ganze Firma hatte davon gewusst, weshalb die Verwunderung nicht sehr groß gewesen war, als die kinderliebe Marianne verkündet hatte, sie werde ein Pflegekind aufnehmen.

Die Wuttkes hatten das Geld Nora Assmanns genommen, ein hübsches Häuschen davon gebaut und das Geheimnis bewahrt – wie es vereinbart gewesen war.

So war Irene nach Idar-Oberstein gekommen.

Mit Zustimmung der leiblichen Mutter und deren Eltern war es zu einer Namensgebung durch die Pflegeeltern gekommen, und danach hatten die Idar-Obersteiner bald vergessen, dass die kleine Irene nicht das leibliche Kind der Wuttkes war.

Irgendwann, als das gescheite kleine Mädchen zu denken und fragen begonnen hatte, hatte ihr Marianne Wuttke so viel erklärt, wie sie selbst von der Sache wusste: Irenes *biologische* Mutter habe in sehr jungen Jahren ein Kind bekommen, es nicht selbst aufziehen können, und der Vater sei unbekannt.

Irene war in Idar-Oberstein aufgewachsen, zur Schule gegangen und hatte danach auf eigenen Wunsch »das Kaufmännische« gelernt. Und da bereits Pflegevater und Pflegemutter Angestellte der Assmanns waren, lag es nur nahe, dass auch Irene sich dort um eine Lehrstelle bewarb.

Heinrich Assmann hatte seine Tochter aufwachsen sehen, ihre Ausbildung verfolgt, und schließlich war sie ihm irgendwie, ihrer Tüchtigkeit wegen und ohne seine aktive Beteiligung, als Assistentin zugewachsen.

Niemand in der Familie, seine Großmutter Nora als Agierende ausgenommen, hatte von der Sache erfahren. Und niemand aus dem Umfeld Heinrichs wusste davon.

Nur seine Frau Zita.

Natürlich hatte er auch dieser nichts von der vorehelichen Verfehlung erzählt, weder vor der Hochzeit noch irgendwann später. Sie war ganz von allein darauf gekommen.

Eines Tages hatte sie einen Brief gefunden, den Maria ihm leichtsinnigerweise geschrieben hatte.

Zita war daraufhin nach Antwerpen gefahren, wo Maria damals wohnte. Wo, genau genommen, auch er gelebt hatte, in dem Haus, das ihm dort gehörte: tageweise, über verlängerte Wochenenden hinweg, manchmal sogar halbe Monate. Er hatte zwei »Ehen« geführt, auch wenn er nur eine Familie besaß, denn Maria hatte nach der Geburt Irenes keine weiteren Kinder mehr bekommen können.

Allein der Anblick von Maria hatte Zita genügt, um ihr klarzumachen, dass Irene seine Tochter war, und um die wahren Gründe seiner häufigen Abwesenheiten zu begreifen.

Es hatte Streit gegeben, über Wochen hinweg.

Seine Frau hatte Forderungen gestellt und Ehrenworte von ihm verlangt, die er nicht willens war zu gewähren. Das ganze Desaster endete schließlich in der Flucht Zitas, nach einer weiteren, furchtbaren Szene, bei der sogar ihre Kinder Georg und Victor Zeugen gewesen waren, bei der er den Esszimmertisch umgestoßen und das Meißner Geschirr zerschlagen hatte. Danach hatte er Irene befohlen, mit den beiden Jungen an die Ostsee zu fahren, denn er hatte befürchtet, dass seine Frau ihm die Kinder wegnehmen könnte.

Es war der schreckliche, nicht enden wollende Sommer gewesen, in dem Zita verschwunden geblieben war.

Erst im Frühherbst war sie zurückgekehrt, und er hatte ihr alles versprochen, was sie bereits im Juni von ihm verlangt hatte.

Ein neuer Anfang hätte es sein sollen, ein Neubeginn, besiegelt mit einem weiteren Kind: Ludwig.

Zita hatte ihm niemals erzählt, was in diesem Sommer geschehen war, aber Ludwig war zweifelsohne sein Sohn.

Sie hatte ihre Versprechen gehalten, er aber hatte alle Schwüre gebrochen.

Er war einfach nicht losgekommen von der sanften, anspruchslosen Maria. Er hatte das Haus in Antwerpen verkauft, hatte ein neues in Amsterdam erworben, und Maria war seine *Zweitfrau* geblieben, all die Jahre, ohne Forderungen zu stellen, ohne größere Ansprüche als die, die er ihr ohnehin gerne erfüllte.

Er ahnte, dass Zita erneut Verdacht geschöpft – oder schon Gewissheit erlangt hatte, aber er verschob eine Trennung von Maria immer wieder, obwohl er spürte, dass sich auch diese Beziehung verändert hatte. Dass etwas zwischen ihnen stand, das er nicht benennen konnte.

Als er, wenige Tage nach der *Jubiläumsattacke,* wieder in das Amsterdamer Haus gekommen war, hatte er von Maria nur noch eine Nachricht vorgefunden. Sie hatte einen Kanadier kennengelernt, hatte ihn Hals über Kopf geheiratet und war mit ihrem Mann in seine Heimat gereist.

Heinrich hatte versucht, sie zu finden, bevor er weiter nach Brasilien geflogen war, aber es war ihm nicht gelungen.

Es war ein weiterer Schlag, den er dem Diebstahl des *Assmann-Jupiters* verdankte. Jetzt schaute er auf und begegnete dem Blick seiner Tochter. »Hast du es nie … *gespürt*?«, fragte er heiser.

»Ich weiß es nicht«, erwiderte Irene hilflos.

Sie fand keine Worte für seine Arroganz, ihr all das verschwiegen, ihr Leben manipuliert zu haben, und sie fand keine Worte für seine Dreistigkeit, es ihr jetzt zu erzählen, gerade *jetzt*. Sie in die Pflicht nehmen zu wollen, denn darum drehte es sich doch, um nichts anderes. Darum, dass sie, das nie gewollte, nie anerkannte, nie geliebte Kind, an die Stelle derer treten sollte, die er verloren hatte und die deshalb ihre Aufgaben nicht mehr ausüben konnten.

Und er hatte in den letzten drei Monaten sogar die Frechheit besessen, ihre Fähigkeiten noch einmal zu testen, bevor er mit seiner Eröffnung gekommen war.

Sie schaute ihn nicht mehr an, bevor sie aufstand und den Raum verließ.

Im Vorzimmer nahm sie ihren Mantel, ihre Handtasche und ging.

Sie war, nach dem Tod der geliebten Großeltern Wuttke und dem ihrer Pflegeeltern, die sie ebenfalls gemocht und die sie stets gut behandelt hatten, sehr viel allein gewesen. Und sie mochte es eigentlich, allein zu sein.

Heute aber fuhr sie nach Frankfurt.

Sie streifte durch die belebten Straßen und Kaufhäuser. Schließlich suchte sie ein gut besuchtes Fast-Food-Restaurant auf, beobachtete die Menschen, studierte ihre Gesichter, ihre Gestik und ihr Verhalten.

Sind alle so?, fragte sie sich verzweifelt. Sind wirklich alle so?

Selbstsüchtig.

Von Leidenschaften getrieben.

Feige.

Verlogen.

Gierig.

Auf ihren Vorteil bedacht, egal, was dabei zerstört wurde.

Sind alle diese Menschen so – und wie eigentlich bin ich?

Wie viel von diesen verfluchten Assmann-Genen bestimmen mein Tun und mein Denken?

Als es dunkel wurde und sie sehr müde war, ging sie in ein Hotel.

Es war ein Luxushotel, eines, in das sie normalerweise keinen Fuß gesetzt hätte. Nun denn, dachte sie mit böser Selbstironie. Wenn ich schon eine Assmann bin, dann werde ich mir das heute leisten. Das, was für meine neue Verwandtschaft eine Selbstverständlichkeit ist.

Sie bestellte sich eine Flasche des teuersten Rotweins auf ihr Zimmer und trank sie aus bis zum letzten Tropfen.

Gegen drei Uhr erwachte sie, da ihr furchtbar übel war, und verbrachte den Rest der Nacht in dem feudalen Badezimmer, wo sie alles erbrach, was sie am Tag zuvor zu sich genommen hatte.

Sie würgte, weinte und hoffte, dass es ihr gelingen würde, mit dem Erbrechen auch all das wieder loszuwerden, was sie zu dieser verrückten Aktion getrieben hatte: ihre Verletzungen, ihre Angst und ihre Unsicherheit.

Am späten Vormittag verließ sie den Luxustempel wieder, nachdem sie einen halben Wochenlohn für den unersprießlichen Aufenthalt dort bezahlt hatte.

Danach fuhr sie zurück nach Idar-Oberstein und wusste noch immer nicht, wie sie mit ihren neuen Erkenntnissen umgehen sollte.

90

Als er die Nacht im Jagdhaus verbrachte, wusste Zita, dass er es getan hatte. Sie hatten nicht darüber gesprochen, aber es war ihr von Anfang an klar gewesen, wie er sich verhalten würde.

»Ich glaube, es war ein Fehler«, sagte Heinrich Assmann, müde von der durchwachten Nacht, als er zurückkehrte und sie ihm einen starken Kaffee und ein kräftiges Frühstück bereitete.

»Das war es nicht. Sie wird sich nicht vor der Verantwortung drücken«, erwiderte Zita.

»Glaubst du das wirklich?

»Ja. Absolut. Es war ein Schock für sie, und dementsprechend hat sie sich auch benommen. Aber sie hat viel gemeinsam mit deinem Vater: Sie stellt hohe Anforderungen an sich selbst, aber auch an die anderen. Und sie verfügt über die Stärke, ihre Vorstellungen auch durchzusetzen. Sie wird, mehr als unsere Söhne das jemals getan haben, an die vielen Angestellten und Arbeiter denken, an den Erhalt ihrer Arbeitsplätze und an die Tradition des Konzerns. Sie wird keine Schwierigkeiten haben, ihren Platz auszufüllen, wenn du dich an ihre Seite stellst und dich zu ihr bekennst.«

Heinrich bedachte die Worte seiner Frau und nickte schwer. »Es wird mir nichts anderes übrig bleiben«, sagte er dann.

Zita hätte beinahe gelacht, obwohl ihr seit langen Wochen nie mehr zum Lachen zumute gewesen war.

Er sah es und brachte ein schwaches Grinsen zustande. »Es wird einschlagen wie eine Bombe«, fasste er schließlich all seine Befürchtungen zusammen.

»Das wird es. Aber wir werden es überstehen.«

»Du hast ›wir‹ gesagt …«

»Ich mein es auch so«, erwiderte Zita und sah ihm dabei in die Augen.

»Und was sind deine Forderungen?«

»Keine«, sagte sie nur und fühlte sich plötzlich sehr alt. Es war die Wahrheit. Es gab keine Sehnsüchte mehr. Die einzigen, die sie in den letzten Jahren verspürt hatte, waren die nach Normalität, nach Ruhe und »behaglichem Abwickeln des Alltäglichen« gewesen, wie Fontane dies einmal umschrieben hatte.

Nach dem Tod ihrer Söhne aber würde es nie mehr Normalität geben, nie mehr Ruhe und keine Behaglichkeit.

Es gab nur unbeantwortete Fragen, kritische Selbstreflexionen, dumpfe Schuldgefühle. Mit instinktiver Gewissheit wusste sie, dass sie beide nur weiterleben konnten, wenn sie zusammenblieben. Allein wäre es nicht auszuhalten, und zum Freitod hatten weder Heinrich noch sie die Kraft.

Sie dachte an einen Illustriertenbericht, in dem Paare geschildert worden waren, bei denen die Ehe gut funktioniert hatte, die sich nach dem Tod eines Kindes aber gegeneinander gestellt und nicht mehr miteinander zurechtgekommen waren. Es schien sogar die Regel zu sein, dass es in derartigen Situationen zu solchen Entwicklungen kam.

Ihre Ehe war von Anfang an misslungen, unter Lügen und falschen Voraussetzungen zustande gekommen. Doch der Verlust ihrer Kinder schien zumindest in ihrer Beziehung eine Verbesserung bewirkt zu haben.

Wir sind eben atypisch, eine Ausnahme von der Regel, dachte Zita, und beinahe hätte sie ein zweites Mal gelacht.

»Vielleicht sollten wir danach eine Weile verreisen«, schlug Heinrich vor.

»Nein. Auf gar keinen Fall. Es muss ein Ende sein mit den Fluchten!«, sagte Zita entschieden.

Er erwiderte nichts darauf, aber als er sein Schinkenbrot und das weiche Ei vollends gegessen hatte, fragte er beinahe demütig: »Wirst du mir helfen?«

Zita nickte.

Eine Stunde später begleitete sie ihn, das erste Mal seit dem Tod der Söhne, zur Firma.

Irene Wuttke saß an ihrem Platz und erledigte ihre Arbeit, wie sie es all die Jahre getan hatte. Die Nachwirkungen der üblen Nacht im Hotel hatte sie weggeschminkt, und ihre brünetten Haare lagen, von Haarspray fixiert, in tadellosen Locken um ihren Kopf.

»Bitte, Irene, rufen Sie die *Crew* zusammen«, sagte Zita und schenkte der Tochter ihres Mannes ein freundliches Lächeln. »Wir müssen uns daranmachen, die Dinge zu regeln!«

»Wird gemacht, Chefin«, erwiderte Irene Wuttke und entschied sich in diesem Moment, die Bürde auf sich zu nehmen.

Als die beiden in Heinrichs Büro verschwunden waren, griff sie zum Telefonhörer und bat den Justitiar, die drei Steuerberater, den stellvertretenden Geschäftsführer vom Werk Idar-Oberstein und den Betriebsratsvorsitzenden zu einer außerordentlichen Sitzung.

Danach aber nahm sie ihren Block und notierte systematisch alle Dinge, die ihr schon immer veränderungsbedürftig vorgekommen waren.

Als sie nach knapp einer Stunde das Geschriebene las, war sie erstaunt darüber, wie präzise die Vorstellungen über die künftige Struktur des Assmann-Konzerns in ihrem Kopf vorhanden gewesen waren.

91

Die Nachricht, dass der bisherige Alleineigentümer Heinrich Assmann sich mit sofortiger Wirkung ins verdiente Privatleben zurückziehen werde, die Firma in eine GmbH & Co. KG umgewandelt worden war und Geschäftsführerin der GmbH sowie der Komplementärgesellschaft Frau Irene Assmann-Wuttke, die Tochter des bisherigen Firmenchefs, sei, war unbestreitbar eine Sensation.

Sie bestimmte die Schlagzeilen der Wirtschaftsblätter- und -seiten in den Tageszeitungen und veranlasste die großen Nachrichtenmagazine zu ausführlichen Berichten.

Auf Zitas Empfehlung hatte sich Irene ein neues Image zugelegt: eine andere, sportlich-kurze Frisur mit aparten platinfarbenen Strähnen, eine neue Brille und eine neue Garderobe.

»Wenn du schon so etwas von mir verlangst, dann begleite mich auch«, verlangte Irene, und Zita ließ sich nicht lange bitten.

Es waren die ersten Tage seit dem Verlust ihrer Söhne, an denen sie etwas wie Spaß fühlte.

Vielleicht ist es ja wirklich ein Trost, jetzt eine *Tochter* zu haben, dachte Zita und beschloss, dieses kleine Glück zu genießen.

»Irgendwann muss ich noch mal mit Heinrich sprechen«, sagte Irene, als sie nach dem Ende des Einkaufsbummels zusammen ein Abendessen einnahmen. »Ich meine, über das Notwendige hinaus. Und ich werde mich auch bemühen, meine Mutter zu finden. Nicht, dass ich Erklärungen möchte oder gar Entschuldigungen. Für mich ist all das Vergangenheit, und ich habe keine Veranlassung für Bitterkeit oder das Bedürfnis, irgendjemandem Vorwürfe zu machen. Aber er ist mein Vater und sie meine Mutter, und solange wir alle am Leben sind, haben wir vielleicht ja noch eine Chance, uns besser kennenzulernen und am Ende vielleicht sogar zu verstehen.«

»Tu das, Irene. Man darf die Macht der Vergangenheit nicht unterschätzen«, bestärkte Zita sie in ihrer Absicht und dachte an die Tage in Rom.

»Dieser Gönnermann hat übrigens angerufen«, berichtete Irene, während der Kellner den Hauptgang servierte. »Der Mitschnitt bei der Trauerfeier ist offenbar zu einem Hit geworden, und Gönnermann wollte uns zur Premiere des Musicals einladen. Sie soll am ersten Advent stattfinden, und er hat übrigens auch diese junge Frau verpflichtet, mit der Ludwig befreundet war, ich hab nur den Namen vergessen.«

»Karen Wieber«, sagte Zita, die nie etwas vergaß, das ihre Söhne beschäftigt hatte.

»Stimmt. Das war doch so eine kesse Rothaarige. Und kühl wie eine Hundeschnauze«, erinnerte sich Irene.

»Ja. Aber sie hat eine wunderbare Stimme, und Ludwig hat das Musical *für sie* geschrieben. Gönnermann wusste davon.«

»Kommt Alice auch?«, fragte Irene.

»Ich weiß es nicht.«

Alice Assmann hatte, gleich nach ihrer Rückkehr aus dem Krankenhaus, erklärt, wieder in ihre Heimat nach Frankreich zurückgehen zu wollen. Niemand war von diesem Entschluss überrascht gewesen, und Alice hatte sich seit ihrer Umsiedlung auch nur ein einziges Mal gemeldet.

Zita machte sich keine Illusionen darüber: Mit den Jahren würde der Kontakt zu dieser Schwiegertochter wohl immer mehr abnehmen.

Mit Petra Eiler hingegen verband sie eine echte Freundschaft, der auch das Verstreichen der Zeit nichts anhaben würde, dessen war sich Zita gewiss.

92

Im Frühsommer entschloss sich Irene, erstmals die Mine in Afrika aufzusuchen. Die Aufräumungsarbeiten waren beendet und die Schäden im Minenareal weitgehend beseitigt.

»Wenn es dir recht ist, werde ich dich begleiten«, sagte Heinrich Assmann zur großen Verblüffung seiner Tochter.

»Und Zita?«

»Sie will nie mehr dorthin, und ehrlich gesagt, ich kann sie verstehen.«

Irene nickte und überlegte sich, wie es sein würde, mit ihrem Vater eine Reise zu unternehmen.

Sie dachte an das Jubiläum, das gerade ein Jahr vorüber war, und was sich seitdem alles verändert hatte.

Der Alte hatte sein Büro geräumt und es ihr überlassen.

Der Bär an der Wand war ebenso verschwunden wie der röhrende Hirsch. Das altdeutsche Wohnzimmerambiente war einer modernen, zweckmäßigen Büroeinrichtung gewichen. Als einzigen Luxus hatte sich Irene einen Francois Rubelais geleistet, einen aufstrebenden französischen Künstler, der abstrakte Bilder in leuchtenden und dennoch durchscheinenden Blautönen malte; ausschließlich in Blau.

Irenes Blaubild erinnerte entfernt an einen Diamanten, und dies war auch der Grund, weshalb sie es gekauft hatte.

Das Einzige, was von der alten Ausstattung des Chefbüros noch übrig geblieben war, war die Glassäule mit dem *N'guru u Kuru*.

Oder, genau genommen, ohne den *Assmann-Jupiter*.

Er war, nahezu zeitgleich mit dem Einzug des Rubelais-Bildes, aus der Vitrine verschwunden.

Wahrscheinlich hat er ihn in den großen Tresor gelegt, dachte Irene und machte sich daran, den Stein dort zu suchen. Als sie ihn nicht vorfand, fragte sie danach.

»Ich habe … *anderweitig über ihn verfügt* …«, erwiderte der Alte ein wenig pathetisch.

Irene konnte sich gerade noch ein Kopfschütteln verkneifen.

Vermutlich hatte ihn Heinrich in ein Bankschließfach gebracht. Seine Angst vor einem neuerlichen Verlust trieb ihn offenbar immer noch zu den kuriosesten Maßnahmen, denn die Assmann-Tresore waren sicherer als jedes Bankschließfach.

Nun denn. Ihr konnte es egal sein, wohin ihr Vater den *Assmann-Jupiter* gebracht hatte. Sie hatte nicht dieselbe Beziehung zu dem Stein wie der Alte. Sie war zwar beeindruckt von seiner Existenz und seinem Wert, nicht aber überzeugt von irgendeiner magischen Wirkung. Noch nicht einmal nach alldem, was passiert war, und danach hätte man tatsächlich denken können, dass die Prophezeiung des Schamanen Realität geworden sei.

93

Nachdem sie von Eric Sontheimer dazu ermuntert worden war, war Sally mit nach N'kanga geflogen, um die neue Chefin dort zu erwarten.

Sie hatten den Helikopter aber nur der Bequemlichkeit halber genommen. Es gab derzeit keine Bedrohungen auf dem Landweg mehr, und Mkuba war tot, weshalb Sally ihre Kündigung ganz einfach vergessen hatte.

Eric Sontheimer war ein korrekter und guter Chef, der ihre Erfahrung und ihre Kenntnisse schätzte. Sally führte ein so friedliches, unbeschwertes Leben wie niemals zuvor.

Allerdings gab es auch ihren Bruder Joe nicht mehr. Man hatte seinen Leichnam inzwischen gefunden. Ich habe ihn gewarnt, dachte Sally, immer wieder habe ich ihn vor Mkuba gewarnt. Doch es hatte nichts bewirkt, und Joe war jetzt im anderen Leben; dort, wo nur noch sein Geist existierte. Mehrmals hatte Sally versucht, Kontakt mit ihm aufzunehmen, hatte versucht, wieder mit den Göttern und Ahnen zu sprechen, doch es wollte ihr nicht gelingen.

Die Götter und Ahnen grollten noch immer, und Sally kannte den Grund für ihre Verstimmung. Sie ahnte auch, dass Erdbeben und Sandsturm nichts anderes gewesen waren als der Ausdruck ihres übergroßen Zorns. Vermutlich aber waren sie nicht zufrieden mit diesem Racheakt. Sie würden nicht Ruhe geben, bis die Arbeiten auf der heiligen Erde eingestellt wurden.

Das Gefühl, diese Befürchtungen jemandem mitteilen zu

müssen, jemandem, der in der Lage wäre, diese verlangte Ruhe herzustellen, wurde immer stärker und übermächtiger.

Ich hätte mit der alten Chefin darüber sprechen sollen, dachte Sally nervös, aber sie hatte diese Chance versäumt. Zu heftig war sie von der Trauer um Victor überwältigt worden. Und zu sehr war sie erschrocken gewesen, gerade im Zeitpunkt des Verlusts feststellen zu müssen, dass sie diesen Mann immer noch liebte.

Vielleicht wird die neue Chefin ein Einsehen haben, überlegte Sally hoffnungsvoll.

Doch dann sah sie, wie Irene Assmann-Wuttke aus der Gepäckhalle trat.

Nein, dachte Sally da alarmiert. Diese Frau ist tüchtig, umsichtig, pragmatisch, aber sie hat eine europäische Seele, sie wird unser afrikanisches Denken niemals verstehen.

Dann aber entdeckte sie den alten Chef, der schon viele Jahre nicht mehr hier gewesen war. Seine Haare waren schlohweiß geworden, und er erschien ihr kleiner als früher. Dennoch war die Ähnlichkeit mit Victor noch immer so groß, dass ihr Herz schmerzlich zu klopfen begann.

Vielleicht *er*, dachte Sally und schöpfte neue Hoffnung. Er ist wie Victor, und Victor mochte gewesen sein, wie er wollte, aber er hatte ihr Land geliebt. Auch sein Bruder Georg hatte dies getan, wenn auch auf andere Weise als Victor. Victor war ein *Herrscher* gewesen, ein liebender Herrscher in diesem Fall, aber er war gewillt gewesen, sich alles untertan zu machen, das Land und die Menschen.

Georg dagegen war ein *Verehrer* gewesen. Ein liebender Verehrer, der das Beste für alle gewünscht und angestrebt hatte. Dieser Alte hier aber hatte sich nicht entscheiden können zwischen Beherrschung und Verehrung, zwischen Sohn Nummer eins und Sohn Nummer zwei, als noch die Zeit dafür gewesen wäre.

Die Frage war, wozu er heute bereit war.

»Das ist Sally Ugoru«, stellte Eric Sontheimer sie vor.

»Wir kennen uns, von vielen Faxen und Telefonaten«, sagte Irene, lächelte und musterte die Schwarze interessiert.

»Hallo, Sally«, rief jetzt der Alte und drängte sich vor. »Du hast dich aber schwer herausgemacht.«

Sally lachte. »Ich war fünf Jahre jünger, als Sie mich zum letzten Mal gesehen haben, Mister Assmann.«

»Tatsächlich?«, staunte der Alte und dachte, dass Victor zumindest Geschmack bewiesen hatte, denn natürlich war ihm zu Ohren gekommen, dass es da etwas gegeben hatte.

»Was für eine unglaubliche Weite«, staunte Irene und musterte den unendlich entfernten Horizont.

»Ja. Das ist Afrika«, sagte der Alte und beschloss, seiner spontanen Aufwallung nachzugeben: »Schicken Sie den Piloten allein zurück, Mister Sontheimer. Oder, wenn Sie sehr viel Arbeit haben, begleiten Sie ihn. Meine Tochter, Sally und ich werden mit dem Wagen fahren, oder …«, er wandte sich an Sally. »Gibt es da noch immer Bedenken?«

»Nein. Rebellen gibt's keine mehr, und irgendwelche Buschräuber legen sich nicht mit den gepanzerten Minenfahrzeugen und unseren bewaffneten Fahrern an.«

»Nur, wir haben hier nichts von beidem zur Verfügung«, sagte Sontheimer.

»Doch«, widersprach Sally. »Foster ist nach Kapstadt geflogen, und sein Fahrer nimmt wohl gerade sein Frühstück im Shop draußen ein. Ich hab den Wagen gesehen.«

Und genauso war es.

Der Fahrer fühlte sich geehrt, den alten Chef und die neue Chefin kutschieren zu dürfen, und schließlich beschloss auch Sontheimer, auf dem Landweg mitzufahren, der bösen Erfahrungen und der Sicherheit wegen. Außerdem bot der große Wagen ja ausreichend Platz.

Irene saß vorn auf dem Beifahrersitz. Sie schaute gebannt auf das gelbrote Land und spürte geradezu Rührung, als der Alte an der Stelle, an der sein Vorfahre den *Assmann-Jupiter* gefunden hatte, anhalten ließ.

»Genau hier war es«, sagte Heinrich Assmann und deutete auf den großen Felsbrocken, in den ein stilisierter Diamant eingeritzt war.

»Und dahinter beginnen die neuen nördlichen Anbaugebiete«, sagte Sally und hoffte darauf, im Verlauf der weiteren Fahrt die Geschichte vom heiligen Land der Götter und Ahnen erzählen zu können. Sie würde die Gelegenheit nutzen, dafür zu werben, vom weiteren Abbau Abstand zu nehmen, nahm sie sich vor. Denn Heinrich Assmann war alt geworden, und er war der Einzige, das wusste sie jetzt, der sie vielleicht verstehen würde.

Sie wandte sich um, um zurück zum Auto zu gehen, und dabei sah sie ihn.

Einer der anderen drei Männer führte ihn an der Hand.

»Victor«, schrie Sally und rannte los. »Victor, du *lebst*!«

Irene und der Alte tauschten einen raschen Blick aus. Irene schüttelte den Kopf und sagte, voller Mitleid: »Die arme Frau. Sie scheint es noch nicht überwunden zu haben.«

Der Alte kniff die Augen zusammen und wurde plötzlich grau im Gesicht.

Er war nicht in der Lage, irgendetwas zu sagen, doch inzwischen hatte auch Irene erkannt, dass Sally sich nicht geirrt hatte.

Es *war* Victor, und der Mann, der ihn an der Hand führte, war sein Bruder Ludwig. Hinter den beiden standen Georg und ein uralt scheinender, völlig ausgemergelter Schwarzer, der sie mit zahnlosem Mund angrinste.

Die drei Assmann-Brüder waren wildbärtig, ihre Haare lang und verfilzt. Sie waren, soweit man unter Bärten und den zerlumpten Resten ihrer Kleidung Haut erkennen konnte, braun gebrannt und abgemagert, aber sie waren es ganz zweifellos.

Georg fand als Erster die Sprache wieder. »Papa«, sagte er und machte einen Schritt auf den taumelnden Alten zu, um ihn zu stützen und in die Arme zu schließen.

Ludwig drehte sich zu Victor um, an dem Sally noch immer hing wie eine Klette, und sagte im Ton eines milden Lehrers: »Das sind Vater und Irene, Vic.« Und dann, an seinen Vater gewandt: »Er ist blind, Papa!«

Sally bemerkte den Schwarzen erst jetzt und ließ Victor los.

»Olongo«, rief sie, warf sich vor dem Alten auf die Erde und brach in heftiges Weinen aus.

Der Schamane, der Olongo hieß und sie so vieles gelehrt hatte, bückte sich, legte ihr in einer liebevollen Geste die Hand auf den Kopf und sagte mehrere Sätze.

Es wird alles gut werden, mein Kind. Die Götter und Ahnen haben gehandelt. Sie haben diese Männer gezüchtigt und auch belehrt. Es wird wieder Ruhe einkehren im heiligen Land, lautete diese Botschaft, die niemand verstand außer Sally.

Schließlich mussten sie doch den Hubschrauber rufen,

denn Heinrich Assmann fühlte sich nach dem glücklichen Schicksalsschlag so schwach, wie er es nach den bösen Ereignissen niemals gewesen war.

Er trank von dem Wasser, das Sontheimer ihm reichte, und legte sich dann, wegen eines anhaltenden Schwindelgefühls, auf die Rückbank des Geländewagens, solange sie auf den Helikopter warteten.

Jetzt, *jetzt* wäre es gut, das Spray aus dem Barschrank zu haben, dachte Irene Assmann-Wuttke, oder wenigstens die Flasche mit seinem Cognac oder den elenden Fusel aus seiner Hütte.

94

Der Schamane Olongo, ein Angehöriger des Kobrastamms, der als Nomade lebte, wie Sally ihnen erklärte, weigerte sich, in den Geländewagen oder gar in den Hubschrauber zu steigen.

Nach einer Verabschiedung von seinen drei Zöglingen, die darin bestand, dass er ihnen beide Hände auf den Kopf legte und mit dem Zeigefinger Zeichen auf ihre Stirn malte, wandte er sich um und verschwand gemächlichen Schritts in der Wüste.

»Er hat uns das Leben gerettet«, sagte Georg, obwohl es dieser Erklärung nicht bedurft hätte. Sie hatten es alle verstanden.

»Er hat den Rauch gesehen, der entstanden ist, als wir unser Fluchtfahrzeug in Brand gesetzt haben«, erklärte Ludwig, aber er sprach nicht aus, was es noch dazu zu sagen gegeben hätte. Dass Victor der Qualm noch vor dem Schamanen aufgefallen war. Dass er sie gefunden und versucht hatte, sie zu erschießen.

Sie hatten verabredet, diese Episode nicht preiszugeben, falls sie ihre Angehörigen jemals wiedersehen sollten.

Sie hatten es vereinbart, als sie wieder begonnen hatten, mit Victor zu sprechen. Nach dem Erdbeben und nach dem Sandsturm – und nach den Tagen, an denen ihnen ihrer aller Tod als unausweichlich erschienen war.

Nur die Kenntnisse des alten Schamanen, sein geschickt ausgewählter Unterstand und seine Vorräte hatten sie davor bewahrt.

Sie hatten in den Abgrund geblickt, aus dem es normalerweise kein Entrinnen mehr gab, und dieser Blick hatte die Perspektive auf ihr Leben verändert. Er hatte die bisherigen Wichtigkeiten aufgehoben und die Dinge in eine neue Ordnung gebracht.

Sie hatten viel geredet danach, am meisten über die Vergangenheit, aber auch über die Gegenwart. Selbst von der Zukunft sprachen sie manchmal, obwohl keiner von ihnen wirklich noch daran glauben mochte.

Das Gift der Schlange hatte Victor sehr zugesetzt, aber er war jung, und sein gesunder Organismus hatte schließlich den Sieg davongetragen. Die Ringhalskobra hatte ihn, wie der Schamane ihnen gestisch erklärt hatte, nicht etwa gebissen, sondern das Gift in seine Augen gespuckt.

Victor hatte geschrien und getobt, als ihm seine Erblindung klar geworden war. Er hatte die Hände zu Fäusten geballt und sie gegen das Schicksal erhoben; hatte sich geweigert, die kärgliche Nahrung anzunehmen oder zu trinken, bis sein Überlebensinstinkt, der stärker gewesen war als sein Wille, ihn doch dazu gezwungen hatte, was seine hilflose Wut erneut auflodern ließ.

Es war schrecklich gewesen, und nur die psalmenartigen Beschwörungen des Schamanen hatten es vermocht, ihn immer wieder zur Ruhe zu bringen.

Georg und Ludwig aber hatten staunend die Wunder der Wüste betrachten können, nachdem der Sandsturm vorüber gewesen war. Sechs lange Monate hatten sie dazu Gelegenheit gehabt, und nach einiger Zeit hatten sie begonnen, Victor davon zu erzählen.

Es waren Monate der Entbehrung gewesen, in einer Welt, die nicht die ihre war. Monate, die sie niemals vergessen würden, Monate, in denen sie wieder zu Brüdern geworden waren.

Und vermutlich war genau dies die Absicht Olongos gewesen, dachte Georg. Schon vor Wochen hatte er begonnen, den Schamanen zu verdächtigen, ihre Wanderung durch Wüste und Halbwüste künstlich zu verlängern. Es hatte im Kopf des Schamanen noch einen anderen Plan gegeben als nur den, sie zurückzuführen.

Nun aber kehrte er wieder in die Gegenwart zurück und begann sich darüber zu wundern, ausgerechnet Irene Wuttke in dieser Umgebung anzutreffen.

Irene spürte es und las es in Georgs Gesicht.

Was würde er, was würden seine Brüder zu einer plötzlich erlangten Schwester sagen, und was würde jetzt aus ihr werden?, fragte sie sich. War es nur ein Gastspiel, eine kleine Episode gewesen, Irene *Assmann*-Wuttke zu sein? Und: Wird es mir wehtun, meine neue Macht wieder zu teilen oder gar ganz abzugeben?, fragte sich Irene, als sie in den Minenhof einflogen. Doch sie fragte es ganz nüchtern und spürte keinerlei Panik dabei. Vielleicht bin ich so ruhig, dachte sie, weil ich so lange Zeit die Kehrseite der Macht gesehen habe und ihre Kraft, die Menschen zu deformieren.

Dann aber beschloss sie, sich auf das Nächstliegende und Notwendige zu konzentrieren.

Die Minensanitäter waren bereits alarmiert und erwarteten sie mit fahrbaren Tragen.

»Danke, die Herren«, sagte Georg im Namen der Brüder. »Aber wir haben sechs Monate Marsch durch Wüste und Halbwüste hinter uns, wir schaffen auch das noch zu Fuß!«

So wurde nur Heinrich Assmann auf eine Trage gehoben.

Im Minenkrankenhaus stabilisierte ein Arzt Heinrichs Kreislauf, während die Assmann-Brüder in Wannen gesteckt und trotz ihres Protests von Pflegern gewaschen wurden. Anschließend rasierte man sie und schnitt ihnen Haare und Nägel.

»Ihr seid nicht wiederzuerkennen«, fand Irene, als die drei im Minencasino eintrafen.

Zuvor war Irene noch beim Alten vorbeigegangen, den die Ärzte vorsichtshalber für den Rest des Tages und die kommende Nacht zur Beobachtung in der Minenklinik behalten wollten.

»Lass uns noch warten, mit einer Aufklärung über die neue Familien- und Firmenkonstellation«, hatte sie ihn gebeten. »Die Jungs müssen sich erst einmal erholen und wieder eingliedern!«

»Du bist sehr klug, Irene«, sagte der Alte und fühlte sich

bereits wieder leichter. Denn genau diese Aufklärung hatte ihm, nach dem freudigen Erschrecken, wie ein Fels auf der Brust gelegen.

»Wir müssen das vorsichtig angehen«, sagte Irene zu ihren Brüdern, während das Essen aufgetragen wurde.

»Auch ein freudiger Schreck ist ein Schrecken und hat, wie man sieht, seine Auswirkungen. Also bitte: Lasst uns mit der Nachricht von eurer Auferstehung, oder wie man das nennen möchte, noch warten, bis alle wieder zu Hause sind!«

Victor und Ludwig waren mit dem Vorschlag einverstanden, doch Georg opponierte. »Ich habe mir in den Monaten unserer … *Nomadenzeit* … nichts mehr gewünscht, als Petra zu sagen, dass ich noch lebe!«, wandte er ein, denn er konnte es kaum mehr erwarten, wenigstens ihre Stimme zu hören.

»Sei doch vernünftig, Georg. Stell dir vor, es hätte sich umgekehrt verhalten, und du wärst sechs Monate lang davon ausgegangen, dass Petra tot ist. Wie würdest du es aufnehmen, wenn sie sich danach plötzlich am Telefon melden würde? Glaube mir, es ist besser, ihr gleichzeitig auch einen optischen Eindruck zu verschaffen, der keinen Zweifel übrig lässt, bevor sie sich fragt, ob sie verrückt geworden ist und sich alles nur einbildet.«

Der Appell zeigte Wirkung, und Georg erklärte sich schließlich ebenfalls einverstanden mit der von Irene vorgeschlagenen Vorgehensweise.

»Wie hat Mutter die Sache mit unserem … *Verschwinden* … aufgenommen?«, wollte Ludwig nun wissen.

Irene hob die Schultern: »Wie schon. Sie bemüht sich sehr, aber …«

Sie brach den Satz ab, doch es war auch nicht nötig, ihn zu

beenden. Jeder der drei konnte sich vorstellen, wie es der Mutter zumute sein musste.

»Was macht Petra?«, fragte Georg, der spürte, wie allein die Nennung ihres Namens seine Sehnsucht ins nahezu Unerträgliche trieb.

»Sie war völlig verzweifelt, aber inzwischen arbeitet sie wieder. Sie hat sogar ein Buch geschrieben. Über die Magie der Diamanten!«

»Und wie geht es Alice?« Es war das erste Mal, dass sich Victor zu Wort meldete.

»Schlecht natürlich«, sagte Irene rasch und hoffte, dass er nicht nach dem Baby fragen würde, das längst hätte geboren sein müssen.

Victor schien ihre Nervosität zu spüren, und ein kleines, melancholisches Lächeln umspielte seinen Mund. »Ich weiß, dass sie das Kind verloren hat«, sagte er dann.

Wie ist das möglich?, dachte Irene erstaunt. Ich hab kein Wort davon erwähnt. Sollte Heinrich etwa …?

»Der Schamane hat es mir gesagt«, erklärte Victor, als ob er ihre Gedanken lesen könne, und so, als ob dies etwas ganz Selbstverständliches wäre.

Lass es einfach, alles zu hinterfragen, sagte sich Irene, denn auch sie spürte jetzt, wie sehr die Ereignisse sie mitgenommen hatten. Iss, trinke, schlafe und sortiere die Dinge später. Sie leben, und das ist das Wesentliche. In diesem Moment legte Ludwig seine Hand auf die ihre und lächelte sie an. Er ist nicht mehr der Kleine, dachte Irene, er ist ein Mann geworden.

»Du warst mir schon immer die Liebste, Irene, von der gesamten Sippe!«

Bitte, behaupte jetzt nicht, dass es auch der Schamane war, der dir mitgeteilt hat, dass ich deine Schwester bin, dachte Irene. Sie klappte bereits den Mund auf, um ihm mit einer ironischen Bemerkung zuvorzukommen, doch dann sah sie, dass er es einfach nur nett gemeint hatte. Sie erwiderte sein Lächeln, trank ihr Bier aus, und da alle fertig gegessen hatten, bat sie den Sicherheitsmann, der im Hintergrund wartete, sie in die Gästebungalows zu geleiten. Bevor sie schließlich das Licht löschte, sah sie die Risse, die das Erdbeben verursacht hatte. Sie waren, trotz der Ausbesserungsarbeiten und des neuen Anstrichs, noch immer schwach erkennbar – ein Menetekel, eine warnende Erinnerung an das vergangene Böse.

95

Die Wiedervereinigung der Familie war eine kaum zu beschreibende Szene.

Irene hatte die Vorarbeit dazu geleistet. Sie hatte behutsame Gespräche mit Zita geführt, von Heinrich assistiert, der auf seine Position als Augenzeuge pochen musste, denn Zita weigerte sich, der Schilderung Irenes Glauben zu schenken.

»Es ist so, Zita!«, beteuerte Heinrich, und seine Tochter schob nach: »Es ist nur deine Angst vor einer neuen Enttäuschung, die dich so reagieren lässt!«

Als sie sicher waren, dass sie es nun aushalten würde, führten sie Zita in den Salon, wo sich ihre Söhne befanden.

Es war schrecklich.

Alle Beherrschung, die Zita nach der Benachrichtigung vom mutmaßlichen Tod ihrer Jungen, während der Gedenkfeier und der danach verstrichenen Zeit der Trauer gezeigt hatte, verließ sie schlagartig. Sie schrie und weinte, sie schüttelte jeden ihrer drei Söhne wie eine Irrsinnige und brach schließlich schluchzend zusammen.

Auch mit Petra sprach Irene vorab, doch hier war die Reaktion eine andere. Die junge Frau reagierte, als ob sie gedopt worden wäre. »Ich hab es gewusst«, schrie sie mit überkippender Stimme und einer derartigen Euphorie, dass klar war, dass auch dies eine Schockreaktion war. »Ich habe es immer gespürt und nie die Hoffnung aufgegeben, nie, niemals!« Danach aber griff Petra nach ihrer Jacke und verlangte energisch: »Ich will ihn sehen, sofort!«

An der Villa angekommen sprang sie aus dem Auto, noch ehe Irene den Wagen ganz angehalten hatte. Sie klingelte und hämmerte gegen die Tür.

Es war Georg selbst, der öffnete.

Petra sprang an ihm hoch und krallte sich an ihn. Er umfing sie mit seinen Armen, drückte sie an sich, und dann begannen sie beide zu weinen.

Irene blieb in einiger Entfernung stehen und sah zu, wie sie ihr Wiedersehen auskosteten.

Das waren nicht die *Tränen der Götter*, die erstarrten Tränen aus Kohlenstoff, die die Gier der Menschen auslösten, immer mehr davon haben zu wollen. Die vielen Tränen, die Irene in den letzten Tagen, Wochen und Monaten gesehen hatte, waren die Tränen der Menschen, die alles wegzuwaschen imstande waren: Hass und Trauer, Unglück und Resignation, Ohnmacht und sogar Macht.

Denn für niemanden dort in der Villa spielte die Macht derzeit eine Rolle in ihrem Denken und Handeln.

Morgen vielleicht wieder, überlegte Irene. Oder übermorgen. Man wird sehen.

96

Petra hatte nicht die geringste Lust, sich um die normalen Dinge des Lebens zu kümmern, als sie in ihrer Wiesbadener Wohnung angekommen waren.

Doch Georg deutete auf ihr vibrierendes Handy. »Vielleicht ist es ja doch etwas Wichtiges?«

»Es gibt nichts Wichtigeres als dich«, sagte sie, aber dann schaute sie doch nach.

Es war eine SMS von Liane Dierolf: »Wann ist die Hochzeit? Diesmal bist du dem Haus ein Interview schuldig! Deine alte Liane.«

»Die Frau ist unmöglich«, rief Petra und musste doch lachen. »Aber ist sie gut informiert.« Sie gingen sofort ins Bett.

»Du riechst nach Afrika«, flüsterte Petra, als die erste, wütende Sehnsucht gestillt war.

»Ich bin ein Afrikaner geworden«, erwiderte Georg mit einem Lächeln und fühlte beglückt die dunkle, nach Sandelholz duftende Haarwolke auf seiner Brust.

»Ich halte dich fest, was immer du bist«, sagte Petra und drückte einen Kuss auf seinen Hals, der sich hart und mager anfühlte.

Sie liebten sich ein zweites Mal, und als sie endlich voneinander ablassen konnten, setzte sich Georg auf und meinte: »Eigentlich war das ja eine berechtigte Frage von dieser Liane …«

»Welche Frage?«, murmelte Petra, die sich ungemein schläfrig fühlte.

»Die nach der Hochzeit«, sagte Georg.

»Das wird sich schon finden!«

»Ich schlage vor: Morgen. Oder nein, heute. Es ist schon Viertel nach zwölf!«

»Wie bitte?«, rief Petra.

»Ich hab gelernt, Dinge nicht mehr zu verschieben, wenn ich sie richtig finde.«

Sie sah ihn an und erkannte, dass es kein Scherz gewesen war.

»Das geht doch gar nicht!«

»Natürlich geht es. Das meiste geht, wenn man es heftig genug möchte.«

Petra dachte keine weitere Sekunde mehr darüber nach. »Wenn du es so siehst, dann lass es uns tun!«

Danach knipste sie die Nachttischlampe an, griff nach ihrem Handy und begann eine kurze Nachricht zu tippen.

»An wen geht die Botschaft?«, erkundigte sich Georg neugierig.

»An Liane Dierolf!« Petra lächelte verschmitzt und verkündete, während sie konzentriert weitertippte: »Ich hab eben von dir gelernt, Dinge nicht mehr zu verschieben, wenn ich sie als richtig erkannt habe … Oder hast du etwas dagegen?«

»Keineswegs«, versicherte Georg lächelnd. »Meinetwegen dürfen sich gern all deine früheren Leser mit uns freuen!«

Und danach liebten sie sich noch ein weiteres Mal.

97

Die folgenden Wochen waren von vielen Reisen der Assmanns bestimmt.

Heinrich fuhr nach Amsterdam, wo er ein Haus zu verkaufen hatte, und danach weiter nach Antwerpen, wo es etwas abzuholen gab.

Georg und Petra reisten in ein Strandhotel auf Mauritius, wo sie ihre Flitterwochen verbrachten.

Victor begab sich, in Begleitung seiner Mutter, zu einem Augenspezialisten nach Paris, der ihm eröffnete, dass es nach dem derzeitigen Stand der Medizin keine Hoffnung auf Wiedererlangung seines Augenlichts gab. Anschließend fuhren sie weiter in die Champagne, um mit Alice die Scheidungsmodalitäten zu besprechen.

Ludwig verfolgte die Proben für sein Musical in Berlin und sprach mit Gönnermann darüber. Auch über einen passenden Titel konnten sie sich einigen.

Irene flog nach Brasilien, um die neue Niederlassung zur Förderung von Smaragden zu gründen, und beauftragte Battista, sich nach dem notwendigen Personal umzusehen.

Als der Alte wieder zurück war, empfing er die ebenfalls heimgekehrten Söhne zu einem langen Gespräch.

Zwei Wochen später berief er die ganze Familie zu einer Konferenz in die Villa.

Irene, die direkt vom Flughafen kam und es gerade noch rechtzeitig schaffte, war äußerst angespannt, denn natürlich war ihr klar, dass ihre Halbbrüder nun Bescheid wussten; Bescheid über ihren Status in der Firma, wie auch in der Familie.

»Ich habe euch etwas mitzuteilen«, sagte Heinrich Assmann, als alle im Salon Platz gefunden hatten.

»Auch dir, Zita!«

Zita war erstaunt, denn sie war sicher gewesen, dass alles Wesentliche zwischen ihnen besprochen und geregelt war.

»Zuerst aber möchte ich euch etwas zeigen!«

Der Alte stand auf und holte eine Art Sack aus dunkelblauem Samt, den er auf der Kommode bereitgelegt hatte.

Er öffnete ihn und schüttete den Inhalt auf den großen Esstisch. Alle sahen das, was sie erwartet hatten: den *N'guru u Kuru*, den *Assmann-Jupiter*. Auch die alte Fotografie befand sich dabei. Heinrich nahm diese jetzt in die Hand, damit jeder sie sehen konnte.

»Als mein Urgroßvater Adam Assmann diesen Stein gefunden hat, hat er mit dem Häuptling des Kobrastamms, den ihr hier seht, eine Vereinbarung getroffen. Er hat, gegen entsprechende Zahlungen, die Schürfrechte für neunundneunzig Jahre erworben, in einem genau bezeichneten Gebiet, auf dem auch unsere heutige Assmann-Mine liegt. Ihr werdet sagen, das wisst ihr längst, doch es ist nicht alles. Es gab zusätzlich eine mündliche, mit einem Schwur und Blut besiegelte Vereinbarung, bestimmte Territorien des nördlichen Landes, das die Mitglieder der Kobrasippe als ihr heiliges Land bezeichnen, nie anzurühren. Auf diesem Stück Erde wohnen nämlich – in der Vorstellung der Kobraleute – ihre Götter und Ahnen. Dieses Versprechen wurde, ebenfalls ausschließlich mündlich, von Generation zu Generation weitergegeben und auch beherzigt. Nur ich habe mich nicht daran gehalten!«

Man sah ihm an, wie schwer ihm dieses Bekenntnis fiel, und es dauerte eine Weile, bis er in der Lage war, weiterzusprechen. »Natürlich hatte ich auch die größte Veranlassung, davon abzuweichen. Die bisher bearbeiteten Bereiche brachten nicht mehr genügend Ausbeute, wie Georg und Victor ja bemerkt haben, weshalb sie mir vorschlugen, endlich die Diamantenförderung weiter im Norden in Angriff zu nehmen.« Heinrich räusperte sich und nahm einen Schluck aus seinem Wasserglas. Niemand sagte ein Wort, bis er fortfuhr: »Ich habe lange darüber nachgedacht. Habe mir gesagt, dass die Zeiten sich verändert haben, dass Götter und Ahnen nirgendwo ›wohnen‹, und dass es idiotisch wäre, ein so ertragversprechendes Gebiet aus Gründen der Sentimentalität und eines Aberglaubens nicht zu bearbeiten.«

Er machte eine Kunstpause, um sich der Aufmerksamkeit auch ganz sicher zu sein, und verkündete dann: »Inzwischen habe ich allerdings verfügt, dass jeder Abbau dort sofort beendet werden muss und alle Aktionen eingestellt werden sollen!«

An dieser Stelle meldete sich Irene zu Wort: »Du wirst damit doch nicht behaupten wollen, all die Dinge, die geschehen sind, stünden in einem Zusammenhang mit dem Bruch dieses Versprechens oder mit diesem Diamanten hier?! Das kann doch nicht dein Ernst sein, Heinrich!«

Sie schaute um sich. Es konnten doch nicht alle verrückt geworden sein und an einen derartigen Humbug glauben?!

Ihre Brüder jedoch blickten zu Boden, und in ihren Gesichtern war keinerlei Zustimmung zu erkennen. Na klar, dachte Irene erbittert. Auch das hat ihnen dieser Schamane eingeredet! Er hatte immerhin sechs Monate Gelegenheit dazu gehabt, und abergläubisch waren sie auch schon früher gewesen, Ludwig einmal ausgenommen.

Doch auch der mied ihren Blick.

»Das ist doch ein haarsträubender Unsinn!«, sagte Irene nun laut und heftig.

»Das ist auch meine Überzeugung«, ließ sich jetzt Zita vernehmen. »Alles, was passiert ist, hat mit der Gier, der Fehlerhaftigkeit und der Schwäche von Menschen zu tun. Ein Diamant ist ein Stück Kohlenstoff und kein Zauberstein.«

»Ich hab mich im letzten halben Jahr ja auch damit beschäftigt«, mischte sich Petra nun ein. »Und bin genau zur selben Überzeugung gekommen wie die, die Irene hier vorträgt. Ob es nun der Hope, der Tylor-Burton oder was auch sonst für ein berühmter Diamant war: Die Menschen, die die Steine besessen – oder auch verloren – haben, waren und sind selbst verantwortlich für ihr Schicksal. Und mit den Dingen, die den Assmanns passiert sind, verhält es sich ebenso. Es waren Fehler und daraus entstandene Verkettungen, jedenfalls aber keine Ereignisse mit magischen Zwangsläufigkeiten!«

»So dachte ich früher auch einmal, aber jetzt ... ganz sicher bin ich mir nicht mehr«, sagte Ludwig zu Irenes Enttäuschung.

»Es ist auch unerheblich, wie ihr darüber denkt«, erklärte der Alte erstaunlicherweise.

»Was ist dann erheblich?«, fragte Irene, und es klang ziemlich aufgebracht.

»Wie wir uns weiter verhalten!«, erwiderte der Alte und klang so souverän wie in seinen allerbesten Zeiten. »Egal, was es ausgelöst hat, zweifellos sind die Assmanns, und zwar ausnahmslos alle, nicht mehr die, die sie waren, bevor ...« Er brach ab und suchte nach der passenden Umschreibung. Bevor er sie gefunden hatte, kam ihm Georg zu Hilfe.

»Die Ereignisse am Jubiläum uns verändert haben ...«

»Ja. Das ist es, was ich ausdrücken wollte!«

Heinrich Assmann griff nach dem riesigen Diamanten und hielt ihn in der Hand. Er schaute ihn an und sagte dann fast beiläufig: »Das ist übrigens nicht der echte. Es ist die Kopie.«

Dies nun war tatsächlich verblüffend, und der Alte machte keinen Versuch, seine unverständliche Show zu erklären. Es war so lange still, bis Irene es nicht mehr aushielt und fragte: »Und wo bitte befindet sich das Original?«

Heinrich wirkte befriedigt.

Die Frage war genau von dort gekommen, von wo er sie erwartet hatte.

»Ich habe den Stein von Wiechniarz teilen lassen. Es sind dabei fünf Stücke entstanden, und Brugger hat sie inzwischen geschliffen. Natürlich hat es Schwund dabei gegeben, aber es hält sich in Grenzen.«

Wiechniarz war der beste Steinteiler in Antwerpen, vermutlich sogar auf der Welt, und Brugger stand ihm als Schleifer an Qualifikation nicht nach.

Das Entsetzen, das diese Mitteilung auslöste, war beinahe greifbar.

»Aber warum? Warum machst du so etwas?«, schrie Victor und sprang erregt auf.

Heinrich erwiderte nichts und schaute zu seiner Frau. Er wusste, dass *sie* diese Frage niemals gestellt hätte.

Und Zita begriff, dass es der Beweis war.

Sein Beweis dafür, dass er sich entschlossen hatte, seinen Aberglauben abzulegen, dass mit dem *N'guru u Kuru* Glück und Erfolg, Sieg, Unglück und Tod verbunden waren. Dass er sich gerade *dann* entschlossen hatte, als die Kettenreaktion von Ereignissen, die nach dem Diebstahl des Steins eingetreten war, ihm hätte vermeintliche Indizien liefern können, die Prophezeiung des Schamanen als wahr darzustellen.

Doch er war noch nicht fertig.

»Und ich habe Daniel Bloomberg gebeten, die Teilstücke zu verkaufen. Auch das ist inzwischen geschehen.«

»Das ist nicht dein Ernst, Vater«, rief jetzt auch Georg.

»Ich bin nicht verrückt geworden«, sagte der Alte, der sah, was sie von ihm dachten.

»Ich werde mit dem Geld eine Stiftung gründen. Beim Erlös handelt es sich um eine dreistellige Millionensumme, und wenn man diese gut anlegt, kann man mit den Zinsen sehr viel Gutes in N'umba bewirken – und anderswo auf der Welt.«

Nicht nur ein Beweis, dachte Zita und fühlte ein schwaches Fünkchen von Glück dabei, auch ein *Opfer*. Er macht es sich nicht leicht damit, mich mit einer Zukunft zu locken.

»Und was geschieht mit dem Konzern?«, fragte Georg nach einer Weile.

»Das, was ich dir damals, vor dem Jubiläum gesagt habe«, erklärte Zita, denn jetzt sprachen sie von den Dingen, die Heinrich und sie vor diesem Gespräch festgelegt hatten. »Nur mit dem Unterschied, dass Irene die Position einnehmen wird, die ursprünglich für dich vorgesehen war! Du wirst für Afrika und Asien zuständig sein.«

Aufmerksam blickten die Assmanns auf ihren Sohn Georg.

Dieser stand auf und ging zum Fenster. Er sah hinaus in den Garten, in dem die Rosen aus Sambia bereits erste Knospen ansetzten. Er dachte an die Gedanken, die ihm während des Erdbebens und erst recht während des Sandsturms gekommen waren, als er meinte, ersticken zu müssen. Er fühlte ein letztes Aufflackern der Lust auf die alleinige Macht, die ihn befallen hatte, als er mit Victors Gier und ihren Folgen konfrontiert worden war. Dieses Virus war mächtig. Man war nie gefeit dagegen, wenn man keinen fragen und sich mit niemandem abstimmen musste.

Und Irene ist eine andere Person als Victor, dachte Georg.

Mit Irene könnte es gehen.

Er schaute Petra an und las seine Antwort in ihren Augen.

»Bist du einverstanden?«, fragte sein Vater.

Ein letztes Mal überlegte er, dachte an die Wüste und den Schamanen, und dann entschied er sich gegen die Versuchung, der sein Bruder Victor erlegen war.

»Ja. Ich bin damit einverstanden, Vater, aber … was wird mit Victor?«

»Papa erwartet und Mama hofft, dass ich die Stiftung leiten werde.«

»So ist es, Victor«, sagte Heinrich rasch und musste sich ein Lächeln verbeißen. Er hatte gewusst, dass Victor nach diesem Rettungsring greifen würde.

»Und da ich blind bin, werde ich immer jemanden brauchen, der mich unterstützt, womit die befürchteten Alleingänge ausscheiden«, erklärte Victor, und es lag beinahe die alte Ironie in seiner Stimme.

Ludwig hielt sich heraus.

Er wusste, dass seine Arbeit unterstützt werden würde – und mehr war ihm nicht wichtig. Oder womöglich doch? »Wem gehört eigentlich das Haus auf der Klippe, Victor?«

»Mir«, musste Victor bekennen.

»Ich möchte dort wohnen. Nicht immer, aber einige Monate im Jahr.«

»Bist du dir sicher?«

»Ja«, sagte Ludwig mit einer Entschlossenheit, die man bisher nicht an ihm kannte. »Ganz sicher sogar!«

»Wenn es so ist, dann kannst du es haben.«

»Danke, Vic. Ich nehme es an. Weißt du, das, was ich dort erlebt habe, ist sehr wichtig für mich …«

Victor schluckte den bitteren Geschmack in seiner Kehle hinunter. Auch er dachte jetzt an den alten Schamanen und wie er Ludwig gezwungen hatte, ihn, seinen Mörder-Bruder, durch die Wüste zu führen. Nicht Georg, nein, niemals Georg. Immer hatte Olongo Ludwig dazu bestimmt. Jeden Tag Ludwig. So lange, bis dessen Hass verschwunden gewesen war. So lange, bis sie beide wieder in der Verfassung waren, in ihr Leben jenseits der Wüste zurückkehren zu können.

Auch er – und selbst Ludwig – hatten verstanden, was der alte Schamane bezweckte. Dass der Zeitpunkt ihrer Rückkehr nicht nur eine Frage der räumlichen Entfernung gewesen war.

Jetzt war er wieder zu Hause.

Seine Frau Alice und den ersehnten Sohn hatte er verloren, und er konnte niemanden dafür verantwortlich machen außer sich selbst.

Seine Herkunftsfamilie akzeptierte es zwar, dass es ihn weiterhin gab, aber vergessen würden sie nicht. Wenn sie ihm, vor allem seiner Erblindung wegen, mit Milde und Nachsicht begegneten, dann taten sie es, um sich nicht selbst zu beschädigen. Im Grunde aber hatte er auch sie verloren, er spürte es.

Seine Mutter, ja, seine Mutter mochte eine Ausnahme sein, aber ganz sicher war sich Victor selbst dessen nicht.

Er war allein.

Doch dann fiel ihm ein, dass er Sally bitten könnte, zu ihm zu ziehen.

Sally kannte all seine Abgründe und liebte ihn dennoch, er hatte es deutlich gesehen. Er hatte es mit seinen blinden Augen gesehen, mit denen er manches wahrnahm, was er mit den gesunden niemals erkannt hatte.

98

Die Uraufführung des Musicals hatte in Berlin stattgefunden und war von der Presse bejubelt worden. Ludwig hatte bestimmt, das Werk solle ADAMAS ADAMANTES – *Die Unzerstörbaren* heißen, so wie der griechische Name der Edelsteine lautete, die seine Sippe seit mehr als einem Jahrhundert beherrschten und ernährten.

Er fand diesen Namen sehr passend. Denn der Inhalt des Stücks war nichts anderes als die musikalisch in Szene gesetzte Rebellion der Söhne gegen den Vater und die von diesem geschützte Fassade, eine pubertäre Auflehnung, ein Kaleidoskop von Leichtsinn und Schuld, Sehnsucht und Gier, Leidenschaften und Glück, Unglück, Verlust und Versöhnung.

In manchen Partien, dachte Zita während der Aufführung, zeigte das Stück eine derartige Nähe zu Ereignissen, die nach dem Niederschreiben des Handlungsverlaufs geschehen waren, dass es anmutete wie eine sich selbst erfüllende Prophezeiung.

»Eine bessere PR als der ganze Mist, der eurer Familie widerfahren ist, hätte es gar nicht geben können«, sagte Liane

Dierolf zu Petra, als sie im Gewühle der Premierenparty zusammentrafen.

Petra schenkte ihr ein süßes Lächeln. »Deine Kommentare sind präzise wie immer, Liane! Ach übrigens … ich hab hier ein kleines Geschenk für dich, ich denke, du wirst es gebrauchen können!« Sie klappte ihre Handtasche auf, kramte ein noch nicht angebrochenes Päckchen mit ihren geliebten Gummibärchen hervor, das noch aus der *Vor-Auferstehungs-Zeit* stammte, und überreichte es der erstaunten Liane. »Und bitte, grüß doch Herrn Kemmler von mir!«

Auch die Herren Grünhammer und Liebling liefen Georg und ihr über den Weg. Sie waren begleitet von Petras Nachfolgerin in der geerbten Interland-Sendung. Alle drei waren bereits ziemlich beschwipst und fahndeten nach weiterem Alkohol, denn die Einschaltquoten waren auf dem Weg in den Keller.

»Wir hätten doch *Sie* nehmen sollen, Frau Eiler«, jammerte Liebling, um gleich darauf von Georg korrigiert zu werden: »Eine Frau wie meine *nimmt man sich nicht*, allenfalls ich. Und außerdem heißt sie jetzt, bitte schön, Assmann!«

Die Angetrunkenen lächelten säuerlich.

»Du schaust so bedauernd«, sagte Georg zu seiner Frau. »Tut dir irgendwas leid?«

»Ja«, erklärte Petra unüberhörbar, denn auch ihr ehemaliger Verleger war inzwischen zu ihnen gestoßen. »Es ist mir eingefallen, dass wir versäumt haben, uns die weißen Hirsche anzusehen, als wir auf Mauritius waren. Davon haben mir die zwei Herren nämlich gerade erzählt.«

Jetzt lächelte der Verleger säuerlich, aber Georg bemerkte es nicht. Er sagte, und das nun mit *echtem* Bedauern: »Wenn ich gewusst hätte, dass du das gerne möchtest, Petra ... Wir haben dort eine Jagdhütte, die Papa immer wieder irgendwelchen Leuten überlässt, denen er einen Gefallen schuldig ist.«

»Genau davon spreche ich«, erklärte Petra unschuldig und prostete dem Verleger mit dem scheinheiligsten Lächeln zu, dessen sie fähig war.

Dann drehte sie sich um und betrachtete Ludwig, der ein Glas Champagner in der Hand hielt und sich geduldig anhörte, wie die rothaarige Sängerin, die die Titelpartie des Musicals gesungen hatte, auf ihn einzwitscherte.

Petra zog Georg am Ärmel dorthin, um lauschen zu können. Sie wusste von Zita, dass diese Karen früher einmal mit Ludwig zusammen gewesen war, aber sie fühlte keine besondere Sympathie für sie. Karen erschien ihr berechnend, und was sie zu hören bekam, verstärkte den ersten Eindruck.

»Den ganzen Erfolg verdanke ich dir, Ludwig!«, schmeichelte die Sängerin gerade und rückte ein wenig näher zu ihm.

»Du verdankst ihn dir selbst, Karen. Du hast fantastisch gesungen«, erwiderte Ludwig und meinte es auch so.

»Das ist, weil du begreifst, worin ich gut bin!« Und danach ging sie zum Frontalangriff über: »Schreib doch noch einmal etwas für mich, Ludwig, und lass uns wieder zusammenziehen. Ich bin deine Muse, das heutige Ergebnis beweist es!«

Ludwig machte einen kleinen Schritt rückwärts und sagte dabei: »Ich muss mir dringend einen neuen Anrufbeantworter zulegen, fällt mir da ein!«

»Wie kommst du jetzt darauf?«, fragte Karen frappiert.

»Kleine Assoziation«, erwiderte Ludwig, wandte sich abrupt ab und ließ die Rothaarige stehen.

Er ging zu Irene, die heute das erste Abendkleid trug, das

sie jemals besessen hatte. Zita hatte ihr bei der Auswahl geholfen, und das Ergebnis sprach für sich selbst.

»Kaum zu glauben, wie sehr eine kleine Sekretärin sich mausern kann«, bemerkte Bettina von Braunsberg, die allgegenwärtige Charitylady, mokant. Dann aber wurde sie vom saudiarabischen Botschafter zur Seite gedrängt, als dieser auf Irene Assmann-Wuttke zueilte, ihr die Hand küsste und die allerbesten Grüße vom König übermittelte, bei dem er bis vor Kurzem persönlicher Referent gewesen war und den er bei seiner Visite im Assmann-Werk Idar-Oberstein begleitet hatte.

Zur Freude von Zita und Heinrich war auch Alice erschienen. Sie wurde von ihrem Bruder und einem Freund des Hauses begleitet; einem Herrn mit verhaltenem Charme und sanftem Naturell, der errötete, als Alice ihm ihren Noch-Ehemann mit seiner schönen milchkaffeefarbenen Begleiterin vorstellte.

Zita trug zum Triumphabend ihres jüngsten Sohnes ein dunkelrotes Kleid, das genau die gleiche Farbe hatte wie das Kreuz aus Rubinen, das an einer dünnen Kette, die aus lauter kleinen Diamanten bestand, um ihren Hals hing.

»Was ist das eigentlich für ein Kreuz?«, fragte Heinrich, dessen Aufmerksamkeit bei diesem Fest seiner Frau und seinem jüngsten Sohn galt – genau in dieser Reihenfolge – und nicht der erlauchten Gästeschar.

»Das ist ein Teil der Vergangenheit«, sagte Zita gelassen. »Und wir haben vereinbart, nur noch von der Gegenwart und der Zukunft zu sprechen!«

Heinrich dachte sich seinen Teil, vor allem aber, dass sie recht damit hatte. Ihre Kinder waren erwachsen, selbstständig und hatten ihre Aufgaben und ihr eigenes Leben.

Zita aber war erst vierundfünfzig und er ein jung gebliebener Anfangssiebziger. Es musste noch ein Leben jenseits der Diamanten geben.

DANKSAGUNG

Ich danke meinen Agenten Peter Stertz und Joachim Jessen für ihre Beratung und Begleitung, ebenso der Programmleiterin des Limes-Verlags, Eléonore Delair für ihre Geduld und ihren stetigen, freundlichen Zuspruch.

Meinem Lektor Gerhard Seidl danke ich für die inzwischen erprobte und geschätzte Zusammenarbeit. Ebenso danke ich allen Mitarbeitern des Limes-Verlags, die an der Herstellung des Romans, den Marketing- und PR-Maßnahmen beteiligt waren und sind.

QUELLENANGABEN

Meine bei mehreren Recherchenreisen erworbenen Kenntnisse über Diamanten und Edelsteine konnte ich im *Diamant-Lexikon* sowie in einer Veröffentlichung des Diamant-Kontors Harald Bender erweitern und in den Text einbringen.